中国现当代文学史与生态场

吴秀明◎著

钱江新潮文丛

中国社会科学出版社

图书在版编目（CIP）数据

中国现当代文学史与生态场/吴秀明著．—北京：中国社会科学出版社，2009.9

ISBN 978-7-5004-7868-3

Ⅰ．中…　Ⅱ．吴…　Ⅲ．①现代文学—文学史—研究—中国②当代文学—文学史—研究—中国　Ⅳ．I209.6

中国版本图书馆 CIP 数据核字（2009）第 090257 号

责任编辑　郭晓鸿（guoxiaohong149@163.com）
特邀编辑　井玉贵
责任校对　周　昊
封面设计　格子工作室
技术编辑　戴　宽

出版发行　中国社会科学出版社
社　　址　北京鼓楼西大街甲 158 号　　邮　编　100720
电　　话　010—84029450（邮购）
网　　址　http://www.csspw.cn
经　　销　新华书店
印　　刷　华审印刷厂　　装　订　广增装订厂
版　　次　2009 年 9 月第 1 版　　印　次　2009 年 9 月第 1 次印刷
开　　本　710×1000　1/16
印　　张　24.75　　插　页　2
字　　数　400 千字
定　　价　42.00 元

丛书总序

浙江大学是一所人文璀璨、名师荟萃的全国重点大学，前身是1897年创办的求是书院。百年浙大，一路风雨又一路辉煌。在这块深厚的土地上，它不仅哺育了马叙伦、马一浮、沈尹默、苏步青、王淦昌、贝时璋、张其昀、谈家桢、卢鹤绂等众多的文化名人和科学大师，而且在长期的办学中形成了堪称典范的求是精神。尤其是在竺可桢主政期间，于极其艰难的西迁办学中更是把这种"求是"精神发挥到极致，使浙大声名远播，成为"当时中国最好的四所大学之一"。

浙大中文系办学历史悠久。往远说，可追溯到林启主持的求是书院。当时办学伊始，书院即开设国文课程，先后延请宋恕、陈去病、马叙伦、沈尹默、张相等著名学者授业讲学——以此算起，中文系已历春秋百有十载；往近说，则源于1920年的之江大学国文系和1928年的国立浙江大学国文系——就此而言，中文系悠然已有九十余年历史。它前后历经西迁时期、龙泉分校时期，后又融合之江大学国文系、浙江大学国文系两大主脉。1952年全国高校院系调整，中文系被划归由浙大"母体"孵化出来的新的分支——新成立的浙江师范学院。嗣后1958年，浙江师范学院与新组建的杭州大学合并，称杭州大学；从这时开始，浙大中文系便进入了"杭大中文系"时代，迎来了一个新的发展阶段。"杭大中文系"的系名，一叫便是整整四十年，并已在社会和学界赢得良好的声誉。直到1998年，原浙江大学、杭州大学、浙江医科大学、浙江农业大学四校合并成立新的浙江大学，中文系在经历了一番分分合合之后又返回到了它的母体怀抱。

现在的浙大中文系是以原杭大中文系为主体的，自然，它也整合了其他相关的师资力量。

浙大中文系建系以来，人才辈出，具有深厚的学术积累。祝文白、缪钺、刘大白、丰子恺、许钦文、夏承焘、姜亮夫、钱南扬、胡士莹、徐声越、陆维钊、任铭善、王季思、郑奠、王驾吾、孙席珍、王西彦、蒋礼鸿、徐朔方等一大批在国内外学界享有盛誉的杏坛名师、学术名流都曾于此任教。他们实践的“传承创造”的学术精神和追求的“卓然独立”的学术境界，为中文系的发展，包括有特色、有影响的学科的创建，也包括有特色、有发展后劲的梯队的形成，奠定了坚实的基础。百年沧桑，艰难困苦，玉汝于成。“近代科学的目标是什么？就是探求真理。科学方法可以随时随地而改变，这科学的目标，蕲求真理，也就是科学的精神，是永远不会改变的”。回顾往昔，我们更加真切地体会到了竺可桢老校长在20世纪40年代所讲的这句话的深刻含义，也愈发怀念为中文系发展作出贡献的诸多前辈和老师，并油然萌生了在前人基础上进一步拓宽和发展中文系的一种强烈的责任感、使命感。

我们高兴地看到，经过几代人共同不懈的努力，浙大中文系已发展成一个实力雄厚，在国内很具声誉和影响的系科。特别是1995年被批准为国家基础学科研究与人才培养基地以来，更是在各个方面都有长足的发展，在全国同类专业的高校排名中一直居于前列。中文系也由原先单一的汉语言文学专业，发展成为由汉语言文学、中国古典文献学、编辑出版学三个本科专业和一个影视与动漫编导方向的立体多元、结构合理的“大中文”专业。目前，中文系已有中国语言文学一级学科博士点以及中国语言文学学科博士后流动站，汉语言文字学、语言学及应用语言学、文艺学、中国古代文学、中国古典文献学、中国现当代文学、比较文学与世界文学七个二级学科具有博士学位授予权。中国古典文献学为国家重点学科，中国古代文学、中国古典文献学、汉语言文字学、文艺学四个学科为浙江省省级重点学科。汉语史研究中心为教育部人文社会科学重点研究基地。现有在编教师50人，其中教授26人（博士生导师25人），副教授14人。他们不仅在各个学科发挥重要的带头和骨干作用，而且在国内学界也具有举足轻重的地位和影响。正是在这批以四五十岁的中青年学者为主体的学术核心的努力和引领下，由夏承焘、姜亮夫等前辈学者所开创的，吴熊和、王元骧等名师宿儒所光大的中文系学脉，方能做到承传有自、薪火绵延。

这次我们编辑出版的这套《钱江新潮文丛》，所收的是工作在教学和科研第一线的在职教师的系列学术论著。他们中有三十多岁的学术新锐，也有五六十岁的年长或较年长一代学者。涉及的范围，包括汉语言文字学、语言学及应用语言学、文艺学、中国古代文学、中国古典文献学、中国现当代文学、比较文学与世界文学以及影视文学等不同学科。在这里，学科与学科之间，个体与个体之间，彼此是有差异的，思维理念也不尽一致；但有一点似乎是共同的，那就是都在努力追求和体现中文系传统的"求是博雅"学风。章学诚评价古代两浙学风时曾谓："浙西尚博雅，浙东贵专家。"浙大中文系以"求是博雅"为系训，正是因为非求是则无以成专家，非博雅则无以成通儒。所谓"求是"，就是求真、求实；所谓"博雅"，就是求善、求美。这反映了我们力图贯通浙东西、融合古与今的学术视野与意识，以及从传统的学脉中创造新的浙江学派的愿望，也是我们的世界观、人生观、学术观的一个投影和富有理性的特殊呈现。尽管面对浙大中文系的百年历史和悠久传统，本丛书中的这些成果尚远不能说是"雏凤清于老凤声"，在这方面，我们深知与前辈相比还有一定的差距。但中文系数十位教师用心血和智慧浇灌出来的这些学术之果，毕竟从各个不同的角度对"求是博雅"作了新的诠释，这是很可欣喜的。它不妨可看做是对中文系近十年学术研究的一次检验，一次富有意味的"集体亮相"。

这些年，由于种种原因，学术浮躁和浮夸之风盛行，违反学术道德和学术规范的不端行为也屡有发生。在这样的情况下，中文系老师"守正创新"，既一方面继承百年来的优良学术传统，不盲从、不浮躁，以"板凳坐得十年冷，文章不写半句空"的严谨求实学风，孜孜不倦地潜心从事学术研究，坚守着学术正道；另一方面又不囿陈说，锐意创新，力求在前人基础上有新的发现，为学术研究作出属于自己的创造性贡献，这就十分难能可贵。而这一点，在这套丛书中也都表现得十分明显。

不尚空谈，不发虚辞，以追求真理为目标，以崇尚事实为基础，强调学术研究的"实事求是"与"实事求是"的学术研究；我想，这就是浙大中文系生生不息的学术传统，它贯穿百年而又存活于当下，已内化为我们的一种精神生命，一种支撑当下中文系存在和发展、坚守学术家园的“阿基米得点”。我们出版这套丛书，目的就是弘扬浙大中文系这一学术传统，继往开来，进一步加强中国语言文学学科的建设，为提升和扩大其学术水平及影响尽一份绵薄之力。

本丛书的出版得到了中文系84届校友、浙江通策集团董事局主席吕建明先生的鼎力相助。2007年5月，在浙江大学110周年校庆期间，他慷慨捐资百万元支持中文学科建设。他的善举和情意令人感佩，也催发了我们策划并编纂此书的积极性。源于此，我不仅对本丛书所反映的教师学术才华和追求感到欣慰，同时更对百年浙大中文学科未来的发展前景抱持一份坚定的信心。

钱潮天下奇观，故孙中山先生有“猛进如潮”之赞，学术创新，贵如潮水之猛进荡决；钱潮及期而信，故吴越王钱镠有“日夜波涛不暂息”之感，学脉传承，当如潮水之永不止息。“求是博雅”，就意味着学者既要有弄潮儿那般“溯迎而上，出没于鲸波万仞中”的锐气，也要有“晚来波静，海门飞上明月”的心境。本丛书以“钱江新潮”为名，其微意实在于此。

吴秀明

2009年4月15日于浙江大学

目　录

下编　生态场域与生态文学

前　言

中国现当代文学，如果从 1917 年文学革命算起，迄今已有近百年的历史。在这期间，文学虽历经沧桑，走过了一段艰难曲折的道路；但就总体而言，成就无疑是突出的，并以三千年未有的精神文化特质参与世界文学的构建，成为世界文学的有机组成部分。特别是前三十年，更是名家辈出，名作林立，为中国文学史书写下了璀璨夺目的一页。

作为一门学科，现当代文学也逐步从古代文学那里独立出来，开始发展壮大：先是现代文学摆脱古代文学附庸的地位，走向自强和自立，并在 20 世纪 80 年代初步实现了“学科的自觉”；紧接着是较为滞后的当代文学在经过一段时间的酝酿积蓄之后，也迅速地发展起来，从原先依附的现代文学学科范畴里剥离出来“自立门户”。于是，现当代文学就不期而然地成为大学中文学科下的一个重要的分学科，它不仅与古代文学、古典文献学、汉语言文字学、比较文学与世界文学、文艺学等学科相提并论，而且因“思想”见长，与当代社会特别相契而令人刮目相看。相应的，文学史编写也被提到了重要的议事日程上来。

从 20 世纪 50 年代王瑶的《中国新文学史稿》、丁易的《中国现代文学史略》、刘绥松的《中国新文学史初稿》、蔡仪的《中国现代文学史讲话》、张毕来的《新文学史纲》、华中师范学院中文系编写的《中国当代文学史稿》、山东师范大学中文系编写的《中国当代文学史》、中国科学院文学研究所的《十年来的新中国文学》等，到 80 年代唐弢的《中国现代文学史》、严家炎的《中国现代文学史》、钱理群等的《中国现代文学三十年》、郭志刚等编写的《中国当代文学史初稿》、山东大学等22所高校联合编写的《中国当代文学史》，再到90年代的朱栋霖的《中国现代文学史》、谢冕主编的《百年中国文学总系》（十卷本）、洪子诚的《中国当代文学史》、陈思和主编的《中国当代文学史教程》等，有关现当代文学史起码在一百部以上。特别是20世纪八九十年代，文学史的编写更是蔚然成风，倏忽之间，在短短的十几年，先后出版了一大批质量不等的现当代文学史。一向比较孱弱的现当代文学学科也迅速浮出水面，以知识的形式进入现代大学的教育体系，成为了国家叙事的一部分。教育部还将现代文学与当代文学合在一起，以“中国现当代文学”的称谓，规定为大学中文系名下的二级学科。有条件的学校还设有现当代文学的硕士点和博士点，面向全国招生，培养了大批的现当代文学硕士、博士研究生。凡此种种，不仅明显地改变现当代文学在各学科中的弱势地位，使其一跃而成为近20年来别具影响和辐射力的一门“显学”，同时，现当代文学研究也引起了国际汉学界的广泛关注。

当然，现当代文学上述成就来之不易，它所面临的生态环境也殊为复杂且相当严酷。在现代文学阶段，它的大部分时间是在动荡的战争中度过的，血和火的恶劣环境不仅规约了它的题材、主题，而且也深刻地制约着作家的思维理念。“革命文学”、“左翼文学”、“延安文学”的创作，就充分证实了这一点。在当代文学阶段，由于相当长时期受“左”倾文艺思想的制导以及由此而来的一系列的文化大批判运动、知识分子思想改造运动，使政治上“解放”了的现当代文学在为政治服务之时逐渐丧失了学科属性特点，至“文化大革命”招致较其他学科更致命的打击。而20世纪八九十年代以来，上述情况有了根本的改观，但市场经济的魔力也使它在获得自由的同时又陷于另一种不自由，从整体上被日趋边缘化了，其生态环境也堪可忧虑。当然受西方文化思想的影响以及现实生存的体悟，当代文坛也开始出现了质疑和批判“人类中心主义”的生态文学创作，文学在价值观念以及内涵和外延上都出现了一些新的变化。

本书就是按照这样的思路，分上、下两编展开探讨的。上编为“文学史论与学科建设”，主要从全球化语境、历史与现实境遇、整体性格与矛盾性特征、文学史编写等方面探讨中国现当代文学的学科建设；涉及的内容包括海外汉学，诺贝尔文学奖，东亚现当代文学以及大学中文系对现当代文学学科的影响，现当代文学学科发展与现状反思，现当代文学学科建设与文献史料学，“现当代文学是一体”的整体性文学史编写以及生成与模式、内容与体例、主观性与客观性问题等。下编为“生态场域与生态文学”，着重从文学现状、文化领导权、经典重构、生态文学以及生态文学中的狼文化现象等方面探讨中国现当代文学所处的生态场域和生存状态；它具体涵盖历史转型与文化取向，“二个中心”与“三分天下”的不同生态场域，毛泽东、邓小平文艺思想在文学生态中的特殊位置，中国特色的中介系统及其平衡协调作用，文学良性环境营造与人文工作者的责任，文学经典的改编、重写与评价问题，“非人类中心主义”等生态文学关键词，生态真实与作家的艺术创造力问题等相关内容。试图通过这样两个不同的视角，触摸在全球化（特别是西方化）文化生态场域中现当代文学背后丰富复杂的内涵，把握文学与政治、经济、哲学、历史、教育、伦理、道德之间排往迎拒的关联，总结经验教训，为现实和未来的现当代文学研究，提供启迪。

七年前，也就是 2001 年，我曾经写过一本《转型时期的中国当代文学思潮》的著作[①]，主要从总体格局、精神现象与艺术实践三个维度，也即宏观、中观与微观三个层面，探讨了世纪之交当代文学思潮的流变及其思想艺术诸特征。本书继续对此有些思考，但从内容和角度上看，较之前著还是有较大的区别。这就是：一方面，将思考的触角往上追溯，由当前进而当代、进而现代，并指向学科和文学史，使之向更形上抽象的层面扩容；另一方面，又努力返回文学现场，立足当下文学生态现状及其涌动的生态文学潮，并借鉴“非人类中心主义”、“生态位”等生态学的基本原理对此作出阐释。学科建设和文学史编写、文化生态和生态文学，是我近些年来比较关注的问题，它也是当下人们普遍重视的学术热点、难点话题。现当代文学研究一般是比较重视精神思想的前沿性，这也是这个学科的个性、优势和魅力之一。我想借此就这些问题，发表自己的一些看法。

我曾经说过：文学批评或研究粗略地讲，拟可分“作家作品—文学思

① 吴秀明：《转型时期的中国当代文学思潮》，浙江大学出版社 2001 年版。

潮—文学史—学科四个序列。在这里，每个序列都是独立的本体，但同时又含有一定的递进式的关系"。①本书与前著不同，是将研究的重点由"思潮"分别向两端延伸和拓展，一定程度上将上述四个带有递进式关系的研究序列打通，整合在一起。我不想重复自己和他人，希望每本著作都有一些新的东西。

① 吴秀明：《转型时期的中国当代文学思潮》（修订本），浙江大学出版社2004年版，第23页。

上　编

文学史论与学科建设

第一章

面向全球化的挑战

第一节　海外汉学与中国现当代文学

中国现当代文学与西学的关系甚为密切。这不仅仅表现在近代以降中国文学以西方为参照实现了从古典到现代的转换，而且也表现在学界长期以来运用西方理论对现当代文学进行的一系列评判与阐释。甚至可以说，现当代文学自诞生以来，就一直在追随西方的脚步，把国人对现代化的梦想以及西方从古至今的各种理论主张和艺术实践都统统演绎了一遍。曾几何时，乃至今日，内地学界对西学的热衷，几乎到了不汲取便“失语”的地步。尽管在此期间也存在批评和反弹，但是无论就知识体系、价值观念还是就研究能力来看，西方都以强势一方对中国现当代文学发挥着巨大的影响作用。

新时期以来，海外中国现当代文学研究作为海外中国学（或海外汉学）的一个分支，就是在这样的总体氛围下挟西学之威传入内地并引起了内地学界的热烈反响。特别是一些华裔海外中国现当代文学研究者如夏志清、李欧梵、王德威、刘禾、张旭东、黄子平、许子东、刘康、孟悦、张错、张英进、陈建华、唐小兵等，他们大多在中国大陆或中国台湾完成学业后，出国继续攻读学位并在境外高校或学术机构从事中国现当代文学研究，与内地学界往来频繁而又更加贴近中国现当代文学的历史和现状，因此其研究成果较之一般的非华裔学者更能为内地学人所认同，对新时期以来内地中国现当代文学研究的转型起到了很大的刺激、推动与催化作用。在某种意义上，新时期以来海外中国现当代文学研究的传入，颠覆了此前内地学界惯常的价值评判体系，它激发并促进了多个“话语场”的建构。像“20世纪中国文学”概念的提出，“重写文学史”、“重排文学大师”等批评实践，都与此密切有关。

这里，我们以现代性为视点，选择夏志清、李欧梵、王德威三位老中青海外华裔学者，通过对他们代表性学术观点和著作的考察，一方面，对新时期以来内地中国现当代文学研究的理论资源及其嬗变过程进行梳理与反思；另一方面，展示与探讨海外中国现当代文学研究对新时期以来内地学界的刺激与挑战以及内地学界所作的回应，以便从中找到某种镜鉴和启迪。

一

夏志清的《中国现代小说史》自新时期传入以来，内地学界对它的认识经历了一个非常复杂的过程。从新时期之初的一片骂声，再到后来几乎成为学界研究的行路指南，围绕着这本书引发的争论，最核心的就是如何确立文学价值的评判准则：是继续强调政治至上，还是像夏志清那样“所用的批评标准，全以作品的文学价值为准则”[①]，把文学看成是人类实现“诗意地栖居”的一种独特的审美存在方式。众所周知，“文化大革命”结束以后，现当代文学研究的重要任务之一就是正本清源，实现从战斗本位向文学本体的转换。当时提出并实践的种种文学新主张、新口号，其实质就是倡导一种审美评判标准。陈思和曾指出：“‘重写文学史’首先要解决的，不是要在现有的现当代文学史基础上再加上几个作家的专论，而是要改变这门学科的性质，使之从从属整个革命史传统教育的状态下摆脱出

① 夏志清：《中国现代小说史》，复旦大学出版社2005年版，第319页。

来，成为一门独立的、审美的文学史学科。”① 同样，黄子平等人也认为：“‘20世纪中国文学’这一概念首先意味着文学史从社会政治史的简单比附中独立出来，意味着把文学自身发生发展的阶段完整性作为研究的主要对象。”② 用文学的审美性来对抗政治意识形态性虽是一种二元对立的思维方式，但在80年代特定的历史条件下却是文学摆脱政治意识形态侵扰的一种自觉努力。正是在这样的时代语境下，夏著所高扬的文学审美性的批评立场才彰显出独特的意义和价值，他对张爱玲、沈从文、钱钟书等一批原本处于边缘的作家作品重新发掘和观照极具慧眼，也受到内地学者的认同。

当然，《中国现代小说史》也存在着明显的偏颇。由于脱胎于冷战的国际大背景，加上夏本人具有鲜明的反共倾向，这种政治立场的局囿也给夏志清的学术研究造成了某些遮蔽与盲视。如对鲁迅的态度，为了突出张爱玲的文学地位而将其贬为“为时代所摆布，而不能算是他那个时代的导师和讽刺家”③。在1961年版的《中国现代小说史》中，他让鲁迅只占全书507页中的27页，而张爱玲却占了40多页的篇幅。夏后来也承认自己“对《狂人日记》确实评价过低，《狂人日记》是鲁迅最成功的作品之一，其中的讽刺和艺术技巧，是和作者对主题的精心阐明紧密结合的，大半是运用意象派和象征派的手法”④。我们不妨可把这段文字视为《中国现代小说史》尚待完善的一个佐证。审美立场与政治立场如何统一，这令夏志清困惑不已，他也一直在这两者之间犹豫、矛盾和徘徊。尽管他深谙审美标准之于文学评判的重要性，但是他又无法完全舍弃自己坚硬的政治立场。正因如此，《中国现代小说史》出版以后，引发的争议一刻未曾间断，也遭到了丁尔纲、秦川等部分学者的严厉批评。公平地说，政治意识形态的有色眼镜的确降低了《中国现代小说史》理应可达到的学术成就。另

---

① 陈思和：《关于“重写文学史”》，《文学评论家》1989年第2期。

② 转引自李杨《文学史写作中的现代性问题》，山西教育出版社2006年版，第95页。

③ 夏志清：《中国现代小说史》，复旦大学出版社2005年版，第40页。

④ 夏志清、王寅：《“中国文学只有中国人自己讲”——赫逊河畔访夏志清》，《南方周末》2007年1月11日。

外，在对中国现代文学整体评价及其原因寻找上，夏志清也有一些片面。如认为“现代中国文学之肤浅，归根究底说来，实由于对原罪之说或者阐释罪恶的其他宗教论说，不感兴趣，无意认识”[①]。夏志清具有深厚的西学功底，但中国现代文学不同于西方文学，它诞生在一个特定的时代环境之中。一方面，它与西方文学具有深刻的联系，另一方面又与古典文学血脉相连，同时还与西方的冲击、民族的屈辱、国人的挣扎与呐喊等一系列因素密切相关，情况十分复杂。将中国现代文学的肤浅及其存在的问题归之于缺乏“原罪”等宗教意识，无论如何，有失简单粗疏。它也从一个侧面说明夏志清的《中国现代小说史》虽已具有某种开创性的意义，但它还不能完全跳脱西方中心主义的价值取向。

夏志清的《中国现代小说史》之所以在80年代成为学术焦点和颇为抢手的“金苹果”，其中的原因大概如评论家所说：“50年代以来，中国大陆的现代文学史写作留下了大量的空白，与夏志清的《中国现代小说史》构成了有趣的对照和潜在的对话关系。这种张力为‘重写文学史’留下了大量空间和充分的合理性。”[②] 因此，尽管夏著几乎从未公开提及现代性，更没有直接使用现代性这一概念来论及相关问题，但现代性的一些核心思想却贯穿这本书的始终。这主要表现在以下几个方面，它也可以说是夏著对内地现代文学研究的一个潜在贡献吧。

首先，《中国现代小说史》昭示了对现代性来说意义非常重大的主体性的重要存在。它具体又体现在研究对象的主体性（即文学作品中所书写的“人”的主体性）与研究者自身的主体性两个层面。从前者出发，夏志清“反对文学抽象地、理想化地、模式化地表现人，而赞成文学具体地、现实地表现人”[③]。并以此为标准，高度地评价了沈从文《夜》中的老人和老舍《二马》中的马则仁“代表了人类真理高贵的一面”[④]，“是个可怜

① 夏志清：《中国现代小说史》，复旦大学出版社2005年版，第322页。

② 旷新年：《“重写文学史”的终结与中国现代文学研究转型》，《南方文坛》2003年第1期。

③ 夏志清：《中国现代小说史》，复旦大学出版社2005年版，第329页。

④ 同上书，第145页。

而带点滑稽的角色”[1]。从后者出发，他在自己的论著中掺进了不少的主观认识和审美判断。在夏志清看来，研究者个人的阅读经验是文学批评的重要标尺：“我坚信文学史家应凭自己的阅读经验去作研究，不容许事先形成的历史观决定自己对作品优劣的审查。文学史家必须独立审查、研究文学史料，在这基础上形成完全是自己的对某一时期的文学的看法。对文学史家来说，一位向时代风尚挑战的、独行其是的天才，比起大批亦步亦趋跟着时代风尚跑的次要作家，对概括整个时代有更重要的意义。”[2] 正是凭借着自己独到的审美经验，夏志清从浩渺的现当代作家中发掘出了张爱玲、沈从文、钱钟书等人，并对中国现当代文学作出了新的诠释。而内地出版的文学史，特别是集体编写的文学史，它们更看重的是文学与主流政治而不是文学与研究主体之间的纠缠迎拒的关系。因此往往千篇一律，颇多重复，从中也很难见到研究者个人独特的审美经验和艺术鉴赏力。相比之下，夏著的努力就十分难能可贵，应该值得敬重。正如刘再复所说：“我们对夏志清先生的敬意，不仅是他充分地开掘张爱玲、沈从文等作家，而且因为他为现代小说史写作提供了一种充分个人化的批评方式。”[3]

其次，夏志清对世俗现代性给予了足够的关心与重视。大家知道，现代社会是由市民阶级发动的社会革命而诞生的。“因此，现代社会是平民社会，现代文化是以平民为主体的平民文化（世俗的），现代性是一种平民精神。平民的辛劳、贫困、实际的生活方式产生了平民精神，平民精神具有世俗性、功利性和平凡性”[4]。但在内地出版的诸多现当代文学史中，世俗性往往被忽略了，能够进入文学史的，基本都是“启蒙”、“救亡”、“革命”等宏大内容。夏志清将张爱玲等写入《中国现代小说史》并给予高度评价，这对传统的文学史是一个挑战。它告诉我们，中国现当代文学并非铁板一块，而是呈现各种丰富驳杂的艺术样态。以张爱玲为代表的世

---

① 夏志清：《中国现代小说史》，复旦大学出版社 2005 年版，第 121 页。

② 同上书，第 332 页。

③ 刘再复：《张爱玲的小说与夏志清的〈中国现代小说史〉》，收入《再读张爱玲》，刘绍铭、梁秉钧、许子东编，山东画报出版社 2004 年版，第 32—33 页。

④ 杨春时：《贵族精神与现代性批判》，《厦门大学学报》（哲学社会科学版）2005 年第 3 期。

俗文学即是这诸多的艺术样态之一。世俗化的市井社会中的平民日常生活和精神状态是张爱玲关注的对象和描写的重点。她的小说，几乎全部取自身边的琐事和世俗生活经验。她所喜欢的，是人生安稳的日常生活，并用生活之内的意义和价值去评判生活和人生，对幽微复杂的人性给予了关注。“人生的愚妄是她的题材，可是她对于一般人正当的要求——适当限度内的追求名利和幸福，她是宽容的，或者甚至可以说是赞同的。这种态度使得她的小说的内容更为丰富——表面上是写实的幽默的描写，骨子里却带一点契诃夫的苦味”[①]。无疑，夏志清在此发掘的是迥异于启蒙性的另一种世俗性。他对张爱玲的喜欢与认同表明，他的文学史观是平视的、向下的，与现代的平民文化是对接的。

最后，夏志清对现代性也进行了一定程度的批判与反思。这集中体现在他对沈从文的评价上。沈从文的湘西小说满怀对乡野的缅怀和赞美，书写了下层民众淳朴自然的天性。无论是《萧萧》中差点被沉潭的萧萧还是《丈夫》中遭遇窘迫与羞辱的丈夫，在遥远、奇特而神秘的乡土田园世界里，作者向我们展示了未被都市商业文明污染的“一种优美、健康、自然，而又不悖乎人生的人性形式”[②]。而《八骏图》则不同，在它那里，八位教授人人都道貌岸然而心灵却充满了各种肮脏的欲望。通过这样一种传统与现代人生（人性）形式的对比，夏志清发掘了沈从文书写乡土田园的重要价值与意义，即借此“找出赋予我们生命力量的人类淳朴纯真的感情来”，而且也内在地体现了对城市商业文明的批判和反思。用他自己的话来说就是：“沈从文对人类纯真的情感与完整人格的肯定，无疑是对自满自大、轻率浮躁的中国社会的一种极有价值的批评。这种冷静明智的看法（vision），不但用于浑朴的农村社会适当，而且用于懒散的、懦弱的、追求着虚假价值的、与土地人情断绝了关系的现代人，也很适宜。”[③] 可以说，沈从文的作品在某种程度上已成为夏志清批判现代性、反思现代性

① 夏志清：《中国现代小说史》，复旦大学出版社2005年版，第271页。

② 沈从文语，转引自《名作欣赏：沈从文》，赵园主编，中国和平出版社2001年版，第587页。

③ 夏志清：《中国现代小说史》，复旦大学出版社2005年版，第145页。

的一个富有意味的载体。

二

在李欧梵众多著作中，《上海摩登》堪称最具影响力的代表作。它对1930—1945年之间的上海进行了一次想象性的历史重构。从认识论角度看，它的主要价值在于对现当代文学研究领域中“重乡轻城”评判体系进行了颠覆与反拨。所以传入内地之后产生了颇强烈的反响。

众所周知，中国具有悠久的乡村传统。自古以来，中国文学史都不乏对农民的书写。相比之下，商人在中国古代社会备受冷落，“士农工商”，商人排在四种行业的最末位，常与“奸诈”、“狡猾”等联系在一起。到了明清之际，重农抑商思想虽已开始被黄宗羲的“工商皆本”论和郑观应的“以商立国”思想所扬弃，但是农本思想依然根深蒂固。“五四”以后，情况虽然出现了一些变化，但由于启蒙和反封建的诉求，大多作家都将目光投向占中国绝大多数的贫苦农民身上，农村题材一直成了现当代文学的叙事中心和作家“感时忧国”的精神家园。而城市和城市文学却被置于文学史的边缘地带，“是不能算作主流的。这个现象，与20世纪西方文学形成一个明显的对比”①。创作如此，研究也不例外。长期以来，“研究中国现代文学的学者（特别是在大陆）往往不重视城市文学，或径自将它视作颓废、腐败——半殖民地的产品，因之一笔勾销．这是一种意识形态主宰下的褊狭观点”。它所带来的直接后果，就是导致文学研究及其研究主体的封闭、狭隘和滞后。须知，城市和城市文学的发展是中国现代性的重要组成部分，而且城市文学文化中很多物化符号本身就是现代性的重要标志。而事实上，正如李欧梵所说，现当代大多作家都生活在城市，特别是“30年代不少‘乡土’作家都住在上海，文学杂志和出版业的中心也是上海，一连串的文艺论战和左翼文学活动也在上海展开，所以我们也可以说：中国现代作家的想象世界虽以乡村为主，他们的生活世界却不免受到城市的

① 李欧梵：《现代性的追求》，生活·读书·新知三联书店2000年版，第111—112页。

影响；作家心目中的矛盾也就奠基在这个无法调解的城乡对比上”[①]。实践表明，不管创作和研究如何贬抑和摒除城市特别是像被称之为“东方的巴黎”的上海这样的国际性大都市，但它却无法抹灭城市对文学的深刻影响，化解作家内心的城乡矛盾和对比情结。正因此故，李欧梵不仅选择了上海（而不是北京、南京等）这样的城市进行文学现代性的探讨，而且还对施蛰存、刘呐鸥、穆时英、邵洵美、叶灵凤、张爱玲等海派作家（而不是左翼作家、启蒙作家）进行重点解读。在他看来，这些与上海渊源极深的海派作家作品中包蕴了大量的现代性因素。譬如施蛰存“想象性地征用西方的文学素材”，“用弗洛伊德的理论去深入挖掘人物的变态心理”，“可以被视为是中国第一个弗洛伊德论作家”[②]；“在一个女性身体不受优待的文化传统里，穆时英的努力比起西方现代社会的作家来，应该说是更具‘先锋’意味的”[③]；而邵洵美和叶灵凤则可用“颓废和浮纨”来形容。“颓废”这个词语是“一种不满 19 世纪晚期发展结果的意识；它是‘美学现代性’的标记”，“文学上的颓废主义和文学上的先锋主义紧密相关”[④]。

卡利内斯库认为现代性本身是非常复杂的，从起源和发展来看，现代性具体体现为两种形态：“一种是文明史的现代性，它体现为理性的崇拜；另一种是审美的现代性，它表现为对中产阶级价值观的摒弃。两者之间的对立关系一方面构成了现代西方社会基本文化冲突，另一方面又是理解现代性自身矛盾的一把钥匙。”[⑤] 严格地讲，海派作家的现代性近似于卡利内斯库所言的第二种“现代性”，即“审美的现代性”。施蛰存的很多作品都向我们展示了上海都会生活的急迫节奏给人们带来的冲击，其《魔道》中的“我”被畸形的都市文明扰乱了神经，近乎疯狂，濒临精神分裂的边

---

① 李欧梵：《现代性的追求》，生活·读书·新知三联书店 2000 年版，第 112 页。

② 李欧梵：《上海摩登》，北京大学出版社 2001 年版，第 168—185 页。

③ 同上书，第 231 页。

④ 同上书，第 246 页。

⑤ ［美］梅泰·卡利内斯库：《两种现代性》，《南京大学学报（哲学社会科学版）》1999 年第 3 期。

缘，白日见鬼。刘呐鸥也摧写了都市生活的病态，他的《都市风景线》写作表明他“是一位敏感的都市人……在他的作品中，我们显然地看出了这不健全的、糜烂的、罪恶的资产阶级的生活的剪影和那即刻要抬起头来的新的力量的暗示”[①]，他的不少色情性的描写，“都是为了引向男主人公最终的‘思考’，思考人是如何被‘机械文明’束缚住了”[②]。而穆时英则“把男女之间的邂逅套路”，“推到了一种喜剧化的，甚而滑稽的地步——由此变成了一种对商品化现代性的毁灭性讽刺”[③]。李欧梵对海派的钩沉和对“重乡轻城”价值观念的批判，为中国文学研究开拓了另外一种空间。它告知我们，文学的现代性是与城市化紧密联系在一起的：“现代性必须在都市中展开，而都市一定是现代性的产物和标志，二者水乳交融”[④]。而这恰恰是为现代文学研究所忽略了的，所以我们有必要给予足够的重视。

其实，对海派文学的重视与发掘并非自李欧梵始。在内地，20 世纪 80 年代起严家炎等人即对新感觉派进行了开创性的研究。此后，赵凌河、吴福辉、李今等，他（她）们的《中国现代派文学引论》特别是《都市漩流中的海派小说》、《海派小说与现代都市文化》，都对海派小说与现代都市文化之间的关系进行了深入细致的分析。但这些论述大都没有超越作家作品论或思潮流派论的范畴，即便涉及了彼时上海的都市文化环境，主要也是作为海派文学产生的时空背景来分析，都市本身的价值似乎并未被充分发掘。无论是四马路、一品香饭馆、青莲阁茶楼，还是商店橱窗、影院舞厅，它们都被视为孕生海派小说的具体特定的现代文化消费环境。如果抛开创作，这些便失去了研究的实在意义。正是在这个问题上，李欧梵的《上海摩登》彰显出了其独特的价值。在《上海摩登》中，除了海派小说之外，电影、报刊、广告等等都是作者探寻现代性、实现对摩登上海想象性重构的重要来源，“它们象征着中国的现代性进程”[⑤]。在此，作者打破

---

① 转引自杨义《中国现代小说史》，人民文学出版社 2001 年版，第 683 页。

② 李欧梵：《上海摩登》，北京大学出版社 2001 年版，第 220 页。

③ 同上书，第 224 页。

④ 汪民安：《现代性》，广西师范大学出版社 2005 年版，第 11—12 页。

⑤ 李欧梵：《上海摩登》，北京大学出版社 2001 年版，第 5 页。

了文本的自足性，淡化了文学研究的经典观念，他挥洒自如地将笔触游弋于20世纪30年代上海的摩登世界。李欧梵的有关研究突破了固有的比较封闭狭窄的现当代文学学科，为我们进行文化和大众文化研究提供了一个很好的范本。如叶中强的《从想像到现场：都市文化的社会生态研究》一书就多处借鉴了他的有关观点和方法。王宏图也明确表示他从李著中"受益匪浅"①。近些年来内地关于期刊、稿酬、怀旧电影、老照片、广场等都市文化研究之所以成为热点，这与《上海摩登》不无关联。或许可以这样评论："李欧梵开创性的工作的确为将来研究上海（以及其他地方）的文化史指明了一个或许会收获颇丰的方向。他较多地采用共时性的而非历时性的思路，解析了上海现代性的多重结构，而没有简单地将其置于一种目的论之下，——这种目的论认为，中国将会不可避免地走向一个方程式的现代世界。"② 无怪乎有学人发出这样的慨叹："在21世纪初，中国现当代文学的文化研究与李欧梵的工作之间，更好像是一个'双城记'。现当代文学的文化研究，在历史的某一恰当时刻推出了李欧梵这位'明星'学者；而现当代文学的文化研究，也因为他的加入，突然间变得更加繁盛起来。"③

当然，《上海摩登》也有其自身的问题。在李欧梵的笔下，日常性的消费文化被放置到重要地位，它几乎成为30年代上海现代性的全部承载者。但是，30年代的上海，不仅有能够消费得起的富人与中产阶级，还有很多挣扎于水深火热之中的穷苦老百姓；不仅有日常的现代性，还有国家、革命的现代性。而对于后者，李欧梵则重视不够，这就不可避免地造成一种新的意识形态的压抑与遮蔽，致使"在研究对象上，30年代左翼上海与50—70年代上海及其文学基本上仍不被纳入视野"④。而之所以如此，根本原因在于理论资源与现实问题之间的错位。李欧梵用来解读上海

① 王宏图：《都市叙事与欲望书写》，广西师范大学出版社2005年版，第7页。

② 钱曾瑗：《上海的历史与历史中的上海》，http：//www.zisi.net/htm/xhjy/2005－03－29－10030.htm。

③ 程光炜：《中国现当代文学史的多样观察》，《文艺争鸣》2005年第3期。

④ 张鸿声：《"文学中的城市"与"城市想象"研究》，《文学评论》2007年第1期。

现代性的理论是西方现代性的理论，但是包括现代性理论在内的各种西方理论是诞生在西方语境之下的，用它来阐释“中国问题”是否完全对榫？其实李欧梵多少也看到了这个问题。《上海摩登》中便常可见他的这种反思性的文字。如在第九章探讨上海世界主义时就曾对后殖民语境下“中国现代性”与“西方现代性”之间的复杂关系作了辨析。不过，尽管如此，我们还是要说，30 年代的上海毕竟不同于巴黎或纽约，它具有自己的特质。简单地用源于西方语境下的现代性理论去解读上海，难免左右掣肘。李欧梵所说的“焦虑”[①]，“显然还是属于主要存在于‘西方现代性经验’中的问题意识，如时间感的消失、历史的断裂等问题，而无涉于国内批评者所更关注的‘贫苦生活’。但正是在观看坐标的错位而导致的差异中，我们隐约感觉到某种不可忽视的危险：当作者站在现代性的问题框架内言说‘上海’或者说中国问题时，是否只注意到诸如时间感的丧失或历史意识的断裂等具有全球特征的现代性问题，而中国内部的经验差异及其独特的地方问题性则被遮蔽甚至被取消？”[②] 也就是说，如果把现代性当作“放之四海而皆准”的真理，而不顾及中国本土现实或中国文学自身的独特性，那么这种阐释是否科学合理就很难说了。

海外汉学是西方学术的产物，它虽然在西学中处于边缘位置，但在学术思想上却一直追随西方，与之处于同构。即使某些汉学家本身并不怀有偏见，但它仍然难以从根本上摆脱西方的学术体系，因此，很容易产生以西方为取舍的思维观念，将非西方社会的变化简单视作所谓的西方经验所体现的“普适”模式重复的证明。这种把西方经验普遍化，将源于西方的理论、方法视为放之四海而皆准的真理的做法，在夏志清那里就存在，在李欧梵、王德威那里也不能免俗。海外中国现当代文学研究者长期浸润于

---

① 李欧梵也曾检讨过《上海摩登》一书的某些不足，如“我似乎把当时的上海讲的太好了，把当时英租界、法租界那种生活讲的太好了，我觉得对困境和焦虑写的不够，所以今天就稍微写一些困境，写一点焦虑”。（李欧梵：《重绘上海的心理地图——李欧梵教授 2002 年 5 月 21 日在华东师大的讲演》，http：//www.opentimes.cn/to/200205/115.htm。）

② 练暑生：《如何想象“上海”？——三部文本和一九九〇年代以来的“上海怀旧叙事”》，《当代作家评论》2006 年第 4 期。

西方文学理论和文化传统中，他们以西方文学标准来衡量中国现当代文学的批评做法也许很难避免。但因不符合在中国独特的境遇中诞生与发展起来的中国现当代文学的实际，是需要鉴别和清理的。任何的完全排拒或全盘接受都是不可取的。

三

用现代性理论解读中国现当代文学，也许是与其理论本身有关吧，现有的不少文章往往有意无意地将现代性等同于西方性。他们认为中国现当代文学的现代性源于西方，深受西方的催化与影响，那么现代性与西方性在这里自然就成了同义语。这种观点隐含着这样一种价值判断，即认为西方文化是先进的，中国文化是落后的，中国只有依靠西方才能实现文化的现代化。王德威的《被压抑的现代性——没有晚清，何来“五四”?》、《被压抑的现代性——晚清小说新论》等一系列论著，对此作了富有力度的颠覆。尽管晚清现代性问题的提出并非自王德威始，但不可否认，晚清现代性问题因为王德威的提倡而一度成为了人们关注的焦点。无疑，王德威此举是对被学界冷落的学术边缘的又一次重审与认知，是对晚清文学的又一次重读与评判。他不但重画了中文小说的坐标与版图，同时还使学界对现代性问题的探讨又向前迈进了一步。

（一）王德威有关晚清现代性的论述有助于对“五四”问题的反思。众所周知，20 世纪 50 年代以后内地出版的各种现代文学史，大都是从“五四”谈起。毛泽东的《新民主主义论》更是强化了五四运动的重要意义，将它定位为中国“旧民主主义”与“新民主主义”的重要分水岭。于是，“五四”在很长一段历史时期内被理想化乃至神话化了。大概自 20 世纪 80 年代中后期开始，情况发生了变化。在海外，余英时的《中国近代思想史上的激进与保守》、林毓生的《中国意识的危机》都对“五四”以来的激进思潮进行了反思。在内地，郑敏等学者也对此进行了批判。王德威上述有关论述也加入到了这种“激进”与“保守”大讨论的行列。只不过他对“五四”的批判显得更为独到和激烈：“‘五四’精英的文学口味其实远较晚清前辈为窄。他们延续了‘新小说’的感时忧国叙述，却摒除

——或压抑——其他已然成形的实验。”[①]“抚摸那几十年间突然涌起，却又突然被遗忘、埋藏的创新痕迹，我们要感叹以‘五四’为主轴的现代性视野，是怎样错过了晚清一代更为混沌喧哗的求新声音”。可见在王德威的背后实则暗含着这样一种价值判断，即“五四”“优于”晚清还是晚清“优于”“五四”，由此而来的传统的现当代文学的分期或起源问题是否也需要变更，重新提出来进行讨论？日本学者柄谷行人曾指出：“分期对于历史不可或缺。标出一个时期，意味着提供一个开始和一个结尾，并以此来认识事件的意义。从宏观的角度，可以说历史的规则就是通过对分期的论争而得出的结果，因为分期本身改变了事件的性质。”[②] 可以说，不同的分期决定了对事物性质的不同认识，它并不是一个简单的时段划分的问题。王德威等人发掘晚清现代性，认为现代文学的现代性应“从晚清说起”，这就从根本上触及对现代文学性质的体认：他不是简单地将其看成是启蒙和反帝反封建的文学，而是注重发掘它的面向日常生活的属性与内涵。在这样的思维理念之下，一向为左翼文学和启蒙文学所鄙弃的鸳鸯蝴蝶派小说、海派文学等不仅找到了自身合法性存在的理由，而且还以其丰富的现代性蕴涵而“幽幽述说着主流文学不能企及的欲望，回旋不已的冲动。这构成了中国现代文学另一种迷人的面向”[③]。

（二）王德威有关现代性的论述也是对线性进化现代文学观的一个富有意味的突破。在王德威看来，“五四”文学对丰富多样的晚清现代性的压抑无论如何也说不上进化，而是使“中国文学现代性的发展反愈趋僵化”[④]。在这里，我们原先深信的文学从低级到高级、由落后到先进的逐渐进化的观点以及晚清与“五四”的价值评判体系遭到了无情的挑战与解

---

① 王德威：《被压抑的现代性——晚清小说新论》，宋伟杰译，北京大学出版社2005年版，第10页。

② ［日］柄谷行人：《现代日本的话语空间》，董之林译，收入《后殖民理论与文化批评》，张京媛主编，北京大学出版社1999年版，第416页。

③ 王德威：《被压抑的现代性——晚清小说新论》，宋伟杰译，北京大学出版社2005年版，第11页。

④ 王德威：《想像中国的方法》，生活·读书·新知三联书店1998年版，第11页。

构，“五四”不再“优于”晚清或“高于”晚清，甚至是对晚清的一大倒退，它们的等级秩序似乎完全调转了。为什么这样说呢？王德威自有其理由。他认为，虽然现代性概念内在地包含了一种进化的时间观念，但它的产生同时也是一个颇为复杂的过程，不能单纯地运用线性进化观来解说和简化，传统与现代、新与旧之间并没有非此即彼、黑白二分的清晰界限。更何况中国现代文学有自身不同的文化条件，虽然“现代性的显现都是许多求新求变的可能相互激烈竞争的结果。然而这一竞争不必反映优胜劣败的达尔文铁律；其结果甚至未必是任何一种可能的实践”[①]。“一味按照时间进行表来探勘中国文学的进展，或追问我们何时才能‘现代’起来，其实是画地自限的（文学）历史观”[②]。也正是因为摒弃了线性进化文学观，他才在《被压抑的现代性》等专著中发掘出许多长久以来被遮蔽的所在，如对于现当代文学笑谑倾向的考察，对于晚清小说闹剧意义的重新评判等。

（三）王德威有关现代性的论述还对流行已久的“冲击—回应”说作出了切实的回应。20世纪70年代前，美国的中国学中占主导地位的是费正清等人所提出的“冲击—回应”模式。这一研究模式把中国视为缺乏自身发展动力，基本上处于停滞状态的静态传统社会，认为中国只有经过西方的冲击后，才可能发生巨变、摆脱困境。柯文针对这种带有明显偏见的理论，则提出了“中国中心观”的研究模式，认为现代历史“有一种从18世纪和更早时期发展过来的内在的结构和趋向。……尽管中国的情境日益受到西方影响，这个社会的内在历史自始至终依然是中国的”[③]。王德威的“被压抑的现代性”，它的第一层指向就是“中国文学传统之内一种生生不息的创造力”。这与“冲击—回应”说表现出了明显的差异，而与柯文的“中国中心观”理论颇为相似。当然，他在探讨晚清文学和文化的现代性时并没有将中国自绝于世界之外，在选择研究对象的时候，也没

① 王德威：《想像中国的方法》，生活·读书·新知三联书店1998年版，第7页。

② 同上书，第8页。

③ 柯文：《在中国发现历史——中国中心观在美国的兴起》，林同奇译，中华书局2002年版，第210页。

有将西方的影响因素剔除出去。相反，之所以选择晚清，正是将外来因素加以充分考虑后的结果："清末文人的文学观，已渐脱离此前的中土本位架构。面对外来冲击，是舍是得，均使文学生产进入一个'现代的'、国际的（却未必是对等的）对话情境。"[①] 这与柯文的主张是不矛盾的。柯文提出"中国中心观"时"绝对无意用它来标志一种无视外界因素，把中国孤立于世界之外"来探讨中国历史的方法，而且柯文也非常反对那种"由于低估西方在 19—20 世纪对中国的作用，只是把夸大西方作用的老狭隘主义颠倒过来"的"新狭隘主义"[②]。正因为将西方对中国的影响考虑在内，王德威才选择了晚清而非晚明、六朝或唐代等其他时期去发掘现代性因素。晚清现代性的生成既不能抛开中国传统因素也不能脱离西方的影响。但是，西方外来因素的作用更多体现在作者对晚清小说产生的时代背景所作的阐释，它并非构成晚清小说现代性的根本性要素。"西方的冲击并未'开启'了中国文学的现代化，而是使其间转折更为复杂，并因此展开了跨文化、跨语系的对话过程。这一过程才是我们定义'现代性'的重心[③]。由此可见这里所说的现代性寻找，它主要是以中国自身为基点，更多着眼于民族历史的内部和自我国情的实际。这样的观点对此前乃至今日颇有市场的所谓中国现代性源于西方冲击或是对西方现代性的横移的论断，无疑是一个有力的颠覆。它再次证明，中国本土社会并不是一个惰性十足的物体，只接受转变乾坤的西方的冲击，而是自身不断变化的实体，具有自己的运动能力和强有力的内在方向感"[④]。

王德威的《被压抑的现代性》对现当代文学现代性特别是现代性起源（"从晚清说起"）所作的极具个性化的考察，为我们提供了一个崭新的批评角度。然而他在充分发掘和凸显晚清现代性的同时也表现了竭力贬低

---

① 柯文：《在中国发现历史——中国中心观在美国的兴起》，林同奇译，中华书局 2002 年版，第 6 页。

② 同上书，第 210 页。

③ 王德威：《被压抑的现代性——晚清小说新论》，宋伟杰译，北京大学出版社 2005 年版，第 4 页。

④ 柯文：《在中国发现历史——中国中心观在美国的兴起》，林同奇译，中华书局 2002 年版，第 78 页。

"五四"现代性的倾向。这也造成了一种新的片面与偏激。例如王德威认为："所谓的'感时忧国'，不脱文以载道之志；而当国家叙述与文学叙述渐行渐近，文学革命变为革命文学，主体创造意识也成为群体机器的附庸。文学与政治的紧密结合，是现代中国文学的主要表征，但中国文学的'现代性'却不必化约成如此狭隘的路径。"① 显然，王德威将"感时忧国"置换成了"文以载道"和"革命文学"的同义语，这不仅是对中国现代文学而且也是对夏志清的"感时忧国"说的严重误解。我们认为，"感时忧国"虽然和"文以载道"具有密切的联系，它们深层的思想内核都是忧患意识；但前者主要是指 19 世纪中叶以来由于内忧外患、丧权辱国、政治腐败等带来的广大作家对于国家和民族前途的深层忧虑。鸦片战争极大地损害了国人的自尊心，中华民族处在亡国灭种的边缘。为了解救民众于水火，无数仁人志士宁愿抛头颅、洒热血，进行英勇不屈的抗争。所以，"感时忧国"便呈现为一种对民众的启蒙行动与民族救亡行为，一种对现实的强烈关注精神。这也是近现代以来很多作家和知识分子所做的一项系统工程。现代文学与鸦片战争以来中国百年的屈辱和苦难结下了不解之缘，其起源、生长以及发展，均得到了世纪苦难的恩泽，它更从数千年中国文化的无限悠远中获得了丰富的内涵。因此，"感时忧国"是中国现代文学一种深层的精神底蕴。正是这种"感时忧国"精神，现当代文学才充盈着一种沉甸甸的厚重感与使命感。而王德威所讲的"革命文学"主要是指 20 世纪三四十年代的左翼文学，它只是现代文学的一部分而并非整体，绝不能涵容全部的现当代文学史。当王德威说"文学与政治的紧密结合，是现代中国文学的主要表征"时，他有意无意地将中国现代文学作了一种以偏概全的概括。王德威说"五四压抑了晚清"，其实他对于晚清现代性的彰显又何尝不是"晚清压抑了五四"？二元对立、非此即彼，这似乎成了很多学者无法跨越的障碍。有鉴于此，内地学人杨联芬继王德威之后对晚清现代性问题作了进一步探讨。杨联芬不赞同"五四"文学是对晚清文学的压抑与遮蔽，而是认为"五四以后文学的国民性批判，是晚清普

① 王德威：《想象中国的方法》，生活·读书·新知三联书店 1998 年版，第 6 页。

遍的‘知识层面’（更多依恃于概念），逐渐深入到作家的心理和情感层面，并与作家对现实主义的艺术追求达成一种和谐。因此五四文学的国民性批判，与作品表现现实生活的真实性追求基本上同步。换言之，国民性批判的母题，促进了五四文学批判现实主义的形成，并规约了现代文学批判现实主义的主要内容”[①]。这样的论述足可三思。

综上所述，我们可以看到，从夏志清开始到李欧梵再到王德威，现代性是一条贯穿始终的线索。由于这一研究视点的引进，我们的许多认知也发生了很大的变化。如果要作概括，不妨可将此称之为中国现当代文学研究领域的又一次“发掘边缘，挑战中心”。夏志清将张爱玲、沈从文等人从尘封的历史中唤醒，李欧梵对于城市想象研究的拓展以及对于城市文学的倡扬与重新评判，王德威等人对于现代性源头的重溯，这一系列学术研究都将我们的目光引向了长久以来被遮蔽的边缘区域，也不断地开放拓宽我们的研究思路和评价体系。但同时我们也应该指出，海外中国现代文学研究本身也不可避免地存在着这样或那样的缺陷。南帆有言，“弱者只能通过对话的展开改变自己的形象。对话包含了这样的可能：借用对方的词汇阐述自己的思想，以至于这种思想颠覆了对方所预设的语言囚牢。卷入一个语言体系，在对话的实践中显露出这个语言体系的空隙、裂缝，最终逃脱这个语言体系的控制之网而转移到另一套语言体系——这是对话之后可能实现的理想局面。当然，这需要一种高质量的对话。批评家必须使用一种语言体系的同时又具备批判这种语言体系的能力”[②]。对于海外中国现当代文学研究，我们不必过于仰视，奉若神明；也不能一概贬斥，不屑一顾。内地与海外学界的交流对于双方都是重要的。任何一种学术的发展不是一个声音、一种模式可以决定的。全球化进程中的思想和学术也不应只是一种形态、一种思维，而应具有自身的文化身份与指纹。如此，我们才有可能创造出一套契合中国现当代文学实际的现代性的批评理论。当然，这是一个相当漫长的过

---

① 杨联芬：《晚清至五四：中国文学现代性的发生》，北京大学出版社 2003 年版，第 191—192 页。

② 南帆：《理论的紧张》，上海三联书店 2003 年版，第 86 页。

程，它的实现还要靠包括海外学人在内的广大现当代文学研究者的持之以恒的共同努力。

（本节与张锦合撰）

第二节　诺贝尔文学奖与中国现当代文学

一

谈及全球化语境中的西学东渐及其对中国现当代文学的影响，诺贝尔文学奖无疑是一个很好的观照角度和契入点。从 1901 年第一届诺贝尔文学奖颁发以来，一个多世纪的时间，已有一百多人荣膺该奖，但占据世界总人口五分之一的中国人却迄今为止没有一个人获此殊荣（高行健的情况比较特殊，详见下文）。伴随着中国作家年复一年的与诺奖无缘，中国人的诺奖情结似乎也越来越重：或对诺贝尔文学奖盲目崇拜，将获奖等同于文学成就的不朽；或持鄙夷、对抗的态度，认为中国无人获奖是西方话语霸权的体现。这种诺奖情结并不仅是发几句牢骚、开几个研讨会那么简单，而是落实到了“行动”上，不时会有各种混淆视听的“新闻”或者“传闻”。比如王蒙就曾不止一次地被报道提名角逐诺贝尔文学奖，2002 年成都作家罗先贵、罗清和也被传获得诺贝尔奖的“提名推荐”。事后证明，提名王蒙和成都作家的所谓的“美国诺贝尔文学奖中国作家提名委员会”只是个不被瑞典文学院承认的民间机构，其主席旅美作家冰凌先生也不具备任何提名资格。这种情况不仅大陆有，2000 年中国台湾也曾传出李敖以其长篇历史小说《北京法源寺》获得了诺贝尔文学奖提名的消息；虽然后来同样被证明是假消息，但却说明诺奖情结不仅反映了大陆人的文学焦虑，而且传达出了整个华文作家的心理期待。这种期待固然涉及一个民族、国家的荣誉感，但透过这种期待我们也不难感觉到西方强势文化的世界性渗透。

从诺贝尔文学奖的存在本身来看，它作为一个西方国家设立的奖项，必然会由西方世界来掌控话语权，由它来评价整个世界文学并从中选出“最佳作品”，这本身是否就有失公允？东西方文学在审美心理、评价机制、精神原则等各方面都有着不同的评价体系，以诺贝尔文学奖的标准来衡量西方文学或许是适宜的；但用之评价东方文学也是否那么妥帖呢？仔细思考一下我们就会发现，这其实不只是个文学问题，更是个文化问题。从18世纪开始，伴随着东方文明的下滑和西方文明的崛起，世界文化参照体系和价值标准也从东方转移到了西方，并被逐渐笼罩于欧美的强势文明之下，一直到今天这种强弱对比也没有发生根本性的改变。以西方的眼光和标准来看待世界包括东方文学，只不过是西方强势文化辐射世界的表征之一。它不但造成了西方文化强烈的优越感并以西方为模板设立了一个“世界文学”的标准，更重要的是以西方的眼光来看待东方文化之后，东方文化自身产生了深刻的变异并影响了其未来发展的态势。

一个生动而深刻的例子就是1924年泰戈尔来华那场“不欢而散的文化聚会”。泰戈尔和中国的联系与他1913年以英译诗集《吉檀迦利》获得诺贝尔文学奖有着直接的关系。在获奖之前，泰戈尔在欧洲就已经获得了不少赞誉，得奖之后欧洲更是掀起了盛况空前的“泰戈尔热”：不仅《吉檀迦利》成为欧洲的畅销书，诗人本人也屡次应邀到欧洲和美洲四处巡回演讲，在欧洲的带动下，随之，日本也掀起了“泰戈尔热”。众所周知，欧洲和日本是影响中国新文化运动的两个思想源头，这两个源头处兴起的“泰戈尔热”不可能不对敏感的中国知识分子产生影响。有意思的是，泰戈尔这位与中国毗邻的印度诗人之所以会在中国产生热烈反响，并不是因为印度而是得益于欧洲。虽然泰戈尔获奖之后，国内报刊也零星地出现了对泰戈尔作品和思想的译介，但却未造成大的影响；后来欧洲和日本对泰戈尔的狂热才极大地刺激了中国知识分子研究泰戈尔的兴趣，掀起了对泰戈尔思想和作品译介的高潮，并直接促成了此后泰戈尔对中国的访问。因此泰戈尔来华本身就体现了西方文化对中国的影响，这种影响甚至强大到使同属东方文明的邻国文化交流都要绕道欧洲才能生效的地步。而泰戈尔来华之后所引发的一系列关于东西方文化的论争，更是体现了国人自我文明失落的颓败感和向西方文明谋求救国之道的焦虑感。中国人至今难以释怀的诺奖情结也是这种文化焦虑的体现，中国文学百年来一直在谋求西方文化的认可，诺奖也只不过是个个案罢了。

当然，具体到中国为何迟迟无人折桂诺贝尔文学奖，还另有其他的一些原因。首先值得一提的是意识形态的因素。虽然一战以后，欧洲中心主义开始式微，诺贝尔文学奖的评价标准也呈现出了一种多元的趋向，但以欧美为代表的西方文化仍未丧失其强烈的优越感。西方政治偏见的消除并非一朝一夕可以完成，潜在的文化意识心理仍会影响诺奖在评判过程中的政治公平和文化公正。其次，汉语写作的特殊性也增加了中国作家摘取诺贝尔文学奖的难度。作为世界上唯一仍在使用的象形文字，汉字比英语等表音文字有着更丰富的意蕴；借助于汉字，汉语文学不但注重语言本身所包含的信息，而且更注重象外之象、意外之意。如果不阅读中文原著而读译作，无疑会使作品本身的艺术水准大打折扣，而诺贝尔评审委员里只有马悦然一人懂汉语。加之目前中国文学的译介，总体质量不高，阻碍了世界对中国文学的了解。最后，还有人指出，中国政府在推荐战略的实际操作方面也存在欠缺。按照诺贝尔委员会的规定，只有四种人有权推荐获奖候选人：一是瑞典文学院的成员，以及与该院等级相同的人文科学院、研究所和学会的成员；二是在各高等院校任职的文学史或语言学教授；三是诺贝尔文学奖获得者；四是能代表本国文学活动水平的作家协会主席。因此如果没有权威部门或人士的推荐，作家个人是无法提出申请的。但中国至今没有一个专门的负责机构，少数人士的推荐太具偶然性，也缺乏可靠性。而日本则不然，无论是川端康成的获奖还是大江健三郎的折桂，日本政府和笔会都竭尽全力地为他们创造一切可能的条件，比如召开国际笔会、召集权威人士举荐，等等。

此外，诺贝尔文学奖的评定与评委的个人审美趣味、熟悉领域、文学鉴赏能力等有着密切的关系。虽然诺贝尔文学奖要求获奖作品必须是“具有理想主义倾向的最佳作品”，但在对“理想主义倾向”的理解和把握上，不同时代的评委们观点也不一致。在奖项设立的最初十年中，评委们由于自身保守的道德趣味和审美习惯，更注重作品的道德倾向，“不仅在表现手法上，而且在思想和生活观上真正具有高尚的道德”。20 世纪二三十年代，他们逐步由“保守”转向了“大众”，开始倾向“简单性”和“通俗性”，希望奖励那些能够“一目了然”地被读懂的作品。第二次世界大战后，各国文学进入了一个新的探索时期，艺术上的创新层出不穷，诺贝尔文学奖评奖委员会也采取了相应的调整措施，开始注意敢于大胆创新的作家；一批20世纪文学大师荣膺该奖，如海明威、萨特等。70年代以后，评奖委员会的遴选原则又发生了转向，认为奖金应该“资助那些为生计而苦斗因此使抱负受阻的梦幻者”；于是一批澳洲、非洲“地方上的文学巨匠”被推到了全世界的读者面前。20世纪末，评奖的审美理想和审美标准开始倾向于各种文化的介入与融合，即所谓的“国际化”，关注“文化认同”问题，喜欢和平中立忍让。[①] 这种审美眼光和评判标准的不断变化，也给中国文学对诺贝尔奖的适应增添了难度。

除却这些客观因素，中国作家也存在某些主观欠缺。这里所说的欠缺，具体而言，大致有三：（1）本土意识的缺乏。此所谓的本土意识，不是狭隘的民族政治情绪或对异族文化的简单排斥和对抗，也不是以本民族的奇风异俗或者落后愚昧的一面去取悦西方文明；而是从本土文化出发关注民族和国家的命运、展现民族文化的独特性，在民族文化的背后折射普遍的世界性因素，表现对全人类精神问题的终极关怀。以此来观照中国现当代文学，我们会发现百年来尤其是近几十年来中国文学虽然在写作模式和叙事技巧等方面有较大的突破，但这种突破主要是建立在对外来“引进”的基础上，还没有形成与自己民族文化对接，并能充分凸显民族文化个性和魅力的独特的话语系统。（2）文化修养的欠缺。纵观古今中外，真正的文学大师无不具有睿智的思想修养，良好的美学造诣，深厚的文化底蕴，高超的艺术技巧。但在当代的中国作家中，我们似乎很难找到学贯中西、融会古今的大师级人物。加之商业文化大潮的冲击，时代风气日益浮躁，在利益的驱动下，把文学当作沽名钓誉的手段的人绝非个别。不少作家放弃了对“理想”和“崇高”的坚守，投身于商业媚俗的怀抱，严重地损害了文学作品的艺术品位和价值。（3）心态失衡问题。国人对诺贝尔文学奖的热衷已经不是简单的期盼和渴望，而是掺杂了太多文学之外的因素和情结。据说有位曾在国内名噪一时的诗人在每年即将颁奖的日子都会出现在斯德哥尔摩，等待金榜题名的那一刻，甚至已经成为该市一景。这种

---

① 参见兰守亭编著《诺贝尔文学奖百年概观》，学林出版社2006年版。

对诺奖的不正常的痴迷势必会影响作家的创作心态，功利性是写作的大敌，在诺贝尔奖面前的匍匐姿态并不能换来荣耀加身，反而只会被人嗤之以鼻。

当然，诺贝尔文学奖与中国现当代文学关系并非一成不变，随着时间的推移和文学自身的发展，诺奖的有关作家作品在中国的影响也在发生着变化。在开放初期，面对骤然间涌进国门的各色文艺流派、作家作品，中国作家深感现当代文学在思维观念、审美水平、形式技巧等方面都明显地落后于世界文学，自然而然地，作家们都选择了最"方便易学"的诺奖作家作品进行学习、借鉴甚至模仿。因此像海明威、川端康成等一些写作技巧比较强、艺术风格鲜明的作家就成为许多作家创作初期竞相学习的对象。如叶兆言就是从模仿海明威开始创作的，又如川端康成对东方美和传统美纤细哀愁的感觉化表达，深刻地影响了莫言、余华等人的创作。这种形式技巧的学习的确也开阔了中国作家的文学视野，拉近了他们与世界文学的距离。在众多诺奖作家作品中，对中国产生最大影响的当推1982年哥伦比亚作家加西亚·马尔克斯的《百年孤独》。正是在他所代表的拉美魔幻现实主义的启发下，中国文学界掀起了探询民族文化源流、开掘本土文化沉积的文化寻根思潮。《百年孤独》中译本著名的第一句话，"许多年后，面对行刑队，奥雷良诺·布恩地亚上校将会回想起，他父亲带他去见识冰块的那个遥远的下午"，竟为很多作家所争相模仿。一段时间内，中国也出现了为数不少的魔幻现实主义或准魔幻现实主义的作品。魔幻现实主义不仅对寻根小说产生了显在的技巧层面的影响，更深刻的还在于使整个中国文学的观念发生了历史性的嬗变。

20世纪80年代初，中国文学的落后使中国作家们自惭形秽地在世界现代潮流之后马不停蹄地追赶。然而，对各种流派、主义的模仿并没有提升中国文学在世界的地位。直到拉美文学如春雷般炸响在世界文坛上空时，人们才恍然发现对西方亦步亦趋的追随并不能让我们的文学获得真正的发展，反而会在西方的羁绊中失去自我；面对西方的话语强势，我们的文学得以生存的唯一途径就是要发出自己的声音。马尔克斯的获奖引发了国人对民族文化的热切关怀，他对马孔多的书写带动了一大批寻根作家对地域文化的热衷和民间文化的深爱。当然，由于没有对民族文化本体进行深入的思索，也由于缺少马尔克斯那样在民族形式中对人自身的观照和对整个人类命运的终极关怀，轰轰烈烈的寻根文学并没有产生《百年孤独》那样的传世之作，而是在短暂的繁荣之后走向了沉寂。这也表明，对“民族”文化之根的寻找必须与“世界”文化对接，它们彼此是相辅相成的。事实上，如果我们当年能够沉静地阅读马尔克斯，会发现他并不仅仅是对民族文化的片面阐扬，而是融印加文化、玛雅文化与社会现实生活于一炉，然后以现代主义式的超验神话予以表现。因此，他既有对西方现代派的借鉴，又立足于拉丁美洲的文化土壤，在形成自己民族风格的同时又予以普适性的人类关怀。正是民族的个性与世界的共性达到了有机的统一，拉美文学才找到了通向世界之路的桥梁。马尔克斯给我们的启示也正在于“只有博大的世界性，民族性才可能受益”①，他让我们认识到“民族个性只是识别民族特征的符号，一个民族的文学要走向世界不仅仅表现在民族个性的强化上，更应该表达出人类共通的思想”②。

二

谈到世界文学与中国现当代文学的关系，或许有一个人我们不应该忽略，那就是高行健。这不仅因为他是惟一曾获诺贝尔文学奖的华裔作家，同时也因为从他身上我们可以更加清晰地看出东西方文学文化的复杂关系。对于文学界来说，高行健的名字也许并不陌生。1982 年他的探索话剧《绝对信号》曾引发了一场小剧场戏剧探索的热潮，模仿法国荒诞派戏剧的《车站》在戏剧界也产生了较大的影响。但他的剧作集《彼岸》在 1986 年清除精神污染时遭到了查禁，翌年便离开大陆赴法国，隔年再以政治难民的身份加入法国国籍。因此他后来的作品如话剧《逃亡》以及小说《灵山》、《一个人的圣经》都只能在海外出版，彻底淡出了国人的视线。直到 2000 年，其《灵山》获得了诺贝尔文学奖，他才以迄今为止第一位获得诺奖的华裔作家的身份重新回到华文文学关注的视野内。

---

① ［墨西哥］卡洛斯·富恩特斯：《小说死了吗》，《外国文学》1995 年第 6 期。

② 赵德明主编：《我们看拉美文学》，云南人民出版社 2000 年版，第 90 页。

高行健的获奖可以说是一个历史合力的促成。首先，意识形态的影响。高行健“流亡作家”的身份本来就极具意味，而他在颁奖典礼上题为《文学的理由》的演讲中又一再提到了“逃亡”和一些流亡作家如托马斯·曼、索尔仁尼琴等。因此在高行健获奖之后，就有人尖锐地指出诺贝尔文学奖“不是从文学的角度评选，而是有其政治标准”。[①] 这标明，诺贝尔文学奖实质上已被用于政治目的，失去了权威性。从诺贝尔文学奖的历史来看，政治意识形态色彩确实存在过。冷战时代，瑞典将奖项授予帕斯捷尔纳克、索尔仁尼琴等苏联“流亡作家”，引起苏联当局的强烈不满。萨特拒绝接受诺贝尔奖除了遵循他“不接受一切官方体制给予的荣誉”的诺言外，还坦言他拒绝诺贝尔奖的客观原因是多年来该奖要么颁给西方作家，要么青睐东方一些“持不同政见者”，在东西方两大阵营和两种文化的冲突中已沾上了一些政治色彩或表现出一些倾向性。如果说高行健身份特殊的本身就使授奖带有意识形态的嫌疑，那么高行健在颁奖典礼上充满政治意味的答谢词更是对这种嫌疑浓墨重彩的注脚。

其次，高行健以华语小说的身份折桂诺贝尔奖，与其卓有成效的翻译、介绍和评论是分不开的。他的代表作《灵山》写于80年代离国之前，因而是一部地道的汉语小说；但它却并非为华语读者所最先熟悉，而是先以其译文获得了西方读者的青睐，直到获得诺贝尔奖之后才进入华语读者的视线。《灵山》最早是经马悦然用瑞典文翻译在瑞典出版，后来台湾出了繁体字本，1995、2000年又出版了法文版和英文版。《灵山》在翻译介绍方面具有得天独厚的优势。因为与高行健熟稔的马悦然既是诺贝尔文学奖评奖委员会的委员，同时还是其中惟一能阅读汉语原著的人，他对汉语小说的评价在整个评奖委员会中有着举足轻重的作用。此外，刘再复等精英知识分子对《灵山》的高度评价，也为高行健的获奖起到了不可小觑的作用。相比之下，中国其他不少的优秀作品要么因缺少好的翻译而隔断了和世界读者的沟通，要么即使被翻译成外文但没有名家的评论解读而未能在文学精英阶层引起大的反响，从而也就很难进入评委的视野。

---

① 《中国作协：诺贝尔文学奖已被用于政治目的》，《江南时报》2000年10月有4日第一版。

当然高行健能获此殊荣也绝非偶然。诺奖评委授予其代表作《灵山》的颁奖理由是“其作品的普遍价值，刻骨铭心的洞察力和语言的丰富机智，为中文小说和艺术戏剧开辟了新的道路”。的确，在《灵山》中，我们既看到了中国作风和中国气派——作者发挥了传统文学的涵容性，融风物地理志、神话寓言、传奇史话、章回、笔记等于一炉，在看似漫不经心的随意中寄寓了大量的精神沉思；同时又看到了对西方的宗教观念、个人精神的理解——他通过一个在困境中的作家沿长江流域进行奥德赛式的流浪和神游，把现时代人的处境同人类普遍的生存状态联系在一起加以观察。这种东西方文化传统和精神理念在小说中的综合，使得全世界的读者都能有自己进入文本的方式和途径，并对小说作出自己的理解和阐释。高行健的获奖再一次印证了拉美文学曾给我们的启示，“中国作家题材可以是传统的，精神也应该是中国的，但作者本身的视野必须广阔，信息要提到更高层次，不能有狭隘的心胸，而且要超越时空，让外国的读者也能有代入感”。①

高行健以中文小说获奖，给了我们一个反观百年来中国作家无人折桂诺奖的契机：他之所以获奖的理由也许正是中国作家没有获奖的原因。这里除了作家自身精神修炼和艺术素养等主观因素之外，意识形态因素、语言问题、推荐战略问题以及作家的本土意识问题等，不能不说也是一个极其重要的原因。高行健获此殊荣是在这些方面符合了诺奖的“游戏规则”，而中国作家的长期无缘问鼎是否可视为是对“游戏规则”的不遵循呢！

三

谈到诺贝尔文学奖，还不能不涉及语言问题。虽然诺贝尔在他的遗嘱中曾声明不考虑获奖人的国籍，但是“这一意图由于评选机构的局限而未能得到充分的贯彻。瑞典是一个靠近极圈的国家，它偏远的地理位置和单薄的文学传统，使得诺贝尔文学奖评选委员会在完成这一任务时存在着致

① 郑汉良：《董桥：高行健创作不凡功夫让人折服》，原载 2000 年 12 月 8 日网易“文化频道”http：//culture.163.com/edit/001013/001013_42349.html。

命的缺陷。因此，它不能不借助于那些文化强国，尤其是欧美国家（如法、英、美、德、西班牙等）的影响，来弥补自己在艺术触角和文学视阈上的不足。这样，它所依据的美学标准、伦理原则也基本是按照那些文化强国所给出的传统和习惯作出评判的。这种推荐和评选的价值取向明显有利于欧美作家以及深受其影响的其他地区的作家”①。这一点可以候选作家推荐材料的使用语言为例证，推荐材料要求用瑞典语、英语、法语、德语和拉丁语写成。评委们不可能通晓世界各种语言，这使得他们无法全面接触了解世界各地文学的母体面貌，而地域因素使他们势必更倾向于同宗同源的欧洲语言文学。因此我们也就可以理解为什么欧洲籍作家占了获奖作家的大多数，而非欧洲籍的获奖作家也大都可以使用英语等欧洲语言写作。从1901—2008年已有105位作家荣膺该奖，这些作家的洲际分布是：欧洲80位，北美洲10位，南美洲6位，亚洲4位，非洲4位，澳洲1位。而在全部获奖作家中，纯粹使用非欧洲语言写作的作家仅有6位；即使他们不用欧洲语言写作，但也对欧洲语言有相当的了解。比如阿格农还精通德语和意第绪语，辛格精通英语、波兰语、希伯来语，大江健三郎和帕穆克都精通英语。由此可见作家所属的文化圈和使用的语言在诺贝尔文学奖的评选过程中是一个非常重要的因素。亚洲第一位获得诺贝尔文学奖的印度诗人罗宾德拉纳特·泰戈尔在这方面就为我们提供了具体的例证②。

大家知道，泰戈尔在1913年曾以诗集《吉檀迦利》摘得诺贝尔文学奖。但可能很多人不知道，获奖的《吉檀迦利》并非是诗人的母语（孟加拉语）本，而是由诗人自己翻译的英文本。英译本的《吉檀迦利》是一个复合文本，它是诗人从1901—1912年用孟加拉文写就的多种诗集中挑选部分诗歌译著而成。虽然原诗多是用明白晓畅的孟加拉口语写成，但泰戈尔在把这些诗歌译成英文的过程中，进行了再创作，不仅形式上将分行排

① 汪剑钊：《光荣与遗憾——百年诺贝尔文学奖评述》，《百科知识》2000年第11期。

② 本节相关论述，部分参照和借鉴了2007年北京语言大学王坤宇的硕士学位论文《国内〈吉檀迦利〉研究的困境及新的研究范式的垦殖》，特此说明，并向作者致谢。

列的诗体变为分段排列的散文体，而且进行了许多增删和改动，大大改变了原诗的面貌。就拿该诗集的第五首诗来说吧，它译自孟加拉文诗集《歌之花环集》的第20首诗。如果我们将泰戈尔的译文和马哈斯维塔·森古塔（Mahasweta Sengupta）对《歌之花环集》的英译文进行对比，就可发现不仅诗作前后有了明显的变化，如优美的散文体取代了简短的诗体，典雅的词汇代替了口语化的用词，节奏上也更加舒缓宁谧并富有强烈的音乐感；更为突出的是"泰戈尔对孟加拉语的原作进行了细致的筛选、删节和改写，没有将原著中直接表现印度种姓制度、民族运动、社会思潮等内容的诗歌翻译过去，而是选取了那些更为单纯宁静、具有宗教神秘的诗歌，这些优美出色的英文译本成为他进入西方世界的一个通行证"[①]。比如《祭品集》是英译本《吉檀迦利》的来源诗集之一，但是诗人只是在其中选择了一些具有深沉的宗教观、表达对人类普适性的爱的诗作进行翻译，而舍弃了一些具有鲜明的爱国主义色彩或是抨击西方殖民霸权的诗作。以后川端康成、高行健的获奖，也有类似的情形。前者，在很大程度上是因为他展现了东方的神秘和传统的繁华，那些神社佛阁宗教仪式、工匠荟萃的古老街衢、雕梁画栋的庭院建筑、玲珑剔透的绮丽情感，无不唤起和印证着西方自古以来对东方的想象和认识；后者，则与他所描绘的中国西南部偏远山区雾气缭绕的丛林、巫术崇拜和神话传说、老庄哲学道家智慧与文化图腾所透露出来的神秘气息，符合西方人对东方虚幻性的感知不无关系。

其实，放下泰戈尔在翻译过程中对诗歌的再创作不说，他将诗作自译成英文这一举动本身就极具意味。因为与欧洲语言的亲缘关系在诺贝尔文学奖的评选中具有重要影响，那么相应的，对于不具备这种亲缘关系的汉语、阿拉伯语、日语、印度语等语种来说，翻译就显得尤为重要。有学者一针见血地指出"如果泰戈尔没有具备归属大英帝国的文化身份，没有把他的诗歌翻译成英语并重新改写，没有凭借自己娴熟的英语口语与英国第一流学者面对面地深入交流，恐怕他很难为西方主流话语所接纳，他的文

① 刘燕：《泰戈尔：在西方现代文化中的误读——以〈吉檀迦利〉为个案研究》，《外国文学研究》2003年第2期。

学地位和影响力也将极其有限”[①]。考察一下非欧美的获奖作家我们会发现，他们所在的国家很多曾是欧美的殖民地，因而它们的官方语言大多是英语、西班牙语等欧洲主要语言。即便有些作家不用欧洲语言写作，他们也大都有在世界各地尤其是欧美国家生活或游历的经历，能熟练地使用英语、法语等，他们和欧美评论家保持着良好的接触，因此有多种作品被翻译介绍到欧美。比如我们前文提到的纯粹使用非欧洲语言写作的大江健三郎、奥尔罕·帕穆克等。大江健三郎为了用英语在哈佛大学讲演，曾跟现任加利福尼亚大学教授的约翰·内森练英语会话。之后，约翰把大江健三郎的《个人的体验》译作英语，“出版之前，大江随他在美国跑了一个月，到处拜见有影响的评论家。两人配合默契，像说相声一样，约翰伺机提起话头，大江便娓娓而谈美国文学，当然用的是流畅的英语。评论家们惊叹之余，把《个人的体验》盛赞为‘近乎完璧的现代小说’。……文艺评论家荒川洋治指出，大江很喜欢在作品里引用叶芝、布莱克的诗，是意识着以诗为源头的西方文化的‘环境’。大江使用版权经纪人，这在日本很少见，由此亦看出他的国际志向”[②]。从20世纪60年代到80年代，大江健三郎被译介到欧洲的作品达40多种，产生了广泛的影响，为其后来获奖做好了铺垫。而使用突厥语写作的奥尔罕·帕慕克在获奖之前作品也已被翻译成40多种文字，并在欧美多国获得好评和奖项。川端康成也曾谈到翻译的作用：“我很幸运，我之所以能获奖，主要归功于日本文坛，其次归功于我的作品的翻译者。”[③] 日本确实在翻译推介日本文学方面做了大量卓有成效的工作。90年代初，日本就在日本国际交流基金及民间财团的帮助下设立了“向世界翻译介绍100本名著之会”，致力于将日本文化及著名作家推向世界，积极扩大日本文学在世界范围内的影响。相比之下，我们对汉语文学的介绍普及就逊色得多。

从80年代直到现在，每每谈到中国作家的获奖问题，诺贝尔文学奖

---

① 刘燕：《泰戈尔：在西方现代文化中的误读——以〈吉檀迦利〉为个案研究》，《外国文学研究》2003年第2期。

② 李长声：《大江健三郎获奖之后》，《读书》1996年第4期。

③ 曾建华：《文坛群星——诺贝尔文学奖史话》（下），海南出版社1993年版，第23页。

评委们总是会说中国作家未能获奖的一个重要原因是中国文学缺少好的外语翻译，很多作品没有翻译成外文使外国人无法欣赏，而翻译过的作品译的不好则使他们认为那些作品没有价值。这似乎是一语道破天机，然而有学者却从中看出了翻译背后深隐的东西："表面看来，诺贝尔文学委员会是在检讨自己对中国作品缺少了解，希望通过翻译尽快尽多地阅读中国作品。而实质这一说法背后隐含着一个前提：中国作品必须翻译成英、法、德等在西方通行的语言才能进入评选、才能获奖。现在的问题是，这个前提就不尽合理。"我们注意到诺贝尔文学奖在颁给以意第绪语写作的辛格和以阿拉伯语写作的马哈福兹时，依据的都是意第绪语和阿拉伯语的原著，在授予马哈福兹的颁奖词中还特别提到他"形成了全人类所欣赏的阿拉伯语言艺术"，这充分表明了诺贝尔文学委员会对希伯来文明和阿拉伯文明的肯定与鼓励。（同样 2000 年高行健以中文创作获奖，并被誉为"为中文小说和艺术戏剧开辟了新的道路"，也反映了不同的语言与各自的文明形态相辅相成的作用，当然高行健的获奖原因比较复杂，我们在前面已有所表述。）那么中华文明作为世界文明的起源之一也理应受到表彰和肯定，而汉语作为中华文明的载体是中华文明不可分割的一部分，如果汉语不能作为一种语言形式得到肯定，那么中华文明也就不能作为一种独立文明而获得认可。因此有研究者尖锐地指出所谓的翻译问题不过是诺奖的托词，"骨子里是看不起、看不懂、看不上"，将中国文学贬抑为"原始文化、原始文学范畴的东西……没有多少可取之处，尚未达到真正意义上的发达水平"，根本上还是"暴露了评委中种族主义偏见和欧洲中心主义的真实面目"①。

当然，我们不能把中国作家获奖的希望寄托在有朝一日诺贝尔文学委员会把汉语作为一种评选语言的幻想上，而且我们指出文学翻译上存在的问题并不等于文学翻译不可能。这一点，只要看看中国读者津津有味地捧读各种外国译著就不难明白。这里需要特别指出的是，翻译之对中国文学走向世界关系重大，然而恰恰在这个问题上，它与我们的发展现状之间却

---

①　蔡毅：《渴望辉煌——诺贝尔文学奖与中国当代文学发展方向》，中国社会科学出版社 2003 年版，第 166、160、210 页。

存在着严重的悖谬。据有关部门统计，1998年我国的图书销售额高达300亿元，但其中出口额仅占2000万元，仅占世界总份额的0.2%；1999年，全国共引进图书版权6461种，而输出则只有418种。如此巨大的文化贸易逆差不仅造成了中国文化产业的孱弱，更妨碍了东西方文化的平等交流，我们对西方文学、文化的熟悉远远大于他们对我们的认知，西方文学的畅销书很快就能在中国见到译本，但国外汉学界对我们的阅读和了解距我们当下的创作却一般要相差几年时间，并且中国的作家作品在国外的读者主要是研究者和学生，尚未进入到一般读者的阅读层面。这样一种文化失衡现象在百年中国文学的发展中一直存在，中国文化在百年东西方文化交流的总体格局中一直是一种“赤字文化”。而文化背后彰显的则是经济实力、政治力量等综合国力的强弱，“由于综合国力对比的悬殊、经济科技的不对等，以及在国际事务中地位的不平等，造成了这种文化地位的不平等，从而导致了交流的不平等。就连语言也会牵扯受累，使得汉语在世界几大语种中屈居弱势”①。因而中国文学要走向世界、中国文化要获得世界的认可，最根本的是要增强我们的综合国力、增强我们的民族实力，同时也不应忽视具体的文化战略，比如文学的译介工作，只有这样我们的文学才能早日跻身世界文学之林。

（本节与董雪合撰）

第三节　东亚现当代文学与中国现当代文学

中国文化是东方文化的重要组成——准确地说，是东方三大文化圈之一的“东亚文化圈”的中心所在（另外两大文化圈分别是以印度文化为中心的“南亚文化圈”和以阿拉伯文化为中心的“西亚北非文化圈”），深受中国传统文化影响的东亚各国在文化遭遇上与中国有着大致相仿的经历。

---

① 蔡毅：《渴望辉煌——诺贝尔文学奖与中国当代文学发展方向》，中国社会科学出版社2003年版，第166、160、210页。

东亚不仅是一个地理概念，它同时还是一个文化与经济的概念。从历史上看，东亚各国都曾不同程度地接受了中国传统文化的影响，并且已深深地注入自身的文化血脉之中，“由华夏文明的播散而出现的东亚文化圈，实际上是一个有层次、分先后的时空结构：中国本土文明是其主干，朝鲜、越南文化为其两翼，日本文化在其边缘，而东南亚华人社会则成为它伸向外部的触须”①。共同的文化基础，使东亚各国在当前即使有着再多的文化差异，也能够找到对话与共建东方文化的桥梁。“无论是从历史还是从现实来看，都存在着文化的东亚。文化的东亚，即文化东亚，是以中国文化为基础而形成和发展起来的，具有内在的文化共通性和文化共识，有着相当强的文化内聚力的文化和合体”②。文化东亚的客观存在，为东亚作为一种合力来重振东方文化和参与东西方文化的对话，提供了坚实的文化基础。

东亚各国的现代化过程有着大致相仿的经历，而且彼此互为参照，互相影响。19世纪中叶，随着西方列强全面入侵东亚，东亚各国都遭遇到了民族危机和文化危机。他们经历或正在经历的现代化道路，尽管差异很大，所取得的阶段性成果也甚为悬殊，但在对待西方文化的态度、变革的方式以及道路的选择等方面却有着惊人的相近之处。东亚各国在近现代西方列强的侵略下开始觉醒，寻求自己的富国强兵之路，出现了中国的“中体西用”、日本的“和魂洋才”以及朝鲜的“东道西器”等甚为相似的变革模式。当然，其中日本率先取得了成功，而中国和朝鲜则由于种种原因未能获得长足发展；但这也促使东亚各国纷纷将目光投向了日本，以日本为学习的对象，借日本来输入西方的学理与文化。这一点最典型地体现在中日的现代文学交流之中。

中国现当代文学现代性的发生与西学东渐有着极大的关系，西方文化在近现代伴随着军事与经济势力的渗透而涌入中国，客观上推动了中国文学由传统向现代的转型。中国文学现代性的产生，一方面来自自身变革的

---

① 陈伯海：《东亚文化与文化东亚》，见上海社会科学院东亚文化研究中心《东亚文化论谭》，上海文艺出版社1998年版，第10页。

② 陆玉林：《东亚的转生》，华东师范大学出版社2001年版，第2页。

主观愿望与努力；另一方面来自对外来文化中可资借鉴的文学营养的吸收。以往我们在研究这一现象时，主要关注的是西方文化在进入中国本土后所产生的结果，却在一定程度上忽略了其传播的途径与渠道。西学东渐中的一个“渐”字，可以说非常形象地抓住了这一特点。西方文化在进入中国本土时有很大一部分不是直接的拿来，而是借助了一个踏板，这个踏板便是日本。同样是西方的精神文化思想，经过转化之后的引入与原汁原味地横移是有很大的不同，这其中其实也包含了文化交流的某些深层规律与特点。中国自1840年鸦片战争以后，承受了一次又一次的异族的入侵与掠夺，国人也正是在这种屈辱的经历中开始走向觉醒。但在近现代的一系列重大的历史事件中，对中国人思想上引起强烈震动的恐怕不是中英、中法之战抑或八国联军的入侵，而是1894年的中日甲午战争。正如梁启超所说：“吾国四千余年大梦之唤醒，实自甲午战败割台湾偿二百兆以后始也。”这一次战败所引起的有识之士的震撼，直接引发了中国的戊戌变法。日本自明治维新之后国力日渐强盛，它的成功对已在思变的中国来说是一个启发，如康有为所言：“闻日本地势近我，政俗同我，成效最速，条理尤详，取而用之，尤易措手。”中国在晚清时期向日本、英国、美国、法国、德国派遣了大量的留学生，其中尤以日本为盛。据近代史学者李喜统计，中国留日学生在1896年为13人，1898年为61人，1901年274人，1902年608人，1903年1300人，1904年2400人，1905年8000人，1906年12000人，1907年10000人。留日学生之多，确实达到了惊人的程度。中国人留学日本主要是两个目的，一是学习日本的成功经验，二是通过日本学习西方文化。

日本文学对中国文学现代性进程的影响正是在这样一种历史与思想背景下进行的，这在二三十年代表现得尤为突出。“五四”新文化运动的发起人与倡导者陈独秀、李大钊、鲁迅、周作人都有留学日本的经历，他们在日本取得他山之石，并综合从西方“拿来”的主义，进行文学革命与文化启蒙。中国现代文学史上直接受日本文学影响的作家是很多的。鲁迅于1924年不仅翻译出版了日本学者厨川白村的《苦闷的象征》，而且还专门开设课程进行讲授；其同时期创作的散文诗集《野草》也深受《苦闷的象征》的影响。创造社更是由留日学生在日本组织成立的一个文学社团，其文艺思想及创作方法与日本当时盛行的浪漫主义、自然主义文学思潮以及私小说创作观念具有直接的渊源关系。中国早期的话剧也大多假道日本而引入，日本不仅为中国提供了许多国外的优秀剧作，而且也是中国早期戏剧工作者从事戏剧活动的一个重要舞台，中国第一个话剧团体——春柳社，便是由李叔同、欧阳予倩等留日学生发起成立的。另外，“五四”时期小诗派的出现也与日本的和歌、俳句有着密切的关系。日本文学对中国文学的影响不但表现在现代文学的发端期，同时也贯穿此后中国现代文学的各个历史阶段。中国20年代后期开始的无产阶级革命文学运动与日本的左翼文学紧密相连，“在中国的日本文学翻译史上，20年代末至30年代是日本左翼文学理论和左翼文学作品翻译的全盛时代。在此时期翻译过来的日本文学作品和文学理论著作中，左翼文学占了大部分，在中国作家和读者中广为流行，产生了不小的影响”。正如胡秋原所描述的那样：“中国近年汹涌澎湃的革命文学潮流，那源流并不是从北方俄罗斯来的，而是从同文的日本来的。在中国突然勃兴的革命文艺，那模特儿完全是日本，所以实际说来，可以看做日本无产文学的一个支流。”30年代上海出现的现代主义小说流派——新感觉派与日本的新感觉派更是一脉相承。只是后来由于战争的爆发以及新中国成立后很长一段时间里我们文学环境的自我封闭，这种影响才减弱了下来。当然就总体而言，在这一时期，不仅是日本文学，除苏联文学而外，我们基本上关闭了对外文学交流的大门。进入80年代之后，日本文学在中国的引进虽不是十分引人注目，但川端康成、井上靖、大江健三郎、村上春树、渡边淳一等作家的作品，先后在中国掀起了不小的热潮，而且有的在时下的阅读界还在发生着持续的影响。即使今天，日本文学对我国文学创作和发展仍然具有启示意义。总之，日本文学对中国现代文学的影响是多方面的，其中既有日本文学创作实践和文学思潮的影响，也有经日本引进的西方文学思潮的影响。中国文学之所以在自身的现代性进程中如此热衷于向日本学习，一方面是由于日本地处中国近邻，有着近水楼台先得月的便利；另一方面更主要则在于中日有着共同的传统文化基础，日本在传统文化基础上积极吸收外来文化所取得的成功，为中国提供了一个最直接的例证，实践也证明了这种学习引进的必要性和有效性。

东亚文学的交流不仅限于中日之间，中国与朝鲜及韩国之间的交流也甚为密切。在东亚各国中，中朝之间的文化交流最为悠久。中国与朝鲜在地理上接壤，交通便利。据史料记载，汉字早在两千多年前中国战国时代就已传入朝鲜，儒学随后也开始得到传播，公元372年高句丽第17代小兽林王二年还专门建立儒学教育机构——太学，所开设的课程与中国无异，使得朝鲜成为受中国儒教文化浸染最浓的东亚国家。从上古到近世，朝鲜历代文学都深深打上了中国文学的烙印，“汉诗文在朝鲜半岛风靡1300余年而不衰，造就了不可胜数的朝鲜汉文学家，其中‘四大诗人’声名尤其显赫：新罗的崔致远被誉为‘东方文学之祖’，高丽的李奎报被誉为‘朝鲜李太白’、高丽的李齐贤被誉为朝鲜的‘汉诗宗’、朝鲜的申纬被尊为朝鲜的‘诗佛’，相当于中国的王维”。正如韩国学者金台俊在谈及汉文在朝鲜文学史中的地位与作用时所说：“自从汉文输入我国以来，我们的先祖一直用汉文编写历史，进行科举，吟诗歌，撰制文章。汉文固然有其弊缺，但觉得不是有害无益。我们不能忘记，正是汉文筑就了我们的历史文化。无论你是把汉文学看做是中国文学在朝鲜的发展，还是将之视为朝鲜文学的一部分，但任何人也绝对无法把这个宽阔博大的领域排除在朝鲜文学范畴之外。”

在文化现代化以及近现代以来争取民族独立解放方面，中朝之间更是有着甚为密切的联系。这其中最值得提到的便是朝鲜的“三一”运动对中国的“五四运动”的影响。“三一”运动是朝鲜历史上具有里程碑意义的一场反帝爱国运动，它的爆发成为了继之而起的中国五四运动的先声。朝鲜自1910年起沦为日本的殖民地，在这之后，朝鲜人民为争取民族独立进行了不懈的斗争。1919年3月1日，汉城的学生、工人、农民、中小工商业者等各阶层约30万人聚集在塔城公园，举行了声势浩大的反日游行示威，这一行动很快便传遍全国，引发了全国性的示威和暴动，“三一”运动的爆发标志着朝鲜的爱国独立运动进入了一个新的历史阶段，同时这场运动在反帝救亡的行动方式上也极大地启迪了中国人民。也正是带着这样的启示和警醒意识，一场爱国反帝的五四运动在中国爆发了。有学者指出，朝鲜“三一”运动对中国五四运动的影响和意义在于：“如同第一次世界大战结束和俄国十月革命的影响反映了世界社会主义与资本主义之间的矛盾，美国朝野居主导地位的反威尔逊巴黎和会外交方针力量同日本的冲突反映了帝国主义国家之间的矛盾一样，朝鲜“三一”运动则集中代表了世界殖民地被压迫民族解放运动对中国五四运动的强有力推动。”朝鲜“三一”反日爱国运动失败后，一批朝鲜革命者逃亡到上海，成立了“大韩民国临时政府”，继续开展反日复国的斗争。三四十年代，朝鲜义勇军、朝鲜革命军与中国的抗日力量一同在中国大地上展开了艰苦卓绝的反对日本帝国主义侵略的斗争。这种唇亡齿寒、同舟共济的命运处境与斗争历程为中朝的现代文化交流与共建提供了坚实的基础。在中国新文化运动兴起前后，日本统治之下的朝鲜也出现了要求建设本国新文化的呼声。1920年6月创刊的《开辟》杂志，推动了朝鲜本土的新文化运动。该刊第5—8号连续译载青木正儿的长文《以胡适为中心的中国文学革命》，介绍中国的新文学革命运动，后来胡适还应邀为该刊1921年新年号题词。此后朝鲜学界一直对中国新文化运动及新文学发展走向予以密切关注，1949年，朝鲜国内出版了由尹永春编写的一本小册子《现代中国文学史》；到八九十年代，陆续出版了许世旭、金时俊、李充阳等学者的有关中国现代文学研究的论著。

共同的文化承传，近现代以来甚为密切的文化交流传统，为东亚各国现代文学在未来的东方文化的现代性共建提供了可能。东亚各国现代文学在发展过程中都不期而然地触及反思民族的共同主题，都在积极地探索表达现代人思想感情、生存体验的有效形式。无论是中国的鲁迅、周作人、郭沫若、老舍，还是日本的武者小路实笃、芥川龙之介、夏目漱石，他们既是所在国的伟大作家或诗人，同时也是各自国家现代文化的积极发起人或推动者。东亚各国现代文学都曾为各国文化现代性做出自己出色的贡献，而作为已经渗透到东亚各国传统文学中的东方文化，也必然会随着这种现代性的共建与发展而熠熠生辉。

当前，东亚各国的经济迅速发展。自20世纪的五六十年代以来，东亚经济在日本、韩国、中国台湾、中国香港和新加坡获得高速发展；中国大陆随着改革开放的有效推进，在80年代以来也呈现出强劲的增长势头。美国学者霍夫亨兹在其《东亚之锋》一书中写道：“如果我们不了解东亚何以会具有对于我们的优势，以及我们如何利用这种优势来建立我们自己的优势，那么我们的尽管是最果断的努力也会只落得如同在沙上建塔的后果。我们潜在的对手来自一个与我们如此不同的世界，它们的历史之根如此深邃、如此古老，以至于忽视它们今天取得如此巨大成就的原因，实在是太愚蠢了。"[①] 东亚经济建设的成功为东亚共同推动东方文化发展提供了有力的经济保障。同时，文化东亚的客观存在，也为东亚各国现代文学作为一种合力来弘扬东方文化精神以及参与东西文化的交流提供了可能。在全球化视野下，东亚各国文学有必要强化自身的东方文化意识，应该看到，东方现代性的发生虽落后于西方，但这并不等于东方文化在整体上要落后于西方文化。西方现代性发生和发展的先行性，只能说明其在这一历史发展阶段具有领先性，并不足以说明其全部文化的完美性。而文学作为一种诗性文化，就更不能以处在社会演进的先后来对它进行价值定位。当代拉美文学的崛起与成功便很好地证实了这一点。

在构成东方文化的中国文化、印度文化与阿拉伯文化三大文化中，只有中国文化没有宗教色彩，它没有文化的禁忌与排他性。中国传统的儒家文化注重的是精神修养和道德秩序，这对西方文化发展过程中出现的精神危机也许是一个很好的补充。但东方文化的振兴，首先必须要恢复自身的生命活力，能在解决当前人类所面临的严峻冲突与文化困境中体现出自我的价值，只有这样，才能使东方文化有效地释放它的潜能并成为全球文化的重要组成部分。否则，其悠久的传统文化恐怕只能被当作博物馆中的古董供人观赏，那是可悲的。

当然，东亚及其文化的发展是一个动态的过程。"'亚洲'其实并不仅仅是所谓'儒家文化圈'或者历史的联系，那些历史的联系经过百余年不同的'现代化'的进程而逐渐淡薄"[②]，尤其是在以电视媒介为主导的大众消费成为重要文化力量的转型时代，东亚文化也面临新的挑战。也正是基于这样的事实和道理，有人通过对当下电视文化中流行的"日剧"和"韩流"（如木村拓哉、常盘贵子主演的《美丽人生》，安在旭、崔真实主演的

---

① ［美］小 R. 霍夫亨兹、K. E. 柯德尔：《东亚之锋》，江苏人民出版社 1995 年版，第 19 页。

② 张颐武：《论"新世纪文化"的电视文化表征》，《文艺研究》2003 年第 3 期。

《星梦奇缘》等）的分析，提出了一个“新的亚洲性”的概念：这个“新的亚洲在面对全球化的时候，面对了许多共同的问题，也有共同的期望和渴求，这些共同性都是在面对西方的时候产生的”。这种“新的亚洲性”虽然具有相当的实用主义的色彩，但它的广为流行“也说明中国年轻观众的需求和亚洲其他地方的类似群体的共同性。一方面大家都在对西方生活方式充满期望，另一方面又需要一种温和的和传统的方式来‘中和’西方的冲击力”。东亚是全球的东亚，也是东亚的东亚。到底如何处理彼此的关系，涉及东西、古今文化碰撞与融合等一系列问题。就东亚文化内部构成来看，它还有个与自身文化传统及现实国情接轨的问题。只要真正深入东方文化的复杂和多面性之中进行研究，在讲东方性的同时注意体现与时俱进的、全人类的普遍要求，或者说，在进行富有东亚文化个性和民族特色的作品创作时，注意融入全球意识与全人类思维，那么，我们就有理由相信东方文化随着东亚现代文学的发展以及彼此国家民族之间的交流，一定会在不久的将来有一个新的开拓，在全世界范围内发挥更大的作用。

（本节与郭剑敏合撰）

第二章

学科历史与现实境遇

第一节　文学研究与现当代文学学科的发展

一

所谓学科，就字源上解，就是知识的生产和组织的“操控体系”（福柯语）。按西方古拉丁文的本义，学科兼有知识和权力的双重内涵，它是知识专门化的表现，也是知识专门化的结果。学科与现代大学体制关系密切，特别是研究型大学，更为学科的产生和发展奠定了基础。它一方面使知识生产专业化，另一方面又依赖专业化的组织来联络分散的学者，使之成为连接大学与社会的中介。我国的学科主要源于西方和苏联，像中国现当代文学这样的二级学科，都建立在院系下属的教研室基础之上。它与中国社会科学院系统的中国现代文学研究室、中国当代文学研究室，以及中国作协、中国文联系统的创作研究室等，互为相通，连在一起，形成一个大体对应的知识专门化的体系。

中国现当代文学学科建设，经过大半个世纪的筚路蓝缕、极其艰难的探索，大体取得了如下四方面的成绩和积累：一是初步形成了以高校、研究所以及作协、文联为主体的，并以相关学术团体和报纸杂志乃至网络载体为依托的一支研究队伍；二是先后建立了为数众多的现当代文学硕博点，并以此为平台为学科源源不断地培养了一批又一批训练有素的后续接班人；三是陆续推出了一批数量庞大的，当然也是质量参差不齐的，涵盖资料、工具书、专论、文学史等各个方面各个领域的标志性研究成果；四是在学科建设方面初步实现或正在实现的由政治性向现代性、由大陆性向中华性、由苏式向欧式、由批评向学术的转换。尤其是在新时期以降的这二三十年，有关这方面的成绩更为突出和明显。学科发展的步履也大大加快了，并一跃而成为了高校中文属下的一门重要独立的学科，以主干课程的形式在大学课堂上传授。

当然，倘若再进一步，上述所说的现当代文学学科，又可具体细分现代文学和当代文学这样两个既有联系又有区别的分学科或曰三级学科。通常讲现代文学，是指 1917—1949 年之间的文学，1949 年新中国成立后的文学称当代文学。划分的依据主要是社会政治变迁的界限，不完全考虑文学自身的性质。所以近年来不少学者对此提出质疑。这里沿用中国现当代文学这个大家惯用的概念，主要是照顾学科划分的惯例。在实际论述中，我们将重点探讨“当代”部分，适当兼顾“现代”部分，并尽可能把彼此打通。“现代”部分相对比较稳定成熟，研究成果也较为丰厚；而“当代”部分，尤其是新时期以降的当代文学部分，因缺乏应有的积淀，更带有不定型的性质。所以，给予更多的关注也是可以理解的。诚然，这与笔者的研究兴趣和学术积累亦不无关系。

这里，我们先讲现代文学学科。作为“中国文学”下的一个独立的学科，它的初步确立大致是 20 世纪 50 年代初。在这之前，也有一些著述对此作过研究，如胡适的《五十年来中国之文学》（1922 年）、梁实秋的《现代中国文学之浪漫的趋势》（1926 年）、陈子展的《中国近代文学之变迁》（1928 年）、周作人的《中国新文学的源流》（1932 年）、王哲甫的《中国新文学运动史》（1933 年）、王丰园的《中国新文学运动述评》（1935 年）、吴文祺的《新文学概要》（1936 年）、李何林的《近二十年文艺思潮论》（1940 年）等。其中朱自清 1929—1933 年在清华大学等大学的讲义《中国新文学研究纲要》[1]，以及1935年蔡元培、胡适、郑振铎、茅盾、鲁迅、郑伯奇、周作人、郁达夫、朱自清、洪深等分别主编的涵盖各文体的《中国新文学大系》（共10卷），这样两个文献对以后的现代文学学科建设具有重要的启迪作用，特别值得我们重视。

前者，正如朱自清的学生、著名的现代文学专家王瑶先生在为此所作的题为《先驱者的足迹》的专文中指出的那样：那时新文学虽然有很大的社会反响，但在30年代毕竟历史距离还不太长，到朱自清讲这样一门课程时，还没有人对这一时段的历程做过系统和全面的回顾与总结。而当时大学的课程设置有浓厚的尊古风气，"所谓许（慎）郑（玄）之学仍然是学生入门的先导，文字、声韵、训诂之类课程充斥其间，而'新文学'是没有地位的"[2]。所以朱自清的这门课可以说是开风气之先，很受青年学生的欢迎，但也"无疑受到压力"[3]。也许这个原因，1933年以后朱自清就没有再开这门课。但他基于作家成果、重视艺术成就及社会影响，包括采用先有总论然后按文体分类评述的文学史体例，为现代文学学科奠下了很好的基础。

后者，可称得上新文学第一代大师或名家对"五四"和第一个十年间的新文学分门别类作了系统分析和历史评价。《中国新文学大系》不仅为新文学留下珍贵的文献资料，而且也留下了作为亲身参与实践的"过来人"所带有的自我审视特点的评论。其各集的"导言"尽管文学史观不同（如胡适用文学进化观解释新文学的诞生，崇尚实证主义；周作人、郁达夫秉乎性情，偏向主观，充分凸显个人的喜好；而茅盾、鲁迅、朱自清则更注重文学史线索的勾勒和文学典型现象的抽取），价值取向也大相径庭，但彼此所具有的思维理念和研究眼光、方法，对嗣后的现代文学学科建设产生了不可替代的深远影响。甚至可以说，后来现代文学学科发生史的描

---

① 当时并未正式出版，后来发表在上海文艺出版社编辑出版的《文艺论丛》第十四辑（1982年）。

② 王瑶：《念朱自清先生》，郭良夫编《完美的人格：朱自清的治学和为人》，生活·读书·新知三联书店1987年版，第46页。

③ 参见王瑶《先驱者的足迹——读朱自清先生遗稿〈中国新文学研究纲要〉》，《朱自清全集》第8卷，江苏教育出版社1993年版，第127页。

述以及文学史的编写，都基于《中国新文学大系》划定的框架和提供的文本。《中国新文学大系》可以说是奠定现代文学学科建设的最经典的基础工程，是我们从事现代文学研究的必读的基本文献。

1949年中华人民共和国成立，历史进入到了一个新的阶段。很自然地也就提出了为前一阶段新民主主义革命修史的任务，包括政治史、文化史、文学史。因此“五四”以来现代文学就顺理成章地从古代文学的学科领域中独立出来，得到自上而下的格外重视，并被纳入新的学术体制，带有浓烈的政治意识形态色彩。这也预示着日后此学科的有关建设、发展和叙述，将与政治保持异常密切的关系：既备受政治的垂青和观照，也饱受其干扰和打击。当然，现代文学学科的建立，也与学校教学直接有关，它是以大学课程的调整为契机的。上面讲过，新中国成立以前，大学中文系的课程设置带有明显的崇古倾向，似乎愈古就愈有学术含金量。到明清就少讲了，现代文学就更不要说了；即使有这方面的课，也是被边缘化了的，并不受重视。新中国成立后，共产党接管了大学，时代和政治意识形态的需要，上述现象随之得到根本遏制和改观。具体到中文系，则强调厚今薄古，服务现实。

1950年5月，教育部召开高等教育会议，通过了《高等学校文法两学院各系课程草案》，其中不仅规定“中国新文学史”是各大学中文系主要的必修课程，而且还对如何讲授作了严格的规范：这就是“运用新观点、新方法，讲述自‘五四’时代到现在的中国新文学的发展史，着重在各阶段的文艺思想斗争和发展状况，以及散文、诗歌、戏剧、小说等著名作家和作品的评述”①。此后，全国各大学中文系就有了“新文学史”这门课，讲授的课时量很大，30多年跨度的内容，一度几乎与两千多年的古典文学课时持平。如北京大学中文系规定“五四”以后的中国文学史课程为必修课，所占课时与古典文学基本持平②。不久，王瑶的《中国新文

① 转引自黄修己《中国新文学史编纂史》，北京大学出版社1995年版，第126页。

② 参见马越编著《北京大学中文系简史》，北京大学出版社1998年版，第52页。

学史稿》（上卷）由北京开明书店出版（下卷延至1953年8月由上海新文艺出版社出版）。教育部还组织了“中国新文学史”教学大纲的草拟工作，由老舍、蔡仪、王瑶、李何林等人负责议定，向全国大学中文系推广。此“大纲”（初稿）发表在1951年7月第4卷第4期的《新建设》上，它强化了政治与文学的关系，重点放在文艺思想斗争上。至此，现代文学学科逐渐浮出水面，在大学中文系中立住了阵脚。

然而，由于学术生产的体制化和不断加剧的文化大批判运动，王瑶的《中国新文学史稿》以及同代学人的诸多著述屡遭批判。与之相应，一次又一次运动，批判掉了一批又一批的现代文学作家和作品。到“文化大革命”，三十年的现代文学史只剩下了鲁迅一人。这个学科不能不陷于极大的危机之中。直到拨乱反正的20世纪80年代，才重新获得新生，并由“年轻”逐渐走向“不再年轻，正在走向成熟”。这里所说的学科“成熟”，可以从不同的角度进行解读。而王瑶的弟子、著名的现代文学学者陈平原的说法则是：“研究者工作努力，成绩十分突出；理论框架恰当，形成自己的学术传统；学科潜力有限，没有多少发展空间。让人尴尬的是，这三者之间，并非截然对立，而是存在着某种微妙的联系。”① 陈平原此说是在2006年，离“文化大革命”结束初已有30年之距，无疑包含了他对现代文学的深刻反思。他的话，也许令现代文学的业内人士（尤其是热爱现代文学的业内人士）难堪，甚至情感上难以接受，但它却从一个侧面道出了一个事实，这就是：一个学科愈是走向成熟，那就极易滋生某种僵硬，这对这个学科的发展是很不利的。因此，如何防止研究陈陈相因，最大限度地激发起创造力就显得特别重要。如果说现代文学学科有什么危机的话，笔者以为最根本的就在于此。90年代以降，现代文学研究程度不同地出现了某种疲软，似乎就证实了这一点。

二

与现代文学学科相比，当代文学学科更年轻。而且由于漂泊不定，其

---

① 陈平原编著《学术史：课程与作业》，安徽教育出版社2007年版，第65页。

学科的合法性一直处于一种暧昧的状态之中。这里所说的暧昧，“不仅是指一直存在的关于当代文学可否写‘史’或是否有‘史’的质疑，更是指作为学院体制中的一门学科与历史叙述之间所存在的矛盾性”[①]。但这种矛盾性的存在，并不影响当代文学的发展，相反，因为矛盾，它倒使当代文学学科在发展的过程中保持更加清醒的头脑。

“文化大革命”前十七年，当代文学研究，附庸于政治的、时评式的研究居多。由于刚跨入新中国的门槛，时间短，缺乏丰富的文学实践和积累，当代文学一时没有也不可能修史；作为一门学科，它还没有独立出来，而基本依附在当时并不那么发达的现代文学范畴，学院体制中还没有设置独立的当代文学学科。1978 年，教育部制订高等院校中文专业现代文学教学大纲，确定“当代文学”作为一门新的课程。各高校开始把当代文学作为一个与现代文学并立的教研室或研究方向，并开始组织教师编写当代文学史教材（如由郭志刚等编写的《中国当代文学初稿》、山东大学等 22 所院校编写的《中国当代文学史》等），成立有关当代文学研究的学术团体（如 1978 年成立的中国当代文学研究会和 1980 年成立的中国当代文学学会），编纂和整理有关当代文学方面的资料（如由诸多高校共同编选出版的大型专集丛书《中国当代文学研究资料》、中国当代文学研究会主办的《当代文学研究资料与信息》等），当代文学学科建设工作开始正式启动[②]。

据有关文学史家研究，最早使用当代文学这一概念的，是 50 年代后期文学研究机构和大学编写的文学史著作。它的提出，不仅是单纯的时间划分，同时有着有关现阶段和未来文学性质的指认和预设的内涵。这也就是为什么在以往几乎所有的当代文学史著作中，都无不将当代文学定性为“社会主义性质”的文学，以强化和凸显文学发展的目的性的表达[③]。而 50 年代中期，当时文学界的领导人周扬等人干脆将它称为“社会主义文

---

① 温儒敏等：《中国现当代文学学科概要》，北京大学出版社 2005 年版，第 141、149—153 页。

② 同上。

③ 洪子诚：《中国当代文学史》前言，北京大学出版社 1999 年版。

学"[①]。显而易见，这种意识形态性的命名，实际上隐含了当代文学是一个更高的文学阶段的判断，它是对文学的社会政治属性而不是对文学所在的时间尤其文学自身的判断。当然，这是就总体而言，并非所有的文学史家都认同或完全认同这一判断的，有的论者使用"当代文学"的概念，主要强调的还是其中的时间的指向。尤其是 90 年代以来出版的史著，在这方面就表现得更为突出。而且从学理上讲，这一概念内涵虽可质疑，但剔除其厚积的意识形态因素，也并非没有其自身的一定的合理性。至少就语义学和词源学角度来看，"近代"一词来自日语，为英语的 modern 的意译，与"现代"一词所指完全相同；而"当代"一词除了同英语 contemporary 同义，还寓有本朝之类的时间含义在内。所以，用"当代"来概括 1949 年以来的文学仍有其部分的理由。这种意识形态性和知识性的复杂掺和，正是当今学界歧义有之，但却难以就当代文学的概念内涵达成共识的重要原因。

中国当代文学虽然是"当代"的精神创造活动，但从纵向角度考察，它无疑属于中国文学的组成部分，与传统文学文化具有内在的血脉联系，在诸如文学与政治、文学与社会、文学与民众，以及文学的本质、功能、作用，文学的民族化、大众化、通俗化等方面均受到来自传统的深刻的影响。一定意义上，当代文学是古代文学在当代的特殊延伸与富有意味的转换。至于当代文学与现代文学的关系，那就更直接更紧密了。这不仅表现在有许多现代作家，如郭沫若、巴金、老舍、曹禺、赵树理、孙犁、艾青、柳青等，通过他们的"跨代"创作活动，把现代文学的艺术传统直接带入当代文学；同时，还体现为现代文学确立的现代性的原则和目标，在当代文学中继续得到继承和阐扬。特别是 20 年代中期以后开始和形成的无产阶级革命文学，40 年代延安革命根据地的工农兵文学以及有关的文艺主张与创作实践，更是被当代文学作为根本的"源泉"继承下来，并以压倒一切的绝对权威在全国范围内推广和扩大。这样的结果，就天生必然地决定了当代文学与现代文学之间的难以切割的特殊关系。它们彼此的经纬交织，构成了一部整体的、连续性的文学家族的谱系，一部 20 世纪中

① 周扬：《文艺战线上的一场大辩论》，《人民日报》1958 年 2 月 28 日。

国文学的历史。

说到当代文学的整体性或曰整体性的当代文学，我们还不能不提及母体祖国大陆以外的台湾、香港、澳门地区的文学。这就涉及整体的中国当代文学的一个外部的空间格局问题。

由于社会制度和意识形态的不同，加上地理环境的差异以及与大陆文学文化发展的相对间隔，台、港、澳地区的文学在半个多世纪的时间内走过了一条与祖国大陆的文学完全不同的发展道路，表现出盛衰进退的不平衡状态。它们有自身的运动方式、存在形态和历史经验。但从总体来看，毕竟是中华大文学、大文化的组成部分，与大陆母体文学文化之间形成一种相得益彰的互补关系。按照有的文学史家的观点，中国 20 世纪文学在空间分布上可分三大区域：共产党控制的抗日民主根据地和解放区的文学、国民党统治区的文学以及沦陷区的殖民地文学。1949 年以后，文学的基本格局没有变化，只是地域的面积变化了，共产党控制的地域扩大到整个大陆，国民党控制的地域缩小到台湾列岛，而回归前的香港、澳门地区的文学仍然伴有某种殖民地文化的特征①。我们讲当代文学，是可以而且应该将上述三大区域的文学作为一个有机体，纳入宏观统一的视野之中进行整合研究的。历史的发展和观念的开放，已对当代文学学科提出了新的要求。它告诉我们必须面对包括台湾地区、香港地区、澳门地区在内的文学事实，在学科的内涵和研究范畴上要随时应势地进行结构性的调整，而不宜以大陆的当代文学等同于“中国当代文学”的完整概念。当代中国文学的发展是在复杂的社会和人文环境的交错遇合中曲折进行，呈现出不同区域的多元的形态和轨迹的。我们同样坚持一个文学文化中国的立场，在对文学因社会外力的分割而带来分流发展所作历史考察的同时，必须充分正视这种分流始终没有逸出“源于同一文化母体”这一基本事实，这是一分为多，又合多为一的辩证过程，是一个问题的两面。可惜由于泛意识形态、经验美学和思维视野狭小等局限，我们这方面研究十分薄弱。除了陈辽、曹惠民主编的《百年中华文学史论》、孔范今主编的《二十世纪中国文学史》、董健等主编的《中国当代文学史新稿》外，大多数中国当代

① 陈思和主编：《中国当代文学史教程》绪论，复旦大学出版社 1999 年版。

文学史著作都没有将台、港、澳地区的文学纳入自己的研究视野，予以有机的整合，或许只能称为“半部”、“大半部”的“中国当代文学史”。因此，如何通过对大陆及台、港、澳地区文学的分流考察，描述和概括中国当代文学发展的全貌，构建一个能够整合它们彼此文学创造和经验的当代中国文学的整体视野和框架，已经成为当代文学学科研究的题中应有之义和当务之急。

三

相对于整体的中国文学及中国新文学而言，当代文学只能是它的一个发展阶段，属于其文学整体的有机组成部分，可以纳入“中国文学史”或“中国新文学史”（有的称“中国20世纪文学史”）的“断代史”范畴。但另一方面，作为一部“断代史”，它同样也有其作为一个相对独立的发展阶段的特殊性。尽管当代文学同古代文学、现代文学有着割舍不断的联系，古代文学、现代文学中的诸多思想艺术传统，当代文学也有所继承和发展。然而，由于当代文学毕竟是适应文学变革的需要，在20世纪后半叶这样一个特定的历史条件下诞生的，因而便具备了以往文学未曾有过的阶段性的特征即时代新质。

那么，什么是当代文学的时代新质呢？最根本的就是在相当长的一段时期内文学被政治化了，“文艺是从属于政治的”、“是为政治服务的”，成了当代文学中一种毋庸置疑的、带有根本性质的最高的原则信条。有的论者在概括百年中国文学总体特征时认为，它是“尊群体而斥个性，重功利而轻审美，扬理念而抑性情”。这一概括所指涉的，当然也包括当代文学。不同的是，当代文学在1949—1979年的这30年间，它的群体性、功利性和理念性，则集中到了两个方面，这就是对现实的歌颂和对异端的批判①。

前者，主要表现在诗歌、散文、小说、戏剧等多种文体的创作上，它

① 杨匡汉、孟繁华主编：《共和国文学50年》，中国社会科学出版社1999年版，第512—513页。

构成了一个时代新的文学风貌。具体到文本创作，往往被赋予这样的含义：在内容上，以革命斗争和社会主义革命与建设为主要题材；在人物塑造上，以工农兵为作品的主人公；在形式上，以民族化、大众化为追求目标；在创作方法上，以苏联引进的社会主义现实主义或曰革命现实主义与革命浪漫主义相结合为范本；在艺术风格上，以豪迈激越、明朗乐观为主导风尚。这体现了新生的共和国为建设属于自己的文学的争取，体现了当代作家在探寻“新的主题，新的人物，新的语言、形式”方面所做的努力。像郭小川、贺敬之的政治抒情诗《致青年公民》、《放声歌唱》，杨朔、刘白羽的散文《雪浪花》、《日出》，李準、王愿坚、杨沫、梁斌、罗广斌、杨益言、柳青、周立波的小说《李双双小传》、《党费》、《青春之歌》、《红旗谱》、《红岩》、《创业史》、《山乡巨变》等，老舍、曹禺、陈其通的戏剧《龙须沟》、《明朗的天》、《万水千山》等，都具有这样的特点。而后者，则突出体现在批判电影《武训传》、批判俞平伯的《红楼梦》研究、批判胡风“反革命集团”、“反右”等四次“文艺大批判运动”，以及诸如批判萧也牧的《我们夫妇之间》、批判巴人的“人性论”、批判李何林的“写真实论”、邵荃麟的“中间人物论”、“现实主义深化论”等一系列的所谓“资产阶级文艺思想”或“修正主义文艺思想”的批判上。这种没有尽期的讨伐，给文学造成了极大的伤害。它助长了作家的创作向着愈来愈纯化、平面化的要求发展。于是，丰富多样的文学渐渐蜕变为单一的“颂歌”。当这种现象发展到极致时，它也为自身的崩溃预设了时机。“文化大革命”中文学的悲剧性遭遇就充分证实了这一点。当然，物极必反，它也给新时期文学的调整提供了很好的契机。70 年代末 80 年代初有关的“文艺为人民服务，为社会主义服务”即所谓的“两为”方向，就是在这样的情况下提出来的。“两为”方向虽然仍带有很强的政治性，但是，因为人民和社会主义对文学的需要是多方面的，范围也是十分广阔的，因而实践这样新的文艺方针，它也就能够较好地发挥文学的多样化的功能。这对纠正当代文学长期以来比较狭隘的政治功利观，摆正文学与政治的关系，无疑具有重大的历史和现实意义。90 年代以后，“经济中心”取代“政治中心”，文学在走出政治樊篱、回归自我本体属性的同时，又面临市场化的严峻挑战，加上其他众多复杂因素的影响，出现了不少新问题。于是，传统封闭的“文学与政治”关系逐渐向现代开放的“文学与政治及经济”新命题转换，中国当代文学由此也迎来了前所未有的崭新的发展阶段。

与上述的政治化相对应，当代文学同时又是一种高度组织化的文学。1949年7月成立的全国性文艺组织中国文联（那时称中华全国文学艺术界联合会）及中国作协，标志着这种高度组织化的文艺体制的初步确立。此后，主流意识形态就可通过这个全国性的文艺组织及其下属的省市地方性文联、作协机构，对文学艺术活动实行统一的领导和管理。而作为一个组织化的机制，文联、作协一方面要垂直接受上一级的政治领导，履行相应的组织功能；另一方面又要对体制内作家的文学活动加以宏观的调控；在此基础上，建立有关的导向机制，并通过章程、条例、会议、评奖、批评等有关评价体系和各种形式将其合法化，转换成相应的操作程序予以落实。当代中国的这种高度统一有序的文艺体制，是学苏联的。它实际上起到了将国家意识形态诉求与作家个体写作之间连接沟通的中介作用。有了这样的机制，它不但保证了作家作品在政治倾向上的步调一致，而且也有利于有计划地推行统一的艺术主张和创作原则。我国当代文学发展的事实表明：文学政治化与文学组织化的体制是密切相关的。当代文学的有关时代特质，包括其成就局限，都可从这种体制中找到客观依据。但是，也应当看到，当历史翻开了新的一页，全方位、深层次地进入改革开放之时，当代文学的这种政治化写作随之也出现了一些新变。作为实体性的组织，文联、作协的机构虽也仍然存在，但它在实际上却已逐渐地向服务、联络的功能倾斜。从第四次文代会开始，政府权力部门已明确地将写什么、怎样写交还给了作家，“创作自由”不仅成为作家的精神向往，而且也成了最高决策层对文学进行松绑的新的创作口号。尤其重要的是，政府部门不再把作家简单地等同于干部（虽然作家干部身份没有变），而是开始把他们看做是自由职业者、个体精神劳动者，有区别地予以对待。随着文化市场的出现，文学界还陆续冒出了一些卖文为生的“文学个体户”和“自由撰稿人”。这就使文学不能不在整体上呈现出十分活跃的态势，作家的创作自由度也因此得到了以往从未有过的扩大。

由此可见，当代文学的发展，不管是从文学与政治的角度观照，还是就文学与体制的关系审思，它在事实上是既有共同的时代新质、共同的创作风貌，又在不同发展阶段表现为一定的节律，显示出并不相同的阶段性特征。而后者，无疑也就为当代文学学科的分期提供了依据。现在最常见的是采用以时代为经、文体为纬以及作家作品为主体的“三分法”即三个发展阶段，第一阶段是 1949—1979 年间的文学。这是当代文学学科重要的奠基时期和开拓时期，也是历尽坎坷和艰难发展的时期。具体又包含“文化大革命”前十七年、“文化大革命”十年和新时期三年这样三个小的发展时段。但其间强势政治对文学的影响则贯穿始终，文学政治化现象上升为压倒一切的时代主流。所不同的只是影响于文学的这种政治，在性质上有正确与错误或正确与错误兼杂的不同之分罢了。第二阶段是 1979—1989 年间的文学。这是当代文学学科的过渡时期和转换时期，也是观念解放和艺术革新的时期。开始之初，它更多注重的是对前阶段文学的修复，试图回到“文化大革命”前十七年、回到“五四”去；以后则侧重与西方现代主义的横向联系，文学日益从封闭走向开放，由政治性走向人文性、艺术性。第三阶段是 1989—2000 年间的文学。这是当代文学学科的多元时期和活跃时期，也是混沌无序和焦虑不适的时期。文学在摆脱了太多的政治意识形态的重负，获得了独立声音的同时，又身不由己地被商品经济所裹挟。于是，文学功能的边缘化、文学机制的市场化与文学形式的通俗化，也成为不争的事实。当代文学进入了一个机遇与挑战并存的新的发展阶段。

四

前面提到，当代文学不同于古代文学、现代文学，是一个只有起点而没有终点的发展中的学科，也是一个充满风险的学科。我们与研究对象之间近距离的对话，是制约学科发展的不可改变的因素，也是构成它与其他学科差异的最主要标志。尤其是它的下限（90 年代以来），对象本身与我们完全重合，生活在同一时空领域，而没有经过任何哪怕些微的历时性意义上的时间筛选和考验，就更是如此；它也更适合于作文学批评式的研究或纳入文学批评的范畴。这样，也就自然而然地使这个学科具有特别强的当代性特征，并含有明显的不定型或曰不确定性的因素。

当代文学学科的这一特点，从正向意义上讲，它可使我们对它的研究，包括文学史的编写，有效地跳脱传统僵化的经院范式而真正成为富有生命活力的现实开放体系。在这里，无论是阐释还是接受，无论是学术层面还是教学层面，我们都可以而且有必要融进自我的生存体验。只有那样，才能最大限度地凸显和激活这个学科的生命内涵，感受、理解、体会其中的丰富文本和历史进程，达到作家与研究者、教与学之间的能动对话。正是这个缘故吧，不少学校的有关当代文学教学，往往腾出相当的课时，组织学生围绕当前某一代表性的作家作品或文学现象进行课堂讨论。这完全吻合当代文学学科的属性特点，确实也收到了良好效果，值得鼓励和提倡。

当然，有利也有弊。与时代社会和研究对象靠得太近，拉不开距离，也容易使论者被时势和对象所左右，从而自觉不自觉地给研究抹上了更多主观随意的东西，使之缺少应有的学科规范。而后者，恰恰是为文学史写作所要避免的，甚至是与文学史自身的规律和特点相抵触的。因此，如果对之不保持必要的警觉，将个人主观化的东西（尽管这是不可避免的）不适当地无限扩大，任其纵横驰骋，那么，就很可能使当代文学史的编撰重观点轻材料，强调主体理性认知和价值判断，忽视客观知识和客体的相对独立品格。结果就会产生严重的主观独断论，甚至颠倒了主客之间的第一性与第二性的关系，主观可以任意利用、改动客观事实。“文化大革命”前出版的有的当代文学史，在当时“以论带史”口号及种种思潮和学风的影响下，对不少的作家作品或文学现象往往不是从具体的事实出发，而是根据当时现实的政治需要以偏概全，作武断的结论，在这方面就十分典型，有着深刻的教训可以记取。

关于这一点，我们将在第五章第四节中结合文学史编写作进一步的阐释，这里就不展开了。此处有必要申明，无论是从研究方法还是从价值取向来看，笔者赞同这样一种观点：“认识客体永远是最重要的，第一位的。认识主体的见识只有符合于客体，正确反映客体，才够得上是科学的，才最终经得起时间的检验。这也是考验我们'史德'的首要一条。"[①] 不管当代文学怎样特殊，它都不可以也不应该将个中的主观性无限放大，而使批评研究失去应具的客观和公允。

第二节 当代文学学科的历史与现实

尽管当代文学学科从诞生的那天起，就一直备受主流政治意识形态的特殊青睐。不仅在短短的十年之际，就提前进入了"修史"，而且还被定性为"社会主义文学"，给予比古代文学、外国文学和现代文学（因为它们往往被视为封建文学、资产阶级文学和新民主主义文学）高得多的学科地位。事实上，无论是就成果还是就积累来看，它都相当薄弱，无法与上述三个学科相比。这是根据政治需要的一种人为拔高，拔高的结果就是使它们离文学实践愈来愈远，而与现实政治愈来愈近，以致被高度政治化了。于是在享受政治给它带来礼遇的同时，也受到了政治对它产生的震荡。政治上稍有风吹草动，就要祸及学科自身。这也可以解释，为什么"文化大革命"前十七年当代文学备受主流政治意识形态特殊关爱，但在接连不断的文化批判运动中却有那么多的作家和评论家纷纷中箭落马。可见在"政治决定论"或"从属论"的文化语境中，当代文学学科所谓的高位是带有很大预设性和想象性的。它看似"高"，其实并没有取得主体的独立性，其学科地位与实际成就是有差距甚至是有颇大的差距。

这种情况一直延续到80年代初。在走出了政治激情喷涌的伤痕文学、反思文学、改革文学，尝试了各种各样的"新"主义或"后"思潮，遭遇了文化市场的无情挑战而日益被"边缘化"之后，也就从这时开始，当代文学才真正有了自己的学科意识和学科危机感。特别是进入21世纪，随着时间的转移，使人们在盘点半个多世纪文学历史时更感到问题的严峻性，从而也促成了他们从更广大的时空范围对当代文学学科进行反思。所

① 黄修己：《回归与拓展：对新文学史研究历史的思考》，《文学评论》1993年第1期。

以一时之间，对该学科批评乃至质疑的声音不绝于耳。比较流行的所谓“现代文学有高山，当代文学却只有小有起伏的丘陵与广阔的平原”的批评，[①] 就是其中颇具代表性的一个例子。而没有“高山”的学科，试想它又怎么可能具有很高的地位呢？中国当代原本就没有多少重量级的作家作品，而八九十年代的“重写文学史”、“重排文学大师”，却把赵树理、柳青、郭小川、杨朔等一批名家从原先文学高位上拉下来进行“降格”处理，这样就使“只有小有起伏的丘陵与广阔的平原”的当代文学愈发显得空寂。消解“经典”作家作品的结果，在一定程度上也消解了当代文学，对自身学科造成了颇大的“杀伤力”，这大概是当时所有的“重写”和“重排”者没有想到也不可能想到的。

有人从“代际”角度，曾对当代老、中、青作家有过这样的比较分析，认为“跨时代的老作家，在 1949 年之后，因认识价值与艺术价值体系的根本改变，使他们实无超越往日的建树。他们充其量守住了昔日的荣耀。而 50 年代、60 年代成长起来的作家，无论在主观的知识方面还是在客观的环境方面，都先天不足。他们根本无力承担文学的重任。80 年代末，当文学的真正含义得到逐步的阐释时，我们所发现的不过是：从前他们所从事的并非是文学。当时，他们只不过是与一个文学的门外汉站在同一水平线上。这是一个使人感到颇为残酷的事实。不以文学价值为依据的中国当代文学史，给了他们受之有愧的位置与评语。……80 年代成长起来的作家，才使我们看到中国当代文学的真正希望。他们是国际文学背景下成长起来的，并受到高等教育或相当于高等教育的教育。苏童、余华等人所表现出来的才气与力量，使我们对当代文学的明天产生了幻想。但，毕竟是明天，而不是对现在。他们只是才开始”[②]。这也从一个侧面向我们揭示了过去以往的当代文学，为什么出现文学实践与学科地位错位的原因之所在。这一点，连倾力支持并为之提供体制保障的毛泽东、周扬也不否认，他们在不少场合对此就多有批评和不满。

当然，严格地讲，其他学科如古代文学、现代文学、外国文学、文艺

① 曹文轩：《20 世纪末中国文学现象研究》绪论，北京大学出版社 2002 年版。

② 曹文轩：《20 世纪末中国文学现象研究》绪论，北京大学出版社 2002 年版。

学等也都有类似的这样那样的问题，有的甚至不无危机。但因有经典的作家作品的依托，毕竟不易动摇。相比之下，当代文学面临的问题似乎更突出，也更严峻。另外，当代文学不同于古代文学和现代文学，它与研究对象之间近距离的对话，是制约该学科发展的不可改变的因素，也是构成它与其他学科差异的最主要标志。尤其是它的下限（近十年来），对象本身与我们完全重合，生活在同一时空领域，而没有经过哪怕些微的历时性意义上的时间筛选和考验，就更是如此；它也更适合于作文学批评式的研究或纳入文学批评的范畴。这样，也就自然而然地使这个学科具有特别强的当代性、开放性特征，并含有一定的风险性、实验性的因素。

一个学科的存在，一般都有自己的精神原理和逻辑基点，有相对稳定的学科范畴和学科观念。以这样的标准来看当代文学学科的现状，我们感到它不仅“很年轻”，而且也没有建立起一套带有奠基性的学科理论。当代文学面临的挑战和问难很多，如媒体上炒作的所谓国学热、流行文化等。但这并不是最主要的。真正的挑战和危机，笔者以为主要的还是来自以下两方面：一是当代文学的内部自身，包括我们还没有找到适当的理论对当代文学及其相关的学科概念、范畴、结构、方法、体系作出有说服力的解说；fg 是当代文学的外部关系，它在历经半个多世纪的变化之后，未能相应很好地作出调整。大量的事实表明，当代文学现正处在又一轮转型的十字路口。因此，如何从生态审美存在的高度出发对它进行反思，就显得不无重要和必要。下面，我想围绕当代文学如何协调学科内外关系这样的题旨，就如下四个方面展开探讨，提出自己的几点思考。当代文学的最大特点是它的当代性，我希望自己的探讨具有前沿性和现实针对性，涉及大家共同关心的一些热点难点问题。

1. 当代文学与现代文学的关系问题。这也是近些年来现当代文学领域议论较多的话题之一。主导的声音似乎是主张现当代文学“打通”，并且也出现了实践“打通”的不少的诸如《20 世纪中国文学史》、《中国现当代文学史》等有关文学史。但如何“打通”，“打通”的标准是什么，是“五四”单纯的“人的文学”，还是同时兼及其他特别是“人民的文学”？如果是单纯的“人的文学”，那么延安及延安以后文学怎么评价？如果是大于“人的文学”而又同时涵盖“人民的文学”，那么它又是什么性质的文学，怎样体现学科的本质规定性？对此，我们似乎还没在理论上作出应有的回答，实践上也存在不少问题。不少文学史在“打通”当代文学与现代文学的关系时，不是将它们彼此简单拼凑，就是将延安和当代文学有意无意地压缩或虚化。这样编写的现当代文学史看似“打通”了，内在却存在着明显的“肠阻”。它只不过是现当代文学之间的随机“嫁接”，或是现代文学对当代文学的不经意“收编”。这是一种新的简单化和学术粗糙化。现在，越来越多的人主张将1949—1979年甚至将20世纪末的这三十年乃至半个世纪之长的当代文学，都并入到现代文学；而当代文学呢，它就相当于我们通常所说的“当前文学”或“当下文学”，或是成为“当前文学”或“当下文学”的一种别称。我不反对上述有关现当代文学边界和时期划分的新主张。不仅不反对，相反，我认为这种边界和时期的重新划分不仅是对当代文学而且对现代文学，恐将都是迟早必然的趋势。它还由此可为我们对原有的当代文学提供某种“长时段”审视的意义和价值。当代文学是一个只有起点而没有终点的文学，同时也是一个不断往后撤的文学。后撤的结果就是将原有的“起点”不断地延后、纳入到现代文学范畴，而自己再重新去确立一个新的“起点”。当代文学的当代性，似乎注定了它很难像古代文学甚至现代文学那样有稳定的研究对象。这与现代文学是不一样的。现代文学按照“用现代人的语言来表现现代人的思想感情”[①] 的标准，是一个可作延伸的概念。只要在未来的文学发展过程中没有出现像1917年那样与以前文学全面而深刻质变的“界碑”，就不妨可一直延伸下去。现当代文学学科出现的如上变化，应该被视作文学研究走向深化和成熟的一个标志。这也是文学在走出百年、历经一个“长时段”之后的一个必然调节。它体现一种大文学、大学科的理念。对此，我们应站在学科和学术研究整体全局的高度进行审思。也只有站在学科和学术研究整体全局的高度，才能超越跑马圈地或所谓“捍卫学科”的狭隘功利的层面，给予真正的理性审思和认同。当然就该学科的具体研究来说，我以为还是要注意其独特历史语境及其个性特质的把握，不能为了一般而忘了特殊。我们

① 王瑶：《关于现代文学史的起讫时间问题》，《王瑶全集》第8卷，河北教育出版社2000年版，第52页。

可以立足一百年或三千年的文学大视野观照当代文学，但我们却不可以也不应该大而化之地用一百年或三千年的文学来替代当代文学。

2. 当代文学自身内部的关系问题。众所周知，当代文学是涵盖十七年文学、“文革”文学、新时期文学、后新时期文学、新世纪文学的一个相对独立的系统。在这系统内部，从这种文学到那种文学，它们往往是以大幅度摇摆乃至相当强烈的否定、断裂的形式推进的。当代文学学科的很多问题，都由此而来。但这仅仅是一方面。与此同时我们也要看到，这些文学之间尽管复杂多变，差异很大，但彼此又藕断丝连，不可分割，并且常常是以隐性或变体的方式将其精神、思想、情感、文体、结构、语言等潜存下来，以至延续于今。有的看似颠覆或截然对立，在深层次上看彼此则有内在的一致和贯通，如十七年文学与“文革”文学，“文革”文学与新时期文学。更为重要的是，由于文学的复杂性，特别是由于“在文学的历史性与非历史性，在文学的时代精神与它的超越时代的品格之间，存在着矛盾”①。这使当代文学即使在政治化的时代，往往也会与社会的主流观念形成一种矛盾碰撞的张力，而对原有的僵硬的思维理念有所僭越。十七年文学在这方面就很典型，李扬、董之林、程光炜、贺桂梅等近年来于此所做的有关研究，也充分证实了这一点。因此，倘若我们以意识形态为由，对以往政治化时代的文学采取一概贬斥的态度，就有失简单，也不利于当代文学学科建设及其有关历史经验的总结。文学与政治虽有不同的性质和功能，但它们毕竟都同属于意识形态，彼此是很难截然分离的。往远说，如傅斯年写《中国古代文学史讲义》，往近说，如董健等写《中国当代文学新编》一样，他们虽想离析文学与政治的关系，但具体论述时仍未能很好地贯彻自己的意图。所幸的是这些年学术界开始有所调整，这也可以说是当代文学理性化回归的一个表现吧。需要指出，在当代文学学科自身内部，由于十七年文学正值该学科的草创和发端期，迄今影响甚大的文学体制和红色经典大都源于此，加之它又处于上承现代文学、下接“文革”及新时期文学的特殊历史阶段，因而尤有必要引起我们的足够重视。

① 刘纳：《嬗变——辛亥革命时期至五四时期的中国文学》，中国社会科学出版社 1998 年版，第 53 页。

说实在的，谈当代文学自身内部关系处理及其学科建设，十七年文学无论如何都是无法绕过也不应绕过的一个环节，它的意义不管怎样估计也不至太过分。

3. 经典与通俗的关系问题。一个学科的建设和发展有很多因素，有无经典就是其中的重要原因。当代文学因直承延安的创作经验（如赵树理的《小二黑结婚》、丁玲的《太阳照在桑乾河上》、周立波的《暴风骤雨》等），又以苏联的革命文学作借鉴，从50年代后期开始就连续不断地推出了“三红一创”、“青山保林”等一批红色经典。红色经典曾成为这个学科的最闪耀的精神亮点。至于西方现代主义、干预生活和“潜在写作”等作品，在那时是受批判排斥的。八九十年代以后，情况相反，红色经典在相当程度是被解构的，代替它的则是《红高粱》、《古船》、《白鹿原》、《长恨歌》、《许三观卖血记》以及金庸武侠小说等新经典。即使是红色经典的原创或改编，也稀释了原有的政治意识形态，加进了通俗娱乐的元素。社会文化的转型，使政治色彩甚浓的当代文学在整体上明显地向日常消费靠拢，并日趋短平快和高产量（仅长篇小说，近些年来的年产量都在千部以上），经典写作让位于大众制作。像柳青、姚雪垠那样毕其功于一役从事一部作品写作，在今天似乎不太有了。经典是要经受历史的严格筛选，经典也需要花费时间精雕细琢、用心打造，它需要有一种良好的氛围、心态甚至人格操守。也许当下的后现代和商业主义双重夹击的语境，是不利于经典写作的。但不利于不等于不能，关键在于是否具有独立的精神坚守和艺术担当。从这个意义上，我以为有必要对红色经典那种严谨认真的创作态度，那种人我不分的忘情投入表示钦佩和敬意。事实上，以往的红色经典中也存在着不少的堪称经典性的元素或潜质。如果拂去其意识形态浮尘，我们是可从中挖掘一些可资新经典创作的宝贵资源。经典都是带有时代性的。我们应该充分利用目前自己所处的“在场”优势，放出眼光，吸纳包括红色经典也包括大众文学在内的各种精神艺术资源。只有这样，才能创造富有时代特色的新经典，从根本上改变当代文学学科只见“丘陵”不见“高山”的积弱状态。

4. 意识与事实的关系问题。可能与思想革命、政治革命有关吧，当代文学向来是很崇尚意识的；意识性，可以说是它有别于其他学科的一个显著特点。特别是在进入新时期以后，学科面临的问题纷繁复杂，在此情况下，意识或观念的创新就显得更为重要。而曾几何时，在某一特定的历史阶段，这样的新意识或新观念的确也对当代文学乃至其他众多学科起到了很大的推动和促进作用。但这毕竟不是常态。一味地崇尚意识（哪怕是新的意识），那也使它因失去固有客观事实的依托而容易走向主观随意。这种主观随意与往昔的“政治决定论的”以及现阶段的“学术浮躁风”随影相伴，曾经并继续对当代文学学科造成了不轻的伤害；以至迄今弥漫着甚烈的名曰“观念创新”实则“观念过剩”的遗风，不看作品，就凭几个新概念、新术语而侃侃而谈者，也绝非少数。当代文学虽然年轻，它也有个文献史料的问题，而且受当代中国政治和文化国情的规约，往往显得特别复杂。其具体内容和特点，笔者在与人合写的一篇文章中，曾将它归纳为八个方面、六种表现，并认为在搜集、发掘和整理上存在六大困难①。在这里，它的每项史料（事实）的发现，都有可能改写或修正原有的意识，对整体的当代文学学科包括教学和研究带来影响。当然，有些史料由于种种原因特别是政治原因，可能迄今还被封存，有的将是一个永远无法破译的“历史悬案”。这也给现实和未来的当代文学在别增扑朔迷离的同时，留下了相当的不确定性和可供阐释的空间。文学研究就大而言，可分实证研究、文化研究、审美研究三种类型。古代文学是以实证研究见长，长期的积累，使它在意识与事实互动关系方面形成了一套相当完备系统的学问。这很值得当代文学学科借鉴。当代文学为了改变原有的“以论带史”、“以论代史”的局限，提升自己的学术内涵，也有必要在保持自己学术个性的基础上从古代文学那里寻找重文献史料、崇尚实证的思维、理念和方法，不能过于放纵自己的意识和才情。

① 参见吴秀明、赵卫东《应当重视当代文学史料建设——兼谈当代文学史写作中的史料运用问题》，《中国现代文学研究丛刊》2005年第5期。

第三节 大学中文系对现当代文学学科的影响

自从1919年蔡元培执掌北大并废“门”（中国文学门）改系，成立国文系以来，现代大学与现当代文学之间的互动关系就一直构成了中国现当代文学史上一道亮丽的风景。尤其是大学中文系，更以其密切的相关性与现当代文学形成了互为依托、相互促进的血脉关系。在这里，新文学的先驱者不仅在新创办的北大、清华中文系的授课内容上安排“高级作文”或“新文学习作”这样属于文艺创作训练的课程，以贯彻实施“创造我们这个时代的中国新文学”（清华大学中文系主任杨振声语）的办学宗旨；而且还以科学、民主为本位，创造一种兼容并包的、全新的“校园文化”，通过现代传媒将其迅速转化为“社会文化”，从而为新文学提供强有力的精神支撑。所以难怪那时的北大、清华中文系在文学界享有很高的声誉和地位；其所培养的学生，既有顾颉刚、范文澜、王力、傅斯年等一批学术造诣精深的一流学者，又有洪深、闻一多、梁实秋、朱湘、吴组缃、钱钟书、曹禺、穆旦、李健吾等一批创作成果杰出的一流作家。这不能不说是中国文学发展史上的一个奇迹。

新中国成立后的大学中文系，也继承了上述这样一种传统。作为具有几千年悠久历史和丰厚积累的学科，中文系与文科其他学科一样，被纳入国家教育体制之中日益显示出意识形态的倾向。它一方面自然要承担将传统文化和民族经典积淀下来、传承下去的历史使命；另一方面又不能不肩负创造和推广新文化、新传统，包括鉴定、删存并将当代优秀的流行作品铭写进文学史的时代责任，以期为现当代政治革命和文化革命的合理性、合法性提供重要依据。这是当代中文系不同于现代中文系的独特之处。于是我们看到，不仅古代文学经典名著成为中文系的重头课程，而且现当代文学等新文学也更为系统地进入了大学课堂。1950年教育部制定的《高等学校文法两学院各系课程草案》，明确规定“中国新文学史”为各大学中文系的主要基础课程，强调要“运用新观点，新方法，讲述自五四时代到现在的中国新文学的发展史”。这是继1938年朱自清为当时教育部撰拟的“中国文学系科目草案”之后，中国现当代教育史、文学史上一次影响深远、带有根本性的改革。延续至今的中文系所设置的八门主干基础课，文学类的有中国古代文学、中国现代文学、中国当代文学、外国文学、文学原理五门，就是在这样的背景下被确定下来的。这也从一个侧面说明主流权力话语对现当代文学的高度重视，其中或多或少地隐含着对中文系与横向的当代文学之间互动关系的一种微妙认识。需要指出，中文系的体制化有一个过程。在20世纪50年代初，大学还有较大的自主性，所以体制内的中文系及其教授、学者尚有一定的精神活动空间；其对文学界还有一定的影响和发言权，特别是在理论批评方面；“文联”、“作协”等权力机构也还借重他们的作用，如北大的王瑶、吴组缃、朱光潜，北师大的黄药眠、穆木天、李长之等。此外，这些教授或学者原来有不少就是深谙艺术之道的作家，如吴组缃、施蛰存、林庚等，他们的思维、言说与审美方式也不可能不对学生的创作产生直接的熏陶和影响。如此这般，就使得置身体制的中文系在一段时间内能继续保持那么一点学院派的品格，以自己特有的方式为当代文学的创作和研究作出贡献。

当然不必讳言，问题是存在的，而且在我看来还相当突出。首先就是改变二三十年代中文系奉行的“直接参与文学创造”的办学宗旨：取消“高级作文”一类课程，将原来“精神创造”意义上的创作实践置换成现在的“具体实用”层面上的应用写作。一个是“创作”，一个是“写作”，别小看这一改变，它不仅导致将大学中文教育与当代文学写作隔离的倾向，更为严重的是因此而扼杀它们的原创性的想象性、创造力的开发，久而久之，造成思维和审美的麻痹僵硬，并降低削弱中文系在文学中的地位和影响力。为什么在50多年的中文系学生中，培养的作家不多，优秀或较优秀的作家更是少之又少，恐与此不无有关。正是从这个意义上，我认为将中文系简单定位为“培养学者的摇篮”，似乎不那么妥当与全面；至于将创作和研究等级化、隔离化，以至迄今还被许多人所“共识”的所谓的“中文系不是也不能培养作家”的观点，也是很可商榷的。是的，作家当然不是靠大学培养出来的，在某种意义上，他是个人才情天赋自然氤氲的产物。但是另一方面，从创作作为才、气、学、习的一种精神活动来看，我们也应该承认，它的整个过程始终离不开作家理性认知的参与；在大多数情况下，作家的观察体验的深度、表达的强度和创造力，的确又是和他的学识素养（即“学”）的状况相关的。现代文学史上，鲁迅、郭沫若、茅盾、钱钟书、闻一多等学养深厚的学者兼作家的成功创作，在这方面就为我们提供了很好的范例。可惜这样的作家以后愈来愈少。在50—70年代，活跃在文坛的大多是工农兵作家，他们没有经过正规的大学教育，文化修养相对不高，似乎更多靠直觉经验的单向度感知而不是靠情知意融会贯通的整体性把握，因此，大大影响了作品思想艺术内涵的开发。这也从反面启示我们进行大学教育的重要和必要。

如果说办学宗旨的改变直接招致中文系文学影响力的下降，那么日趋严重的狭隘的政治意识形态的限制，更是把它这种有限的文学影响力进一步消弭，对它造成极大的压抑。由于强调“教育为无产阶级政治服务，与生产劳动相结合”，大学失去了原有的独立性，“教什么、怎样教”与“写什么、怎样写”一样，都被纳入国家计划的轨道。学校的教育者——那些所谓的高级知识分子必须向工农兵学习，教育的最终目的是要“培养普通劳动者”，也即从根本上取消知识分子与工农兵之间的差别。大学被看做是“脱离实际”的地方，经院式的知识传播场所。先是跟大学关系密切的京派作家逐渐失势，紧接着1957年“反右”、1958年“拔白旗、插红旗”，将一批文科教授送上祭坛。于是创作成为“走资产阶级白专道路”的代名词，中文系所提供的文学资源也被当作封、资、修黑货而拒绝接受。随着政治意识形态的内在紧张，当代的创作理念和题材选择也日益明显地出现由体验向经验、由日常向重大的转移，培养工农兵作家和描写工农兵题材成了当时压倒一切的中心工作。在这样的情形之下，事实上已不可能有什么校园文化——走出校园、开门办学早已成为教育的目的与手段；取而代之的，是弥漫一切的被高度一体化了的社会政治文化。而没有校园文化的依托，中文系又怎么能开发自身的文学功能，继续保持它与当代文学之间的血肉联系呢？

80年代以后，上述这种情况有了显著改变，中文系在重塑自我的同时，才逐渐浮出水面，恢复它在文学领域的地位并在某些方面有新的发展。当然在走向恢复的过程中也出现了差异。大体说来，80年代通行的观念是“回到五四”，无论是教育还是文学，都崇尚个性解放和启蒙主义；大学仍然起着提供新思想、新思维、新的资源、新的想象力和创造力的作用。中文系更是成为思想观念最活跃的学科，这里既是学术活动频繁的地方，也是文学创作跃动的场所。80 年代新开设的“比较文学”课程，有力地拓宽了封闭已久的中国文学的思维视野，为该学科的重建及与世界文学的联系打开了通道；同时也使它承当改革开放的启蒙者和代言人的角色，富有魅力地吸引并聚集一大批社会最优秀的文化精英，一时人才济济，名声大振。于是，中文系的创造精神及对文学的精神影响也很快得到恢复，出现了一批从校园走向全国的作家、诗人。尤其是“文化大革命”结束初入学的这几届学生，他们参与了新时期文学自伤痕文学、反思文学、朦胧诗至寻根文学、新写实的整个全过程，如陈建功（北大）、韩少功（湖南师大）、李杭育（杭大）等；有的还领时代风气之先，对整体文坛的创作起到某种导引作用，如卢新华的《伤痕》。他们丰富的生活阅历(大多有“上山下乡”的经历)，对现实充满激情的关注，以及较为扎实的文学功底，使之不仅成为校园文化而且成为 80 年代中国文坛的一支不可忽视的重要生力军。当然，他们在用大学校园文化改造提升社会文化的过程中，也表现了某种观念的虚妄与偏颇。这是继“五四”以后大学与文坛联系最密切、创作成果最为丰硕的时期，它带给当代文学的影响是深刻的，包括一大批灿若星辰的作家作品，也包括他们与大学中文教育相适的精英式的创作理念。

90 年代，当代中国教育与文学都进入了一个转型期，它们之间的关系也发生了相应的变化。特别是科教兴国发展战略的实施，大大提高了大学的地位。中文系作为大学中不可或缺的重要系科，自然也跟着“水涨船高”，环境和条件有所改善。但是由于现代化的过程同时也是世俗化的过程，它往往导致社会和人们重物质而轻精神，重科技而轻人文。所以，反倒使中文系在“水涨船高”的过程中出现了前所未有的尴尬：一方面办学规模得到了空前扩大，硕士点、博士点遍地开花（中文系有博士点的全国有 40 个左右，为各个系科之冠）；另一方面学科先前固有的地位下滑，并日益被边缘化了。这与同时期文学的遭遇基本处于同构状态。这样的状况，自然要影响中文系的精神内质。它客观上促使（恐怕也是迫使）圈内的人文知识分子将自我从“广场”撤到“岗位”上来，从事对学科建设很具意义的学术研究工作；而很难像80年代那样自信而又饱含激情地指点江山，激扬文字，对校园外的广大民众进行人道主义、理想主义的教育。于是这就导致了整个中文系内部的学术上升而创作下滑的现象，师生中从事创作的明显减少，整体质量也大不如前。唯独值得一提的是季羡林等一批教授写的学者散文，他们用充满知性和理趣的学术随笔，为90年代沉寂的校园带了些许葱茏。这反映了教育在转型过程中产生的新的精神困惑，也愈来愈明晰地显示了大学在多元化时代的“自足性”特点。

自然，这样说并不意味着中文系的精神思想对当代文学发展已经无能为力，沟通二者的血脉并未中断。如谢冕先生在北大主持举办的“批评家周末”讨论会，就中文系与当代文学发展的一些热点难点问题定期进行专题探讨。又如1993—1995年的人文精神讨论。尤其是后者，它由大学中文系的中青年教师提出，这本身就极具意味，从另一个方面向我们昭示了在中国文学文化重建过程中，中文系的精神魅力所在；这里酝酿和产生的思想虽然往往被不适当地“边缘化”了，但它却能成为一种积极的力量，对整个社会和文学产生广泛而深刻的影响，只是在程度和方式方法上显示出与以前不同的新的特点罢了。正是基于这样的事实和道理，当代一些作家如金庸、王蒙、贾平凹、莫言等都颇乐于到大学担任兼职教授或文学院院长，对置身“边缘”状态的大学中文学科表示了难得的谦慕和尊重；王安忆等作家还经常到大学讲授系统课程，以自己独特的思维方式包括文化名人的身份，支持校园文化和中文学科建设。现代大学是一种大众化的教育，借用文化名人效应来扩大学校和学科在大众中的影响当属正常，不应受到过多的指责。在这一点上，现代的大学应该有雅量。那种对自身学科体制外的文学及其异己的对象排贬的观点是不可取的，它只能说是大学校园文化的另一种保守性品格的一个具体表现。

以上算是对半个多世纪中国大学中文系对当代文学发展的积极作用，所作的一个简要的历史回顾。从叙述中我们可以看出：现代大学中的中文系事实上承担着继承传统和创造传统的双重使命。也就是说，它具有“建立规范”与“超越规范”的两种内在的动力；中文系及其对当代文学的能动影响正是在这二者的相互矛盾冲突与互补转换中得到发展，找到自己的精神空间。大量事实表明，中国大学的中文学科与当代文学创作是同步发展的，从1949年至20世纪下半叶以迄于今，它们清晰地呈现出一个马鞍形演进的轨迹。正因此，它们彼此才有了更多的同一性、对话性，甚至成就与不足也有某种惊人的相似或一致之处。当然，学科不同于文学，大学也有异于文坛。它们彼此都具有自己的属性特点和规范要求。也正是从这个意义上，我们在讲中文学科对当代文学的精神影响时，没有简单地将审思的目光停留在文学创作论层面，而是着重从精神本体论的维度契入。这一点读者不能不察。

第四节　当代文学学科建设与文献史料学

一直以来，文献史料在当代文学教学和研究中的地位及作用并不十分显著。这也情有可原：当代文学向以对当下生活的热烈参与和鲜活的感性风格见长。把这样一个有始无终和变动不居的文学样态与已逝的物态化的“历史记忆”捆扎在一起，又如何能放飞缪斯生动无比的灵性？可是，一旦我们静下心来审思当代文学史写作的现状，就不由不令人产生这样一种感叹：那些曾使我们为之激动和欢呼的“理性”，那些挥斥方遒意气风发的议论，以及类似于“我评论的就是我自己”这样令人怦然心动的宣言，固然使我们获得了释放激情的快感；但不论是对这门学科知识的积累，还是对真正学理的探究来说，都未免使我们感到有些沮丧。当然这并不是说，在后现代主义激起的末世狂欢的声浪，以及“告别革命”铸成的巨大启蒙语境的落差的交互作用下，当代文学不但要对青春期释放的激情进行必要的检讨，同时还须避免不再重蹈动辄“启蒙”的旧辙。这里特别要强调的是，作为只有几十年历史的当代文学，一方面，它应在严谨扎实的学术规范的导引下，逐步建立起本学科的相对可靠的知识系统，否则便很有可能使研究走向虚蹈的误区；另一方面，我们也不希望它因为强调了学术的累积，而失落掉关怀现实与关怀人文的宝贵传统，将这门有着强烈生命质感的学科变成一种书斋里的思想游戏。这，就是今天讲究学术规范和推进学术积累中，当代文学学科建设所应关注的两个纬度。

应当说，当代文学对史料的关注与重视正与日俱增。这既是文学研究摆脱意识形态束缚，回归自我本位的必然，也是这门学科逐步走向成熟的标志。当我们借助于史料把目光投向以前被遮蔽的历史场域，就会发现当代文学远比我们目前所认识的要复杂得多。毋庸讳言，既往以教材名目面世的颇多当代文学著述，因受生产机制以及研究者的知识经验、研究范式，尤其是使用的材料所致，在今天看来，已失去或相当程度地失去了学术乃至知识上的价值。那种性质先行、结论先行和理论先行的文学叙述模式，不仅漠视史料的价值，而且在根本上也缺乏追求历史本真的学术旨趣。在那样一种叙述框架中，当代文学被大大地简化了，以致成了脱离具体历史场景的空中楼阁。事实上，这非但不能建构出一种真实的文学演化史，也无法解释这种文学之由来的深刻历史原因。而提出当代文学学科及其建设的史料问题，其意义就在于通过对史料的发掘、占有、分析和把握，尽可能使我们对当代文学获取更加全面清晰的认识，并对其来龙去脉做出合乎历史实际的解释。

当代文学史料被漠视的另一个重要原因，还在于长期以来我们对它的认识，与一种可以被称之为“当代迷幻症”的症候紧密相关。由于我们生活在当代社会以及当代文学历史的短暂，也由于很多文学史作者同时又是历史的亲历者，因此，他们想当然地认为自己已经占有和理解了历史，完全可以充当历史的代言人。或者，出于各种主客观的原因，他们宁愿认同现有的被广泛接受的历史叙事，而不愿去翻看历史中那令人难堪的另一面。而事实上，在当代中国政治和文化国情规约下的史料占有和运用并非易事，甚至有时还很艰难。这里既有如何获得有价值的史料在数量和质量上的问题，还有史料本身的可信度与辨伪问题。众所周知，当代文学与当代政治几乎是同构的，这一文学与政治的同构性给当代文学史料涂上了浓重的政治意识形态色彩。因此，正如当代中国史史料中的复杂性一样，当代文学史的史料也同样复杂。正是基于史料的复杂性，以及目前文学史研究对史料运用的忽视，我们才敢于预期当代文学史写作的好戏还在后头。这个好戏的上演，必然是以政治意识形态的持续开放，和那些被遮蔽的史料开始被解蔽的时候。

那么，所谓的当代文学文献史料，具体包括哪些方面的内容呢？我们认为，下面的这些，应该是其中的主要部分：

（一）公开发表的各种文学作品（含文集、全集），尤其是文学评论、文学论争、书评、序跋，有关文学问题的文件和政策法规、书刊的广告和编者的说明，文学评奖的宗旨、条例、评委会成员、获奖作品等；

（二）毛泽东、周恩来、刘少奇、邓小平等国家领导人在当代文学的不同时期所做的涉及文学作品、文艺政策、文化人（知识分子、作家等）问题的讲话、谈话、发言等；

（三）历次文艺批判运动中文艺界领导、知名人士以及作家在各种场合对于文艺问题和私人之间关系问题做出的口头和书面的表态，以及他们在那个时期写作的各种检讨、辩白、揭发、批判性文字；

（四）作家和其他文艺界参与者在各种运动中留下的书信、日记和手稿；

（五）历次文艺运动和文学事件参与者的回忆录、口述实录等；

（六）没有公开发表但有价值的各种文学作品、文学评论等；

（七）港台方面的文学作品、文学评论、文学争论、文学评奖等。

还应特别指出的是，"文革"作为当代文学发展一个非常特殊的阶段，目前限于史料的原因，对它的研究显得异常滞后。为时人所诟病的"'文革'在国内，而'文革'学研究在国外"的现状如要彻底改观，在史料问题上必须要有一个革命性的突破。巴金老人一直呼吁要建立"文革博物馆"，尽管得到不少有识之士的响应，但在事实上收效甚小。这一时期的文学材料（包括手抄本）、文学报刊，特别是大学里的文学小报（包括红卫兵办的各种小报），散落在海外的居多，国内保存的反而日见稀少。

上述这些史料带有鲜明的"当代"特点，其中的大部分史料，关涉到当代文学史写作若干需要破解的谜团。比如当代"前 30 年"（即 1949—1979 年）文学成分的组构与消长的内在机制，支配文学发展的体制性力量的运作过程，以及各种偶然性要素对文学的干预方式等。因而，当代文学史料本身及其获得的方式，具有自己的诸多特点：

第一，1949 年以后，中国社会被具有浓厚意识形态色彩的全控体制所主导，文学作品的生产、流通与消费也由国家全面掌控，这形成了与现代文学发生发展完全不同的历史背景。这种对文学生产与消费过程的全面控制，导致了当代文学的“地下文学”或“潜在写作”的发生；借此，我们有理由把当代文学史写作的文献史料概括为“地下”与“地上”两种。这里所谓的“地下”史料，除了反右运动中被打成“右派”而被剥夺了发表权利的有些作家的创作之外，更主要指的是“文化大革命”时期的以各种小报和手抄本形式流传于民间的“潜在写作”。

第二，在当代体制之下，国家最高领导人往往对文学投以特别的关注，他们时常直接出面干预某一作家作品的写作或出版。比如毛泽东之与《武训传》、《草木篇》、《海瑞罢官》、《沙家浜》、《李自成》，周恩来之与《王昭君》，邓小平之与《苦恋》等。这种干预，不仅直接关系一个作家作品的命运，而且还深深地影响到当代文学的整体创作走向。而缺少了这一方面的史料，对“中国特色”的当代文学史的理解和把握就失之表面和肤浅。

第三，当代文学之所以敏感和复杂，还在于文学界上层人士周扬、郭沫若、茅盾、冯雪峰、胡风、丁玲、邵荃麟、林默涵、张光年、夏衍、刘白羽、郭小川、康濯、王蒙等的人事纠葛。他们之间既有文学观念的冲突，也有彼此在历史或情感上的碰撞。这些冲突与碰撞又与国家最高领导人发动和领导的各种文艺批判运动结合在一起，形成了非常隐秘和复杂的“结点”。这些“结点”不但产生在他们之间，还广泛地辐射到他们周围乃至全国范围的文人身上。因此，他们彼此的恩怨既是一些个人的事情，同时也与文学问题联系在一起，对当代文学的发展产生了不可低估的重要影响（张光年出版于1998年的日记《文坛回春纪事》，从一个侧面向我们披露有关这方面的不少宝贵材料。）遗憾的是，现在这方面的许多问题限于史料的原因，都还处于悬而未决的状态。

第四，当代文学同样也存在着版本问题。这里所谓的版本不仅是指出版者和印刷时间的变更，主要指的是作品在当代意识形态影响作用下进行修改所造成的内容方面的差异。如《太阳照在桑乾河上》、《青春之歌》、《欧阳海之歌》、《创业史》，甚至包括金庸的武侠小说等。显然，对这些版本背后“故事”的发掘，有助于我们对当代文学生产机制的深入研究。

第五，当代文学史中一些深刻影响全体国民以及世界认知图式的作品，特别是带有纪实特征的一大批革命历史题材作品，它从故事的“本事”到文学文本之间的“编码”，已被现有的史料“解码”，证明其对颇多“本事”原型作了符合现实意识形态需要的逆加工处理。如《红岩》中所写的中美合作所，据说是一个反法西斯情报组织。应该说，这一现象具有相当的普遍性。但迄今为止，足以证实这些问题的史料还不多见。

第六，尽管当代文学史中还没有形成真正意义上的社团和流派，但不少的大学甚至中学，也曾出现过一些类似社团的苗头。他们印刷的一些非正式的出版物，仍有一定的文学史价值。众所周知，伤痕文学的发轫之作《伤痕》，就是首发于复旦大学的墙报上。时下的许多作家，他们的创作大都是从大学起步的。一些以校园文化面目出现的文学小报，理应纳入到文学史写作的视野。而实际上，我们对这方面的史料的搜集几乎还是一个空白。

以上对当代文学史料的内容和特点大致进行了梳理。可以预期，如果诸如此类的问题能在史料上有所突破的话，那么，一种契合当代文学史学科特点的深度解释模式将有望得到建立。

尽管不认同当代文学史料问题的人已经为数不多，但不少人还是对当代文学史料的建设的难度缺乏足够的认识。事实上，当代文学史料的搜集、发掘、抢救和整理，面临着相当严峻的形势。当代文学史料建设的困难主要有：

第一，国内的档案管理制度。有些档案特别是中央级的档案几乎不能查阅，有些则不能公开引用。

第二，有些文学作品、文学事件由于涉及意识形态及其背后的政治禁忌，所以对它们直接或间接的评论、回忆，都难以公开进行。

第三，与上述情况略有不同，是作家和一些文化名人在出版自己的书信、日记，撰写个人回忆录时，常常难以摆脱所处的人际环境的干扰，因而有意删改的情况时有发生。所以，正如现代文学史料中有一个辨伪的问题，当代文学亦然。

第四，多数五六十年代成名的作家已进入暮年，他们作为文学史的参与者、见证者，无疑起到活化石的作用。他们亲身经历的重大文学事件、文学活动，本身就是鲜活无比的当代文学史。问题是这项史料搜集和抢救工作不但因开展的较晚而造成了许多难以弥补的损失，而且也因各种人为因素的影响（包括家属，也包括与当事人有关的其他参与者），致使迄今效果不著。

第五，由于最近30年中国改革开放取得了巨大的成就，时代的新变与“向前看”的思想，容易催生人们对以往特别是对“文化大革命”发生的各种惨痛的记忆采取回避乃至忘却的态度。这一健忘的大众文化心理，虽与主流意识形态的导向不无关系，但也昭示我们：要将它真正扭转过来，使亲历“文化大革命”的作家像巴金写作《随想录》那样勇于讲述自己的真话，还需要一种社会文化氛围的推动。

第六，港台（尤其是香港）是中国当代文学史料在海外的最大集散地，在那里，由于历史、现实以及体制等方面的原因，积聚着极为丰富的各种材料，并在相当程度上已成为大陆学者写作当代文学史的一个重要的材料源。但因政治的缘故，这些史料往往很难过“关”进入大陆腹地；即使进入，也不可能或不宜公开引用。

当然，我们这里主要是讲当代文学史料建设的困难，其实它同时还有很多的优势。而在这当中，最大的恐怕就是时间和机会上的优势。对于现代文学来说，史料建设主要是如何进一步搜集和挖掘问题，因为它已经成为一个已然和静止状态的东西；而对于当代文学来讲，除了搜集和挖掘之外，还可以通过我们的努力起到抢救的作用。因此，它较之现代文学史料建设更具有现实的意义。从某种程度上说，当代文学史料是“现在进行时态”或“准现在进行时态”的，这就更加重了我们对它搜集和抢救的紧迫性。20世纪80年代，我们曾推出了由茅盾作序、众多大专院校合作编撰的一套近百种的大型的《中国当代文学研究资料丛书》。另外，还先后出版了《中国当代文学参阅作品选》、《文学争鸣档案》、《中国当代文学史料选》、《中国新时期文学研究资料汇编》等颇多史料性质的书系。所有这些，至今都对我们文学史编写和文学研究潜在地发挥着作用。它也说明当代文学史料建设并非一片空白，还是有一定的基础的。只要我们持之以恒，相信在今后是可逐步建立起符合当代文学学科规范和特点的史料学的。现在的关键是，要进一步增强这方面的自觉意识，并将这些年来新发现的史料融入到文学史之中，借以拓宽当代文学史的学术视野。我们高兴地看到，尽管这方面的成果不甚显著，远未达到改变或修正以往文学史叙述的境地，但毕竟初有创获，开启了一个良好的开端。如洪子诚的《中国当代文学史》，用丰厚的史料对20世纪四五十年代的文学“转折”进行了深入扎实的梳理；陈思和主编的《中国当代文学史教程》则以“潜在写作”、“民间形态”等新鲜史料以及对史料较为另类的阐释，对固有的大一统的当代文学史格局产生了很大的冲击。吴秀明主编的《中国当代文学史写真》，也为如何呈现以史料为主体的较为原生态的文学史，做过一些新的探索。

总之，挖掘史料，尊重史料，尊重事实，防止作者话语霸权对文学史的侵害，并将史料的实证研究与文化研究、审美研究有机地结合起来，不仅应成为我们对当代文学史实施“再审视”的一个重要方面，而且也应成为我们今天进行文学史“再重写”的一个基本原则。

（本节与赵卫东合撰）

第三章

学科整体性格与矛盾性特征

第一节 现代文学学科：发展自我与牺牲自我的互补

一

这里想从本体性格的角度对现代文学进行论述，以便将上述有关学科问题的探讨再推向深入。

作为一门现代的新兴学科，现代文学整体性格的最大特点，我以为就是发展自我与牺牲自我的互补；它本身似乎是矛盾的，但同时又是统一的。而这种矛盾的统一，并非是作者人为的，恰恰相反，它是20世纪时代所赋予的，是那个矛盾复杂的时代的折光反映。尤其是“五四”文学文化革命，它所表现出来的深刻性、复杂性、曲折性远远超过了政治层面改朝换代的变革。虽然早在梁启超乃至严复、夏曾佑就已正式实施了引进西方、用现代文化改造传统文化的工作，但真正对传统文化精神起到革命性改造作用并最终促成其向现代转换的还是“五四”。因为梁启超所谓的“新民说”、“小说界革命”的命题，主要着眼于功用；他所谓的“自由”，不是针对作为精神个体的“人”而言，而是针对国家群体之民即“国民”

而发。就批评的性质来讲，他对传统文化的反思，与李贽、龚自珍等一样，“仍然是一种顺向性的反思，即仍然是企图在自身的文化体系中克服缺陷，以谋求传统文化体系在现代世界环境中的自我完善”[①]。而“五四”的文化反思，则是一种逆向性的反思，它引进西方现代异质文化，目的是为了将传统的旧文化体系整个推倒重建，而不是对其进行局部的弥缝补漏。正是这样两种不同性质的反思，导致改良派人物梁启超最终不能接受“五四”新文化，然而它却也是“五四”文化革命较之戊戌改良的最深刻、最彻底之处。至此，滥觞于先秦之际，并缓慢而迂回地绵延了两千多年的传统文化，便顺乎自然地走上了现代新文化的转换之道。

自然，这里所说的转换，主要不是指文化精神内涵中的构成要素的改变。不是的，文化精神的构成要素还是原来的人道主义思想、固有的社会责任感和终极关怀意识等；在这些方面，基本没变。而是指它从旧传统儒学“内圣外王”的狭隘封闭的意义世界那里剥离出来，被纳入到一个新的价值体系之中：这就是致力于追求以民主与科学为要义的人的解放及其现代性，在此基础上实现个体价值与社会价值的统一。众所周知，在我国文学文化观念中，也承认人的个体价值。但这种个体价值在自然经济与宗法制的规范之下往往是很有限的，它只是作为通向社会价值的一种手段，而社会价值才是它的目的。因而传统文化精神中的个体价值，它在真正付诸实践时，更多的则是一种价值理想而非价值事实。“五四”文学的不同凡响，恰恰就表现在对这种个体价值大胆的深刻的认同，不仅将它当作实现社会价值的手段同时也将它视为存在的目的。“苟倡绝对的国家主义，而置人道主义于不顾，则虽以德意之强，而终不免于失败”[②]，“我们应该承认爱人的运动比爱国的运动更重要”[③]。不仅思想家们这样认识，作家们也指出：“人的发见，即发展个性，即个人主义，成为‘五四’时期新

---

① 刘再复、林岗：《“五四”文化革命与人的现代化》，《文艺研究》1988年第3期。

② 蔡元培：《〈国民〉杂志序》，载《国民》第1卷第1期。

③ 李大钊：《“少年中国”的“少年运动”》，《李大钊选集》，人民出版社1959年版，第238页。

文学运动的主要目标”①。“五四运动的最大成功，第一要算‘个人’的发现，从前的人，是为君而存在，为道而存在的，现在的人才晓得为自我而存在了”②。这无疑是带根本性的一次大突破。

由于立足于人的解放及其现代性，所以包括“五四”在内的现代作家不仅开始真正要求尊重和关心个人问题，而且将它提到非常重要的高度加以认识，“个性解放”成为一种普遍的时代口号。反映在创作中，“把人当作人”就不期而然地成为许多作品的共同主题：致力揭露各种邪恶势力戕害他人自由人格，剥夺他人做人权利的丑恶现象，与表现他人受侮辱、受损害的痛苦的作品就汇成了现实主义洪流；着重表现自我受压抑及其苦闷与彷徨，讴歌张扬个性，歌颂自我对社会反抗的作品就汇成了浪漫主义潮流。体现在情感和审美上，它就造成了奔放而洒脱的“五四”解放文体：嬉笑怒骂，以毫无拘束的真实和毫无顾虑的坦白，“精赤裸裸”（郭沫若语）地赞肯个体的生命价值，包括个体的生存本能与自然情欲，赋予其“放恣”的感情形态以“美”与“善”的品格；于是出现了现代特有的自由不拘的艺术风格，出现了现代特有的自由不拘的“爱情至上”宣言：“知识我也不要！名誉我也不要！……我所要的就是爱情！……我所要求的就是异性的爱情。”③ 如此这般地追求自由，这种情况不要说以前，就是 20 世纪初的梁启超乃至最激进的革命者孙中山也未曾有过。如梁启超就曾说：“自由云者，团体之自由，非个人之自由也。”④ 孙中山虽是提倡自由平等博爱的，但他在晚年也同样反复强调：“欧洲当时是为个人争自由，到了今天……万不可再用到个人身上去，要用到国家身上去。个人不可太自由，国家要得到完全自由。到了国家能将行动自由，中国便是强盛国家。再这样做去，便要大家牺牲自由。”⑤ 与他们有关的国家民族的总体发展必须以牺牲个人的个性自由为代价的观点相比较，我们就倍感现代个性解放与精神自由的特别弥足珍贵。而个性解放与精神自由则是现代文

---

① 茅盾：《关于“创作”》，《北斗》创刊号。

② 郁达夫：《〈中国新文学大系〉散文二集导言》。

③ 郁达夫：《沉沦》，泰东图书局 1921 年版。

④ 梁启超：《新民说·论自由》。

⑤ 孙中山：《三民主义·民权主义》第三讲。

学得到脱颖而出、傲然独立的最重要的关捩，有了它，文学也就有了现代性的品格，为此，怎么高度评价也不会太过。

二

虽然个性解放的精神之花在现代璀璨夺目，放出耀眼的光芒；但它只代表着现代文学的一部分精神意向，而非全部。现代文学也没有简单重复西方文艺复兴运动的道路，将个体自我的生存和发展作为衡量一切前提的价值选择，而是在“尊个性而张精神”的同时，不忘个人对他人和社会的责任，包括经国济世的责任。所以当时才会出现作家与政治家站在同一起跑线上，并且相互激励也相互冲突的有趣景观。有的人如陈独秀、瞿秋白等甚至还一身二任，在作家与政治家之间自如地游弋。现代文学先驱中，有不少是从国外留学回来或在国内受了资产阶级新式教育的。限于当时传统势力的强大，他们都曾成为传统的激烈反叛者，并且的确讲过一些非国家非群体利益的话，有的甚至还将国家列为应予“破坏”的“偶像”之一（前引蔡元培、李大钊的话多少就说明了这一点）。但是，他们却从未反对过传统文化中明道求世、悲天悯人的精神原则，骨子里还成为这种精神原则的虔诚而忠实的信徒。这一点，不要说鲁迅以及“为人生派”等作家，就是受到西方唯美主义文艺思想影响，主张“自由表现自我”的早期“为艺术派”作家也不例外。如郭沫若的《女神》等作在极力张扬自我，由自我出发试图创造一切、涵盖一切的同时，仍执著地要从中寻找“振动数相同的人”，热烈地追求个人与社会的“一切的一，和谐呀”、“一的一切，和谐呀”的统一，散发着强烈的道德臧否。即使是像郁达夫《沉沦》这样以畸形病态方式进行自我反抗的作品，透过“零余者”放浪形骸的表象，我们照样可以触摸到作者那深沉炽热的爱国情怀。个性主义与集体主义，或者用鲁迅的话来说，“爱己”与“爱人”的对立统一，可以说是构成“五四”文学的共同特色，也是“五四”那个时代广大作家的共同存在方式。作为东方封建大国的现代知识分子，他们当然会强烈地感受着封建专制主义思想体系对人的个性压抑，并因自身开放多维的知识结构和思维观念，倾情于西方的个性解放思想，推崇以个人为本位的价值取向，从而将

"发挥个性，表现自己"[①] 作为文学的信条；但另一方面，作为半封建半殖民地社会的知识分子，现代文学先驱者们又不能不强烈地感觉到国家落后和民族积弱所造成的时代痛苦，感受到封建专制对"幼者、弱者、下者"等广大民众从精神到肉体的严重摧残，热切期待富国强兵，人民早日从贫穷和愚昧中觉醒过来，真正过上幸福的日子。正是在这样的思想文化背景的驱动下，当他们面对的不仅是个性被扼杀而且是整个社会腐朽黑暗、国将不国之时，就不期而然地产生了强烈的社会责任感，逐渐将视野从关心个性的"立人"，转向关心群体国民的觉悟和整个社会的"立国"。这样一来，原来的"个人本位"，就不知不觉地转向了"社会本位"，并在反封建这点上彼此达到了统一，作家也因此不可避免地承担了双重的历史使命：一方面他要为个性的自由解放竭诚讴歌，另一方面又要把推进社会和民族的改造作为自己的神圣职责，甚至不惜为此做出自我牺牲。

钱理群先生在《心灵的探寻》一书中曾将鲁迅身负的这种双重历史使命概括为"发展自我与牺牲自我互相制约与补充"的伦理模式[②]，这颇为精辟。其实，钱氏所概括的伦理模式，岂止是对鲁迅，就是对"五四"乃至整个中国现当代作家也同样具有普遍的意义。在一个特别的时候，勇于自觉地承担双重历史使命，既"立人"又"立国"，这无论如何是崇高的。它也许有乌托邦的成分，作家自身往往也因此招致难以言喻的"深刻的苦闷"，有的甚至要付出昂贵的艺术牺牲（如鲁迅为了这"无我的爱"，他为我们留下了多少"千古文章未尽才"的历史遗憾），但他们却义无反顾地追求之，这真是他们的伟大之处。由此及彼，我们也就不难明白：为什么现代文学大有异于西方文学，为什么同样是崇尚个性原则，中国的现代与欧洲文艺复兴却走了不同的途径。这自然是由于双方不同的文化历史传统、不同的时代社会背景而造成的，同时也与马列主义、苏俄进步文学的影响密切有关。从我国历史上看，大概只有战国时代的说士和唐代一部分学士，在发扬个性与面向人性的兼顾上，才较为接近这一伦理模式。

如何看待现代"立人"与"立国"并重，或者叫做个性解放与社会解

---

① 冰心：《文艺丛谈》（二），《小说月报》第12卷，第4号。

② 钱理群：《心灵的探寻》，上海文艺出版社1987年版，第106页。

放结合的创作趋向，80 年代中期以来许多学者特别是青年学者颇多微词。他们认为现代关心个性的同时又具有参与意识，这不仅是矛盾和悲哀，而且会丧失独立人格和独立思考。有人还将西方启蒙运动与“五四”作对比，进而断言“西方的启蒙运动不像‘五四’那样受到救亡的冲击，所以才可以贯彻到底”[①]。这是不符合事实的，且不说“西方固然没有发生过‘五四’那种救亡运动，但是在西方启蒙运动中，思想革命和宗教革命、政治革命是紧密相关的……早在文艺复兴时代，那些在学术上做出卓越贡献多才多艺的思想家，都关怀当时的实际生活，用笔和剑去进行斗争。这并没有损害他们的学术成就，相反，成为激发他们创造力的一种活力，使他们突破了因袭成见和阶级局限”[②]。就拿上述这些作家来说，他们之所以讲人的解放而不辱使命意识，其实恰恰不是他们丧失独立人格，相反，倒正是他们独立不倚人格的生动体现。这是因为无论是从事实还是从道理上看，任何“个人”都不能脱离国家、民族甚至国民而独立存在，离开了社会群体解放，要想实现个性解放，在中国这样一个半封建半殖民地国家里是不可能的；这正如群体不能脱离个体而抽象存在，离开了个体的自由解放，群体解放就无所附丽一样。鲁迅曾说：“人道是要各人竭力挣来，培植，保养的，不是别人的布施，捐助的。”[③] 可见他所讲的人道或曰人性解放，就包含着以人民的抗争来求得人的社会解放的内容，而“挣”是它的核心。正因如此，当不少作家在妇女解放问题上不适当地收束社会视野，以精神矛盾排斥社会矛盾时，他却从子君勇敢地出走而又垂着翅膀归来这一触目惊心的描写中，显示了自己审度问题的深邃眼光：个性解放如果不与社会解放结合，必然是孤单的、脆弱的，最终必然要夭折。这也就是鲁迅既是伟大的启蒙者但同时又超越了启蒙的清醒和睿智之处。相反，如胡适、周作人等，他们更多地固守着 19 世纪和 20 世纪初欧美的自由主义，其所讲的人、人性、人道尽管也不乏传统知识分子的入世情怀，但由

① 王元化：《传统与反传统》，上海文艺出版社 1990 年版，第 8 页。

② 同上。

③ 鲁迅：《热风·随感录六十一》，《鲁迅全集》第 1 卷，人民文学出版社 1961 年版，第 426 页。

于疏离于时代社会主潮之外，后来又逐步由个人本位发展为“自我扩张”的个人主义，即毛泽东所说“民主个人主义者”、“自由主义者”，这就形成了与鲁迅截然不同的另外一种伦理模式，其精神源头，显然更多的是直接继承了老庄的优生保生思想。现今的学界对于胡适、周作人的自由主义人文观的理论主张与创作实践颇多溢美。作为对过去机械教条的文学价值观、审美观的反拨，这可以理解，也自有其历史的合理性。因为不管怎么说，自由主义文学毕竟在当时的反封建伦理文化中曾经起过积极作用，它与以鲁迅为代表的“发展自我与牺牲自我互相制约与补充”的革命民主主义文学，构成了“五四”文学的基本走向。如果将它一概否定或排斥在外，文学就不完全，也容易滞板单一。在这方面，我们是有深刻教训的。但是，倘若由此导致对作家社会责任的否定，认为文学就是个人自由主义思想简单投射的产物，甚至由此作为价值取向来进而否定鲁迅等具有参与意识的作家作品，那就错了，它同样是一种极端和片面，是不可能对现代文学做出科学的实事求是的评价的。而这，显然是与批评家脱离社会实践、将内涵丰富的人文精神简单地等同于精神上的自由主义或个性主义的批评观密切有关。在目前的人文精神讨论中，可能是有感于当下文坛世俗化倾向和极端个人主义之风的盛行吧，有些同志虽也曾大声疾呼作家忧患意识和终极关怀意识的归去来兮，并将它视为人文精神的重要参数给予正确定位，但一俟具体到现代文学评价却又往往偏执地持自由主义至上的批评标准。这就太随意性了，也招致了自身理论的混乱，它反倒向我们证明了这样一个道理：“强者必须认识并肯定现实，正如弱者必须害怕和逃避现实一样。”（尼采语）

三

自然，我们这样高度赞肯现代文学并不意味着它已臻圆满，没有自身固有的历史缺陷。不是的。就个体与群体关系角度而言，客观地讲，在现代作家那里也是既和谐统一又存在着抵触冲突的。因为有抵触冲突，所以他们内心往往有痛苦，在做出“自我牺牲”选择的同时常常伴随着心理上的沉重压抑感，甚至像鲁迅、郭沫若等个性极强的作家偶尔还出现自虐心理。对此，还是钱理群，在他那本《心灵的探寻》著作中，曾引用实例作过很好的分析，这里就不再重复了。现在我想要说的是：包括“五四”文学在内的现代文学中的这种个体与群体既和谐统一又抵触冲突，它们彼此之间矛盾复杂的关系已不同于传统的“儒道互补”或“据于儒，依于老，逃于禅”，“儒治世，道治身，佛治心”；其所表现分明与20世纪理性主义与非理性主义相互激荡而又并至的现代文化思潮密切有关。我们切莫小看这样一种现代非理性对理性浸融的文化思潮，正是它，才组成了现代文学特殊复杂而又极具意味的表现形态。

现代作家的文学写作，无论是占主导地位的鲁迅式的“发展自我与牺牲自我互相制约与补充”的伦理模式，还是占非主导地位的胡适、周作人式的“民主个人主义”的伦理模式，从思想基础和方法论上看，皆可归属于理性主义或理想主义范畴。他们批判和否定中国封建文化思想，主张和实践有关人和人学的创作思想，奉行的显然都是逻辑上先于社会存在的一种理性原则。这不奇怪，现代作家本来就是理性主义、理想主义至上者。作为一场现代的文学启蒙，他们有关人及人学的种种主张，原本就源于西方启蒙主义尤其是18世纪的启蒙主义；而西方的启蒙尤其是18世纪的启蒙，理性主义、理想主义恰恰是其最根本的特征和最重要的理论基础，特别是“自然法”的理论基础：“这一理论的基本方法，是从具有定理性质的某些原理演绎的唯理论。从自然法的观点看，现存的关系通常作为‘非自然的人’、‘不合理的’关系而被摒弃，和它相对立的自然秩序则是一种逻辑地起源于自然的秩序，是由一切理性认为可信的、合乎逻辑的论据所证明的某种理性事物……自然法的理论家们不是把自然规律解释成实际的存在所固有的规律性。而是把自然规律解释成由我们的理性加于存在的抽象准则。”① 但问题是现代文学毕竟发生在20世纪的中国，而不是18世纪的西方。此时，随着时代的推进和文化的更迭，西方资产阶级的一些敏感思想家如施蒂纳、叔本华、尼采、基尔凯郭尔以至柏格森等人，从自身

---

① 汪晖：《〈预言与危机〉(下篇)——中国现代历史中的“五四”启蒙运动》，《文学评论》1989年第4期。本节有关非理性的论述，参考吸收了汪文的若干观点和材料，谨此向作者致谢。

社会的历史发展中对昔日资产阶级的理想主义感到深刻的怀疑，认识到启蒙时代所倡导的种种理性原则，在给人以崇高和伟力的同时恰恰也构成了对人的个体的严重抑制。他们通过对西方启蒙主义哲学和当下社会的批判，逐步建立起一套非理性主义的思想体系。于是，这就导致了对自我绝对性的怀疑和否定，“人的内在分裂”的主题很自然而然地成为20世纪富有特征性的时代命题。“如同笛卡尔发现自我这件事是近世同中世纪区分开来的主观分界线那样，将现代从近世、近代中区分出来的主观分界线正是笛卡尔所坚持的自我分裂”①。此种思想的出现，应该说它反映了人对自我局限性的清醒认识，是人的自我觉醒的一个新发展。尤其是西方，由于它的产生具有内在的历史的和逻辑的运演过程，其意义就显得更为突出明显。但是当它与理性主义一起被引进中国，作用于各种主义同时并存而它们彼此之间又缺乏内在的历史与逻辑联系的“五四”文坛，情况就复杂多了。一方面，它当然会极大地激发作家们批判封建文化思想和建立现代新人文的信心和勇气，“从来如此，便对吗?”这句出自“狂人”之口的话就很好地道出了他们破旧立新的内驱力所在；另一方面，在批判和否定封建旧思想的同时它也无意会消解用以反封建的理性思想武器。也就是说，当他们提出人的解放及其现代性这个启蒙命题的时候，同时也出现了对这个命题的深刻解构。犹如一把双刃剑，一边削去了应该要削去的陈腐落后的东西，一边又削去了不应削去的时代先进的因素。这样的结果，就致使现代文学在充满自信、发出昂扬向上时代最强音的同时，总不免笼罩着一种感伤的情绪，这感伤的背后，就是对自我绝对性的怀疑和自审，以及由此而来的彷徨中的求索。为什么我们在鲁迅的《野草》中，能轻而易举地读出他焦虑惶惑而又苦苦反抗的矛盾心境；为什么我们在郭沫若的《女神》里，能同时听到“我……崇拜我”②与“我剥我的皮，我食我的

① 今道友信：《美学的现代课题》，见《美学文艺学方法论》（上），文化艺术出版社1985年版，第286页。

② 郭沫若：《女神·我是个偶像崇拜者》，《郭沫若全集·文学编》第1卷，人民文学出版社1982年版，第99页。

肉……我的我要爆了"[①] 两种声音，甚至在同一个作品中都能同时听到两种组合的音调：一面宣称"我创造尊严的山岳，宏伟的海洋"，一面又哀叹"我……感觉着无限的孤独之苦……哦，破灭！破灭！我欢迎你！"[②]其根本原因就在于此。显然，这之中，它同时涵纳了西方18世纪理性主义与20世纪刚兴起的非理性主义两股文学思潮。

除了非理性主义之外，20世纪西方还有一个值得注意的现象就是从文艺复兴以来，经过几百年的发展，它们那里的以个人为本位的人文精神固然继续在发挥着积极作用；但另一方面也逐渐暴露出它自身的固有弊端，把对他人的侵扰与伤害当成天经地义的事。须知，西方的人文主义毕竟是建立在资本主义"私有制"的基础之上，并且是与私有制这个特定的历史时期相联系的一种观念体系：它的"思想意识的标准——关于既定秩序，特别是关于所有权；关于财富、宗教和国家；关于白种人和西方文化优越的观念——形成了这一社会的整体。而且必要时，还要使用警察、法官、军队、监狱或放逐等手段"[③]。所有这一切，并不是适用于一切时代的永恒的价值范畴，与"五四"作家的主导价值取向也是相抵牾的。从理论角度讲，西方以人为本的人文主义其实也就是把个人当作主体的一种主体论。这种主体论以自我为价值体系上的主体，主体作为与社会、群体的对立范畴存在。但诚如哈贝马斯所说，这样光谈主体性而不讲对立项的社会与群体，便使人变成了自己设定的价值观的奴隶，也就是说将主体对象化，就只能成为主体性的奴隶。比如法西斯以日耳曼为主体，后来日耳曼变成了主体，人倒成了奴隶[④]。于是，反映在人与人、民族与民族之间关系问题上就会带来无数的混乱与灾难。法西斯之所以在西方一再出现，使包括西方在内的世界各国人民沦为非人的奴隶，并且至今阴魂不散，这本

① 郭沫若：《女神·天狗》，《郭沫若全集·文学编》第1卷，人民文学出版社1982年版，第55页。

② 郭沫若：《女神·湘累》，《郭沫若全集文学编》第1卷，第20、22页。

③ ［法］米歇尔·博德：《资本主义1500—1980》，东方出版社1986年版，第144页。

④ 参考李杨、白培德《文化与文学：世纪之交的凝望——两位博士候选人的对话》，国际文化出版公司1993年版，第271—272页。

身就值得深思，它不正好从一个侧面说明这种个人主体论的人文主义的尴尬和脆弱吗？是的，人文首先要“立人”，包括人性、人道、人权、人的需求、人的自由和解放等等，没有“人”，也就无所谓人文。但是，如果人文中所“立”之“人”仅仅只有“自我”而没有“他者”，或者将“自我”摆到主宰世界一切、无所顾忌地牺牲“他者”利益的基础之上，那它就很可能因其极端而走向反面。对于这一点，“五四”作家尽管揭示得不充分，认识一般也较为浅显——个性解放的现实需要，往往使他们急迫地将目光投向西方的人文主义，从它那里寻找破旧立新的批判的武器，而相应忽视了对武器本身作理性的批判。但是，作为饱尝帝国主义列强蹂躏之苦的中国现代最敏感的知识分子，民族的情感和自己的切身感受，使他们无论如何又不可能不对西方人文中的这种极端东西多少保持一种直觉的警惕和内在的抵制。尤其是现代文学发轫之初，正是第一次世界大战爆发，即将西方人文自身的此种缺陷暴露无遗，这就使人们的心理上投下了一片难以抹去的阴影；加上马克思主义的传播，故引进借鉴的同时怀疑批判也随之产生：这种怀疑批判不仅是针对西方 20 世纪人文，而且往往还是针对文艺复兴甚至法国大革命时的人文的。如李大钊就指出法国大革命不是“平等精神”的体现，而是代表“资本家的中等势力”①。陈独秀也曾对其“民主政治”进行过批判，认为“若是妄想民主政治才再核全民意，才真是平等自由，那便是大错特错”②。从创作来看，较具代表性的就是郭沫若的《牧羊哀歌》、郑伯奇的《最初之课》，特别是闻一多的《红烛》、《死水》等一批反帝爱国主题的作品，它们对“鸷悍的霸王”帝国主义的侵略本质及其社会罪恶的揭露，其深层内涵就夹裹了对西方人文的怀疑和否定。正因此，待到后来经历了五卅运动，由于有了惨痛的血的教训，所以大部分作家就逐步与西方人文分道扬镳，正式开始了个体意识向群体意识的转化（作为群体意识的核心的，已经是新的阶级意识）。他们自觉地矫正着现代文学之初对西方认识的偏颇，同时又在文学史上留下了新的缺陷，那是用较为简单的阶级和阶级斗争学说评判西方人文，从而不适当地

① 李大钊：《我的马克思主义观》，《新青年》第 6 卷第 5 号。

② 陈独秀：《民主党与共产党》，《新青年》第 8 卷第 4 号。

夸大西方人文问题的新的缺陷。

现代文学就是这样：从中国历史发展所面临的严峻反封建的历史任务出发，它当然亟须引进来自西方的以人为本位的异质文化，大力提倡、歌颂人的主体精神，高扬人作为社会个体的尊严价值；可是那时从外面投射进来的，却又夹杂着不少对于人及人的精神家园进行消弭解构的东西，并由此弥漫着西方资本主义社会所特有的极端自由主义思想和自我扩张主义思想。这就形成了一个矛盾，一个带历史性的矛盾。现代文学及其学科的不凡并不在于解决了这个矛盾，而是在于顺应时代历史潮流首先对它进行勇敢的探索，力图找到历史的纵向要求与现实的横向影响的契合点。惟其如此，它才不同于西方从文艺复兴到现代主义的各时期文学，显得别具个性和特色，从而将我国的现代文学及其学科建设推进到一个新的阶段。

第二节　当代文学学科：一体与异质的复杂缠结

一

现代文学上述的矛盾性特征，在当代文学中也有突出的表现。有关这方面，近些年来，已有不少学人在研究中有所涉及。如洪子诚的《中国当代文学史》、《问题与方法——中国当代文学史研究讲稿》、孟繁华和程光炜的《中国当代文学发展史》、董之林的《旧梦新知："十七年"小说论稿》、程光炜的《文学想像与文学国家——中国当代文学研究（1949—1976）》、贺桂梅的《转折的时代——40—50 年代作家研究》等。当然，这是很初步的。本节想对此作进一步的专门探讨。为使话题集中，我拟选择当代文学中最复杂也最具争议的十七年文学进行探讨。试图通过对这一时段所蓄积的内在矛盾性的分析，从一个侧面对当代文学的整体性格与矛盾性特征作出概括。

十七年文学的矛盾性特征，简单地说，就是表现在这样相互对立又互为统一的两个方面：它既是高度"一体化"的，又是充满"异质性"的，是一体与异质的复杂缠结。只不过这种矛盾在特定的历史阶段被当时的主流权威话语所遮蔽罢了，而今天，当历史翻开了新的一页，我们如实给予还原和呈现。我认为完整的十七年文学或文学史，就是由这一体化与矛盾性所组成。只讲其中一面而不讲另一面，都有失偏颇。

讲到十七年文学的矛盾性特征，首先涉及与之相对应的一个概念："一体化"。此所谓的一体化，即指延安以来逐步形成的"居绝对支配地位"的文学组织方式、生产方式，和因此建立的"高度组织化的文学世界"。[①] 这种一体化在十七年这样一个特定的历史阶段，是"以国家的权力作为保证"的对文学的"一种强制性的规范要求"，目的是为了"保证文学的题材、风格、主题，甚至人物、语言，达到一种统一化的要求"[②]。这也是近些年来当代文学研究领域影响很大的一个观点。故而，概念的提出者洪子诚一时声名鹊起。然而正如有批评家指出的，由于洪子诚主要"从历史生成的演变的'大处'着眼"，也由于他"比较倚重历史的观察而相对忽略文学的反观"，因此，相应忽略了一体化背后的异质因素，及其不可思议的能量，并使其文学史叙述"凸显了当代文学比较阴沉的、'悲剧性'的一面，而对其中'喜剧性'的因而也是'明亮'的一面，可能昭彰不足……也许，这就是为什么，叙述'一体化'的生成和演变，他是那样环环相扣，严丝密缝；而讲述它的'解体'，却相对涣散，多少给人以平铺直叙的感觉"[③]。或许是悟出这层道理，洪子诚在后来的有关著述中对此作了调整和修正，强调指出一体化这个概念，"在某些地方很合用，但不是万能的，不能够代替对一个时期的文学状况的具体研究"，更不可将它凝固化、纯粹化，事实上在一体化的总体格局下面，"文化领域的'分层'的现象，不同力量的矛盾与冲突并没有消失"[④]。

不仅如此，由于观念与实践不可避免地存在着"错位"，所以十七年

---

① 洪子诚：《问题与方法——中国当代文学史研究讲稿》，生活·读书·新知三联书店 2002 年版，第 188 页。

② 同上书，第 88 页。

③ 王光明：《文学批评的两地视野》，北京大学出版社 2002 年版，第 91—92 页。

④ 洪子诚：《问题与方法——中国当代文学史研究讲稿》，生活·读书·新知三联书店 2002 年版，第 188、189 页。

尽管对文学有统一的规范和要求，有时甚至不惜借用国家政治权力强令推行，如批判萧也牧的《我们夫妇之间》，批判胡风文艺思想等，但它也不可能达到真正的“绝对”和“纯粹”。文学有其“规训”所不能规训的创作规律。从生活到艺术是十分复杂的，这之间不可避免地融入了作者个人的主观情感和非意识形态的因素。因此，这就常常导致了实践对理论的僭越。更何况，文学不同于政治，“文学家，似乎比政治家更多地看到这社会前进过程中的‘反面’，因为文学家有自己独特的感受世界的方式，他们总是把精神、感情看得重于物质生活”，而且“在文学的历史性与非历史性，在文学的时代精神与它的超越时代的品格之间，存在着矛盾”①。正是从这里出发，我们便不难理解那时的作家在热情讴歌现实政治的同时，又有自己的契入点，在对社会阶级偏执理解之中，又有一定的超越；从而无形之中拓宽了文本的内涵，使之程度不等地获取了与“五四”和新时期相似的超历史的一面。也正是从这里出发，我们便不难理解十七年文学乃至后来的“文革”文学中出现的这样一种相反相成的有趣现象：一方面，它往往有意识地表现出对现实政治的迎合姿态，另一方面，现实政治却对之仍表现出相当的不满；一方面，它竭力按照当时流行的政治标准批判所谓的资产阶级人性论和审美趣味，另一方面，在潜在深处常常又自觉不自觉地流露了对这些人性和趣味的认同。这就出现了文学应有的“自我身份”与政治规定的“他者身份”相抵触、相混淆的现象，一个因政治权力无法化解的矛盾和悖论。有人在重读十七年革命历史小说时曾经指出：“现实权力对小说和小说家的征服和改造的过程，但这个过程同时也是一个反抗化约、整编的过程，后者不仅以文学的‘本能’和微小而不屈的坚持，限制了‘历史大叙述’的虚妄，而且最终宣告了它的不可能性。”②这个评价同样适合当时所有的各种文学样式。我们所说的十七年文学的矛盾性，就是这个“过程”的后者表现。它是为文学“独特的感受世界的方

① 刘纳：《嬗变——辛亥革命时期至五四时期的中国文学》，中国社会科学出版社 1998 年版，第 47—53 页。

② 王光明：《文学批评的两地视野》，北京大学出版社 2002 年版，第 45、91—92 页。

式”所决定的，也是文学“独特的感受世界的方式”的必然结果。而揭示这一点，从某种意义上讲，它反映了我们的当代文学研究开始超越了社会学、文化学研究的套式而真正返回到自身的“文学现场”，它并没有因一体化就无视或忽略其中存在的矛盾异质的成分，一概否定和抹杀其所做的努力和取得的成就。

二

那么，十七年文学的矛盾性特征到底是怎样表现的呢？从系统的角度考察，主要体现在以下三个层面：

首先，从文学思潮层面看，其内在矛盾性，既表现在周扬为代表的革命现实主义与胡风为代表的批判现实主义之间的冲突，也表现在周扬为代表的革命现实主义与江青为代表的实用现实主义之间的冲突。周、胡矛盾在20世纪50年代初一度占据主导地位，他们与现代文学史上左翼内部的宗派矛盾包括个人恩怨纠葛在一起，曾围绕文学与政治、理想与现实、主观与客观等问题产生过激烈的碰撞。最后，是体现当时政治文化规范并深受苏联日丹诺夫影响的周扬在毛泽东的支持下取得胜利，而胡风等则遭到了无情的打压和清洗，遂使革命现实主义成为了独霸天下的“至尊”话语。然而，“螳螂捕蝉，黄雀在后”，正当周扬按照自己的革命现实主义理念来整治文坛时，极“左”政治文化规范的新的代表人物又应运而生。江青等人以政治实用和庸俗社会学为武器，对周扬推行的革命现实主义发起了猛烈的批判，周、江之间的矛盾便突出了起来。50年代后期至“文化大革命”日趋升级的“阶级斗争”、“路线斗争”和“反修防修”的理论，为江青推行实用现实主义创造了条件。而周扬及其革命现实主义在经过一番博弈后，因“政治迷失”最终被江青等所取代。至此，当代文学的一体化也进入了一个封闭、单一、贫乏的年代，并慢慢地向“文化大革命”发生全面的倾斜。

其次，从作家精神层面看，它的矛盾性特征，不仅表现在“非中心作家”在特殊环境中的“潜在写作”和“异端”式的探索，如《傅雷家书》、《从文家书》、张中晓的《无梦楼随笔》、“火凤凰丛书”中的一些作品，萧也牧的《我们夫妇之间》、路翎的《洼地上的“战役”》等；同时也表现在“中心作家”在时代精神感召下所作的疏离式的“干预”和讽喻式的批评，如王蒙的《组织部新来的年轻人》、刘宾雁的《在桥梁工地上》等。前者，尽管有悖于当时主流文学规范而被批判或不准面世，更多是以隐性方式存在“地下”或“民间”，直到80年代开放以后才有机会公开发表；但作为一种异质的精神文化，它不仅一直存在，而且对当时一体化的文坛产生了影响。它向我们显示，哪怕是在政治意识形态控制严格的十七年，文学内部也会出现游离于主流规范之外、为政治权力算式无法除尽的“小数”。后者，也许与苏联“解冻文学”的影响不无关系，但更重要的还是作家精神世界中被高度激发的政治热情和理想主义所使然。所以，遇到合适的政治气候，他们就用年轻人特有的勇敢大胆对现实生活中出现的矛盾进行“干预”。“中心作家”笔下“革命”与“青春”的矛盾以及矛盾双方之间的颇难协调，说明他们思想上的“不成熟”，也反映了彼时精神现象的丰富性与复杂性。

再次，从文学文本层面看，其矛盾性的表现就更明显，那时几乎所有作品特别是有艺术成就和特色的作品，都有类似情形。它们在权力无法统辖的文本的“缝隙”处，矛盾地融进了与主流观念相抵的有关的生存生命的省思。如郭小川的《深深的山谷》、《白雪的赞歌》、《一个和八个》，特别是《望星空》等作。虽然诗人在理智上并不怀疑个体对于历史潮流的服从，并且往往在表达的同时将它当作虚无消极的东西加以批判；但“由于在情感上对个体价值的依恋，对人的生活和情感的复杂性的尊重，诗中并不完全回避且理解地表现了矛盾的具体情景，而具有了某种的丰富性，使人的心理矛盾、困惑，他经受的磨难、焦虑、欢欣、不安，获得了审美上的价值”[①]。作家思想情感上的这种矛盾，也必然导致作品内在结构的矛盾。于是，一方面，他努力保持与当时文学规范的同步一致，对大刘、“我”等知识分子软弱动摇进行谴责批判；另一方面，对个体意识、个体生命的独特感受和体验又使他情不自禁地逸出这种文学规范，用细致入微而又不无暧昧的笔触去展示其充满冲突和痛苦的内心世界，从而使作品成

① 洪子诚：《中国当代文学史》，北京大学出版社1999年版，第76页。

为了“小资产阶级思想的顽强表现”。像郭小川这样的“自我矛盾”，在“三红一创”、“青山保林”等一批“红色经典”作品中都可找到。

虽然十七年文学存在如上种种的矛盾，有时候这种矛盾甚至不乏尖锐激烈，但它毕竟不是对抗性的矛盾而是对话性的关系；彼此也不是一个矛盾的等级，而且构不成真正对等的矛盾关系。即使矛盾，也是为了在维护现有主流思想观念的前提下进行修修补补，使之保持适度的平衡，不致在文学政治化道路上走得太远。这一点，即使最为“叛逆”的胡风也不例外。因为“在总体上，胡风并未也不会否定文艺是政治工具这一前提。他的发难，就理论意义而言，不过是想让文艺从属于政治的同时能保持其审美性。……显然，胡风用来测定建国初文艺困境的那把尺子，并不是以鲁迅创作为范本的五四‘文学革命’为参照，而分明是以拉普派思潮流行的左联‘革命文学’为参照的”①。正因这样，我们在讲十七年文学矛盾性时不能将其不适当地过分夸大，也不应将把过去的不幸或受难者过分拔高美化，当作“文化英雄”大加褒扬。在文学“从属于”政治的年代，与一体化相对立的异质的声音向来是受贬抑的，哪怕是在“规训”尚未健全的新中国成立初，以及在调整时期即环境相对比较松动的 1956、1961 年，都莫不如此。说实在的，在政治覆盖的高度整一的“一元化体制”之下，并不存在一种文学的“对抗体制”——相反，如彼得·伯格所说，对于后者的有效清除，正是社会主义国家文化体制的基本功能②。

十七年文学的这种情形，与现代文学特别是“五四”文学是不一样的。“五四”文学的矛盾性，不仅是在多元的、较为自然自由状态下呈现，而且也是在相对疏离于政治意识形态、政治权力监控下进行的。无论是鲁迅与梁实秋之间的论战，还是文学革命内部的争论，他们基本都局限于文艺思想领域。因此，“五四”文学如台湾学者张灏所说，虽也存在着一个思想“两歧性”的问题，但因建立在平等对话的基础之上，故彼此的矛盾和不同反倒促成了中国文化思想的“诡谲歧异的发展”，“也正反映了五四

① 夏中义：《历史无可避讳》，《文学评论》1989 年第 4 期。

② 参见［德］彼得·伯格《文学体制与现代化》，《国外社会科学》1998 年第 4 期。

思想的开阔性和丰富性”①。而十七年文学不仅被置于严峻的一体化的生态环境，而且辅之以严厉的批判、压抑、改造机制。所以，这就决定了它不可能产生真正的“对抗”性矛盾，而更多是以潜在的、弱势的方式存在。这也就是十七年文学与“五四”文学的一个重要区别，是笔者为什么不用“两歧性”甚至“双重性格”而用“矛盾性特征”作标题的主要原因之所在。

三

十七年文学的内在矛盾，它的一体与异质的复杂缠结，是偶然的还是具有某种深刻的必然？对此，也有必要作深入的探讨。

这个问题，情况当然比较复杂，非三言两语能讲得清楚。但从文化本源上考察，我以为无疑与中国文学现代性为西方所没有的特殊矛盾复杂这一特点密切有关。这里之所以特殊矛盾复杂，其中重要原因之一就在于中国文学由传统向现代转换的现代性，不是从自身内部产生，而是从西方那里引进的（中国传统文化自身缺少这方面的思想资源）。在西方，到19世纪上半叶，现代性发生了分裂，导致了两种现代性及它们之间的紧张关系，就是社会现代性之外又出现了审美现代性。前者是一种中性或者褒义的概念，它指示着人类社会不重复地线性进步发展的轨迹，注重的是社会效益；后者则带有否定和批判的色彩，它看重的是人文精神和审美内涵。而在中国，由于历史文化和现实国情等原因，在将西方现代性文化资源进行空间转换时，则有意无意地把这两种矛盾对立的现代性整合为一体。这样，社会化、世俗化的“实利效益”与艺术审美的“价值判断”，一同被摆上现代性的平台；康德、黑格尔的人本主义与海德格尔、福柯的解构理论的差异被忽略。但在实际上，它们是不能忽略的，也不应忽略；忽略了，只会造成现代性的内在矛盾和紧张。弄得不好，甚至连“现代性本身也成了‘病原体’，它的西方强势话语和民族国家诉求之间的矛盾、它的个人和集体话语之间的差异认知、它的批判和建设之间问题处理，无一不使这个世纪元

① 张灏：《幽暗意识与民主传统》，新星出版社2006年版，第224页。

话语处于尴尬的境地，现代性为解决问题而生却因制造问题而死”[1]。而恰恰在这点上，我们看到有的研究文章在相当程度上是忽略了的。因此，当它们拿西方现代性标准衡量十七年文学时，不是简单得出十七年文学就是现代性或反现代性的结论，就是对它的矛盾性特征感到困惑不解。事实上，正是现代性的这种矛盾和含混，不仅赋予十七年文学以鲜明的“中国特色”，而且也使它比任何一个时期的中国文学都更深入地介入到社会激烈紧张的矛盾冲突当中。

另外，从时间上看，中国的现代性要晚于西方几个世纪（西方的现代性起源于17世纪的欧洲，中国的现代性则延至晚清才启动）。当中国社会的现代性运动正沿着共和、民主、平等、自由的欧洲模式在缓慢推进之时，西方的现代性正在受到各方面的深刻质疑（审美现代性对社会现代性的质疑）。由于存在这样的一个“时间差”，也由于中国近现代曾有过饱受西方列强欺辱的惨痛历史，决定了中国在引进西方现代性之时，特别易于接受其中质疑西方文化的精神元素，并与马克思主义汇合，转换以“反西方性”为出发点的具有强烈批判倾向的现代性理论。这里在西方历时性意义上呈现的两种完全不同和对立的现代性，到了我们这里却被抹平和整合在一起。然而恰恰是这种抹平和整合，才使中国现代性显得如此矛盾复杂；它也许不符合科学的定义，但正因此，才最能反映中国现代性的综合性、理想性特征[2]。诚如阿瑞夫·德里克所说，此时的中国人一方面“跨入了一个广阔的文化和知识空间，这个空间是由欧洲两个世纪的现代性开拓的”，另一方面又被“抛入了动荡的漩涡中……陷入在两种不同的现代性之间的夹缝之中，其中，一种现代性是霸权主义的现实，另一种现代性则是一种解放事业”[3]。十七年文学的矛盾性特征，正是这种现代性的矛盾与矛盾的现代性在文学中的折光投影。这看似不可思议，实则合情合理合逻辑，它反映了“后发展国家”对现代性的热切诉求以及所置身的尴尬

① 蓝爱国：《解构十七年》，华东师范大学出版社2003年版，第9页。

② 杨联芬：《晚清至五四：中国文学现代性的发生》，北京大学出版社2003年版，第6—9页。

③ ［美］阿瑞夫·德里克：《现代主义和反现代主义》，见萧延中等编《在历史的天平上》，中国工人出版社1997年版，第219—220页。

境地。同时，也从一个侧面向我们解释了为什么这一阶段文学不仅普遍具有反西方的倾向，而且在具体实践过程中往往政治批判大于艺术建构。

自然，以上还不是问题的全部。如果我们把思考的目光从一般的文化本源推进到对具体的社会主义文化属性考察，那么就会对十七年文学存在的矛盾理由有更深的认识。这里特别需要指出：社会主义文化理论本身的复杂性及其对彼时文学矛盾性格的潜在制约影响。一定意义上，我认为正是这种复杂性，构成了十七年文学矛盾性特征的文化之源。众所周知，按照毛泽东的文化理论，社会主义文化源于“民族的、科学的、大众的”新民主主义文化，是人类有史以来最先进的文化体系。这种文化追求崇高和纯洁，有充沛的政治激情和丰富的革命想象力，并在批判与重构的思维导向下，逐步建立了一套适应社会整体发展的精神原则和文学规范。然而，一方面，可能是由于这些文艺思想、文学主张“内部也包含着许多矛盾性。内部的空隙，有可能使不同的人‘钻自己的空子’，发展各自的阐释空间”。比如精神与物质之间的关系，政治倾向性和真实性的关系，文学创作的艺术形式、语言运用与作家的政治立场的关系，还有典型问题，题材问题等等。须知，“马克思、恩格斯、毛泽东等对这些问题的解释，并非都很明晰，有时候甚至是含糊其辞的”[①]。“他们在理论上对文学社会效用的表达，与他们出于兴趣对具体文艺现象和作品的评价，是存在矛盾的。他们对人类文化遗产的热爱，和对无产阶级新文化期待之间的复杂关系，似乎是处于两难的境地中，这也是马列文论给我们留下的一道难题”[②]。另一方面，在具体的实施过程中，由于理论与实践的错位，特别是由于十七年文学的实际领导者毛泽东同志，尽管也承认社会主义社会和文化有矛盾，并且还写过《矛盾论》这样具有强烈现实指导意义的洋洋论著；但作为一个政治家，他并不喜欢文学与现实政治有抵牾，或游离于政治之外有太多的自由，他也不喜欢西方式的社会现代性与审美现代性。而

① 洪子诚：《问题与方法——中国当代文学史研究讲稿》，生活·读书·新知三联书店2002年版，第210页。

② 孟繁华、程光炜：《中国当代文学发展史》，人民文学出版社2004年版，第16页。

是基于他的社会主义文化想象和“反西方现代性的现代性”的需要，将其纳入严格的规训。这就必然给十七年文学带来严重的“文学政治化”的消极影响，从而不仅导致文学内在的紧张和周期性震荡（在运动发动阶段往往比较“紧张”，而在运动结束之时则往往采取比较温和的措施，相对显得比较“松弛”），而且还造成了现代性的诸多压抑和遮蔽，教训应该说是深刻的。

社会主义文化重要特点之一就是强调意识形态性。在新的时代，执政党及其领袖将文学作为意识形态范畴来了解和把握，从方针政策的角度对它提出统一的要求也是可以理解的。但却不能也不应由此混淆文学与政治之间的界限，取消文学作为作者主体感受的艺术表现特征和应有的社会文化批判的功能。鲁迅在20世纪20年代就曾说过：“我每每觉到文艺和政治时时在冲突之中；文艺和革命原不是相反的，两者之间，倒有不安于现状的同一。唯政治是要维持现状，自然和不安于现状的文艺处在不同的方向。”[①] 文学与政治的这种差异及其所“处在不同的方向”，在没有夺取全国政权的现代文学史上，似乎表现得并不明显；而在新中国成立之后，这种差异反倒凸显出来，它们彼此的矛盾也日趋激化。显而易见，这种矛盾虽带有不少人为悖谬的成分，但不可否认，这之中的确也隐含着“不安于现状”的文学与“安于现状”的政治的冲突问题，具有某种深刻的历史必然性。

当然，换一个角度看，恰恰是这样两个方面构成了十七年文学的整体性格和面貌。这是社会主义文化在充满悖论的情况下所做的一次大胆而又艰难的探索。如果剥离了它的过分的政治功利性和较为封闭狭窄的思维而加以转换，那里显现的理想精神仍可视为值得重视乃至珍惜的历史遗产。

四

归纳和分析十七年文学矛盾性表现及其存在的原因，最终是为了寻找

① 鲁迅：《集外集·文艺与政治的歧途》，《鲁迅全集》第7卷，人民文学出版社1981年版，第113页。

一种解决问题的方法和途径，更好地评价这段历史，以启迪现实和未来。这不仅是因为十七年文学曾经存在，而且也由于它现实还存在。而要实现这一点，根据现有研究的实际情况，我认为有必要注意以下几个问题：

（一）在评价标准上，不仅要注意十七年文学与20世纪文学特别是"五四"文学的内在关联，而且还要区别它与"五四"文学不同的阶段性的特点，不能用自己想象的所谓的"五四"文学的大一统的一个标尺（如"五四"文学就是"人的文学"）包打天下。这样不仅有意无意地制造了一个"五四"神话，而且容易无视或忽略了十七年文学的特殊性和复杂性而对它不加辨识地进行否定。十七年不同于"五四"甚至延安解放区，此时共产党成为执政党，它对文学文化的领导已由纯科学的理论进入了具体的"政党实践"阶段，带有明显的实践操作色彩，它较之纯理论思辨更复杂也更具探索性的特点。这亦是落后不发达的社会主义国家选择的不同于常规的西方资本主义的跨越式文化发展的新模式，是毛泽东不同于马克思、恩格斯而与列宁更为接近的原因之所在。在这样的情况下，像有的研究者那样用"人与文学的全面失落"来评价十七年文学，尽管这自有其合理性且提出的问题相当尖锐有力，在一定程度上的确也击中了问题的本质和要害；但从十七年文学存在的实际情况看，这样以单纯的人的标准的考察，我以为是存在批判性有余而同情性理解不够的问题，它回避忽略了"政党实践"阶段不可避免的文学与政治的复杂缠结。也就是说，是存在着将文学与政治视为完全相斥、不可通约的两极对立的思想情绪。实际上，"人的文学"只是审视文学的一种标准或一个角度，它根本不足以涵盖包括"五四"文学在内的整个20世纪文学的全部，"五四"文学除了"人的文学"之外，还有"革命的文学"、"政治的文学"。不少学者也注意到了"五四"一代学人思想中的这种让人困惑的"内在矛盾"[①]，甚至认为在他们那里不仅构不成对立，相反倒是实践了真正的"辩证统一"[②]。在此情

① 参见余虹《五四新文学理论的双重现代性追求》，《文艺研究》2000年第1期。

② 李杨：《文学分期中的知识谱系问题——从"当代文学"的"说法"谈起》，《文学评论》2003年第5期。

况下，如果简单地拿它作为唯一的标准去衡量实则否定十七年文学，是否对榫就很难说了。正是从这个意义上，我觉得於可训提出的旨在解决文学内部两种不同功能文学潮流之间关系的“二项互补”、“两极互动”原则值得受到重视①，它至少为我们对十七年文学研究特别是如何寻求开放兼容、富有弹性的逻辑框架和评价标准，提供了一种思路。

（二）在研究思路上，不仅要发挥各自知识谱系的优势及其在此基础上的创新，而且要注意知识谱系之间的对话、交流、沟通和整合。众所周知，最近几年有关十七年文学的研究在文学和文化两方面都出了不少成果，其中有的还颇具原创性的意义，对较为滞后的十七年文学研究起到了很大的推动作用。但或许是知识谱系限制吧，有关这方面的研究往往局囿于具体问题而在总体格局上尚无大的改观。为此，我们有必要在知识谱系方面向异质的“他者”寻求借鉴。这里所说的异质的“他者”到底包括哪些方面，当然不是这篇短文所能回答的了。但我想在当下，是可以而且有必要对布尔迪厄、利奥塔、福柯等西方后现代有关知识分子应该参与现实政治同时又要保持自己作为专门知识分子的独立性、自主性；有关知识分子如何进行重新启蒙，实行后现代语境下的话语重构等观点给予应有的重视。尽管他们的知识谱系颇多极端之处，并夹杂不少虚无和迷茫的成分，但它因源于欧洲经验和苏联经验这样两个历史背景而又融入了当下西方生存现实的体验，因而对于我们重新审视被锁定在高度专业化知识场域的十七年文学研究，无疑是一个难得的补充，至少在认识论和方法论上为我们提供启迪。经验告诉我们，任何的知识谱系都是有局限的，知识的单一只会导致思维的单一。为之，我们有必要打破现有壁垒森严的知识边界，寻求彼此之间的沟通。

（三）在研究内容上，不仅要关注矛盾对立的双方及其一般的表现形式，而且还要重视它们彼此之间的中介系统及其特殊的存在方式。这里所说的中介系统，就本文的论题而言，主要不是指近年来已有人在研究的报刊、稿酬等制度研究（大多是具体个案的研究）；而是指一体与异质冲突

① 於可训：《当代文学：建构与阐释》，武汉大学出版社 2005 年版，第 56—59 页。

过程中连接双方并对它们进行上下沟通协调、起到缓冲和化解矛盾功能作用的特殊的“中介物”，它具体由作协文联等准官方的机构和以周扬为代表的领导型的批评家组成。而这个“中间物”，往往却被人们疏忽了。实际上，它的存在及其特殊角色功能的运用，曾对当时整体文学包括内在矛盾关系的调节都发挥了重要作用。当然，它在协调矛盾关系的过程中，自身也经常陷入难以自拔的怪圈，其荣辱毁誉与十七年文学息息相关，并成为整体矛盾的有机组成部分。在这方面，作为作协文联领导和著名的批评家周扬、冯雪峰、邵荃麟、林默涵、何其芳甚至郭沫若、茅盾是很具代表性的。由于特殊的中介角色身份，他们负有宣传和阐释国家政府文艺方针政策的任务，必须垂直服从最高决策层的领导；但同时各自厚重的文化素养，又使他们深谙艺术创作的基本规律，反对政治对艺术的粗暴干涉。这就决定了他们的领导者的“中介角色”与知识者的“中介角色”的抵触，一种因自我身份“认同”而产生的危机。为什么周扬在50年代初的文坛能较顺畅进行平衡调节，而在60年代后则日趋明显地扮演一个上下不讨好的悲剧角色，将中介系统原有的上下沟通协调狭隘为主流政治意识形态信息的一次性转译，以致最终被江青等人所取代，原因即此。有人说，“每次运动之后”，周扬“都要开许多会议，作一些内部讲话，调子与公开发表的文章不同，重在强调文艺发展的规律”[①]。这种自相矛盾的现象，在中介系统的其他人物身上也普遍存在，曾对十七年文学产生潜在而深刻的影响。它从一个侧面反映了社会主义文学计划化、组织化的属性特点及其内在矛盾，应该成为我们研究的一个重要方面内容和很好的契入点。

（四）在研究方法上，不仅关注具体的文本解读，展示它的“无法消泯的异质性”，而且还要重视超文本研究以及它们彼此的纠缠迎拒的互动关系。文本解读是这几年学术研究的亮点，不少学者根据解构主义有关文本“矛盾事物的同时并存”的理论和中国传统的感知体悟的批评原则，在呈现十七年文学遭受创伤的同时发现了不少被遗忘、遮掩和涂饰的多元复杂的内涵。这较之前些年“重评”时曾有过的用政治定性取代具体艺术分

---

① 周健明：《我所见到的周扬》，《忆周扬》，内蒙古人民出版社1998年版，第385页。

析，因而对十七年文学采取一概否定的简单化作法，无疑是一大进步，它表征了学界一次重要的理性回归。但是回到文本，并无意于将文学文本当作与外在社会文本毫不相干的纯粹语码。毕竟十七年的文学文本是受压抑的，它的显性乃至隐性层面都明显地烙上那个时代共有的印记。作家不可能真正排拒外部政治权力对它的控制和渗透，它的文本写作也不可能不具有现实的指向性。正是立足这样的事实和道理，我认为十七年文学的文本解读有必要强调语言与现实的“互文性”，即一方面深入文本纷繁复杂的内部世界，注意它的形象性、情感性和审美性；另一方面又要跳出文本，开放式地将它放回到特定的“历史情景”中去审察，包括作文献史料学意义上的辨析。这样，文本与超文本的融通，可使我们的研究少一点主观随意性，多一点历史质感和实感。十七年外部社会政治对文学文本的蛮横干扰，导致了人们对政治的不无情绪的逆反和对文学文本的珍惜，但这恰恰又使自己陷于另一种思想极端。开放式文本的解读，也许为十七年文学研究摆脱文学与政治的这种两元对立，在具体文本的敞开阅读特别是与外部社会文本关系上找到了一条道路，为文学研究反思政治文学，提供了方法上的支持。

（五）在研究态度上，不仅要注意理性的批判和审视，而且还要对历史抱有应有的同情和理解。历史是以螺旋式阶梯的形式发展的，在今天，当社会由“政治中心”进入了“经济中心”，我们能否超越情感羁绊而理性地面对属于自己的这段历史？要知道十七年之离我们毕竟只有 40 多年的历史，它的许多思想艺术原则以及体制化的一套至今仍延续下来，与当下现实具有某种深刻的同构性。而且从第三世界的语境，特别是从处于现代化矛盾与选择中的中国现当代历史发展看，无论是把文学文本当作“民族寓言”（詹姆逊）来阅读，还是把它视为“工具合理性”（韦伯）来审视，我们在历史评价时没有理由对它采用一种轻慢俯视或崇拜仰视的态度，而是将它“调整到‘互动’的、‘同情’的和稍有‘距离’的状态”①。站在 21 世纪，我们没有理由将时代所赋予的在文化上的“在场”优势，

① 程光炜：《文学想像与文学国家——中国当代文学研究（1949—1976）》，河南大学出版社 2005 年版，第 177 页。

当作自己高人一等、傲视一切的资本。无论如何，对历史的冷漠和无动于衷都是不可取的，它只会使我们的研究带来粗浅和鄙俗。从这个意义上讲，对十七年文学作怎样评价也许不是最重要的，重要的是要有与研究对象之间形成互动对话的开阔视野和豁达胸襟。如此，我们才有可能超越后结构主义式的非人文态度，以温婉、理性、从容的心境开展对十七年文学的研究，使之具有更加深广的历史包容度。

附："文化生态环境与十七年文学历史评价"国际学术研讨会综述

早在新中国成立后第一个十年之际，就已经出现了不少以新中国成立之后的文学为独立研究阐释对象的文学史著述。这些文学史著述，与第一个十年之间权威领导人对于新中国文学或者社会主义文学的阐述、各种文艺运动中对于社会主义文学在理论和实践上的讨论、大量作家的具体创作等一道，不仅共同构成了这一阶段文学的主要内容，而且也逐步确立了当代文学的评价体系、历史阐述框架，影响甚至规范了当代文学写作上的一种模式。上述体系、框架和模式，尽管在后来的运动中也曾遭到过批判，但其建构起来的有关社会主义文学的基本话语方式，一直延续至今，并为当下的新中国成立初期文学史研究提供着依然富有思想和实践启迪的话语资源。

对于十七年文学或者当代文学的研究评价，进入 80 年代以后出现了新的局面、涌现出了大量新的信息。首先是当代文学的生成环境与新中国成立初期发生了巨大变化，而且这些变化还在继续扩大增加，同时，对于文学以及文学史的认识，包括对于当代文学作为一门学科的认识等，在学术思想领域也引发出了多次范围广泛的讨论。上述讨论中一个最为明显的特点，就是将"当代文学"作为 20 世纪中国文学发展史上的一个不可或缺的环节，将其纳入到"五四"以来的中国文学的整体之中进行定位评价，同时又将这一时期的中国文学纳入到同时期甚至更早时期的世界文学的框架中进行比较分析，同时也提出了"改变这门学科原有的性质，使之从属于整个革命史传统教育的状态下摆脱出来，成为一门独立的、审美的文学史学科”的希望。这些著述在文学观念和文学史观念、思维方式、文学审美、艺术价值以及文学语言等方面，对80年代以前的当代文学史叙述阐释进行了反思和超越。

90年代以来，随着对“五四”新文学传统的进一步反思清理，对20世纪中国文学的现代性追求进程的考察阐释以及对于西方现代和后现代理论话语的介绍，对于新中国成立后文学理论与实践的认识也在进一步加强深化。

为了在上述当代文学史研究的思想学术背景之下，进一步总结已经取得的学术思想经验，并对十七年文学作出恰如其分的历史评价，中国社会科学院《文学评论》编辑部与浙江大学中国现当代文学与文化研究所联合组织召开了“文化生态环境与十七年文学历史评价”国际学术研讨会。

研讨会于2006年4月21—23日在浙江杭州召开。此次会议共有来自清华大学、复旦大学、南京大学、武汉大学、中山大学、厦门大学等全国各高等院校、学术研究机构、刊物及欧美学者代表近百人参加，一共收到论文近50篇。与会代表从不同角度对十七年文学中的文学文本与思想文本、十七年文学的发生史及叙述史、十七年文学的文学政治环境、十七年文学体制的建立、十七年文学在20世纪中国文学中的地位、十七年文学的思想特征与审美价值、十七年文学经验的文学史意义、十七年文学研究与当下文学与文化建设之间的关联性等问题展开了热烈讨论，提出了不少颇具新意和启发性的观点，充分揭示出当下十七年文学研究中一些既受到比较广泛关注，同时又极富挑战性的命题和问题。

这次会议上第一个相对集中的观点交集，就是对于十七年文学发生史及研究史的再叙述及反思。

十七年文学的叙述史几乎与其发生史一直相伴随，直至今日依然处于一种再叙述或者重新叙述的变动之中。这些文学史叙述，在超越过去的文学进化论、阶级论以及启蒙论的阐释体系的基础之上，探讨基于对上述阐释体系进行再反思的新的文学史叙述体系的建构可能。董之林研究员（《文学评论》）认为，以西方启蒙话语为标志的对于十七年文学的元叙述，一方面批判并否定了过去建立在阶级论基础之上的文学史叙述标准，但这种话语力量也在具体的文学史叙述实践中呈现出不同于以往“阶级”革命的另一种粗暴或者粗糙。这种以启蒙话语为背景的文学史判断，恰恰忽略了文学表现这一边缘过程的复杂性，忽略了根植于本土的叙事文学特点。

循着上述话题，张志忠教授（首都师范大学）提出，建立在以启蒙话语中的人的文学为基本线索基础之上的20世纪中国文学的现代性之中，还历史地存在着另外一种现代性品质，即革命的现代性。而对于这种现代性品质的认识与评价，尤其是这种现代性品质在十七年文学中的具体实践与表现，应该得到更充分客观的关注。对于“五四”启蒙话语中所形成的人的文学话语与中华民族对于一个全新的现代民族共同体目标的建构追求努力之间的关系，旷新年教授（清华大学）给予了解释，认为当代文学就是人的文学与人民文学两条线索在当代中国历史进程中对立冲突同时又胶结纠缠的历史。这种既胶结纠缠又冲突斗争的事实，历史地形成了当代文学的主要面貌和基本特征。而十七年文学中的一些代表性作家在具体文学实践中所感受到的来自于“五四”启蒙话语传统与初步确立的“当代文学”话语体系之间的挑战与压力，也从一个角度反映出十七年文学发生进程中一直存在着的一种紧张的文学文化焦虑心理。在这一历史进程中，对于一个现代民族共同体的文学想象与认同，对于以集体主义和理想主义为目标的社会主义道德价值的想象与追求，成为了这一时期的文学叙述的主要动力并同时也形成了这一时期文学的基本特征。鉴于十七年文学在建立起当代中国以集体主义和个人奉献牺牲为主要特征的基本价值观念过程中客观上所起到的作用，倪伟副教授（复旦大学）发出呼吁，应该明确对于十七年文学进行抢救性发掘研究的危机意识，厘清并肯定十七年文学中的一些积极的历史经验和有益的文学资源，以服务于今天精神世界的建构。对于上述呼吁，王彬彬教授（南京大学）、傅书华教授（太原师范学院）、吴晓教授（浙江大学）认为，对于上述历史经验和文学资源应该保持足够的谨慎和清晰的认识，应该对十七年文学是如何在一个相对特殊的历史环境中通过文学文本和文学体制，塑造并影响几代人的思想与心灵世界的方式、过程及所造成的深远影响等进行更富有批判意识和人文精神的考察研究，以为我们当下的文学—文化建设提供真正的历史启示。

而在对于十七年文学的总体性特征的把握及评价上，尤其是在对于现代文学传统在当代的真实存在状况与初步确立的当代文学规范之间的现实关系形态的认识描述上，吴秀明教授（浙江大学）特别强调，十七年文学的基本价值诉求与事实上形成的总体趋势是趋于高度一体化的，不过同时又是充满异质性的，是一体与异质之间的复杂缠结。任何简单地概括、肯定或者否定十七年的行为，都是不准确的，也是不符合这一时期文学的客观事实的。但是，上述两种话语力量在十七年历史语境中尽管或隐或显地构成了文学思想话语的两极，但其现实形态并非是以一种旗鼓相当的力量冲突表现出来的。基于上述对十七年文学总体特征的把握，吴秀明教授呼吁，十七年文学研究不仅在评价标准上要注意其与 20 世纪文学特别是"五四"文学的内在关联，而且更要区别它与"五四"文学所不同的阶段性特点，包括这两个时期不同的革命性质与任务，以及不同的国内与国际的历史背景；在研究思路上，不仅要发挥现有各自知识谱系的既有优势以及在此基础之上的学科创新，同时也要注意知识谱系之间的对话、交流、沟通和整合，让上述思想资源能够更有效地服务于我们对于文学史对象的研究。而在对于十七年文学的生态环境的澄清分析上，李遇春副教授（华中师范大学）强调指出，十七年文学环境不仅不同于 1949 年以前的国统区文学环境，而且也不同于 1949 年以前的解放区文学环境——不能够简单地将新中国成立后十七年文学看成是解放区文学的放大，因为十七年文学的生态环境不仅有国内各种势力矛盾交集冲突，而且还与当时东西方两大阵营的对垒以及后来中苏关系的恶化等关系环境密切相关。所有这些共同影响了十七年文学的生态环境，一定程度和意义上塑造了十七年文学的品格，强化了十七年文学中东西方意识形态对立冲突的色彩。朱水涌教授（厦门大学）即从十七年文学发生的东西方冷战环境这样一个更广泛的文化生态环境切入，将十七年文学的历史描述和评价纳入到同时期世界文学的考察体系之中，对于十七年文学的历史思想性格和文学精神品格作了揭示说明。

这次会议上第二个相对集中的观点交集，就是对于十七年文学中作为文本书写者的知识分子和作为文本中的艺术形象的知识分子命题的分析讨论。黄健教授、陈建新副教授（浙江大学）认为，十七年文学时期，确实存在着文学知识分子为延续乃至捍卫自己的自主性理想、场域、身份而展开的文学叙述，也就是所谓的人的文学的传统或者“五四”文学知识分子传统在当代语境中的延伸。但这种传统是在当代文学为确立起历史合法性的主导性努力和声音中的一种受到抑制的叙述，在当代语境中主要是以一种不断萎缩的“隐性叙述”的方式进行的。不过，文学知识分子受到抑制的主体意识，在具体的文学实践中并没有完全消失，它们总是有意无意地在作品中顽强地表现出来，使得这一时期的历史文学叙事在皈依与反叛的矛盾冲突中表现出艺术的张力。对于上述概括，张光芒副教授（南京大学）从知识分子个案在十七年中的遭遇命运为考察对象，从胡风悲剧中探讨现代知识分子的生态环境与人格自塑，从中考察中国知识分子在现代性转型中灵魂深处的形形色色的样态。同时也揭示出这样一个文学史事实，那就是在一体化文学格局的形成过程中，依然有文学独立性的坚守者存在。而孙先科教授（河南大学）通过对宗璞十七年时期小说创作状况和文本形态的分析，指出这些文本语料中不仅让读者看到一个有着独特个人文化色彩的知识分子在特殊年代经历灵魂改造的精神私史，而且也让我们看到社会主义的文化价值观念以何种方式进入到个人的“语言”和灵魂的层面。对此，王宇副教授（厦门大学）以文学文本中以知识分子为对象的叙事文本的考察为目标，通过对社会象征系统对女性这一性别的潜在定位与知识分子在文本叙事策略中被指认定位的交叉分析，揭示出十七年文学中一种相当普遍的叙事模式——“改造＋恋爱”的具体文本形态。

这次会议上相对集中的第三个观点交集，就是对于十七年时期的文学体制、制度、文学文本中的国家意志、文学合法性确立的历史方式及进程、社会主义伦理的建构与文学生态、新中国成立初期的地区性文化出版物的收编和改造以及当代报刊体制模式的形成的考察研究和评价。龙彼德研究员（浙江省文联）对十七年文学中所形成的一整套文学规范话语的某些方面及其在当下的可能性提出了疑问；骆寒超教授（浙江师范大学）则通过对郭小川的个案研究，对十七年文学的文化生态环境对于作家的创作所产生的影响进行了具体分析说明。而毕光明教授（海南师范大学）则对上述生态环境形成过程中几个标志性事件（包括思想主张）生成过程及其时代寓意进行了解读，阐释了社会主义伦理在十七年文学中的生成表现形态及基本内容特征。对于上述社会主义伦理在乡村文本中的表现形态，贺仲明教授（南京师范大学）指出，这些作品在塑造了大量农民形象、展现了新中国成立后乡村生活场景和社会关系的同时，也关联着时代政治文化环境。而在对十七年文学的研究方法的讨论方面，夏锦乾研究员（《学术月刊》）就当下经济学领域、史学领域（特别是学术史领域）中对一些关键思想胶结点的争论探讨的说明，从跨学科、跨领域的角度对十七年文学研究的未来可能提出了建议。而王尧教授（苏州大学）也进一步强调了十七年文学研究评价一方面需要更多的文本细读和文献收集整理，另外也要克服超越研究方法和价值取向上的简单的二元对立观。孙晓忠副教授（上海大学）通过对新中国成立初期上海地区出版物的收编和改造的历史钩沉，对这一时期上海的文化改造进行了考察，探究了社会主义报刊的经验与文艺生产之间的关系，从一个侧面描述了新中国成立后国家文艺体制建立的历史进程。来自于美国的学者史瞻（James Ewing Stevenson）则通过对早期好莱坞的“西部”类型电影与十七年时期主流电影的比较，在上述两种类型电影所反映的社会和政治意识形态之外所存在着的在电影基本要素、情节、基调和角色形象等方面的“深邃的相似关系”，并对上述相似关系形成原因进行了分析阐释。

在上述三个观点交集之外，这次研讨会所提交的论文中，也有不少论文尤其是浙江大学中国现当代文学与文化研究所的青年教师和研究生们所提交的论文，选择了十七年时期一些有代表性的事件（第一次文代会等）、电影制作生产模式的形成、这一时期所产生的一些具有影响的文学文本等进行细读分析，提出了不乏启发性的意见与结论。

整个研讨会历时一天半，经过大会发言以及会下交流沟通，代表们认真严肃地交换意见，积极踊跃发言，会场气氛活跃，出现了“知无不言，言无不尽”的令人欣喜的场面。对此，陈坚教授（浙江大学）在闭幕式总结发言中给予了很好的评价，认为这也从一个侧面显示出十七年文学乃至整个当代文学研究队伍所发生的令人值得期待的变化。胡明研究员（《文学评论》）则在开幕式上指出，十七年文学研究不仅是对过去文学历史的一种评价，而且也关联着 20 世纪乃至整个中国文学。它所提供的历史经验对当下文学文化的建设，具有普遍的借鉴意义。同时，他还结合自己的阅读经历，阐述了十七年文学与一代人的精神世界的形成之间的关联。此次会议中，一些中青年代表的观点受到了不少关注，作为会议主办单位的具体负责人，董之林研究员认为这与会议的初衷是相符的。但她也提醒不能满足于已经取得的研究成果，因为和目前建立一种和谐、生机勃勃的文化生态环境的文学建设目标相比，还需要对十七年文学进行更深入的研究。

（吴秀明、段怀清整理）

第四章

文学史编写的理念与实践（一）

第一节　从“20世纪中国文学”概念说起

从1951年王瑶出版《中国新文学史稿》以迄于今，严格意义上的中国现当代文学史编写已经走过了半个多世纪的历程。在此过程中，现当代文学史编写大体经历了拓荒（50—60年代）、发展（80年代）和深入（90年代以降）这样三个阶段。当然这是很笼统的说法，落实到具体的实践层面，其实现代文学史与当代文学史是分头编纂的，这是两条平行展开的文学史的叙述链；它们似乎是上下链接，而又互不相干。当然不必讳言，这其中，现代文学史的成就要明显高于当代文学史的成就，前者编写的时间也要早于后者。这种情况，一直延续到了80年代中期，并出版了大批冠名为“现代文学”、“当代文学”的文学史。

1985年，钱理群等人“20世纪中国文学”概念的提出，使上述现象发生了变化：将中国现当代文学视为一个不可分割的整体的文学史观开始浮出水面，并付诸实施。然而反观这种“整体性”或曰“整体观”的文学史，我们发现它们虽具有宏阔的理论构架，但因缺乏“打通”整合的内在逻辑机制而给人一种拼盘之感。不少以“20世纪文学”或“百年文学”命名的文学史都试图通过对文学发展阶段的重新划分来掩盖这种生硬拼接的痕迹，但在进入具体的作家作品和文学现象的分析时依然暴露出种种的遗憾与不足。也有的文学史力图通过人学的演变、文学对人性的表现与反映、多种主义（现实主义、浪漫主义、现代主义）的发展流变、多元文化形态（启蒙文化、战争文化、民间文化、传统文化）的张裂等主题模块来打通 20 世纪中国文学史；这些文学史论著在某一认识论的维度的确有其学理价值和意义，但总的来看属于批评家式的论断，并不是作为史家的文学史书写。

而从实践层面来讲，前述问题的出现，主要则归因于如下这样三个阻碍彼此贯通的纠结点：这就是“五四文学”、“延安文学”和“体制化文学”。熟悉现当代文学的大概都知道，在不少文学史那里，“五四文学”、“延安文学”和“体制化文学”（特别是前二种文学）往往被描述成对立关系，它们或隐或显呈现着某种断裂性：或过于高悬，有意无意地被神话化了；或过于抹灭，不适当地加以贬抑，这在很大程度上造成了现当代文学整合进程的悬置或暂停。本章拟从“整体性”的视阈对此进行清理和定位，以便使文学史书写在“现当代文学是一体”的思维理念下更加统一有序，也更加合历史合逻辑。而在探讨这些问题之前，这里先有必要对造成上述这种现当代文学史“打而不通”的原因略作分析。

首先，将“20 世纪中国文学”作为有关文学史叙事的宏大背景，的确激发了我们不少的理论兴趣，也带给了我们一种整体性的文学史观。“20 世纪中国文学”这一概念内在地隐含着一种“断裂”的思维观念，纵向地来看，它喻示着“五四”以来的新文学从自己的文化母体中挣脱了出来，具有了新的品质；横向地来看，它也表明了在西方文学影响下的中国现代文学具有了世界意识，进入了一个融入世界文学格局的新的历史进程。但另一方面，这一命名同时也招致了我们在文学史认知上的很大困惑和挑战。因为在我们的有关历史进程的认识中，“世纪”是一个相对模糊的概念。西方人以耶稣的诞生作为纪元的开始，同时也以此来象征人类普遍信仰精神的诞生，“世纪”在西方人的观念中便有着一种特殊的意义与精神内涵。自十四、十五世纪文艺复兴运动以来，西方文化以世纪为阶段的发展特征十分明显，西方文学也正是在这一背景下呈现出由古典主义、浪漫主义到现实主义、现代主义的发展轨迹。而对于我们来说，“20 世纪中国文学”是一个十分孤立的文学史概念，缺乏纵向的关于自身文学发展的参照；“20世纪中国文学”直接对照的便是三千年的中国古代文学，这种失衡感使它在当时的提出显得很新颖也很突兀。在很大程度上，“20世纪”留给我们的是一种相对空洞的历史想象。这样，当用“20世纪中国文学”来整合现当代文学时，由于缺乏内在的精神性依托而留下了太多的需要从头建构的理论空缺。

其次，当代高校学科设置中现当代文学彼此一分为二也是造成这种割裂的一个原因。毫无疑问，现当代文学史研究的主力军是学院里从事现当代文学教学工作的专业人士。现当代文学史编写主要也是给高校中文专业学生的学习提供教学和参考用书。在我们的中文学科专业中，现代文学与当代文学是两门主干的基础性课程，这使得文学史的写作、师资队伍的建设处于一种事实上的割裂状态；钱理群、洪子诚、陈思和等的分段式文学史著作的出现，很大程度上就与这种学科的专业设置有关。由于现当代文学的学科分立，现代文学常常被看做是一种已完成时态的文学，很难反映它对当代文学的贯通和影响。更为重要的是，这种学科设置无形之中积淀为一种文学史观，这种观念因封闭、割裂的教学而得到进一步的强化和扩大，并代代相续，形成一种很难突破的文学史认知理念。所以打通现当代文学，它也必然产生和引发对现有学科设置的调整，其意义超过了文学史编写的本身。

打通现当代文学史的难度还来自它们彼此话语系统的不尽统一。长期以来，现当代文学是分处在两个相对独立的学科系统进行研究的，这使得它们逐渐形成了各自不同的学科特色，也相应地具有不同的学理内涵。现当代文学研究中的差异性的存在，给我们的整合造成了障碍。犹如断裂后骨骼的对接，由于时间的延搁，断裂处已增生出许多异质性的东西，给这种对接带来了难度，现当代文学的整合也正面对着这样的局面。抛开细节不论，从总体上来看，现当代文学在打通过程中存在着许多不兼容的地方。两相比照，在近些年的研究中，现代文学三十年在总体上是一个不断建构的过程，启蒙意识、现代性的书写成为统领现代文学的主要价值理念。相反，当代文学的研究则处在一个不断被解构的过程，也可以说是一个祛魅的过程。其中的突出表现便是对以往创作和研究中所积淀的意识形态的不断消解，“重写文学史”、“重读经典”在很大程度上也主要集中在当代文学部分。这种解构或消解使得 90 年代的当代文学研究领域出现了许多很有学理价值的概念，比如说潜在写作、民间隐形结构、主流意识形态话语等等。但这些概念对于现代文学研究来说，却具有不可通约性，这也是打通过程中客观存在的问题。理想的现当代文学的整合，它应该是上下贯通的一个有机体，并且这种整合不应以削弱双方任何一个已取得的理论成果和已达到的学理深度作为前提；相反，应达到一加一大于二的效果，是一个增值的过程。

第二节 “五四”文学之源与百年文学之间的关系

“五四”新文学作为现当代文学的发展源头，它的文学史意义历来非同寻常。在 80 年代启蒙语境里，“五四”文学在“继承五四精神”、“回到五四”等口号的簇拥之下，被抬升到历史的制高点，进而与新时期文学对接，形成一个“五四”“神话”式的“凝视”。这个“五四凝视”是以理想乐观为动力，在寻找文学阶段对接的承续性的同时，又遮蔽了文学阶段间隔的合理性。“五四神话”包含两层含义：一是“五四”文学纯粹姿态的永恒化。在现当代文学发展中，“五四”文学因具有开端性意义而常被用以衡量中国新文学的评价标准。主流意识形态与知识精英尽管在文学观念上分歧颇多，但对“五四”的阐述逻辑具有“态度同一性”，只是主流意识形态取其文学政治性，而知识精英取其文学审美性。正是这样的逻辑深深规约了中国现当代文学的发展，其他时段的文学都要生存在“五四”的标杆之下，因而其文学成就与缺陷都跟“五四”有关。“五四神话”还有另一层含义，它恰逢其时地处于“新/旧”、“现代/传统”等二元对立的临界点上，叙述者正是利用这一契机整合“五四”前后涌入中国的西方各种主义，营建成一个含混驳杂的文化空间，这正是“五四神话”得以形成的关键所在。所以，“五四神话”是叙述者依照某种意识形态的信念而作出的对“五四记忆”的辉煌塑造。在纷至沓来的各种主义中，“五四神话”

最终落在“五四”阐释者对“独立民族国家”这一宏阔的想象以及对一种“主导性文化”存在的信仰之上。从而，“五四”顺理成章地为各家各派所接纳和利用。

其实，现当代文坛并非无人质疑被权力叙述者所操控的“五四神话”。鲁迅早就看到“五四”文化语境中“个性解放”、“人的解放”的脆弱性、先天不足性以及不可实现性。在某种意义上，他对“个性解放”和“人的解放”的质疑实际上也是对“五四文学”的质疑，它表明“五四”启蒙将面临一个新的转折。就此而论，1928 年文学革命转为革命文学，并非如人所说的是“救亡压倒启蒙”，而是社会历史和文学文化发展的必然结果，只不过是将时间提前而已。40 年代周扬曾从“五四文学”与“延安文学”之间的差异来评价“五四”，指出“五四”文学运动的缺失在于没有解决“与工农群众结合”这一“根本关键问题”，而《讲话》在此方面则更伟大且更深刻[①]。周扬斯论隐含着将“五四神话”镶嵌在历时性文学评价的标准体系之中，但他在剥落“五四神话”色彩的同时，又装扮着以《讲话》为标志的延安文学。90 年代以来，学术界对“五四神话”质疑的焦点集中于“五四”的政治功利这一内在局限上。这样，“五四”文学无论是在文化格局还是在艺术观念方面，都与新中国成立以后的体制化文学具有异质同构的关系。陈平原在《触摸历史与进入五四》中曾对“五四神话”进行了还原，他选择广场上的学生运动、《新青年》中的文体对话、蔡元培的大学理念、章太炎的白话试验、北大的文学史教学以及新诗的经典化过程等几个重要的关节点，从政治、思想和文学等维度来解读“五四”新文化运动[②]。这有助于我们从文学史起源生成的角度来评价“五四”。

既然对“五四”源头的阐释关乎现当代文学整体观的性质，那么，基于正本清源的原则，文学史的编写者们就不能不格外关注现当代文学源头之源——天安门广场内外这一“叙述场”。其一，如果叙述场被设定成广场内所举行的反帝反封建运动，那么文学史因强调“政治判断”必将呈现革命政治意识形态立场。因为“五四”孕育了新生的无产阶级和中国共产

① 周扬：《发扬“五四”文学革命的战斗传统》，《人民文学》1954 年第 5 期。
② 陈平原：《触摸历史与进入五四》，北京大学出版社 2005 年版，第 6 页。

党，并为马列主义在中国的传播铺平了道路，所以毛泽东及其执政党共产党一直清理着“五四”文化空间的含混性，并在新民主主义文化体系中最终完成了对“五四”新文化的整塑。最早一批“五四”阐释者李大钊、陈独秀、瞿秋白，包括毛泽东并未被僵化地判定为革命领袖，他们也是新文化运动的先驱者。在运动初始阶段，文化革命与政治革命就密不可分。马克思主义得以在中国迅速传播是因为它提示了一条具体的道路，即建立一个现代民族国家——新中国，毛泽东也因此由最初的启蒙主义者转变为一个马克思主义者。正如“五四”新文化选择了鲁迅、胡适等人作为其代言人一样，“五四”之后所形成的战时文化选择了毛泽东作为自己的代言人，他以文化正统继承者的身份，给予“五四”新文化运动以高度热烈的评价。[①] 据他解释，新文化运动从一开始就是马克思主义所领导的。这就是说，抗战以后所出现的新的文化规范，正是前一阶段文化逻辑发展的必然结果，现当代文学走向因之不失时机地得以改变。这也是主流意识形态一直给予“五四”以很高评价的最重要的原因：没有“五四”，就没有中国共产党，就没有马列主义在中国的传播。这一政治判断规约着不少现当代文学史编写者的书写脉络，许多没有为政治革命作出贡献或贡献甚微的作家及其作品不是匍匐在文学历史的地表就是被压抑于其下；即便是左翼作家，其作品也会因革命性强弱而被分级。

其二，如果“五四”叙述场被设定成天安门广场之外所进行的文化革新，那么文学史因强调“文化判断”自然呈现多元文化的价值取向。纵向上，倘若我们将时间前推到 1917 年，现当代文学史所具有的划时代意义就侧重于西方文化催迫下的突变性；如果更向前上溯至晚清，它会侧重于文化内部的量变即渐变性，而西方文化的涌入则是其外部的条件。前者强调现当代文学对近代文学的背离，逻辑思维上强调“断裂”；后者则倡扬打通现代文学与近代文学的藩篱，逻辑思维上强调“延续”。横向上，倘或采用陈平原立足于广场且更大于广场的多维解读，文化合力的作用自然会成为“五四”文学的催生之源。由之，我们也就有打通整合现当代文学的另一种可能。可见“五四”文学并非如我们所想象得那样简单、绝对和

① 陈思和：《中国当代文学关键词十讲》，复旦大学出版社 2002 年版，第 5 页。

纯粹，它本身是多元多维的，具有多种书写的可能；对它不同的阐释，都将影响到现当代文学整合的平滑程度、性质向度以及文学史叙述的丰满程度。

“五四神话”还体现在现当代文学族群“鲁郭茅巴老曹”的形象塑造之中。他们属于“五四”新文学的元老，也是新中国的文坛翘楚，在各种范式的文学史中具有很高的地位。曾几何时，这些文学大师总被我们赋予一种极强的“压抑性”，来遮蔽沈从文、钱钟书、张爱玲等文采非凡但政治立场颇为暧昧的作家。虽然在后来开放的语境中，沈从文等已陆续跻身于文学大家的行列，但实际的文学观照在某种程度上仍受政治因素的侵扰。到底是谁一再制造着这个精英族群的强势光芒呢？如果单从政治层面考虑，结论未免失之简单。事实上以“郭茅巴老曹”为代表的“五四”新文学作家，他们从现代文坛步入当代文坛之后，曾虔诚地接受着新社会的思想改造和无条件地遵循新文学的规范。尽管他们与文艺新方向所规定的创作观念和文学规范之间始终处于紧张的、难以融合协调的状态，并且整体上其艺术生命在进入50年代之后已告结束；然而作为一种文学“传统”的体现，他们的影响在五六十年代继续存在，并对文学发展进程产生着重要的制约作用①。程光炜曾以一种追问历史的姿态，通过对中国现当代学术史的钩沉，再现这个精英族群面对复杂的历史和民族命运沉浮所经历的艰难而充满悲剧感的精神蜕变，揭示了这一时期中国文学充满是非曲直和痛苦悲怆的历史进程。随着政治光环的消退，“鲁郭茅巴老曹”这种文化现象日渐暴露出内在的缺失。鲁迅自1937年被“圣化”起，一直在主流意识形态的棋盘中充当着政治方向性的棋子。虽然时代的规范使得其他人所追求的“中国歌德之道路”、现实主义以及激情主义或折转或受阻，但他们在新社会的无怨选择意味着自己不仅要承受历史所给予各自精神和创作的双重伤害，还要认可政治强势下各自的现实态度和功利策略②。可见，中国知识分子在追求个性独立时并非如西方知识精英那样视个性独立为目标，而是将其作为追求民族国家独立的手段，“立人”永远和“立国”

① 洪子诚：《中国当代文学史》，北京大学出版社1999年版，第29页。

② 黄晓娟：《转轨的回巡与文化的审视》，《学术论坛》2005年第2期。

联系在一起。这是第三世界长期受辱的历史所致。中国知识分子的现代独立人格是在发展自我与限制自我、肯定人的价值与展现人的局限的相互制约和补充中呈现“先天不足”，以至于他们宁愿牺牲自己的艺术个性，也要追求文学规范所建立的文学理想状态。故而，中国文学的总主题里交织着知识精英的怨羡、困惑和焦虑的复杂情绪。“五四神话”的问题在于有意无意地遮蔽了知识精英的这种“先天不足”，并将文学评价标准普适化。这种普适化不仅有碍于它与“五四”后特别是与当代文学的整体对接，而且还拒斥着始终参与文学整体构架的鸳蝴文学。

“五四神话”这种坚执的规范和标准“意味着对多种可能性中偏离或悖逆理想形态的部分的挤压、剥夺，最终达到对最具价值的文学形态的确立”。“正是在这一意义上，五十至七十年代的‘当代文学’并不是五四新文学的背离和变异，而是它的发展的合乎逻辑的结果”①。因此，要整合现当代文学，应该祛除“五四神话”之魅，使“五四”文学尽可能回到“历史本真”的状态。

第三节　延安文学在“整体性”现当代文学史中的位置

当前，用现代性来整合现当代文学这一理念在学界比较流行。不言而喻，中国现代文学之所以能从三千年的中国文学中脱颖而出、获得新质，其最本质的属性便在于“现代”。可以说，正是这种“现代”性质构成了界定现代文学史的概念、范围、归属的逻辑起点。但是，在实际的文学史写作中当代文学却很难纳入到这个现代性体系中来。所以我们才会看到这样的现象：自“20世纪中国文学”这一概念提出以来，所取得的最为突出的成绩在于现代文学与近代文学的打通上，对现代性因素的发掘，使我们的研究正在不断地向晚清文学延伸；康有为、梁启超、王国维等一批近代学人在现代性视角的观照下浮出了历史的水面，晚清文学也因纳入

① 洪子诚：《关于五十至七十年代的中国文学》，《文学评论》1996年第2期。

到现代性的思维视野而具有了某种新的特质。

但是，当我们用现代性这一理念向下延伸时却遭遇到了阻碍，其中阻碍最大的便是延安文学与当代文学，而且90年代重写的当代文学史基本上也不用现代性作为参照或内在主线。这种现象的出现，固然与延安文学与当代文学自身存在的问题密切相关；但同时也与我们对现代性的简单狭隘的理解，尤其是以它为内在逻辑进行打通整合时未能充分考虑其在中国语境中的复杂性与阶段性的特点密切相关，这使它只适用于现代文学却不大适用于延安文学与当代文学。也就是说，我们当前所谓的现代性这一概念具有很强的上溯性，却不具有下延性。这种无法下延的现代性，在实际的文学史书写中往往会造成现当代文学之间的脱节和断裂。如果把百年中国文学的现代性看做是不同时期由不同权力话语的介入而形成的结果的话，那么粗略地来看，它大致可以分为三种形态、三个时期：一是从20世纪初至二三十年代的精英知识分子话语占主导的启蒙文学时代；二是发端于40年代延安文学直至新时期初期的以国家意识形态话语占主导地位的体制化文学时代；三是80年代中后期以来从多种话语并存并逐渐走向个体化写作的文学时代。有关二三十年代文学以及80年代中后期以来文学的发展脉络的梳理，学界已多有论述，而且基本上能够达成共识，它也在已有的不少文学史中得到了较好的反映。所以我们在这里，重点对以延安文学及其在百年中国文学发展进程中的特殊意义做一论述。

延安文学在现代文学三十年中并不占有显赫的位置。从三十年的角度看延安文学，它的前面是一大批文学巨匠，其文学成就是难以与之相提并论的；但是从打通现当代文学的角度、将其置于百年文学的背景下来看，延安文学的文学史意义便凸显出来：它不再是三十年现代文学的一个并不醒目的句号，而是一个新的文学时代、新的文学体制的开端。延安文学上承“五四”文学与左翼文学，下接新中国成立后文学。正是在延安文学时期，现代知识分子完成了由启蒙导师到向工农兵学习的身份认同的转换，毛泽东有关新民主主义政治与新民主主义文化的构想也得以全面展开，文学与政治的一体化、文化领导权的确立以及文学生产体制的形成都在这一时期得到了初步的规范。当代文学序幕的拉开，正是建立在对这一文学机制全面接收的基础之上。这样来看，应该将延安文学与新中国成立后文学视为一个整体。它们都是意识形态高度规范下的文学；它的功能与性质从属于新政权建立和巩固的需要，文学的工具性成为它最突出的特征也是最大的弊端。

延安文学所体现出的政治认同与工具化倾向不仅来自战时的文化功利主义，它与现代以来中国知识分子的有关现代民族国家的构想有着密切的联系，同时也是“五四”以来知识分子启蒙思想中革命功利主义倾向的现实达成。我们知道，中国现代史的开端有着被动选择的成分在里边。与西方反对神学而进行的人的解放及现代性不同，我们从一开始便面对着人的解放及现代性与社会解放、民族解放的多重使命与压力。这使得我们以思想启蒙为核心的现代性不可能只是单纯以思想文化层面的改造为旨归，其中的政治革命诉求必然会渗透到文学的层面。正如陈伯海所指出的：“甚至作为新人格第一要素的独立自主的个性，在五四时代人们的心目中，也很少具有近现代西方个性主义思潮中的那种本体论上的意义，而多半视以为民族国家自强自立的基点，其实质还是社会性的。所以，同样是从崇尚个性的原则出发来建构新文化的人文核心，我们的‘五四’和欧洲文艺复兴，却走上了截然不同的途径。在他们那里，个人的觉醒本身就是目标，它导致个人幸福的追求和人性至上的肯定；而在我们这里，个人的觉醒却是达到整个社会、国家、民族觉醒的手段，其最终目的是要‘救亡图存’。”[①] 个性解放的精神之花在“五四”时期璀璨夺目，放出耀眼的光芒，但它只代表着“五四”文学现代性的一部分精神意向，而非全部。“五四”文学也没有简单重复西方文艺复兴运动的道路，将个体自我的生存和发展作为衡量一切前提的价值选择，而是在“尊个性而张精神”的同时，不忘个人对他人和社会的责任，包括经国济世的责任。所以当时才会出现作家与政治家站在同一起跑线上，并且相互激励相互冲突的有趣景观。

由此可知，现代文学与当代文学，它们虽然具有明显的差异和阶段性的形态特征，但彼此毕竟有着内在的一致性。一味地只讲“五四”文学的

---

① 陈伯海：《“五四”与新人的发现》，见夏禹龙主编《中国文化发展的转机》，知识出版社 1989 年版，第 7 页。

启蒙意义而不讲它在启蒙的同时不忘社会解放，将“立人”与“立国”统一在一起，这在一定程度上使我们忽略了这种环环相扣的关系。作为争取民族解放与独立的第三世界的中国，从开端处中国知识分子对现代性的诉求便包含着非常浓厚的革命功利主义色彩，从梁启超的“新民说”到以鲁迅为代表的“五四”新文学作家“为人生”的文学观，可以说，文学一直没有放弃它“载道”的职能。这样来看，从“五四”文学到左翼文学再到延安文学以至新中国成立后的文学，这其中文学现代性的发展轨迹也便有迹可寻了。

在这里，我们也应将20年代后期兴起的左翼文学与延安文学有所区别。左翼文学在总体上讲属于知识分子的话语范畴，这与经过全面改造并形成的“体制化”的延安文学有很大的不同。此外，左翼文学与延安文学也有着不同的文化背景，这使得以激进为外在表现形态的左翼文学与以服从为外在表现形态的延安文学拉开了距离。可以说，从“五四”文学到左翼文学，中国现代知识分子走的是一条激进变革的道路；而到了延安文学时期，这种激进的知识分子话语受到了体制化的整合而逐渐被纳入国家意识形态（准确地说是前国家意识形态，因那时没有建立新中国）的控制之中。此种状态到80年代中期以后才慢慢出现了缓和。

在百年文学视野下重估延安文学的文学史价值，目的在于突出它与建国后文学不可分割的联系。在传统的“现代文学三十年”的文学史框架中，延安文学只是一种地域性的特殊文学形态（在很多文学史的讲述中它只是解放区文学的一个组成部分），或是战时文学格局中的一块版图，将它作为与国统区文学、沦陷区文学共时存在的一种文学走向加以描述。这使得它所蕴涵的有关文学建设的现代性构想被遮蔽了，更无法直观地呈现出它与建国后文学的内在的统一性。所以，我们在这里分析论述延安文学的特殊意义，一方面在于强调“打通”中国现当代文学的必要性，另一方面也对如何为百年中国文学进行合理的文学史分期提供一种学理的依据。

第四节　体制化文学之对“打通”现当代文学史的意义

以延安文学为形成标志的体制化文学是中国共产党建立和建设社会主义国家过程中实施文化领导权的一个必然的结果，它的现代性来自于这种新政权、新体制对意识形态的构想。杨匡汉、孟繁华以“共和国文学五十年”来命名当代文学，洪子诚将“中国当代文学”的内涵解释为：“发生在特定的‘社会主义’历史语境中的文学”[1]，这里面都已包含了对这种体制化文学的历史定位与思考。体制化文学的源头是延安文学，其下限可以延伸至80年代中期，这是最能体现社会主义文学高度一体化特征的文学时期，在整个现代世界文学范畴中它有着自身特殊的意义。前面我们论述延安文学与“五四”文学的内在联系，目的是要指出“五四”新文学的现代性诉求如何转向了对抗西方现代性的轨道上。而这种非西方国家建立独立的现代民族国家的要求，正是我们把握社会主义体制化文学现代性内涵的必要前提。正如李扬所指出的：“马克思对现代性的这种反抗最终在非西方得以实现，原因在于非西方几乎是被强行拉入‘现代’的，因此，非西方天生地具有对‘现代’的反抗性。这是大多数非西方国家在20世纪都选择了社会主义道路的原因，也是‘社会主义现实主义’作为社会主义的文学形式主要出现在西方国家的原因。事实上，在20世纪的大部分时间内，社会主义对资本主义的反抗实际上表现为一种地缘政治学，即非西方对西方的反抗。”[2]

体制化文学在文学的功能、作家的职责和文学活动的开展等方面都有其明确的规定。列宁在《党的组织和党的文学》一文中指出：“文学事业应当成为无产阶级总的事业的一部分，成为一个统一的、伟大的，由整个

---

① 洪子诚：《中国当代文学史·前言》，北京大学出版社1999年版。

② 李杨：《抗争宿命之路——“社会主义现实主义”研究（1942—1976）》，时代文艺出版社1993年版，第315—316页。

工人阶级全体觉悟的先锋队所开动的社会民主主义的机器的‘齿轮和螺丝钉’”，这段话也正是毛泽东1942年《讲话》的一个重要的理论出发点；而《讲话》中有关文艺与政治的关系、作家的身份与责任、文学的服务对象以及文学的表现形态等的论述，也为此后体制化文学的形成与实践奠定了基调。新中国成立后，这种高度一体化的文学更进一步在制度上得到了保障，文艺领导机构的设置，作家的创作活动，文学作品的出版发行，报刊的管理以及批评与阅读的开展等等，都形成了一套高度整合的组织生产方式。与此相应，是对文学创作的题材选择、主题指向、艺术风格、创作手法等，也有了明确的限定和特定的意义，在当代的“前三十年”的文学实践中，还出现了“两结合”、“三突出”、“根本任务论”等具体的写作规范与要求。体制化文学使文学与政治处于高度的同构状态，作家写什么、怎样写都被充分地政治化、计划化了，它必须无条件地从属于国家和执政党对文化事业和意识形态关系的构想。

历史地来看，体制化文学在具体的实践过程中呈现出阶段性发展的特点，大致可分为四个时期：一、1942—1949年的延安文学时期，可称为体制化文学的发端期。它以《讲话》精神为指导，对延安的文艺工作者进行了初步的规范，同时在文学创作实践上也取得了一定的成绩。二、新中国成立后十七年，是体制化文学的发展期，创作队伍的整合、作家的思想改造、文学生产的制度化管理、对偏离规范的创作倾向的批评和纠正，成为这一时期体制化文学开展的主要内容。三、“文化大革命”十年是体制化文学的极致期，开创“无产阶级文学新纪元”成为彼时对文学的更进一步的政治想象，“五四”以来的新文学连同十七年文学一概遭到否定，八个“样板戏”成为文学创作的最高模本和典范，这也标志着体制化文学走到了极端。四、“文化大革命”后至80年代中期是体制化文学的转型期，这一时期，文学的体制化生产依然持续地发挥效力，但已出现了松动，精英知识分子话语开始介入并发挥影响，这也标志着这种高度一体化的文学形态开始趋于解体。80年代中后期以来，当代文学开始进入了一个多元话语并存并逐渐走向个体化写作的时代。

体制化文学是高度一体化的一种文学形态，它通过规约、奖励、纠正和批判等一系列方式努力实现着文学的整齐划一，从而使文学事业成为政治事业的有力支撑与可靠保障。但同时我们也应该看到，体制化时代的文学创作并不是也不可能完全高度统一，它的实际情况还相当复杂。一方面，主流文学内部存在着冲突矛盾，作家的独立思考与创作个性也会在创作实践中有所渗透；当然，这种实践一旦超出允许的范围便会招来规范的制约和批评，如对电影《武训传》、萧也牧的《我们夫妇之间》、路翎的《洼地上的“战役”》的批判。另一方面，在体制化时代还出现了不少被称之为“潜在写作”的文学实践活动，它们由于从开始便不属于规范之内的写作，所以较能鲜明地体现出自己的个性色彩。当然，这种规范之外的潜在写作情况也较为复杂，它具体又包括这样几个方面：一是在新中国成立初期便受到排斥的“七月”、“九叶”派等作家和诗人的文学活动，如曾卓、牛汉、穆旦等，特定的历史背景决定了他们与“五四”的精神传统有着密切的联系；二是由于种种原因从体制之内被规范出来的作家的文学创作，如郭小川中后期的有的诗作，他们曾经是这种体制化文学主力军，但在愈演愈烈的批判运动中成为体制压制的对象，他们的文学作品中更多地表达出的是自身的困惑与怀疑；第三个方面则是以知青为主体的潜在写作。如郭路生、“白洋淀”诗人群、《今天》杂志的作者群等，他们经历了从红卫兵到知青角色的转换，从狂热的政治中心到背井离乡接受再教育的遭遇，因而在“文化大革命”中后期开始便用文学表达自己的独立思考，并于新时期之初浮出地表，成为文学解放运动的一股重要力量。对于这些复杂的文学现象，也只有置于体制化文学这一历史语境中才能认识它的思想艺术价值。如果只从“五四”精神传统的继承方面来观照，则势必会造成文学史对其丰富复杂的文化精神内涵的遮蔽。

体制化文学是中国现当代文学史写作的一个难点和关节点。从世界范畴来看，它属于20世纪世界无产阶级文学运动的一个组成部分；从社会主义文学实践来看，它又是以苏联、中国为代表的社会主义文学生产机制的一种典型范式。今天，当中国转向以市场经济为主导的经济和文化建设的时候，当中国加入世界贸易组织并以更为开放的姿态融入世界格局的时候，那种高度一体化的体制化文学已逐渐成为历史的定格。百年中国文学史应如何来书写和评价这种特殊而复杂的文学形态，是我们现当代文学工作者应予思考的所在。以源于“五四”的带有深刻的西方色彩的现代性来衡量中国现代文学，必然看到的是“五四”传统在延安文学时期的中断，从而造成了在现有的中国现当代文学史的写作中现代文学与当代文学合而不通的局面；另一方面，这种狭隘的现代性理念，也会造成对新中国成立后体制化文学的定位不当与评价的偏差。如果说在80年代以前的现当代文学史写作中，延安文学以及五六十年代文学因其鲜明的政治倾向性而获得了过高的评价；那么在此后的文学史书写中，它又伴随着对文学史写作中意识形态色彩的消解而遭到过分的贬抑。两者都不免失之褊狭。所以，实现中国现当代文学史的真正意义上的“打通”，必须深入开掘现代性在中国现代文学语境中所具有的独特内涵，这样我们才能对由延安文学而渐进形成的体制化文学的文学史意义进行合理的评判与客观的体现，打通了的中国现当代文学史也才能更为清晰地呈现出百年中国文学的发展流变。

由于复杂的历史原因，相对于前后阶段的文学而言，体制化文学的成就确实不高。所以对其作低的或较低的评价也属必然，但并不等于说这段文学史不重要或微不足道。有研究者说，它是中国文学从现代走向新时期的一个特殊阶段①。在“整体观”的现当代文学史中，这个阶段的文学并非“孤岛”，它与周边的文学连成一片。从文学性质来看，它仍属于新文学的范畴，“是发生于二十世纪初的推动中国文学‘现代化’运动的产物，是以现代白话文取代文言文作为运载工具，来表达二十世纪中国人在社会变革进程中的矛盾、焦虑和希冀的文学”，“是‘五四’诞生和孕育的充满浪漫情怀的知识者所作出的选择，它与五四新文学的精神，应该说具有一种深层的延续性。”② 可见，体制化文学与“五四”文学的深层延续性应体现在社会变革和文学形态的现代化，即对现代民族国家的共同体想象和文学形态的高度一体化上。建立前者的过程是对个人不断加强控制的过程，规范后者是“‘冲破’一切有机的结构而走向一种文化的统一”③。

从文学源流来看，体制化文学的形成与发展跟苏俄革命文学的影响有

---

① 董之林：《旧梦新知：“十七年”小说论稿》，广西师范大学出版社2004年版，第1—5页。

② 洪子诚：《关于五十至七十年代的中国文学》，《文学评论》1996年第2期。

③ 韩毓海：《新文学的本体与形式》。转引自王晓明主编《二十世纪中国文学史论》，东方出版中心2003年版，第124页。

关，尤其在50年代更是如此，在当时的文学与政治的“一体化”机制之中，彼此之间的趋同与疏离呈现十分复杂的状态。1942年延安文艺座谈会上，毛泽东开宗明义强调要使文艺很好地成为整个革命机器的一个组成部分，此语源自列宁有关文艺事业是无产阶级国家“齿轮和螺丝钉”的著名论断。在以后的文学发展中，文学政治化成了作家们的自觉追求，同时也成为文学批评的主要标准。如前所述，当代文学的源头为延安文学。虽然延安文学在现代文学三十年中地位平平，而且还为“鲁郭茅巴老曹”等现代经典作家的作品所遮蔽，但在20世纪文学史上，它与“五四”文学、新时期文学一样，也是一个重要的历史时期：“五四”“新文化运动的启蒙者和新文学的倡导者们在关注和礼赞个性解放、个人主义的同时，更加关注和强调的是社会的变革和进步、大众的生存、觉醒和解放，以及文学在其中所担负的责任和功能”[①]；而毛泽东的《讲话》恰恰宣示了这种“主导性文化”的存在，这样，“五四所界定的文学的社会功能、文学家的社会角色、文学的写作方式等等，势必接受新的历史语境的重新编码”[②]。丁玲、冯雪峰、卞之琳、何其芳这些从“五四”进入延安的知识分子，在经历了一段“五四”自由独立精神的执守之后，在《讲话》的文艺精神实践过程及他人的批判与自我的反省中，就自然地融进了新民主主义文化体系中。于是，现代文学由此走向一种新的秩序与权威，走到政治、革命、阶级意识形态所织就的当代文学体制化语境之中。“五四”知识分子的民族国家诉求也在延安文学这里暂时找到皈依，并进而在新国家文学中建立起一个关于国家巩固和发展的历史叙述。

造成体制化文学备受压抑的关键因素在于其浓烈的政治色彩。渗透于文本内外的政治性掌控着批评家的价值评判，也影响着“重写文学史”的意义指向。因为这背后总是有意无意地横置着一个“纯文学”标准。治史家常以此为尺度来评价作家作品，可事实上，他们所谓的“纯文学”不仅概念含混而且带有明显的反政治或非政治的倾向，仿佛文学离政治愈远，其文学性就愈高，这就有意无意地混淆了文学与政治之间的界限。这种文

① 黄书泉：《文学转型与小说嬗变》，安徽教育出版社2004年版，第162页。

② 黄子平：《“灰阑”中的叙述》，上海文艺出版社2001年版，第154—155页。

学史看似讲求文学的独立性，实则都受制于绝对的意识形态。它履行的仍是“意识形态标准第一，文学标准第二”的评判职责。如夏志清的《中国现代小说史》、司马长风的《中国新文学史》对左翼作家作品的酷评就明显受意识形态的牵掣。又如对巴金《随想录》的评价，几乎所有文学史都称其为“说真话的大书”，但这种赞誉之词是否也遮盖着该书思想价值大于审美价值的事实呢？可见，“纯文学”观念的贯彻实在不易。当然不可否认，上述问题的出现还与现当代文学内部存在的等级制观念不无关系。就文学时态而言，现代文学已属完成时，文学成就的确非凡，它的“显学”地位在学院体制中已获得充分发展；而当代文学则是现在进行时，且前有政治掣肘，后有市场挟裹，其学科的合法性自 80 年代以来一直处于一种暧昧幽明的状态之中，一度被视为“无史”可写。尽管当代文学被纳入社会主义政治、经济、文化三元一体的社会发展体系之中，然而，现代文学还是常以一种文学审美的眼光睥睨它。治史家也会在学科等级以及情感权重的理路之下对它进行简单化的评论。因而，在整体打通的现当代文学史书写中，治史家要秉持“不虚美不隐恶”的史学观，必须承受自身史家意识的严肃拷问。

要客观评价体制化文学，就不能不谈文学的政治问题。这个问题之所以令所有治史家纠缠不已，是因为“政治”一词常被作简单乃至庸俗化的理解。毛泽东所说的政治是现代的“革命政治”，是对现代官僚管理和某个阶级或利益集团统治的永恒的挑战。“无论在现实还是知识领域里，政治是一个策略，更是一个不断开放的、不确定的、没有固定本质的构成。作为人民革命家的毛泽东的政治是人民革命的政治，是面向民族解放和人类解放的政治。毫无疑问，艺术与这种政治的方向应该是一致的”[①]。正因毛泽东关于文学与政治关系被狭隘化了，所以，文学政治性的另一层重要含义，即政治性是文学多元属性之一便被遮蔽掉。治史家往往对“纯文学”含义不加辨析，采用“一刀切”的“审美/政治”二元对立观来拒斥体制化文学。批评文学沦为政治工具无可厚非，但借“纯文学”标准以极

① 韩毓海主编：《20 世纪的中国：学术与社会》（文学卷），山东人民出版社 2001 年版，第 335 页。

力否定文学的政治属性实不足取。李杨说："'纯文学'观念进入中国以来，从来就没有固定不变的意义。它是历史机缘的产物，其含义依据特定的历史——政治环境确定，表达出不同的现实—政治诉求。""作为一个本土的、国家性社会文化建设运动的一个环节，'文学'从来不是独立于政治的自主意识，而是一种对应并维护了中国现代性的历史经验的制度。它在现代中国的每一次显形，都以特定的社会政治诉求参与了某种'想象共同体'的建构。"①

由此看来，我们所急切追问的不是文学是政治，而是文学表现的是"何种政治"与"谁的政治"。始于"五四"的现当代文学本来就颇政治化。在文学取向问题上，诚如弗雷德里克·詹姆逊所说，第三世界的文本"总是以民族寓言的形式来投射一种政治"②。如此，他们才会在建设现代化强国这点上彼此达成"精神意志同一性"。中国文化原本就有经世致用的传统，20 世纪以降，又受到列宁有关马克思主义意识形态批判理论补充修正为国家政治意识形态行动策略的"政党学说"的影响。这种历史的渊源和现实语境，自然就驱使作家自觉不自觉地追踪时代和政治，抒写自己在这方面的希冀、焦虑与困惑，将文学当作是政治意识形态的一种象征性的存在。

正是基于这样的事实和道理，我们认为在将体制化文学纳入整体打通的现当代文学发展史的框架进行处理时，有必要跳出"审美/政治"二元对立的窠臼，倡导一种将它们彼此联系起来进行综合考察的、更加开放的文学史观。在这种开放的文学史中，治史家应当扬弃任何抵触和敌意，以一种同情的、理解的与审美的眼光来观照文学的政治性，在批判文学工具化的弊端时又能肯定文学良好的政治愿望。这样，才有可能使文学史获得相对完整的历史视野，最大限度地还原体制化文学的自行运演轨迹及其生存状态，真切体会到历史的存在空间与文学的符号空间的"不对等性"。

---

① 李杨：《"好的文学"与"何种文学"、"谁的文学"》，《南方文坛》2003 年第 1 期。

② 詹姆逊：《处于跨国资本主义时代的第三世界文学》，《当代电影》1989 年第 6 期。

第五节　关于“现当代文学是一体”的文学史编写问题

一定的文学史观总是与相应的编写范式相联系的。就近些年所出版的有关现当代文学史而言，它的整体打通的文学观念主要是通过“启蒙主义”、“全人类性”、“人性”和“现代性”等几种范式进行书写的。这些范式都有一定的价值合理性，但从理论和实践来看，也都存在各自的缺陷。其中“启蒙主义”范式，作为对过去政治意识形态范式的反拨，曾给予长期遭受文学史“压抑”的民主主义或自由主义作家以很高评价，但同时又把曾红极一时的革命作家压抑在历史地表之下。它的逻辑基点是出于一种价值判断，而非分析重建，因此难逃“非此即彼”、“二元对立”的思维窠臼。“全人类性”范式目前仍处于构想阶段，故很难对它作出切实的评价。从预设的理论来看，虽可在“世界文学”的格局中找到坐标点，但其含糊的概念所衍生的种种疑问却不可小觑：如果说人类在自身更好的生存和发展中所普遍形成的信念为自由、平等、民主、法制、享乐、公正、环保的话[①]，那么，它有足够的力量来承担20世纪丰富复杂的文学现象吗？文学中非普遍信念的成分将永远游荡在历史的边缘吗？古今中外文学无所不包的普适性是否容易造成阐释参照物的缺席？是否要遮没文学时态和地域色彩的独特性？此外，“全人类性”范式倡言以“人性”论为理论基础，主张用“人”的观念的演变贯通20世纪中国文学，可“人性”和“人”的所指到底如何规定？它与“阶级性”或“阶级”到底如何辨析？这些落实在文学史写作时也颇难把握；弄得不好，这种先验的理论预设会影响本应活泼的文学史叙述。那么，“现代性”范式呢？中国文学的现代性问题不只是文学叙事的技巧，而且还是整个现代社会和文化变迁的一个组成部分。“我们需要观察的恰恰是现代性作为一种历史叙事如何进入历史——

① 黄修己：《价值的相对性和绝对性》，《文学评论》2001年第4期。

包括文学的历史，成为文学的主题，规范文学的形式，等等——的过程”[1]，它在现当代文学史整合中会如何呢？这里拟有必要作些探讨。

众所周知，现代性源自西方，但在中国历史文化语境中已发生转化，并且是动态的，其内涵在不同的话语体系中是有差别的。“五四”文学属于知识精英话语体系，它的现代性主要体现于反封建、个性解放和民族国家想象等；而体制化文学属于主流意识形态话语体系，它的现代性是受压抑的，也因被政治迷雾所笼罩而极易遭到治史家的忽视。王瑶当年在与钱理群谈话时，为此就对他们所提出的“20世纪中国文学”的概念进行质疑：“你们讲二十世纪为什么不讲殖民帝国的瓦解，第三世界的兴起，不讲（或少讲，或只从消极方面讲）马克思主义，共产主义运动，俄国与俄国文学的影响？”[2] 这从一个侧面为主流意识话语体系中的现代性作了注释和辩解。如果说在其他范式的文学史框架中，体制化文学的现代性总是被压抑在政治性之下，那么在现代性范式中，其政治性则被包蕴在现代性之内，呈现出时而高涨时而激进时而极端化的阶段性特征。我们不能因为曾经有过政治性对现代性的高压或遮蔽，就断言体制化文学是反现代性的，无视它们之间难以切割的姻缘关系。事实上，自延安文学以降，特别是1949—1979年的当代文学“前三十年”，广大作家的确也曾真诚地描绘着具有社会主义性质的文学理想图景，他们以一种欢乐美学营造着现代国家的发展进程。就思想层面而言，马克思学说中对现代性的批判，在中国化的语境中被阐释为对现代性的跃进式饥渴，至此，现代性被窄化为政治性。就艺术层面而言，这种对现代性的虚夸美饰则在很大程度上放逐了“文学性”标准。但这并不意味着体制化文学不要现代性，更不应据此就否定体制化文学对现代性的纯粹化理想追求。

除了精英话语和主流意识形态话语之外，对中国现代性的解读还应重视普通民众的生存体验。诚如王一川所说，因为“中国现代性的发生，是与人们（无论是精英人物还是普通民众）的现实生存体验密切相关的。这

---

① 汪晖：《我们如何成为“现代的”?》，《中国现代文学研究丛刊》1996年第1期。

② 钱理群：《矛盾与困惑中的写作》，《文学评论》1999年第1期。

是比任何思想活动远为根本而重要的层次”。“人们不仅以自己的政治活动去推动或阻挡现代性进程，也不仅以自己的思想活动去认识现代性的转型，而且从根本上说，以自己的全部的生命去体验现代性的痛感、忧郁或希望、灾祸或幸福”①。如此，现当代文学史编写才能跳出知识精英与主流意识话语体系所制造出的强势光环，在形而上思想体验与形而下世俗体验两个层面找到一个平衡点，为百年乃至未来大众文学、民间文学的进入留下足够的空间。此外，现代化社会的发展给世界人类与环境带来了程度不同的异化，现代化自身一分为二成“现代化—反现代化”的一个有机体。现代性作为推进社会现代化进程的一种精神，其分裂自然也不例外。所以，现代性不仅包含对其正价值的肯定向度，还包含对其负价值程度不同的批判向度，即反现代性的现代性。在这样的现代性视阈中，鲁迅、“京派”、张爱玲以及90年代张炜、张承志等作家作品又获取了某种新质；同时，关注“自然生灵”的生态文学也借此找到了自己在中国现当代文学史中的一席之地。如沈石溪的动物小说、刘先平的大自然小说、姜戎的《狼图腾》、贾平凹的《怀念狼》等，就会突破“文学是人学”的思维观念局限而被我们引进文学史。这样，文学的现代性意涵就由原来狭隘单一的“以人为中心”变为包括人在内的“以自然万物为中心”。

尽管现代性范式具有无可置疑的可行性与合理性，但在文学史编撰过程中情况并不乐观。或许是受“20世纪文学”观的影响，不少现当代文学史在如何看待“传统/现代”、“新/旧”方面表现出一种斩钉截铁的“态度同一性”，现代性因此被赋予截然分明的断裂式的单面质；然而一俟进入具体实际的写作，治史家往往就对此进行质疑。于是，最初的“打通”或“重写”文学史冲动就衍变为一种“犹豫不决”的治史态度，从而使现当代文学史有拼盘之感。首先，在文学时段划分上，“古典文学”之后是“20世纪中国文学”，这种突兀的文学分段背后往往是思想体系的尖锐对立。“世纪”这一时间性概念源自西方，它建立在“历史进化论”的逻辑基点之上；文学发展也相应呈现从古典主义、浪漫主义、批判现实主义到

① 参见王一川《中国现代性体验的发生》导论，北京师范大学出版社2001年版。

现代主义、后现代主义的链条式运演轨迹。而“世纪”的生硬移植并未在中国历史文化语境中得到转化与融通，它很难与中国现当代文学在深层意蕴上进行对话。中国文学的现代性实质上并未进入西方工业文明的叙事进程，中国作家的集体无意识里也残留着相当浓厚的“历史循环论”和“存在静态化”的逻辑印痕。例如在中国新文学的主流上，20 年代乡土文学朝新中国农村题材小说的发展，很大程度上是新的农耕文化模式的置换，它无法与西方话语体系中的时间性概念相吻合。

其次，在治史意识上，这一时间性概念尽管赋予“20 世纪中国文学”以整体性的观照视角，但此种信手拈来的偶然性的时间修饰语只能说明文学史书写的瞬间性，使得本应在治史中所秉持的客观、冷静的历史意识呈现出一种机缘巧合性。因此，现当代文学史“打通”的内在逻辑的缺席，导致了这一时间性概念成为“空洞的能指”。治史家“犹豫不决”的态度不仅意味着现代性与中国丰富的文学现象相勾连的复杂情状，而且也体现了他们对自己所秉持的态度与方法的矛盾和不充足的自信：他们一面在不断地追求与实验，一面又在不断地怀疑与否定。这是一种深刻的悖论。它当然不无暧昧，但绝非没有自己的态度。我们也不能据此就判定治史家价值观上的左右摇摆；恰恰相反，有时还标示着他们对文学历史的尊重。它既是一种无奈，但何尝不是严谨求实治学态度的一种折射呢？从这个意义上来说，现当代文学史中所出现的“犹豫不决”并非坏事，它较那些“斩钉截铁”的叙述，也许更具有时代的意味，反映了编写者思维的成熟。当然，现代性范式的“犹豫不决”也是有底线的，它应接受基本价值的规范，并要服从整体统一的文学史框架。这样，它在充分凸显治史者个性魅力和主观能动性的同时，方能求得历史意识，保持文学史应有的逻辑稳定和系统统一。

（本节与郭剑敏、马西超合撰）

第五章

文学史编写的理念与实践（二）

第一节　当代文学史的历史生成与编写模式

一

我们在前面讲过，当代文学史的编撰，早在20世纪50年代后期便已经开始了，至80年代，更取得了突破性进展。尤其自90年代以后，随着政治性写作模式的结束，出现了多部形态各异，并具有一定影响的文学史著：有主要介绍宏观思潮发展和运动情况的文学史，如於可训的《中国当代文学概论》；有选择具有典型意义的年份以点带面进而辐射涵盖整个世纪的文学史，如谢冕主编《百年中国文学总系》；有极力张扬知识分子精英话语和民间立场的文学史，如陈思和主编的《中国当代文学史教程》；有致力于超文本研究而态度谨慎的文学史，如洪子诚的《中国当代文学史》；有以勾勒文学的真实状态为旨归的文学史，如吴秀明主编的《中国当代文学史写真》；有侧重于作家作品论的文学史，如黄伟宗的《当代中国文学》；有强调少数民族文学的文学史，如特·赛音巴雅尔的《中国当代文学史》，等等。凡此种种，不仅对既定的当代文学史体制形成了挑战，而且从不同史观出发探讨和实践了文学史编写的种种可能。但是，毋庸讳言，当代文学史的编撰远未进入理想之境。事实上，在90年代，随着写作语境的转换，当代文学史正遭遇另一种尴尬。这不得不令我们重新思考编写的意义与立场。

所谓文学史，简单地说，就是文学在人类的精神领域中的发展史。文学史不仅与人们的“史观”关系密切，而且因其“文学”的内容，更主要是指文学现象、创作流派、文学思潮此起彼伏的历时更替与纵向进程。但让人惊异的是，体现在上述文字中“重构”与“还原”，在20世纪末，竟让不少文学史家情不自禁地自我怀疑起来，于是编纂而成的文学史无意成为了“犹豫不决”的文学史[①]。我们发现，在90年代涌进我国的西方“历史”观念，不仅影响到文学的创作，而且更为严重的是，从根本上动摇了先前历史本体论的权威。著名的后现代历史学家海登·怀特认为，历史学家的目的是要通过“发现”、“辨认”编年史中掩藏的“故事”解释过去，而历史与小说的区别仅仅在于，“历史学家‘发现’他的故事，而小说家则‘发明’他的故事”[②]。在这里，体现科学精神的“历史”与张扬个性色彩的“故事”出现了面貌各异的形态，客观的历史质变成个体的书写。于是，历史的面目与意义通过主观想象的理解抵达人们眼前：历史与虚构终于不可避免地联系在一起。

针对文学史写作，后设历史学仔细分辨历史的内涵，关注时间碎片中的偶然事件与现象，展示杂乱无章的历史事实，这便使得文学史的多样化写作成为了可能。事实上，在90年代出现的两部颇有影响的文学史，典型地代表了两种不同的写作方式：北京大学洪子诚教授的《中国当代文学史》不仅将文学的“外部环境”（如体制、机构等）纳入研究视野，而且精心梳理了当代文学的源流。著者掌握大量文学事件之后仍出言谨慎；而复旦大学陈思和教授主编的《中国当代文学史教程》则通过一系列充满睿智的关键词（如潜在写作、民间隐形结构等），建立起一套体现知识分子精英立场的文学史叙事话语。然而，历史总是左右逢源。两种方式的缺陷

---

① 旷新年：《犹豫不决的文学史》，《文学评论》1999年第1期。

② ［美］海登·怀特：《历史的诗学（〈元历史：十九世纪欧洲的历史想象〉前言）》，《2001年度新译西方文论选》，漓江出版社2002年版，第46页。

正如优势一样地显而易见。我们看到，历史观作为文学史内在的思维方式，从某种程度上决定了文学史写作的“犹豫不决”。

但需要辨识的是，作为书写对象的文学及其观念，对文学史书写又有什么影响？对当代的文学史家而言，“什么是文学”也许是不证自明的。目前，几乎所有的当代文学史，都没有给“什么是文学”的话题留下些许空间。但是，文学史既然是文学的历史，首先面对的是“过去”状态中的文学，而不是其他。因此，文学的性质与自身的定位对编撰文学史有着十分深刻的意义。

说到这里，我们不妨追溯一下中国文学史的源头。在 20 世纪初期，中国文学史的书写伴随着体会民族羞耻与大义的心理流行而逐渐盛大起来。第一个十年里，林传甲、黄人、王梦曾、张之纯、曾毅、朱希祖、谢无量等纷纷出版文学史。在众多著作中，文学概念从“文学者，以其有文字著于竹帛，故谓之文；论其法式，谓之文学”[①]，逐渐演变成 1920 年胡适关于文学的核心便是“表情达意”[②] 这一旗帜鲜明的定位。在其演变过程中，社会的变动，知识结构的调整，西方文艺思潮的冲击，文学理论的变化以及近代文学的创作实践，对文学史的编撰产生了极大影响。戴燕在陈述了林传甲的《中国文学史》的内容后，不无感触地说：“他理解的文学，远比今人的认识宽泛，这样一来，他讲的很多内容，就是今天文学史删落或者大大简化的东西。”[③] 正是建立在对文学宽泛的理解的基础上，文学史首先囊括了文字学的内容，实际上是以体现“学术”的理性精神为核心的。换言之，在传统的文字学“求真务实”的筛选下，文学史表现出客观冷静的精神状态。而当 20 世纪初文学借鉴西方个人主义，从严肃庄重的经学体系中独立出来后，在学科的地位上便有了与哲学、史学并置的价值。“在现代的文艺思想和现代教育制度的双重影响下，‘文学’越来越远离传统，向欧美的近代文学观念和学科体制靠近，而身处这一时代的文

① 章太炎：《国故论衡·文学总论》。

② 胡适：《什么是文学》，《胡适文集》第 2 卷，北京大学出版社 1998 年版，第 149 页。

③ 戴燕：《文学史的权力》，北京大学出版社 2002 年版，第 178、11 页。

学史作者，也不由地就此转变了他们从传统习得的，以文学为文章、学术之合的认识，并随之转变了他们对于文学史面貌的勾勒和判断”[①]。这一评判是真实的，也是非常深刻的。于是由此及彼，它也就不得不从根本上触及文学史编撰的立场演变：从要求琐细真实的史料掌握、真凭实据的文学史的古典编撰，转换成越来越强调情感的魅力，强调纯粹审美价值的现代写作。

大家知道，现代观念中的文学，与哲学、史学并列的缘由，主要在于强调主体浩瀚的想象，个性情感的张扬和精神污垢的清除等功能。它与哲学、史学一起，丰富和更新人类的心灵。因此，当这种文学观确定之后，体现基本素材的语言学内容渐渐萎缩减少，到最后彻底退出文学史领域。文学的基本素材转而变成哲学思潮、社会背景。当然，思潮背景等作为文学的“外部研究”十分重要，但它属于“宏观”的研究类型，对文学产生了一种由外而内的影响；并且文学作为上层建筑之一，本身也参与了一定时期的社会思潮的演变与推进，有时甚至成为社会思潮敏感的晴雨表，这就不可避免地导致文学与思潮关系的异常复杂，且其研究往往难以着实。因此，当摒弃了着实的语言学、文字学的内容后，文学史写作的主观性因强调情感，使文学史的面貌出现了千差万别。文学观念的上述变化，给我们的文学史写作注入了巨大的生机与活力，在张扬个性解放的大旗下，一扫先前单纯史料的陈列，僵化呆板的写作体系，“真情实意”的文学从根本上打碎文学史写作的枷锁，文学特性远远超过了史学要求。郜元宝对此曾神采飞扬地概括道：“文学在20世纪中国的地位，有如哲学在19世纪的德国。……知识界的灵魂主要由文学体现出来……和文学无关的思想学术，只能潜伏于社会意识的暗角，不可用‘运动’形容之。文学家高于学问家，文学被赋予比‘学说’更高——其实是最高的价值，整个文化呈现出一种‘文学主义’的气质。”[②] 感性的文学排斥了冷静客观的理性思想和学术的思维方式，文学史的编写当然也就显得更加自由，也就更个性化了。

---

① 戴燕：《文学史的权力》，北京大学出版社2002年版，第178、11页。

② 郜元宝：《在语言的地图上》，文汇出版社1999年版，第226—227页。

而当我们从作为一门课程的文学史角度来考察，更能发现在教学状态中致使文学史写作的“求异”、“崇尚个性”思维方式的深刻心理。“我所认识的担任这门课程的朋友们，讲授的进度都不一样；至于对每一作家、每一作品的评价，不但‘仁者见仁，智者见智’，而且以‘独出心裁’为贵”①；“甚至于同一工作部门，同一教研室里，也不能——主要是不肯——取得比较一致的看法：必须你有你的一套，我有我的一套，才显得我们都是‘专家’”②。如果前者强调的还算是学术见识与研究思路的求新求异的话，那么后者就步入了个人意气之争的歧途。一般来说，在高等院校中，课堂教学往往是一种研究性教学，学者们的著作成书一般都经历过课堂教学的这一环节。而课堂教学的语境特色必然会反作用于进行教学的学者们。课堂上，作为教学主导的学者们即便走下了高高的讲台，但在知识等级上也是远远超过了“假想”对话中的学生，即是说，在这种事实上不平等的语境中，学者们由于掌握了知识权力，在想象中获得一种自我选择的理论自由。为了强调自己的主观情感与理论论断，他们往往在高谈阔论中陈列有利于自己论断的资料，而将不利论断的材料偏废。应该说，授课内容的随意与自由，专家的个性话语，学生不同的状态等，均程度不同地增加了描述文学史的“主观性”。

的确，历史如同一条浩浩荡荡的江河，在滚滚向前的奔流中，必将汇纳无数涓涓流淌的支流。主干与支流或一致，或相逆，或容纳，或激荡等多样复杂的关系，正隐喻了历史本身的丰富与复杂。从这个意义上说，当代文学史书写的多样化有其存在的合理性。但是，我们不能因为强调文学史的多层面，强调文学史叙事形式的可能性，而否认曾经真实发生过的历史事实；在确定历史叙事的主观与虚构的同时，也不能拒绝承认发生在文本之外的历史存在；即使我们承认历史具有“修辞”的性质，但仍然有必要辨识清楚历史事件的确定程度。在历史主体之外，总有一些难以整合的经验碎片，一些彼此冲突矛盾的现象存在于文学史中；而这碎片的、冲突

① 陆侃如：《关于大学中文系问题》，载《人民教育》1952 年第 2 期。

② 吴小如：《我所看到的目前古典文学研究工作中的一些问题》，载《文艺报》1954 年第 23—24 期。

的、悖论式的图景恰恰是文学史的最初景观。文学史研究应该回到文学的最初景观中去，直面文学史的复杂的经验世界。这种对待历史的态度显然是尊重历史的原生态与客观性，不仅看到了历史主体在时间流中的稳定性与强大的包容性，同时也看到了在主体之外的碎片与泡沫的重要价值。

二

20 世纪 80 年代初，当崭新的文学观即将破土而出时，一些当代文学史出版了。面对信心百倍的文学史编写者，以唐弢、王瑶等为代表的老一辈现代文学研究者们态度或鲜明，或隐约地提出了“当代文学不宜写史”的观点。他们清楚地认识到，生活在当代社会的当代人写作当代文学史，由于缺乏最具权威的时间评判与检验，因而文学作品在构成经典的过程缺乏解读经验的必要积累与审美期待；在打破了文学史“重构”还原式的写作后，必然会面临众多复杂的现实关系。

尽管如此，当代文学史的编写还是不可阻挡地成为了热点。当然，情况已悄悄地发生了变化。其中比较明显的，就是它的生成及其模式较之以往的文学史有很大的不同。如果摒除文学史写作的目的、对象等外在因素的影响不论，单就这点而言，它所体现出的最深刻的文学动因，也许与“20 世纪中国文学”与“重写文学史”这两个口号不无关系。在新的文学观念下，“20 世纪中国文学”成为了一个对文学重新进行现代性界定的合法概念。单就当代文学来讲，它让我们更加清晰地看到了“五四”新文学与解放区文学两大传统的此起彼伏。更为重要的是，它将中国文学放到 20 世纪世界文学这一时间与空间的双重交织的格局中，让我们获得了“世界性”的思维向度，有效地消解了意识形态支配的阐释体系，体现出恢弘的研究视野，为我们提供了一套颇具现代意义的美学系统。“20 世纪中国文学”研究思路与方法所透露出的科学精神是非常彰明的。在这种学术思想的指导下，陈平原的《二十世纪中国小说史》（第一卷）就研究视野的恢弘、原始资料的掌握以及著者深厚的积淀等方面而言，总体上的确达到了预期的目的，然而，他所总结的文学规律、发展脉络等是否科学预测了今后的小说发展，这是一个未能确证的疑问。而且，整个工程至今远未完成的艰难建构，至少也很能说明问题："由多人承担的'二十世纪中国小说史'计划写5—6卷。现在，十年过去了，只有陈平原的一卷出版，其他的仍未诞生。我负责的第5卷也迟迟未动笔，也不知道是否有动笔的必要和可能。一个人，反复地咀嚼那些冷饭，又不能有新的发现，他的沮丧厌倦可想而知。"① 作为编写者之一，洪子诚非常真切地对20世纪中国小说史写作这一宏大工程进行了质疑。在收集整理浩瀚无边的原始材料的过程中，他不仅要消耗大量的时间，而且也难以找到所谓隐藏在历史现象之中的规律与本质；即便是归纳出来，也难以从已经逝去的文学图景中演绎出当下文学的境遇。如果我们客观地看待这一问题，那么写作的艰难恐怕并不能简单地归结为缺乏知识的积淀，学术理路的清理或者历史意识的敏锐。也许更令他们感到难以适应的是，宏大的"20世纪中国文学"史观因追求文学研究所谓的"科学性"，再次更改了先前重审美、重情愫、重人文的研究理路，而表现出一种把文学的同质性、整一性看做是内在的本质景观的本质主义倾向。

"20世纪中国文学"观的影响也许更为清晰地铭刻在编写模式上。它将以前的面目相似的体例（如绪言、文艺运动多以文化宣传部门代言人讲话为纲领，在概说一时段文学状况后便以文体为区别标准，进行简单的作家作品论）更改成现在的多层次的研究范围、视野宏大且重史论的体式。就当代文学研究来说，通常文学史直接宣称：在1949年，当代文学掀开崭新的一页，这种不科学的论断终于在洪子诚的《中国当代文学史》那里得到了根本性改观。他用专章的较大篇幅，专门研究了当代文学的"转折"，详尽探讨了40年代文学与当代文学错综复杂的关系，并拈出当代文学"一体化"的概念来深刻阐释这一过程。需要指出的是，这个"一体化"概念是他长期思考的结果。80年代末他在教学中就已经使用，1992年在日本东京大学教养学部上课就用得很多，成为了一个关键性的概念，并在1996年第5期的《文学评论》上发表的《关于五十至七十年代的中国文学》正式使用，一经发表，便产生了较大的争议。在后来的《问题与

① 洪子诚：《问题与方法——中国当代文学史研究讲稿》，生活·读书·新知三联书店2002年版，第188页。

方法》中，洪子诚更进一步地发挥道："现在谈到'当代文学'的'一体化'，我们的理解可能会周全一些。首先，它指的是文学的演化过程……其次，'一体化'指的是这一时期文学组织方式、生产方式的特征。包括文学机构、文学报刊，写作、出版、传播、阅读、评价等环节的高度'一体化'的组织方式，和因此建立的高度组织化的文学世界。第三，'一体化'又是这个时期文学形态的主要特征。这个特征，表现为题材、主题、艺术风格、方法等的趋同倾向。"① 正是基于这样的认识和理解，洪子诚在他的《中国当代文学史》中，将研究视野由一般的文学题材、风格、流派，扩展到文学体制、文学生产、接受群体等整个领域与全过程。

而当陈思和的重要著作《中国新文学整体观》出版时，已是1987年。伴随着新世纪日渐来临的脚步，"20世纪中国文学"概念逐渐显示出用时间界定文学性质的尴尬。对文学本体的研究，并未因视野的宏大和研究范围的宽广，取得突破性的成果。也许有感于此，陈思和提出了文学研究"整体性"思路，与北方学者遥相呼应，对文学史的编写产生了颇为重要的影响，在文学体例上也似乎更加完整。事实上，"新文学整体观"不仅在时间跨度上打通了历史阻碍，而且更重要的是在地域空间上作了整体探索。这突出表现在作者用庙堂、民间、广场的地域转移来概括20世纪知识分子的人间关怀与立场，因之发现了在50—70年代文学的冰天雪地中，不绝如缕的香火相继的"潜在写作"；而且作者从抗战时期的三大板块的文学格局的论述中受到启发："1949年以后，文学的基本格局没有变化，只是地域面积变化了，共产党控制的地域扩大到整个大陆，国民党控制的地域缩小到台湾列岛，而回归前的香港、澳门的文学仍然带有某种殖民地文化的特征。正如对抗战以后的文学史应该分头研究解放区文学一样，当代文学史研究中也不能无视与大陆文学同时存在的台湾文学和香港、澳门的文学，这一空间区分是不容回避的。"② 这种将"异质文化"的台、港、澳文学的海外空间经由抗战时期格局的演练，也纳入到研究范围的思维方

---

① 洪子诚：《问题与方法——中国当代文学史研究讲稿》，生活·读书·新知三联书店2002年版，第188页。

② 陈思和主编：《中国当代文学史教程》，复旦大学出版社1999年版，第5页。

式，为当代文学史的写作又打开了一扇崭新的窗户，台、港、澳文学在文学史中逐渐重要起来，甚至不可或缺，折射出了大中华文学的民族自豪感。

然而让人遗憾的是，文学史的写作并未因“整体观”而深邃起来。单纯地在时间上将近、现、当代贯穿起来，并不能解决文学发展中千丝万缕的复杂关系，以及在其演变过程中文学的微量元素积累与质的飞跃之间的突变。“文学的整体观”在进行了宏观的文学思潮、创作流派的梳理后，将文学史的一块空间留给了浮出水面的“潜在写作”，这引发了一系列关于作品真伪的争议。而且在重写文学史的过程中，经典作品的过度阐释，更招致了人们怀疑的眼光。在叙述历史时，将内容和范围扩大到台、港、澳文学，其实也并未形成一种大中华文学的宏大气魄。在众多的文学史的写作中，当代文学中“大陆部分”占据了绝对优势，台、港、澳文学或成为“附录”部分，或仅作为短短的一章而存在，在形式上勉强完成了“中华文学”整体建构。事实上，大多数文学史中的台、港、澳部分是属于综述性的；从史料的把握上讲，对异质的文学现象、思潮、作品等的积累远远不够；而且研究思路也并未因研究对象的差异而有所改变，如对香港文学中的通俗文学的研究。应该说，当代文学编写体例的“社会主义”性质，从根本上讲，是拒绝不同政治意识形态的台湾文学，而且也难以容纳政治与文化身份分裂的港、澳文学。尤其是作为教科书的当代文学史，在涉及政治权力话语的时候，它往往更是如此。因而，面对台、港、澳等完全不同于自身生态环境的海外华文，文学史的态度暧昧和判断艰难，也就可想而知了。

三

当与史学联系在一起时，文学便具备了某种历史的内涵，并经过接受群体的延续性阅读，获得了永恒。因此，就这个意义而言，文学史是代表这一学科整体水平的标志性研究。然而，事实上的当代文学史显然与此相距甚远。“从 50 年代至今，由于受到当代文学性质、苏联写作模式以及传统文学史写作范式的影响，当代文学史形成了长期自觉遵循并难以突破的写作制度。这一制度的具体表现是，集体写作、教科书性质、以作家与现实关系排定位置为主要内容的结构方式进行的文学史写作。因此，当代文学史的写作很难作为个人的研究成果来表达。作为教科书，其性质也决定了它必须体现国家意识形态的要求”①。文学史的这种编写模式从根本上限定了写作的可能，所带来的缺陷也一目了然。无论与创作，还是与批评相比，文学史的错位，乃至严重的滞后都十分显见，这就直接导致了文学史与文学研究的脱节。陈思和曾这样质问道：“为什么学术成果不能进入教学？这种思维的潜在台词是不信任当前的学术研究。认为学术研究是探索性的，而教育需要稳定性。”② 教育工作从传播知识出发，大多采用成熟并被实践证明为正确的学术成果。但是，这并不能成为文学史拒绝文学批评与研究的理由，相反，文学史因其写作的教科书模式的规约，在相当程度上恰恰既不能体现文学创作的原态，也不能重现文学批评的真实轨迹。“作家和批评家不要指望在这种文学史中能获得什么可得性知识，高校的文科学生在这种文学史的引导下很可能脱离当代文学发展的现状”③。

集体写作模式一直沿袭至今，致使文学史著作风格难以统一，论点缺乏呼应与观照，学术个性与独特气质更难以形成。当代文学史的写作就很难作为个人的研究成果来表达。而教科书的性质，更使得许多的书写者艰难地徘徊在个人著作与教科书之间，被称为标志性成果的洪子诚的《中国当代文学史》，在陈平原的眼中，仍然带着这种“两难”的窘态，而洪子诚本人也比较认同这种批评。陈思和主编的《中国当代文学史教程》主观矛盾则似乎表现得更为明显：就内容的选择而言，它本身具有鲜明的个性色彩；就语言的表述而言，它的措辞、语气、行文等各方面更倾向于学术论文；就理论资源而言，它更多的是已经更新的现代文论；然而却冠以“教程”之名。如果这种现象仅涉及文学史中学术含量的话，那么，比这更严重的是，文学史的教科书性质从根本上影响到写作者的编写态度。

众所周知，编写教材不能算是科研成果。文学史往往是学术研究的副

① 孟繁华：《当代文学学科建设的成就与可能》，《文论报》2001年4月15日。

② 陈思和：《编写文学史的几个问题》，《郑州大学学报》2001年第2期。

③ 颜敏：《建构中的知识分子话语空间》，《创作评谭》2000年第1期。

产品，而且教科书主要面向学生，主要讲授简单的文学常识，已成定论的文学现象。于是，资料的可信度，谨严的写作态度，庄重的审慎考察，立论的思前想后，措辞的细心考究统统成为多余。相互抄袭、论断雷同等现象在当下文学史中表现得异常引人注目。文学史的写作陷入了恶性循环。同时，作为教科书性质的文学史也决定了它必须体现并适应政治意识形态的要求。文学、政治、历史等多种力量往往在文学史家笔下逐渐达成妥协：因此，文学史著作的论断比较中和，尤其是对叛经逆道的先锋、追求标新立异的一类文学的评判，始终显得有些隔靴搔痒。而且，由于借助了历史的权力，文学创作者又较为注意自身在文学史中的地位，因此，文学史面临着许多文学以及非文学的问题。尤其是在八九十年代，我们不但看见文学现象的发生、发展的全过程，而且我们自己也参与其中；与作家的关系，不仅有通过阅读作品的间接联系（评判的关系），而且也具有相识的直接联系（人事的关系）；而以作家与现实关系来排定位置的写作方式更令文学史写作尴尬（往往出现圈内与圈外评价之分）。在这种情形下，文学史写作可容回旋的余地越来越狭窄，来自各方面的压力使写作失去生命力。

因此，突破文学史旧有的编写模式，将教科书式的集体操作转变成个人操作，就成了当下许多学者的共识；同时文学史的编写也不能割断与批评的联系。但这对缺乏时间下限、追求无限延伸的开放性的当代文学来讲，又是异常的艰难，尤其是处在众声喧哗之中的 90 年代文学。这与近距离观照以及书写者缺乏深刻洞见的史识有关，也与这一时期的文学批评不无关系。

王干对 90 年代文学及批评有形象化的描述，称 90 年代文坛是“一个口号林立、旗帜飘舞的年代”，而 90 年代批评论争频繁，“几乎每两三年就爆发一次剧烈的论争”[①]。在媒体介入、世俗渗透等因素影响下，批评话语在能指层面上狂欢，个性语言的游戏倾向等现象，令吴晓东不无焦虑：“当代文学所亟待正视的课题，正是它对于‘意义的领域’的揭示，这要求当代文学的话语形式从无深度的平面化的状态中超升出来，去审视

① 王干：《90 年代文学面面观》，《文汇报》2000 年 11 月 11 日。

现实，去介入历史，去重建意义。”① 在编辑和媒体批评取代文学批评的情形下，批评的地位受到严重质疑是理所当然。王晓明为此对批评提出了严厉的指责：为什么中国文学的影响力下降得这么快呢？文学批评要承担很大的责任，这是文学批评的失职。② 张清华甚至认为：“当代的文学批评已经无法承担使文本经过合理公正的选择淘汰而进入文学历史、最终成为经典文本的职责。”③ 一些批评家们逐渐脱离文学创作实践，退回岗位与书斋写作；而几乎在同一时刻，更多的批评家不同程度地参与创作界、出版界、文学期刊等炒作行为。文学批评出现了大量泡沫，甚至远离了文学的意义本身。

在 90 年代，文学批评的一个非常突出的现象，便是追求一种独立学科形态的科学型、学术型的学院派批评的确立④。如王宁的《文学批评和文化批评》、王光明的《从批评到学术》，等等，都有相近意见的表述。但是，由于学院派批评郑重的学科态度，孜孜不倦地追求理论本身的自足性，这些构成文学批评主体的大学、研究机构里的学者们主动从外在指向的批评撤退，因而一定程度上钝化了文学批评的锋芒。同时，学院派批评侧重于理性批判与解读，对个体阅读的情感体验可能产生话语曲解，使文学史需求的基本资料逐渐欠缺。

文学批评的这种人才、资源和功能等多元化的状态（多元化从一定程度上讲也意味着功能的弱化），很难为当代文学史的写作提供强有力的学术资源。文学批评的无序，往往直接导致文学史难以确指自己的“经典”。那么，文学批评怎样才能扭转颓势呢？这当然比较复杂，但其中重要的一条，我们认为，首先应该尊重个体情感，回归、重视作品的本体解读；并且这种解读，不能将文学理论凌驾在作品文本之上，或以理论为先导，而是返回到具有了一定审美意义的主体阅读的视阈，用自己的心灵去体验，

① 吴晓东：《世纪末文学的话语和秩序》，《阳光与苦难》，文汇出版社 1999 年版，第 98—99 页。

② 参见贺绍俊《批判声浪冲击文学批评现状》，《南方文坛》2000 年第 1 期。

③ 张清华：《经典与我们时代的文学》，《钟山》2000 年第 5 期。

④ 陈骏涛：《略论 90 年代文学批评的变化》，见《世纪末的中国文坛》，长江文艺出版社 2002 年版。

批评家与作家在心灵颖悟、精神呼应上达成自由双向的交往。如此，批评对创作的意义才会真正地显示出来，批评也才能够破除人云亦云的自语，给文学史的写作提供充足的资源。

大家知道，文学史不仅需要先进科学的史观，而且需要一种开放新颖的文学观。科学史观提供给我们理性光芒，在历史黑暗的隧道中毅然前行，在缤纷浮华的文学现象中披沙拣金；文学观则更尊重个体的情感体验，用语言艺术唤醒记忆深处的声音，将人性的丰盈与张力高标于俗世的人生，在人类心灵的重构中建筑起更为坚实的精神殿堂。作为两者氤氲的产物，担负着重要使命："一部文学史，必然要就怎样的审美趣向，怎样的人文禀质，怎样的语言技巧方是合乎理想的，探索并形成一套范式，给出一定标准，树立一种典范，只有在这种意义上初具规模的时候，文学才可言史，才被纳入有着明确历史轨迹的运动框架。"① 我们相信，随着时间的推移，批评在经历了喧闹的90年代后，透过世纪的尘埃，必然会逐渐清醒。而当代文学史的写作，在更为宽松的语境中会获得批评的更多支撑，会吸引更多学者的参与，在不久的将来有一个崭新的质的提升。

（本节与陈林侠合撰）

第二节　当代文学史的时间秩序与空间结构

一

中国当代文学作为中国文学的当代形态和激进的实践者，自20世纪50年代后期起就开启了它的充满热情的叙述。这种叙述在不同阶段有不同的表现，其各自的时间顺序与空间结构的编排组合也不尽相同。一般说来，在当代的"前30年"（即1949—1979年），其叙述的时空比较单维、僵硬和紧箍，而当代的"后30年"（即1979—现在）则显得多维、开放和开阔。这种情况，

① 李洁非：《谈文学的经典性》，《大家》2000年第5期。

不但迥异于古代文学，就是与关系密切的现代文学也有很大的区别。这当然不能不给当代文学研究和文学历史书写增饰了许多独特和复杂之处，也带来了可以想见的不少难度，并深深地影响和制约这个学科的发展，包括取得的成就，也包括存在的问题。本节就是按照这样的思路，拟从叙述时间和叙述空间两个层次角度契入，看当代文学在时代共同“合力”的影响下如何进行文学变革的，并用自己正反两方面的丰富经验，为当代中国文学的发展及其文学史的书写，贡献了宝贵的泪水、智慧和才情。

从某种意义上说，文学史就是对时间之流意义的文学文本及其相关的文学生态状况进行拦截编排的一种努力。传统的文学史对此的要求向来比较严格：它不仅要求有较稳定的叙述顺序，而且还要有经过时间沉淀的相对的物理距离。然而，“当代”没有这种时间上的优势，它的尚在不断延续和生成的实践活动，使得关于它的研究始终处于一种行走之中的追踪状态，难以获得相对稳定的历史感和相对严格的规范性。这对文学史书写无疑是一个挑战。早年周作人的《中国新文学的源流》的做法是把它推向时间的长河，于是，新文学成了中国几千年文学史风水轮转的一部分；而新中国成立后十七年乃至 20 世纪 80 年代初一些为共和国代言立德的当代文学史，为了论证“新生的事业”的需要，将“当代”的时间劣势转换成现行的政治优势，则更多强调的是它对历史和文化的所谓的“断裂”。90 年代以后，社会由“政治中心”走向“经济中心”，情况发生了变化，当代文学自然也顺理成章地大大削弱了上述的政治优势。但由于可以理解的历史和现实的原因，较之其他学科包括政治意识形态性相对较强的现代文学，在这方面仍具有相当的优势。这一点，我们只要看看不少当代作家作品研讨会以及历届中国当代文学研究会年会都有政府官员出席，并将讨论的话题广泛涉及当代的文学体制、文艺政策、文化环境等一类重大的现实问题，就不难得到验证。为此，当代文学也就不能不备受政府和主流意识形态的关注，自觉不自觉地被纳入到社会主义文化建设的总体格局中去。这与西方或港台所谓的“自由”文学，是很不相同的。

虽然像浮士德那样对着以每秒 30 万公里速度消逝的时间大喊一声“停一停”已是不可能，但我们不能由此推导出无法从变动的时间和状态中获得历史感的悲观结论。这倒不仅是经过新时期若干年的学术清理，当代文学已被纳入“20世纪中国文学”的大框架中初步实现了与现代文学的对接，因而也更加成熟并且具有了相当的历史纵深感；同时恐怕还与当代文学学科内部提出的，要求将“当代”与“当前”、“当代文学史”与“当代文学批评”加以区别的观念主张不无有关。道理很简单，这种时间分期、知识分类的要求，它的目的就在于通过对这种区别和差异性的强调把当代文学给固定下来，拒绝再度漂流；而把漂流的可能性让渡出去，抛向未来[①]。这也从一个方面体现了当代文学研究者对自身学科在时间劣势方面的清醒认识。同时它也向我们显示，这种不断变动的时间和状态中仍蕴涵着不少历史内涵；关键是我们对此能否洞悉，并予以审美的转换。

需要特别强调指出，尽管我们努力对当代文学作出历史化的处理，但并不因此表明当代文学作为历史存在就是封闭的，与我们当下现实和未来无关。相反，正因为它具备这种指向现实和未来的当代性、开放性，所以它的历史内涵中融入明显的未来学的因素，其时间叙述总是较多地看到未来，显现出为其他一般学科所没有的“预设”性的特征。这里所谓的“预设”，是指从一种文学理想出发展开创造这种文学的实践，它的含义，类乎有学者提出的中国现代文学的那种“逆向性”特征，它带有明显的人工构造的色彩。这也是当代文学之所以为当代文学的一个非常独特之处。其所以如此，首先当然是与主流政治意识形态按照“革命机器”对“齿轮和螺丝钉”的要求，将“全部的文学活动（作家的归属、权益，文学写作，出版，阅读和批评）都纳入统一的组织和控制”[②] 中的文学生产机制密切相关，是主流政治意识形态为迫切地改变现状，而实行跨越式发展的有关新文化猜想在文学中的合乎逻辑的表现。同时，它恐怕也与作家良好的精神状态特别是与作家对彼时生活充满浪漫想象的美好认识是分不开的。生活在新中国诞生的一片新绿之中，曾几何时，作家们不但普遍“感觉到解放了的中国是太美好了，世界是太美好了”[③]，而且真诚相信未来的中国

---

① 参阅尹昌龙《重返自身的文学》，广东人民出版社1999年版，第2—3、33—34页。

② 洪子诚：《1956：百花时代》，山东教育出版社1998年版，第54页。

③ 王蒙：《倾听着生活的声息》，《王蒙选集》（一），百花文艺出版社1984年版。

将更加完美无缺，那里蕴涵着人们的全部希望并可以指望实现的一切；需要警觉和谨防的，倒是物质世俗的现代化追求目标以及安于现状的消极无为的思想。正因此，他们在执笔创作，将上述的理性认识付诸艺术实践时，才如此执著地表现对约定的理想范式的崇尚和向往。尤其是在新中国成立后十七年和新时期之初，在当时时代氛围的影响下，更是在文本的时序上尽情地作超越式的大胆“畅想”，把这种人为“预设”的主观想象与承诺推向极点并自觉当作作者的一种职责。

最能体现当时文学这种“预设”性的，应首推诗歌和散文。它们充分发挥抒情文学主观性强的特点，以浪漫的想象憧憬未来，以铿锵的旋律抒发理想，字里行间体现了对勘测未知领域的强烈欲望。杨朔、刘白羽、秦牧的《雪浪花》、《长江三日》、《土地》等散文，用诗化的语言、象征的模式和虚拟的对立面，倾力表现生活的“可能性”而不是生活的“实存性”，所以一切人事乃至山水、土地、草木的描写都被赋予强烈的寓意，弥漫着乐观的心绪。郭小川、贺敬之的《致青年公民》、《雷锋之歌》等政治抒情诗更以“放声歌唱”现实和未来为己任，诗人在文本中抒发的天上人间、地北天南的情思和发挥的纵横开阖、汪洋恣肆的想象力，不仅体现了他们对现实生活的强烈的主观认同，而且也显示着他们有足够的“自信能掌握这个世界的命运”。因此，他们的诗作与“五四”以来形成的哀婉孤独的语义系统不同，显得那样的高亢激昂就不奇怪了。有意思的是上述这种“预设”性的文学理想或理念，不仅在诗歌、散文等抒情文类，就是在“三红一创”（《红日》、《红岩》、《红旗谱》、《创业史》）、“青山保林”（《青春之歌》、《山乡巨变》、《保卫延安》、《林海雪原》）等史诗性长篇叙事文体中也有相当突出的表现。“史诗”一词是外来语，它原指西方传说或叙述历史上的英雄事迹的一类韵文。后来经亚里士多德等理论家的解释，它被赋予了建立在“可信”性想象基础之上的理想化内涵，而构成了小说叙事的追求真、善、美的永恒主题。我们说这些史诗性长篇小说的超现实的“预设”，主要指的就是它们对历史和现实描绘中所表达的抗拒现实平庸的精神向往，并用史诗所享有的浪漫的想象为我们塑造了美轮美奂的一系列革命英雄形象，包括有意识地融进指向现实和未来的大量的抒情及议论。

如《青春之歌》中的林道静，她从小资产阶级知识分子成长为无产阶级先锋战士的传奇经历，尤其是去农村接受贫下中农再教育（这是修订本新增的内容），就明显带有反世俗的、主观政治理想化的色彩。而《创业史》中的梁生宝的原型王家斌，在现实生活中有“买地”的可能和顾虑，他一时也“不能理解总路线和粮食统购统销政策的全部意义”[①]；可是作者按照“可能性”的思维逻辑，却极力淡化他作为一个农民和人的思想文化及人性弱点，将其创造成为一个目光远大、智慧超前的“党的忠实儿子”。于是，书中的梁生宝，不仅较之现实生活中的王家斌“更高、更强烈、更有集中性、更典型、更理想，因此就更带普遍性”，而且还具有一定深度的马克思主义理论水准，坚决拥护走社会主义的革命道路，表现了“当代英雄最基本、最有普遍性的性格特征”[②]。其他如《红旗谱》中的朱老忠，《红岩》中的江姐、许云峰，《红日》中的沈振新，《保卫延安》中的周大勇，《林海雪原》中的杨子荣、少剑波，《山乡巨变》中的刘雨生，乃至后来的“伤痕文学”、“反思文学”、“改革文学”中的张俊石（《班主任》），罗群（《天云山传奇》），乔光朴（《乔厂长上任记》）等，都有类似的情况。他们无论面对怎样的生存环境，都被赋予不可战胜的精神品格。这与同时期西方的凯鲁亚克、金斯堡笔下的“垮掉的一代”，形成了鲜明的对比。这里也许有迎合或随大流，甚至不排除有清醒着的矛盾、痛苦与无奈；但无论如何，这都是历史，是一个时代的风尚所使然。它从一个侧面向我们反映了作为历史胜利者的这代人曾经有过的真挚热情却又不乏幼稚虚妄的精神自信，因而具有深刻的历史必然性和合理性。

从艺术形态和手法上看，这种时间意义上的“预设”，还由此及彼给当代文学平添浪漫传奇的艺术特质。须知，“预设”作为一种精神理想和文化向往，它本身就带有很大的浪漫性、想象性；而浪漫性、想象性恰恰是那个喜庆和抒情时代的主能指，它对置身贫穷而充满自信的广大读者来说无疑是很有吸引力的。所以难怪它在当时风靡一时，被人们反复传诵。有人用“青春气韵、英雄理想、浪漫情怀”之类字眼来概括新中国成立十七年的文学，我以为是颇为贴切的。

---

① 柳青：《灯塔，照耀我们吧》，《文艺报》1954年第1期。

② 柳青：《提出几个问题来讨论》，《延河》1963年第8期。

然而，站在今天的时代高度来看，当代文学的这种主观人为的“预设”，在给文学平添浪漫乐观的同时，是存在着明显的缺憾的。从理论上讲，它将目光更多盯着未曾经验的理想，客观上容易导致与传统历史的疏离，并进而造成对现实人生的不应有的冷漠。就创作实践而言，它对主观假定性和艺术幻构性文学形态的趋崇，不但未必能赋予作品以真正的浪漫主义的艺术崇高感，相反，因无所不在的政治文化的浸渗，使其艺术崇高感被转化成对现实政治的极端神话；浪漫主义的“理想”与“叛逆”的同构关系，也由此变成了文学上的对立关系。另一方面，它的这种带有浓厚古典趣味的纯真的文学理念，还进而导致创作不能容忍日常生活的多样性和复杂化，不能容忍诸如人性、人情、人道主义及现代主义的滋长，而不可避免地将生活和艺术简单化、庸常化。赵树理的《“锻炼锻炼”》等作之所以在新中国成立后十七年几次挨批，就是因为他塑造的小腿疼、吃不饱等“中间人物”不符合当时流行的“纯洁高尚”的精神取向。肖也牧的《我们夫妇之间》、宗璞的《红豆》以及茹志鹃的不少短篇对“家务事，儿女情”的描写，也因这个缘故而被指认为“宣扬了小资产阶级思想感情”而遭到排拒，有的还失去了合法的生存权利。教训应当说是很深刻的。

当然，当代文学的这种“预设”性，如同其整体文学一样，在不同的阶段有不同的表现，不可一概而论。大体说来，在当代的“前30年”，它主要着眼于政治学社会学的内涵，追求精神上的一种绝对和纯粹，具有明显的乌托邦色彩；并且将其纳入一体化的机制，用激进的方式包括伴随着强烈的对“异己”的排斥和批判，加以推广和导向全局。“这样，‘预设’就不仅仅是一种‘新’的文学形态的构造，而且是这种文学形态在整个文学格局中支配地位的确立”①，而在当代的“后30年”，这种“预设”则更多关注的是人文或文本本身，努力按照言论平等、游戏规则和市场机制进行个性化写作。在经过若干年的反思、修复和调整以后，大约从80年代中期的“寻根文学”开始，当代文学逐渐冷淡了与政治热情相伴的形上的理想浪漫而走向形下的世俗时尚。特别是先锋实验文学，它们告别“崇高”和“革命”，将创作视点普遍由宏观、本质、必然转向微观、现象、

① 洪子诚：《“当代文学”的概念》，《文学评论》1998年第2期。

偶然，由人的终极精神信仰层次转向人的现实生存欲望层次。这就使其“预设”呈现明显的个人化、平面化、边缘化的特色，它标志着“后现代主义”在中国的软着陆。而“后现代主义”，它恰恰是以对任何“预设”的理想目标的追求的攻击和对生命欲望的探索为其标志的，它取消了文学对历史与现实的任何的因果关系，取消了文学对任何确定性的追求。当然，文学的精神理想或精神理想的文学，也并没有因为后现代主义和商业主义的双重夹击而全然退出历史的舞台，它仍然在文坛上顽强地挣扎着、生存着；只不过它已不再是作为一种唯一的主流文学而存在，而是作为多元文学中的一种文学而存在。

二

文学史的编写，不仅涉及文学的时间叙述顺序，同时也关系到文学的空间结构形态，它是文学在特定时空语境中相遇碰撞与对话构造的产物。或者说，是对叙述时间之流的文本、社团、流派以及相关的人与事，通过分类和编排转化为空间化、主题化的一种实践活动。

以此来观照中国当代文学，我们便可清晰地分辨其内含的基本格局和构成。具体地说，就是共产党控制的大陆文学，国民党控制的台湾文学，以及带有某种殖民地文化色彩的回归前的香港、澳门地区的文学。当然，由于众所周知的历史原因，它们各自具有自身的运行轨迹。而就祖国大陆母体文学来说，它的内部结构也相当复杂，在近 60 年的时间流变中包含着大量丰富而又特定的本土民族的历史文化内容。已有论者从“题材与体裁的新开拓”、“主题与思想的新境界”、“人物形象的新典型”、“风格与形式的新发展”、“创作队伍的新面貌”、“受众广泛的新环境”、“民族文学的新生机”、“理论批评的新突破”[①] 八个方面对此作了归纳和总结。这比较全面，也合乎事实。当然，我们并不陶醉于成就。比起应当取得的进步，比起泱泱的文学大国，我们的叙述空间却不大，

① 杨匡汉、孟繁华主编：《共和国文学 50 年》，中国社会科学出版社 1999 年版，第 16—17 页。

表现的层次也不够丰富。从作家的成分和文学观念来看，新中国成立伊始，情况似乎好些。“解放区”与“国统区”两支文艺大军的会师，加之不久后又冒出了一批有才华的年轻作家，一时形势喜人。然而经过多次的文化规范（如文代会、思想改造运动等），特别是经过几次猛烈的文化批判（如批判电影《武训传》、批判《红楼梦》研究、批判胡风等）之后，内在的格局就发生了很大的变化，原本十分薄弱的“自由”文学就成为水火难容的“异类”而遭到了压抑和清理。他们或则被强行剥夺创作权利（如穆旦、唐祈、鲁藜、绿原等“九叶”、“七月派”诗人），或则转行退出文坛（如沈从文、钱钟书），或则不无惶惑地进行自我批判和检讨，甚至修改了自己已在读者中确立的独特地位的旧作（如郭沫若、曹禺、冯至等）。取而代之的是由30年左翼文学逐步演变而来的政治化或泛政治化文学的日益强大，成为“一花独放”的唯一的合法存在；文学在写什么、怎样写等问题上被赋予明确的政治意义，其生产、发表、传播、阅读、批评也均被纳入国家政治意识形态运作的轨道。这样，作家作品的数量虽多，但内在的精神情感的空间并不大，创造主体的能动性也往往被遏制，难以得到充分的发挥；久而久之，习惯成自然，进而还会造成恶性循环，对整体文学带来严重的“自我伤害”。为什么历时半个多世纪的当代文学从总体上看文学性不高，其精神内质较之现代文学出现了不应有的下滑，主要原因即此。

在讲当代文学的空间结构时，我们还不能忽略它所处的全球化的大环境。这也是招致当代文学发展走向和整体格局嬗变的一个重要的原因。20世纪是全球一体化的世纪，世界市场的形成，跨国资本主义的出现和信息技术的兴起，整个世界逐步进入一个网络化的权力结构中。如同任何一个国家民族一样，中国当代文学的发展包括文学在叙述空间方面取得的成就和不足，除了上述原因之外，往往还有一个国际化的背景。胡乔木在《中国为什么犯二十年的“左”倾错误》一文中，就曾分析过国际政治压力和变化对中国国内的总体性的政治实践的影响。特别是苏联作为和中国处于同一国际集团中的强大国家，它和中国关系的变化造成中国政治文化的某种转向，呈现更加复杂变异的特征。在当代文学的“前30年”，我们看到，当中苏两国关系正常化时，苏联高尔基、日丹诺夫以及其他相关的文学理论、文艺创作被当作“革命经典”，源源不断地介绍过来，成为当代文学模仿的范本[①]；而当中苏两国关系恶化时，苏联作品如萧洛霍夫的《静静的顿河》等被当作“修正主义文艺黑标本”备受挞伐，随之当代文学也就大大强化它的政治色彩，出现了由“颂歌”向“战歌”的转换，并且最终关上了唯一对外开放交流的大门。在这种情况下，中国当代文学的话语实践，实际上成了苏联当代文学话语实践的翻版。

而进入到当代文学的“后 20 年”，随着中西关系的改善，西方文化思想和作品文本在一种政治文化势能的推动下又不断地被引介到中国来，占据着我们理论批评和创作实践的前沿位置。于是，当代文学转而以焦灼的心情表现出了对西方文学的强烈感兴，先是小心翼翼地在“形式技巧”方面，继而在“本体内容”层次，将西方几个世纪历经的启蒙主义、现代主义、后现代主义等都匆匆地尝试了一遍。这就不仅使 20 世纪八九十年代的当代文学呈现出前所未有的多变性、多样性的特征，而且大大淡化了固有的政治意识形态色彩，文学中的个性得到了强有力的彰显。当然，它也由此在中西文学话语和类型之间，有意无意地制造了一种等级关系，在急切求新的节奏中将文学不断内化、细化，也不断狭隘化、私我化。可以这么说吧，中国当代文学自身历史的复杂构成，它的共时态的空间化的排列，都与其外部空间的国际环境息息相关。它的嬗变发展和总体化的实践，无论封闭、半封闭或开放、半开放，都不能不受到国际政治文化的深刻的制约和影响。

这样说也许太粗疏了，换个角度，从创作论或文学本体论层次考量，我们还可进一步发现当代文学在空间结构形态上具有明显的超文本或曰潜文学的特征：这就是一方面文学极力向政治、经济、社会、历史等领域扩张，将本属于自己的大片空间留给它们，使自己在扩大影响作用的同时，身不由己地被纳入一体化的机制之中，可以驰骋的思想艺术天地日见紧箍；另一方面，作为具有悠久传统和极具个性及艺术想象力的一种独特的话语方式，它既无法对文学以外的社会、政治、经济、道德的“纯洁性”

---

① 参阅尹昌龙《重返自身的文学》，广东人民出版社 1999 年版，第 2—3、33—34 页。

作出承诺，也很难心甘情愿地在狭小的思想艺术天地中进行自我放逐，因而也就不可避免地给这一空间化的结构带来了任凭何种力量都不可能抹平的裂缝。这种看似颇为矛盾实则相反相成的超文本特征，不但在“政治抒情诗”、“颂世散文”、“革命历史小说”、“革命样板戏”等与社会政治意识形态同构并成为其形象代言人的文体那里有突出的体现，就是在一般的诗歌、散文、小说、戏剧中也是十分显见的。有人在谈及台湾当代文学历史时曾说：“战后40年间的台湾新文学运动，经历许多不同的变革，除了文学应和内在的律动，为求变求新而动外，台湾文学的发展无法和台湾时局加以区隔，也是台湾文学所以呈现奇谲多变面貌的主因。”正因为“文学以外的非文学因素，包括政治力、经济力的对文学的影响，一向都是直接而绝对的”，所以他认为文学和历史、现实的交融已经成为台湾文学的一种性格①。

事实上，这位学者所说的台湾当代文学的这一性格，也是整个当代中国文学的性格；只是他没有将其空间结构形态的另一方面的矛盾性“裂缝”，即上文提到的像四次文化批判那样发生在当代文学自身内部的话语碰撞予以展示，可能有些偏颇。这也是我们比较注意并力求要避免的。正因为当代文学存在上述矛盾复杂的结构关系，所以它才有可能在整体上产生功能互补的作用，在“自我损害”的同时又能做到“自我修复”。就文学与一体化机制的交融关系而言，这样的空间化的结构，使它最终完成了一个统一的文学世界的建构，但也因此为自身日后走向消解和反拨重建隐含了很好的历史契机。而就文学与一体化机制的矛盾关系来看，此一共时结构的存在，它在抵制这个统一的文学世界的某些极端和企图保持自我个性品格的同时，事实上显示了一种合理性的萌芽和积极的发展趋势；当历史情境发生变化，它很快就会在当代文学内部产生功能性的效应。

正是从这个意义上，我不赞成对当代的“前30年”尤其是对新中国成立后十七年文学历史持简单否定的态度；或因为它与现实的政治有着极为密切的联系，就忽略其与政治化纠葛杂糅在一起的错综复杂的内涵，包括在时间流程上对“五四”新文学与新时期文学的上下连接（它是这两个

① 参见彭瑞金《台湾新文学运动40年》，台北自立晚报出版社1991年版。

历史阶段文学的一个无法跨越的“中间环节”），也包括在空间意义上所具有的强烈的本土特色，以及在今天看来过于纯正也过于狭隘的理想和热情。也正是从这个意义上，我不赞成在当代文学史书写和研究中采用简单的纯文学或超文本的批评方法，而是主张将它们彼此联系起来进行综合考察。一方面，要看到当代中国社会政治经济的深刻巨变的确对当代文学从生产、传播到接受都产生了非同凡响的影响；也正是因为这种影响，所以对当代文学史的书写在某种意义上是超文本的叙述，即如福柯所说将文学放在一个更为广阔的“整体的实践领域”中进行观照把握，通过对文学与整个社会文化关系的认知，来确立当代文学的性格和历史面貌。另一方面，又要注意文学毕竟是形象性、情感性的，它可以放在整个文化语境中考察，但却不能以超文本的“整体”研究来取代对它作具体文本的分析。因为当代文学性格和历史面貌的确立，是建立在“整体的实践领域”的“转换”基础之上。“转换”也是一种审美的内化或者说是文本化的过程。尽管我们知道，在当代文学的发展过程中特别是在其前期的发展过程中，确实存在着缺乏“转换”的问题，有某种明显的背离文学本体的大喊大叫的倾向；但这不能影响我们对当代文学严肃、细致、冷静、客观的研究态度，任何的极端和随意都可能是面对历史的另一种形式的轻慢和无知。站在21世纪的位置上，我们没有理由将时代所赋予的在文化上的“在场”优势，当作自鸣得意、傲视一切的资本。

说到这里，恐怕要涉及文学与政治关系这个老话题。这也是我们在进行文学史编写以及文本与超文本研究时所无法回避也不应回避的问题。众所周知，文学的政治化是当代文学的一个实践问题而非理论问题；并且这种政治化确实给当代文学的整个性格和历史面貌带来损伤。这一切都毋庸置疑，是谁也否定不了的。然而当我们在谈论当代文学因政治化而造成自身性格和历史面貌受到损伤的同时，我们也要顾及这样的事实：政治化也曾经大大强化了当代文学的性格和历史面貌，为文学的变革发展开辟了道路。当我们认识到“服务”于政治体现着一种狭隘的文学观，而使自我丧失了独立的审美品格，我们也不能不承认：参与政治和社会生活曾经有效地提高了当代文学的地位，使其表现领域得到了进一步拓展。当代文学的政策制定者、管理者，从毛泽东到周扬到历届作协领导人，他们更多是以非文学者的身份来观照文学的；文学中的各种现象、方法、流派的存在及变迁，也都不是用所谓的“文学自律”能够解释的。当代中国的作家，作为生活在特殊民族历史情境中的第三世界知识分子，诚如詹姆逊所说：他们与生俱来就有国家民族的“现代化的焦虑”。这种“焦虑”不仅使他们在“现代化”的追求这一点上与自己国家政治意识形态保持某种同构关系，而且还极易催生并形成一种强烈的“政治无意识”①。中国文化本来就有经世致用的传统，20 世纪以降，又受到列宁有关将马克思主义意识形态批判理论补充修正为国家政治意识形态行动策略的“政党学说”的影响。这种历史的渊源和现实的语境，自然就驱使作家自觉不自觉地追踪时代和政治，抒写自己在这方面的思想情感。

有段时间，主要是 20 世纪 80 年代，人们在谈到新中国成立后十七年文学时，往往因为它受政治役使太重以及由此导致的叙述空间狭隘等方面的问题，就全然否定它的合理合法的存在，这恐怕有失公允。至于因此而否定文学与政治之间的固有关系，以为文学“回到自身”就要“非政治”，那就未免有点情绪化了，它倒从一个反面向我们表明了论者所持的一种强烈的政治立场：这就是对过去和现实主流政治的一种抗衡，倡导自己崇尚的另一政治立场和政治意识。道理很简单，因为“非政治”本身就是一种政治，尤其是在中国这样的国情和文化的现实创作语境中更是如此。当他在“非政治”时，实际上恰恰正好说明文学与政治之间始终存在着过往甚密的关系，说明政治虽非文学必须具有的本质的属性，但却是文学可以具有的属性。

由此，我们认为当代文学及其历史的书写空间犹如一条宽阔浩荡的江河，它有主潮，也有无数的支流、小溪甚至逆流。完整的当代文学图志，就是这些不同流向、具有不同功能价值的文学形态，在特定历史情境下彼此交错、碰撞和融会而成的。从撰史的角度讲，也就是在共时性的叙述空间上对这些交错、碰撞和融会进行全面的梳理；而不是抓住一点，不及其余，将其复杂的构成及其内在的矛盾与悖论，人为地予以简约。我们强调

① 詹姆逊：《处于跨国资本主义时代的第三世界文学》，《当代电影》1989 年第 6 期。

文学与政治之间的关系，追求和实践的就是这样一种开放的文学史观，目的是为了最大限度地还原文学在一体化机制中的自行演出及遭遇的抗争状态，真切地感受文本的丰富繁复的形态，从而体会到历史的存在空间与文学的符号空间的“不对等性”。而恰恰在这一点上，有些以人性、现代性和知识分子精神为主线的文学史书写就不尽如人意。有了一条贯穿始终的线索，它固然有利于作者纲举目张地将文学事实凝聚整合在一起，而显得井然有序；但在概括和反映当代文学整体包容、多重指涉的原生态历史方面，则显得力不从心，具有明显的局限。这也许是文学史书写的一个悖论，它需要我们很好地加以审思。

第三节　当代文学史的内容与体例

叙述时空为文学史编写划定了大体的范畴，它不妨可看做是我们规约文学史研究对象的一条河床。然而，如同河床并不能涵纳一切一样，叙述时空的划定也不足以解决文学史写作的许多具体问题。尤其是在当前文学史编写理念和实践活动日趋多样复杂的情况下，人们早就对那种千篇一律的文学史感到生厌，他们希望看到更多的具有个性化的文学史的出现；而另一方面，当代文学本身的错综复杂性，也使个性化文学史的编写成为可能和可行。近十年来先后出现了多部颇具新意的文学史，在这方面就为我们提供了很好的例证。当然，不必讳言，大多文学史往往大同小异，未能在自我设定的叙述时空范畴中融入个性化的内涵：包括宏观的整体构架和话语体系，也包括微观的契入角度和述史方式。因此，这就不能不在总体上给人以量多而质不高的印象，其费心劳神构设的有关叙述时空秩序的努力，也就不能不大打折扣。

面对上述这种情况，如何确立当代文学史的编写原则，尽力为学生提供一部具有自己个性特色的文学史，就尖锐地摆到了我们面前。这也是我们当下及未来文学史编撰过程中需要思考的一个问题。下面，我想结合自己曾经主编《中国当代文学史写真》、《当代中国文学五十年》的有关实践，就当代文学史编写的内容和体例谈两点具体的看法，以求教于方家。

（一）关于时段的长短问题。当代文学毕竟只有60年的历史，放在几千年的历史长河中只是短暂的瞬间。从60年看60年，我们可以对当代文学的成败得失及其发展情况进行总结；从几千年看60年，我们也可以对当代文学及其发展情况作出归纳。这里不同的视角，它们的认识和理解可能是不一样的。就前者而言，它在大容量地融进自己的现实生存体验，最大限度地凸显和激活当代文学固有生命内涵的同时，可能因为与时代社会之间靠得太近，反倒对其总体性格及其阶段性特征缺乏富有理性的把握。相反，后者将当代文学纳入几千年的中国大文学格局中进行考察，也许显得有点粗疏和隔膜，容易忽略其间存在的只有我们今人才能体验的丰富复杂的特质；但由于主要强调的不是它们之间的所谓的“断裂”而是彼此的整体血脉关系，因此就不仅赋予当代文学史不同于前的更加深长的写作背景，而且也为其时段的划分提供了新的参照和评价标准：一些放在当代文学格局中看似重要甚至大书特书的文学现象和文学事件，随着历史距离的拉长，可能显得不那么重要；一些当时被视为“支流”或“逆流”的文学现象和文学事件，经过时间的检验，则有新的认识和评价。这就导致了文学史的重组以及由此而来的内部组成与结构的大变动。最明显的是80年代初推出的几部当代文学史，如郭志刚等编写的《中国当代文学史初稿》、山东大学等二十二所高校联合编写的《中国当代文学史》等，大多都采用“三分法”或“四分法”，即将1949年以降的当代文学具体分为：1949—1966（新中国成立十七年；“四分法”的不同之处在于将它一分为二为1949—1956、1956—1966）、1966—1976（“文化大革命”十年）、1976年以降（新时期）这样几个阶段。它们更多看到的是当代文学自身内部的具体阶段性差异，而忽视彼此之间的共同基质，尤其是与古代文学、现代文学的血脉联系。故视野不免显得有些狭隘，时段划分比较琐细，且社会学政治学的色彩十分明显。90年代以来出版的当代文学史，上述的“三分法”或“四分法”就日渐减少，人们不期而然地普遍采用相对较为长远也更符合文学本义的大时段的构架，如洪子诚的《中国当代文学史》、於可训的《中国当代文学史概论》。更为值得注意的是不少文学史家将它与现代文学打通，整合到“20世纪中国文学史”的大框架中，如黄修己、孔范今分别主编的两本同名的《20世纪中国文学史》。有的还进而把它与绵延三千余年的古代文学体系融会贯通，实践真正古今一体的大文学史的编写理念，如张炯、邓绍基、樊骏主编的《中华文学通史》。这应该看做是人们对文学史认识不断深化并逐步走向开放开阔的一个具体表现。

笔者就是基于这样的事实和道理，在自己主编的《当代中国文学五十年》（浙江文艺出版社 2004 年出版）中将当代文学分成“一体化”（1949—1979）、“多样化”（1979—2000）这样两个阶段。前者可称为当代“前 30 年”，它以文学和社会政治关系为逻辑基点，将通常文学史所说的“新中国成立十七年”、“文化大革命十年”和“新时期早期”这样三个时段的文学整合在一起，主要描述在“政治中心”时期当代文学如何逐步被政治化、计划化、纯洁化，并最终在多种复杂因素的“合力”之下走向封闭统一，尽管在这历史生成及其演变的过程中也产生了许多矛盾和悖论。后者不妨称之为当代“后 20 年”（现在不妨称之当代“后 30 年”），它则以文学和文化及经济关系为内在结构，将通常所谓的“新时期实验阶段”和“后新时期”视为一个相对独立的单元，着重展现由“政治中心”向“经济中心”转型的过程中，当代文学是怎样从封闭统一不断走向开放多元，自然也不免显得有些混沌无序、杂乱无章。显然，这样的划分和重组较之以前的“三分法”、“四分法”，可能更易把握当代文学质的定性的东西；而且由于历史距离的拉长，它还可将当代文学及其作家作品纳入深长的坐标中进行严格的“历史的重新筛选”。这对加强当代文学史的历史感，提高价值评估的准确性和学术内涵无疑是很有裨益的。

可以预料，随着时间的推移，未来当代文学史的时段将会进一步拉长，内在的研究格局也会有所调整；原来称为阶段或时期的文学内容迟早将并入更大的阶段或时期之中，文学史经过严格的历史筛选后反而删繁就简，会越写越薄，显得更加简洁。有人在谈及文学史写作的发展趋向时认为，未来文学史编写的繁简厚薄的过程就是“一个螺旋上升的过程”：“当定论形成之时，便越写越薄；当定论发生问题时，便越写越厚。厚则有缝隙，可以颠覆定论，然后再渐次薄下去。”① 这是很有见地的。在经过不断的整合之后，我相信在不久的将来，当代文学史是可以而且应该写得薄

① 孔庆东：《1921：谁主沉浮》后记，山东教育出版社 1998 年版，第 293 页。

一点了。

（二）关于内容的繁简问题。作为一部文学史著，当代文学史编写当然有其基本的价值基准：如基本切合当代文学发展的实际，大致能够反映当代文学的主要特点，大体可以对当代文学丰富复杂的实践进行学术整合。为此，它就不能不大量地引进有关的当代作家作品、文学思潮及现象，并将其置于时间序列中作空间化的分类处理。文学史的编写是建立在作家作品和文学思潮及现象的研究的基础之上。它的内容的繁简实际上也就是作家作品和文学思潮及现象的繁简。如果为了内容的求简，将作家作品和文学思潮及现象不适当地加以砍删压缩，那么就很有可能使写成的文学史显得单薄；反之，如果为了内容的丰富，不加选择地把所有的作家作品和文学思潮及现象都囊括笔端，那么则使文学史变得臃肿不堪，犹如史料长编。这两种情况都存在，但后者的问题无疑更突出。因为“当代”不同于属于“历史记忆”的古代及现代，诚如法国文学社会学家埃斯卡皮在《文学社会学》中所说：根据心理学家的调查，“历史记忆”所记住的作家，大概只占发表作品的人的百分之一；而当代与过去的作家被“记住”的比例，则大概是一比一。因此，当代文学史的编写稍有不慎，是很容易成为一大批作家作品的目录清单。

这种情况自50年代后期以来，一直成为当代文学史写作一个难以摆脱的通病。最典型的恐怕要数《中华文学通史》的“当代编”。它不仅在总体设置上与全书存在着严重的比例失调（《通史》全书共10卷，“当代编”竟占3卷，这无论如何都是不合适的），同时在具体的作家作品的筛选上也欠严格，进入史的叙述的还是太多。当然，它也增添了以往文学史很少写到并真正具有现代“扩容”价值和意义的通俗文学、影视文学、儿童文学、民间文学、少数民族文学、港台文学等。文学史不同于文学批评。它所面对的是藤萝交葛、浩繁无比的文学世界，要将其整合成为规范有序的史的叙述，就不能不对研究对象有所损删淘汰，即所谓的“简化”选择与处理。而选择什么，不选择什么，哪些详写，哪些略写，不能不涉及文学史编写的价值基准，也与编写者的文学史观和史家眼光有关。当然，不同的文学史，它们彼此的选择和处理是有差异的。

在这方面，迄今以来，我们实践最多的是条块式的编排组合。它以时代为经、文体为纬和作家作品为中心，对原生态文学历史进行选择和处理。这也是古代文学和现代文学最常见并且相当成熟的一种述史模式。因此，当代文学借而用之虽不免有些刻板、生硬和模仿之嫌，但它对应于原生固有的丰富复杂的文学历史，仍不失为一种稳健有效的选择。像洪子诚的《中国当代文学史》等大部分史著都属于这种范型。除此之外，就是线型式、专题式的。这也是20世纪90年代比较引人注目的两种述史模式。前者最具代表性的是陈思和主编的《中国当代文学史教程》，它以民间知识分子精神史为线索和契入点的新颖叙述，在简化整合错综复杂纠缠的当代文学史内容，疏导出被主流文学压抑的“边缘作品”、“潜在写作”的确取到了很好的效果；但因为线型的局限，也使它在走向个性化和高度紧凑集中的历史叙述的同时，有意无意地简化了多元立体的文学内容。后者比较典型的要数杨匡汉、孟繁华主编的《共和国文学五十年》，它所采用的以具体的文体或主题模式依次编排的叙述，在敞开历史的丰富性复杂性方面则充裕自如，具有自己独到的优势；但由于整体框架比较松散，专题与专题之间随机拼盘的色彩太浓，因而其所展示的文学内容不免显得冗繁庞杂，缺少作为一部文学史所应有的历史质感及其阶段性特征。可以这样说吧，内容的繁简是所有的当代文学史无法回避的一个实践话题。对它的多样不同的探讨，从一个侧面反映了人们对业已定型的当代文学史的不满。

上述种种，就构成了我们叙述当代文学史的一个具体的背景。显而易见，这里存在着不少彼此相互借鉴的东西，即被学术界和所有的教材普遍认同的属于知识谱系的通识。凡是这些，无论是传统的条块式叙述模式，还是线型式、专题式的叙述模式，它们在叙述层面上都可找到文学与历史的诸多的“共同性”。笔者主编的《当代中国文学五十年》显然也借鉴了它们的成果，在一定意义上，我们甚至可以说是对众家述史模式的一种整合。但另一方面，基于自己对当代文学及其演变的理解和认识，也是立足于对文学史编写的个性化的追求，我们致力从历史与现实的双重视角观照把握当代文学，简化和处理蕴涵在其中的芜杂多变的历史内容。具体说来，主要有以下几点：

1. 借鉴传统的条块述史方式，设置能充分体现历史阶段性特点的整体框架，即上文所说的由“一体化”逐渐走向“多样化”的这样两个历史阶段，使当代文学内容的叙述不仅因此有切实的历史感，而且其增删取舍也有相应的客观标准。2. 具体叙述打破过去按作家作品尤其是按主要作家作品编排的模式，统一采用按文体或主题为章，将几个或若干组作家合在一起的体例。显然，这种写法与上说的专题式的当代文学史有某种相似之处，它也较好地体现了我们对当代文学所作的“虽群星璀璨但迄今尚无重量级作家作品出现”的基本判断。3. 强化突出文学事件包括文学期刊对文学的影响制约，将它看做是驱动和规范当代文学发展走向，连接文学与政治、创作与批评、生产与传播、组织体制宏观调控与作家个体写作之间的特殊的中介；而文学事件，如当代“前 30 年”的批判电影《武训传》等有关文化批判等，它的确曾发挥了这样的中介关联作用，是中国特色的文学体制的重要组成部分和具体表现。在某种意义上，当代文学就是通过这样一系列文学事件的运作，不断地由多元走向统一，又由统一走向多元，逐步确立自己的一套精神原则的；尽管这些文学事件本身并不是“文本”，而是“文本”之外的一种现实存在，但正是这一系列的“非文本”，不仅深刻地影响着当代作家的写作，甚至在很大程度上改写和扭转整个当代文学的命运。

第四节　当代文学史的主观性与客观性

文学史是由人编撰的，故它不可能不蕴涵编撰者的主体意识。当代文学史也不例外。所不同的是“当代人”叙述“当代史”，意味着是在讲述刚刚消逝的往事或正在进行中的今事，这给述史带来不利的同时也获得了后来人依靠间接资料所不能取代的长处。所以，当代文学史的叙述，用不着遮遮掩掩，隐匿自己的研究主体。问题是能不能把研究主体的这些鲜活的、极具个体生存生命体验的认知转化成为一种洞见的优势，而不是成为固执褊狭的屏障，并且将它与具体的文学史模式体例和追求目标结合起来。主体的隐显强弱只有立足于此，放在这样的整体框架格局中才有切实的意义。实践表明，迄今为止的当代文学史编写，大多是不避主体自我的介入，包括主体自我的见闻感受和其他个体及同时代的情感心理反映，也包括他的独到的发现和研究视角，等等。这在90年代的一批文学史中表现得尤为明显。为此，也就是从那时开始，当代文学史才有了为过去所鲜见的个性化的色彩，尽管这是非常初步的。当然，这样说并不意味着研究主体可以天马行空，随意而为，而是建立在对文学史研究客体的两大限制——历史事实限制和文本事实限制的认同接受的基础之上。

所谓历史事实，是指与作家作品相关的文学事件、文学思潮和社会文化环境等有关情况。过去，人们往往将它看成是凝固不变的。但按特雷西在《诠释学、宗教、希望》中提出的现实关系"相互作用"说的观点来看，它与文学史的研究主体存在着相互制约的复杂关系："任何解释活动，至少涉及三种现实：某种有待解释的现象，某个对那一现象进行解释的人，以及上述两者之间的某种相互作用。"因此，历史事实本身并不凝固，"事实"与"主体"之间在实际的研究过程中会产生微妙的变化，处于一种不稳定的状态。不仅是不同的文学史家，就是同一文学史家在不同时期，什么"事实"能纳入他的视野，成为他的文学史事实，总在不断发生变化[①]。一个大家都很熟悉的例子是，在新中国成立十七年出版的文学史中，有关的文化大批判运动总受到高度的肯定；与之相对应的，被批判对象都一概给予笔裹毫霜的无情抨击。而到了八九十年代，所有这些，在多种不同版本的文学史中则作了根本的颠覆性处理。另外像文学组织、报纸杂志、大众传媒、民间写作等过去很少关注或被遮蔽的"事实"，从90年代开始，因观念的开放开阔也不断被彰显、敞开，成为当代文学史编写的一个新的热点和亮点。

所谓文本事实，是指作品存在的本身，它所体现出来的相对自足的价值。这也是近年来文学史教学与写作中谈论较多的一个话题。"文本事实"不同于"历史事实"，它是作家知、情、意在特定语境中氤氲的产物。因此，作为文学事实，它较之后者具有更大的不稳定性，其隐显变易与研究主体更有一种同步对应的密切关系。就拿《红旗谱》来说吧，同样一个"文学事实"，它在新中国成立十七年、"文化大革命"十

---

① 参阅洪子诚《问题与方法——中国当代文学史研究讲稿》，生活·读书·新知三联书店2002年版，第33页。

年和新时期竟有三个完全不同的评价。即使是肯定的，不同的文学史也大相径庭，有的从阶级斗争角度阅读，将其誉为“一部描绘农民革命斗争的壮丽史诗”[①]，有的从民间角度解读，发现它“对自己所要描写的农村生活和农民文化心理有了真正透彻的理解和美学上的把握”[②]。这里，“文本事实”在“主体”的影响作用下，总会发生一部分被不断发掘，而另一部分被不断掩埋的情形。

不过尽管如此，我们还是不能否认文学史中的“事实”具有相对的客观性，而将它与研究“主体”之间的不稳定性推向极端。虽然在文学史写作中，主体的介入是不可避免的，但这种介入应该要顾及基本的“历史事实”和“文本事实”。如果对之不保持必要的警觉，将个人主观化的东西不适当地无限扩大，任其纵横驰骋，那么，就很可能使当代文学史的编撰重观点轻材料，强调主体理性认知和价值判断，忽视客观知识和客体的相对独立品格。结果就会产生严重的主观独断论，甚至颠倒了主客之间的第一性与第二性的关系，主观可以任意利用、改动客观事实。正是在这个意义上，我认为有必要强调当代文学史编写的客观性问题，并且认为文学史与文学批评及一般的文学研究还是有区别的：前者既属于文艺科学，又属于历史科学，它兼有文艺学与艺术学两方面的性质和特征；而后者则基本归属纯文艺科学的范畴，更具个人主观化的色彩。从研究方法和价值取向上来看，文学史要告诉我们的，主要是“我们曾经有过什么”，“这些东西有怎样的历时性意义”；而一般的批评和研究除了上述之外，它还要回答“我们何以有这些”，“我们为什么只有这些”。当然，这也只是相对的，并且文学史的写作是以文学批评和研究为基础。而当代文学史的当下形态这部分写作，作为编者的我们，究其实还无法摆脱“当事者”的角色选择，故真正意义上的修史不仅不可能，也没提前作古之必要。但即或如此，无论从理论还是从实践来看，强调文学史与文学批评及文学研究的区别，强调在“事实”与“主体”之间寻求一种互动生成的平衡，都是有必要的，也是有意义的。

---

① 王庆生主编：《中国当代文学》（二），上海文艺出版社1984年版，第80页。
② 陈思和主编：《中国当代文学史教程》，复旦大学出版社1999年版，第79页。

基于以上的认识和理解，笔者在自己主编的《中国当代文学史写真》（三卷本，浙江大学出版社 2002 年出版）中对此进行了尝试和探索。作为文学史，我们一方面当然要大量引进“历史事实”和“文本事实”，关注它们彼此的属性及其真实性内涵，尤其是关注作为文学事实存在的“文本”的创造性价值，借以为学生提供一个较为全面立体的、具有独特个性魅力的知识谱系。另一方面，在引进和展示“事实”的同时，也不忘站在现代的文化立场进行必要的评价和阐释，尽一个文学史家应尽的责任。这样的历史叙述，事实上也为现今不少的文学史所采用。它当然不是唯一的，但对如何协调和处理文学史写作中的主客关系，使之实现向主体客体化与客体主体化转换仍不失为一种颇理想的模式。现在的问题是，大多的当代文学史似乎太相似或一致，而且主观化色彩过于强烈，有明显的话语霸权的嫌疑。所以，我们在《写真》的编写过程中，就有意识地对此进行淡化处理，努力强化“事实”的意义而不是“主体”的论辩价值；突出编写的文献性、原创性和客观性，将大部分的篇幅留给原始文献史料的辑录介绍上，自己尽量少讲，即使讲，也是多描述、少判断。从体式上讲，这大概比较接近于描述型的文学史。

总之，我们想通过尽可能全面翔实史料的展示，还原多元共生、丰富复杂的当代文学的本真状态，靠史实说话。中国古代文学和古代文学史的研究，在这方面有一套大家熟知的搜集、整理、鉴别文献材料的学问，向来就十分重视研究建立在可靠的史实基础上。《写真》在方法和体例上借鉴吸纳这方面的传统。具体的内容，主要由以下这样五大板块所组成：

（1）作家作品介绍；

（2）评论文章选萃（精选不同时期或同一时期多位有代表性的评论家相异甚至截然对立的观点）；

（3）作家自述；

（4）编者评点；

（5）参考文献和思考题。

上述五大板块，其中第（2）、（3）两大板块约占全书的三分之二篇幅，而第（1）、（4）两大板块则少而精，尽量用中性语言描述，不作主观性太强的评判。这也就是说，我们编撰的当代文学史，其主体部分是批评家的“原创评论”和“作家自述”这两个方面。从这个意义上讲，本书的有关作家作品论，与其说是编著者个人撰写的作家作品论，不如说是编著者对众多有关作家作品评论研究观点的荟萃。编著者的观点，具体就隐含在对这众多观点和史料的选择和编撰上。

现有的当代文学史基本上是阐释型的。这种类型的文学史，可最大限度地高扬主体的历史认知，而给我们以有益的智性启迪。这在思想观念大解放时代和激烈转型的历史条件下，往往能产生特殊的效应，而且确实也有其必要。但因为着眼于阐释和论述，内中个人的主观色彩自然颇为强烈，如不加以节制，就很容易纵容主体的主观随意性，乃至出现编著者不应有的话语垄断和独断，而使文学史失去它应具备的客观和公允。同时，从授受关系角度看，它还使学生在无形之中受到编著者“话语霸权”的牵引，先入为主、消极被动地接受书中的观点，步入编著者圈围的思维定域。我们采用上述的编写思路，目的就是借助这种立体开放的“事实”文本，让学生在读大量“原典创作”的同时接触较多的“原典评论”；通过对多种多样甚至矛盾对峙的原典评论的解读和阐释，以平等姿态与编者甚或与评论家展开积极对话，开阔视野，培养他们独立思考的能力和创造性的思维。

附一：探寻整体系统的教材编写新思路

——关于中国现当代文学教材编写的实践与思考

教材作为与教师、学生并列的三大教学基本因素之一，对学生影响的时间之久、范围之广与程度之深，是古今中外任何书籍都不能堪与匹敌的。好的教材就像磁石一样牢牢吸引学生，能激发他们的兴趣，开拓他们的视野，增长他们的知识，对他们一生的思想行为都将产生深远的影响。当下，世界各国在谈到高等教育教学改革时都不期而然地把目光投向了文科，尤其是文科中的人文学科，强调要关注“国民精神、民族精神的发扬和重塑”以及“审美情趣和创新精神的发展”[1]。因而，具有民族文化传统内涵与审美价值的文学教材编写，在各国备受重视。中国也不例外，以人文学科大类中的中国现当代文学学科为例，仅北京大学就在20世纪90年代编写了《中国现代文学三十年》、《中国当代文学史》、《中国现当代文学名著导读》、《中国现当代文学专题研究》等几部广具影响的教材。

我们对此也深有感受和体会，并基于对研究型大学教学理念以及中文学科特质的理解把握，在近几年编撰出版了《中国当代文学史写真》（浙江大学出版社2002年版）、《当代中国文学五十年》（浙江文艺出版社2004年版）、《转型时期的中国当代文学思潮》（浙江大学出版社2001年版）、《多维视野中的百部经典·中国现当代文学卷》（浙江古籍出版社2004年版）、《中国现代文学作品选评》（浙江大学出版社2005年版）、《20世纪中国文学经典文本》（浙江大学出版社2005年版）、《影视艺术学》（浙江大学出版社2003年版）、《文学与人生》（浙江大学出版社2004版）、《大学文学读本（共三卷）》（浙江大学出版社2005年版）、《语文新天地（共十八册）》（浙江人民出版社2003年版）、《文科类学生毕业论文写作指导》（浙江大学出版社2002年版）等一批教材，初步形成了从中小学到大学到研究生，并涵盖作品选、文学思潮、文学史以及辅导教材、课外读本等方面的整体系统的新型教材体系。

一、确立整体系统的编写理念

打破以往“就大学论大学、就专业论专业”的狭隘封闭的固有思路，确立整体系统的思维理念，是我们教材编写的总原则。落实到具体的实践方面，就是努力建构以“本科—硕士—博士”为横坐标，以“高中—大学—社会”为纵坐标的多维立体开放呈网状结构的教材体系，它既体现学科教育分阶段的特点，也反映彼此之间的内在有机的联系。

---

① 语文课程标准研制组编写：《全日制义务教育语文课程标准（实验稿）解读》，湖北教育出版社2002年版，第1页。

1. 横坐标：本科—硕士—博士

本科阶段的教育以传授知识和能力为主，以培养通才为主要目标。因此现当代文学应该向学生进行开放式教育。而注重作家作品，尤其是经典作家作品的精讲细读及其在文学史的定位，则是本科阶段现当代文学课程教学的基本任务。在保证此一任务完成的前提下，我们还考虑到，由于部分学生在完成本科学业后有继续深造的需求，因而本科教学在一定程度上还应与硕博研究生的专业教学接轨。硕博阶段是以研究为中心的教育，它对学生专业素养和潜质的要求就更高。而要实现这一点，仅凭本科的一般的通才教学显然是不够的。为此，我们另建了一套辅助的教学体制，即在传授学生以通才教育所需的知识之外，还为有继续深造意愿的学生提供进一步的知识讲授，如现当代专业学科介绍、学术能力培养以及专业知识强化等。使这些学生能形成相对完整系统的学科基础知识体系，以便能顺利进入更高层次的研究学习中去。体现在教材方面，就是除推出《20 世纪中国文学经典文本》、《中国现代文学作品选评》等以经典作家作品讲读为主的基础教材外，还编写《中国当代文学史写真》、《转型时期的中国当代文学思潮》等重在提高学生自主学习能力的研究性教材。这些教材整合了当下最新的学术研究成果及富有争议的热点难点话题，有助于开阔学生的视野，培养其怀疑精神、独立思考及创造的能力。它既满足了现当代文学课程基本教学任务的需要，又为学生考研、进入硕博阶段的学习打下坚实的基础。

2. 纵坐标：高中—大学—社会

现当代文学作为中文系的基础课程，它的教学对象是刚刚从高中毕业的文科生。因此对高中文科现状的了解是我们教材编写的起点。在现行的高考体制下，高中语文教学有着较为严重的功利主义倾向，学校和教师往往片面追求升学率，忽视对学生人文素质的培养。而学生阅读的经典名著也很少，而且大多以翻译或白话甚至连环画的快餐方式进行阅读，他们并没有接受多少人文教育。这样的学生进入到大学中文系后，教学上所有的不适，也在现当代文学这门课程中暴露出来。面对这样的情况，我们在加强大学自身教学改革及其教材的适应性调整的同时，也积极投身到高中乃至中小学语文教学改革和教材建设中，编选出版了以“四性”（即人文性、审美性、情感性、创造性）为重，共计十八册的中小学语文课外读本《语文新天地》，从教材编撰的角度对高中与大学文学教育之间的关系进行探讨。

教材编写的根本目的是为社会输送合格的人才，这就要求我们有一种身在学校而超越学校的社会意识。在这方面，传统的学院派教材是有欠缺的。我们在教材编写过程中十分注意将思维视野开放式地投向现实社会，与之建立能动的对话关系。一方面选择如《文学浙军与吴越文化》、《浙籍台港与海外华人文学研究》等具有强烈现实感和地方特色的选题进行编撰；另一方面在具体的内容和章节安排上，有意融进有关前沿问题，提倡问题意识、参与意识和当下意识。另外，我们还安排学生参与有关教改课题研究，每年组织学生到绍兴、乌镇、富阳、海宁等地的鲁迅、茅盾、郁达夫、徐志摩等故居观摩，作为教材的补充，丰富和拓宽课堂教学内容。

3. 实际效果与影响

上述教材出版后，在学术界、教育界引起了不俗的反响。以《中国当代文学史写真》为例，自 2002 年发行以来一直颇受好评，一版再版，并已被浙江大学、宁波大学、湖南科技理工大学等近 10 所高校选作教材使用（该教材在 2006 年还被评为国家“十一五”规划教材）。《文艺报》、《文学评论》、《浙江学刊》等多家报刊均发表文章，给予了颇高的评价。他们认为，《写真》不仅在“建国以来直到本世纪之初的跨度里比较完整地呈现出当代文学史发展的全貌”，为当代文学课程的改革“构筑了一个坚实的平台”，而且“尽可能翔实地展现原始文献史料，力求为学生提供一个立体开放的文本，使学生在阅读不同历史时期相近或对峙的原典评论中，激发主动的价值思索，以一种对话的姿态参与到文学史的建构中”①。2003 年 4 月，浙江电视台还为此制作了一部 15 分钟的专题片《解读〈中国当代文学史写真〉》，从主编、编写成员到高校教师、有关专家等多角度对该书进行了解读，肯定了《写真》引入多种声音并使其相互平等对话的开放式编写方式，从而引起了广泛关注。另一部教材《转型时期的中国当

① 赵卫东：《“开放式”：文学史写作的一种新模式》，《浙江学刊》2003 年第 6 期。

代文学思潮》也以其新颖的构架和透彻的分析，获得了浙江省哲学社会科学优秀成果二等奖以及浙江省鲁迅文学艺术奖（浙江省唯一一部荣获鲁迅文学艺术奖的理论专著）。《语文新天地》也已发行了好几版，反响热烈，成为热销书之一。此外，《文学浙军与吴越文化》、《当代中国文学五十年》等教材也都获得了较好的效果，产生了良好的影响。正是基于此，加上其他的一些综合因素，我们的主干课程“中国现当代文学史”被评为2004年度的国家精品课程。

二、体现富有学术内涵的创新思维

自20世纪80年代开始以迄于今，现当代文学教材先后出版了不下近百种。数量确乎有点惊人，但质量并不理想。究其原因，很重要的一点就是彼此大同小异，相互抄搬，没有及时地将学界最新的研究成果和学术理念吸纳到教材之中。这就必然导致编写的教材不仅流于平面、失之肤浅，而且显得陈旧滞后，学生也不愿意学。我们认为，大学的灵魂在于创造，它应该向学生不断地传授最新的知识，以满足他们的求知欲，激发他们的创造精神。教材也不例外，它的编写受体例的限制，虽不能作过度的个性化的阐释（这也是教材与一般学术专著的不同之处），但我们完全可以而且应该有必要根据时代的发展变化，从中融入编写者的个性化的理解和最新的教学思想及学术理念。特别是像浙江大学这样以“综合性、研究性、创新性”定位的国内重点大学，更有必要确立自觉的创新意识。

当然，以上是就总体编写思路而言的。至于具体实践方面的创新，我们主要在以下两个方面作了努力：一是整体构架上的创新，一是表达方式上的创新。它们彼此相辅相成又相互补充，共同体现了我们对富有学术内涵的创新性教材的理解和追求。

前者，也就是整体构架上的创新，可以《中国现代文学作品选评》为例。众所周知，现有的作品选教材的编写，一般都按诗歌、散文、小说、戏剧四种文体进行分类编排。我们基于对整个中国现代文学理念的理解，并结合21世纪中国现代文学教学的实际，打破了这种通常惯例，将四种文体作了重新整合，建构起以“叙事”、“抒情”、“批评”三个篇章进行组合编排的新体例。这其中，“叙事篇”着重选择以讲述尤其是虚构故事为主的文本，如小说和戏剧；“抒情篇”则包含了以抒“小我”和“大我”之情为己任的诗歌和散文；“批评篇”相对是一个最具创意的归类方式，它包含了以议论、批判见长的现代杂文和随感，以及对于中国现代文学这一全新文学范式有相当建设意义的文学批评。而在以往的多种文学作品选中，批评是没有的，被排斥于选本之外。现在将它单独辟为一个篇章进行编排，不但使偏重于文学审美的作品选因理性色彩的加入显得更为圆融完整，而且还让我们更简洁明了和更全面立体地反映中国现代文学的发展脉络及整体风貌。从目前所选的鲁迅、李健吾、苏雪林，包括毛泽东的文章来看，无论是以思想深刻、笔致练达著称的杂文随笔，还是着重于新文学建设的文学批评，都较好地体现了这一点；其生动形象、风趣幽默、严谨细腻、雄浑大气的文学气质和个人风格，也绝不在文学作品之下。因而，将其与“叙事”、“抒情”排列，非但不致让人气短，反而使整部选本别具创意。值得一提的是，具体到每个单独篇章的选择，立足当下最新的学术理念，也是为了求新，我们有意在选本中引进近代文学作品并将它放在每篇的开头，以此来取代我们先前以经典现代文学作品统领的编选惯例。例如，在“叙事篇”中，把通常排在首位的《狂人日记》放在第二，而把《一缕麻》这一与近代小说联系更为密切的文本列位于先。同理，在“抒情篇”和“批评篇”中，也分别以鲁迅的旧体诗和梁启超的文学批评作为首篇。这样的编选不仅符合近代文学和现代文学上下贯通、前后承续的客观事实，而且也从细部充实和丰富了《选评》的整体框架。

关于后者，也即表达方式上的创新，《中国当代文学史写真》则较有代表性。我们将客观写真作为这部文学史教材的主要追求目标。大家知道，既有的当代文学史基本上采用“我说你听”的阐释性的方式。这种方式的文学史，可最大限度地高扬主体的历史认知，并给我们以有益的智性启迪。但因为着眼于“我说”的表达方式，内中个人的主观色彩自然颇为强烈，如不加以节制，就很容易纵容主体的主观随意性，而使文学史失去它应具备的客观和公允。同时，从授受关系角度看，它还使学生在无形之中受到编著者“话语霸权”的牵引，先入为主、消极被动地接受书中的观点，步入编者圈囿的思维定域。我们编写的这部《写真》，致力淡化个人的主观色彩，强化突出编写的文献性、原创性和客观性。在表达方式上采用“你说、我说、他说、大家说”的多元视角，自己尽量少讲；即使讲，也是多描述，少判断，不妄下结论，不搞独断式的话语霸权，一切靠史实说话，以史实取胜。中国古代文学和古代文学史的研究，在这方面有一套大家熟知的搜集、整理、鉴别文献材料的学问，向来十分重视将研究建立在可靠的史实的基础之上。本书的编撰，在方式、方法和体例上，借鉴吸纳这方面的传统。具体的内容，主要由以下这样五大板块所组成：（1）作家作品简介；（2）评论文章选粹（精选不同时期或同一时期多位有代表性的评论家相异甚至截然对立的观点）；（3）作家自述；（4）编者评点；（5）参考文献和思考题。上述五大板块，其中第（2）、（3）两大板块约占全书三分之二的篇幅；而第（1）、（4）两大板块则少而精，尽量用中性语言描述，不作主观性太强的评判。这也就是说，我们撰写的这部教材，它的主体部分是批评家的“原创评论”和“作家自述”两个方面。从这个意义上讲，书中的有关作家作品论，与其说是编著者（我们）撰写的作家作品论，不如说是编著者（我们）对众多有关作家作品评论研究观点的荟萃。作为编著者的我们的观点，具体就隐含在对这众多观点和材料的选择和编撰上。

当代文学是一个只有起点而没有终点的学科，它的无限的下延性以及由此导致的新人新作层出不穷的特点，使其有关研究及其文学史编写始终处于一种行走中的追踪状态，难以获得相对稳定的历史感和相对严格的规范性。我们上述这种将同一段文学事件、同一部作品在不同历史时期从不同角度进行解读的评论进行归纳集锦的编写方式，使“多方面，不加整合的独立声音”，“或对立，或统一，或交叉，或平行，共同完成对对象的描绘”[①]，它一方面可谨防教师在教学过程中不适当地行使一元化的话语霸权；另一方面能有效地激发学生的学习兴趣，促使他们于争鸣与接受的“众声喧哗”中完成与文学史的能动对话，从而培养他们积极自主学习的能力。

---

① 姚晓雷：《开放式当代文学史写作刍议——由当前四部文学史著不同的写作模式谈起》，《文学评论》2004年第2期。

三、针对不同专业要求的分层编写

由于通识教育思想的引入以及人文素养重视程度的提高，现在各大学专业基础课的课时大幅度压缩，让位于文学素养等非专业的课程。学生完成的总课时量由“1998 年以前的 200 学分（每学分＝周 1 课时/一学期）左右减少到现在的 164 学分，与 1998 年制定的计划（最低学分 168 学分）相比，也有所减少”①。显然，这样做的目的是为了将空出的更多时间留给学生自主支配。教材编写如何适应这种新的改革形势，在课时压缩的同时扩大课程内涵，实现宽口径与重基础、综合素质培养与专业能力提高的有效贯通，是我们应该予以关注并加以解决的一个问题。在实践中，我们从优化课程结构出发，按照浙江大学的实际，将中国现当代文学这门课程，依授课对象不同分为针对非中文专业学生与中文专业学生这样两套既相对独立又相互关联的课程体系。由之，教材相应也就有了一个针对不同专业学生要求的分层编写的问题。

1. 针对非中文专业的教材编写

本科教育把培养学生的全面素质作为课程设置的目标，注重整体功能，强调文理融合。文科学生必须学习一定的理科课程，以培养科学素养；同样，理科学生也要学习一定的文科课程，以形成文学素养。此外，随着国际交流的频繁与深入，来中国学习汉语的外国留学生也日益增加。浙江大学就有相当数量的这样的外国留学生。这些学生，我们重在培养他们的审美感受能力与人文素养，而不能像对待中文专业的学生那样要求他们形成系统的文学史知识，具备厚基础、宽口径的专业水平和能力。现当代文学教学及其教材编写也一样，有一个因时而变、进行适度调整的问题。我们对此的做法是将现当代文学与古代文学打通，合并为一门《中国文学》课程，分两个阶段进行。其中现当代文学部分即《中国文学Ⅱ》，授课一学期，以讲读经典作品为主，致力于对学生的艺术审美分析能力和

① 吴秀明主编：《大学文科人才的成长规律和教学改革与实践——以中文学科为中心的考察》，浙江大学出版社 2004 年版，第 199 页。

人文素质的培养。它与以讲授中国古代文学为主的《中国文学Ⅰ》共同构筑起一个了解和鉴赏古今中国文学的平台。为了适应这种教学要求，我们编写了《20世纪中国文学经典文本》、《文学与人生》、《文学写作》、《电影欣赏》等篇幅短小、内容精要的教材，引导非中文专业的学生（包括全校各院系各专业的文学爱好者，也包括海外留学生）切身感受中国现当代文学独特的个性和中国文化的魅力，在此基础上提升其人文综合素养。如《20世纪中国文学经典文本》，我们遵循以文本的可接受性与可言说性为主，以文本的文学史地位与在思潮流派中的代表性为辅的原则，选取了《狂人日记》、《天狗》、《再别康桥》等短小精练、文质兼美的作品，使文学素养较弱的学生也能自由方便地进出其中，并能与教师、文本形成开放、活跃的对话关系，从中感悟其丰厚的艺术美学价值，提高人文修养。

2. 针对中文专业的教材编写

"研究型大学应通过一种综合教育……造就出一种特殊的人才，他们富有探索精神并渴望解决问题，拥有代表其清晰思维和熟练掌握语言的交流技巧，拥有丰富的多样化的经验。这样的人将是下一个世纪科学、技术、学术、政治和富于创造性的领袖。"① 基于这样的基本认识，我们明确选择了"中国现当代文学史"这门课程作为研究型课程建设的试点。它安排在中文专业的二年级，授课两个学期，注重现当代文学学科知识的系统传授和专业思想及能力的培养，为学生的后续学习打基础。重点大学中文专业的学生一般有三分之一在完成本科阶段的学习后将进入高校、科研单位继续深造，而现当代文学又是其中最热门的学科。这就要求我们的教材编写不能太泛化，它在传授专业基础知识的同时要有新的发现和学理上的概括，与专业化程度更高的研究生学习进行对接。《当代中国文学五十年》的编写对此就比较注意。这部教材在整体框架安排上，借鉴传统的条块述史方式，将当代文学分成"前三十年：走向统一的文学（1949—1979）"、"后二十年：走向开放的文学（1979—1999）"这样两个大的时段，并在具体叙述中大量引进"历史事实"和"文本事实"，关注它们彼

① 博耶研究型大学本科生教育委员会：《重建本科生教育：美国研究型大学发展蓝图》，《教育参考资料》2000年第19期。

此的属性及其真实性内涵。同时在每章的最后，专辟一节以总结的方式作一定的评价和阐释，尤其是关注作为文学事实存在的“文本”的思想艺术价值，由浅入深，引导学生在掌握专业知识的基础上，养成一种综合分析问题的能力。

当然，教材的容量毕竟有限，它的稳定性决定了其中的一些最新且具有相当影响或争议的作家作品无法进入编撰体系。倘若过分拘泥于教材，可能会导致教学与实践的脱节，不利于创造性人才的培养。因此，如何走出课堂，打破消极被动地接受书本知识的单一模式，在课堂外寻求更多的新知识、新观念，就很自然地成为探索性教材编写的题中应有之义。在这方面，我们也略有一些尝试和体会。如新近组织编写了一套《大学文学读本》丛书，从《文与历史》、《文与民族》、《文与现实》三个维度，对以中国现当代文学为主体的古今中外文学（包括经典文学和非经典文学）进行编排重组，可作为课堂教学的课外教材。此外，在平时教学过程中，我们还及时捕捉一些尚未进入教材而又具有普适意义的代表作品，如《白鹿原》、《废都》、《沙家浜》（小说版）、《檀香刑》等作为新补充或参考教材提供给学生，联系当下文坛整体动向进行讨论。这种方式不仅可活跃课堂，还可有效地提高学生的科研和言说的能力。它对现有的相当规范一体的现当代文学的教材来说，也许是一个富有意味的扩容和补充。

（本文与詹玲合撰，发表于《中国大学教学》2005 年第 8 期）

附二：开放式当代文学史写作刍议

——由当前四部文学史著不同的写作模式谈起

姚晓雷

从 20 世纪末以来，关于当代文学史写作的讨论一直不绝如缕。这一话题酝酿于 20 世纪 80 年代钱理群等三人提出的“20 世纪文学史”观念，中经 20 世纪 90 年代初陈思和、王晓明联袂主持的“重写文学史”的讨论，深化于 20 世纪末一系列有代表性的当代文学史著的出现。当代文学史的写作引起人们的关注，与它贴近当下生活的特点有关：一方面，文学史的目的本来就是为了承传一种能对现实人生充满终极关怀的人文精神，当代文学贴进当下生活的特点，直接可以使文学史所要承传的人文关怀直接同现实对话，因而对文学知识分子来说当代文学史便有了值得关注的特殊价值；另一方面，同样因为太贴近当下的生活，许多东西来不及沉淀或局限于话语环境无法正常表达，造成了它特殊的写作难度。目前人们一般都不再否定“20 世纪文学史”的系统观念，以及在此系统观下重写的必要性；而是将当代文学史写作的关注焦点集中在“写什么”和“如何写”上。“写什么”就是一部当代文学史应该涉及哪些内容；“如何写”就是对所写内容应具体持以什么样的价值视角进行阐释。这实际上涉及的是文学史价值模式建构的问题。特别是 20 世纪末洪子诚先生撰写的《中国当代文学史》以及陈思和先生主编的《中国当代文学史教程》出版后，由于这两部史著所具有的写作观念上的巨大差异，围绕它们展开的讨论风行一时。其中固然不乏精辟之见，但关于当代文学史写作的讨论过于集中到这两本书上，也未始不是一种遮蔽，会使我们失去了一个从更广阔的领域里发现问题提出问题的契机。我认为，首先我们应该看到的是，不管是洪著还是陈著，都是一种探索过程中的浪花，都不是为了终结我们对当代文学史问题的思考，而是作为一种思考方式给人们的进一步探索开辟道路。其次，由于当代社会的复杂性以及人文精神寄存渠道的多样性，当代文学史的问题并不一定只有依靠明确具有文学史概念的著作才能被提出，在一些特定阶段的甚至是片段的相关论著中也未始不可以包含同样有深度的问题。因此本文扫描世纪末以来的文学史状况时，在承认洪著和陈著所具有的划时代意义的前提下，还补充了在写作范式的探索上一样具有自己特点的两部史著，一是董之林先生研究 20 世纪 50 年代小说的《追忆燃情岁月》，一是吴秀明先生的《中国当代文学史写真》，以期能使我们在更大的范围内对有关当代文学史的探索得失进行多方位的沉思。

一、由洪著引发的思考：传统改良的容量

洪子诚的《中国当代文学史》在 1999 年出版伊始就已引起人们极大

关注，其成绩相当显著；但我以为在其超越具体内容的深层建构模式上，仍然没有和以前的当代文学书写彻底脱离，其本质仍属于传统书写模式范畴内的自我调节或改良。

中国当代文学的传统书写模式，是那种基本上以政治文化中心、以具体的作家作品为外围的建构模式。这样一种传统的形成既与经典马克思主义学术所倡导的社会学视角有关，也与新中国成立后国家意识形态对文学的定位有关。众所周知，新中国成立以来，新政权要同时享有国家制度和思想文化领域的双重胜利，即不仅仅要拥有在社会事务管理上的领导地位，还要拥有思想文化领域的绝对权威，其他社会文化领域都必须取消自己的独立功能而成为按照政权需要运作的“螺丝钉”。这样在文学领域也形成了一种以政治文化为价值中心的绝对秩序，文学相对独立于社会基础的特征被漠视了，作家自身的思考生活的能力被取消了，文学生产变成了一个由政治或政策提供主题、社会贡献题材、作家按需加工的流水作业。在这种对文学理解模式中，政治文化、社会思潮以及具体的作家作品的价值并非是平等的；而有一种若隐若现的等级秩序，前者主导后者，后者是从属于前者派生的。当代文学史的修撰开始便打上这方面的烙印，甚至把政治文化简单地对应为文化政策。50 年代初王瑶在《中国新文学史稿》中附加部分“新中国成立以来的文学运动”，其核心是对中国社会所具有的“历史性的变化”以及文学属于“全世界进步文艺”的认定，遵循的正是由新时代的文化政策到文艺运动到作家创作的路径。这种将当代文学史的叙述中心转向对意识形态的关注的方式为诸多后来者所心领神会，20 世纪绝大多数当代文学史的叙述都是沿此路径。毕竟当代社会生活里充满了风云变幻，每一次的风云变幻都不可避免地影响着对文学史的撰写；随着历史的纵深发展，后来的文学史的撰写也不断在此基础上寻找着自我调整。

新时期以来，这种以政治文化为中心的传统模式适应于新的环境自我调整的主要的方法有二：一是在中心环节上，将政治文化从与政策简单对应的桎梏中逐步解脱，书写者的身份也逐步从国家意识形态的代言者变成了对固有文化政策独立审视的理性知识分子；二是从知识分子眼中的政治文化出发，来尽可能详细地理解直接或间接与之对应着的文学思潮和作家作品。这一自我调节过程极其复杂，经历了在旧有轨道上运行到半新半旧到自我更新的不同阶段。如 1983 年出版的、吉林省五院校合编的《中国当代文学史》曾是当时比较通用的本子之一，但依然基本上是按照意识形态话语的代言要求书写的，作者所起的作用只是把新的政策内容置换到文学史中，全书四编的标题分别是“基本完成社会主义改造时期的文学”、“开始全面建设社会主义时期的文学”、“‘文化大革命’时期的文学”、“历史的伟大转折时期的文学”，这种划分已经是政策术语的机械套用；每一编的本例都是先叙述“本时期的文艺运动与文艺思想斗争”，后分类描述不同体裁的文学创作，把文学创作当作当时文艺政策的直接派生物或对应物。20 世纪 80 年代末 90 年代初，随着新时期文学实践的进一步深入，也随着文学史讨论的深入以及知识分子理性精神再度崛起的冲击，又有一大批文学史脱颖而出。不少采用该种模式文学史的叙述已经开始追求用知识分子的理性品格，但由于后者尚没有来得及完全成熟，大都体现为两套语码体系的新旧杂陈。这两套语码体系的矛盾在关于新时期以前和以后的文学叙述中表现的尤其明显，一般来说，新时期以后的文学本来就是在挣脱固有意识形态束缚的基础上发展起来的，直接承接新文化传统，所以书写者作为这一历史的见证者能较轻松地采用新的视角；而对新中国成立三十年的文学的叙述时，由于固有意识的积淀，书写者很难有个人突破。

洪子诚的这部《中国当代文学史》并没有打破以政治文化为中心的建构模式，比起前者，其成功之处在于对影响文学的社会政治文化环境进行审视时，彻底完成了从由权力体制发出的政策角度，向 20 世纪以来知识分子现代理性角度的回归。作者自己概括道：“对于中国当代文学，本书在具体评述时，将划分为上、下两编。上编主要叙述特定的文学规范如何取得支配地位，以及这一文学形态的基本特征。下编则揭示这种支配地位的逐渐丧失，以及在不同的社会历史语境中，中国作家建立‘多元’的文学格局所做的艰苦的努力。”① 也就是说，他所全力关注的是从社会政治派生的“规范”如何在当代文学中建立和消解的过程，这本身就是对自己所持政治文化视角的承认。当然他在审视这一过程时，采用的已经是典型

① 洪子诚：《中国当代文学史》前言，北京大学出版社 1999 年版。

的现代知识分子理性视角，我们看到，在这里，权力形态分配的那一套话语模式不仅不再是真理的来源，而且自身也成了被质疑的对象。由于这部书是独力完成，所以避免了叙述者的功力、观点的歧异容易带来的文本裂缝；敏锐的学者眼光、当下的批判意识又使其避免了多元语码的混乱。著者还极富独创性地梳理出了这种规范所具有的历史渊源，认为“当代文学”规范的确立是“‘五四’以后的新文学‘一体化’趋向的全面实现”。在具体分析方法上，过去单一的政策向度也被代以对文学的社会政治环境的多维审视，即从“作家的身份，文学在社会政治格局中的位置，写作的性质和方式，出版流通的状况，读者的阅读心理，批评的性质，题材、主题、风格的特征”① 的多方面事实，来说明文学怎么被意识形态纳入自己所许可的“规范”。的确，洪著寻找到了一种更为深入和复杂的政治文化与文学现象间的某种对应，并以翔实的材料使这一过程得到了清晰呈现。

但是，由于没有从根本上打破以政治文化为中心的书写模式，洪著的局限也很明显。最主要的局限是在对体制的、社会的东西详细关注的背后，对文学现象和具体的作家创作个性复杂性过于忽视。洪著在前言里已经说道：“本书的重点不是对这些现象的评判，即不是将创作和文学问题从特定的历史情境中抽出来，按照编写者所信奉的价值尺度（政治的、伦理的、审美的）做出臧否，而是努力将问题‘放回’到‘历史情境’中去审察。”② 这就再度清楚地表明，他所主要寻找的是文学现象和当时社会政治背景之间或反，或正的对应关系；其整个文学史的体例设置也的确是为这服务的。我们承认，政治文化对文学形态的影响是巨大的，有时甚至起决定作用。不过也毋庸讳言，一定的社会政治历史环境和当时的文学形态并不具备一一对应关系，后者虽然受前者很大制约，但还有自己传统的、文化的、作者生理或心理个性的诸多方面源头，再严酷的社会政治环境都无法剥夺它们进入文学的想象世界并以自己的方式起作用，因而后者的内涵往往会大于前者的内涵。由此引发的进一步的疑问是：还原以政治

---

① 洪子诚：《当代文学概说》，广西教育出版社 2000 年版，第 22 页。

② 洪子诚：《中国当代文学史》前言，北京大学出版社 1999 年版。

文化为中心的历史处境就真的是一种解释文学的万能方法吗？文学史的主体到底应该是什么呢？是一种社会性的文学制度或秩序，还是文学形态的心灵现象，甚至是更复杂的东西？洪著的局限典型地代表了传统模式自我调整和修复所能开拓出来的容量的有限，尽管洪著已经把这种自我调整和修复的可能性发挥到极大限度。洪著中还有一个很有说服力的现象是，其关于前三十年文学史的论述比关于新时期以来的论述精彩得多。这显然也与其沿用的模式有关：该模式本身就是维护政治文化的中心地位的，前三十年的文学秩序基本受制于政治规范，叙述模式和叙述内容也比较一致，所以带来了成功；而新时期以来的文学越来越显示了文化上、审美上等各方面的复杂性，单是从与固有文学秩序的距离考察已经不足以解释其自身的许多特点，相形之下的这部分叙述就有些被动了。

二、由陈著引发的思考：“民间”暴动到底能走多远

既然以社会政治文化为中心的传统文学史模式所能开拓出来的叙述空间有限，不足以涵盖复杂的文学现象，那么有没有可能将这种叙述中心置换为一种个人化的、更有涵盖力的价值范畴呢？陈思和主编的《中国当代文学史教程》和洪子诚的《中国当代文学史》同在1999年出版，这是当前第一部明确地贯彻主编者个人文学价值观的著作。它之所以引起极大的震动，原因便在于与传统模式的以主流体制为关注中心不同，这部文学史寻找到了一个与之相对的立足点：“民间。”

进入20世纪90年代以来，陈思和先生倡导的“民间”理念，作为该阶段源于文学批评领域里的一种特殊的价值意向，一直备受人们的关注。“民间”的提法最早见于1994年发表于《上海文学》上的《民间的沉浮》一文，陈思和先生从三个方面概括道：（一）它是在国家政权控制相对薄弱的地方产生的，保存了相对自由活泼的形式，能够比较真实地表达出民间社会的面貌和下层人民的情绪世界；虽然在政治权力面前民间总是以弱势的形态出现，但总是在一定的限度内被接纳，有自己的独立历史和传统。（二）自由自在是它的最基本的审美风格。（三）由于拥有民间宗教、哲学、文学艺术的传统背景，用政治术语说，民主性的

精华和封建性的糟粕交杂在一起，构成了独特的藏污纳垢的形态。[①] 这一对“民间”的概括已经开宗明义确立了和主流体制不同的立场。在这时，“民间”尚被界定为狭义的“民间文化形态”，它被赋予的背景是20世纪以来中国社会主流政治形态、知识分子精英文化形态以及民间自身价值形态的分裂。后来有感于知识分子话语在当前的市场社会里自身其实也已经被边缘化、民间化，不再有凌驾于一切之上的统一声音，陈思和先生的民间又发展出广义的含义，即作为一种主流体制之外的价值取向，它还包含了那些以民间化姿态出现的知识分子想象。陈思和的《中国当代文学史教程》即是以这种广义的“民间”追求为基础，并由此派生了“多层面”、“潜在写作”、“民间隐形结构”、“民间理想主义”、“共名与无名”等其他一系列的关键词。其中“多层面”是以强调文学作品所具有的复杂意义来摆脱主流体制话语对其解释垄断权的依据；“潜在写作”是为了说明当代文学创作的复杂性，对特殊情况下被剥夺了发表权利的一些作家地下创作的命名；“民间文化形态”是摆脱主流体制话语的解释垄断后对部分文学作品价值内涵的另一种定位；“民间隐形结构”是挖掘作品民间内容特别是20世纪五六十年代文学作品民间内容的一种操作方法；“共名与无名”是从各社会群体有无共同精神趋向的角度对时代文化状态作出的一种新概括，从而也为90年代知识分子身份的民间化提供了根据；“民间理想主义”则是90年代以来民间化了的知识分子一种个人道德理想选择的接纳。总之，在一系列与他的“民间观”相关的概念支撑下，陈思和建构出了他的一套当代文学叙述模式。

陈思和以他的“民间”理念为基础建构的文学史模式，比起建立在传统改良基础上的文学史的优点显而易见：一是引进“潜在写作”，扩展了被以前当代文学叙事所忽视的很多文学史的文本内容；二是从“民间”的话语立场出发，对一系列当代文学文本重新进行了意义阐释，发现了很多被遮蔽的内容。关于这些已经为多人指出，这里毋庸赘言；这里要追问的是，以这种“民间”理念来开拓文学史空间方式更深层的精神实质。

目前学界对陈思和的这部文学史有不少置疑，如李杨就撰文指出，潜

① 陈思和：《鸡鸣风雨》，学林出版社1994年版，第34—35页。

在写作因为无法确认其真实的写作年代而缺乏真正的文学史意义，对“民间意识”的非历史化理解则忽略了“民间意识”与主流意识形态的同构[①]。李杨对潜在写作的指责似乎有些过于苛刻，毕竟“潜在写作”是大体上相对于一种特殊的文化语境而言的，对作为一种精神产品的文学作品的理解似乎也并不一定就要精确到和现实某个时间细节完全对应，而应该看其主导方面，例如古代文学史上许多作品都只有一个作者的大致生活背景，包括李白、杜甫的一些作品，但并不意味着这些作品不具备文学史意义；文学的东西毕竟不同于考证，“潜在写作”只要是相对于一个无法取得正常表达的特殊政治环境即可。倒是李杨对“民间意识”的批评，涉及“民间”理念能否成为一个足以支撑起文学史所有内涵的自足的词汇。这也是我们评价它所具有多大文学史意义的关键。遗憾的是，不管从价值还是审美角度去考虑，这都不是一个自足的词汇。例如陈思和所界定的作为民间审美基本特征的“自由自在”，无非是一种特定语境下的知识分子词汇，是一部分敏感的知识分子在欲传达他们的现实反抗又没有更好的依托方式时的一种浪漫想象，就像18世纪欧洲启蒙运动时期卢梭等一些启蒙思想家所高扬的对抗现实秩序的“自然人性”一样。然而尽管如此，也丝毫无损于它的倡导者的良苦用心和这一语汇在当下所显示出的不同凡响的意义。因为评价一个人文语汇的价值并不能仅仅看它表面，还要看相对于它的现实大背景。翻开中国整个20世纪的文化地图，我们就会发现，20世纪的各种话语方式，基本上都是以“救国救民”的旗号来标榜的。民间既然是各种话语方式获得生存执照的重要砝码，为了赋予自己的理论以充分的合理性，后者便各取所需地将其随意分割随意描绘。这些以拯救民间为旗号反过来却对民间的真实身份和愿望进行抹杀的文化体系，主要包括国家意识形态和以“五四”以来走向变异的知识分子精英话语两大板块，它们都在20世纪的文化格局里反复凸显。国家政治意识形态自不必说，它的出发点历来只能是自身政权的巩固和稳定，需要的是一个唯命是从的、没有自己独立意志的民间。20世纪以来中国的知识分子话语从根本

① 李杨：《当代文学史写作：原则、方法与可能性》，《文学评论》2000年第3期。

上是秉承现代理性精神，代表着人类最高理解力的系统，对国家话语和民间话语进行双重批判并帮它们进行现代改造的。但由于中国知识分子话语的不成熟性以及新中国成立后政治形态的异常强大，它自身也逐渐被利益化、体制化，批判专制的国家话语以及建立真正代表民间利益话语的双重功能都在丧失扭曲。既然民间的名义总是被国家意志曲解，启蒙知识分子的理想蓝图又无法为民间提供一种能与自己的生活处境进行肉搏的力量，所以现实民间在表述自己的愿望时，经常只有在庙堂意识形态以及知识分子精英话语以外的旧有的各种文化话语的碎片中，进行着实用主义的选择。陈思和先生的“民间”理论，针对在现实社会中主流话语空间里，民间这一社会群体作为最庞大的有机构成，却总是处于被压抑被阉割状态的不公平处境，便具有为他们自身利益曲折抗争的意义。他的《中国当代文学史教程》便以笼统的“民间”的旗号，汇集了一大批主流秩序外的各种声音；其每一种声音的出现往往不是追求自身的完美无缺，而是以自身的非完美显示主流价值秩序的重重积弊。

总之，我个人的看法是，对“民间”这一概念所借重的以一种人的原始生命力在藏污纳垢的发泄中的“自由自在”的审美姿态，作为其反抗现实压迫的一面旗帜，只要它被控制在一个不违背自身真实利益的限度内，我们应该持一种理解态度；因而建立在“民间”基础上的文学史同样有它的价值。而且只要有朝一日现实社会里民间还存在着被种种主流话语的偏见所压抑，所忽视，所出卖，它的这种反抗姿态就始终有一席之地。何况由于“民间”的广泛适应性，其所能接纳的审美内容也远远大于政治文化所能接纳的。但“民间”的姿态终究是解构性而非建构性的。一部文学史的任务不外有二：一是对文学史的审美经验和艺术经验进行总结，传递相关的文学史知识；二是传递一种现代人文价值规范。这不仅要求一部文学史要尽可能地追求兼容、客观，而且也带来另一种疑问：在“民间”旗号下的兼容、多元，是不是真的就能等同于代表了人类最高理解力的系统的、成熟了的现代人文精神所能提供给文学史的兼容、多元呢？在“民间”旗号下的正义诉求，是不是真的就比知识分子精英话语更能广泛地代表民间利益呢？在这种策略性抗争的路上，“民间”的文学史到底还能走多远或还需要走多远？

三、由董著引发的思考：一种未完成的审美可能性

文学毕竟是建立在人性基础上的审美的艺术。洪著和陈著的分歧，很大程度上不是来源于他们对社会和历史的认识，而是来源于他们对文学审美价值的理解。洪著和陈著都承认对审美价值的挖掘应该是文学史的重要内容，不过由于洪著遵循“政治”的价值中心，其对审美精神层面理解的方式受此局限；陈著设定的“民间”中心，虽然一定程度上显示了多元特征，但未免和前者是另一种意义上的类似，即其所强调的审美内容也是偏重于社会学意义方面的。能不能让“审美”突破该偏重社会学意义的格局而显示出一种超然的气度呢？董之林的《追忆燃情岁月》尽管只是一部研究50年代小说的局部现象的著作，但在文学史的方法论意义上，却能于洪、陈两种偏重社会思想性的模式之外演绎出一条人性审美的别径，因而也值得我们关注。

有意思的是，董之林这部专著所选择的研究对象，恰巧是洪著和陈著共同的薄弱之处。洪著侧重关注的是这一段的文学创作从形式到内容怎么纳入体制的过程，并不特别关心具体的文本价值；陈著本来就不在意这一过程，它所需要的是在它认为有价值的文本，所以只是在为“民间”寻找例证时才偶尔对该时期个别文本反其意而用之。表面上看，这都是由于其时的文学整体上同当时的政治意识形态过密的姻亲关系；但追根溯源，何尝不是洪著和陈著执著于各自的思想观念而无法圆融的问题。和这些把文学以外的社会学东西作为评价文学标准的片面化倾向不同，董之林这部专著里首先所做的工作就是去蔽，即对单纯的社会学视角造成的遮蔽的清理。她认为，20世纪50年代小说诞生在政治运动频繁的年代，不可避免地要带有这样那样政治运动的痕迹，但小说毕竟作为一种作者复杂精神世界的结晶，和政治的关系并不仅仅是同一和对立那样简单；精神与文化的转型和承接往往如此复杂地纠葛、杂糅在一起，事实上，尽管50年代小说描写的内容和表现手法各有不同，但它们在本质上大都富于时代的浪漫气氛，大都曾以高昂的理想和热情激励着当时的社会，塑造了一代青年的人生。而且50年代小说里的追求崇高和理想的精神特征，在新时期的一

些创作中不但仍变相存在着，而且起着积极的作用。因而她认为，无论从作品所反映的社会生活和时代氛围，还是从作家创作的心路历程来认真考察和分析这一时期作品在文学史上的特征，都表明这是一个无法跨越的文学时代。

与社会学视角相反，董之林着重从人性本质方面来挖掘出这一时代文学的真正特征，“希望把这些作品放在人类寻求自身完善的长河中，看到在50年代的冷战时期，中国内地也曾有这样一些作家以其特有的方式参与了这样的精神建构”[①]。为之她采用的理论论证方式是多方位的。其一是强调了这一时期作家思想感情的真诚性和真实性。在引用了大量材料来证实这一点的同时，她也反问道：“如果说，经历了‘文化大革命’十年动荡和磨难之后，在80年代的时代背景下，在人们从新时期文学呼吸到了思想解放的春天的气息的感受是真实的；那么，回顾新中国成立初期的50年代，在经历近半个世纪的战乱和入侵者的践踏和蹂躏之后，新中国诞生给人们带来的解放和喜悦的心情，更同样是溢于言表的一种真实。”[②]这里用20世纪80年代的情况作类比，言外之意是说，人只要是本着自己的真实本性而做的，即便它可以和当时的主流意识形态有所吻合，但仍然具有主流意识形态所无法规范的人性价值；况且人性除了追求“真”以外，还有一种追求“善”和“美”的乌托邦本能。在此基础上，她将20世纪50年代小说的主要特征，概括为有异于20世纪中国文学总体上悲凉氛围的“青春气韵、英雄理想、浪漫情怀”。在借鉴了大量前人以及国外有关研究方法的基础上，她还将50年代小说分成了青春体类、乡土情结类、诗化类、英雄传奇类和史诗类五种，分别进行了详细论证。例如在对以王蒙的《青春万岁》为代表的青春体类小说的分析中，她承认小说里的几个年轻主人公们对生活和革命充满幻想的不成熟性，但还更看到这里边所体现出来的青春人性的美好：他们所欢呼的革命，并不一定是要他们对革命的理解，而是他们本性中向往美好、快乐人生的力量。在对作为“乡土情思小说”类型代表的赵树理这一时期的小说分析时，也从作者世界观

① 董之林：《追忆燃情岁月》，河南人民出版社2001年版，第15、17页。

② 同上。

背景里所具有的时代的“革命”因素，来透视其作品里所具有的青春和理想成分，书中指出，“革命”作为一种世界观背景，对赵树理有着多种含义，首先是他相信“革命”是广大农民翻身的唯一途径，其次他相信“革命”也必然能清除农村社会里一些落后现象，带来一个全新的景象，这也是造成50年代的赵树理在写坚持现实态度甚至写中间人物的同时，也有一种潜在的、符合于那个时代的青春理想和浪漫特性。总之，借助于小说分类和周到细致的文本分析，董之林在这部论著中恰到好处地把50年代文学创作里所蕴涵的人性精神从重重遮蔽中还原出来。

这部专著所倡导的人性和时代结合的审美视角，在目前关于50年代文学研究领域里，无疑是令人耳目一新的。其对当代文学思维方式的多重发展，足以给我们引发许多关于前沿性的文艺理论课题的沉思。例如她的这种阐释文学存在与人性存在关系的方式，就和西方文艺理论家沃尔夫冈·伊塞尔在《走向文学人类学》一文里，阐发的文学人类学视角有异曲同工之妙。沃尔夫冈·伊塞尔也是在对传统的文学理论背景不满的基础上，试图探索文学是以怎样的形式参与人性价值。他在这篇文章里，就质疑文学的“镜子说”道：

“尽管文学作为一面镜子并不是新发现，我们对文学长期以来处于各种各样辅助地位的状况也已相当熟悉，然而现在的问题是，就历史或社会而言，文学是否反映了历史哲学或社会学理论难以把握的某种特别的东西。没人会否认文学对于历史和社会的索引价值，但是从这一事实中却冒出了这样一个问题：像文学这样的镜子为什么要存在下去。”①

沃尔夫冈·伊塞尔站在人类学的角度，把文学看做是用想象等自身方式直接参与某些方面的人性建构的特殊范例。他在该文里至少表述出了两方面的意思：第一，从文学的发生学角度讲，文学不是自足的东西，它的出现符合某种人类学的需求，甚至可以说它是基于满足这种需求的愿望而产生的。这种需求与人自身的存在处境有关，可以是人类人性的一种自我显示和自我启蒙。第二，文学本体就是一个可以对它所要把握的东西直接

① ［德］沃尔夫冈·伊塞尔：《走向文学人类学》，《文学理论的未来》，程锡麟等译，中国社会科学出版社1993年版，第277页。

具有文化赋值能力的文化范例，“范例是由于本身的意义才成为范例的”，无须完全借助于其他学科领域或社会思潮的价值方式。文学既然从根本上说，本身就是阐释并演绎某种人性需要的方式；那么这也可以反过来意味着，不管何时不管何地，不管受到种种外在条件的局限，人只要选择了以想象和抒情为特征的这种方式，就不可避免地存在同我们人性本质的某种东西对话。这里文学的审美就有了一种广义的人性特质。董著尽管提供给我们的只是局部现象的研究，但不妨引起我们遐想：一部建立在这种人性审美基础上的完整的当代文学史又该是怎么样的呢？

遐想总归是遐想，董著的方法尽管给我们显示了新一种书写当代文学史的可能性，但并不意味这样做就没有实践上的巨大难度。且不说在理论上是不是所有的东西都可以在人性价值的名义下获得了合理性，人性的挖掘是不是真的就能够取代社会学意义上的剖析，人性的各个层面之间是不是也有矛盾以及深度上的差异，这些都该如何处理；便是在这部书的研究实践中，也已多少可见用该种模式书写文学史时，将会无法回避的来自现实生活的拷问。如这部专著用时代精神和人性精神的同构，来肯定 50 年代文学“青春气韵、英雄理想、浪漫情怀”特征的合理性，固然抓住了一个被人们遗忘的主要方面，恐怕也会造成对与自己价值判断没有多少支持却的确存在的其他主题意向的一定遮蔽。我们知道，毕竟 50 年代也是一个运动频繁的时期，从一系列思想文化界的政治大批判开始，人民内部矛盾的扩大化以及决策的失误就不断发生。特别是 1955 年的“反右”，1958 年的“大跃进”给人们带来的精神创伤都是无法衡量的。“青春”、“理想”的时代精神背后是以国家意识形态对知识分子精英形态和民间自身利益形态的绝对控制为代价的。马克思曾指出，人的本质是各方面生产关系的综合，不可能定位于某一个意识层面上。无论多么肯定新中国的成立带给人们的喜悦，也都无法掩饰这种弥漫在时代精神下的裂痕。改革开放以后的政治控制虽说有所弱化，但又渗加了市场经济等更复杂的因素，文学的状态和内涵也同样复杂起来。单纯的人性审美视角能在多大程度上拥抱这一时期复杂的文学现实呢？恐怕我们现在尚无法轻易乐观。

四、由吴著引发的思考：开放式文学史的限度在哪里

就在前几部当代文学史著所引发的讨论方兴未艾，浙江大学吴秀明教授又在新世纪之初推出一部《中国当代文学史写真》，再度将有关的讨论推向新的高潮。尽管说陈思和教授的文学史属于充满离经叛道精神的个人化的文学史，而洪子诚教授的文学史是一部传统改良式的文学史，但正如吴秀明所指出的，这两部当代文学史不管有多少观点和内容上的不同，在叙述手法上都是叙述人在讲述的全知全能视角，都是阐释型的文学史。吴秀明教授这部"写真"里则企图通过叙述方式上的根本调整，采取了"你说，我说，大家说"的多元视角，建构出一种"开放式"的文学史模式。这部文学史所要追求的理念是："强化突出编写的文献性、原创性和客观性，把大部分的篇幅留给原始文献资料的辑录介绍上，自己尽量少讲；即使讲，也是多描述、少判断。"① 文学史的写作者身份也发生了变化，不再追求以前那种统领一切的"全知全能"，而成了编者所说的"主持会议"的主持者，目的是让与会者自己发言。为了实现这种兼容并蓄的开放式"写真"，吴著采取的具体操作方法是以作家作品为中心，对每一个所要涉及的作家作品，在讲述体例里安排了四方面的声音：一是编者对作家作品的介绍；二是评论文章选粹；三是作者自述；四是编者评点。"编者对作家作品的介绍"部分，主要是讲述一些关于该作家作品的客观的、共识性的东西；"评论文章选粹"，主要是选用诸多有代表性的评论文章的论点论证客观陈列；"作者自述"是引进作家自己的一些相关的创作谈；"编者点评"是编者最后把自己的观点画龙点睛地点出。这样一部文学史对作家作品或重要文学现象进行讲述时，便有了多方面的、不加整合的独立声音，它们或对立或统一，或交叉或平行，共同完成对对象的描绘。对于读者来说，他的任务不再是被动地接受某种声音，而是在各种声音中进行了解、选择甚至是创造。

这种开放式的文学史之所以会出现，首先与当下社会多元话语语境下

① 吴秀明主编：《中国当代文学史写真》前言，浙江大学出版社 2002 年版。

人们思维观念的演变有关。众所周知，20 世纪末，吸取一些后现代文化的积极成果，中国知识界的思想经历了一场从过去的对一元理性的绝对尊崇到接受多元理性并存的深刻变革。我们过去接受的一元理性的思维方式的教育有它的演化背景。自文艺复兴和启蒙运动以来，人们用理性建构出了社会和自身的现代性基点，且由于理性在以后的社会生活中所显示的巨大作用，也被逐渐推向脱离自我反思的一元化、绝对化地位。这种一元理性体现在每一个具体的专业领域的研究中，就是讲究一种观念的霸权性，每一个人都企图以某种理念视角把一切都统一起来。当发现一种阐释理念的缺陷时，人们就去寻找另外的理念，并期待和相信终有一天可以用一个更完善的理念一统所有矛盾，弥补所有局限。而到了当下，人们对这种思维方式也无法不充满疑问。依据后现代眼光来看，原来设想的依靠一个巨大而万能的理性发展出一个完美的话语系统来给芸芸众生安排好有条不紊的秩序，不唯在我们 20 世纪以来的现实实践中，便是在发展的终极意义上，恐怕也只能是一种想象。因为首先，理性本身在本质上就是人类功利欲望的产物，就其每一阶段的具体内容来说不可避免地渗透着太多的局限性，其可靠性能达到什么程度还需要我们慎重对待。其次，即便存在着这样能统领一切的理性，在现代社会知识日新月异的景况下，知识分子亦只能趋向个人化，已注定不可能产生出原有理性方式所需要的来为我们设定一条完美无缺航线的万能知识分子。现代社会的基本运作制度正是建立在对多元价值准则的接纳基础上的，它需要的是摒弃那种一元的万能理性，而以无数微小但并非无价值的个人声音，共同实现着对真理的多元体认，并在相互制约相互对话中推动着对对象的认识不断地趋向完善。转化到文学史写作领域，它便孕育了一种在固有的一元视角进行阐释的文学史模式之外，兼容各种声音使之互相对话的理论可能。

开放式的文学史的出现，其次也离不开当代文学自身学科特点的推动。由于当代文学学科的特殊性，许多东西尤其尚处于未定性的过程中，尤其需要防止因为自己现在某种文学理念的狭隘而抹杀了那些也许对将来有重要价值的东西进入文学史的资格，故对文学史的开放性的要求比古代文学等其他领域更为强烈。

让多种声音同时发出，“写真”这样的安排实在让人耳目一新。但兼容各种声音、“众声喧哗”的开放式文学史毕竟是作为一种新的文学史模式出现的，其愿望虽好，本身所面临的问题也非常多，甚至在实践中面临一些足以挑战其初始设想的悖论性东西。例如，文学史真的能够开放到兼容各种声音吗？众所周知，每一种文学文本和文学现象都是可以无休止地作为被阐释对象的，在不同时期和不同角度，本身就包含有无穷声音。若是真的完全开放，只要把其时的文学创作以及其他各种批评资料平面堆积在那里，就可以完事了。事实并非如此，那样只能造成无原则的资料长编。若如此，又有哪一部文学史能够有这样大容量呢？任何一部文学史是对一定时期文学状况的总结，是对规律性的、有价值的东西的一种重点显示。单就吴秀明教授这部文学史写作的事实而言，也有一个资料或“声音”取舍的过程。吴教授曾坦言，与当初为了编写所搜集的资料相比，最后进入文学史的只是很少一部分，甚至不到百分之一。大量的资料都未能进入文学史，都被剪裁掉了，这一事实也足以说明在编者的心里实际上也有一个衡量资料价值的标准，经得起这个标准验证的、被认为具有进入文学史价值的东西，则可以被最后放入文学史来。这种衡量标准说穿了，也就是编者的文学史观，它制约着作者的材料选择。再以吴秀明先生所作的比喻“主持会议”进一步分析，既然是“主持会议”，它潜在的含义就是必然有一个会议的议题，所有发言都应该是为着解决同一个问题的目标而出现的，不同的发言是为了从不同角度丰富对这个问题的认识，并非可以完全自由的。

说到底，我认为吴秀明教授这部“写真”所创造出的开放模式的真正价值，恰巧不在于它是无原则地开放，而在于它是有原则的收敛。它的好处是借“众生喧哗”的“开放”手法，最大限度地兼容和自己的声音有所关联但又不尽相同的一些杂音；它的不好之处是由于没有写作者自己的声音对其他声音进行全方位的对话，或者说是整合，无形中降低了文学史的深度和难度，很容易给人以错误引导，认为文学史可以是一个只要有常识水平的人就可以挥舞着剪刀和糨糊，把各种报刊资料上与之有关的东西剪贴拼凑在一起的资料长编。另外，作为一部文学史，真的就不需要一个让读者明显可以感知的比其他声音更高的写作者声音吗？众所周知，读者需要文学史的一个重要理由，就是因为面对纷繁杂乱的文学现象，他们渴望由相关专家利用自己所拥有专业知识优势和思维优势，给他们进行去粗存精的整理；他们需要的不一定是平等对话，而是获得提高。而相关专家也有责任通过文学史这一载体，向读者传递出高于常识的现代人文成果。这是不是强调“众生喧哗”的开放式文学史，所不得不面对的另一方面难题呢？这该如何解决，只有留待进一步的探索了。

我承认，以上涉及的几部当代文学史著的探索模式，只属于当代文学史研究的部分成果。不管是洪著的对传统模式的改良，还是陈著对“民间”的标榜；不管是董著对人性审美的倚重，还是吴著对众声开放的青睐，每一种方式都非尽善尽美，甚至互相之间也有抵牾。但其在文学史建构模式上所体现出的探索意识，却颇能显示20世纪末以来的多方面成绩。把它们综合在一起，足以显示出当代文学史撰写在实践过程中走向多元的趋势。也许可以这样说：洪著模式给当代文学史的写作增加了厚度，陈著模式给当代文学史的写作增加了力度，董著模式给当代文学史写作增加了诗意，吴著模式给当代文学史的写作增加了开阔。相信随着当代文学自身不断地向前发展，文学史写作模式也会不断地推进，它们每一种模式的优劣得失，不都将是后来者有益的借鉴吗？

（原载《文学评论》2004年第2期）

下　编

生态场域与生态文学

第六章

生态场域与文学现状

第一节　历史转型与文化取向

全球化是 20 世纪 90 年代出现的一个新课题，但也应该看到，当前我们围绕全球化所探讨的许多文化命题并非始于当下。可以说，这种在东西文化碰撞背景下如何进行自身文学现代性的思考，一直伴随着中国文学发生和发展的全过程，它构成了现当代文学的基本生态场域。19 世纪末西学思潮进入中国，也正是中国传统文学和文化走向衰微之时。这是一次力量甚为悬殊的碰撞，它造成了中国固有文化体系的全面解体。也正是从那时起，中国现当代作家筚路蓝缕，用自己的智慧和才情投身于文学事业的建设。

历史地来看，中国文学文化从 19 世纪末 20 世纪初就开始了现代的转型，这种现代转型包括两个方面：一是打破自身的封闭格局，在与西学的碰撞中而逐渐获得一种世界意识；二是不断寻求与自身社会变革要求相一致的实践方案。它的具体的表现大致可分为以下三种文化取向：一是以西学为参照，以启蒙文学为表征，在对传统文化批判的基础上进行现代文化建设的文化启蒙；二是寻求与建立建设现代民族国家要求相一致的中国现代文化，体现在左翼革命文学中的文化革命；三是站在对现代工业文明怀疑与批判的立场上，以乡土田园文学为载体，旨在回归到传统文明与乡村社会中探寻中国现代文化的文化退守。这三种文化取向在具体的实践中各有得失，它们彼此冲突又相互影响，共同构成了现当代文学的多元文化景观，也形成了现代文学的基本品格和特征。

（一）文化启蒙与活跃于现当代文学中的启蒙文学相辅相成。它肇始于“五四”新文化运动，在 20 年代的中国文学中曾占据主流地位。进入 30 年代后，随着革命文学的兴起，启蒙文学的发展势头逐渐低落；直到新时期之初，伴随着思想解放运动的兴起而在 80 年代的文坛上大放异彩。文化启蒙的启动与中国近现代以来的现实处境与思想变革要求相一致，也与中国现代知识分子所承受的危机感与焦灼感密切相连。中国近现代之交内忧外患的现实困境，使得陈独秀、胡适、鲁迅、周作人等一批海外留学归来人士成为了现代文坛上启蒙文学运动的倡导者与先行者。而“文化大革命”后的伤痕文学、反思文学浪潮的涌现，则使刘心武、冯骥才、高晓声、王蒙、张贤亮以及朦胧诗派的北岛、舒婷等作家和诗人成为了新时期文坛上启蒙文学的薪火传人。他们采用“兼收并蓄”、“拿来主义”的文化策略，从西学中盗得天火，以期为中国文化注入新的、富有生命活力的血液。在文学的主题上则极力推崇以人道主义为本的“人的文学”。启蒙运动者虽然是以开放的姿态引进西方文化，但在具体的吸收与转化上却是有所选择的。两次启蒙运动的思想核心都是“人的解放”：前者致力于对封建思想文化体系的批判，猛烈抨击吃人的封建礼教，针砭国民性痼疾，从而达到唤醒民众的目的；后者则侧重于揭露与批判极“左”政治对人的价值尊严的践踏以及极“左”的政治意识形态对人的异化。正是具有这样的文化启蒙意识，所以中国的启蒙运动者多从欧洲的文艺复兴运动中去寻求有效的思想资源，他们十分青睐欧洲 19 世纪的现实主义和浪漫主义，而对 20 世纪以来表现工业文明中人的虚妄荒诞的现代主义文学思潮进行排拒。这是由中国具体的启蒙使命与思想解放要求所决定的。

现代性的一大特征便是理性精神的觉醒，西方现代性的发生与现代历史的开端，正是以文艺复兴运动中将人从神的禁锢下解放出来的理性解放运动为标志的；而中国的启蒙运动虽然在时间上与西方有着较大的落差，但在精神实质上却是甚为一致的，它同样标志着中国现当代知识分子在中国文化现代性方面所做出的努力与探求。文化启蒙曾内化为中国现代史上的两次思想解放运动，它对破除专制僵化思想的束缚，推动人的解放有着重要的实践意义。中国的两次文学启蒙与启蒙文学作为文学主潮先后各持续了十年左右：第一次从 1917 年到 1927 年，第二次从 1978 年到 1989 年。前者受阻于后起的激进的左翼革命文学运动，现代文化建设策略由启蒙转向了革命；后者则是在 90 年代商品经济大潮冲击以及价值观转变的情况下才逐渐淡出的。但从现代中国文学文化发展的角度来看，文化启蒙依然有其现实意义与实践价值。文化启蒙的不足之处在于对传统批判有余而继承不足，对中国传统文化以及东方文化的精义未能进行全面的梳理与开掘，在东西文化的碰撞交流中，侧重于对西学的学习与引进，没有及时地将自身文化在批判继承的基础上进行有效的输出；而“一种新文化的稳固性有赖于它把自己否定的文化中的一切富有营养的乳汁统统吸食到自己的身体里来”[①]，这样才能使自身的文化祛弊趋利，走向良性的发展。

（二）与文化启蒙不同的是另一种具有强烈意识形态色彩的文化取向。这种文化取向的最大特征表现在两个方面：一是不断革命；二是对资本主义的全方位批判，所以在这里将其称为文化革命。文化革命的形成与马克思主义理论在中国的传播与实践密切相关。它酝酿于“五四”时期，于 20 年代后期开始大张旗鼓地宣扬，随着 30 年代初期“左联”的成立及其活动的开展而蓬勃发展，通过 1942 年的延安文艺座谈会得到进一步的明确和规范；新中国成立后，这种文化取向成为了可以允许的唯一合法的存在。它反映在具体的文学观念上表现为，以马克思主义为指导思想，取法苏联的文学实践，坚决奉行社会主义现实主义、革命现实主义与革命浪漫主义相结合等创作方法和艺术原则；在文学主题及题材上，倡导阶级斗争意识，从政治和意识形态的视角来写人叙事。按照这一文化取向进行创作的作家有：蒋光赤、胡也频、茅盾、沙汀、艾芜、叶紫、殷夫、赵树理、梁斌、柳青、杜鹏程、浩然等；理论批评方面的则有：周扬、胡风、钱杏

① 徐葆耕：《西方文学：心灵的历史》，清华大学出版社 2002 年版，第 75 页。

郇、成仿吾、瞿秋白、冯雪峰、林默涵、邵荃麟等。在中国文学现代性进程中，文化革命的主要表现是对传统的不断否定与对未来的大胆畅想。1928年太阳社与创造社一方面倡导革命文学，另一方面展开了对鲁迅、茅盾等作家的批判；1942年的延安文艺座谈会则确立了工农兵文学的新方向，从而与“五四”文学传统拉开了距离；1949年以后，左翼革命文学的地位又进一步得到了巩固和发展。这种不断革命的倾向在“文化大革命”十年中达到了顶峰，激进的文化革命派所提出的所谓“开创人类历史新纪元的、最为光辉灿烂的新文艺”的口号，就是这种文化主张的极端体现。文化革命的另一表现是站在鲜明的政治意识形态立场批判资本主义。在这一点上，它与文化启蒙策略有着根本的不同。文化启蒙以西学为参照而进行自身的文化建设，它对西方文化采取兼收并蓄的态度，而文化革命则将西方文化视为反动腐朽的对象严加批判和鞭笞。也正因如此，这一时期中国现代文化现代性走上了一条与西方截然不同的道路，用当代学者汪晖的话来说就是反西方现代性的现代性道路。

文化革命的选择与现代中国的革命要求以及所走的道路密不可分。20年代后期中国文学文化现代性由启蒙转向革命，与中国现当代知识分子要求建设独立的现代民族国家的愿望相一致。而新中国成立以后这种文化策略的日益强化，则与五六十年代冷战时期世界两大社会阵营的意识形态对抗有关。西方对刚刚建立的社会主义中国的敌视是当时客观存在的历史事实。在国家民族积弱的情况下，用文化革命来寻求文学文化现代性的发展道路，有其深刻的时代必然性。但同时我们也应该看到，文化革命在具体的审美实践中存在着教条化、庸俗化的倾向。强烈的政治功利性往往造成了文学本体独立审美品性的丧失，加上对自身文化传统的不断否定以及与西方文化的相对隔绝，致使这一时期文学创作及理论建设的相形见绌，显得较为贫乏。文化革命在武装革命时期的确曾起到了团结民众和打击敌人的作用，为创建现代独立的民族国家作出了贡献；但当文化革命所体现出的这种战时功利主义所依赖的历史合法性已不存在时，这种取向就更多地呈现出一种乌托邦式的理想主义色彩。同时因其浓重的意识形态色彩，还使它身不由己地走向某种僵化和自我封闭，从而对中国文学文化现代性带来了一定的负面影响。

（三）体现在现当代文学中的最后一种现代文化建设方案，我们称其为文化退守。这种文化取向体现为对现代工业文明的怀疑和否定，主张回归传统文明与道德，追求宁静和谐的田园乡村生活。从文化进化论的角度来看，这种主张回归传统的文化立场有着退守的特点；但从现代性的观点来看，它又有着审美超越性的特点。我们知道，现代性与现代化相辅相成，现代性表现为对理性的认同和肯定；但文学的现代性除了受制于社会现实的世俗层面外，它还可以而且应该具有超越现实的审美层面。在这一层面，它侧重于关注现代化过程中人性的异化，反抗理性的统治，捍卫人的精神自由，对现代化形成一种批判和超越。从这一点上来说，文化退守并不是一种文化保守主义的立场，而是在社会现代化发展过程中在审美层面上形成的对现代化本身进行批判和超越的文化立场。它与文化启蒙和文化革命相比，可看做是一种积极防御型的文化现代性。文化退守在现当代文学思潮中一直没有占据主流位置，相反，由于它的超越现实的审美文化立场，常常受到较为功利的主流文学的批判和排斥。

文化退守虽没有形成如文化启蒙和文化革命那样声势浩大的思想潮流，但它在现当代文学的发展长河中一直占有自己的一席之地。具体表现在文学主题上，扬传统精神道德和自然人性，而抑世俗生活和阶级斗争；在艺术上，追求一种写意、抒情和诗化的美学风格。二三十年代的主要作家有废名、沈从文以及京派的其他作家，八九十年代的则有汪曾祺、张炜、张承志、贾平凹、铁凝、迟子建、海子等作家和诗人。这些作家有意淡化和远离主流意识形态，在对自然人性和古朴田园的书写中，保持文学独立的审美品格。现代文学史上废名的《竹林的故事》、《桃园》、《桥》，沈从文的《边城》、《萧萧》、《柏子》、《月下小景》等，共同构造了远离都市文明的诗意化的乡村世界，从而反衬出工业文明对人类社会生活的破坏以及虚伪堕落的都市文明对人的自然天性的扭曲和毒害。沈从文小说《虎雏》中描写的那个由乡下来到城市的淳朴憨厚的青年农民，并没有如人所愿成为一个所谓的有教养的城市青年；相反，却很快因杀人而逃回了农村，作家由此鲜明地表达了自己对都市现代文明的批判立场。沈从文的这种文化立场在新时期作家中可找到不少。铁凝在新时期初期发表了一篇取名为《哦，香雪》的短篇小说，该作表现的是随着火车进入大山深处的台儿沟，给这里的精神生活带来了不少的冲击。在这里，火车是现代大工业文明和相应的现代都市新生活的象征，而以香雪为代表的台儿沟的乡村少女则是古朴的农业文明的化身。作家借此一方面表现出了新时期乡村青年对外面的现代新生活的向往和期盼，另一方面也流露出对现代文明的浸染下淳朴自然的乡村生活必然会遭到破坏的怅惘之情。至于张炜的《九月寓言》、《柏慧》，张承志的《黑骏马》、《金牧场》、《心灵史》，贾平凹的《腊月·正月》、《鸡窝洼人家》，海子的《麦地》等作，在这方面更显示出了可贵的文学追求和精神立场。于是，文学的本体独立性也因此得到有效的彰显。当前，随着大众文学的崛起和精英文学的边缘化以及现代生活的越来越国际化都市化工业化，这种文化退守的写作已日益明显地呈现出固有的美学价值和协调生态平衡的意义。当然，也应该指出，文化退守虽在一定程度上重视对民族本土文化传统的继承与开掘，但它对工业文明和都市化生活的不加分辨的一味批判的文化立场值得反思。在中国现当代文学文化现代化的过程中，文化退守有必要对狭隘民族主义保持一定的警惕。

总之，中国现当代作家基于自身的理解、认识和实践，从他们从事创作的那天起，就以最具个性化和想象力的独特方式，从不同方向和维度致力于文学现代性的探寻。这种现代性的探寻，不仅在现当代文学中得到了审美的体现，同时它也有力地推动了中国文化的转型及其多元的、良性文学生态场域的营造。90年代以来，文化思想界出现的自由派、新左派和新儒学等知识分子群体，他们彼此的主张在一定程度上就与前述的三种文化取向具有某种渊源关系。在当前全球化和文化转型的大背景下，在西方后现代主义和商品大潮双重夹击下，现当代文学到底应该采取怎样的应对策略搞好自身的学科建设，构建理想的文学生态场并彰显自身的个性、特色和优势，这是我们从事现当代文学研究的学者需要认真思考的一个严肃话题。现当代文学（特别是当代文学）不同于古代文学，是一个只有起点而没有终点的发展中的学科，我们与研究对象之间近距离乃至零距离的对话，是制约学科发展的不可改变的因素，也是构成它与其他学科差异的最主要标志。但惟其近距离乃至零距离，它与其所在的当代文化生态场域具有特别密切的关系。我们现在需要做的，就是在清理反思的基础上进行祛弊趋利，为培育一个健康良性的、可持续发展的生态环境作出自己的应有贡献。

（本节与郭剑敏合撰）

第二节 “二个中心时代”的不同遭遇与相似命运

当代文学迄今有 60 年的历史。60 年在历史长河中只是短暂的瞬间，然而对于中国文学来讲，它所包含的丰富复杂的内容已远远超出了它时间含量的本身。20 世纪的中国，大体说来可以分为三个阶段：前 25 年，孙中山领导中国人民推翻了清王朝，结束了长达几千年之久的封建统治；中间 50 年，毛泽东带领中国人民完成了新民主主义革命，建立了中华人民共和国，进行社会主义革命和建设；后 25 年，邓小平领导中国人民开创了有中国特色的社会主义新时期，使我们逐步实现了由“政治中心”向“经济中心”过渡的历史性转换。

我们所说的当代文学，它先后横跨了毛泽东与邓小平这样两个既相联系又有区别的时代。从 1949 年新中国成立以迄于今 60 年，这是中华民族前所未有的辉煌并且不断走向辉煌的时代。文学作为社会生活的反映及其重要的组成部分，在这期间从自足、自戕到开放、活跃，虽历经曲折坎坷但也有不俗的收获。特别是在八九十年代思想解放运动的催动下，文学更是呈现了从未有过的蓬勃态势。其内容之丰富，变化之巨大，探索之多向，是以往任何一个时期所无法比拟的。历史将会证明，这一时期在中国文学发展史上是一个具有重要意义的新起点。因此，我们大可不必因时间太短和距离太近而漠视之，更不可以所谓的学术价值为由拒绝研究。

现在我们主要从文学生态的角度考察当代文学的生存及其发展。依据这样的思维立场观照 60 年的文学历程，我们可以看到，当代文学生态状况尽管十分复杂，但是无论如何，谁也无法回避或否认在相当长的一段时间内，它在客观存在的以至成为左右整个文学发展的强大的政治化这一不争的事实。这种政治化与政治权力中心关系密切曾一度成为我们的显学。那时任何一种创作现象包括主题模式和艺术形式，如唱颂歌主题、干预生活主张、政治抒情诗，甚至新时期的伤痕文学、反思文学、改革文学及朦胧诗等，都无不直接间接地受其制约影响。当然，这是就总体而论，并且主要指的是80年以前在“文学为政治服务”方针制导下的文学生态场；至于80年代以后，就不尽其然了。

“文学为政治服务”早在30年代末40代年初的延安解放区实际就已存在。但当时因环境的限制，还不能主宰整个文坛。新中国成立后，由于共产党成为执政党，就大大增加了它的权威性。加上当时又是高度集中的政治体制以及与之相适应的计划经济体制，这就为它的繁衍发展提供了适宜的生活土壤。这种政治化有它的合理性，因为政治本来就是社会的一个重要组成部分，在现代社会中，它几乎渗透到生活的各个领域、各个方面，甚至一度还上升到绝对的主导和支配的位置。而“在意识形态领域内，政治是能够对其他各种意识形态起巨大影响作用的超越的形态，从政治方面去解决许多具体问题往往比从别的方面去解决更为彻底”[①]。它还可以起到祛除文学中的拜金主义的铜臭味，对人们进行有效的思想教育的作用。事实上，这一与现实政治保持密切关系并为之服务的文学的确也曾使它发挥了很大的社会作用，调动了人们打碎旧世界、建设新世界的巨大能量。从创作论角度看，由于有政治强力的介入和帮助，它不仅有利于提高作者的理性审视、概括生活的思维和能力，而且还会因此而给作品的思想艺术增添许多深度和魅力。关于这一点，雷达在分析浩然的《艳阳天》时曾有精辟论述。他认为作者把毛泽东思想中有关阶级斗争和斗争哲学的理论“引入”作品中来，这固然有人为夸大的痕迹；但另一方面它又由此使浩然的创作比原先“来得深刻”，表明他“开始由平面进入纵深，由相对静态变为冲突激烈，由舒徐转为峻急，由和风细雨一变而为波涛涌起的

---

① 包忠文主编：《现代文学观念发展史》，江苏教育出版社1992年版，第295页。

莽苍”。[1] 再进一步，就文学创作自身取得的实绩来看，在这种政治化文学思潮和体制下，我们也都曾产生过不少好的或比较好的作品。如人们熟悉并喜欢的《保卫延安》、《红旗谱》、《青春之歌》、《创业史》、《红岩》、《红日》、《李自成》、《芙蓉镇》、《东方》、《将军吟》等就是。

现在有一种错觉，因为80年代前尤其是十七年的文学曾紧密服务于政治，似乎那时一切作品都是公式化、概念化的。其实，即使在那个年代，一个简单地图解政治的作品，也很难获得社会和读者的应有认同。应该说，那时好的或比较好的作品是既注意政治性又注意艺术性的，并尽可能做到政治性和艺术性相结合。当代文学的这一情形，与历史上任何一个时期由某些作家或思想家提出的文学服膺于政治的情况是有所不同的。本来，在中国文学史上，就有两大基本的文学系统：一是以教化观为核心，着眼于文学的社会作用，揭示文学的现实功能；一是以审美观为基点，着眼于文学的艺术创造，探究文学的形象特质。当代文学史上的这股“文学为政治服务”的思潮就源出于“教化观”的文学系统，并且是这种系统在当代的延伸和极度强化；至近代，它更与梁启超的“小说界革命”和“政治小说”有着内在的血缘的联系。所不同的只是梁氏的“小说界革命”、“政治小说”雷声大雨点小，实际效果有限，而我们这种文学则遂成澎湃势头。

尽管“文学为政治服务”具有自身的现实合理性和历史功绩，但它的弊端却是十分明显的。因为强调“为政治服务”，它就有意无意地纵容政治对文学自身发展规律的干涉，用政治来代替文学，把政治确定为文学的本质，将政治观念视为文学的最高指导思想。这样，它使文学在向既定的政治原则靠拢而走向高度集中统一的同时，也就丧失了自身本体的独立品格及其丰富性、多样性。同时，这种将“为政治服务”视为文艺“天职”的文学观念与文学创作的个性特征相冲突，不利于作家个体精神创造性的发挥，它使作家个人的鲜明独特的个性处于排斥和压抑状态，难以得到真正的认同。另外，此一政治化思潮还容易滋生官本位意识，行政命令的粗

---

① 雷达：《旧轨与新机的缠结——从〈苍生〉返观浩然的创作道路》，《文学评论》1988年第1期。

暴干预；一些题材和主题因为于现实政治功利有用，从而得到不尽适当的夸大乃至虚构，相反，其文化、审美、娱乐消遣、情感宣泄等方面的功能则受到不应有的忽视否定，使文学长期趋于单一滞重的状态。作为一个阶段或一个时代的文学，为什么当代“前30年”特别是十七年尽管也产生过一些好的或较好的作品，但总体上说创作水准并不高：大多作品谨慎有余，大胆想象创造不足，文学的风格类型单一，教化宣传的色彩太重，作家主体意识薄弱，艺术个性不发达，审美意蕴缺乏，不少作品甚至堕为政策的注解和政治观念的传声筒，我以为都可以从这里找到解释。

从“文学为政治服务”到“文学为人民服务，为社会主义服务”，当代文学这一历史性转换意义何在？我认为最根本最关键的就是使文学从“政治决定论”的模式体制中解放出来，回归到自身的本体位置上来，从而有效地改善了文学的生态环境，解放了文艺的生产力。这表现在文学功能上，从原先较为单一的社会政治宣谕转向现在政治宣谕、艺术审美和娱乐消遣的多元并存；在文学形态上，从原先主要侧重于社会主义主流意识文学转向现在的包容兼顾通俗大众文学和知识分子精英文学；在创作内容上，从原先更多注重于政治性很强的重大题材和主题转向到现在的事无巨细大小都一概涵纳，甚至连生命本能也不回避；在艺术取向上，从原先更多着眼于一般性转向到现在充分重视特殊性，从原先注意文学外部客体关系转向到现在注意文学自身的内在机制，从原先写实纪实转向现在荒诞、变形、寓言、象征……

自然，这是就80年代以后当代文学生态的整体情况而论。如果再细加区分，那么我们可以看到，这期间它也因时因境不同而可分为两个不同的阶段：80年代为文学的浪漫时代，那时刚从“文化大革命”的阴霾中走出不久，作家在“思想解放”精神的鼓动下，以饱满的政治激情抚“伤痕”、写“反思”、叙“改革”，使文学成了那个时代的精神旗帜。90年代以后情况变了，文学所置身的社会由“政治中心”走向了“经济中心”。政治虽然仍然对文学产生重要的导向作用，有时甚至产生决定性的作用；但它毕竟只是一方面，而不是唯一。经济作为生态的重要背景和构成，开始日益明显地对文学发挥重要而深刻的影响和掌控。经济对人的解放及其现代性的作用众所周知而无须赘述。经济价值观念最根本的就是优胜劣汰。文化市场的启动，有利于文学竞争和艺术民主化；优胜劣汰的原则，客观上也为读者提供了丰富多样的选择机会和可能，使之不再成为过去生产模式中耳提面命的消极被动接受者。这对打破大一统的“政治决定论”而强化作家主体独立性，不仅是有益的而且还有巨大的进步意义。不过与此同时，它通过文化市场所派生的“魔力”，也对文学带来了不可小觑的负面影响和制导。其中最明显的就是导致文学从“政治决定论”中解放出来又陷于“经济决定论”中，其整体的生态环境有意无意地被“物化”了，并由此及彼造成了主体自我的不应有失落和失语。也就是说，它在一定程度上又遭遇了类似以前的命运和尴尬处境，陷入了另一种不自由。

正是基于这样的原因，我们有必要对经济的实利原则保持足够的警惕。文学不同于经济，精神迥异于物质，更何况我们当前的文学在经济的实利原则驱使诱导下出现了明显的精神式微，“物化”的倾向相当严重。所以这就给人的解放及其现代性提出了新的挑战，它提醒我们的是文学要保持自己独立不倚的人文品格，不能放弃自己的理性阵地和对未来的终极关怀。是的，对当代中国作家来说，生逢这样一个“经济中心”的时代是一种幸运，面对这样的时代，我们的作家责无旁贷地负有用文学推进经济建设和物质文明发展的历史使命。但是无论如何，当代中国在建设经济的同时，也要进行一种超越物质和实利的追求之上的精神构建，这是一个包括普通人在内的全民族成员所达成的共识。为此，我们一方面对当前文学生态场域中存在的重物质轻精神的现象心存忧虑和不满；另一方面又为近年来文坛上出现的人文精神、现实主义精神讨论感到由衷的慰藉。未来文学的发展及其转型，也许就在这富有张力的矛盾、冲突和重构之中。

第三节 文学“三分天下”及其隐忧

一

这里所说的文学“三分天下”，是指精英文学、大众文学、主流意识形态文学，它是上述“经济中心”时代文学的一种指称和概括，也是笔者对当前文学生态的一个基本判断。我认为正是这三种不同形态文学的彼此既分化又共存，既对立又互渗，才使当下文学在总体上呈现出了前所未有的丰富复杂的态势。下面，就按这样的“三分法”对当前文学现状依次进行分析，也借此表达我们对文学生态环境的一些忧思。

首先是精英文学。精英文学最大特征就是思想上的异质性和艺术上的前卫性。在20世纪80年代以前，由于文化政策和意识形态等因素的影响制约，中国当代精英文学事实上是被悬置的。真正开始获得自身话语权，并且逐渐形成相对独立的话语系统是在八九十年代。寻根文学在这方面就比较典型。大家知道，寻根文学是一种复杂的运动，它既有寻“优根”，也有寻“劣根”。但无论是寻哪种“根”，它都是对现存一体化主流意识形态的一种突破。这是精英作家在“文化断裂说”的刺激下，企图直接超越主流政治所提倡的革命经典文化，也包括在空间上对西方主题模式横移的拒绝，目的是为了从传统文化中寻找可资继承的精神源头。几乎与“寻根文学”同时并至的“先锋实验文学”——先是刘索拉、陈村，后是马原、格非、余华、苏童、孙甘露、北村，他们极度张扬个性自我，调侃“意义世界”及其寻找的努力，其实内中也包含了对主流文学崇尚的理想道德的怀疑和消解的成分。无可否认，这种怀疑和消解当然不乏批判陈腐僵化或“左”倾思想观念的积极作用，但同时也对人类的伦理道德规范构成极大的颠覆。当“意义”、“崇高”、“理想”一类精神性的东西从我们存在的生活中消失之后，人类社会的伦理道德规范本身不也就变成了一种空洞的能指吗？精英文学一旦打出“先锋性”、“实验性”的旗号，便意味着它与主流意识形态话语、大众话语的脱离，变成了少数精英知识分子进行“化大众”的、自言自说的话语。自然，与“寻根文学”不同，“先锋实验文学”是以西方的现代文化思想作为源头和价值参照的。正因这种文化相对我们来说是一种现代的异质文化，所以较之于“寻根文学”，其对主流文学的超越不仅力度更强，而且更具现代性。于是，“先锋实验”的结果，是有效地推动了整个文学向西方现代性的转型。也正因此，“先锋实验文学”从它诞生的那天起，就一直不间断地受到主流文学的批判。

自80年代后期90年代以来，精英文学开始出现了某种衰落。这种衰落诚然取决于社会历史文化语境的变革——主要原因则在于伴随着社会变革，乌托邦的迷人的魅力逐渐消退，世俗的、物欲的价值被无限夸大，成为人们新的追逐对象。但在很大程度上，这也与精英文学内部的自我颠覆以及思想贫血和精神萎缩有关。这里，王蒙呵护王朔的事例就比较典型。王朔以“痞子”式的叛逆姿态出现于文坛当然自有深刻的必然性，但它在消解虚伪僵化意识形态的同时，却形成了对精英文学崇尚的“意义世界”的解构。而王蒙作为精英文学的首席代表，非但未指出他对精英文学解构的破坏性的一面，反而严正认可其“躲避崇高”、“消解意义”的合理性。此种情形，在以前是不可想象的。它的出现，犹如一个信号，标志着精英文学在经历了80年代初中期短暂的辉煌之后，在整体精神上出现蜕变与分化。这种蜕变与分化，主要表现在以下几大走向上：

其一，一部分精英作家迎合大众社会的需要，从原先精英文学的格局中分离出来，开始与大众文学相融合，并在新的“经济—市场”导向开放文化形成过程中，逐步演变成相对独立的文化集团或曰新的知识阶层。在当今社会，这批人主要是由那些以满足市民文化消费的各种大众传媒的掌握者和运作者来扮演的，包括书商、编辑、出版家、制片人、大众文学作家、表演艺术团体的负责人、穴头、影院音像公司的管理人员以及各种文化掮客。他们接受商品意识，谙熟市场规律，游弋于知识精英与大众文化之间。他们既是文化人，又是传播者，同时还是经营者。由于身份特殊，尤其是处于特殊的中介角色位置，这批人“可以直接干预、诱导甚至垄断审美文化的产生，如出什么书，上演什么节目，如何对演员进行形象设计或‘包装’等；同时，他们又可以诱导大众的消费潮流，塑造消费者的趣味，甚至是人为地制造出流行的时尚和偶像”①。

其二，另一部分知识精英退入象牙之塔，“告别革命”，埋首于比较规范、精致的文学创作或学术研究，从原先的政治文化激进主义变成了文化守成主义。这种情况在大学中颇有市场。80年代，中青年学者和批评家“溢出学院”，以充沛的政治热情和强烈的使命感，积极从事文化启蒙，使大学成为思想文化战线的一个重要堡垒。如三次朦胧诗“崛起”的声音，都是由大学首发的。而90年代，当这一代学院派精英所预言的一切未如

① 周宪：《当前文化趣味的社会学分析》，《文艺理论研究》1995年第5期。

期而至，相反，历史却以另外一种他们不曾想到也不愿看到的方式前行时，就自然地表现出了对现实和社会政治文化的冷漠。如北京大学陈平原在其主编的《学人》和《文学史》刊物的后记中，就不止一次地表白："几年来，孜孜以求，不想惊世骇俗，但愿能'理得'而'心安'。……与其临渊羡鱼或痛骂鱼不上钩，不如退而结网。"① 这种"退而结网"的做法是很带有点无奈甚至不无悲凉的心情的，它既有消极遁世的思想，也有积极的学科建设的价值。反映在创作上，其突出的表现恐怕就是对政治文化普遍冷淡、疏离，对现实社会中的重大问题或有意回避，或冷眼旁观，缺乏应有的关怀。于是，有相当一批"激进"的精英作家，相对缓和了其既往的"激进性"，进入一种相对"平和守成"的状态。

其三，还有一部分知识精英仍然坚守精英文学的立场，抵抗世俗文化的侵蚀，执著于"独异个性"的叙事激情。张承志、张炜就堪称这方面的代表。他们面对90年代商品经济带来的负面现象，大声疾呼，希望人们保持精神的纯洁，重新回到信仰的怀抱，并在陕甘青贫瘠的高原，在齐鲁大地上，重温着"人民神话"的余晖，身体力行地实践着具有思考和独立人格的"精神自由"之旅。在创作上，他们强调匡时救世、重铸民族精神的灵魂，强调对历史、存在和人性的勘探与寓言讲述，强调启蒙主题的宏伟叙事和诗性言说，反对叙事的碎片化、意义的空心化和对深度模式的拆解。他们在剥离80年代理想主义精神的政治含义的同时，试图寻求反抗商业社会的实用主义和功利主义的精神资源。这种创作倾向与以大学尤其是与以上海为中心的大学中一批中青年教授、学者、评论家所发起的人文精神的讨论不谋而合，旨在高扬文化理想主义的旗帜，挽救精英文学整体式微的颓势。当然，由于对社会文化转型缺乏足够的心理准备以及其他主客观方面的原因，"二张"在坚守精英立场的同时，也明显表现了皈依宗教、膜拜大地的倾向。这种宗教或准宗教、拟宗教的情结，不仅在"二张"，同时还在何士光、北村等作家身上也有表现，它的存在，其实从深层次上反映了精英文学的内在孱弱和文化资源的不足。

---

① 陈平原：《关于〈学人〉、〈文学〉集刊编后三则》，载陈平原《学者的人间情怀》，珠海出版社1995年版。

二

这里所说的“大众文学”中的“大众”这个词，并非通常说的“群众”即传统社会“俗民”的同义语，而是属于现代社会的文化范畴，它有明显的标准化和拟个性化的特色。在中国大陆，大体经历了“从支流到合流再到主流”的发展过程。

（一）所谓支流，主要指的是从20世纪70年代末到80年代中期这一时段。它以港台的言情小说、武侠小说、功夫片、流行歌曲为先导，拉开了大众文学咄咄逼人的进攻序曲。然后逐步办刊物，出作家，出作品，购销两旺，才形成气候，引起讨论。在这一阶段，当时政治意识形态还占据中心地位，经济改革尚未正式启动。由于没有与之对应的坚实的现实的物质条件，所以，人的欲望的解放不仅是模糊的而且往往以抽象的形式演进着，它致使此期的大众文学鱼龙混杂，难以决然与精英文学、主流文学割断联系，而卓然自强自立。另一方面，也正是因为当时社会还处于政治意识形态中心，经济改革尚未付诸具体实施，才决定了以经济利润为归旨的大众文学“知趣”地退居边缘，听凭精英文学与主流文学为争夺权力话语不时地发生冲突。其实，就精英文学与主流文学而论，它们当时的确也程度不同地处在颇为激烈的酣战之中（如三次有关“朦胧诗”的大讨论），对大众文学无暇顾及。大众文学处于自生自灭的境地。但也许是“祸兮福所倚”，这种特殊的境遇正好为当时的大众文学的发展提供了难得的契机，它使大众文学比较容易地通过了“政治审查”，取得了一张绿色的“通行证”，并逐步形成自己相对独立的话语系统。

需要指出的是，面对大众文学这样凌厉逼人的进攻姿态，精英文学、主流文学并非没有顾忌，它们之中的一些有识之士开始思考，更多的似乎本能地予以排拒。这就形成了大众文学与它们之间非常复杂、非常微妙的“三角关系”。不过，相比之下，还是主流意识形态对大众文学比较宽容忍让。因为按照人类文化学的理论，主流文学、精英文学、大众文学分别属于主文化、反文化、亚文化。主文化代表国家意志和官方正统趣味，强调政治思想上和伦理道德上的规范，偏于稳定保守；反文化是一种激进文化，它主要强调对传统被视为合法性话语的批判与突破，是知识分子雅趣的和内在的反制约性在文化上的具体表现；亚文化是一种从属文化或曰副文化，它代表社会时尚和大众，虽然它也有自己特有的观念、行为规范和利益，但从总体上看仍属于主文化所代表的大群体，受到主文化程度不同的支配，因而从文化价值取向上接近保守，是一种保守性的文化。正因这样，所以主文化与亚文化天生就具有合谋结盟的可能。这种结盟对稳定社会文化是有利的，但对创造构建一种新的文化却极为不利。出于前者的考虑，一般的政府文化管理部门都是支持的。

可能是缘由于此吧，我们当时的主流文学对大众文学尚比较宽容，大体能与之和平共处，因为大众文学不会也不能对它构成致命的威胁。当然，根据自己的利益和标准，主流文学也给大众文学一个限度：不准逾矩写色情与暴力；而且基于精英文学因思想艺术上的前卫性、探索性带来的种种问题和不足，为了加强自身的领导权，密切文学与读者的联系，主流文学事实上对大众文学是呵护和偏爱的，有时甚至无意地走到一起，结成暂时的同盟军。《渴望》电视连续剧的播出就很能说明这个问题。这部片子艺术质量并不高，它所表现的“好人一生平安”的主题也缺乏时代感。但老百姓和政府都满意，给予了很高的评价，“刘慧芳”一时不胫而走，演员凯丽成了万众瞩目的人物。

（二）所谓合流，主要指80年代中后期。大众文学境内的实力已相当雄厚，它不仅形成了独立的“话语圈”，而且随着政治理性与单纯启蒙语境的转换，在世俗化所设定的框架内与精英文学、主流文学合流了。这段时期政治淡出和更加自由开放的文化政策，大大削弱了主流文学的主导地位和作用，而精英文学则凭借西方现代主义思潮的滋补，全面开花，不时地抛出以“解构”为主要特征和主要话语策略的“实验性”、“先锋性”新作。然而，一旦打出“实验”、“先锋”的旗号，便意味着它与大众话语的脱离，成为孤独的精神贵族。而且，先锋文学的“解构”策略，也必然导致它在解构所有文学规范的同时不可避免地要解构精英文学与大众文学的授受关系，这对大众文学的发展无疑是十分有利的。就大众文学自身而论，此时物质取代政治，时代和社会使更多的人有表达个人欲望并期待对象化的要求和冲动。于是，在这样一种物欲的驱动下，以表现娱乐性功能为主旨的大众文学自然就成了重要的文化生产方式，并迅速流行进而占领大众文化市场。当然，上述大众文学的合流也并非一帆风顺，它的整个过程都一直受到主流文学尤其是精英文学品头论足的批判。这里有正常合理的，也有不正常不合理的。但无论正常合理与否，它都是那个时代的产物，对当时的大众文学作家是有影响的。不过，与前一时期不同，此时有些主流文学或精英文学批评家围绕大众文学展开争论的话题，它的核心已由“要不要大众文学”变为“如何有效地调控大众文学”，以便使之与受到严重威胁的主流文学、精英文学之间达到平衡。

进入 90 年代后，大众文学以颇具规模的文化市场为依托，更是锐不可当，在文坛上大有“试看天下谁能敌”的气概。面对大众文学强有力的进攻和蚕食，精英文学、主流文学虽奋力抵抗并拿出了相应的文学实绩，但却未能改变其自身不济的命运，只好退而成为非主流文学。相反，大众文学乘虚而入，顺利地占据了主流文学的地位，堂而皇之地充当文坛的“一代天骄”。随着文学的这一裂变，这时论争的焦点也不再是“要不要大众文学”，或“如何使大众文学与精英文学、主流文学平衡”，而是发展到“怎样拯救处于极度生存困境的精英文学、主流文学”了。从这个意义上讲，我们是完全可以将 90 年代称为“大众文学年代”的。

那么，身居“主流”地位的大众文学，它在 90 年代到底有哪些新的表现呢？首先，是大众文学观念已为越来越多的人认同，并对其文坛产生了明显的辐射作用。不少作家弃雅从俗，从雅文学队伍中分离出来，加盟于大众文学创作阵营，就很能说明这个问题。其次，是大众文学从选材到传播已越来越注意按照大众娱乐消费需求进行制作，呈现短、平、快的特点。于是乎，“快餐文学”、“流行文学”遂成时髦；名著的压缩，经典的改写与白话充斥各书肆；各种各样的文学热滚滚而来，风靡全国。更为突出的是为了制造“快餐”和“流行”，人们广采畅销书的写作方式。再次，是顺应时代的变化，理论界和学术界也开始调整、改变原有的观念，加强了对大众文学的研究。这不仅有助于人们对大众文学的理解，也对大众文学在 90 年代的迅猛发展起到积极的推动促进作用。比较典型的如前几年王一川等人重排 20 世纪中国文学大师的座次，把金庸排在小说家系列的第四位；中国现代文学研究会会长、北京大学著名学者严家炎教授在北大中文系开设金庸小说研究选修课……凡此这些，标志着我国学界对大众文学的接受与首肯，其影响无疑是深远的。

三

从哲学文化学角度讲，主流意识形态文学属于主体文化，又称主文化，它代表中国现阶段社会主义正统价值取向，并在意识形态上具有绝对话语权的这种“合法化”的权力话语。因此，政治意识形态“合法化”本身，决定了它在整个社会文化系统中居于“中心”地位，具有不可摇撼的权威性。具体功能和作用，主要有以下两个方面：一是确立文化规范，进行正面引导；二是捍卫社会主义意识形态的权威性、严肃性和纯洁性，使之在众声喧哗的多声部大合唱中保持领唱的地位。转型时期主流文学的发展，大致经历这样三个阶段。

70年代后期至80年代初为第一阶段，主流文学与精英文学基本同步合一，和平共处。那时极“左”路线占统治地位，“凡是派”还在台上。为了改变这一现状，持有各种相异立场观点的人组成了精神上最为广泛的统一战线。主流意识形态与人文知识精英也一样，尽管对“思想解放”有不同的理解甚至有明显的分歧，但这一切在当时尚不构成显层的冲突——当时文学文化思潮走向的主要矛盾是坚持“思想解放”还是搞“凡是”那一套。所以，主流意识形态与人文知识精英携手合作，批“文艺黑线专政论”、“黑八论”，为“文化大革命”前十七年优秀作品翻案，它们在当代文学文化史上演出了继新中国成立初以来的又一次主流政治与知识分子此唱彼和的动人交响曲。

80年代初至80年代后期为第二阶段。随着大规模的拨乱反正运动告一段落，在共同的危险消除或减弱之后，“统一”阵营中的主流意识形态与人文知识精英之间潜在的矛盾开始凸显，并不以人的意志为转移地成为社会和文学文化方方面面关注的一个焦点。当然，它跟西方文学文化中的主流意识形态与人文知识精英关系也有根本的区别。也正因这样，于是，我们看到了此一阶段在统一战线解体以后，主流文学与精英文学戏剧性地出现了既分化又互渗，并有间断地产生紧张与缓和交替发展的特殊景观。

90年代以后为第三阶段。市场经济的提出，经济成为社会中心，由此必然引起价值裂变，而这又是我们的基本“国策”。主流文学作为国家的政治权力话语，不仅不能偏离这个“中心”，而且还要服膺于这个“中心”。另一方面，承认经济中心就得承认文学与市场的接轨，承认市场经济的实利原则，这就将以政治宣谕为职能的主流文学置于不利的地位，而娱乐消遣的大众文学则如鱼得水，成了时代的宠儿。主流文学处境维艰。为了恪守其职，也是为了自身的生存发展的需要，主流意识形态在对大众文学采取既吸纳又批判规范的同时，明确提出了“弘扬主旋律，提倡多样化”的文化对策。这在一定程度上改善了自身所处的文化劣势的窘境。

所谓主旋律，原是指多声部音乐中起主导作用的曲调，其他声部只是起润色、丰富、烘托、补充的作用。它的目的是为了体现在转型时期主流意识形态对文学的宏观调控和导向示范作用。一般而言，反映主旋律的作品，都有较强的政治思想性。但这并不意味着要将艺术性排除在外，相反愈是具有政治思想潜力的作品，愈需要用较完美的艺术形式去表现。否则，就很容易概念化，难以在文化市场竞争中赢得优势。立足于这样的基点看问题，首先我们应该承认，在思想性与艺术性的关系处理上，90年代以来不少主旋律作品是做得很不够的，创作中思想大于艺术，以至重思想而轻艺术、影响思想的表达的现象是相当严重地存在的。这一点毋庸讳言，应引起高度的重视。但与此同时我们也必须看到，经过多年的探索，在这方面我们毕竟也积累了不少宝贵的经验可资未来创作借鉴。这突出体现在以下三方面的关系处理上。

一、真实与鼓劲。主旋律文学由于立意政治指向，旨在教育激励人思想上奋发进取，故往往比较多地强调理想、理性的一面。特别是一些反映重大的或尖锐矛盾生活题材的作品，总是为了求稳求社会效果，在严谨创作态度的同时，却在一定程度上偏离了真实，从而使思想和艺术大打折扣，招致读者的心理抵触。这正是主旋律作品面临挑战的地方，也恰是它寻找突破的一个绝佳的起点。最早一批革命历史题材影片如《周恩来》、《大决战》、《开国大典》等，它们的成功首先就归因于在真实与鼓劲的关系问题上，既讲题材本身的政治内涵和教化效果，又非常注意在求真上下工夫，甚至连林彪这样的人物也不回避，如实地纳入纪实化、史诗化的模式中正面加以表现。

二、政治与伦理。众所周知，主旋律文学往往具有较强的政治性。这就无形之中给其艺术创造提出了很高的要求，稍有不慎，极易招致艺术上的简单和粗糙。这样的例子，在以前的创作中是很多的。有鉴于此，也是为了使政治性主题在文化心理层面与读者实现沟通，我们现在的不少作品往往借助一个“伦理中介”即通过“政治伦理化”途径来进行协调处理。这就无意为处理主旋律创作中政治性与艺术性的关系难题找到了一条新的通道。如：《焦裕禄》、《蒋筑英》就很少展示焦裕禄、蒋筑英的政治观念和立场，而是采用“泛情化”的叙事策略，着重渲染他们无私奉献、死而后已的伦理道德境界。这样，政治虽未直接“出场”，但它因有读者和观众自身道德律令的参与作用，加之伦理亲情的连接过渡，不仅可以与他们的道德感情与价值判断相契合，而且还可起到特别煽情的艺术效果。

三、雅与俗。文学的雅俗本是一个老话题，但对主旋律文学来讲却另有其特殊意义。这主要是因为主旋律独特的内涵必然使作家在审美趣味上弃俗从雅，因而容易造成创作的曲高和寡，不被一般读者和观众看好，致使他们无形中就把兴趣倒向思想和艺术一般但娱乐消遣性强的大众通俗文学那里。所以，如何让主旋律文学创作达到雅俗共赏为广大群众所喜闻乐见，就急迫地摆到了我们面前。90年代以来，为了使主旋律文学“寓教于乐”，获取广泛的社会效果，很多作家在雅俗共赏上作了可贵的尝试。像电视剧《上海大风暴》本是反映上海工人武装起义这样惊心动魄的重大历史事件，但编导者具体描写时却引进了有关主人公的大量感情戏，对此进行了既艺术又通俗的处理。此外如《激情燃烧的岁月》等，也都具有这样的特点。

第四节　市场经济条件下所处的生态位

一

“经济中心”时代的核心就是市场经济，如前所述，这是构成文学在进入90年代以后新的生态场域。面临新的生态场，当代文学将何为？它在市场经济条件下将面临怎样的挑战？又该采取怎样的应对策略？这是文学圈子内外一个并非轻松的话题。2000年秋，美国著名文艺理论家希利斯·米勒在中国语言文化大学召开的“文学理论的未来：中国与世界”的国际学术研讨会上提出文学时代“终结”论以后，有关这方面的讨论就更多了，问题也似乎显得更为严峻。我们不同意米勒所作的文学“终结”说的结论，但却对他有关文学在新的经济及信息时代生不逢时的判断表示认同。本节以此为参照，对文学与经济关系作进一步的具体分析，来探讨当代文学的生存境遇以及良性生态环境营造的可能性问题。

文坛普遍共识，进入20世纪90年代以来，当代文学日益明显地呈现出由“中心”走向“边缘”的发展态势：纯文学大面积滑坡，创作队伍日趋萎缩，知名文学期刊或停刊或大幅度改换办刊方向，阅读对象流失和文学空间越来越小。更为严重的是作为创作主体的作家，由于对市场经济时代给文学带来的冲击缺乏清醒的认识，而导致对文学的“边缘化”毫无应对准备，出现“失语”状态：戏剧、诗歌的创造活力几乎消失殆尽，处于自我生产又自我消费的“自言自语”之中；小说虽然标榜着“先锋的”、“欲望的”、“身体的”写作旗号，但真正能指向时代精神，表达当代人真实生存体验的作品确实不多。似乎只有散文尚能在20个世纪末有昙花一现的繁盛，但很快，那些缺乏变革的浅吟低唱和一拥而上对所谓“文化”的反思，在滚滚而前的知识经济大潮中，也显现出其“泡沫性”的本质。

而另一方面，与人们日常消费消遣生活有关，或与文化市场流行趋势走向一致的通俗文学，一跃成为最重要的文化生产方式。这些杂志、书籍、影视作品以娱乐性为第一要旨，涵盖经济、法政、生活、休闲等多个方面，占据了文化市场的半壁江山。它们虽然价格昂贵，却仍拥有庞大的都市中青年消费群。电子文化尤其是电视、电影乃至网络元素（如flash作品），也借助于传媒的普及，不仅与以文字符号为载体的文学争夺读者，而且正如日中天地安享着前所未有的中心地位。更多人愿意把业余时间花在视觉化的消费活动上，而不愿在辛苦的工作后，再劳心费神地通过阅读来完成从形象呈示到意义领悟的过程。这就导致屏幕上历史剧热、琼瑶片热、戏说热、偶像剧热、贺岁片热等你方唱罢我登场，连带着产生了剧本文学热、明星自传热。两相对比，昔日一路轰动、独领风骚的纯文学确乎显得分外凄凉。针对这种情况，于是所谓的当代文学“危机说”纷纷提出。

但有意思的是，在纯文学中心地位无可挽回地失去，生存境遇日益艰危的今日，文学界大多反而冷静下来，不像先前那样惊慌失措，人们开始对知识经济条件下文学的这种嬗变及其生存境遇一分为二地进行利弊分析。2001年底，在上海大学召开的“全球化时代的中国现代文学研究”国际研讨会上，与会专家认为：经济化、全球化的扩散不仅不会带来文学的毁灭，相反能使文学的传播和学理的研究突破封闭垄断的格局，扫除非学术的人为阴影，树立真正客观的科学态度。也能将现代中国文学纳入更加开放的“全球一体化”轨道，缩短我国文化艺术与世界先进文化的时空差距。这一论点的提出，标志着在经济和信息全球化语境中，作家对自我“文学身份”的理性定位开始有了清醒的认识，应该可视为整体文学在观念思维上的一次结构性的调整。

其实，严格地讲，这种思维观念的调整和重新定位并非始于当下。早在20世纪80年代开放之初，不少作家就在创作实践中不断调整创作结构，以适应文学变革时代的新形势，具体表现在以下几点。

首先，进行了文学与经济的跨学科交融，逐步改变文学与经济的二元对立及其恐惧心态。报纸杂志上经常刊登文学与经济关系的文章，探讨经济全球化背景下文学面临的机遇与挑战。作家普遍增强了商品意识，部分文人下海，成为新儒商。一方面，因文人从商改变了原有经济的结构，提升了经济的文化内涵；另一方面，反过来，文学（文人）也因得到经济的支持而改变了以往简单狭窄的单维政治视角，并因有文化的介入作为中间环节而生成了一种新的“经济—文化—文学”形态。作家普遍增强了文学入“市”——文化市场的观念，他们一改过去抑“经”扬“文”的思想，不仅按审美规律而且也按商品原则进行创作，追求艺术的民主化、大众化，更将雅俗共赏、经济效益与社会效益的统一作为理想的创作目标。像过去那样只讲政治作用不讲市场效应的作法，已不复存在。

其次，进行了中西的跨文化交流，文学已从过去长时期的封闭隔绝中走出，更注意在全球化大交流、大冲撞、大融合中缩短彼此之间的时间差和空间差。迄今为止，我国已翻译出版了大量外来文学名著和理论。从尼采、卡夫卡、弗洛伊德、柏格森到海德格尔、詹姆逊、福柯、赫尔博斯，从后启蒙、后先锋、解构主义到后乌托邦、后人道、后古典主义，各种各样的流派应有尽有。传播速度之快，令人咂舌。西方那里的“新”主义刚刚出来，我们这里很快就流传开来。规模之大，模仿借鉴和研究的积极性之高，均是前所未有的。中西作家学者有了更多机会直接对话，共叙一个话题。诸如精神分析学、存在主义、后现代主义、新历史主义、女权主义等名词，对作家而言不仅耳熟能详，而且都有大量相应的文本尝试。比较典型的，是近年来活跃于文坛的“新生代”、“80后”作家群。比如韩东、朱文、李锐、邱华栋、阿来、韩寒、郭敬明等新人。我们在惊异于他们对各种创作理念纯熟运用的同时，也不难发现这些青年作家对前卫又深奥的理论情有独钟的原因：一方面，知识经济社会形态下，使地球任何一端的人可以在第一时间自由选择自己认同的创作方式；另一方面，消费文化的迅速蔓延和权威话语的严重失语，使新一代的文学青年只有在先锋文化中找到适合表达自我的理论依托。由此可见，在新的环境下，中国文学走向世界的自觉性加强了。

再次，与上述两个调整相适应，作家自身的知识体系与结构也进行了调整和充实。20世纪80年代中期“新方法论”讨论和“文化热”的出现，对作家单一的人文知识进行了革命性的冲击。90年代电脑的普及，以及纳米技术、克隆技术、生态学等的出现，更是将作家置身于一个无比宏阔又瞬息万变的崭新空间中。来自新事物的挑战和神秘魅力，无不让作家认识到自身知识结构调整的迫切，甚至产生深刻的危机感。另一方面，学界开始高度重视传统文化资源的开发，进行古今打通、中西融合。特别是世纪之交，随着现当代文学学科向明清及传统文化上移和“国学热”的兴起，加强古代文学修养，改善原有民族文化素养不足，已成为文坛的共识。不少作家进入到对深层次文学史的成因关系、过程的清理和阐释工作中去。他们自觉梳理中国现代文学源头的文化语境、生产过程及其与古代文化传统的联系，并从民族精神、地域文化、传统审美意识乃至文体方面汲取营养，将其纳入知识体系之中，作为现代性的重要资源。

上述一系列的调整变化，正是文学主动向新的生活靠近的明证，自然它也为我们所说的良性文学生态环境的营造，提供了重要的条件和基础。

二

尽管新时期文学在改革开放、经济大潮涌动之初，就以其特有的敏感与时俱进地进行了调整，但文学圈子里比较悲观的看法也不是没有。这里的原因分析起来，自然与文学自身调整不力及调整方面存在问题有关。如：深层次的精神价值滞后；又如片面追赶“全球化”而忽略了对民族传统文化资源的开发；再如浮躁创作心态和对经济效益的过分热衷导致作品的量化生产、语言垃圾丛生，等等。但从宏观的文学思潮论或文学的外部研究角度考察，恐怕还与文学所处的市场经济这一前所未有的特殊背景密切有关。

所谓市场经济，具体展开当然相当复杂，非三言两语能讲清。我这里主要是从它的重要的也是高级阶段的形式进行探讨。众所周知，知识经济是以脑力劳动为主要资源，以高科技产业为第一支柱，以信息网络为纽带的全球一体化的经济形态。它与农业经济、工业经济不同，是以知识为基础的经济。据世界银行 1989—1999 年的世界发展报告显示：从 1990—1997 年的 7 年间，全世界经济增长了 5 万亿美元。而在此前一万年的时间内，全世界的经济增长总量尚不足 5 万亿美元。人们把这种超常规的经济高速增长现象，归结为知识本身作为一种巨大的生产资源得到充分应用的结果，并认为人类已进入以知识的占有、配置、生产、分配、使用为重要特征的经济时代。在这一具有网络化、信息化和国际化特征的时代中，知识已成为继土地、劳动、资本之外，人类的第四个财富之源。由于作为最大资本的知识对社会发展的直接介入，整个社会背景产生很多变化。[①]科技知识及其知识分子在整个知识体系中占据统治地位，必然导致社会生活往往以技术为本而不是以人为本；扬技术实用理性而抑人文精神——主义、道德、良心、崇高的取向，冲击着上层建筑多个方面，对其提出严峻

---

① 参阅魏饴《知识经济时代文学革命的三个主张》，《常德师院学报》2001 年第 2 期。

的挑战。比较而言，文学虽也属于知识的范畴，但它毕竟是精神性、情感性的东西，不能直接转化为财富和生产力，不能成为大众生存之必须或首选，这直接导致了包括文学、作家在内的人文知识及其人文知识分子固有的中心位置动摇。

对中国而言，问题的严峻性还不止于此。因为中国是后发展国家，所以我们所说的知识经济是“注入”式的，它在很大程度上实际上是西方意义上的知识经济。在经济和信息技术全球化的时代，当我们在实施这一现代化的发展战略时，不可避免地要向西方强势经济文化寻求借鉴。而当西方知识经济凭借科技优势和发达的网络向包括中国在内的第三世界输入时，实际上就造成了中西之间不平等的经济和文化交流。以中国的电影市场为例，据零点公司在北京、上海、广州、厦门、重庆五大城市调查，钟情于国产影片的观众仅占调查人数的 9.45%，而偏好欧美、港台“大片”的观众，占到了 90.55%。这些“大片”通过高科技手段获得的视听奇观，强烈地冲击着观众的日常经验，无论是在艺术效果还是在市场效益的竞争中，它都具有得天独厚的明显优势。随之而来，大片中充斥的异质意识形态和行为模式，乃至个体欲望宣泄、表达的方式，潜移默化地影响到中国的庞大观众群。这就难怪中国的作家和学者较之西方对知识经济的幽灵更为忧虑和敏感。一个极大的原因是，弱势文化面对“输入性”文化的强势特征产生本能的抵御心理。

面对市场经济，我们有忧虑，但不可以悲观，毕竟它给文学带来挑战的同时也提供了难得的机遇。这是利弊兼得的事。一个显而易见的事实是：电脑网络等高科技的应用，使文学一改文字符号单元单维的创作渠道局限而变得立体生动起来，并令创造主体和接受主体能动性得到最大限度的发挥。反过来，人们也能轻而易举地获得信息。新的思维和发现可以在第一时间得到交流和传播，它为文学创作提供了更开放的环境和更开阔的眼界。另一方面，克隆技术、纳米技术、生物科技的发展，带来研究对象的变化和思维方式的更新，也将为文学创作和研究开辟新的绿洲。后者，尽管还未正式付诸实施，但可以预期，在不久的将来，它会给文学带来撼人的影响。

更为重要的是，经济和信息全球化可以促使我们从深层次上改变过去褊狭封闭的观念，确立一种开放开阔、多元立体的文学价值观。从30年代革命文学到六七十年代“文化大革命”文学，在先是阶级斗争后是冷战思维的影响下，我们的文学创作往往习惯于政治意识形态性而非审美艺术性的思维方式，蒙上太多非文学的东西。具体文本则贯穿鲜明强烈的阶级斗争主线和非此即彼的两极判断，包括“三红一创一歌”，即《红日》、《红岩》、《红旗谱》、《创业史》、《青春之歌》等在内的优秀之作，均不能幸免。文学被高度政治化也计划化了，从选材至主题乃至趣味风格都被规定了。文学被千篇一律为教化，政治本位取代文学本体。发展到后来，有的甚至为错误政治、阴谋政治服务。粉碎“四人帮”后的这些年，情况有了很大改变，但这方面的影响还不能说完全消除。与消解政治意识形态观念同时并存，某些从政治出发的狭隘观念似乎仍有一定的市场。这方面的问题，大陆有，台湾、海外也有。海外有些学者，一方面严厉批评大陆文学的政治倾向；另一方面，对大陆某些所谓“反主流政治”形态的作家作品予以高度评价，这恐怕就是政治歧见作祟。说穿了，还是狭隘思维所致。正如严家炎先生所指出的那样：经济和信息全球化，有助于多方面抛弃陈旧的褊狭观念，树立更加客观公正的评价标准。中国加入WTO后，将废除1000种法律法规。而新的游戏规则，将公平竞争作为共同遵守的准则，凡是参与全球化运作的个体都具有平等的权利和义务。通过合法的合作和竞争取得双赢或多赢是彼此共同的目标。这些理念必将对文学产生影响，它要求人们抛开狭隘的种族、政治偏见，以一种兼容并包的心态来面对新一轮的竞争，最终获得更好的发展①。落实到文学上，就是要让传统的创作从原来简单的政治功利中走出来，表现人与社会、人与自然、人与人、人与自我的多重关系。

当然，不必讳言，市场经济的确也给文学创作带来了负面效应。它导致了文学物化、商品化、模式化，往往将艺术民主变化为从众媚俗，推向极端，造成文学水准的下滑。这一切都是显而易见的。不少学者结合当下文坛的实际，从多方面作过分析，此处就不再重复了。这里只是想指出：我们不能由此及彼地导致对市场经济的非理性的否定，用道德的愤怒来代

---

① 严家炎：《忧虑，但不悲观》，《文学报》2001年12月6日。

替对历史的评定，将文学中的所有问题都归咎于经济。其实经济与文学并不像我们所想象的那样决然对立，它们还有互为激励、相互促进的另一面。且不说经济实力可为作家的人格独立提供基本的物质保障，同时它也为文学对人性的深度揭示提供了很好的描写契机。巴尔扎克正是因此，才写出金钱对人性的异化，而成为大师的。可惜的是，我们的作家未能有效把握住市场经济条件下的人性嬗变及其矛盾痛苦，不少的认知观念尚停留在一般的对经济道德的愤怒层面上。这就未免太滞后，需要引起重视了。从这个意义上说，上文所说的市场经济的“魔力”作用又不尽准确，甚至可能有些夸大。问题关键不在市场经济本身，而是在于如何把握。

第五节　现当代整体生态视阈中的“文学浙军”及其相关思考

一

将研究的视角从中国现当代整体生态转到了浙江一隅，也许有点突兀，但如果考虑文学生态与地域文化具有某种内在联系的话，那么就不会对此感到十分不可思议。事实上，文学生态也是多维的，它因多样不同的关系构成了多样不同的系统、多样不同的生态圈。我们这里所说的现当代整体生态视阈中的“文学浙军”也是如此。就浙江文学与全国文学关系而言，它是小生态与大生态的关系；而就浙江文学自身而言，它也有一个整体生态的平衡和协调问题。“文学浙军”的提出，在一定程度上就反映浙江在经历一段实践之后的一次带有文化建设意义的生态调整。

对浙江文坛较为关心的人们大概知道，在浙江，公开亮出“文学浙军”旗帜并形成一种共趋性的话题，大概始于1995年初。那时，浙江文学院和《东海》编辑部还曾在杭州联合举办过“振兴浙军百家谈”的讨论会，几乎浙江大多著名作家、评论家都在会上慷慨陈词，在情理上表示支持或认同。当然，这不是作家、评论家和文学组织者们一时的心血来潮，作为一个文学口号，它的提出其实已酝酿了好几年。如果不太拘泥于外在的形式，那么，1993 年 10 月浙江省作家协会在杭州召开的规模颇大的“吴越风情小说研讨会”，不妨看做是振兴“文学浙军”的一次预演，一个先声。因为就那次会议讨论的实际内容来看，它已颇多触涉“文学浙军”的一些主要的或基本的特征，可以说是为“文学浙军”口号的提出奠定了文化学的基础，作了必要的理论铺垫和舆论传播。

如今十余年过去了，情况怎么样呢？这当然很难说，一时恐怕也难以厘定。围绕着“文学浙军”口号问题，文学圈子内外的人也有各种各样的说法；且在崇尚个性化或曰私人化话语的今天，标举“文学浙军”的旗帜，是否合乎文学创作的规律和时代社会的趋向，人们满可充分地表达自己的意见和歧义。但有一点我想可以肯定：那就是这十余年来浙江作家在经过一段时期的休养生息之后，已积蓄了一定的力量，一直在稳步健康地发展，日趋明显地形成了一种共趋性的文学心态和审美特征。这恐怕是谁也不会轻易否定的客观事实。当然，它也存在着一些带有普遍性的突出问题。与此同时，作为领导组织管理机构的浙江省作家协会，还与浙江文艺出版社共同组成了“浙江长篇小说丛书编委会”，陆续推出了《南方有嘉木》等一批长篇力作，并以资助、签约等多种方式，大力支持和鼓励作家从事长篇现实主义精品的创作，为此做了大量的卓有成效的工作。

所有这些，自然不能简单地将它归功于“振兴文学浙军”这一口号——口号毕竟只是口号，没有那么神奇的功能效应；但实事求是地讲，恐怕也不能说与口号的提出和实施毫无关系，至少它强调了一种集团意识，给作家增加了一点责任感和精神鼓舞作用，促成他们对本土文化的高度自觉关注。而从组织领导角度讲，有了“文学浙军”这个口号，就使我们有了具体切实的目标管理，这是一种很自然也合逻辑的对应关系。就拿现在已明显见效、颇引人注目的长篇小说丛书来说吧，省作协当年构想此计划，目的就意在为“振兴浙军”提供一个“主体框架”或曰“主建筑”。正因此，我们倾向于赞同“文学浙军”的命名，原则上同意用“振兴浙军”的口号作为浙江文学跨世纪发展的一个宏伟的战略目标。“振兴浙军”，这虽然并非是一个非常严格、规范的口号，但用它来指称中华人民共和国版图上的浙江地域的文学，以此作为我们未来的奋斗目标，还是合适的、很有意义的。

而从研究的角度讲，作为对在地域上相对集中的浙江作家群的形象性、概括性的描述，“文学浙军”的命名实际上传达出一个强烈的地域文化信息，即试图从人文地理和文化生态的宏大背景中去研究文学。文学的地域学研究分两种情况，一种是文学的地域风格的研究，地域风格是某一地区的作家在创作上所形成的地方特色。它是某一地区的生活环境、风土人情、地域文化心理所形成的独特风貌在作家作品中的表现。比如北京一些作家的“京味儿”和西部文学的“黄土味儿”、“西北风”就是各自不同的地方格调，形成不同的地方风格。这是一种比较纯粹的文学研究，我们把它称为地域文学的显性研究。另一种是某个历史时期的特定地域的创作，虽然没有形成完整的风格或流派特征，但却出现了诸多作家交相辉映的繁荣局面，自觉不自觉地形成了一种共趋性的文化心态和审美情调，创作业绩骄人。这就需要突破纯文学研究的狭窄一角，而从文学、作家与整个时代、经济、文化的地域性互动效应的千丝万缕的联系中去把握其内在必然性。相对于第一种纯文学的研究，我们把这种研究称为地域文学的隐性研究。

从具体的地域文化角度研究文学，目前尚属于起步阶段。以往虽然也有过一些研究，但这类研究往往只停留在显性研究的层面，往往是就作品论作品的纯文学角度，其论域往往停留在风俗描写、方言应用等外饰部分，缺少一种形而上的追索精神，因而研究难以深入。我们在此试图作些努力。除此之外，我们还将着意探究地理环境、政治、经济等诸多因素与文学的中介联系，从而全面揭示文学的地域文化渊源。

相对于地域文化的存在，地域文化的概念是后发性的，这正是物质和意识的关系。关于“文化”的定义，据美国学者克鲁伯和克拉克的统计，从 1871—1951 年这 80 年间就达 164 种之多。不过从目前看来，比较一致的观点是它与自然相对，文化即人化，是人类创造的物质财富和精神财富的总和。这一定义大体上是可以接受的。但要深入研究问题，至少有三点还没有注意到或不清楚的地方：其一，对“文化”的现代性由来没有反映出。其二，没有对文化的差异性特征加以揭示。其三，对文化与传统的关系揭示不清。当然，文化本身又是有层次的，大致可以分为精神文化、行为文化和物质文化三个层次。而这三方面是相互联系、相互作用的，其中精神文化又是文化的内核和灵魂。

地域文化则是文化的一个分支。地球上的生物都是有领域的，作为高等生物的人类更是有自己的领域。国家有国家的领域，称作疆域；国家内的地区也有各自区域，村有村界，户家有房基。在这些物化的地域的基础上，经过长期的人类生活，不可避免地衍生出主体的空间意识或空间感觉，进一步渗透到抽象的哲学领域、文化领域、思维领域和其他诸多领域。这个从一定的地域空间到思想文化之间的双向互动，古已有之。随着地球上人类的出现，这个双向互动就已开始了，不断地填补，不断地更新与修正，也不断地固化着、影响着过去、现实与未来的人类社会。而作为文化中较高精神层次的文学艺术，更是比较敏锐地承纳着地域性的辐射，从而使得从地域文化角度研究文学成为可能必需。古人云："南方谓荆扬之南，其地多阳。阳气舒散，人情宽缓和柔"；"北方沙漠之地，其地多阴，阴气坚急，故人则猛，恒好斗争。"① 地域不同，则民风有异；民风不同，则文风也迥异："南方之文，亦与北方迥别。大抵北方之地，土厚水深，民生其间，多尚实际；南方之地，水势浩洋，民生其际，多尚虚无。民崇实际，故所著之文，不外记事、析理二端；民尚虚无，故所作之文，或为言志、抒情之体。"② 难怪马克思主义经典作家关于从猿到人的科学理论的论证过程中，许多环节都紧扣着地域自然环境，文学思想家泰纳更进而提出了文学创作与发展的"三要素理论"（即种族、环境和时代），他认为："作品的产生取决于时代精神和周围的风俗。"③ 而在当前，准确地说是从 20 世纪 80 年代中期开始，对地域文化的关注成为中国当代作家对民族、人类认知和表达的审美起点和逻辑基点。当现代世俗商潮裹挟西方现代、后现代主义之威从四面八方向我们袭来之时，倾心于我们脚下的这块地域文化，着意挖掘民族生存、延续、发展的内在泉源和价值规范，以返璞归真的方式突出和传扬其与自然同构的旺盛生命力以及健全人

① 孔颖达：《礼记正义》卷五十二，《十三经注疏》（（清）阮元校刻本），中华书局 1980 年版，第 1626 页中。

② 刘师培：《南北文学不同论》，引自舒芜主编《近代文论选》（下），人民文学出版社 1999 年版，第 571 页。

③ ［法］泰纳：《艺术哲学》，人民文学出版社 1981 年版，第 32 页。

性，防止抵消现代文化软质对人性的异化，这显然是具有现代意识的命题。它实际上折射了人们对现代文化的深刻反思和批判，无意应合了林语堂早年说过的一句名言："因为人类幸福是如此靠不住，返璞归真是最切实的保证。"

从地域的观点和生态的立场看，文艺活动作为一种社会活动就仿佛是个名副其实的"场"。作品后面的人不是作者一个而是一群，地域概括了这个"活动场"。因此，对文学的地域学研究已不纯是地理空间的研究，还应结合时间因素，从人文时空的大背景中去研究，它毫无疑问是一次文化自觉。而这一自觉又直接引发了文学审美的自觉，推进了文化现代性进程。双重的自觉就足以让人们感觉到对地域文化关注的重要意义和久远价值。可以这样论断，对地域文化的观照和体认成了中国当代作家创作冲动的主要内驱力，没有对地域文化的自觉便不会有现在的实绩和现在的现代进程。"文学浙军"正是以人与历史的地域性特征为依据，以现实的人文关怀和人性丰富为鹄的提出的。

二

数千年的历史变迁，形成了吴越之地独特而稳固的文化传统。这种历史地形成的文化传统又无所不在地影响现实的创造。"文学浙军"正是在这种文化的浸润下生长、发展，同时又不断地丰富着它。因此，要谈"文学浙军"的现代境遇和未来走向，就自然而然涉及吴越文化。

"吴越文化"是什么？这是一个不好谈但又不能不谈的话题。从概念内涵上讲，它与"浙江文化"是既有重叠又有不尽相同之处。所谓"浙江文化"，就是中华人民共和国行政区域规定的现时浙江省境内存在的、浙江人借以安身立命的文化，它以杭州为中心、以杭嘉湖宁绍平原为主体，继承传统，依托上海，面向海外，开放求新，具有典型的江南文化的特征。吴越文化不等于浙江文化。吴越文化作为一个地理范畴，是指历史上的江浙地区的文化样式和文化性质，是江苏、浙江两省区的统称，而不是浙江的别名。吴越文化作为一个历史范畴，而不是浙江所能专美。吴越文化作为一个现实范畴，逻辑上是指当代的江浙文化，而当代的江浙，在文化的具体内容、表现形式、价值内涵、精神向度等方面事实上是异同并呈的。只是本文的研究重心在“文学浙军”，为行文方便见，故吴越并称，将其差异忽略不计。

吴，古称句吴，其祖先生于今苏南、皖南、浙北一带。越，古称于越，最早活动地区在今浙北及太湖一带。据考古发掘的资料和历史记载，句吴和于越实际上是一个原始部落的两个分支。历史上虽然几度分分合合，但它们在历史渊源、文化传统、生产生活方式等方面有许多共同性。作为整个大中华文化的一部分，吴越文化和巴蜀文化、荆楚文化、岭南文化等一样处于边缘化的位置，与中原主流文化相对应。这主要是由于古代吴越文化与中原主流文化隔绝，曾被称为“南蛮”，具有质朴野性的一面，且对中原主流文化有一种抗拒心理。据《越绝书》记载：孔子想去见勾践，向他传播“五帝三皇之道”，勾践叹曰：“夫越性脆而愚，水行而山处，以船为车，以楫为马；往若飘风，去则难从；锐兵任死，越之常性也。夫子异则不可。”由于自然环境恶劣，强敌的欺凌，古代吴越人具有尚武好战的精神。秦始皇统一中国，为了征服吴越这个英勇善战的“蛮夷”，曾强迫越民迁出城市移入大批北人，企图改变这个地区的民族结构。大批吴越土著逃往闽、赣、粤、桂等南方省份，有的远走东南亚和日本，形成遍布海内外的“百越”。魏晋南北朝时，北方连续处于战乱之中，特别是“永嘉之乱”后，北人纷纷南逃，大批文人学士随之南下，出现文人云集江南的景象，并逐步形成富庶的士族阶层。晋灭吴以后，江南士族阶层在政治上受到压制，产生“朝隐”的心态，便转而向文化方面发展。由此影响到吴越地区的社会风尚发生重大变化，由尚武转向尚文。在尚文之风导引下，人们的价值取向也开始转变，文人学士的社会地位开始得以提高，文化艺术逐渐繁荣，书法和绘画成绩卓然。宋代以降，中原汉民大量南迁，使吴越地区一度成为中国政治、经济、文化的中心，成为人文荟萃之地。勾栏瓦肆遍布杭城，话本小说异军突起。继北曲之后，南戏独树一帜。到了明代特别是近现代，江浙一带由于地处沿海，较早受西方文明染指，发展近代民族工业、民族经济皆走在国人前列，教育事业也迅速发展，专家学者人才辈出。即以文学而论，近代吴越文人更得风气之先。龚定庵首倡“诗界革命”，王国维开近代美学之先河。

"五四"以后不仅出现了像鲁迅、茅盾这样的文学巨擘，而且涌现了大批有世界影响的优秀作家，如郁达夫、叶圣陶、艾青、丰子恺、徐志摩、戴望舒、夏衍等。可列入中国现代文学史的作家上百名，吴越作家真具有三分天下有其一的阵势①。中国现代作家在吴越地区的大量涌现绝非偶然，一方面与吴越之地的文化传统和文化氛围有密切关系，另一方面也是中西文化碰撞交融的产物，是对传统的某种超越。因为吴越文化本来就不是一个自我封闭的系统。从春秋以来，吴越文化就处在不断的吸纳、交融发展之中。随着航海事业的发展，濒临东海的吴越之地有着对外交往的优越条件。清朝末年，国门被打开，西方经济、文化侵入古老的中国。原属吴区小渔村的上海，一跃而成为中西方文化交流的桥头堡，影响首先波及苏杭一带，使吴越地区的开放性特点更加突出；同时，苏杭民风中的传统积淀仍然稳定地保存着。它们互相交融，构成吴越文化的新景观。生活在这一地区的作家，不可能不受影响。

到了当代，在强烈的政治因素的影响下，文学发展一度受到钳制。由于创作观念和题材的局限，某些作品在表现阶级斗争、政治斗争中往往将文化的内涵一概滤尽，读者感受不到地域本土的文化心态、文化氛围、文化人格。直到改革开放的新时期，文学的禁锢才慢慢解冻，地域文化的体认渐趋自觉。但经长期"左倾"运动折腾的人们却一时难抹这段经历，于是文学与文化劳燕分离，仍承载了较重的政治批判与宣泄的任务，总体上没有逸出"大而同"的传统格局，摆脱不了实用的功利性和时效性。浙江文学也是如此。随着改革开放的进一步推进，江浙一带的整体社会经济文化发展较快地走在了全国的前列。素称"文化之邦"的浙江成了全国有名的"市场大省"，"温州模式"、"绍兴轻纺城"、"义乌全国小商品城"成了不可回避的经济文化现象，昭示着中国社会文化转型进入了快车道。吴越文化的开放性亦由此得到了充分的体现。大约在80年代中期，受到马尔克斯《百年孤独》引起世界性反响的刺激与鼓励，中国文学出现"文化寻根"思潮。浙江的李杭育以其"葛川江系列"较早地扯起了寻根文学的大

---

① 参见郑择魁主编《吴越文化与中国现代文学》，杭州大学出版社1998年版，第2—4页。

旗。同时或嗣后，以《心香》、《无梦谷》等力作赢得全国声望的女作家叶文玲，以当代影视文学独领风骚的黄亚洲、程蔚东，以《南方有嘉木》等茶文化作品闻名的女作家王旭烽，以军旅和经济改革题材写作著称的张庭竹等，也为“文学浙军”争得了响亮的名声。

吴越文化有着几千年的历史演进过程，它经过不断地整合与重构，形成一个庞大的体系，蕴藏着丰富驳杂的内涵，对其作出准确、全面的概括是一件困难的事。但总的看来，吴越文化的地域性特征不是先天的自然物，而是在动态的与异域文化从对峙隔绝到接触交融的态势中朝前发展的，且无疑属于妩媚阴柔一脉。“夫越乃报仇雪耻之乡”，上古春秋时这里曾演出撼天动地的越王勾践卧薪尝胆、十年报仇的故事。但正如有的学者曾指出的那样，自晋以来，由于在来自北方的中原文化与来自海洋的商业文化的夹击下，本土的吴越文化逐渐隐退到主流文化之外，其表征为宋以来文化、经济、政治中心由会稽（绍兴）向临安（杭州）的转移，称雄一时的以会稽为中心的越文化渐渐湮而不彰。越王勾践时代的刚烈之品性、坚韧之精神只在近现代章太炎、蔡元培、秋瑾、鲁迅等人身上曾回光返照，迸发出奇光异彩，此后则走向衰微。也就是说，本土的浙江文化在中心由东向西转移时，与北来的中原文化，以太湖流域为中心的吴文化，以及海洋商业文化互相碰撞，互相融合，逐渐形成一种开放复合型的近代商业文化，其文化心态、风俗人情则如《宋史·地理志》所谓“奢靡、奇巧”[①]。这种开放性复合性给本土文化发展带来了许多新的调整机遇。作为文化中较具精神个性特征的文学艺术，更是敏锐地承纳着历次新变。这种政治、经济、文化上的新变给文学带来的影响或是促进，或是阻滞，情况不一。这正应验了文学与经济基础发展的不平衡规律。如果说文学与经济发展的互动效应不太明显的话，那么文学与文化的发展则具有较大的同构性。

因此，我们在此想从文学艺术的角度提取吴越文化的某些特征，以期在吴越文化的大背景下反观“文学浙军”，主要有以下几点：一、吴越之

① 阮忆：《光荣和梦想》，载《现代浙籍作家论丛》，上海社会科学院出版社1991版，第218—219页。

民既勤劳又机巧、富于创造精神，成为中华民族精神的重要因子；二、吴越之民重乐轻礼，酷爱自然，富于想象，为文学艺术提供了较好的心理基础；三、吴越之民性主和谐，包括奢靡民风，艺术多呈阴柔秀美。这是很不全面的概括，但这几点却对“文学浙军”产生了内在深刻的制约和影响，直至今日，“文学浙军”的成就与不足皆与此密切有关。

三

今天，从地域文化的角度提出“文学浙军”既是对吴越传统所孕育的文学实绩的肯定，更是对当代浙江文学的一种激励和召唤。因为所谓“传统”无非是指“存在于现实中的历史因素”，惟其这样，传统才有了活力。要是不能进入现实，为现实服务，传统也无所谓传统了。因此，“文学浙军”的提出有着强烈的现实动因，旨在通过对当代浙江文学创作的总体透视，找到浙江作家创作与吴越文化之间的因缘关系，从而为浙江文学在世纪的辉煌和繁荣浙江文化提供理论支持与自信。

说到“文学浙军”的当代形态，必须要说明对“浙军”的文化认同情况。一般而论，“文学浙军”的作家中有两种情况：一种是土生土长在浙江的作家，如叶文玲、黄亚洲等；一种是从外省来浙江生活的作家，如龙彼德、楚良等。前一种可以叫做本土作家，而后一种可叫做客籍作家。这就使浙江作家的文化背景呈现出多元的开放格局。对于第一类作家来说，长期承袭吴越文化传统的影响，文化感受与文化认同比较自然，其作品往往带有一种先天的吴越文化底蕴，使他们的创作有一种“近水楼台先得月”的优势。但这类作家也面临突破吴越文化负面影响的问题，比如某些作品过于追求精巧雅致，使文学脱离现实，成为文人自我陶醉、自我“把玩”的一种娱乐方式，艺术表达也显得艰涩。而对于后一类作家，是处在两种或多种文化熏染之下，不同文化之间的张力左右着作家的文化意识，使他们的作品充满一种强烈的动感，这种动感正是来自于生动鲜活的文化差异和比较。

文化是个动态的概念，对于个人来说，随着生活环境的变化，文化内涵也必然随之改变。的确，在这个越来越多元化的世界里，人们渐渐发现，具有多种文化背景的人，能更从容地应对复杂的、变化多端的现代生活。而跨出地域本土文化区，可能意味着一种新生。鲁迅、茅盾即是典型的代表。但是，在这不断变化的过程中也有一些东西是永恒的，具有共趋性的，这种永恒的、共趋性的东西对浙江作家来讲就是吴越文化的根。太丰富的东西往往会使作家失却文化认同的基点，从而带来创作上的彷徨。当然，这种永恒和共趋性的追求并不意味着个性的湮没或丧失，而是在个性原则的前提下对自己脚下本土文化的深切认知和高度自觉，以致达到审美的超越。文化背景的开放结构和现代作家的崇尚个性，使“文学浙军”的创作呈现多元交杂的情景，源此而取得的成绩和带来的问题并存。

那么，“文学浙军”的独特成就表现在哪里呢？它有什么样共趋性的审美特征和文化追求呢？

窃以为主要是从本土文化中吸取轻礼重乐的文化传统，并与中国传统文化和思想观念融会贯通，对现实生活进行极富超越性的情感体验，追求精神的绝对自由，追求主体的逍遥和浪漫、冲淡、柔美的可能性世界的构建。这使其与时代生活的反映和参与方面，相应显得较为迟钝，但却自有其独特的超越性的精神价值和丰富蕴藏的艺术风格。黑格尔在《美学》中把艺术风格分为三种：严峻的、理想的、愉快的。“严峻的风格是美的较高度的抽象化，它只依靠重大的题旨，大刀阔斧地把它表现出来，还鄙视隽妙和秀美，只让主题占统治地位，特别不肯在次要的细节上下工夫”。理想的风格是“寓最高度的生动性于优美静穆的雄伟之中的风格……这种生动性在每一点都可以见出，无论是在形状上，曲折上，运动上和组成部分上，一切都是有意义的和富于表情的，一切都是活泼的和发挥效力的，无论从哪一方面去看这种艺术作品，都可以看出自由生命本身的脉搏跳动……从这种真正的生动性里，我们还可以感觉到一股秀美的气息周流于全部作品里，这种秀美是一种转身面向观众和听众的姿态，这是严峻的风格所不屑采取的”。而愉快的风格却“标志着由崇高理想到悦人效果的转变”，它把“愉快和产生对外的效果变成了一种独立的目的和旨趣”，“人们感觉到这些细节是作为装饰，穿插和陪衬而放进作品中去的。正因为它们对于主旨是些偶然的东西，只有凭它们的对观众或读者的关系才获得它们的基本意义，它们实际上是在投合欣赏者的主观趣味”[①]。如果将中国北方黄河流域的文学作品称为“严峻的风格”，将珠江流域的文学作品称为“愉快的风格”，那么把长江流域尤其是吴越地域的文学作品称为“理想的风格”，无疑是贴切的。

这也就可以解释以吴越文化为底蕴的“文学浙军”，为什么少有强烈的急功近利性而更强调“美术诚谛，固在发扬真美，以娱人情”[②]。具体到虚与实的审美习性取向，他们大多近虚远实，崇尚空灵，较少沉实。在戏剧领域中较少“再现”，多重“表现”，对纪实不感兴趣。在小说创作中，尽管“现代或后现代”一度成为当代文坛的热点，好像不“现代或后现代”就违背了文学的“现代性”；但浙江作家除王彪、余华外，大多对此无动于衷，更没有出现竞相效尤的“一阵风”现象。在文艺思潮方面也同样如此，当全国各地为欧风美雨的袭来而纵情呼喊之际，浙江作家却相当冷静，执著如牛地进行着以现实主义为体、现代主义为用，并掺杂象征主义、神秘主义、魔幻现实主义的现代江南文体的探索，显得比较沉稳。而这沉稳的核心内容，是洋为中用、以我为主，是重在消化与滋补的中国化、浙江化的执著审美追求，它反映了浙江作家对民族和地域文化资源之间天然的营养脐带关系。

当然，以上所说比较笼统。如果再具体化一下，我们还可以把“文学浙军”的审美特征归纳为以下三个方面。

第一，吴越风情，自成特色。在交通落后、统一的市场未形成，各地各民族的交往尚没有全面展开的历史阶段，风俗在地域文学中往往成为首要描写对象，也较容易引起读者“陌生化”的阅读兴趣。对于本土和异域的读者来说皆是如此。异域的读者的兴趣来源于由奇而异的比较：“他们与我们原来是如此不同啊!”而本土的读者也会产生一种自意识：“我们原来是这样的啊!”对于“文学浙军”来说，吴越风情一直是作家心仪已久的文学题材。吴越之地，山川秀美，雨水充足，草木葱郁；吴越之民，生性恬淡通脱，重乐轻礼，习喜温馨雅致。于是，反映在创作中就偏重选择

① ［德］黑格尔：《美学》（三），商务印书馆1986年版，第7—9页。

② 鲁迅：《集外集拾遗补编·儗播布美术意见书》。

自然、轻松、充满灵性内涵的题材，如山、水、云、烟、酒、茶，等等。在他们笔下出现的地域文化景观，都常常与清风白水、竹篱茅舍、古寺古庙、石桥河埠、墙门小巷、清溪小船、丽花秀草等精致雅逸的意象联系在一起，给人以无限的韵味。像叶文玲的“长塘镇系列”、李杭育的“葛川江系列”、陈军的“杭州市井系列”、王旭烽的“茶人系列”、沈贻炜的“绍兴水港系列”、沈治平的“南运河系列”、赵锐勇的“浣江系列”等，都莫不如此。即使是描写大江、大山或重大、凝重一类题材，在表现吴越人民相对坚韧刚强的另一面文化性格的同时，也总是氤氲着浓浓的空灵之气，与“陕军”等西部或北方作家迥然有异。这可能跟吴越地区经济发达，人在生存心理上较为放松密切有关。因为生存环境富庶平和，就会产生更多的精神向往，更多寻求生活中的雅趣和闲逸。何况吴越的地理环境，它本身也是湿润温和，极具灵性化的。所以，从文学与生活的关系角度看，浙江作家选材上的上述求雅求小求软的特点，也就不奇怪了。当然，由于契入点的不同和个性心理差异，同样或相似的取材，每个作家自有其妙谛。如叶文玲的“长塘镇系列”侧重于风俗人情，李杭育的“葛川江系列”侧重于生存状态，陈军的“杭州市井系列”侧重于人格系列。它们各有其存在的价值。共同汇总起来，构成了一幅多姿多彩、多色多味的吴越文化风情画卷。

不过，在实际创作中，“文学浙军”对此的描写也程度不同地存在着形式化倾向。不少作品未能触及渗透在每一位吴越之民血液中的深层的地域特质。果戈理曾说：“真正的民族性不在于描写农家妇的无袖长衫，而在表现民族精神。诗人甚至可以描写完全生疏的世界，只要他是用含有自己的民族要素的眼光来看它，用整个民族的眼睛来看它，只要诗人这样说话和感受，他在这个时候也可能是民族的。”① 这段话对于地域文学来说也同样如此，即重要的不是“写什么”，而是“怎样写”。地域性不是取决于题材本身，而是体现在对题材的加工方式上。在构成地域风格的诸多因素中，最重要的是本土的文化心理特征。直至今天，民族风俗仍是重要的表现对象，但如果仅停留于生活表象的罗列，作品只能是一种肤浅化的拼

① 转引自《别林斯基选集》第3卷，上海译文出版社1980年版，第280页。

贴。吴越之地有着稳定、鲜明、独特的地域特征，对作家固然是一种丰厚的创作资源，但这种稳定、鲜明、独特的文化表象也容易使作家沉迷于表象描摹，形成题材的误区。这一点是需要特别指出的。

第二，江南文体，别具韵味。文体是个大概念，它包括两项最基本的构成因素：外形式与内形式。从本质上讲，文体不是纯粹的形式，而是积淀着思想和情感的“有意味的形式”。别林斯基说过：“文体是思想的浮雕性、可感性；在文体里表现着整个的人；文体和个性、性格一样，永远是独创的。”[①] 我们这里所说的江南文体，也情同此理。之所以在文体之前冠以“江南”这一地理性概念，旨在强调这一文体形态的区域文化特征；这与有人将其称为“吴越风情小说文体”，词异而义同：都是为了突出它的审美性尤其是抒情写意性。用评论家盛子潮的话来说，就是采用“感知者的抒情视角”，让作品中的叙事人以一个感知者的身份去体验笔下人物的文化心态，细腻地品味其中所表现的民情风俗等自然文化景观，呈现一种情致化的抒情氛围。[②] 如叶文玲的小说——从《心香》到《无梦谷》再到《秋瑾》，就明显具有这样的文体特征。她常常巧妙地把故事情节放在幕后处理或侧面交代，而正面展开的却是充满主观化的抒情性描写，以至屡屡发生故事主线被抒情描写淹没打断的情况。同样如林斤澜的《矮凳桥风情》，它虽然将生活背景置于改革年代，但作者在此要写的则是矮凳桥生活中独有的情韵，抒发的是自己对家乡的一片真情挚爱。为了最大限度地达到这种抒情效果，有时候，浙江作家甚至有意无意地淡化那种错综复杂的人际纠葛，力求使之简约化、诗意化。从这个意义上，江南文体成了体验沉思型的文体而不是史诗写实型或思辨严峻型的文体。它是委婉曲折、一唱三叹的美文，是朱自清所说的那种讲究形式美感（骈俪化），追求深层寄托（诗化）的现代语体的文言文。

苏联美学家波斯彼洛夫认为：对“风俗描写”文体的作品来说，“它们的描写情节比叙事性常常更强一些”，“描写”不仅是对“永远存在的东西”（环境、风景、肖像）的描写，而且还包括“常有的现象”，也就是说

---

① 《别林斯基论文学》，新文艺出版社 1958 年版，第 234 页。

② 盛子潮：《浅谈吴越风情小说》，《文艺报》1993 年 11 月 6 日。

经常发生的现象的描写，而“叙事”则是对“只有一次的现象的描写”。[①]将上面的“描写性”改为“抒情性”，他这段话同样也适用于江南文体的写作。因为对“文学浙军”来讲，它对地域文化的描写总是以反映长存的、常有的现象为基础，而发生在这个基础上的所叙述的故事则是“只有一次的现象”，因而它的抒情性（描写性）往往比叙事性更强。

第三，吴侬软语，尽显风流。文学是语言的艺术，而语言又是思维的直接现实，是文化的基本载体。不同地域的语言运用到文学中，会在语言层面、象征层面、表情层面产生诸多差异，其中透露的地域文化信息也必然会有显著的差异。语言作为“存在的家园”，同使用该语言的地区的人们的生活息息相关。从这个意义上说，方言同地域文化有一种天然的联系。然而文学又是一种交流活动，不仅在本地域内部交流，还有同域外的读者交流的愿望。尤其是在一个稳定的国家政权的统辖下，各分散地在各方面的交往成为现实。而政权的统一必然会推行统一的官方语言，以保证各方面交往的需要，这就使作家面临创作语言的抉择问题。胡适曾指出过一个有趣的现象，即自明清以来较有影响的文学著作大都以“官话”写就的，鲜见用方言创作而知名的。对于浙江作家来说，这个问题尤为突出。因为吴越形成了自己的稳定而独特的文化传统，其中就有吴越方言，即所谓“吴侬软语”。另一方面，“国家推广全国通用的普通话”，这是我国宪法中规定的，这对于巩固国家的统一、加强各民族的凝聚力、增进各民族的相互交往都有积极的促进作用，所以国家要求将普通话作为学校教学语言、影视广播等宣传语言、工作语言和交际语言。

这种大规模的普通话运用对文学语言的影响是深远的。对于北方方言区的作家来说，由于普通话是以北方方言为基础方言、以北京语音为标准音、以现代典范的白话文著作为语法规范的现代汉民族共同语，所以北方作家的创作语言和他的“母语”（方言）基本吻合，这些作家在创作中毫不费力地通过语言牵引出浓郁的地域色彩来。而对于处于吴越方言区的浙江作家来说，则无疑要经过一个语言的解码过程。杭州市第十中学王勤在

---

① ［苏联］波斯彼洛夫：《文学原理》，生活·读书·新知三联书店 1985 年版，第 322 页。

《语文的解码——南方言语区作文教学的盲点》一文中就提到了这一问题问题。对于北方方言区的作家，他的方言“母语”与普通话语系甚为接近，“把想的东西写下来就成文章”是可以做到的。他们的问题在于如何“想”得好一点，“写”得好一点。但南方方言区的作家，由于习惯于用方言进行思维和交流，在他们思维语言与普通话表达语言之间还存在着一个断层，“怎么想就怎么写”绝不像说说那么简单，还需要实现“由方言向普通话的转换”。这种转换过程对于方言区作家来说是艰难的，甚至有点残酷，但却是必需的。否则只用方言创作，那么传播与交流就受到很大限制，甚至就限制在本区域内。而另一方面，由于教学、宣传、工作交际等语言的逐渐普及，普通话氛围已逐渐在城市读者中扎根，连这类读者自己对本地方言也已不甚了解。例如很多杭州的年轻人就很难听懂老杭州的杭州话，很难说他们中成长起来的作家还会视杭州话为创作母语。这种语言的解码现象尤其影响着土生土长的浙籍作家。

文学创作虽然基本以形象思维为主，但也是通过最基本的言语思维来实现的，因为文学毕竟是语言的艺术。这里的语言不仅指形诸声音的口语和形诸文字的书面语，更意味着它是人的心灵活动的内部语言——思维语言。口语和书面语都是思维语言的外显。从严格的意义上讲，吴越方言是与普通话有很大差别的语言。这种差别不仅体现在语音上，而且在表意语汇和语法结构上，它们都是自成系统，相对独立、完整的。有许许多多在方言约定俗成的具有生动表现力的、非那么说不可的词法、句法，在普通话里则是极不规范的，甚至是错误的。但是，方言经过千百年地域文化的融合与分流，最终仍然流传下来，它的存在本身就证明它生存的合理性，对于文学艺术来说尤为如此。例如浙江的越剧小百花，离开了吴越方言的基本发音与表意词句，原有的地域文化水分顿失殆尽。这是一个颇为矛盾而又耐人寻味的现象。在现代文学史上鲁迅、茅盾等浙籍文学大师已为我们作出了很好的榜样。师承前辈的传统，立足于时代发展的新的现实，当代浙江作家普遍采用以现代普通话通用语为基础，同时又尽量地吸纳与吴越地区的文化精神特点紧相维系并互为表里的方言；另一方面，考虑“吴侬软语”向有入文之难的特殊情况，为了消除人们尤其是吴越方言区外人们的阅读阻碍，求得广泛的传播交流，作家们在运用方言入文时，又对方言进行变通和改造。

真正优秀的吴越作家，真正成功的吴越品味的作品，他（它）都是在普通话通用语与吴越方言之间富有意味的协调统一。作家们在创作时，当然有意识地在通用性的普通话主干语中融进了大量地域性的语言元素，包括吴越的习惯用语和句式，如将“渔夫”称为“渔佬儿”，将“哥哥”叫做“阿哥”，把“慌张”说成“慌兮兮”，还有好用“勿”、“弄”、“哉”以及特殊的“的”、“了”等句式的运用，这有利于强化作品语言的地方色彩和韵味，有效地避免仅仅有逻辑因素的普通话公共通用语言的一般性、通常性。但更重要、更为核心的问题，则在于凭借作者固有的地域文化修养积累和写作意绪而努力捕捉与吴越文化神韵有着精神联系的整体语言质感，即从作品的语境、语调、语态、语意中触摸把握吴越方域独特的整体性的文化氛围。像李杭育的“葛川江系列”等作，尽管它们彼此有不同的语言个性，如李杭育空灵坦荡，叶文玲抒情秀丽，陈军的淡泊洒脱，但总体上都有吴越特色的语感。这种语感，“概括地说，大约是：精致、冲淡、抒情、幽默、委婉、柔美等，就是所谓‘吴侬软语’；从中多多少少体现着吴越地区的坦荡、逍遥、洒脱、豁达、柔情、巧慧、游戏鬼神等文化精神”[①]。也正是这个缘故吧，所以李杭育坦言在“葛川江系列”中，他“所寻找的语言，绝不仅仅是方言俚语之类，也不能视作一般的语言风格来理解。简单地说，它是一种口气，讲故事的口气”[②]。

四

确立“文学浙军”在全国格局中的位置是一件困难的事，因为文学不像经济指标那样有量化的标准；但同时它又是一种很直观、很容易的事，因为说到底不外乎就是看你有没有在全国叫得响的优秀作品和重量级的作家，甚至也包括文艺思潮方面的影响。

是否出现优秀的文学作品永远是衡量一地文学业绩的最高标准。从这

① 钟本康：《文学的入俗与脱俗》，成都科技大学出版社 1994 年版，第 22 页。

② 李杭育：《文化背景上找语言》，《文艺报》1985 年 8 月 31 日。

个意义上来看，近年“浙军”除了《无梦谷》、《南方有嘉木》等几部较有影响的作品外，全国文坛上没有多少“浙军”的声音。这不能不说是浙江作家必须面对的现实。在多届举办的茅盾文学奖、鲁迅文学奖上，浙江文坛获奖不多，也从一个独特的界面确认着浙江文学在全国的位置，虽然也有人对双奖的权威性提出质疑。而对于在全国较有影响的“陕军”来说，不但出现了多部既有地域特色又极具民族性的大部头小说以及数位知名作家，而且其影响波及全国各地，“陕军东进”的口号形象地说明了陕西作家的辐射力。当然，相对于另外一些地方，“文学浙军”却又显得著作颇丰，业绩不俗，也确实值得庆贺一番，这也是不争的事实。“文学浙军”正是处在这样一个不前不后、中不溜儿的窘迫状态，至于再偏上或偏下一点，都已不再重要。就文学思潮方面来说，更是难逃跟着全国、追随时尚的不济命运。这似乎倒情有可原，因为处于边缘文化圈位置的“文学浙军”，想在文学思潮上走在全国前列，似乎在政治、经济等各方面有先天不足。但对于文学创作来说就是另一回事了。因为文学创作本应是最具独创性的精神活动，偏于一隅的种种劣势往往很容易成为文学上的优势，关键是作家如何发现且发挥这种优势。“陕军”在这方面是个很好的典型。当然，造成这个局面也绝不仅仅是浙江作家主观上的原因，它还与现代条件下地域文学的现代性问题密切有关。

在世界形成密不可分的相互联系和影响之前，文学带有地域色彩是件很自然的事；而在世界的密切联系和交往日益加剧成为现实，以至世界缩小为一个“地球村”的背景下，即使是刻意地表现地域色彩也是很难的事了，除非用一种刻意的方式，即是说，真正意义上的地域文学是自然形成的，而非有意识追求的一种风格。在当今世界背景下，理论上的地域文学作为一种文学概念，乃是现代人反观往昔的文化情怀在文学中的映照；而实践中的地域文学乃是作家在语言、题材以及思维方式、情感方式等方面有意渲染的结果。这么说，毫无贬低当代的地域文学之意，而是意在证明现代性问题之对当代地域文学来讲，具有多么的迫切性和重要性。而这，自然也构成了以地域文化为传统的“文学浙军”面临挑战的一个深层的现实原因。毋庸置疑，“一方水土养一方人”，这句俗语当然也适用于文学。不管怎么说，各个地方的作家都或多或少地受到本地文化习俗的影响。地域文化在某种意义上可以看做是一道天然的屏障，它使各地作家的创作呈现出不同的风貌。但我们同样也不能否认，近十几年来的创作趋势是地域文化的特征越来越模糊，这一点，与“五四”甚至“文化大革命”前十七年的创作相比，就十分显见。当代小说的意识和风格，完全借助于信息时代的便利迅即地在年青一代的作家心底拷贝复制，这种现代性的威力可以毫不费力地穿透地域文化的天然屏障。在这样的情势下，那些自觉地张扬地域文化特色的作家诚然是难能可贵的。但如果缺乏深刻的自省、缺乏开拓开放的思维观念，其所创作的地域文学能否成为与时代对话的艺术，为广大读者所认同，就很难说了。

就这个意义上讲，我们认为，文艺创作的地域话语，主要不应着意于回顾，而应着意于前瞻；重点不在回到“地域的世界”，而在于走向“世界的地域”。在世界经济、文化一体化的大趋势下，应从一个新的认识高度和文化境界，用文学的方式抢救地域文化资源，保存地域文化个性，增强地域文化在当代的存留、发展动力，认识到它面对标准化、一体化日甚的现代性潮流，在文化精神生态上的重要的平衡作用。如此，则地域文学才能获得更为丰富的生命内容。我们讲重振“文学浙军”，应作如是观。这也是令不少浙江作家颇感棘手的一个难题，是时代对“文学浙军”的一个新的挑战。

当然，对于“文学浙军”来说，它所面临的挑战远不止于此，而是多方面的。主要可归纳为以下几点：

首先，是认识论上对吴越文化传统的正确体悟问题。李杭育在80年代中期曾提出吴越文化的边缘性特征，指出它是一种非规范性文化，并发掘出吴越文化所应具有的那股原始、野性的生命活力。这种活力正是作家在“葛川江系列”中所竭力张扬的一种东西。李杭育的作品正是因为对自身所处的现实的热切关注而受到赞誉。这是一条很好的路子，是在当今条件下对吴越文化的一种准确理解。而在更多的时候，我们的有些作家对吴越文化的理解仍停留在对古典风情的表象描摹，没有用动态的眼光去审视吴越大地崭新的变化。尤其是改革开放以后，走在全国前列的浙江无论是在物质财富还是精神生态上都发生了很大的变化，而这些生动的现实生活图景在总体上却难以在浙江作家的笔下得到反映。这种生活与艺术的巨大落差和错位使读者有理由对“文学浙军”的命名投以异样的目光。然而，找准了问题的症结，也就找准了努力的方向。“文学浙军”没有理由丢掉由鲁迅、茅盾等承续并发展的吴越文化的另一面战斗传统，只有这样才能不负浙江父老乡亲的厚望。

其次，是艺术创作中的创新意识和理性精神问题。现在讲知识创新，其实，文学创作是最需要创新精神的。浙江文学给人的总体印象是跟着全国的感觉走，缺少前沿性探索。物质上虽然富庶，但精神上的现代性不足，缺少一种敢为天下先的勇气。有人把这归咎于吴越文化的某种先天不足，诸如过于偏重阴柔秀美的气息。这虽有一定的道理，但却是片面的。如前所述，吴越文化形成与发展的全过程正体现了其开放性。而且，我们今日重提吴越文化更应关注其当代性。文学是现实的一种审美反映，文学来源于现实而又超越于现实。而当下的浙江文学和现实齐头并进都是个问题，更不要说超越了。所以，“文学浙军”面临的第二个挑战就是从古典形态的吴越情结中走出来，更多地关注当下的现实，从而努力实现审美超越。经济最开放地区的作家往往容易成为文学领域的落伍者，这是文学与物质生产不平衡关系的又一体现。即使从功利角度讲，并不是一句戏语。

再次，是共时态上的吴越文化与海派文化关系问题。其主要表现是在海派文化强辐射力下力保自己的文化品牌和文化个性。上海是近代从一个小渔村发展为一座现代化大都市，它承袭了太多的沧桑巨变，一部上海发展史几乎就是一部中国近代社会史。从地域和人口上讲，它都不及浙江广与多。而且上海与浙江有着割不断的种种牵连。但是，上海文化却并不依附于浙江文化。其最大一个特点就在于一个“海”字当中，最早接受了西方工业文明的侵袭，显示出较强的现代性特征。这种地域上毗邻上海的格局对浙江发展经济来说，似乎是个有利条件；而对于浙江的文化发展来说就有了诸多困惑。有人戏言，一方面是大树底下好乘凉，另一方面是大树底下不长草。所以，浙江文学应强化自己的独立意识，保持自己的吴越文化特色。可以预见，随着市场经济的进一步推进，上海作为全国经济腾飞的龙头，其文化辐射力势必增强，世俗的市民文化将进一步繁荣。面对这种局面，浙江作家理应进一步开阔胸襟，广纳博取，吸收现代文化理念的精华以进行自己的文学书写；同时，也应不断提炼吴越文化的当代性内涵，不做地域文化取消论者。应该说，这样一种既具独立性又具开放性的文化心态对于文学创作的振兴是有益的。

五

浙江文学作为浙江整个文化事业的一部分，其现状引起了浙江文化领导决策部门的高度重视。重振“文学浙军”离不开文化领导部门的关心和支持。在浙江省政府制定的《浙江省文化发展规划》（1996—2010 年）中，多处涉及浙江文学艺术。《规划》在肯定我省文化事业所取得的成就的同时，清醒地总结了浙江文化在总体上存在的一些问题，其中有两点特别引人沉思：一是与经济发展不相适应，文化发展相对滞后，文化经费投入不足，欠账较多；二是与其他先进省份相比，我省文化优势不明显，在全国有影响的文化名人不多，文化精品较少，文化队伍的素质亟待提高。这其中也包含了浙江文学存在的问题。《规划》还确立了浙江文学艺术今后的基本任务和目标是创作一批具有浓郁地方特色、鲜明时代精神、独立艺术风格、在全国能产生较大影响的文学艺术精品；培养和造就一批相当规模、结构合理、在国内有较高知名度的作家、艺术家队伍。形成一个富有活力、协调顺畅的文艺体制，使浙江文学艺术的总体水平与浙江在全国的经济、文化地位相适应。

应当看到，我省文化决策部门把文学纳入到整体文化发展战略中去，是具有战略眼光的，它为“文学浙军”重振辉煌提供了政策导向上的保障。在现代社会状况下，发展经济是每个国家、民族的长期目标。有人预言，进入 21 世纪后世界范围的竞争将更加激烈。而决定这种竞争最后胜负的因素除了传统的资源、资本、技术、人才之外，还有一个日益凸显的整体因素在发挥作用，即文化资源（本）的竞争。浙江作为文物之邦、文化大省，有着极其丰富的文化资源。如何妥善继承和保护性开发利用本省文化资源，打出浙江的文化名牌，扩大浙江的影响，促进各方面事业的发展，是摆在所有文化工作者面前的一个非常迫切的问题。对于作家来说，更是如此。从某种意义上讲，文学的振兴会对整体文化的繁荣起到非常独特的作用，比如鲁迅、茅盾这样的文学大师在客观上对提高绍兴水乡乃至整个浙江的文化形象起了多么大的作用！所以，我们呼吁有关文化决策部门：一、加大对文学事业的投入。文学作为整个文化事业的组成部分，其发展受多方面因素的制约，必要的硬件建设所需的资金投入应予以保证；二、加强对浙江文化文学传统的研究和整理，取其精华，融入到对当下现实的关注中去，促成浙江文化文学观念的现代转型；三、建立文学人才发现和培养机制，在宣传、出版方面予以倾斜，搞好现有文学期刊、文学社团的建设，逐步建立起有效的激励机制，同时，扩大理论批评阵地，加强文学评论建设等。

当然，投资和建设文化文学并不意味着真正重视文化文学。真正意义上的重视文化文学，体现在对尊重知识、渴求知识的社会环境的培养上，体现在对宽容豁达的学术研究和文化探讨的氛围的形成上，对宽松自由的创作心态的形成上。英国有一句名言："我们宁可没有印度，也不能没有莎士比亚!"这种对文化文学的高度厚爱让我们感动不已。因为文化文学代表着一个民族、一个地区的精神与荣光，一个文化文学匮乏与落后的民族、地区，一切终将落后。总的来说，浙江的文化决策部门对文学是重视的，他们为繁荣发展浙江文学作了大量的工作，但离作家的期望还是有距离的，与湖南、陕西、河北甚至广东等省份相比，在重视的程度、力度以及软环境的培养上，都显得不够。有人说，如果《白鹿原》、《废都》这样独创性尖锐的、有明显弊端的作品，出在浙江，它们的作者能否得到在陕西那样的善待？这是值得沉思的。搞经济工作需要探索、允许失误，从事文学创作也同样需要探索、允许失误。当这种探索由于种种原因出现这样那样的问题甚至明显失败时，我们的文化决策部门应满腔热情地予以帮助引导。这样，作家才能心悦诚服地接受，真正从思想上解决问题，从而形成一种健康、民主、和谐、宽松的创作环境。为了"文学浙军"的辉煌，我们有理由对现有的文化软环境提出更高的要求。

在谈到文化建设时，顺便需要指出，文化建设不同于精神文明建设，它们从本质上是一致的，但又不能简单等同。文化建设是社会发展的重要精神动力，"是凝聚全国各族人民的重要力量，是综合国力的重要标志”[1]，其根本任务是提高全民素质。而精神文明建设中所讲的文化建设，从严格意义上讲，是比较初级的宽泛的概念，它包括以“五爱”（爱祖国、爱人民、爱劳动、爱科学、爱社会主义）为核心内容的思想道德建设和以提高本民族文明知识水平为宗旨的教育科学文化建设两个方面。其价值目标与我们通常所说精神思想意义上的文化建设的价值目标相去甚远。具体说来，前者较实，后者较虚，彼此存在着层次之差。从文化学的观点看，主要区别是价值观念、思维方式、理想人格、国民品性、审美情趣、精神风貌等思想文化的最本质东西，在精神文明建设范畴的思想道德和教育科学文化等领域至今仍未得到合理的定位；而在文化建设尤其是文学创作那里，它却成为根本的价值目标。文化文学建设之所以为文化文学建设，而不同于通常所谓的精神文明建设，其意义主要就在于此。而恰恰是在这点上，恐怕不仅在浙江，就是在全国诸多地方，事实上是相当含混的。这对文化文学的建设是不利的。因此，如何科学地看待并在实践中正确处理文化文学建设与精神文明建设之间的关系，防止以精神文明建设等同以至取代文化文学建设，对浙江来说同样具有现实意义。如果不在认识论上解决这个问题，高度重视精神文化思想在社会主义新文化体系创建中的特殊重要地位和作用，那么想要实现浙江跨世纪文化现代化构建的宏伟目标，重振“文学浙军”的辉煌，也是很难的。

以上说的主要是文学的外部环境。它当然重要，但这仅仅是问题的一个方面。与之相应甚至比这更重要的，恐怕还是作家自身素质如何提高的问题。讲到近些年浙江文学的发展，常听见有人抱怨政府投入太少，从经济上远不如经济不发达的湖南、河北、陕西那样给予关爱，这固然是实情，是谁也否定不了的客观事实；但我们有理由相信，随着我省整体经济水平的进一步提高，政府部门必将加大对文化文学的投入。我们不能由于暂时的经费不足的抱怨而掩盖了对自身不足的清醒认识。文学是一项特殊的精神劳动，在许多方面本应具有一种超前性，不能坐等。相比较而言，经济上的投入在操作上反倒是一件较容易的事，而文学的繁荣则不可能一蹴而就，需要一个长期的积累、酝酿的过程，需要一大批、一代代作家苦

① 江泽民：《在中国共产党第十五次全国代表大会上的报告》。

练“内功”，创作出一大批文学精品。我们应该清醒意识到，浙江作家从生活积累、知识结构、艺术修养和精神视野等方面都存在明显的不足，尤其是与时代生活同步乃至超前上，与其他省份作家相比，更是显得比较迟缓，包括一些中青年作家。社会的转型与生活的新变给吴越这块古老而神秘的土地注入了新的内涵，如何抓住这样的契机，做好转型之际人性冲突这篇文章，寻求文化冲突的本质与人性冲突的本质的有机统一，这对“文学浙军”既是一次机遇也是一次考验。但也许正是从这里，我们才有可能产生高起点、深内涵，并且是具有时代概括力的优秀力作，才能立足浙江又走出浙江，有效地避免不必要的艺术浪费和才气溢漏。

在新世纪的今天，我们需要反思的最迫切问题主要是：一、我们是否对周围人的生生死死、喜怒哀乐一直关注而不疲倦，我们是否把事实只当成了虚构；虚构是文学的手法，但精神实质却是真实的，信仰是向上的，理想是向前的——并不是说一个作家一定非要给人类指出一个人人认同的理想的归宿，但一个作家必须要有精神上的寻求和指向，只要寻求就意味着精神是向前的，精神总是指向未来的。二、我们是否太陷入了地域文化而不能自拔，不仅缺少批判，对地域文化也诚惶诚恐；而且在地域文化转化为地域文学的过程中，也缺乏形象和情感作为中介进行连接，于是在有些作品那里，文化价值往往高于文学审美价值。三、我们的作品形式是否一直在模仿别人而少有自己独到的创意，或者是马尔克斯的，或者是沈从文、汪曾祺的，或者再加点郁达夫式的抒情，孙犁、杨朔之类的笔意；而且创作随意性大，往往打一枪换一个地方，逮住一个算一个，没有自我的艺术目标。这也就是本文所述的“文学浙军”现代境遇的问题之所在，是当前及今后一个时期内浙江作家亟须解决的几大艺术难题。

（本节与杨世真合撰）

第七章

文学生态与文化领导权

第一节　毛泽东、邓小平文艺思想在文学生态中的特殊地位

一

文化领导权问题，是中国当代文学及其整个生态系统无法回避的一个极具现实性的文化母题。按照意大利马克思主义理论家安东尼·葛兰西的理论："一个社会集团在取得政府权力之前能够而且必须行使'领导权'(这确实是取得这样一种权力的主要条件之一)；以后当它行使权力时，它成了统治者，但即使它牢牢地掌握了权力，它仍然必须继续'领导'。"①这也是一种现代性，它的直接理论来源于马克思、恩格斯有关"无产阶级领导权思想的基本要点"。(斯大林语)列宁也曾从文学的倾向性与独立性的两个方面，对此作出了阐释，并采取多种措施付诸实践。如在十月革命后不久，便签署颁布了《出版法令》和《关于实行广告的国家垄断制法

① ［意］葛兰西：《狱中札记》，转引自俞吾金等《国外马克思主义哲学流派》，复旦大学出版社 1990 年版，第 106—107 页。

令》，以强制性的措施查封资产阶级报纸，并且切断了他们的经济来源（广告）；他还在1920年8月建立了中央宣传鼓动部并以“始终不渝地努力把各种宣传鼓动和文化教育工作全部抓起来和统一起来”作为其工作的职责。[①] 他并不因强调文学“两个自由”而疏忘其意识形态性，放弃社会主义的文化领导权。可惜的是后来特别是20世纪四五十年代日丹诺夫统治文坛的苏联，在整个社会民主机制遭到破坏的情况下，受其影响，文学文化政策的制定也日益明显背离了列宁的思想，又走向了另一个极端。文学界在思想和组织方面受到了来自官方的越来越强的控制，不同的声音逐渐被一种主流意识形态的强大话语所替代。此种情况一直到1953年斯大林逝世后，才渐渐有了些改变。

中国当代文学文化深受苏联的影响，社会主义的文化属性和执政党的地位，也决定了它在宪法和法律规定的范围内享有国家文化主体的领导地位，在有关文学组织制度的制订、运行和规范等方面都直接发挥着重要的决定性的指导作用。而另一方面，通过建立政党制度来实现对国家政权和思想文化的有效掌管，的确也是现代民主和法治国家的主要政权形式。在这其中，毛泽东、邓小平等最高领袖人物的文化决策是至关重要的。因为他们的行为集中地反映了执政党的文化利益和文化意志，它是一定文化关系的特殊权力形式的折光反映。不仅是毛泽东，从新中国成立一直延续到今天，所有的领袖人物都莫不如此。高度重视文化领导权，可以说是不同时期领袖人物的共同追求。如刘少奇在将遭受迫害的“文化大革命”前夕，还曾多次强调“双百方针”的“六条标准中间，最基本的是两条：第一条是共产党的领导，第二条是社会主义道路”[②]。其他如周恩来、邓小平等也都有类似的论述。当然，这也与他们置身的新旧两种文化形态转换交替的历史背景密切有关。特殊的文化身份和地位，以及过渡时期双重的文化使命，使他们在行使全面领导的同时对文学给予警觉的关注，并逐步制

① 《苏联共产党代表大会代表会议和中央全会决议汇编》第2卷，人民出版社1964年版，第312页。

② 周扬：《关于文艺和政治的关系》，《中国新文艺大系（1976—1982）理论一集》（上），中国文联出版公司1986年版，第102页。

定和建立一套严整的制度，包括方针政策、文化举措和组织机构，等等。

在这一节中，我们拟从毛泽东、邓小平文艺思想与当代文学关系入手进行探讨，看社会主义文化领导权是怎样对当代文学的整体生态产生潜在深刻的影响，为现实和未来的良性文学生态环境的营造提供宝贵的启迪。

毛泽东对当代中国文学生态的支配性影响，从事实存在的角度看，大致可分以下四个方面或四个维度：这就是“文艺理论”、“文艺创作”、“文艺批评”和“文艺批判”，它的内涵是相当丰富的。正如胡乔木所说：“研究毛泽东文艺思想，这个题目内容很丰富，很需要我们认真研究，我们的工作绝不能限于一篇《在延安文艺座谈会上的谈话》，或加上一篇《同音乐工作者的谈话》；它要包括研究毛泽东同志所创作的优美的诗词和大量优美散文，研究这些作品的美学观点和美学价值。”[①] 他的话是有道理的。

（一）关于毛泽东的“文艺理论”，我以为主要有“双百”方针、“两结合”和“古为今用，洋为中用”这三个方面。（1）毛泽东的“双百”思想，在20世纪40年代就有所表露，正式提出则始于新中国成立后的第七个年头即1956年。中心主旨很明确，就是强调艺术创作和学术研究要享有自由，反对用行政方式来对它进行干预：“艺术上不同的形式和风格可以自由发展，科学上不同的学派可以自由讨论。利用行政力量，强行推行一种风格，一种学派，禁止另一种风格，另一种学派，我们认为会有害于艺术和科学的发展。艺术和科学中的是非问题，应当通过艺术界科学界自由讨论去解决，通过艺术和科学的实践去解决，而不应当采取简单的方法去解决。”[②]（2）毛泽东的“两结合”，是1958年在一次会议上谈到诗歌创作时提出来的，他说：新诗的内容应当是现实主义和浪漫主义的对立统一，太现实了，就不能写诗了；革命精神与实际精神的统一，在文学上就是革命浪漫主义和革命现实主义的统一。跟前面的“双百”情况有所不同，毛泽东当时没有较系统的阐述，它主要是由周扬的《新民歌开拓了诗歌的新道路》[③] 一文正式传达并以理论论证的。由于这个缘故，历来解说

① 转引自毛代胜《毛泽东诗词研究概述》，《求索》1991年第5期。

② 《毛泽东选集》第5卷，人民出版社1977年版，第38页。

③ 载《红旗》1958年创刊号。

不一，分歧颇大。但它确实是毛泽东一贯的文艺思想。无论从他本人的文艺理论还是艺术实践看，都鲜明地体现了“两结合”这样一种精神原则，即强调理想超拔，重视文艺对生活能动的作用；当然其中也隐含了颇明显的主观唯意志论的色彩。(3) 毛泽东的“古为今用，洋为中用”，这实际上包括了对民族传统文化继承和对外国文化借鉴两层意思。虽然正式提出始于 1964 年，但早在这之前，毛泽东就曾有过多次论述。例如 1945 年在《论联合政府》中提出批判吸收中外文化遗产，1956 年在会见中国音乐家协会负责同志时，又再三强调对中国古代文学遗产特别是对外来文化进行创造性转化。他认为，艺术的基本原理有其“共同性”，但表现形式要“多样化”，要有民族形式和民族风格①。因为有“共同性”，所以我们在遗产问题上可以而且应该进行纵向继承和横向借鉴，拒绝、排斥是不可取的。又因为是“多样化”，所以与此同时我们在遗产问题上又不能简单盲目照搬。须知同样是中国，今天与过去毕竟处在两个完全不同的历史阶段；而对于外国文化来说，它的引进借鉴还同时涉及对异质文化如何转化的问题，以及艺术在事实上具有较强保守性的问题，等等。

(二) 关于毛泽东的“文艺创作”，主要包括散文特别是诗词两种文体。它与毛泽东的文艺理论相互联系，一方面它既是其理论形态的产物，另一方面又反过来促成他理论形态的形成和发展，二者形成强烈的互渗效应。从客观效果和社会接受上看，他的文艺创作虽在无意或偶尔之间完成，但由于他是继马克思、恩格斯之后的一位独领文采风骚的杰出人物，加之特殊历史条件下形成的领袖地位，这样双重的因素就使他的文艺创作在接受者心目中无意平添了某种权威性和无可置疑的说服力，其价值意义显得更加非同寻常。毛泽东从 20 年代起开始写诗，迄今公开发表的共 50 首。数量虽不多，但却是人们公认的壮丽史诗和艺术精品，历来受到广大读者的喜爱。在新民主主义阶段，毛泽东曾以一首《沁园春·雪》轰动山城，构成了历史上有名的“咏雪”词话。新中国成立以后，随着有关诗作更多的公开发表，毛泽东诗词在社会上和文艺界更是引起前所未有的轰动和反响。特别是 1957 年《诗刊》创刊号上首次集中发表 18 首的那一次，

① 毛泽东：《同音乐工作者的谈话》。

书店门口竟还出现排队争购《诗刊》的热烈场面。其卓尔不凡的思想艺术成就，使毛泽东在新中国成立不久便被推上了诗词盟主的地位。连自称“特别喜欢诗词”并且很有点“目空一切”的郭沫若，也佩服得“五体投地”①。从那以来毛泽东诗词热很快波及全国，不但群众口耳相传，而且学界也注家蜂起；其中多首还被选入中学语文教材和大学文科教材。据不完全统计，从1950—1966年间全国各报刊评介研究的文章就达1100篇左右。毛泽东诗词中的那些有关革命建设、反帝反霸的内容对于当时的文学创作尤其是诗词创作更是起过领唱作用。从五六十年代风靡一时的政治抒情诗，到70年代的天安门诗歌运动，人们可以清楚地看到毛泽东诗词对于一代诗歌创作在思想、艺术及风格上的深刻影响。

（三）关于毛泽东的“文艺批评”，相对于他的创作，此一情况较为复杂些。一方面，它跟他的文艺理论有交错重合，有时甚至很难截然区分；另一方面，它又包括了艺术常识在内的所有评鉴活动，并且在事实上是以艺术赏识为主，散见于讲话、报告、文章、通信、批注之中，涉及方面很广。古今中外，无所不包，但主要还是中国古典文艺包括诗词、戏曲、小说、散文、杂记等方面的批评。它从各个角度和各个方面阐发他的人民性思想、浪漫主义喜好和历史主义的批评方法。如“特别喜爱”《水浒传》中的那些“关于造反的故事”，而极其厌恶后半部的“宋江投降”；对“文采奇异，气势磅礴，有脱俗之气”② 三李（李白、李贺、李商隐）的推崇，而不喜欢杜甫、白居易；明确把《红楼梦》定位为“政治历史小说”，“当作历史来读”③，认为第四回是该书的“总纲”，因为这回的“葫芦僧乱判葫芦案”讲到“护官符”和“四大家族”④。它看似写儿女之情，实则展示了封建制度无可奈何的衰落。从这些能见到的有限资料来看，毛泽东不仅通今晓古，知识渊博，而且对文艺作品具有敏锐的感知力和深刻独到的见解。有人说：“如果毛泽东不是政治家的话，他也不难成为卓有建树的文史学者。”斯言

① 郭沫若：《浪漫主义和现实主义》，《红旗》1958年第3期。

② 毛岸青、邵华：《回忆爸爸勤奋读书和练习书法》。

③ 1964年8月18日在北戴河同哲学工作者的谈话。

④ 同上。

甚是。关于这一点，陈晋在他的系列体文章《毛泽东与中国文艺》中向我们作了相当详尽的披露[①]。他以翔实的材料告诉我们，毛泽东的文艺批评如同他的诗词创作一样，具有自己独特鲜明的个性色彩。

（四）关于毛泽东的“文艺批判”，大家都知道，毛泽东领导的文艺批判运动，大的有四次，即50年代初中期的批判电影《武训传》、批判俞平伯的《红楼梦》研究、批判胡风文艺思想和反右派斗争。这些批判，情况当然比较复杂，对当代文学生态的影响也不尽一样。但从总体上看，它混淆了艺术（学术）与政治的界限，效果是不好的。尤其后两次，即对胡风文艺思想的批判发展为肃反斗争和反右派斗争的扩大化，把许多知识分子打成“反革命分子”、“右派分子”，这从当时的思想背景和政治背景来看，虽然有其一定客观的原因；但这种批判所暴露的“左”的倾向和不实事求是的缺点则比前两次更为严重、更为突出，因此它给当时和以后一段岁月里文学生态及其发展带来的消极影响也是明显的。50年代后期至“文化大革命”，类似这样大的文艺批判运动虽然没有铺开，但出于国内外各种复杂的政治原因，毛泽东不仅没有削弱反而愈加重视文艺领域对所谓的资产阶级、修正主义文艺思想的批判。他的有关文艺问题的两个措辞严厉的“批示”[②]，

---

① 陈晋文章载《文艺评论》1990年第4—6期，本文有关毛泽东文艺批评的材料皆取自陈文，谨此向作者致谢。

② 毛泽东的第一个批示是1963年12月12日在关于柯庆施抓曲艺的汇报材料上作的，批示如下：“各种艺术形式——戏剧、由艺、音乐、美术、舞蹈、电影、诗歌和文学，等等，问题不少，人数很多，社会主义改造在许多部门中，至今收效甚微。许多部门至今还是‘死人’统治着。不能低估电影、新诗、民歌、美术、小说的成绩，但其中的问题也不少。至于戏剧等部门，问题就更大了。社会经济基础已经改变了，为这个基础服务的上层建筑之一的艺术部门，至今还是大问题。这需要从调查研究着手，认真地抓起来。许多共产党员热心提倡封建主义和资本主义的艺术，却不热心提倡社会主义的艺术，岂非咄咄怪事。”（《建国以来毛泽东文稿》第10册，中央文献出版社1996年版，第436—437页）毛泽东的第二个批示是1964年6月27日在《中宣部关于全国文联和所属各协会整风情况报告》草稿上作的，批示如下：“这些协会和他们所掌握的刊物的大多数（据说有少数几个好的），十五年来，基本上（不是一切人）不执行党的政策，做官当老爷，不去接近工农兵，不去反映社会主义的革命和建设。最近几年，竟然跌到了修正主义的边缘。如不认真改造，势必在将来的某一天，要变成像匈牙利裴多菲俱乐部那样的团体。”（同上书，第91页）

就清楚地表明了这一点。然而，这些批判因有悖于文艺界的实际状况，它对当代文学整体生态产生了不良的影响，以至后来在“文化大革命”中被“四人帮”所利用，教训应该说是深刻的。

毛泽东文艺思想对当代文学生态的影响，完整地讲，主要就表现在以上四个方面。当然，这四方面，彼此有联系但又有区别，它们对当代文学生态带来的影响和作用也是有差异的。这其中，毛泽东的“文艺创作”和“文艺批评”相对容易把握。前者，有效地推动了旧体诗词的发展，激发了人们对民族古典诗歌的热爱和重视，以至刮起了一股颇具规模的古典诗词热，许多文史功底深厚、本来就有写作旧体诗词习惯和爱好的老革命家、老学者和诗词爱好者，如朱德、董必武、叶剑英、陈毅、郭沫若等受到极大的鼓舞，纷纷做诗填词，一时蔚然成风，经久不衰。后者，对当代文艺（尤其是戏曲）如何推陈出新，创造以人民为主体的革命现代戏；对浪漫主义之风的倡扬和历史主义批评方法的普遍化，甚至上升为最根本、最普遍，左右影响整体全局的创作和批评方法，无疑起到导向作用。

而“文艺理论”情况就较为复杂。拿影响最大的“双百”方针来说吧，它的提出和实施，一方面的确催就了1956—1957年上半年文坛的一度繁荣景象：无论是小说、诗歌、散文、戏剧、电影，数量和品种都显著地增多；特写、抒情诗得到了发展，荒芜已久的杂文开始兴盛；最为引人注目的是涌现了一批干预生活、致力写人性的感人佳作，从而为当代文苑增添了新的蓓蕾。理论批评也空前活跃，许多理论工作者联系现实，勇闯禁区，不仅对过去文艺运动中已被作了结论的问题进行质疑，而且从各个不同的角度对文艺界存在的教条主义提出批评。其中最有代表性的如《现实主义——广阔的道路》、《论现实主义及其在社会主义时代的发展》、《关于社会主义的现实主义》、《论“文学是人学”》、《论人情》、《电影的锣鼓》等。同时还开展对有关典型问题、形象思维和美学等众多学术问题的探讨。但另一方面快不久，这些具有探索精神的文章和作品很多都被打成“毒草”人为地遭到践踏，直到粉碎“四人帮”后才以“鲜花”般的面目得以“重放”。这个中的原因值得深思，它除了“左”倾思想的干扰外，是否与“双百”方针提出的特定历史情势，特别是自身“充满了难以克服的内在悖论”[1] 不无关系：“无论是对这一方针的制定者、施行者，还是被施行者来说，问题的症结是，‘百花’齐放，‘百家’争鸣，是否意味着对‘价格多元’的合理性的承认？确立能参与齐放的花，和能合法参与争鸣的‘家’的标准是什么？这标准由谁设立和解释？在当代中国这一语境中，政治和学术（艺术）的界线、‘人民内部’和‘外部’的界线如何确立？是先确立其是否属‘人民内部’的身份才能获得‘放’和‘鸣’的资格，还是视其‘鸣’和‘放’的内容来确定其是否是‘人民’？”[2] 实际上，在“以阶级斗争为纲”、“为政治服务”的文化语境下，“双百”方针是很难真正实施的。另一方面，严格的政治标准，特别是“无产阶级与资产阶级”、“社会主义与资本主义”、“香花与毒草”这样二元对立的思维方式，也不可避免地与“双百”方针之中的“百”字含义产生矛盾和抵触。

至于“文艺批判”，学界基本已达成共识，那就是将它视作毛泽东的严重的文化失误。现在的问题主要似乎不在结论，而是在于如何解释、探寻背后的源。毫无疑问，毛泽东的这一失误有他个人主观方面的责任，如脱离文艺实际情况，片面强调文艺为政治服务，缺乏民主作风，等等。所有这一切，人们大概不会有什么异议。然而从历史唯物主义眼光来看，情况就不那么简单了。它的错误发生在毛泽东身上虽有一定的偶然性，但它的产生归根结底却是一定社会历史的产物，有其深刻的内在必然性规律在起作用。首先，从马克思主义文艺发展史的角度来考察，毛泽东文艺思想产生的理论前提，主要应该包括中国传统文化的一般前提和马克思主义科学文化尤其是苏联斯大林实践的社会主义新文化的特殊前提两方面。马克思主义科学文化的基本原理自然也适应新中国现实的需要，他们是科学家而不是预言家，时代历史条件的限制，使他们不可能给今天文艺工作中出现的各种问题提供现成答案。当代社会主义文学是前所未有的新生事物，特别是像我们这样一个过去长期处于战争和激烈阶级斗争环境中，对于迅

① 董健、丁帆、王彬彬主编：《中国当代文学史新稿》，人民文学出版社2005年版，第43页。

② 洪子诚：《双百方针》，《南方文坛》2000年第1期。

速到来的文化建设缺乏充分思想准备和科学研究的中国来说，根据国情特点，具体到建设成什么样的文学以及如何建设，在马克思主义创始人那里更无切实的操作方案可依，全靠我们自己在实践中进行探索。有探索，难免就有失误，这是不以人的意志为转移的。如从阶级关系看，在新中国成立初期，“随着民主革命的基本完成，工人阶级与资产阶级的矛盾已成为社会的主要矛盾。自觉提出过渡时期的总路线，对私有生产资料实行社会主义改造，与资产阶级的斗争，便成了现实的革命任务”①。从国际关系看，我们一直处在西方的包围之中，现实生活是可催生和平演变与反和平演变的斗争。根据这样的历史环境，在思想文化领域发动对资产阶级及其有关文艺思想的批判也有一定的历史的必然性。

当然，行文及此，也许有人要说：“斯大林不是稍早于我们在进行着这方面的探索吗?”是的。且斯大林逝世后，苏联在这方面也不是一无可取。所有这些，对毛泽东文艺思想都不能没有影响。如“抗日的现实主义和抗日的浪漫主义”之在《讲话》中被改成“社会主义现实主义”口号就是（改写的目的，是为了与苏联“保持一致”）。但问题的复杂性在于，斯大林包括整个世界共产主义运动中，“左”倾是个国际流行病，他们在这方面同样也出现了严重的偏差。而恰恰就在这时，我们对外文化政策又是向苏联“一边倒”，甚至连他们领导文艺的某些方式方法也成为我们的楷模。这样，就使原来探索过程中出现的“左”的失误不仅没有得到及时纠正，反而显得“有理有据”，无形之中被合法化了。

毛泽东在几次“文艺批判”中的失误，不仅就马列主义发展史看有其一定的历史必然，而且从中国革命道路独特行程的角度观照也事出有因，并非偶然。众所周知，中国革命是以农民为主体的政治革命，我们主要是依靠农民革命力量取得胜利的。这种特定的历史行程，就使得在全社会激起对农民革命热情颂扬的同时，潜伏着鲁迅担忧的“迎合大众”、将知识分子贬抑为“大众新帮闲”② 的某种危险倾向。因为惟其我们主要是靠农民的政治革命而不是靠知识分子的思想革命取得胜利，那么反映在知识分

① 朱寨主编：《中国当代文学思潮史》，人民文学出版社1987年版，第183页。

② 鲁迅：《且介亭杂文·门外文谈》。

子与工农关系问题的处理上，稍有不慎，就很容易产生抑此扬彼的偏差，甚至可能导致将知识分子排斥于工农之外的宗派主义和文化上的农民主义倾向。“双百”方针提出后不久就被代之以一场席卷全国的反对右倾的思想大批判，其中的一个很重要的原因就渊薮于这种贬抑知识分子的社会思潮：由于“左”倾思想的影响和传统习惯势力的制约，尽管当时中共“八大”以大会决议的形式确认了“双百”方针，但各种顾虑、不理解甚至反对的意见还是相当程度地存在的。党内公开写文章否定者有之，甚至责问“我们是工人党还是知识分子党，是为工人还是为知识分子”者也有之。①因此，一俟毛泽东及其主导意识形态导向上出现了失误，它才会在全国范围内产生如此严重的扩大化后果，使许多知识分子被当作革命异己力量蒙受打击。这说明小生产者习惯势力在中国的强大可怕。它一旦受到“左”的思想的催化蔓延开来，成为左右社会的制导力量，那么它在事实上也就成了文化思想批判运动的社会思想基础，预示着这种批判的不可避免和迟早必然的到来。

如果说上面的分析尚有道理的话，至此我们的结论就不言而喻：那就是对毛泽东上述有关文艺批判失误的评价，不应过分纠缠于毛泽东个人的责任，而应把它摆在国内外复杂的社会文化背景下，用历史唯物主义和辩证唯物主义的观点予以把握，从中寻找历史答案。这正如中共中央《关于建国以来党的若干历史问题的决议》所指出的，如同毛泽东在其他问题上所犯的错误一样，他在文艺问题上的失误，从马克思主义的观点看来，“是一定历史条件的产物，如果仅仅归咎于某个人或若干人，就不能使全党得到深刻教训，并找出切实有效的改革步骤”。

二

在中国共产党的领袖人物中，邓小平是个具有开拓性贡献的实干家。他不仅创立了具有中国特色的社会主义理论，而且还结合改革开放的实

---

①　转引自张占斌编著《政治发展与当代中国》，吉林文史出版社 1990 年版，第 25 页。

践，对文艺事业发表了富有见地的意见。具体来说，主要表现在以下两个方面：

一、以经济建设为中心取代原来的以阶级斗争为纲的政治中心，实现文化范式的根本性转换，这是当代中国社会文化的最显著特点，也是邓小平对当代文学的最大贡献。

首先，在走出“文化大革命”而进入八九十年代的新时期，到底采取何种文化范式，并不是一桩无足轻重的小事，而是一项关系到思想文化建设全局的大事。它首先涉及对时代社会本质的理解。在过去相当长的一段时间里，由于受“左”倾教条主义的影响，一谈及文化，人们往往大多局限于观念形态的狭小圈子，将它与上层建筑和意识形态里的阶级斗争直接并接在一起，以至于阶级斗争仅局限于一定范围的和平建设时期，依然沿袭这样的错误认识：只要把意识形态领域里的阶级斗争搞好了，实际工作就全都迎刃而解了。这种“政治中心”的文化范式不仅严重地阻碍了社会生产力的发展，而且也给文学文化事业的进一步繁荣带来了明显的制约。

其次，就中国这样一个经济较为落后的第三世界国家来说，还存在一个不可忽视的特殊情况，这就是社会主义革命并非如马克思所构想的在发达的资本主义国家同时取得胜利，而是在资本主义链条薄弱一环的东方一些落后国家那里首先取得胜利。这一方面，固然可以避免资本主义社会制度以及由此带来的许多不幸和灾难，如弱肉强食、野蛮掠夺、殖民杀戮、人道沦丧，等等。但另一方面，也必然使其在生产力和科学文化整体水平的发展上因此处于相对落后贫乏的状况，存在着明显的先天不足。这种情况对社会主义国家来说无疑是一个严峻的挑战。特别是第二次世界大战结束以后，战争与革命的年代逐渐转换为以和平与发展为主题的年代，这就显得更突出了。可以毫不夸张地说，如果我们不能很好地解决自身政治、经济、文化之间的协调发展，尽快地缩短与发达资本主义国家的距离，那么社会主义制度就有可能前功尽弃，陷于不可想象的尴尬乃至失败的境地。邓小平正是站在这样的高度，根据今日中国和世界的具体情况，在新时期伊始，就毅然决然地从以阶级斗争为纲的“政治中心”文化范式中超拔出来，主张建立“经济中心”的新范式，将生产力的发展视作社会主义优越性的根本标志。以后又相继提出了“贫穷不是社会主义，发展太慢也不是社会主义”、“计划和市场都是经济手段而不等于社会制度”等一系列大胆科学的著名论断。他甚至反对离开生产力抽象地谈论社会主义，搞姓“社”姓“资”的无谓争论。邓小平上述思想，不仅充分地体现了他惯有的务实精神，而且也为当代中国文化范式的历史转换提供了最基本的理论指导。

新的文化范式的确立，必然会对当代文学产生前所未有的深刻影响。这是不以人的意志为转移的客观规律。因为我们今天的文学变革无论就理论逻辑还是从实践意义上讲，它实际上是在发展市场经济条件下进行的。一方面，经济的发展，社会财富的积累，为文学的繁荣发展提供了应有的物质保障和新的契机；另一方面，物质形态文化的富有也必然带来观念形态文化的进一步开阔和解放，从而为文和人的现代性奠下了很好的基础。80年代主要是80年代中期以来的新时期文学之所以从价值取向、思维认识到整体结构性、功能性都产生较大幅度的调整，包括义利观、个体与群体观、是非善恶观的嬗变，也包括雅俗文学地位的互置，这一切的一切都无不与市场经济密切有关。

但是，市场经济本质上是一种契约经济，它是以利润为前提的，带有与生俱来的二重性。因此，它在提高人们物质生活水平的同时，也极易导致人们的精神异化，尽管它的形式经常是快乐的，而且还伴随着自由的表象。19世纪批判现实主义作家巴尔扎克等在这方面已为我们作了深刻的揭示，当代西方发达国家呈现的“病态”发展现象也可资证。诚如维也纳第三心理学派代表人物弗兰克尔所说：在它们那里，对外在世界目标的征服已达到极限，但它同时也证明了富裕的物质生活并不足以保证人的幸福，而且“以物质文明为指向的客观幸福论已成乌托邦了”，因为它不曾解决人的心灵问题。我国目前与西方处于不同的发展阶段。我们是发展中的国家，不言而喻，推动经济发展和科技进步，今天对于我们来说，仍具有头等重要的意义。但也应该看到，由于社会主义所有制尚停留在初级阶段不够完善，也由于市场经济共性规律的作用，在这方面我们的确也存在着不少问题。如人民群众深恶痛绝的权钱交易、贪污腐化、醉生梦死等现象，就与以实利为核心的市场经济的负面导向直接有关。反映到文学中来，就是迎合低级趣味，一切向钱看，只讲经济效益，不讲社会效益，致使一些“伪劣”低下的作品沉渣泛起，严重地污染了我们的精神空间。更有甚者，一些严肃作家也身染其中，为之推波助澜。他们关心的不再是艺术和自我个性的充分凸显，而是怎样借此捞取浮名厚禄、取悦读者，全然漠视了文学对真善美的追求，陷入庸俗化、游戏化、平面化的怪圈，文学的精神物化现象越来越明晰，也越来越严重。

一面是物质形态文化的创造，一面是精神形态文化的构建，这两者的关系到底如何协调呢？中国当代文学发展至此，也无可回避地遇到了这个世界性的难题。

邓小平的创造性贡献在于摒弃了西方单纯发展商品经济的一元现代化模式，从当下中国的具体国情和实际出发，运用精神文明与物质文明相统一的形式，很好地回答了这个问题。这就是：一方面把市场经济“同社会主义基本经济制度政治制度结合在一起”[①]，使两个文明都要上、二两手都要硬真正落到了实处，在制度上得到保障，从而将市场经济的消极影响减少到最低的程度；另一方面则大力弘扬远大崇高的理想，不仅用它来规范人们的现实思想行为，而且还将其作为遏制工具理性、实现价值重建的“精神支柱”。而后者，当邓小平在作这样强调的时候，他事实上已从“经济中心”的文化范式出发，赋予了包括文学在内的精神文明建设以全新的内涵和新的指导原则，即他《在中国文学艺术工作者第四次代表大会上的祝辞》以及其他场合反复讲的“文艺创作必须充分表现我们人民的优秀品质，赞美人民在革命和建设中、在同各种敌人和各种困难的斗争中所取得的伟大胜利”。“要塑造四个现代化建设的创业者，表现他们那种有革命理想和科学态度、有高尚情操和创造能力、有宽阔眼界和求实精神的崭新面貌……努力用社会主义思想教育人民，给他们以积极进取、奋发图强的精神”。[②]“现在中国提出‘四有’，有理想、有道德、有文化、有纪律。其

① 《中共中央关于加强社会主义精神文明建设若干重要问题的决议》，人民文学出版社 1996 年版，第 5 页。

② 邓小平：《在中国文学艺术工作者第四次代表大会上的祝词》，《邓小平文选》第二卷，人民文学出版社 1994 年版，第 209、210 页。

中我们最强调的，是有理想"[①]。

邓小平对理想功能价值的强调正确性容毋庸置疑。按照历史唯物主义观点，观念文化与物质文化有着密切的互动关系，它作为重要因素常常对物质文化起着巨大的反作用。而理想又是观念文化中的精神内核，故在两个文明的建设中强调理想的渗透和烛照就是情理之中的事。不仅如此，社会存在是一种系统的存在，社会发展也应该是一种全面的发展和进步。这种系统的存在和全面发展进步，不仅是指物质财富的，同时更是指精神领域的。只有两者相互促进，协调发展才是符合人的自由全面发展这个社会主义革命和建设的根本目标。因此就这个意义上说，我们也没有理由在进行物质财富创造之时不高度重视社会主义理想资源的开掘。更何况文学本身就是精神性、情感性的一种审美意识形态，它除了审美娱乐功能外，是可以而且应当表达对人类基本价值维护的义务。特别是当代主流意识形态文学，它担负着培养"四有"新人的职责，这就更要自觉地将崇高远大理想的构建当作自己的立身之本。也正是从这点出发，邓小平早在 1983 年就明确地反对"精神产品商品化"的倾向，严厉批评"有些混迹于艺术界、出版界、文物界的人简直成了唯利是图的商人"[②]。以后在各种不同的场合，他也多次提及理想道德及其教育的重要性问题，指出"我们马克思主义者过去闹革命，就是为社会主义、共产主义崇高理想而奋斗。现在我们搞经济改革，仍然要坚持社会主义道路，坚持共产主义的远大理想，年轻一代尤其要懂得这一点"。

邓小平上述文艺思想对当代文学产生很大的影响。它使文学在顺时应势地由"政治中心"向"经济中心"进行范式转换的过程中，借此有了自己理性理想的精神支点。90 年代以来，从《开国大典》、《周恩来》等革命历史题材作品到《大厂》、《分享艰难》等工业改革题材的创作，它们的重要特点，就是在正视纷繁复杂矛盾冲突的同时，不忘书写其社会和人性

① 邓小平：《用坚定的信念人民团结起来》，《邓小平文选》第三卷了，人民文学出版社 1993 年版，第 190 页。

② 邓小平：《党在组织战线和思想战线上的迫切任务》，《邓小平文选》第三卷了，人民文学出版社 1993 年版，第 43 页。

中的理想崇高的一面。不过，由于现代化的过程是一个世俗化的过程，它对任何事物唯一的价值标准就是“效益”，其本身包含了“道德真空”，为日后的“价值失落”播下了种子；也由于受到伴随西方文化和商品大潮而至的个人至上、享乐原则和实利主义等不良思想的冲击影响，我们当下文学在一定程度上的确也出现了某种精神质量下滑、理想崇高失落乃至平庸粗鄙化的倾向。特别是一些写“生存状态”、“生命状态”的作品，情况更为突出。这是值得我们警惕的。

二、以人民性为本位，构建民族的、先进的新型文化，这是邓小平一贯的思想，也是他领导文学的基本原则和出发点。

文学如何定位，是一个根本的、原则的问题。马克思主义经典作家的一贯思想是，文学要无条件地为人民服务。然而，由于“左”倾思想导向上的错误，理解的褊狭，我们过去在相当长的一段时间并没有很好地实践这一原则，有时甚至在文学中宣扬了有悖于人民意愿的思想艺术主张，这是很令人痛心的。鉴于此，邓小平在新时期文学开始之初，就及时对文学的人民性问题作了新的诠释和调整。在1979年第四次文代会的《祝辞》中，他明确提出“人民是文艺工作者的母亲”的观点，并随之制订了繁荣文艺的“两为”方向（即文艺为人民服务，为社会主义服务），用它来取代原先的“文艺从属于政治”的口号。这就使其人民性的回归真正成为可能和可行，避免重犯过去文学政治化的错误。因为文学的“从属于政治”与“为人民服务”，这两者之间尽管存在着统一的方面，具有紧密的逻辑联系，但它们彼此毕竟具有许多迥然不同的内涵和规定性。前者“容易成为对文艺横加干涉的理论依据，长期的实践证明它对文艺的发展利少害多”①。不仅如此，它还极易禁锢人们的思维观念，导致文学题材内容的单一化和艺术表现上的公式化、概念化。而后者则超越了这一较为狭隘的层面，它既包容了部分政治，又涵盖了更加广泛的内容，如道德理想、精神愉悦、审美需求，满足了人民群众对文学的多方面需求。不要小看了这一点，正是它，才使新时期文学内在地获得了精神思想的大解放，而找到

① 邓小平：《目前的形势和任务》，《邓小平文选》第二卷了，人民文学出版社1994年版，第255页。

了一度缺失乃至被割断的精神命脉。为此，怎么高度评价也不过分。

当然，以上主要还是从理论和逻辑意义上而言的，更为重要的是，邓小平的以人民性为本位的民族的、先进的文艺思想来自新时期的文学实践，他是针对改革开放新时期而在事实上又明显呈现转型特征的这个特殊文学语境而发。而这样的实践，是马克思、恩格斯、毛泽东所未经见也不可能经见的。正因为如此，他的这一以人民为本位的文艺思想，就不仅具有历史连续性，而且也体现了鲜明的时代感。它的提出，其实是回答了处于新时期多元复杂背景下我国文学人民性面临的新的挑战，解决了许多具体而复杂的时代难题。这里至少有两点值得重视：

第一，文学的人民性是可以而且应该面向世界，从现代西方那里汲取有益的养分，但它必须严格区分文学个体创造性与个人主义价值取向之间的界限。

粉碎"四人帮"以来，在邓小平改革开放思想路线的指引下，中西文学文化交流日趋频繁，这无疑大大开阔了文艺工作者的眼界，缩短了我国文学与世界文学主潮之间的距离。但与此同时，由于西方各国经济文化上的优势，也使其固有的个人主义思想在交流过程中有意无意地被奉为可以效仿的价值标准，造成了对人民性思想不应有的消解。这种脱离自己的人民、否定自己的民族传统而"全盘西化"的做法，实质就是一种犬奴文化。邓小平早在国门打开的初期就注意到这一点。他在 1981 年《关于思想战线上的问题的谈话》中，就曾指出《苦恋》等现象的出现，是与"外来资产阶级思想的侵蚀"有着直接关系。至 1983 年，他在肯定新时期文学成就的同时，则更进一步尖锐批评"一些人对党中央提出的文艺为人民服务、为社会主义服务的口号表示淡漠"，"相反，他们却热心于写阴暗的、灰色的，以至胡编乱造、歪曲革命的历史和现实的东西。有些人大肆鼓吹西方的所谓'现代派'思潮，公开宣扬文学艺术的最高目的就是'表现自我'，或者宣扬抽象的人性论、人道主义，认为所谓社会主义条件下人的异化应当成为创作的主题，个别的作品还宣传色情。这类作品虽然也不多，但是它们在一部分青年中产生的影响却不容忽视"①。他甚至不惜

① 邓小平：《党在组织战线和思想战线上的迫切任务》。

在1981年和1986年两次发动了震惊文坛的反对资产阶级自由化、清除精神污染的“运动”。这些都足可见出他对文学人民性本位思想的高度重视和对外来不良文化思想影响的高度警觉。

邓小平有关文学的人民性思想对当前乃至今后文学具有重要指导作用。当今时代是全球一体化的、信息的时代，中外交流无论在领域和频率上，还是在幅度和层次上都得到前所未有的加强。实践表明，这种交流并非是单值的，而是渗透着意识形态领域的种种话语霸权，甚至连大众传媒也概莫能外。这一点，西方政治家倒是富有“战略眼光”的。如美国前总统卡特的国家安全事务助理布热津斯基就曾这样告诫政府：“无论在哪种情况下，在这一转变过程中，使共产党失去对大众媒介宣传手段的垄断权，对破坏共产党的极权主义统治至关重要。”由此，这也就不可避免地对文学的人民性提出了新的挑战，当然也给它带来新的机遇。可以预料，随着全球一体化步伐的进一步加快，当代文学在这方面的矛盾将更加突出。文学的人民性是一个富于时代性的动态的概念，它并不惮于与外来文化的交流。关键是，我们在进行交流时，一方面要有一个健康开放的心态，大胆地吸收其为人民性所用的积极因素，消除其不利的负面影响，运用拿来主义，博采众长，洋为中用；另一方面又要立足民族的、先进的文化立场，坚持思想文化的独立性，对西方个人本位文化进行有批判的选择，将文学应有的个体创造性与不该有的个人主义价值取向之间的界限严格区分开来。这是因为归根结底，“西方文化并不是人类文化的发展方向，而是人类文化已经达到并正在越过的文化形态，我们试图构建的中国新文化，既不是人类文化的历史成就，也不是人类文化已经达到并正在超越的成就，而应是人类文化发展的方向，即正在形成的文化形态”①。

第二，文学的人民性是可以而且应该丰富多样的，有着种种不同的艺术表现形态和结构模式，但彼此之间同时也应该有层次之差，我们倡导和追求的是高品位、大境界的作品。

文学的多元化是90年代以来文学的一个显著特征。精英文学、大众

---

① 闵清、涂可国主编：《中国文化新体系》，广西人民出版社1994年版，第18页。

文学、主流文学，三种文学形态多元互补、互映生辉，共同构成了一道瑰丽多姿的人文景观。它们或固守文学的圣洁领域，或提供形式技巧的探索，或发挥文学的娱乐消遣功能，丰富了文学创作，最大限度地满足了社会和广大人民群众多样不同的审美需求。但毋庸讳言，这之中的确存在着颇为明显的贵族化、媚俗化的倾向。精英文学面临严峻挑战，许多报纸杂志的发行量直线下跌；主流文学也一样步履维艰，窘迫异常，面对读者群的流失，无奈地节节退缩到边缘地带。而与之形成鲜明对比的是，那些往往被我们专家们看不起的大众文学却行情不断看涨，几乎独占读者市场，成为精神消费的热点。这里的原因分析起来当然是很复杂的，有些现象与市场经济的负面效应有关，有些现象甚至是现代化的都市生活和审美方式所难以避免的。但这些似乎不是最主要的，最主要的原因还是在于文学创作自身脱离了人民，既不热心于表现广大人民群众关心的社会生活和思想愿望，又不致力于创造为广大人民群众所喜闻乐见的文艺形式和艺术风格，结果便出现了邓小平所批评的“文艺疏远了人民，人民也冷淡文艺”的尴尬局面。

一段时间内，人们往往把包括精英文学、主流文学在内的纯文学的滑坡完全归咎于商品大潮的冲击和读者兴奋中心的转移，对读者多有抱怨。事实上，正如罗曼·罗兰在半个多世纪前对一些作家所忠告的那样：“请不要抱怨是人民远离了你们……不！是你们远离了他们，先生们！……你们的心已经充满了最高荣誉的贪欲。”影视作品《苍天在上》、《英雄无悔》、《红河谷》、《离开雷锋的日子》、《突出重围》的成功，在这方面给我们提供了一个很好的启示，那就是：纯文学并非如有些人抱怨的那样正丧失读者，走向低谷；相反，读者在变革时代对文学的期望值不仅没有降低，反而更趋高涨；只要作家真正找准文学定位，托起时代的重大主题和人民群众的喜怒悲欢，它同样可以找到充盈健朗的生命活力。

当然，文学创作作为极具个性的精神劳动，是可以而且应该多样化的，不必用同一把标尺来衡量。就拿前面提到的三种形态的文学来说：精英文学不妨超前，这种超前可能使它失去不少读者，这需要谨慎分析。倘若仅以受众的多少来对它轻加否定，就不尽妥当和公允。但就作家自身方面来讲，创新探索仍要着眼于广大人民，不能有意“陌生化”到谁也不懂的地步。同理，大众文学是可侧重娱乐消遣性的，这种娱乐消遣可能使它较多关注惊险离奇故事情节的叙述，这亦本属正常。但如果由此迁就某些落后群众庸俗低级的欣赏趣味，甚至以渲染色情和凶杀来媚众，像近几年文坛涌现的负面现象一样，那同样是不足取的。这里既允许它们各尽所能，但也有共同的标准，这个标准就是一切以人民的利益为重；在人民性这点上，彼此并无二致。而且在内在结构上，各种形态的文学大体要比例适当，保持一种动态的平衡。

综上所述，我们可以清晰地看出人民性是贯穿于邓小平文艺思想始终的一条红线。而新时期文学之所以取得显著的成就，主要也就在于很好地贯彻了邓小平的人民性思想。如果说有什么明显不足和偏向的话，问题恰恰也就出在这里。1997 年，著名电影导演谢晋有感于老家浙江上虞的电影院被录像厅取代，老乡们说，如今的电影不好看也看不懂，还要电影院干啥呀！谢晋感慨万端地说："中国电影艺术家真的该惊醒了，电影人首先要解决为什么拍电影和拍给谁看的问题。"谢晋此说虽是针对电影而发，但它无意中却触及当前整个文艺界的一个看似寻常实则非常严肃的大问题，那就是文学人民性的缺失。情况既然如此，那么我们在下一步文学发展中，就没有理由不将人民性提到文化发展战略的高度加以认识。除了需要各方面的"综合治理"外，要做到真正从思想感情上解决"为什么写"和"写给谁看"的问题：是为人民，还是为金钱、为自己？当然，我们这里所说的文学人民性，不仅是指反映人民的生活，表现人民的思想愿望，而且还包含着提高他们审美意识和精神境界的内涵，它并不单纯就是写人民、颂人民的问题。这也是邓小平一贯的文艺思想。

第二节　中国特色的中介系统及其平衡协调作用

所谓中介系统，是指当代文学在传播过程中，逐步演变并建立相对独立的中间调节机制和保障系统。它具体由文化宣传部门、文联、作协等由上到下、层层管理的机构所组成；主要的协调、执行、解释者是文学批评，包括主管部门领导人的非个人化、非纯文学的讲话等。"文化大革命"前的郭沫若、茅盾特别是周扬，就是这一中介系统最负盛名的典型和代表。他们既是中宣部、文化部、文联和作协的领导，又是著名的评论家、文化名人。所以，他们的发言、讲话和文章是带有权威性的，往往在某种程度上代表、象征和传达了行政力量，成为王蒙所称的"领导型的文学评论"。他们与其说是艺术消费方面的代言人，还不如说是整个政治与意识形态在文学领域的"常驻代表"。中国的文联、作协不同于西方，是服务性的民间机构，而是国家行政机关的组成部分（中国作协和省作协的行政级别为省部级、厅局级），作家和文学机构工作人员全部都是国家干部。这本质上是政府官办的机构，它代表政府行使对文学的管理和协调。文联、作协内部又设党组，"党组发挥领导核心作用。党组的任务，主要是负责贯彻党的路线、方针、政策"①。如此，文联、作协工作又被纳入党的领导之下，成为党的事业的一部分。这个体制是学苏联的。它的功能特征，对下主要是把松散的作家团结在一起，使他们因此有了栖身之所和可以下情上达的渠道；对上则能更好地贯彻国家制定的文艺方针政策，使主流意识形态和上情下达能畅通无阻地付诸实现。

中国的文学批评也不同于西方，是纯个人化的、自由化的批评，而是由于历史（"文以载道"的传统）和现实（文学政治化或政治文学化的语境）的原因，往往十分严肃，掺杂着很多群体甚至阶级、党派的色彩，实际上被赋予了政治与意识形态导向的职能。在过去文学—政治一体化的体制中，批评家尤其是"领导型的批评家"，更负有宣传和阐释国家政府文艺方针政策，指导作家进行创作的重大使命。特别是每当"上下错位"即主流意识形态与知识分子作家之间出现矛盾冲突之际，文学批评的功能作用就显得尤为突出和重要。像"文化大革命"前几次文艺大批判时的周扬，粉碎"四人帮"初的张光年、陈荒煤、冯牧的文章和发言，都属于这种情况。这就是为什么在以往文学批评的声音通常是不证自明、无可辩驳的，甚至带有某种严厉的判官意味。作家一般对此只能顺从，而很难或不能申辩与反驳。曾几何时，当代大凡有影响的批评家，同时也是各级文艺

① 《中国共产党章程》，《求是》2002年第22期。

部门的负责人或意识形态领域的重要活动家。

由于中介系统处在主流文学传播的特殊位置，其自身往往又要扮演政治文化和意识形态代言人的特殊角色，因此，这就决定了它的荣辱毁誉与主流意识形态具有直接必然的深刻联系。一方面是自上而下的政府指令，正统的官方趣味；另一方面是自下而上的作家要求，文化圈内的审美雅趣，这是两种截然不同的话语。要将它们调节成有序的矛盾复合体以保持系统的稳定，中介内在的协调作用实际是有限的，它主要还是依靠主流意识形态与知识分子作家之间最大限度的彼此沟通、相互尊重。反观半个世纪的中国当代文学史，我们发现有两次主流意识形态与作家之间上下和谐、颇成默契。因此，作为中介系统的文联、作协特别是领导型的批评家，其上下沟通协调就比较顺畅，富有成效。一次是20世纪50年代初，那时新中国刚从黑暗跨入光明，新旧社会的强烈反差，使作家饱蘸感情地对现实的社会政治“唱颂歌”；而新生的红色政权出于自身的政治和文化建设的需要，也曾给予作家相当不薄的待遇。在此情况下，中介的上情下达与下情上达工作就开展得比较好。周扬此时颇得毛泽东的赏识，在一般作家中也具有良好的口碑，就证实了这一点。第二次是70年代末80年代初，我们的国家在历经十年灾难之后痛定思痛，更加大了对人才和知识的重视，为了推进以“思想解放”运动为标志的意识形态的变革，有意鼓励和提倡作家、批评家标新立异，不屈从既定的思想权威；而作家出于情感和理智，他们在当时的确也情不自禁地催生了胸臆中强烈的政治激情，自觉不自觉地与主流意识形态结成了反“文化大革命”、批“凡是”的统一战线。如此这般，这才有了类似新中国成立初那样的上下协调、政治与文学颇为和谐的良好环境。只不过美学风范由原来的单纯、清新、明朗变为现在的悲怆、深沉、凝重，而且上下其间的中介扮演者被比周扬稍年轻的陈荒煤、冯牧等人所担当罢了。

总结上述两次主流意识形态与人文知识分子和谐关系及相应的中介系统的顺畅协调，一个共同之处就是它们都发生在动荡灾难刚结束的政治修复期，主流意识形态对文化思想的领导比较开禁。或者说，出于政治修复和意识形态内部结构调整的需要，有意借助吸纳文学创作和批评的情感思想方式、艺术力量。置身这样的语境，作为中介系统的领导型批评家心情较为畅快。翻翻当年周扬、林默涵、夏衍、邵荃麟、何其芳以及粉碎“四人帮”初张光年、陈荒煤、冯牧等人的文章，就可窥见一斑。他们锋芒所向，是昔日旧的意识形态体系。这可能跟旧意识形态体系还较为强大有关。但是，随着旧体系的解体以及主流意识形态与人文知识分子内在关系的紧张，批评家的处境日趋维艰，其平衡调节的难度也明显增大。更为棘手的是，自1957年以后，主流意识形态中渗入了错误的政治，并被纳入封闭的、单渠道的文化体制中。这样，中介原有的上情下达与下情上达功能就被狭隘为自上而下的单向阐释，它成了政府行为指令性的代言人。而当中介人物上下调节一旦受阻，变成政府的单纯代言人，那么他的主体独立性格必将产生结构性、功能性的严重畸变：批评家一方面高高凌驾于作家和读者之上，颐指气使，盛气凌人；另一方面又在自上而下的封闭政治文化体制中扮演一个微不足道的次要配角，毫无自己的主体性。于是，中介变成了主流意识形态的简单附庸，纯粹为政府政治意识形态信息的一次性转译，而不是既接受整体系统功能的统摄，同时又保持自己本身相对独立性的特殊“中间物”。政治大一统的封闭的文化体制只能产生附庸式的中介，而附庸式的中介往往是悲剧性的。周扬在60年代一直步履维艰地充当主流意识形态的忠实代言人，但最终还是因贯彻不力被主流意识形态所弃置，就是一个很好的明证。

进入新时期后，由于种种原因，特别是“二为”方向的提出和文化市场的形成，中介系统获得了相对的独立性。“二为”取代“从属论”和文化市场的日益成熟，必然导致原有的政治意识形态文化体制的松动。市场经济的确立，更使文化领导人明白文学生产不能单靠政府导向（哪怕是正确的），还要根据供需关系、通过市场这只“看不见的手”暗中进行调节。正因这样，原有的中介地位相对就显得不那么重要突出，它逐渐淡化政治管理的导向功能，变成服务型、联络型的群众文艺团体，更多似乎以隐性方式存在并发挥着作用。这是一方面。另一方面，中介是主流意识形态的中介，要让中介“合法化”，被主流意识形态认同，就必须在新的政治参数下重塑自我。显然这种重塑不能靠简单重复“文化大革命”前十七年的权威政治话语。随着国家对内政策的一系列调整，如地富摘帽、右派平反、农村实行包产到户、城市实行工厂兼并、股票上市、租赁经营等，主流意识形态的实际内涵也发生了较大变化。作为中介系统的文化领导人或领导型批评家，他们在谋求上下沟通协调之时，就必须面对现实，顺时应势地进行调整。甚至还要考虑如何协调文学生产与经济、法律之间的新关系，以便为作家创作提供经济、法律权益方面的保障。而调整却注定使他们陷于表达与语言的真空中。这里不仅有个如何“定量”的问题，而且还有个怎样“定性”的问题。90 年代以降，浓重的商业环境、文化市场经纪人尤其是新的大众传媒、网络中介的崛起，必将导致对原有中介地位的削弱，而对整个文学生态环境产生催化影响。于是，内部分歧就开始出现，并逐渐深化成“还原”与“修正”两大基本派别。

“还原派”以林默涵、丁玲、刘白羽、贺敬之为代表。他们在扮演中介角色时，对现实文化体系中潜藏的资本主义、殖民主义因素给予足够的警惕和重视，并深挖其反理性、个人至上的思想根源。同时，他们也不同程度触及文学“多元”理论自身的某些含混偏执。“还原派”所依靠的思想利器是传统经典的马克思主义，包括政治与国家学说、阶级意识以及列宁的党性原则。他们认为，马克思主义本身是无可置疑的，只不过被强加上了许多非马克思主义、伪马克思主义的东西，需要剔抉、正本清源。不能因为它有异己的成分以及时代的新变化，就对这些基本理论轻加怀疑或排斥。他们力图通过自己的阐释，包括对各种源于西方现代“新理论”的批判，使马克思主义恢复原貌，返回到“正”的文化位置上。

“修正派”以周扬、夏衍、张光年、陈荒煤、冯牧为代表。在初始阶段，价值取向与“还原派”大致相同。那时大家对“拨乱反正”口号普遍认同，便是对这一取向的最好注释。到后来，由于诸方面原因，才与“还原派”产生歧义。这不仅是因为在他们看来，马克思主义活的灵魂就在于它的思想体系的开放性，其文本蕴涵着新的阐释的可能性，它不过是一定历史时期内对马克思主义的一种理解和对一定问题的一种回答；同时还在于他们所运用的理论是马克思主义的人道主义，尤其是异化学说，以及某种程度上的西方 19 世纪的人道主义、人本主义。由于强调“人”，突出“人”，他们在履行中介职责和对作家进行导向的过程中，对扼杀人性的封建主义进行了猛烈的批判，将人的异化问题摆到一个重要高度加以认识。

周扬于1983年发表的《关于马克思主义的几个理论问题的探讨》[①] 一文，就代表了他们的这种观点。他们也正是以此为出发点，致力于修正原有的主流意识形态理论，使其得到充实、完善，萌发新的生机。

“还原派”和“修正派”都有盲视，当然也各有其不可取代的功能价值。对于“还原派”来说，主要强调对传统经典理论的继承和捍卫，但也由此容易忽视其理论自身存在的某些缺陷，从而招致经典理论与现实的脱节。因为我们今天从事的毕竟是前人所从未有过的事业，马克思主义没有也不可能为我们提供现成的答案。所以，我们不仅要继承更要发展。对于“修正派”来说，马克思主义的人道主义尤其是异化学说，是建立在对资本主义经济基础和意识形态的批判基础上的，其中特别是对劳动、商品以及生产方式的批判分析。而“修正派”在这方面则采取了某种回避的态度，更多的是择取在社会与文化意义上的马克思主义的人道主义和异化学说。这容易导致对传统政治意识形态纠偏时，将其缺陷过多归咎于以往的革命政治文化和意识形态，同时还使其人道主义和异化理论显得不免抽象空洞，有点“隔”。[②] 不过，就现实的境遇而论，“还原派”似乎比“修正派”具有更大的政治安全系数，更能得到主流意识形态的认同。“修正派”比较超前，他往往“代主行事”，赶在主流意识形态之前“修正”其内容，在思想观念上与先锋派较为接近。故易于被一般先锋作家所认同，但却常常招致主流政治的批评，有一定的冒险成分。周扬等人在“反资产阶级自由化”和“清污”中的境遇就清楚地表明了这一点。而“还原派”对经典理论的执著坚持和捍卫态度，以及对种种非理性、个人至上“新观念”的不遗余力的揭露批判，与主流意识形态所追求的有序、稳定、规范的价值取向不谋而合，也跟“文以载道”、“群体至上”的传统文化契节相符，因此具有相当的市场。尤其是在反理性、反理想、反英雄观念演化成一种规模性的思维，对主流意识形态及其文学造成一定遮蔽时，“还原派”往往就颇得主流意识形态的青睐与支持。80年代以来，文艺界几次大的论争

① 《人民日报》1983年3月16日。

② 参阅李以建《文化选择与选择文化——中国现代知识分子的位置》，《文学评论》1989年第4期。

中，中介系统的“还原派”实际上占据主导地位，成为主流意识形态的权威发言人，其中重要原因就在这里。

当然，“还原派”和“修正派”都忠信马克思主义，并在理论和实践上坚定不移地贯彻列宁提出的党性原则。因此，他们之间的歧异是非本质的，属于社会主义文化内部的矛盾。中国当代强大的一体化体制，使他们在代替主流意识形态行使导向和中介职能时，往往更多强调文学的政治伦理的严肃性、正统性和规范性。这样久而久之，就容易造成思维观念的僵硬和闭锁。从这个意义上，“还原派”和“修正派”都是有缺陷的。转型时期的文化领导是十分艰难复杂的，它促使我们中介系统的角色功能由原来单纯的计划调节逐步变成现在的计划调节与自发调节相结合，由原来单纯的政治转译性调节逐步变成现在的政治转译性调节与艺术审美调节及市场供需调节相结合。随着主流意识形态职能的转变——它更多是通过文化政策法则的制定实施，以及立法的程序包括文化市场机制来进行宏观调控，中介的实际地位将不能不受到影响，面临的压力将更大，任务也将更艰巨。在这方面，80 年代中期以来的几位文化领导人或领导型批评家，特别是前文化部长兼作协副主席王蒙的情况，便可资证。他的不同于以往中介的实践，包括思想观念上的睿智通达、有弹性，对上保持一种适度的张力，也包括具体管理上的少干预、多放手，兼容并包，值得我们重视。

第三节　文学良性生态环境的营造与人文工作者的责任

全球化、信息化、经济化对文学文化的影响，是无法回避的事实。面对这种状况，有人提出先经济后文学文化的应变策略，主张以经济发展来为文学文化发展注入强劲的动力，以物质充裕作为文学文化可持续发展的保障。显然，这种应策的核心思想是以经济发展中内含的价值取向和关系规则作为文学文化发展的根本价值取向和调节文学文化主体间矛盾的准则。也有人相反，主张先文学文化后经济，理由是在经济发展、社会转型带来道德沦丧、传统价值体系面临崩溃等副作用的情况下，必须以文学文化的发展来弘扬中国优秀的传统价值观，来重塑民族文化精神并提升人的精神素养；一个有高度文化、文学品质的民族，才有可能真正振兴经济、发展物质文明。我们认为这两种应变对策的模式各有利弊。当代中国文学文化的发展，应是同步协调发展，追求经济与文学文化的整体综合效应。也就是说，要营造良性的文学生态环境。这也是世界许多国家的经验，它符合具有中国特色的社会主义国情的实际。在全球一体化、各学科不断趋向综合的情况下，文学生态环境的营造如果恪守过去那种经济与文化隔离的做法，那是不现实，也是不可思议的。

那么，到底如何进行良性生态环境的营造呢？下面，我们拟按生态学的原理，试从外源性生态和内源性生态两个层面进行探讨。

所谓文学外源性生态，主要指政府作为最高权力话语机构对文学的宏观调控。涉及政策的制定、评价体系的确立以及相关保护机制、奖惩机制、激励机制、导向机制的出台；企业集团各种董事会、基金会的设立，利用经济杠杆对文学的特殊影响；受众自觉的接受、参与能动的反馈，等等。目前，政府方面早在80年代初就用“二为”方向取代了文学“为政治服务”的方针，并对包括纯文学在内的高雅艺术也采取了相应的保护和扶持措施：如财政拨款有所增加；中央至地方政府经常举办多种文学艺术大奖（如“五个一工程”等）；有的还组织文学青年定期举办讲习班，或送他们到高校培训进修等。而企业方面，主要是那些经济效益好而又比较具有远见的大企业，确实也程度不同地分享了文学的“艰难”。在条件许可的情况下，他们凭借资金优势，以“赞助”的形式为完善文学运作提供了经济上的保障。受众方面，随着高等教育的不断普及和文化活动的市场化，也逐步培养了一部分有经济能力也有文化素养的固定文学消费群，他们与文学的磨合互动使文学发展具备了动力，找到了市场。如此这般，这使得文学在经济大潮的冲击下，仍有较为良好的外部生态环境。

当然，这是非常初步的，离我们的要求相距甚远。以外源性生态主体的政府来讲，不仅在经费投入和硬件设施方面存在力度不强的问题，相关的，用于保护文学的法令、税收制度也还不成体系；而且在实际的运演过程中还存在着某种急功近利的思想。特别是下级的地方官员，他们往往将文学当作“政绩”的一部分。在他们看来，有多少作品获得主流意识形态的青睐，远比作品具备真正的艺术性与文化内涵来得重要。因此花大力气推出的艺术成品，往往还是违背艺术规律，仍重蹈以往政治性大于艺术性的老路。目前，主旋律文学倡导的效果之所以不理想，很重要原因就在于此。

至于企业之对文学外部生态环境的营造，现在付诸实践的还很少；即使有，往往也是象征性的或出于自我推销的考虑。大多赞助者对文学的“赞助”还是为了获得商业效果。一些企业家认为只要我掏了钱，公司的牌子就要高于一切，可以不管所谓的艺术规律。有的为了打出“牌子”，甚至不惜进行虚假的文化炒作。这扰乱了文学的正常运作，很容易使文学从先前的依附于政治走向依附于经济。这可能和企业发展的初级阶段以及中国现有企业家的素质不无关系。对受众而言，重娱乐而轻艺术的价值取向，也是普遍存在的问题。这些年来，高雅艺术市场的车马冷落，正说明了培养一支高素质的文学消费力量还需要一段相当长的时间；而这也并非个人努力就能完成的，它同样需要政府和企业各部门的投入和重视。事实表明，未来文学的发展，是建立在政府和企业强有力的参与基础之上。只有外源性生态环境的优化组合，才能给文学的发展创造一个温度合适、空气新鲜的生长环境。为此，政府一方面要加强对企业的引导，并建立制定一套行之有效的规范；另一方面，自身要站在提高综合素质的长远目标和高度看问题，不能将文学视作是规范巩固当下社会，稳定思想、宣讲政策的一个工具，在指导思想上要有所调整。

所谓文学的内源性生态，主要针对作为人文知识分子的作家和评论家而言，他们是内源性生态的主体部分。具体到创作实践和批评实践的层面，主要包括以下几方面内容：

1. 强化人文意识，抵制技术理性，使之保持动态的平衡。人文精神指的是一种应当尊重人的价值尊严和人格独立的人道主义思想；强调个体对国家、民族、人民应有的道义和社会责任感；在关注此岸生存的同时执著于对彼岸理想的追求和呼唤，具有强烈的终极关怀意识。当然，它不排斥生命、欲望等本能要求，同时也包括了对当下民众艰难生存状态的关怀，是一个现代的、开放的人学，并在概念内涵上要大于人文精神，因此与过去以“士”文化为中心的旧人文精神具有根本的区别。

2. 充分尊重人的个体独立自由和文学多样性的原则，包括人的精神信仰自由（如宗教），也包括生存方式的自由；但同时，在创作和批评时要坚守最起码的底线原则和理性规范，尤其是不放弃真善美的共同价值标准，并直面现实，敢于揭露鞭笞一切有违于道德良知和公平精神的现象，富有意味地在文本中实施批判与宽容兼杂的艺术原则。

3. 进一步扩大和开放文本内涵，做好文学与文化、经济、科技的融合，密切文本与生活的联系，但不能以此削弱取代文学的自我本位，把文学变成“他者”；而是在融会贯通的基础上，充分发挥作家的想象力、创造力，通过主体情感和人物形象将其内化为栩栩如生的审美对象，把文学还给文学尤其是人性之学，凸显文学中人文的特殊功能价值。

4. 改变原有封闭的文学创作和研究探求的老路，密切关注新经济条件下全球化和本土化之间新关系和新的审美倾向。既要注意文学是在不同国家民族中表现的人类共同的问题和现象，他们之间的趋向性、相通性甚至整体性，又要正视彼此的差异性、民族文化的独特性。

特别值得指出的是，上述四方面的内容，从创作实践的角度讲，我们认为当前尤有必要引起我们关注的是新经济条件下出现的新现象、新问题。而恰恰是在这些方面，我们的创作和批评都表现了某种麻木、迟钝。就拿地域文学来说吧，这些年的确成果不少，如江浙作家创作的吴越文化小说。然而由于观念的滞后和趣味的狭隘，他们往往停留在传统的地域文化范畴。而事实上，由于地处沿海发达地区，这里较为发达的经济已潜移默化地改变了社会的文化结构功能，使江浙一带的文化特质从原来的平和冲淡逐渐变成了现在的开拓进取、勇于创新。而我们的创作若还停留在小桥流水人家的原地上，显然与时代生活不符。

再如对腐败分子的描写，现在盛行的反腐倡廉题材一般还习惯于作绝对的两极判断，模式化的思维还常常把腐败分子描写成劣迹斑斑、脑满肠肥、挥金如土的形象；从政治而非人性的角度对他们作批判，把问题归结到政治觉悟、理论水平上去，致使人物成为单纯的政治符号或准政治符号。然而，从近年来揭露出来的事实看，新的腐败分子常常一方面不择手段地疯狂敛财；另一方面，却大都出身贫寒，衣着朴素，像守财奴一样。如何从传统文化和现代文化冲突，从人格分裂角度解剖，写出腐败分子的复杂性及其时代新意，而不仅仅作简单的政治定性或人格判断，这是作家应该重新思考的问题。

附："洋为中用"与毛泽东对西方现代派的文化立场

一、国际文化背景与"洋为中用"的提出

考察毛泽东"洋为中用"方针及其对西方现代派的文化取向，必须注意如下国际文化背景：这一代领袖人物在跨入新中国门槛，具体领导和设计当代文学发展蓝图时，正是西方资本主义在经历了经济危机和二次大战动乱之后取得了相对的稳固，并向世界扩张的和平发达时期；相反，而社会主义却遭受到严重的挫折，在总体上减缓了发展的步伐，日甚一日地备受西方的敌视、封锁和颠覆。在这种现实面前，领袖人物和广大民众尤其是他们中最敏感的作家一样，为了新生政权和文学的存在发展，不能不由此加倍对西方文化扩张的警觉，和激起强烈的民族自尊心。1949 年，毛泽东在那篇著名的《别了，司徒雷登》文章中写道："我们中国人是有骨气的……封锁吧，封锁十年八年，中国的一切问题都解决了。中国人死都不怕，还怕困难吗？老子说：'民不畏死，奈何以死惧之？'"① 毛泽东这一思想在中国文学史上具有极大的特殊性和二律背反的意味。与国际共运史上所谓的"红色 30 年代"不同，这时，我们虽然真正"变成无产阶级社会主义世界革命的一部分"（毛泽东语），但经济和近代文化的落后，又使我们不得不从西方那里寻找现代文明的借鉴之源。一方面要反对西方的敌视封锁，维护民族独立和尊严；另一方面为了民族的现代化，又要引进源于西方的现代文明。这就给毛泽东以及这一代作家提出了一个重大的历史课题：如何正确地接受西方文化的影响，同时又不成为其附庸，保持思想文化上的独立性。这个问题苦苦地缠绕了毛泽东一生，也缠绕了我们

① 《毛泽东选集》第 4 卷，人民出版社 1967 年版，第 495—496 页。

整整的一代（乃至几代）人，潜在地制约和影响着中国当代文学的发展走向。

西方的敌视封锁所唤起的民族本土自尊心和自强感，贯穿了毛泽东及其这一代人思想发展的全过程。作为刚从半殖民地半封建社会跨入新中国的知识分子，不能不首先是一个民族本土思想的忠诚代表者，在对西方进行思想文化抵御的同时，对民族本土文化予以高度重视。但是毛泽东及其这一代知识分子毕竟受过“五四”新文化运动直接或间接洗礼熏陶，有些原本就是喝着新文学的乳汁长大（如郭沫若、茅盾、巴金、冰心），还有的刚从西方归来（如老舍、曹禺），受到西方文化耳濡目染的影响，所以他们又不是单纯的民族本土思想的忠诚代言人，而与外来文化特别是西方文化有着内在的营养脐带联系。正是这两个方面的历史原因，成为广大作家接受民族本土文化和西方文化的社会思想基础，它使当代文学在新中国成立后十七年呈现以民族本土为主，同时也多少向外部世界开放的复杂景观：这就是受主客观原因的制约，当时尽管没有真正敞开大门，接受八面来风，但除了“文化大革命”十年之外，还是取得了一定的成绩。以诗为例，像惠特曼、拜伦、雪莱、雨果、歌德、海涅、裴多菲、密茨凯维支、普希金、莱蒙托夫、涅克拉索夫、泰戈尔，甚至现代诗人艾吕雅、阿拉贡、聂鲁达、希克梅特、阿尔贝蒂等，就都作过引进借鉴。另外，不少诗人包括成长于50年代初的青年诗人，他们在相当长的一段时间内，主要还是沿着郭沫若、艾青、臧克家的路线发展，无论在诗的抒情主体还是诗的艺术形式，都更接近于“五四”以来的新诗。在当代文学中，“五四”之所以成为永恒的话题，许多作家理论家一而再、再而三地反复提及，以至形成了一个剪不断、理还乱的“五四情结”，根本原因就在于它流贯着与“世界文学”相通的不衰命脉，继承这个传统，其实也就是为了求得现实文学文化的活跃开放。

1956年，毛泽东在同音乐工作者的谈话时，提出了向外国文学尤其是向西方文学借鉴的问题：“艺术上‘全盘西化’被接受的可能性很少”，但“外国的许多东西都要云学，而且要学好”。他还进而指出：“近代文化，外国比我们高”，“小说，外国是后起之秀，我们落后了。”“外国的乐曲不会听，不会奏，是不好的。外国作品不翻译是错误的，像西太后反对

'洋鬼子'是错误的。要向外国学习，学来创作中国的东西。"[①]

毛泽东这一思想早在40年代的《新民主主义论》、《在延安文艺座谈会上的讲话》、《论联合政府》中曾有过多次论述。与毛泽东在同时或前后，文艺界的许多有识之士如郭沫若、茅盾、冯雪峰、胡风、朱光潜等也陆续发表过不少类似的见解。如何解决中国文化与西方文化的关系，这是近世以来哲人们都不能回避的问题；谁在理论上回答并在实践中解决了这个问题，谁的思想就成为现代化进程的精神旗帜。中国当代文学文化的建设亦是如此。按照列宁的思想，"只有确切地了解人类全部发展过程所创造的文化，只有对这种文化加以改造，才能建设无产阶级的文化"[②]。就是说，它的建成，没有地域的封锁性，是"人类全部发展过程所创造的文化"；没有类型的局限性，是"人类全部发展过程所创造的文化"；没有时代的落后性，是"人类全部发展过程所创造的文化"[③]。毛泽东现在将这个问题再次提出，表明了他对实现文化文学现代化建设的迫切愿望。这既是他以前文艺思想逻辑发展的结果，又具有强烈的现实针对性。因为西方的封锁敌视，在激发国人强烈民族自尊的同时，是很容易催生他们简单排外的精神迷误。这种情形早为中外文学文化史所证实。著名的现代文学研究专家钱理群结合自己的经历就曾对此作过深刻的反思[④]。如不及时加以引导，任其蔓延发展，就要严重地阻遏文化文学现代化的健康发展。历史已进入了新中国的第七个年头，中华民族"最危险的时候"毕竟已经过去。新的时代为作家兼收并容的跨国借鉴提供了巨大的可能性。正是基于这样的事实和道理，所以毛泽东因势利导，适时地提出了学习和吸收西方文化的问题，并在1964年将它进而概括、浓缩为"洋为中用"的方针确定下来。台湾诗人兼学者余光中认为：中国（实指台湾）知识界在承受西方文化思想冲突时，心理上的失落感要比西方人更严重。因为欧美是"机器喧嚣盖过了教堂的钟声"，在他们那里使十八九世纪文化价值系统受到

① 毛泽东：《同音乐工作者的谈话》。

② 《列宁选集》第4卷，人民出版社1972年版，第348页。

③ 参见李述一、李小兵《文化的冲突与抉择》，人民出版社1987年版，第130页。

④ 参见钱理群《心灵的探寻》后记，上海文艺出版社1988年版。

毁灭性冲击的20世纪的文化思想，也同样是欧洲知识分子的精神成果。所以他们觉得这里的失落感，只是“时代”意义上的。而在中国则是“外国的黑烟竟搅乱了我们的田园农家乐”，是人家今天的文化在“冲击我们旧日的文明”，这里的失落是时代和民族双重意义的[①]。惟其如此，我们才倍感“洋为中用”思想的不凡意义。

然而任何伟大理论的提出，除了现实价值和现实意义外，还必有其历史的逻辑的依据。比如像黑格尔在《美学》中把理念及其自由定为他整个美学体系的逻辑基点就是。这也是衡量该理论是否深刻，具有普泛规律的根本关捩。毛泽东的“洋为中用”思想也正是如此。它的提出固然具有强烈的现实针对性，但同时何尝不包含毛泽东对民族本土文化顽疾和外来文化新质的理性思索。这种顽疾和新质不仅指形式技巧上，近代的西方比我们要高；而且还指在思想意识方面，中国较西方具有更多“要砍也砍不断”[②]的历史包袱，特别是严重的封建主义遗毒。毛泽东这一思想曾在1938年的延安同民族文化自救论的代表人物梁漱溟就有过交锋。他批评了梁先生所持的中西文化造诣“都很高”的观点，认为近代以来中西社会文化的冲撞及中国的失败，原因“不是都高，而是资本主义社会高于封建社会，故两者相遇后者失败，其账已结”。解决中国危机的办法不是文化改良，而“只有更高者能胜之。此更高者即是民族民主革命”[③]。从40年代到50年代期间，他还有进一步的论述。比如在1945年“七大”会上做的《论联合政府》的政治报告以及口头政治报告中，批评了“在农村出身的党员占多数的党里是长期存在”着拒绝资本主义文明、自以为是的民粹主义思想。又比如在1949年新中国成立前夕，提出了“严重的问题是教育农民”[④] 的忠告；50年代初期，集中抓了对传统戏曲封建文化意识的改造等。这些都可视为他“洋为中用”思想的深层动因。由此可见，“洋为中用”、大胆吸收西方文化，这不是毛泽东的权宜之计，而是建立在对中

---

① 参见《中国现代文学大系·总序》，（台北）巨人出版社1972年版。

② 毛泽东：《同音乐工作者的谈话》。

③ 参见陈晋《1938年毛泽东与梁漱溟的一次争论》，《中共党史研究》1990年第6期。

④ 毛泽东：《论人民民主专政》。

西文化历史和现实科学评价基础上的一种立足高远的文化战略。它合目的、合规律，也合历史、合逻辑，具有深刻的理论必然性。有些文章在谈毛泽东这一文艺思想时，往往只讲它的现实意义，而疏忘了其历史依据和或然必然的理论逻辑前提；或者把眼光仅仅盯在形式的中西同一性一隅，就形式论形式，这是片面的。

个人在历史上是有作用的，特别是像毛泽东这样独领风骚而又享有崇高威望的领袖人物，当他将“洋为中用”的思想主张转化为主导意识形态的方针政策时就更是如此。这种情况在“五四”过来的老一代作家那里引起的反响尤为热烈。他们原先就掌握一门以上外语，身受中西两种文化比较系统的教育，具有开阔开放的思维观念。现在再次受到他们崇拜的领袖的倡导和鼓励，其热情就更不待而言。50年代中期以来郭沫若、茅盾、巴金、冯至、卞之琳等时有关于“国际文学上的许多潮流，我们断断乎不能闭门不纳。谁要拒绝，可以说就是犯了大国沙文主义”[①]等观点的文章的发表，以及众多的莎士比亚、巴尔扎克、别、车、杜等优秀创作和理论丛书、著述的翻译出版，就足可资证。中青年作家反应稍为迟钝些，但在领袖和前辈作家的影响鼓舞下，也开始表现出了这方面的积极意向。他们不仅在纵向而且也注意从横向同质的苏联革命文学那里吸收艺术养分。如郭小川、贺敬之之于马雅可夫斯基楼梯诗的借鉴，《组织部新来的年轻人》之于尼古拉耶娃的《拖拉机站长和总农艺师》的借鉴。据有关资料统计，仅1956年，我国文化界就向外派出35个访问团，出访人员多达千人以上，而且演出的戏剧在西方引起极大震动，以至被誉为在“国际戏剧节，直到目前为止，还没有任何节目获得如此惊人的成就”[②]。

但尽管如此，我们不宜对“洋为中用”的总体实绩估计过高。显然，它的步子迈得不大，借鉴的面也嫌窄。这是为什么呢？首先当然是跟五六十年代西方对中国采取的封锁的特殊文化背景密切有关。政治经济封锁往往造成文化对抗，真正的文学交流是很难实现的。其结果是必然导致中国

---

① 郭沫若：《谈诗歌问题》，《光明日报》1956年12月15日。

② 高文升主编：《中国当代戏剧文学史》，广西人民出版社1990年版，第373—374页。

对西方、西方对中国的相互误解，它于“世界文化”的整体格局都不利。海内外有些人在反思这段历史时往往一股脑儿地将问题全都归咎于中国大陆一方，这不太公允也不够全面。试问在当时这样的环境下，即使中国实行全面开放，它又能怎样呢？著名英籍华裔作家韩素音女士 1992 年底在给杭州大学师生的一次演讲中不无激动地指出：五六十年代新中国对外关系之所以出现令人遗憾的局面，除了我们自身的原因外，在很大程度上是由于以美国为首的西方国家的联合封锁，是他们对中国搞闭关锁国。她还讲到自己因同情中国，就被美国中央情报局上了“黑名单”达 20 年之久；而她的一个朋友从大陆带去丝绸料子到香港做成衣，那里的裁缝老板因惧怕美国人来找麻烦居然不敢接受……韩素音此说，发人深省。任何文学和文化的交流都不言而喻地要受到国家政治、外交的制约，被纳入一定的意识形态机制中；而且交流本身就是一种双向回复的互动关系，它是以现存的两个民族文化实体相互开放为前提的。既然西方蓄意对中国封锁，那中国对它采取冷漠严厉的文化对策也就不难理解。

当然，外部国际环境只是问题的一个方面。比这更重要的，似乎还应该到我们自身的社会文化内在机制中去寻找。这是造成当代文学对外借鉴步子迈得不大的更为深层的原因。1964 年，就在毛泽东正式提出“洋为中用”方针的当时，以“反修防修”、“继续革命”为主要内容的文化批判运动随之也席卷全国。整个文坛和意识形态领域充满了越来越浓重的阶级斗争火药味。面对这样严峻的情势与情势的严峻，无论是社会还是作家自身，对创作要求的，首先就不是艺术上的创新突破而是政治上的保险贴紧。作家一般也不会有多少艺术蜕变的压力。即便有，他亦往往只是停留在形而上的观念萌动层次，难以将它转化为形而下的具体实践探索上来。就是观念理论的认同，也先要小心谨慎地进行一番严格的政治定性和剥离，并且仅仅限于形式和技巧而不旁涉其他。如此这般，“洋为中用”、横向借鉴特别是向西方异质文化的借鉴，其切实实施和总体实绩也就不能不大打折扣了。于是，反映在诗歌领域，除了根据马雅可夫斯基楼梯诗改造的政治抒情诗外，我们几乎就很难找到其他有关新的外来参照。翻译也是如此，60 年代以后的《世界文学》等有关杂志，除了介绍第三世界、阿尔巴尼亚等少数社会主义国家文学和加强对西方及修正主义文艺思想批判外，我们对外借鉴的视野也日益趋向褊狭。在文化批判和主导意识形态偏执的年代，传统文化中负值因素往往很容易被强化，以至披上“革命”的外衣复萌到文学的中心地位；而外来文化则被推到了文学的边缘，甚至没有立足之地。这个现象，借用俄国特尼亚诺夫的“体裁漂浮说”不妨也可解释。只不过我们这里讲的不是单纯狭义的“文类现象”，它是关乎民族精神文化的“一整套价值系统”，并且其边缘、中心地位的转移不是按照正常的文学发展罢了①。

行文及此，也许有人可能要问：以往的当代文学虽然未能很好地实施“洋为中用”，但不也同样取得了相当的文学成就？是的，我们甚至认为它在某些方面成就还是空前的，如50年代末60年代初的长篇小说和散文创作就是。然而，难道这些成绩的取得，就不包含了融会外来文化的成果吗？更为重要的是，在它的背后实际已潜伏着艺术视野和思维狭窄，与世界文学主潮相脱节的危机。没有外来文学的参照，文学当然可以发展，而且四平八稳，在短期内还可收到颇理想的效果。但从长远的观点看，它却要严重地窒扼文学发展的生机和活力，使其像容格在分析含尾于口的蛇的古埃及图腾时所指出的：只能在周而复始的循环反复中盘桓，无法产生质的新变，以致最后不能在世界文学总体结构中确定自己的位置。应该说，上述这种现象自1957年反右时就已存在了，只是它被以后日趋频繁也日趋严峻的文化批判所掩盖而不经意被人们忽略罢了。其实，按照反右后十年的整体文化格局看，即使没有发生“文化大革命”这场大灾难，当代文学恐怕也未必如有些同志所预想的那样如何辉煌鼎盛（这种观点，在批判“左”倾文艺思潮特别是在20年前批判“四人帮”文艺罪行时曾经相当流行）。以为没有“文化大革命”的干扰破坏，文学发展就能自如地进入理想之境，这与其说是逻辑的推理，不如说是天真的幻想。正是立足于此，所以我认为对新中国成立后十七年文学要有一个准确科学的评价。一方面，我们要看到它在题材、主题、形式、风格诸方面较之“五四”有许多新的创化，提供了不少新的东西。另一方面，又须承认，十七年的文学由

① ［荷］佛克马、易布思：《二十世纪文学理论》，生活·读书·新知三联书店1988年版，第27页。

于外部国际环境的险峻以及我们自身内在机制的偏差，常常跳不出固有范式的束缚，创作路子愈走愈窄，以至最后造成一个时期中国相当锁闭或准锁闭的文化环境。不然，我们将无从解释为什么60年代以后的当代文学在整体上走下坡路，出现了可悲的逆转；而新时期的文学虽然颇为浮躁，随处可见缺乏消化的生涩模仿，但同时为什么却又呈现出前所未有的勃勃生机。这里说到底，就是因为前者创作环境渐趋封闭，没有很好地从异质文化特别是从高于自己的西方近现代异质文化那里吸取新的东西以激活自己的创造力，实现从传统向现代的转换。

二、对资产阶级文艺及西方现代派的文化立场

"洋为中用"方针的贯彻，就文学实绩来看，主要表现在五六十年代中期对文艺复兴时期西方批判现实主义文学的借鉴上；而从理论批评的角度观照，难点还是落在对西方资产阶级文艺及现代派的认识把握上。因为后者相对于我们的当代文学，毕竟是一种异质文化；对西方资产阶级文艺及现代派的引进借鉴，毕竟不可避免地要涉及许多复杂而又敏感的意识形态问题。所以，它理所当然地引起了毛泽东的关注和思考。

中西文学关系之所以成为理论批评的棘手难题，首先也许在于我们当代文学赖以生存发展的新生的共和国尽管在社会制度上高于西方资本主义国家，我们悠久文明的历史也是他们所难以比肩的，但在近现代的文学文化上我们却反而落后了，被西方赶超了上来。这样的错位当然与我们民族本土文化症候和外来文化新质密切有关。对此，我们在分析"洋为中用"方针的历史逻辑依据时已略为提及。怎么办呢？捷径的道路是没有的，唯一明智的选择似乎只能是：批判地吸收西方资本主义文学艺术发展过程中一切有价值的东西，为我所用，以创造高于资本主义的文学艺术。除此以外，别无选择。社会主义文化与资本主义文化虽存在着不容否定的差异性、对抗性，但彼此之间并未横亘着不可逾越的万里长城，它们在许多方面还是有着相似、互补和共同之处。资本主义文化中同时包含不少超民族、超阶级、超政治的全人类的文明成果即黑格尔所说的人类普遍旨趣的东西。正如毛泽东所说："我们要熟悉外国的东西，读外国的书"，尤其

“应该学外国的近代的东西，学了以后来研究中国的东西”。“不要学西洋的东西的人办事，是不对的。要承认他们学的东西是进步的，要承认近代西洋前进了一步。不承认这一点，只说他们教条主义，不能服人”。因为马克思主义科学观和方法论告诉我们：“首先研究近代社会，就容易理解古代社会。这是倒行的，却要快些。”①

毛泽东这一论断，正确性毋庸置疑。一如他在中共“七大”政治报告中所分析的，资产阶级在人类历史上曾经起过非常革命的作用：“世界上一部分资本主义是有用处的。比如我们新民主主义下的资本主义以及欧洲一切农业国家发展的资本主义，它们的性质是什么呢？它们的性质是帮助社会主义前进。在中国来讲有利于将来的社会主义，在世界来讲有利于世界将来的社会主义。这个资本主义是革命的、有好处。”② 资产阶级在政治上是如此，在精神生产的文学艺术领域更是如此。它不仅在历史上产生过了不起的进步作用，而且对我们今天创作具有很好的借鉴意义。尤其是根植于资产阶级上升时期的“资本主义国家启蒙时代的文化”③，它代表了当时新的生产关系和进步思想倾向，与社会主义文化更有某种“异质同构”的对位效应。批判地继承这份宝贵的精神遗产，既是我们的一种历史责任，也是我们创造社会主义新文化不可或缺的逻辑前提。须知，文化是处在一个不断交流和相互影响的境地中的。真正的社会主义文化，它也从“没有抛弃资产阶级时代最宝贵的成就，相反却吸收和改造了两千多年来人类思想和文化发展中一切有价值的东西”④。而“在资产阶级革命过程中，由于历史上第一次出现了的人权平等的思想领导了这个革命，由于无产阶级彻底登上历史舞台和劳动人民广泛地参加了这个革命，虽然革命果实被资产阶级独占了去，但却提供了物质基础，产生了和资产阶级民族主义文化对立的另一种文化，体系性的民主主义的和社会主义的文化”⑤。

---

① 毛泽东：《同音乐工作者的谈话》。

② 参见《新中国对外开放的开路人》，《高校社科情报》1993年第3期。

③ 毛泽东：《新民主主义论》。

④ 《列宁选集》第4卷，人民出版社1972年版，第362页。

⑤ 胡风：《关于解放以来的文艺实践情况的报告》，《新文学史料》1988年第4期。

尽管毛泽东批评了对资产阶级及其文学文化不加分析、一概排斥的错误观点，明确表示要向西方近现代文化那里寻找借鉴；但是，从中国革命实际和文艺实践出发，他对西方现代主义文艺观在总体上还是采取比较严厉的文化态度。作为一个政治领袖和民族巨子，他同列宁相似，对现代派在思想情感上是不欣赏的。在提出向它借鉴的同时，对其所体现的价值思想向来是比较警觉的，批判的色彩也很浓。如在《讲话》中对有关“人性论”、“文艺的基本出发点是爱，是人类之爱”以及“我是不歌功颂德的”、“暴露文学”等观点的批判，过去我们往往将它们作为一般的资产阶级文艺观来看待，其实这些观点都无不直接来自西方的现代主义或曰现代派：“人性论”是西方现代派的一个哲学基础；“爱”是其人道主义的精神底蕴；而“暴露”之类又是存在主义等文学观的基本观点。又如对周扬在第三次文代会所作的以“反资批修”为基调的报告（即《我国社会主义文学艺术的道路》）的批示。周的整个报告用强烈的论战色彩批判了西方现代文艺受“帝国主义统治意识”的影响，不但蜕变“成为腐蚀和毒害人类心灵的麻醉剂”，而且其中不少作品还“赤裸裸地鼓吹侵略战争、殖民统治和种族歧视，直接为帝国主义战争势力服务”[①]。毛泽东阅后予以高度评价，称道它“高屋建瓴，势如破竹，读了以后令人神往”[②]。

毛泽东如上的文化取向值得深思。原因当然是复杂的，但从根本上说，我认为还是由毛泽东的价值观与现代派的价值观的严重分歧所致。大家知道，现代派是产生于20世纪初、盛行于二次大战前后欧美各国的各种反现实主义文学流派的总称。20世纪以来，由于资产阶级愈来愈变本加厉地把生活中的一切关系都变成商品关系（马克思就是据此才提出了“资本主义生产如同某些精神生产部门如艺术和诗歌相敌对”[③] 的著名论断），也由于西方资本主义社会由自由资本主义发展进入垄断资本主义阶段，各种矛盾进一步激化．资产阶级的整个精神文化思想随之出现了惊人

① 周扬：《我国社会主义文学艺术的道路》，人民文学出版社1960年版。

② 引自朱寨主编《中国当代文学思潮史》，人民文学出版社1987年版，第450页。

③ 《马克思恩格斯全集》第26卷第1册，人民出版社1982年版，第296页。

的蜕变。反映在文学艺术领域中，就有了我们通常所说的普遍呈现以遁入内心、表现自我、脱离现实、非理性主义、悲观主义和世纪末情绪为特色的现代主义。西方现代派，当然不能简单地视为西方资本主义守护神。像弗·梅林那样，说“没落的资产阶级再也不能创造出伟大的作品”，未免太简单了，实际状况要比这复杂得多。但是从总体和本质上讲，说西方现代派是西方社会道德、精神文化危机的表现，大体则是可以成立的。“这一危机标志着从文艺复兴开始的、人类历史上最伟大的一个时期的结束”①。

不仅如此，西方在进入20世纪以后，出于政治和意识形态的考虑，先是诉之以暴力后是用“后殖民主义”的权力话语运作的方式，在与第三世界进行文化交流的过程中咄咄逼人地从事文化扩张或曰文化入侵：“文化入侵是为武力征服和维持压迫的目的服务的，它不外乎是一种狭隘的现实感、一种固定不变的世界观和把某一种世界观强加于另一种。它意味着侵略者的‘优势’和被侵略者的‘劣势’，以及前者占有后者又担心失掉他们而强行灌输自己的观念标准。”② 如美国前总统尼克松就这样露骨地说过：美国正是借助于文化、意识形态的持久广泛的渗透，来“侵蚀”共产主义思想的“基础”，“就像渗透的水可能侵蚀一个监牢的基础一样”③。另一位前总统约翰逊也明确地宣称：“我们今天都很清楚，是意识形态，而不是武装力量，将影响我们和平的前途。”④ 自从社会主义及其文化产生后，西方在进行军事干涉、经济封锁的同时，从没放松或停止过这种没有硝烟的文化侵渗。诚如是，毛泽东这才对它采取上述这样既借鉴学习又高度警觉的文化态度。显然，这是毛泽东纯正的社会主义思想和民族情感的突出表现。不仅是毛泽东，其他的老一辈领袖人物对资产阶级文艺及西方现代派一般也持此见。如周恩来，他在1963年就告诫说：“资本主义国

---

① 参见袁可嘉《西方现代派文学的分界线》（一），《读书》1984年第10期。

② ［巴西］保罗·弗雷列：《被压迫者的教育学》，华东师范大学出版社2001年版。

③ 引自徐光非《谈谈西方文化的渗透和我们应有的对策——关于建立国际文化新秩序的断想》，《文艺理论与批评》1991年第5期。

④ 同上。

家的某些文艺思潮和文艺作品是颓废的没落的，绝不能让那些糟粕影响我们的干部，影响我们的青年一代。”[①] 他们为了纯洁社会主义的文艺，扶植发展无产阶级和劳动群众的艺术，也基于自己诚实的审美经验，对西方的现代派大多都采取这样的文化取向。

我们赞肯毛泽东对西方资本主义异质文化有选择有批判地“洋为中用”，是从社会政治角度作出的判断。超出这个范围，问题就没有这么简单；即使在社会政治上，西方资本主义文化从“启蒙时代”进入“帝国主义阶段”，作为精神思想具体表征的现代派，它的作家组成也是相当复杂的。有的向革命进步靠拢成为文学界的左翼，如德国的托勒和恺撒，法国的吕雅和阿拉贡；有的向守旧倾向贴近而成为右翼，如意大利的马利涅蒂，美国的庞德和艾略特。当然也有基本居于中间的作家，如法国的瓦雷里，德国的里尔克和英国的沃尔夫。为国人非常熟悉的萨特，他在哲学上是一个“无政府主义者”，但在政治上却对中国革命始终抱同情支持态度。1955 年来华访问，登上天安门城楼并参加国庆观礼。马克思曾经说过：“无论哪一个社会形态，在它们所能容纳的全部生产力发挥出来以前，是决不会灭亡的。”[②] 这个论断也大体适用于精神文化思想的发展：当一种精神文化思想在历史上的功能效应还没有发挥殆尽的时候，也是不可能被完全否定的。诚如前述，西方现代派本质上讲是西方资本主义社会精神文化危机的表现，然而，实事求是地看，现代派与西方资本主义社会之间其实也还有并不那么简单和谐的另一面。现代派当然不会有信心要去毁灭这个世界，但也并不对这个世界抱有多少希望和幻想——现代派从来是对人类的存在及其现代文明本身持怀疑和失望态度的，它堕入了深刻的虚无和悲观。更为重要的是，它的艺术观、思想观乃至价值观与社会主义文艺之间仍存在着千丝万缕的联系，有不少问题是我们长期以来回避和忽略了的薄弱环节，是创作和研究中的“盲区”、“禁区”。如文艺创作心理学中的直觉、灵感与意识、无意识、潜意识的关系，感性、感情与理性、非理性的关系，审美主体与客体的关系，还有接受美学、阐释学、艺术社会学、

① 《周恩来选集》（下卷），人民出版社 1984 年版，第 427 页。

② 马克思：《政治经济学批判·序言》。

文化人类学、文学符号学、叙事学、风格学、结构主义，等等。他们的这些创作和理论主张，虽然在总体上存在着"只顾一点，不计其余"，把个别原则绝对化的致命痼疾，存在着主观唯心主义、形式主义的一面，但其中也不乏合理性乃至真理性，在一定程度上体现了现代思维的成果和水平。

社会主义文化建设是一个复杂的系统工程，不是某些人在短期内就可以构想出的一个体系的事情。它需要我们放开眼光，吸收包括现代派在内的与我们同时并存的一切异己的各种文化。我们不能因为它与我们有抵触就一概加以拒绝和排斥。对复杂的文学现象，用简单的政治定性、政治划线解决不了问题，也不符合现代派的实际：因为作为一种艺术创作，现代派毕竟不是现代西方纯意识形态的产物而同时还包含了非意识形态因素（即人类和文学的共同"类性"的东西），所以光从政治角度对它的精神危机和殖民主义倾向作出厘定和批判就显得很不够，现代派比这要丰厚富赡得多。也许是这个缘故吧，列宁尽管对20世纪初期出现的现代派不甚理解和欣赏，但他在重申了自己的美学原则的同时也承认："我们不再懂得新的艺术了，我们只是一瘸一拐地跟在它的后面"，[①] 对现代派表示宽容。同理，也许正是出于这个缘故，毛泽东尽管对现代派的"精神侵略"有很深刻的洞识，更多地看到它的消极面，但他却明确反对像西太后那样用封建守旧的观点来对待资本主义文化的态度，认为"文化上对外国的东西一概排斥，或者全盘吸收，都是错误的"[②]。

恰恰是在这个问题上，我们的当代文学无论在理论还是在实践上都有过明显的失误。受日丹诺夫和国运史上"左"倾幼稚病的影响，我们本来就对资产阶级文化抱有强烈的政治排斥性；文艺"从属于政治"的指导思想，又很容易催生人们从政治倾向着眼将它冷落；再加上国内频繁不断文化批判所表现出来的斗争扩大化和教条主义的错误，这就使得我们常常把现代派视为"颓废反动文学"的同义语而简单地予以否定。如50年代诗坛将穆旦、杜运燮等带有某种现代派意向的诗作，斥之为用"沙龙式的语

① 参见《列宁论文学与艺术》，人民文学出版社1983年版，第35页。

② 毛泽东：《同音乐工作者的谈话》。

言”表现“知识分子有气无力的叹息和幻梦”①。到了60年代，《文学评论》上发表《托·史·艾略特——英美帝国主义的御用文人》等一系列批判文章，这个问题恐怕就更甚。这些批判，由于不是通过具体切实作品的分析来进行，而是采用不予翻译出版的方式来实现，故它不仅空洞而且也不足以服人。其结果是造成“洋为中用”的范围人为地趋向狭窄，教训应当说是很深刻的。当然，这样说并不等于西方现代派就不能批判。适切的批判是可以的，而且它还是我们引进借鉴不可或缺的必要前提和条件。问题是这种批判应建立在对西方现代资本主义文化正确全面的评价基础之上，是有分析的、实事求是的，切忌认识上的直线化和简单化。用毛泽东的话来说，就是既反对“一概排斥”，又不搞“全盘吸收”，而是“有批判地吸收”，或者说是“应该在中国自己的基础上，批判地吸收西洋有用的东西”②。

如何借鉴现代资本主义文化、处理中西文学关系，是一个需要很好加以探讨的、十分复杂的问题。毛泽东作为一位领袖人物，根据中国历史和现实国情，也是基于文学交流的一般规律，对此作出了自己的阐释。他上述的思想主张，从宏观的文化理论来看虽还有不够完善、不够准确之处，并且由于种种原因，在具体的文学实践中产生了明显偏差；但它无疑是当代中国文学文化一笔值得重视的精神财富，应纳入文学现代性的机制中给予实事求是的评价。这对于拓宽当代文学的“民族—世界”内涵，无疑是很有裨益的。

① 参见洪子诚等《中国当代新诗史》，人民文学出版社1993年版，第60—61页。

② 毛泽东：《同音乐工作者的谈话》。

第八章

生态视野中的经典及其当下重构

第一节　中西经典比较及其精神阐释

一

经典是一个时代精神精华的富有意味的凝结，它不仅具有超越时空的恒久价值，而且对生态环境的营造具有重要的作用。因此，古今中外历来备受推崇。经典大多是通过特定的典籍形式存在的，最早出现的一批文化经典大约在公元前6世纪左右。比较著名的有印度的《吠经》、《佛经》，中国的四书五经以及《老子》、《庄子》，希伯来的《旧约》、《新约》，波斯的《古圣经》，伊斯兰教的《可兰经》，等等。这些带有元典性质的经典凝聚了本民族的既往记忆和原始意象，具有极强原创精神，毫无疑义地成为了一个民族最具发生力的精神内核，甚至构成整个民族文化记忆的基本原貌。故而，经典的潜在价值在应对世俗挑战时往往能得以充分的彰显。当海德格尔发现从柏拉图到尼采的整个西方形而上学遗忘“存在”时，便力图辨明形而上学的前传统，回溯到前苏格拉底时期的元典之“思”与“诗”那里，揭示出早期希腊思想就是原始的“存在之思”。于是，“思想的道路要实施‘返回步伐’，要回到源头，回到思想的‘第一个开端’去思存在之原始意义"[①]；以经典的"再开端"传达出对西方形而上学纠正的努力。与之相似，鲁迅在20世纪30年代探寻民族新生之路时，也曾把目光深情地投向文化历史源头——遥远的先秦，并进而以融史实、神话、寓言于一体的《故事新编》，极具震撼力地勾勒了张扬生命热力的文化哲学的构建理想。

但是，"篇章本身并不等于是圣典，也没有一个篇章会自行成为圣典。只有当一个篇章被看成圣典时，只有当某一民族或社团以一种特殊的方式看待它时，它才成为圣典"[②]。对于中华民族来说，在现代转型的20世纪，整个社会以批判传统文化、倡扬西方文化的"五四"新文化运动为转折点，处在一个离异本民族经典的西方文化再"开端"阶段。尽管从20世纪20年代起，面对全盘西化的民族虚无主义，对传统文化的呼唤不绝如缕，出现了如梁启超、梁漱溟等人对西方文明的反思，玄学与科学的论争，试图接续断裂的民族文化之根的80年代寻根、90年代的"新儒学"热以及文化保守主义等回溯文化经典、感应民族身份的文学思潮；在创作上，也有杨书案、孙皓辉等在八九十年代之交，接连写出《孔子》、《炎黄》、《老子》、《大秦帝国》等多部长篇历史小说[③]。但从总体上讲，它们并不占主流地位，相反，在整体时代精神气候的影响下，却屡遭沉重的打击，在民族精神格局中出现了明显的衰退迹象，甚至在文学记忆中逐渐褪色。

正是从这个意义上，中国近些年来出现的《孔子》（李冯）、《重瞳》（潘军）、《东巡》（张伟）、《子贡出马》（商略）、《孟姜女突围》、《吴越春秋之西施外传》（卢寿荣）、《刺秦》（瞎子）等一批探寻民族之源的作品值得引起注意。它们对经典颇具先锋超验想象的"另类"写作，为当代历史叙事拓展新的艺术空间的同时，也对文学如何追溯与体认传统，在更深层

① 孙周兴：《在思想的林中路上》，《海德格尔选集·编者引论》，上海三联书店1996年版，第8—9页。

② 美国哈佛大学比较宗教名誉教授史密斯语，转引自冯天瑜《"元典之树"何以常青》，《人文论衡》，武汉出版社1997年版，第183页。

③ 又如山东作家曹尧德的"三圣"传《孔子传》、《孟子传》、《孙子传》、《屈子传》、《大禹传》，等等；山东作家曲春礼的《孔子》；李亚东的《老子》，等等。

次上进行文化寻根和精神承续提出了挑战。而相形之下，西方文学恰恰在这方面有许多成功的实践，像乔伊斯的《尤利西斯》、约瑟夫·海勒的《上帝知道》、冯内古特的《五号屠场》以及福克纳的《押沙龙，押沙龙》等堪称经典。即便是在后现代语境中，作为西方文化源头的"两希"传统，也并未简单隔断，而仍然发挥着不可低估的积极影响。为什么中西文学的经典写作会出现这样的差异，它是偶然的，还是具有某种深刻的必然？这个问题因关系到文学的本源及其精神价值，有必要进行深入的探讨。

一

西方的现代主义与后现代主义思潮，根植在形而上学的困境之中。强调形上之思的现代主义，不仅把自己逼上了一条极端孤独的精英之路，而且从根本上丧失了实践价值。它呼吁非理性，却证明了理性的顽固、逻各斯主义的强大。后现代思潮的崛起与这一困境有密切关系，解构主义将锋利的解剖刀率先指向了传统。它既反对"艺术品是一个有机体"，也反对"人类生活是一个逐渐显现其命定的意义"。由此波及开来，自然也涉及历史观，涌现出以葛林伯雷、海登·怀特为代表的新历史主义。在他们看来，历史是那些创造了历史的人附加的结果，仅存在于对它的阐释；历史既是一个空空荡荡的不断重复的现在，又是一个未来的预期叙述①。

然而，无论是现代主义还是后现代主义，它们主要是从认识论、方法论的角度，将逻辑学范式推进到现象学范式；虽更新了思维观念，但并未真正否定作为精神传统的文化经典。"两希"的人文精神非但没有像形而上学那样成为解构的靶子，相反在批判目前的生存状态中扩展开来；而西方新历史主义，主要则被视为是历史学科研究的一种思维方法（如海登·怀特的"元历史"说）以及强调话语权力的一种批评理论。实际上，西方当代文学所揭示的生存状态与"两希"传统的经典精神构成了一条清晰的

① 参见［美］希利斯·米勒《重申解构主义》，中国社会科学出版社 1998 年版，第 49—50 页。

线索，在“厚古薄今”氛围之中无形中形成了一种仰视经典的崇敬姿态。如被誉为现代主义“圣经”的《尤利西斯》，它取材于《荷马史诗》，但又对之进行了现代性的重构：尤利西斯指称着英雄奥德修斯；寻父—漂泊—归家的情节设置也完全对应史诗故事。乔伊斯以《荷马史诗》为潜在文本，猛烈抨击现代人空虚的情欲、萎缩的灵魂；这与史诗原型高昂的人文精神、浓烈的英雄情结形成了强大的反讽。元典成为一面镜子，映照出现代的生存困境，作家的态度是不言而喻的。美国著名作家马克·吐温在晚年一连写下了《亚当日记摘录》、《夏娃日记》、《伊甸园的一天》，从亚当、夏娃以及蛇三个视点重写圣经故事。尽管在叙事上，作家运用个人想象大胆改写了圣经中的三者关系，充满了游戏滑稽的情趣，如亚当对夏娃的喜剧性反感；但就精神而言，作家并未背离圣经中的宗教信仰，对人类始初的再次追问更折射出浓厚的人本意识。美国作家冯内古特在《五号屠场》中就干脆塑造了一个现代“基督”，将《圣经》中基督的种种细节故意错位挪用，移植在主人公毕利·皮尔格姆身上；在一片非理性的荒诞中，戏弄嘲笑了这个现代的“基督”。这颇有后现代的拼贴戏谑成分。然而富有意味的是，作为基本的思想资源与知识储备，《圣经》与《荷马史诗》等西方经典并没有彻底变成现代的翻版，原教旨主义的基督精神，悲天悯人的救世情怀恰恰成了唯一的拯救前景。

这个中原因颇具玩味。简单地说，西方“两希”传统是从两个层面达到了对人类本质和人性本真的深刻理解的。毋庸置疑，古希腊—罗马文学强调原欲，蕴涵着张扬个性、重视个体生命价值的世俗人本意识；希伯来—基督教文学则重视理性、提倡禁欲主义和宣扬来世，而把人的生命价值寄望于天国的宗教。然而，西方历史证实了两者汇合的必要性。古罗马人由辉煌到荒淫、中世纪的宗教信仰从高昂到沉寂，从各自的极端说明单一发展的不可能。于是，“两希”传统在后来文学中的分界就变得复杂起来，如《尤利西斯》以显在线索对应着古希腊的《荷马史诗》，另外隐藏着一条线索遥远地则回应了希伯莱的《圣经》[①]。宗教信仰原本就具有深

① 参见吕争《〈尤利西斯〉的罪与救赎主题》，梁工主编：《圣经与欧美作家作品》，宗教文化出版社2000年版。

沉的人本意识，神抑或上帝集中了人类对自身美好品质的综合与抽象，表现了人类对人性的理想之境无比羡慕与憧憬。正如有学者所说：希伯来—基督教文学一方面表现出对人性本质追寻趋向理性的和精神的境界，这是人对自身理解上的进步与升华，同时它也纠正了强调感性肉欲的偏差（希腊、罗马式的人性理解固然有其合理性，但一味放纵原欲，也未免显得过于原始、片面和肤浅）；另一方面，对上帝的崇拜又表现了对自身原始生命力和个体生命价值的一种压制，这是人的主体性的一种萎缩，而古希腊—罗马文学所张扬的世俗人本意识恰如其分地弥补了这一缺陷①。由此，“两希”传统形成的文化之流具备了异常完整的两位一体，所构筑的庄重坚实的人性殿堂，已成为作家的一个潜在的写作平台。即使是解构主义，也难以撼动以人性/人文精神、神性/拯救热望组成的钢铁长城。况且，在宗教传承方式的辅助下，希伯来—基督教文学彻底浸入到文化肌理与思维习惯，借助根深蒂固的传统，广泛而深入地影响到每一个西方人；尤其是由于扎根在个人信仰与家庭生活中更显得坚不可摧。美国作家福克纳曾回忆自己家庭的一个原则，每天早上大家坐下来吃早饭时，在座的从小孩子到每一个成年人，都得准备好一节《圣经》经文，要背得烂熟，脱口而出②。

而我国文学界目前对文化经典的呼唤，主要集中在较发达的历史小说文体里。在全球化挑战与经济挤压之下，伴随着强烈的文化焦虑与对本民族身份的认同渴望，历史小说沿循悠久的史传传统，力图把创造元典的文化名人重塑出来，达到以“人”带“典”的艺术目的。这也从一个侧面反映了第三世界国家面临的集体尴尬：一方面西方发达国家以现代性给全球提供了发展的预设模本，第三世界国家在生存与发展的压力之下只能在现代性命题上与西方接轨；另一方面在资本长驱直入的掩护下，西方文化广泛播撒且勃勃滋长，经济的、文化的全球化必然要引起各种力量的抵触。为了避免民族身份的遗忘，多元的民族文化便应运而生。对民族经典的寻

① 蒋承勇：《希伯莱—基督教文学的人本意识新解》，《外国文学研究》2002年第3期。

② 参见董乐山《探索的路上》，九州图书出版社1997年版，第16页。

找就是在这种语境下催生的。因此，杨书案写作《炎黄》时虽缺乏可靠的历史资料，但他仍然强调自己写作的并非是神话小说而是历史小说，这显然是有感而发。

然而，1996 年出现的《孔子》（李冯）等作却表现出了对文化经典的别样理解。在这里，创造元典的文化伟人孔子和他那“知其不可为而为之”的崇高与悲壮，被作为一个政客的强烈欲念所取代。这在当下语境中是意味深长的。小说用以解读孔子及其弟子们的武器是人性的自然欲望（如权力欲望、肉体纵欲、金钱欲望、战争嗜血欲望）。作者似乎想说明欲望的合理性，但又透露些许犹豫甚至怀疑。由是，小说也透露出一种消解神圣后的困境及其对理想人性施以毁灭性打击后的无奈。与西方“两希”传统对人性进行双层互补的透视不同，以孔子为代表的中华经典文化主要是强调伦理至上、拯世济民的人生价值取向，而不是站在人类普遍共性的高度审视人性。因而李冯用西方人性论思想重塑孔子，其所遭遇的尴尬和困窘就可想而知了。为什么中华经典迥异于西方元典，在 20 世纪呈现明显的衰退迹象，其根本原因就在于中国作家的这方面写作，不仅与西方一样有一个古今时间承续的问题，同时更有一个具有现代性内涵的西方文化资源的空间横移的问题。这是中西作家对传统文化进行精神阐释的最根本区别，也是 20 世纪中国作家经典写作不同于西方作家的最艰难之处。

三

正如儒道文化之与华夏文学，古希腊神话和《圣经》之对西方文学同样具有重要的发生学意义。后者从西方人与自然交往的感应体验、理解认识的角度共同构成了西方人文艺术的深层沃土：古希腊神话的感性直观、神话思维直接把神灵与人的幸福智慧关联在一起的泛神观念，极大地触发了人的广博的生命智慧，催生了汪洋恣肆的想象；而以《圣经》为代表的希伯来文化则给世俗的人以神性的提升，生存于俗世之中却有一颗渴望神性的心。应该说，它们彼此都有一种超越现实的神性诉求。

随着社会的发展，人们的文化经济来往，构成了一定的社会契约与法律关系。在物质急剧膨胀的过程中，人类的生存日益逼仄。曾经在古希腊神话或《圣经》中出现的朴素的存在状况已然发生了翻天覆地的变化，现实的复杂性远非古人能够想象。但是，西方的日常生活仍保留了宗教信仰。此时，宗教和神学尽管让位于科学，不再关心生存技术和自然规律，却依然从政治、文化和道德等层面影响到人类的精神状态。“神话随着人类思维的发展由包罗万象的综合形式解体分化以后，它那种整体性的人类文化会化为一种深广的思维背景，文化传统及精神框架，从一般文化意识形态的高度影响和制约着人文艺术精神的发生发展”①。这也就是说，神话不仅作为一种隐喻存在，构成了人类生存的图景；而且作为一种思维方式，从根本上形成了文学的精神构架。事实上，人类在任何时候都需要这两种思维形式，才能真正地守护起生命的意义，一切文学都是在“由人类的希望、欲求和忧虑构成的‘神话世界’中写成的”，“文学就是神话性思维习惯的继续”②。在这种神性思维的支持下，西方文学对经典的书写出现了前所未有的新景观。

当然，在这之中，有不少作家是比较注重经典的历史背景，如《特洛伊之歌》（考琳·麦卡洛）、《普罗米修斯》（施瓦布）等；但大多数作家还是选择具有较大自由度的现代经典变体进行写作。因此在他们那里，作为传统内核的文化经典被生活情境化，出现了语境“当下重置”的现象。文本往往具有鲜明的时代性和社会性，于是，古典内容便顺理成章地“延伸”到了现代，并在现实层面上呈现出了积极向外扩张的巨大的阐释能量。如“摩西”三部曲中的《摩西登高》。从叙述语言上说，为了能真实地表达“西印度伦敦式”的后殖民体系，作者塞尔文采用了多语混合的叙述语言，塑造了克里奥尔式的伦敦；就故事情节而言，它写的是五六十年代从加勒比海西印度群岛移民到英国的黑人摩西，以及周围黑人的生活和情感经历③。故而文本反映的现实图景是真实的，同时真实的图景又隐喻

---

① 马小朝：《论希腊神话和〈圣经〉对西方文学艺术观的影响》，《烟台大学学报》1996年第1期。

② 弗莱语，转引自盛宁《“关于批评的批评”：论弗莱的神话—原型批评理论》，《文学：鉴赏与思考》，生活·读书·新知三联书店1997年版，第216页。

③ 任一鸣：《后殖民小说叙述语言：塞穆尔·塞尔文的〈摩西登高〉》，《外国文学》2000年第5期。

了一个更大的内在的精神格局。甚至移民到伦敦的摩西，与《圣经》中率领犹太人经历艰难逃出埃及的摩西，都能从中形成极富张力的对话关系。总之借助《圣经》，小说向我们揭示了这样令人警醒的意义：经历了漫长的岁月磨砺和文明演进，现实的种族歧视、民族屈辱以及摆脱异族奴役的渴望，与人类初始时期的遭遇何其相似。摩西，这个生活在20世纪五六十年代的世俗的平凡人，却依然充满救世情怀和牺牲精神，充分显示了神性自我救赎的可能。这使小说一下子跳出了现实界域而颇具寓言色彩。

这是经典与当代文本精神取向一致的情况。还有许多作品，经典与当代文本之间是错位的，因而它在语境重置方面就走得更远。如福克纳以《圣经》故事作为小说框架，但又不拘泥于《圣经》的人物与教义的《押沙龙，押沙龙!》，书中有关塞德潘家族巧合式的亲族仇杀的描写，就明显隐含了作者对南方堕落的思考。他曾说："无论任何时候，只要我的想象和那种模式（指基督教象征模式——引者注）的框架发生冲突时……我相信总是那种模式不得不退让。"[①] 由此可见，福克纳的经典写作具有很强的现实指向性。当下语境一方面化为寓言，或隐或显地呼应了作为文化传统的经典，这样颇具神性色彩的"两希"传统就可巧妙地纳入到目前的语境中，从而有效地起到了丰富扩容的作用。从另一角度看，作家的经典写作虽面对现实，但恰恰也正因有经典的参照和对比，方可通过以古鉴今的方式，更加准确深入地揭示当代人的种种生存困境。更何况，在相当多的作家那里，神性的自我拯救实际上已成为社会和人性双重困窘中的唯一选择。

与西方的这种"语境重置"方式不同，中国作家的经典写作更多体现在具体切实的历史还原上。这源自对历史的莫大崇敬和信任的民族文化心理。这种"历史化"是一种迂回曲折的自我表达，它给自然欲望的粗暴替换蒙上了一层朦胧的面纱。在目前创作中，以文化名人命名的小说层出不穷。作家们力图通过再现文化源头的社会氛围、历史图景和时代情绪来揭

① 转引自上官彦刚《〈押沙龙！押沙龙！〉人物原型析论》，梁工主编：《圣经与欧美作家作品》，宗教文化出版社2000年版。

示曾经有过的先圣祖先及其文化精神，完成对经典的追忆。但可能是与现代理性贫乏有关吧，此类作品往往显得比较陈旧，与时代社会存在着隔膜。这种情形就是在90年代以来的新锐文本中也仍然存在。新生代作家李冯就曾明言："可让我着迷的是美国作家那种处理现实的能力，到现在仍很着迷。对我来说，现实是一片尚待开垦的广阔领域，与之相比，戏仿历史不过是一种文学基本功，可能是脑子没开窍，也可能中国变化太快，我觉得对此还没有琢磨通。"① 这里尽管有作家自谦的成分，却也基本符合事实。

不妨这样说，当代中国的经典写作，在整体上的确是处于一种貌似在场实则缺席的困境：它们或难以细辨现实的生存状态，以因袭传统思想来简单地进行民族记忆的修复；或以世俗的欲望与欲望的世俗，硬是把这些欲望塞到了先秦远古时代的古人身上。因此，其元典写作在相当程度上就变成了现实生存困惑的平面化的自我表达，不但缺乏对时代的纵深式的理性审思，而且也丧失了更为深沉的精神救赎的意义。反过来，世俗欲望的尘嚣日上，也掩盖了需要作家体认的深层次问题。这与西方经典注重世俗社会中的神性拯救大相径庭。细究其因，当然有作家知识结构、文化素养乃至精神信仰等方面的问题，但同时也与他们阐释经典的思维方式无疑是有密切的联系。

四

正如上文所言，我们对经典的寻找更多集中在历史小说中。与西方文学割不断的史诗情结不同，中国文学具有异常强大的史传传统。自先秦开始，历史著作就成为华夏文化的重要一支。"早在文化由官方掌握的时代，其中心就是巫文化与史文化。最初巫、史是合一的"②。在古典文献分类中，在汇集元典的"经"部与汇集小说的"子"部之间，还横亘着"史"

① 张钧：《迷失中的追寻——李冯访谈录》，《花城》1998年第3期。

② ［美］海登·怀特：《历史的诗学（元历史：十九世纪欧洲的历史想象前言）》，王逢振主编：《2001年度新译西方文论选》，漓江出版社2002年版，第73页。

部。因此，当西方行吟诗人四处流浪之际，歌唱着当地的风俗与传奇时，便已内在地接续上了由《荷马史诗》开辟的史诗传统；而中国则需要借助特定历史人事与时代氛围这一中介，才能触摸到经典的精神脉络。

不难看出，中国的史传传统对文学本体产生了强大的压力。一方面，历史的事实性极大地钳制了文学不羁的想象力；另一方面，历史话语的意识形态性，也强有力地控制着文学所张扬的感性力量。这种历史惯性同样深深地影响着当代经典的写作。如杨书案写《孔子》时就有一种明显的恋古倾向；作者为了营造历史氛围，往往采用半文半白的拟古体语言，灵动不足而粗陋有余，造成文本的审美障碍。更为严重的是，史传传统几乎宿命地规约了作者僵硬的价值取向，在现代理性的缺席下，对经典的认同和皈依，则常常令人联想到思想的未成熟状态。

出于创新的目的，《孔子》、《子贡出马》、《重瞳》、《刺秦》等新锐文本本能地排拒了民族传统。我们说，翻案性创作的逆向思维方式，在一定程度上的确对经典进行了颠覆式的重写。但是颠覆时出现的断裂状态，也从根本上否定了历史与当下的某些相通的本质。任何时期的经典寻找以及任何的寻找方式，都蕴藏着传统与当下续接的含义。因此，颠覆性文本在展现作者过于主观和偏激态度的同时，事实上也将经典固有的丰富深刻的思想文化内涵不应有地予以消解，这正是这批拒绝经典的新生代作品的致命缺陷。

这一点从上述翻案式创作的叙事策略中可以看出。这类文本均采用第一人称来写作。叙事人称的如此雷同再明显不过地表明了作者自我宣泄的写作冲动。“我”在历史氛围中身化万人，但万人之口却宣泄着“我”之情感欲望。当下严重的文化危机造成了此类文本的虚无感，而第一人称叙事的换喻修辞更加深了文化幻灭与绝望。事实上，文本用单维的当代人的欲望心理取代了多维的历史人物原型，这种策略在叙事学上称为换喻的修辞方法：换喻是“通过一事物的一部分的名称可以用来代替整体的名称……可以用部分象征总体固有的某种性质来描写某个现象”①。作品中

① 李振声：《“文本寄生者”李冯和他的长篇〈孔子〉》，《当代作家评论》1997年第6期。

的人事通过换喻不仅可以理解成部分的形态与功能，而且它也可以成为暗示整体诸因素的性质关系的一个陈述。就拿李冯的《孔子》来说吧，从表面上看，它以《论语》为蓝本，作者在描写黄帝、尧、舜以及洪水时代的禹等故事时，引用并融进了《史记·五帝本纪》、《山海经》、《敦煌变文集》、《周易》、《诗经》、《楚辞》以及古代天文的众多文献资料①，这似乎是一种重知识的写作。但是，作者所用的第一人称叙事使他根本无从还原历史；当然李冯的经典写作原本也无此奢望，对他来说，小说所叙之事无非是借他人之酒杯，浇自己胸中之垒块。在这里，文本中的"我"尽管试图一身化万身，但终因叙事的单一，使换喻牢牢地限制了作家的想象，而难以反映丰富复杂的历史与现实本真，造成了不应有的双重失真。难怪有人这样质问："小说里人虽不能算少，但语调离真正的'众声喧哗'还有不小的一段距离，他们似乎同出一腔，始终没能形成一种真正个人的、非己莫属的话语方式……事实上，整部长篇小说也确实只有小说家李冯一个人在说话。"② 这是很有道理的。其最终结果，不但模糊了元典的精神价值和确凿意义，而且大大削减了作为一部现代长篇小说的多声部的、复调叙事的艺术魅力。

而在西方的此类作品中，经典的叙事似乎比我们更多样也更有层次。正如德里达所说，文学写作应该"具有一种穿透性。它是对任何既定秩序的穿越，是对学科范畴的穿越，是对任何一种分类学的穿越，最终是对形而上学的穿越"③。解构主义所主张的消除界限的穿越性，为戏仿、拼贴提供了学术支援。由于界限的消失，元典与当下文本就显得更加自由平等。在互文性中，经典可以被作家意味深长地分解成词语、句子、典故、情节等，彻底穿越学科、知识、思想的种种障碍，而广泛地存在于文本中。这种互文理论的存在，不仅拓展了西方文学创作的知识背景和思想资源，而且也使西方经典书写在他们那里显示出崭新的意义。

① 李振声：《"文本寄生者"李冯和他的长篇〈孔子〉》，《当代作家评论》1997年第6期。

② 汪民安：《雅克·德里达：书的终结》，《外国文学》2000年第1期。

③ 韩德星：《五号屠场中的现代"基督"画像》，梁工主编：《圣经与欧美作家作品》，宗教文化出版社2000年版。

互文性在克里斯蒂娃那里定义为“一文本与其他文本的关系”。这透露出文本真正的自由，历史的先行者与后来者完全的平等。于是，“迟到”的文本在这种特定状态中翻出新意，它经由先前经典的不断的交叉、碰撞和融合，已从传统的线性结构衍变成一种现代的立体建筑。从叙事上看，对作为经典典籍的“两希”传统，作者可根据自身的需要自由地引用、反讽、戏仿；一个在他人看来极为平常的细节，由于潜在的经典，也会衬托出许多复杂的内涵。如冯内古特的《五号屠场》对《圣经》的引用，毕利·皮尔格里姆经历的种种神奇的先知以及复活，就使人自然地联想到受难的耶稣；甚至其“古代罗马市民穿的宽大外袍，而且一脸胡须”的外貌描写，也与耶稣颇为相似[①]。加拿大作家玛格丽特·劳伦斯在《石头天使》中不仅把源自《圣经》中的哈格作为自己笔下主人公的名字，而且似乎不经意的一句话“我这个埃及人……”也含义丰富，它暗示了女主人公哈格把自己在现实生活的角色与《圣经》中的角色混淆在一起。[②] 有学者在研究莎士比亚作品时，发现在他的37部话剧中不仅引用了500多处的《圣经》，而且他也常常故意误用或误解《圣经》的典故，以造成强烈的喜剧色彩[③]。

如果说戏仿和解构《荷马史诗》、《圣经》等文化经典的典故与情节，是哈罗德·布鲁姆所谓的文学后来者因焦虑而进行个性强力对抗的表现，那么经典所隐藏的艺术技巧也会在不同语境中产生惊人的艺术效果。而这则经常被我们所忽视。现代戏剧大师布莱希特为实现“间离”效果，或采用一个演员同时扮演几个角色，或运用叙述者来讲述评论，或用歌队的形式表达某种评价等，凡此种种，正是西方戏剧最本源的传统。所以，人们才说：“布莱希特不过是以一种西方传统来抗拒另一种西方传统而已。就抗拒而言，他是一个先锋派戏剧的斗士；就他抗拒的手段而言，他又不过是一个传统主义者。”[④] 布氏在源头上找到了被遗忘的艺术传统，他更新

① 章培恒、骆玉明主编：《中国文学史》，复旦大学出版社1996年版，第76页。
② 李渝凤：《一个朝圣者的历程》，《四川外语学院学报》1996年第1期。
③ 张奎武：《圣经典故在莎剧中的艺术效果》，《外国文学评论》1994年第1期。
④ 周宪：《布莱希特与西方传统》，《外国文学评论》1997年第3期。

了人们的观念与感知，以最古老的艺术手段完成了现代艺术所追求的“陌生化”效果，使经典的叙事形式在新的艺术审视中勃发出盎然的新意。可见，互文性的叙事策略实际上包含了多种意义，它既有解构性的互文关系，以其他泛文本叩击了作为整体的封闭的经典；又有建设性的互文关系，泛文本积极地参与文本意义的生成，丰富了经典意义；更有一种技巧的互文性并置。西方对传统的重视和发掘，使经典成为文学写作一个永远不竭的资源，他们的经验和理念值得我们借鉴。

本章后面三节，拟选择《牡丹亭》、《故事新编》、《上海的早晨》三个文本为个案，从各个不同的角度探讨经典本身的丰富复杂以及创作和改编中的一系列问题，试图为当代良性文学生态的营造提供有益的资源。

（本节与陈林侠合撰）

第二节　《牡丹亭》：古典经典的魅力及其现代改编

自 1598 年我国明代大戏剧家汤显祖完成《牡丹亭》写作后，从明清至当下，不知有几多人改编过它，为推出被自己这代人所欣赏的这部名剧而殚精竭虑：玉茗堂主还在世时，沈璟的《梦珂记》、臧懋循的《牡丹亭》就争相出笼；汤若士辞世后，冯梦龙的《风流梦》、徐日曦的《牡丹亭》、徐肃颖的《丹青记》等又在崭露头角；当代则有北方昆剧院 1980 年的演出本、陈士争执导的 1998 年的 55 出本、上海昆剧团 1999 年的演出本，再就是 2004 年江苏省昆曲剧院的精华版《牡丹亭》以及苏州昆剧团携手白先勇打造的青春版《牡丹亭》。

一般而言，戏曲观众通常以中老年欣赏者居多，而白先勇的青春版昆曲《牡丹亭》却同时赢得了高校青年大学生的广泛欢迎与好评。从 2004 年 6 月在苏州大学首演成功后，青春版《牡丹亭》又相继走入浙大、北大、北师大、南开、南大、复旦、同济等国内知名学府，所到之处，轰动依旧，使“昆曲热”成为 2004 年中国最重要的文化现象之一。如果说 50

年前的浙昆《十五贯》“一出戏救活了一个剧种”[1]，那么50年后海峡两岸联手打造的青春版《牡丹亭》，则使这源远流长的传统戏曲文脉薪火相续。众所周知，20世纪初以来，中国传统戏曲如何适应社会发展变化并永葆其不竭的艺术生命力，传统文化资源如何进入当下成为时代共享的文化成果，始终是国人不断思考并努力探索的一个历史课题；而无法回避的东西文化的碰撞，更凸显了此问题的重要性和迫切性。在文学文化日趋平面化、粗糙化、快餐化、感官化的今天，雅致蕴藉的青春版昆曲《牡丹亭》却能在大学生群体中引起热烈的反响，这本身的确发人深省。

那么，白先勇到底是怎样在他的青春版《牡丹亭》中进行传统与现代之间的转换和对接，使之既“古”又“新”且“活”，成为黑格尔所说的“既真实而对现代文化来说又是意义还未过去的内容”[2]，即我们这代人所欣赏认同的超越时空界限的至美境界呢？这里不妨将它提炼为这样三个问题进行具体的探讨。

第一个问题是：“青春”的舞台语汇使古老剧目青春焕发，还是思想的光芒具有永恒的力量？

《牡丹亭》与昆曲结缘由来已久。现代以来，经俞振飞、梅兰芳、程砚秋等大师的精彩演绎，《牡丹亭》已成为经典剧目，姹紫嫣红四百年。如何续写昆曲与《牡丹亭》的当代辉煌？白先勇认为关键在于培养年轻的观众。基于自己长期从教的经历，白先勇曾不无担忧地说过：“我在美国加州大学教了几十年书。加州大学的课程有一门《西方文明史》，每个学生必修。中国的大学如今却没有一门类似以戏剧、戏曲为重要内容的《中国文明史》教材。”[3]16世纪西欧文艺复兴时期，莎士比亚创作了不朽之作《罗密欧与朱丽叶》，男女主人公双双殉情而死，似乎情犹未了；而同一时期的东方，中国戏剧大家汤显祖推出了《牡丹亭》这部“中国浪漫文学高峰”的扛鼎之作。白先勇和苏昆剧团联手，把这部“爱得死去活来”的青春版介绍给青年观众，不仅体现了海峡两岸同胞对母体文化之根的执

① 《从“一出戏救活了一个剧种”谈起》，《人民日报》1956年5月18日。

② ［德］黑格尔：《美学》第1卷，商务印书馆1979年版，第343页。

③ 白先勇：《我的昆曲之旅》。

著坚守和对传统文化经典的挚爱之心，同时也印证了多元文化语境中的当下中国正涌动着一股“人本主义”、“古典回归”、“人性回归”的新文艺复兴思潮。诚如白先勇所说：“二十世纪的中国人，心灵上总难免有一种文化的失落感，因为我们的文化传统在这个世纪被连根拔起，伤得不轻。昆曲是中国最古老的一种戏剧艺术，曾经有过如此辉煌的历史，我们应该爱惜它，保护它，使它的艺术生命延续下去，为下个世纪中华文化全面复兴留下火种。”①

然而，挑战年轻观众的接受意识，谋求历史与艺术的对接，首要一条是要以现代舞台的表现手法营造古老浪漫爱情，从而达到观众的视网膜认同。如果说传统戏曲演出更多的是诉之于听觉，那么现代舞台则是视听并重，尤其是在所谓“读图时代”的今天更是如此。本着“一方面尽量保持昆曲抽象写意，以简驭繁的美学传统，但我们也适当利用现代剧场的种种概念，来衬托这个古典剧种，使其既适应现代观众的视觉要求，同时又遵从昆曲的古典精神”②的戏剧概念，白先勇立足当代美学期待视野，采用现代舞台表现手法，让青春的话语、青春的主题和青春的接受引领传统经典的永恒魅力，宣示古老昆曲的青春传承。新版《牡丹亭》之所以特别标榜“青春”二字，意义就在于此。首先，在演员的挑选上，青春版《牡丹亭》一反过去戏剧表演注重舞台经验和技巧而忽视演员自身形象的传统做法，大胆启用年轻的“小兰花班”中有气质有形象有潜质的艺人，打破传统戏剧的门辈观念。演员的青春勃发、英气逼人一下子拉近了观众的戏剧距离，达到与期待视觉的瞬间融合；其次，舞美造型风格的典雅秀丽使人切身感受到昆曲的发祥地——苏州的文化氛围，而淡黄、粉红、嫩绿等主色调更是将江南水乡的“柔美”气质与昆曲特有的悠扬、温婉以及《牡丹亭》中男女缠绵的爱情烘托得淋漓尽致；再次，演员服饰打破过去“宁穿破，不穿错”的宗旨，材料选用辅以手工苏绣的丝绸，刺绣内容由中国传统意象，如梅、兰、竹等组成，不仅衬托出演员的身段体态而且含义隽

① 白先勇：《我的昆曲之旅》。

② 白先勇：《牡丹亭上三生路——制作“青春版”的来龙去脉》，见“青春版”《牡丹亭》，第99页。

永。另外，更为可贵的是，为了让今天“时间就是金钱”的观众坐下来欣赏“一板三眼”的水磨调，青春版《牡丹亭》在时间与节奏的拿捏上下足了功夫，除了《牡丹亭》原剧中的基本情节、主要人物和主要精神不变外，其他则根据现代人的生活节奏，该删的删，该并的并，顺序该调的调，55折戏留下了27折。这样，《牡丹亭》在9个小时内终于基本上呈现了它的全貌。由此，在全新的舞台语汇中，杜丽娘与柳梦梅的甜蜜爱情与悲欢离合通过戏剧冲突的迂回曲折和昆曲优美的唱词、唱腔与舞蹈，无上美丽地演绎在正经历爱情或正梦想爱情的青年人面前，给他们提供放飞自己心灵的理由和参照系，使他们跟着剧中主人公的故事心潮起伏。

一般说来，青春、现代似乎总是与反叛传统以及先锋、前卫等紧密相连的。但有意思的是，青春版《牡丹亭》却是以保存和光大传统文化相标榜的。那么，究竟是什么吸引了年轻人的目光，使其格外钟情于这部古典名剧呢？

毋庸置疑，《牡丹亭》展示的是亘古不变的青年恋人之间爱情的甜蜜美好。但中国传统戏曲中表现爱情的优秀之作灿若星辰，如《拜月亭》、《西厢记》、《长生殿》、《桃花扇》、《墙头马上》、《倩女离魂》等无不脍炙人口。是什么原因让《牡丹亭》获得上承“西厢”，下启“红楼”的殊荣？用青春版《牡丹亭》编剧之一张淑香教授的话来说，就是“《牡丹亭》的神奇魅力，来自其内涵冥合神话秘义与抒情理想的交响。基于这种体会，青春版的整编，主要目的就是再现原作的此种艺术精神，以掌握爱情神话的脊骨与经营其发展的抒情节奏为首务”[①]。昆曲是抒情的艺术，昆曲《牡丹亭》更是抒“至情”、抒“奇情”的艺术：因梦生情，伤情而死，缘情复生，情可以穿越梦境与现实，情可以漫游人间与地狱，情可以动凡人也可以惊鬼神。

紧紧围绕汤显祖“情至”、“情真”、“情深”的理念，青春版《牡丹亭》将原剧浓缩为“梦中情”、“人鬼情”、“人间情”三本连演的精华版。不仅更加突出了“情”字，而且借以表达出“美的事物竟都是不长久”的悲悯情怀。《牡丹亭》不仅是用来“听”和“观”的，在历史和文化的意

① “青春版”《牡丹亭》，第109页。

义上，它更是让人“读”的，用心，才可以“吐人所不能吐之情，描人所不能描之景”。白先勇调动现代舞台元素，将个人的青春梦升华为集体的青春梦，将个人对光复古老艺术瑰宝青春的渴望升华为集体认识和社会认同。青春版《牡丹亭》的真正诉求即在于此：它不只是简单的一出戏，而是一种古典美学与传统文化的启蒙教育。不论青春版《牡丹亭》的表演打造得如何优雅、空灵、精致，也不论其舞台氛围如何唯美，真正起关键作用的是编演者对《牡丹亭》本身价值的理解，同时也是对当今那些仅仅追求舞台语汇的新鲜而缺少思想内涵的剧作的一种反拨。人类的基本情感是古今相通的，青春版《牡丹亭》盛演不衰的背后，是现代人对传统文化和永恒情感的向往和认同。当观众陶醉于青春版《牡丹亭》精美的包装、现代化的舞台技术与悠扬的唱腔时，真正穿越时空击中他们心扉的，是“情不知所起，一往而深，生者可以死，死可以生”的“至情至性”，这种久违的纯净源于人与人之间最为原初的心灵沟通。

第二个问题是：现代传媒与包装的光彩迸发出新的表现力，还是传统文化本身的魅力焕发巨大的表现可能？很显然，青春版《牡丹亭》的制作引入了现代娱乐艺术的制作理念，其中尤以精品意识、市场意识、文化意识三者最为突出。

首先，青春版《牡丹亭》无疑是一部艺术精品。无论是其制作团队的构成，还是对若干细节的考虑斟酌，都贯彻了一种精品意识。其细心打磨、精益求精的精神与当下只求经济效益不讲社会效益的写作与影视剧制作风气形成了鲜明的对比。在被垃圾作品与无聊戏说充斥的文化市场中，青春版《牡丹亭》“制作精品”的理念无疑具有前瞻性。

其次，制作者的市场意识也相当明确。尽管青春版《牡丹亭》并不以营利为目的，但把《牡丹亭》定位于“青春版”，给“年轻人”观看，使其走向市场并成为文化消费市场的一个著名品牌的目标，足以说明白先勇及其剧组对昆曲市场把握的独具慧眼。特别是在演出前后的宣传造势方面，更是充分利用现代传媒和白先勇的名人效应，通过举办座谈会、学术讨论会，以及借助电视、网络等媒体扩大影响，使青春版《牡丹亭》没出场前就抓住了观众的心。昆曲之为昆曲，除了具备中国传统戏曲的基本特性（共同性）之外，高雅与精致是其魅力所在；但也因为精致与高雅，使它在发展的过程中渐渐脱离了大众而成为曲高和寡的阳春白雪和为少数特殊阶层所欣赏的艺术。然而，今天主流文化市场以“表层感官与内在文化品位结合”的审美风尚为昆曲的复兴提供了契机，大众文艺高雅化与高雅艺术大众化的双向互动使雅与俗的严格界线已经开始模糊，即使我们把昆曲定位为高雅的精英文化，但在网络时代的今天，精英文化也已不同于以往的“小众文化”，孤芳自赏已不合时宜。为让更多的人了解和喜爱中国的“国宝”，向来低调的白先勇和他的《牡丹亭》一起频频亮相，与媒体亲密接触大打名人牌：请香港学者古兆申、中国昆曲研究中心常务副主任周秦、香港城市大学中国文化中心主任郑培凯等任该剧顾问；请作家王蒙、余秋雨、台湾学者许倬云等知名文化界人士为演员们开办讲座。总之，青春版《牡丹亭》在古典意蕴中挖掘现代意味，创出一条传播昆曲艺术、传播传统文化的新路。它主动走进高校，在青年中普及昆曲，其成功的意义不仅在戏曲小舞台之内，更在文化大舞台之间。

再次，青春版《牡丹亭》是作为一项文化工程来制作的。这其中包含了两重意义：一是指以昆曲表演为主，兼容音乐、舞蹈、绘画、园林等因素的古典综合艺术；二是指整个中国传统文化。2001 年 5 月 18 日，联合国教科文组织宣布昆曲列入“人类口头和非物质文化遗产”名录，意味着它已成为传统文化的标志性艺术。诞生于四百多年前苏州水乡的昆曲，一经产生就从我国古老的传统戏曲中脱颖而出，以其深厚的文学底蕴和高雅的艺术形式成为“百戏之祖”。它是“最能表现中国传统美学抒情、写意、象征、诗化的艺术。能把歌、舞、诗、戏糅合成那样精致优美的一种表演形式”①。白先勇说，“在别的表演艺术里，我还没有见过，包括西方歌剧芭蕾。歌剧有歌无舞，芭蕾有舞无歌，终究有点缺憾。昆曲却以最简单的舞台，表现出最繁杂的情感意境来”②。在他眼中，昆曲如同文物，轻易碰不得。正如他自己所说：“写新戏让别的剧种去做吧，昆曲已经够好的了，还有 100 多个本子，找一些好的编剧一个个还原，就已经够忙的。昆曲的曲牌都是诗，现在的人哪有本事写那么美丽的诗？写得过汤显祖吗？

① 白先勇：《我的昆曲之旅》。

② 同上。

用白话写就不是昆曲，那是话剧。”①

因此，尽管所到之处都以“白先勇的青春版昆曲《牡丹亭》”为标举来进行宣传，但剧本并没有随意改变原著的唱词、对白，更没有虚构人物或情节，而是最大限度地保留了原著那些经典的场次和精美的文字。因为青春版《牡丹亭》的制作者们深知，“昆曲已有数百年历史，曾经一度是我们的国剧。从明朝万历年间到清朝，有大量的文人、音乐家、表演艺术家投入创作，它的表演方式和音乐等各方面已经达到了高度的精确、精美、精致，这种风格一直传承下来——这决定了我们做青春版的时候应该把传统的、精髓表演方面的东西留下来。但是，要留住观众，还要赋予它现代的、青春的面貌”②。而要做到这一点，离不开一个基本原则，那就是尊重古典而不完全因循古典，利用现代而绝不滥用现代。比如在演员的挑选上，虽说要年轻俊美，但必须应具备一种古典的韵味。柳梦梅的扮演者俞玖林具有天生的书生气质，女主角沈凤英性格沉稳而眼角生情，正好与杜丽娘外表羞怯、内心叛逆的性格相吻合。至于在训练与排演方面，白先勇更是以传统为本位，诚请“小生魁首”汪世瑜和苏昆“旦角祭酒”张继青亲临现场，手把手、一字一句传授全本《牡丹亭》。由此可见，青春版《牡丹亭》并非改良的昆曲，而是“一台恢复正统的演出”。

说到正统，作为一种承传久远的东方剧种，昆曲最显著的特色就是集中体现了东方文化中最具传神的特征——优雅。“优雅”不仅贯穿于男女主人公的形腔运气、表情达意之中，人物的眼神、步态、手势，一颦一笑，一动一静，甚至环境氛围的烘托，都无不表现出这样的特色。具体言之，它不仅要求优美雅洁的文辞，“袅袅轻烟般的出场入场，连行程也化为S形——荷加斯（Hogarth）的最优美的优雅动作姿态”③，而且还要求“柔韧如丝”“绵绵不断”的运气特色——务必除去刚强急躁之气息，而以松静、绵密、柔韧之法吐出平和静定之气……经过一个多月的“魔鬼式”

① 李冰：《白先勇：把〈牡丹亭〉送到美国》，《北京娱乐信报》2004 年 9 月 26 日。

② 白先勇：《我的昆曲之旅》。

③ 李泽厚：《美的历程》，天津社会科学院出版社 2001 年版，第 314 页。

训练，舞台上沈凤英的唱腔如同涓涓细流从石缝中慢慢渗出，与琴声丝丝入扣，给人以清婉缠绵之感与清雅高洁的享受；至于她的表演，动作虽少，但每做一动作必是情由心起，情到神露，形神兼备。有时静止的瞬间也有绘画中笔断意连的神韵，念唱之间俨然已有了“汪派”、“张派”的风范，兑现了青春版《牡丹亭》“借助一出戏的排演完成古老剧种的青春传承”[①] 的宗旨。

第三个问题是：多变的舞台演绎使古老的戏剧经典获得艺术青春，还是杰出的剧本决定其舞台命运？《牡丹亭》之所以在近年被多种版本进行不同演绎，并在“青春版”的演出中获得成功，很重要的原因之一就是取决于它的经典的文学剧本。

为了把《牡丹亭》这一传统剧目搬上现代舞台，仅20世纪50年代以来，就有华粹深、苏雪安、陆兼之、胡忌、丁修询、王仁杰等主持的改编本出现。但无论如何改编表演，都是或选精华加以连缀而现全貌，或保留大多数场次，做细节上的修改从而再现原貌。白先勇的“青春版”正是在认同这些的前提下作了精心修改。“只删不改”是白先勇剧本改编和表演改编的基本原则。这并非仅仅为了满足演出时间的需要，更重要的是要保留原著的古典精神。戏剧与影视的改编史表明，若要保留原著的基本精神，“只删不改”是一条非常重要且行之有效的原则。不仅古典名著如此，现代名著也不例外。从改编实践来看，不论是曹禺的《雷雨》还是金庸的几部长篇武侠小说，成功的改编用的都是“减法”而非“加法”。

其实，汤显祖对自己的作品情有独钟，反对别人改动他的剧本，他曾著文叮嘱：“《牡丹亭记》要依我原本，其吕家改的，切不可从。虽是增减一二字以便俗唱，却与我原做的意趣大不同了。”[②] 他的本意并非排斥积极能动的解读，而是怕人们误读，“文章五色讹，怕冬烘头脑多”[③]。然而，任何经典作品在传承中都要接受不同时代人们的评判解读，都会不可避免地打上时代的烙印。可是，在那么多经典剧目和昆曲的保留剧目中，

① 白先勇：《我的昆曲之旅》。

② 汤显祖：《玉茗堂尺牍》，上海远东出版社1996年版，第56页。

③ 汤显祖：《牡丹亭》，人民文学出版社1963年版，第310—312页。

无论是在中国古代戏剧史上的地位还是在当今的演出频度，《牡丹亭》都堪称第一。究其原因，其中既有人们对传统的认同，也有《牡丹亭》自身所隐含的现代意味。当制作者有意突出这种现代意味时，其本身蕴涵的某种具有永恒特质的理念就与现代年轻观众的审美旨趣产生强烈的共鸣。

据考证，汤显祖的《牡丹亭》脱胎于话本《杜丽娘慕色还魂》。《杜丽娘慕色还魂》前半部分写杜丽娘游园伤春、思念而亡，鬼魂与柳梦梅幽会，不仅情节曲折，人物心理刻画亦不乏精彩之处。可惜的是，话本后半部分避开尖锐的矛盾冲突，让男女主角在封建家长的首肯下还魂成婚，最终夫贵妻荣，如此大团圆结局流于一般还魂型才子佳人小说的模式，减低了其艺术上的个性价值。汤显祖的《牡丹亭》借用了《杜丽娘慕色还魂》中游园、寻梦、写真、回生等原始情节，但他“稍为更而衍之”，点石成金，在充满奇情异景的爱情故事中注入“情灵”，将话本中轻描淡写的杜丽娘慕色之情重笔浓墨成生生死死惊心动魄的爱情。让人与人、人与鬼、人与神穿插撞击在“梦中的幽会”、“梦后的追寻”、“灵魂的出离”、“地狱的判决”、“人鬼的幽会”、“死者的复生”等表演空间中，形成戏剧冲突的层层叠叠与情节的峰回路转，再加上缠绵的情怀与优美的意境，“人鬼恋”传奇话本由此脱胎换骨，取得了前者所无法比拟的艺术上的成就。

杜丽娘绝望的爱情是她在人间无法圆成的根，造成她彻骨的悲伤。这种大恨源于貌似和谐的现世秩序中的严重残缺。她的光彩就在于面对这种残缺没有妥协，而是以青春生命去追求超越一般生命意义的真挚爱情。“不自由，毋宁死”的悲剧观，对何以为人的探索以及对理想的人格自由的追求，这些闪耀着“现代”色彩的理念揭开了具有启蒙意义的生命美学的新篇章，使《牡丹亭》具有了同题材作品未曾达到的高度。这在四百年后的今天，仍具有深刻而积极的意义。

如果说精美的包装，优秀演员的表演可以赢得观众并引导他们进行思索的话，那也只是古典戏剧艺术生命力的延伸；如果说在音乐、舞美、布景方面从现代剧场的新观念出发，采用现代科技手段来表现，充满了创新意识的话，那也只是为了让戏剧更易于接近观众。而任何戏剧的生命力都不在这里，能支撑起久远的舞台演绎的，是真正优秀的戏剧创作中所蕴涵的思想力量。如果忽略对剧本精益求精的追求，而仅仅依靠奇异的表现手段和华丽的演出外表去延续中国戏剧的生命，则无异于舍本逐末。

（本节与张莉合撰）

第三节　《故事新编》：现代经典的位置及其当下重写

一

《故事新编》是鲁迅的名作，也是历史小说中的一部别样的现代经典。自发表之日起，就以其“怪异”引起了文坛的广泛关注。模仿者虽偶亦有之，但总体上看，这种范式的创作日趋稀缺。20 世纪 90 年代，情况似乎悄悄地发生了变化：一向凝重厚实的历史小说除《曾国藩》、《白门柳》、《雍正皇帝》等传统经典作品之外，还出现了一批思想艺术颇为怪异的“另类写作”。如王小波的《万寿寺》、《红拂夜奔》、《寻找无双》，叶兆言的《濡鳖》，何大草的《衣冠似雪》，丁天的《剑如秋莲》，李冯的《另一种声音》、《孔子》、《牛郎》、《我作为英雄武松的生活片段》、《唐朝》，刘震云的《故乡相处流传》，潘军的《重瞳——霸王自叙》，商略的《子胥出奔》、《子贡出马》，朱文颖的《重瞳》，张伟的《东巡》，木木的《幻想三国志之王粲笔记》，张想的《我作为丁兴追随建文帝的逃亡生涯》、《孟姜女突围》，卢寿荣的《刻舟求剑》，瞎子的《刺秦》，等等。这批作家以初登文坛的新锐居多，年龄大多在三四十岁左右；其中不少为“先锋派”或“晚生代”。迄今为止，评论界都习惯于将其称为新历史小说。不可否认，这种归类与分析自有一定的道理。的确，从文体的表象看，这类小说与新历史小说有某种相似或一致之处；但就文体内在的意蕴看，它与鲁迅的“故事新编”具有直接的渊源关系，是“故事新编”在当下的发展和嬗变。从后个层次角度观照，它也许更能切中这种新文体创作的实际，对其作出较为准确的定位。当然，由于各自所处的时代背景、写作立场以及观念取向的不同，同样是“新编”的“故事”，它们彼此也大相径庭，存在着很大的差异。鲁迅的“故事新编”无疑属于精英知识分子话语，可纳入启蒙文学范畴，是现代主义的一种诉求；而这批当代历史题材的“另类写作”则情况比较复杂，大体可划归后启蒙文学范畴，是颇典型的一种后现代写作。为论述方便，也为了以示与“故事新编”的区别，我们在这里不妨将它称之为“新故事新编”。

“新故事新编”是相对于“故事新编”而言的。在进入正文之前，拟有必要对“故事新编”文体的历史流变及其现代生成进行一番追根究底的探讨。

“故事新编”这个名称是鲁迅发明的。它的产生的根源，在某种程度上可归因于：“文学文本绝不只是被动诠释、反映特殊时空的意识形态，相反，它们是冲突和差异的发生地，价值和前概念、信念和偏见、知识和社会结构的寓所。所有这些可以清楚阐述历史自身的意识形态的复杂构成物，会在其中产生且最后被改变。”① 对于中国而言，这类新小说的兴起，则与西方现代文学和文化的影响直接有关。它可以说是外国政治小说、科幻小说和中国传统小说氤氲而成的产物。因此，在发表的当时和后来都受到人们的推崇。人们推崇这些小说，除了作品所表现出的思想敏锐性和社会批判性之外，还赞赏这些小说所显示出的独特的文体，称这些小说是中国小说史上的一种“创新”，称鲁迅是“中国现代历史小说的首创者”②。鲁迅的“故事新编”在中国现代小说（包括现代历史题材小说）史上有着重要地位，这是共识；但说“故事新编”的小说形式是他“创新”或“首创”，这种说法值得商榷③。因为作为一种独特的历史题材小说文体，“故事新编”早在鲁迅之前就已经存在。倘若具体考察，它大致经历了这样三个发展阶段，即从晚清到民初，以吴趼人、陆士谔为代表的开端期；“五

① Andrew Bennett, Nicholas Royle, *An Introduction to Literature, Criticism and Theory*. *Prentice Hall/Harvester Wheatsheaf*, 1995: 136.

② 参见唐弢、严家炎主编《中国现代文学史》（二），人民文学出版社 1979 版，第 114 页；黄修己：《20 世纪中国文学史》，中山大学出版社 1998 年版，第 192 页。

③ 参见汤哲声《故事新编：中国现代小说的一种文体存在——兼论陆士谔〈新水浒〉、〈新三国〉、〈新野叟曝言〉》，《明清小说研究》2001 年第 1 期。本文有关“故事新编”开端期的论述，颇多借鉴了汤文，谨此向作者致谢。

四”及二三十年代以鲁迅、郭沫若、郑振铎等创作为代表的高峰期；以及40年代以张恨水、平襟亚为代表的复兴期。

“故事新编”最早出现在晚清之际。在西风东渐及翻新之风影响下，有些作家不满传统小说据史而作的套路，而以古事或经典旧作为本进行改造，并借鉴流行的翻译小说文体，赋予历史以新的生命。故往往以“新××”命名。如1905年，吴趼人在上海《南方报》附张“小说栏”连载他的《新石头记》，便是其中较早的一部。在该作第一回中，吴趼人就申明他的小说不是那种“狗尾续貂，贻人笑话”的续作，而是“独树一帜”的作品。这种“独树一帜”也就是“故事新编”的开端。《新石头记》在旧《红楼梦》基础上加进了一些现代的新内容，形成了中西合一的内在结构。它通过传统小说中杜撰的人物——宝玉在现实境遇下的种种奇异游历，包括宝玉坐着潜艇探访海底隧道、收集海洋奇宝等，明写现代文明中的各种新鲜事物，实则书写作者自我的政治理想，并用古今交融这种独特的文体形式，对传统文化和现代文明的关系进行思考。此后的陆士谔在这方面就更突出了。他的代表作《新三国》可谓是作者对彼时政治体制改革方案的一种形象化的理性认知与抉择。从形式上讲，《新三国》属于“翻新小说”或曰“拟旧小说”，他采取“蹈空”的虚构手法，将已成历史定论的“三国争霸”旧案搬到现代社会的背景下进行翻新和重构，以此寄寓自己的政治理想。小说描写东吴最先变法，但只办事业，不振国体，因而国势日衰；魏国的变法毁于内部人事倾轧和不团结；只有蜀国，因为先改政体，再兴实业，而最终歼吴灭魏，统一全国。在这里，作者殚思竭虑所表达的，并非“重兴汉室，吐泄历史上万古不平之愤气”这样一个老话题，而是通过彼此对待维新改革三种不同模式的成败利钝的比较，提出自己心目中“立宪模范国”的治国强国方案。因此，书中那大量穿戴古衣冠的人物如周瑜、孔明等以及真实的历史情节，都成了作者借用的一点历史“因由”而随意铺染。这样的古人与今人相杂，古事和今事相间，就读者而言，可以让他们从作品人事的超验叙述中得到幽默轻松的新奇快感；就作者而言，他可以借此有效地拓展创作的艺术想象的空间，用这种极富意味的“曲笔”形式针砭现实，书写自己的政治理念。同样，与《新三国》在内容上相互呼应的另一部作品《新水浒》，也是借历史情节和人物为因由，描摹作者对当时社会经济改革的超前见解。在作品中，梁山众好汉响应朝廷变法的号召，成立了梁山会，派会众下山经营各种新事业。当然，这些所谓的“新事业”乃是围绕着当时正在进行中的维新事业展开和生发的，具有强烈的社会批判色彩。梁山众好汉的名号仍在，算是历史的一点“因由”；而人物的行为举止却因现实需要而进行了“点染”，这样，这些形象与读者心目中的既有模式形成反差，从而造成了颇强的讽刺和批判的效果。

需要指出，《新三国》、《新水浒》这两部作品与传统意义的“翻案”之作《反三国》、《反水浒》不同。后者是对旧作情节的续写，或圆旧作那令人抱憾的结局，或杜撰历史人物于情节之外的人生逸事，总之，它是旧作框架中的故事演绎。而《新三国》、《新水浒》则是对旧作的根本改造或重新书写，它已融入了20世纪的时代的新精神。青年学者汤哲声对此有个很好的总结：他认为在文体上，“故事新编”将西方的政治小说、科幻小说和中国的传统小说模式相杂糅，具有强烈的社会批判色彩，可以归纳为“古今融合体”；在叙事上，它把古时今时、古事今事交融在一起，构成了一种“未来完成式”的结构。[①] 当然，这些作品并不完美，而留下了明显的缺憾。如过分政治理念化，大量的政治议论和治国治民方案虽然构画了美好的“强国境界”，但毕竟主观色彩过浓；在作家灵动飞扬的描写中，小说固然纵横驰骋，艺术表现的天地很开阔，但对社会痼疾的批判与认识，对民族精神的反思与提升方面，毕竟比较浅显。因此作品往往显得激情有余而理性不足，有的近乎一般的科幻小说。

上述情况，至二三十年代有较大改观。如郭沫若收在《豕蹄》中的十个短篇，包括《马克思进文庙》、《漆园吏游梁》、《柱下史入关》等。尝试以荒诞不经的故事，来阐释作者的社会观和文化观。徐卓呆在《小说世界》上连载他的长篇小说《万能术》，将世俗故事、科幻小说和政治小说结合在一起，批判军阀政府治国无方。老舍的长篇小说《猫城记》，用神话的笔法描绘了火星上猫国的生活状况，借以表达作者的政治价值观。这

① 参见汤哲声《故事新编：中国现代小说的一种文体存在——兼论陆士谔〈新水浒〉、〈新三国〉、〈新野叟曝言〉》，《明清小说研究》2001年第1期。

些“故事新编”与同时期侧重于写实的茅盾、郑振铎，以及习惯于主观抒情的郁达夫的历史小说如《大泽乡》、《桂公塘》、《采石矶》等形成了鲜明对比和互补。当然，此一时期最为重要的是鲁迅的加盟，他不仅是“五四”时期最早使用此文体的作者，而且在继承前人的基础上将其推向一个新的高度，使之达到空前绝后的水平。较之晚清之际的《新石头记》、《新三国》、《新水浒》等一批“新××”作品，鲁迅的最大不同之处在于弱化或泛化它的政治小说内涵，而增强其文化批判的色彩。在他的《补天》（原名《不周山》）、《奔月》、《铸剑》等短小凝练之作中，先前“故事新编”文体的讽喻特点被很好地继承下来，还加进了他特有的幽默、犀利、深刻并有所发展和提升（这种文体特征与鲁迅惯有的杂文风格非常一致，可以说鲁迅是高度发挥了其杂文之长，把自己杂文的独特个性和优势都充分吸纳到“故事新编”这种新文体的创造之中）；同时又敏锐地将其与20世纪现代主义的荒诞、调侃、反讽的手法沟通连接，达到了既充分个人化又高度时代化的境地。而科幻小说的成分却潇洒地被略去了，因为它与其艺术整体显得不和谐，也太浅表化了。鲁迅根本无意将“故事新编”写成一般的准科普读物或宣传品。他借助于这种独特文体所具有的极大的象征意味和寓意性，自由地表达自己对历史、现实和人生的看法。他在实际上是将一向滞后的历史题材小说推进到了先锋的境地，使原先经验实在的通俗文学话语，因此成为了一种超验脱俗的精英文学话语。

三四十年代，在鲁迅影响下，“故事新编”文体尝试者不少，也取得了一定的成就。如聂绀弩为“纪念鲁迅逝世五周年”而创作的《第一把火》，将普罗米修斯为人类盗火受难的故事加以现代的“点染”，伴随在主人公身边的，始终不乏类似鲁迅笔下的“小东西”那样腐朽、卑劣和无耻之徒，这显然是对鲁迅“故事新编”的承接。另外两篇《鬼谷子》、《一个残废人和他的梦》，分别描写主人公在幻觉和梦境中游历另一个世界，在这其中，真实的历史成了过往的情节，而虚幻的梦境却成了现实的生活细节。作者所描绘的文本世界没有纯粹的过去时，历史成为现在完成时的表述，它总是与当下特别是当代人的强烈情绪和价值判断紧紧地联系在一起，其内在的讽喻性意向与鲁迅如出一辙。难怪聂绀弩自言是“从鲁迅先生的《故事新编》学来的”[①]。秦牧的《囚秦记》、《死海》、《火种》、《诗圣的晚餐》等，也是在亦真亦幻的交织中描写世态人心，与“故事新编”有某种异曲同工之妙。类似的作家还可以举出刘圣旦、郑振铎、巴金、张天翼、孟超、曹聚仁、蔡仪、施蛰存、陈子展、吴调公、包文棣、杨刚、唐弢、冯至、许钦文以及香港的刘以鬯、陶然、李碧华等一大批。有些作者对鲁迅的学习达到了刻意模仿的地步：如谭正璧把自己的历史小说集取名为《拟故事新编》，廖沫沙将他的《东窗之下》标上“故事新编试作”，端木蕻良的《步飞烟》则标上“故事新编之一”。这说明这些作家在文体的考虑上，都是以鲁迅的“故事新编”为楷模的。另一方面，晚清时期出现的将政治、讽刺、科幻小说三者融为一体的通俗型“故事新编”小说，在此时也有发展。如耿小的《新云山雾沼》，对“西游记”进行了重写，孙悟空成了救国治民的英雄，人类解放了地狱，攻占了火星，宇宙因此而得到太平。还有张恨水的《八十一梦》，将上下几千年和天堂、人间、地狱等的各类人物聚集在一起，作者通过对他们品行的种种描述，对现实进行了辛辣的讽刺。不过，总的来看，此时“故事新编”较之“五四”时期，呈下滑态势。它们较多模仿鲁迅而又没有鲁迅那样的文化判断力和创造才情。有的看似上天入地、溯古述今，但其整体的内涵和格局都显得较为平面和平浅，与晚清之际的有关作品相比并无多大推进。这种情况一直延续到 80 年代。由于对现实主义理解的偏执，也由于受“从属论”思想的制约，历史题材小说不仅十分罕见，而且思维观念也凝固僵硬，故“故事新编”写作几近绝迹。

文体的发展是很奇妙的，有时在很长时期停滞不前或走向衰微，有时则在很短的时间内得到复活和发展，产生惊人的新变。我们所说的“故事新编”就是这样，它在经历了半个多世纪的日渐式微后，至 90 年代，在多种因素尤其是在新历史主义的影响催发下，竟奇迹般地出现了复苏，在短短十年左右时间产生了一批新作。它的最早滥觞可追溯到冯骥才的《神鞭》(甚至包括魏明伦的戏剧《潘金莲》)，也与莫言的《红高粱》以及马原等人的创作具有直接的联系。从这个意义上，我们可以说“新故事新

---

① 《绀弩小说集·序》，湖南人民出版社 1981 年版。

编”与新历史小说同根异枝，具备了当下先锋实验文学的某种元素。也正是这个缘故，迄今为止，人们往往都将这批作品与新历史小说混为一谈。但其实这两者是有区别的。如果单论作品的时代感，那么应该说两种文体各有千秋，不相上下；但若论空间的开拓和形式的创造，这批“新故事新编”似乎更大胆出格，因而也与传统惯见的历史小说走得更远。“新故事新编”已明显地融涵了流行于当下的不少“另类写作”的思想艺术理念，正渐渐地演化成为历史题材小说的一种次类型。

二

作为历史题材小说中的“另类写作”，“新故事新编”显著的特征之一，就是在精神血脉上割断与传统文化谱系的联系，用喜怒不形于色的超然的态度展开叙述，表现出相当明显的游戏历史的艺术旨趣。崇高与卑鄙，正义与邪恶，都一概遭到了作家的冷漠调侃。他们的历史叙述似乎只是为了“好玩”，进行重写或重构是为了反串一场滑稽表演，让人于荒诞不经中忍俊不禁，感到有趣。比如在商略的《子贡出马》中，一干历史上的圣贤人物都有了现代的身份标志。孔子是私立学校的校长，开的必修课是《礼》、《乐》、《诗》、《书》、《易》、《春秋》，七十二弟子修不到学分要补考；子贡出使各国，住在五星级宾馆，在包厢里吃海鲜；勾践“卧薪尝胆”，睡的是云丝被，尝的是绿豆糕。所有被典籍记载的历史典故，包括《论语》中孔子师徒的谈话，孔子弟子的不同个性，子贡出使的战略部署和吴越两国的斗智斗勇，都被改写成了现代人所熟悉并身体力行着的日常经验。而在李冯的《另一种声音》里，神圣和英雄的严肃主题被消解殆尽，《西游记》变成了“戏游记”或“嬉游记”。一路上，师徒们享受桑拿浴、芭蕾舞、通宵狂欢蒙面大聚会，处理离婚、复婚、图书包销任务等。小说中有宋元交替、水浒红楼、农民起义、青楼名妓、美元兑换，林林总总，不一而足。

这里，同样是“故事新编”，却与鲁迅有很大的不同。鲁迅在“再叙述”时对传统文化进行了严厉的批判，他的解构性是很强的，但解构的同时也有建构。这是因为在鲁迅看来，历史小说的创作任务，不是依附于史书或复述史实，而是要将古人和今人共同面对的人生智慧和斗争策略用艺术的隧道加以沟通；现代历史小说家不但应当重视中国古代人的智慧的表现，更应当重视这种智慧表现的人道主义性质。因此当尊重历史和超越历史、小说家和历史学家发生遭遇战的时候，鲁迅设计了“象征”模式，他采用超越旧历史和重组文化框架的方式，小心地绕开了中国历史上各种政治集团的斗争和大量有趣的故事（即解构过程）；而肯定描写了造人补天的女娲、射落九日的后羿、治理洪水的大禹和维护和平的墨子等。透过这些被高度幻化了的历史人物的三棱镜，他向我们折射了人类美好的人道主义目标。当然作者也写各种形式的复仇，但展现的是惩罚人类罪恶的方式，并将其提到很高的文化精神层面（即建构过程）[①]。因此，鲁迅“故事新编”中描写的历史，可能在事实层面上子虚乌有，但在精神层面上却是很实在很充沛的。文本也有内在的张力，并因彼此的紧张对立，构成了自己独特的美学力量。显而易见，这与鲁迅的启蒙文学立场是十分一致的。

相比之下，当下新锐所写的这些“新故事新编”就更用一种游戏心理从事创作，他们在激烈解构历史和文化的同时却将建构悬置起来，并以此来遮掩自己对世界和对人生的狐疑感和荒谬感。因而文本自然就没有也不会选择“象征体”加以提升和转化。它呈现在我们面前的，更多的是形而下的生存生命方面的内容；历史人物迷恋于此，作者也迷恋于此。于是，我们看到，在大多的“新故事新编”中，不要说一般的下层民众，就连孔孟圣人、孙大圣等，也纸醉金迷，夜夜笙歌，极尽吃喝玩乐之能事。历史的美与善、丑与恶之间的界限被抹平了，鲁迅的“人道主义”、“启蒙主义”的写作立场也一概被略去了；对“意义”的消解和对“形式”的消解不仅互相认同，而且首先是被作者认同，并在滑稽中得到了统一。

正是从这个意义上，我们完全可将这批“新故事新编”归入后现代主义的范畴。也正是从这个意义上，我们认为将王小波的《万寿寺》、《红拂夜奔》、《寻找无双》等说成是“新故事新编”有点不大合适。王小波在其

① 王富仁、柳凤九：《中国现代历史小说论》（三），《鲁迅研究月刊》1998年第5期。

作品中以性为切入点，将历史人物与现代人物形成一种奇特的拼接，现代的生活场景很不协调地穿插在古人古事中，形成一种怪诞的氛围。在这种怪诞氛围的掩护之下，他以传统文学中从未有过的坦然自信，无所顾忌地表现人的欲望。作者穿行自如地驰骋于古今中外的广阔天空，将古代才子佳人的奇闻逸事与现代人的性观念以及个体意识自然地组合在一起，向中国文化的性禁忌和压制个体意识的传统因袭思想发起了一次强有力冲击。更可贵的是，他没有像30年代的施蛰存（如《将军底头》等）那样单纯以性的学说来统领一切，而是站在一个凌驾于古人与今人之上的高度，重新对中国人的性和人本观念进行了审视。

以《红拂夜奔》为例，叙事者王二，是一个在高校里以证明费马大定律为生的郁郁不得志的小教员，所叙述的故事却发生在遥远的唐代。在故事里，李靖是数学天才，早已证出了费马大定律却挨了朝廷的大棒，只得与红拂逃出城去。直到学会装神弄鬼，才官运亨通，成了编写礼仪教材和道德规范的“李卫公”，在限制和禁忌中过着自以为洒脱的“伪自由生活”。而红拂女呢，因为厌倦了这样的生活，想以自杀来寻找绝对的自由，结果自杀却成了一场充满黑色幽默的现代仪式。站在两人对立面的虬髯客是个遵从于禁忌和约束的扶桑国王，他对规矩的无条件的恪守已经化为了内在的一种自觉。所以作品中的他成了一个“变形人”和潜在的怪物，谁不小心踩上他，就会犯下大不敬的罪名。这一滑稽可笑的存在预示着人们置身于一种恐怖的境遇：面对无处不在的条框和无所不能的禁忌，人们必须时时伪装压抑自己，生命的自由自在已毫无可能。所以王小波在全文的最后不无无奈和痛苦地写道：“我只能强忍绝望活在世界上。”这个结论与故事叙述者王二有关“活着成为一只猪和死掉，也不知哪个更可怕”的绝望感叹在精神实质上是不谋而合的了。可以看出，王小波的写作不是为了追求单纯的“有趣”，也不像一般的新历史小说那样为了悬置历史本真和理性；通过诡异的文本，他向我们表明了值得重视的这样一种精神立场：我们每个个体都应该保持自己一份特立独行的品性，坚持对生存的某些悖论性的体认。这也是王小波的高明之处和深刻之所在。它说明“新故事新编”并非宿命地注定了只有一种固定的模式，它不仅有多种叙述之可能而且还有进一步提升之必要。

当然，王小波的创作是非常个案的。就面上的情况而言，我们看到更多的是对历史平面化、游戏式的随意消解和拆毁。这种消解和拆毁犹如一把双刃剑，它在给历史叙事带来解放的同时，也致使内在的精神钙质造成极大的损害。而这，与其所采用的反讽的叙事策略是很有关系的。正是这种弥漫一切的反讽，将历史变成怪诞可笑的文本，并解构了一切以某种“偏见”累积而成的人文价值和意义。有必要说明，所谓的反讽其实有两种：一种是有“意义”为依托的反讽，所以它对讽刺对象进行大嘲大谑之时，依然保留着强烈的主体精神；另一种反讽是无“意义”为依托的反讽，故它的讽喻往往带有浓重的虚无主义色彩，甚至造成生存失落、自我分裂的极端状态。“新故事新编”大体属于后者。因此其反讽的频繁使用虽收到了很好的娱乐消遣乃至喜剧的效果，但却难以给人以心灵的震撼。就此而论，“新故事新编”与新历史小说在精神取向上同枝连体；不同的是新历史小说中存在不少颇具文化哲学意味的形而上的潜质，有不少现代主义的基因。特别是早期或较优秀的新历史小说，更是如此。而“新故事新编”不同，它的主导倾向是后现代主义的。在这里，新历史小说普遍认同并广泛使用的历史偶然性的叙事，也遭到了排拒和颠覆。与新历史小说相比，“新故事新编”要随意得多，它带有很大的随机拼盘或拼贴。这样，就不能不造成它的历史感和文化内涵的单薄，而鲜明地呈现私人化写作的特点。这可能跟 90 年代的后现代主义的写作语境有关，也与作者边缘化的创作心态有关。

三

就文体内部构成来看，“新故事新编”无一例外地采用古今杂陈的形式。将不同历史时期的人事放在同一空间中并置，或让叙述人穿行于不同的历史时期展开人事描写，几乎成了它最基本、最普遍的一种艺术形式。这些作品，虽然不少都有元典的历史事实的支撑，但由于打破时空界限，创造了古今交融、幻实相映的独特的第二自然；因此，与鲁迅及以往“故事新编”一样，它们便获得了为一般传统历史小说和当下新历史小说所没有的陌生美、幻象美。当然，“新故事新编”毕竟是今天时代的产物。同样是古今杂陈，它与以前的“故事新编”在层次、角度、形式、手法上还是有颇明显区别的。无论是吴趼人、陆士谔，还是鲁迅、聂绀弩、秦牧，他们在进行具体处理时还有一个潜在的整体性原则，即注意整体氛围的营造以及上下文之间的沟通协调，寻找和确立理性逻辑基点；在古今错置描写时，充分发挥讽刺小说的嬉笑怒骂、插科打诨的艺术功能，有的还进行切实而又富有深度的文化批判；有时甚至也“油滑”，但态度一般比较严肃，其所嵌入的现代生活内容，包括描写的本体“故事”，大多是被作者所针砭的，属于否定性的范畴。特别是鲁迅在这方面更是把握和处理得十分整饬到位，令人击节。

而“新故事新编”的古今交融的拼贴色彩就十分明显，随意性也很大。如刘震云的《故乡相处流传》，叙述人“我”挣脱了时空的羁绊，一上来就给曹操捏脚，过了几段，“我”突然变成了20世纪的“刘震云”；曹操“睁开眼睛又兴致好时，知道我也是当代中国一个写字的，便也与我聊天，谈古说今”。这种转换事先未有任何叙述上的准备、铺垫和承接，我们在阅读过程中看不到任何对这种情况的解释，也看不到叙述人对这种不合理状况的任何不安。“我”坦然地来回于“刘震云”和“搓脚人”之间，穿梭于两个完全不同的世纪之间。这与新历史小说不一样。新历史小说一般是通过一种复式的叙述结构来完成时空的跳跃和变换，也就是说在历史事件发生和发展的大背景下，它还有另一个视角。或者说，它是借助于代表“现时态”的叙述者（通常以“我”为主体），通过“我”在历史与现实之间不停地跳进跳出，沟通着现实与历史的联系。比如新历史小说代表作《灵旗》，其小视角是五十年前红军的湘江之战，而小视角背后的大视角是青果老爹眼里忽隐忽现的往事。作者让青果老爹看到五十年前的往事，有意使青果老爹和往事中的汉子产生间离效果。此处，现实的视角与历史的视角经常是重合的，现实的视角不断而又自由地跳跃在历史的各个阶段中，读者也可以鲜明地感受到这个视角的存在。而“新故事新编”一般则取消这样一个作为时空中介的第三人称叙述视角，直接把不同的历史特征拼贴在一起。在新历史小说中，青果老爹可以用无限的视角洞窥五十年前的战争，但却不可能出现青果老爹与五十年前的人同处一隅，穿一色的服装，谈论同一件事情的情形；而在“新故事新编”中，故事的行为主体却都直接存在于一个没有古今差异的超时空之中。

在这方面，最典型的例子要数尹丽川的短篇小说《十三不靠》。“十三不靠”原本是麻将术语，十三张牌毫无关联并按一定的牌面要求组合而形成和牌的局势是为“十三不靠”。这个短篇正是在形式上套用了“十三不靠”的要求。全文分成十三节，前十二节作为故事的主体是现代生活的描写。但是文章写到了第十三节，突然插入了一段毫不相干的古代故事，描写袁崇焕在刑场上被凌迟处死的片断。这一插入，与前十二节的叙述内容没有任何情节上的关联，抽去它，全文照样成立。这也说明这个短篇的古今之间，不仅未形成对话，而且各自独立存在，全然是人为的一种刻意拼贴。作者力图通过这个完全超逸于小说既有故事情节逻辑和割离于现实的独立的历史场景，来调动和激发读者的想象以及情绪体验，使在前十二节的现实性文本中无法表达清楚的思想理念，得到弥补和说明。不过这种尝试虽新，但由于拼贴过甚，因此文本的历史与现实割裂得厉害，古今交融无意之中也被简单化、平面化了。

从方法上看，“新故事新编”十分强调互文性，即在作品中除了加入政治小说、历史小说、讽刺小说、科幻小说等因素外，还博采荒诞小说、世情小说、新历史小说、通俗小说的长处，从而形成了颇明显的泛文本特色。互文性是后现代主义惯用的一种写作方式，它打破森然有序的纯文学范式，致力于把文本泛化为一种开放式的“杂色”的复合体。而杂而不纯，恰恰是后现代文本的一个重要特色。值得指出的是，如今这种创作倾向已出现了向网络文学走近的趋势。它不仅文字更简洁，篇幅更短小，而且往往从既有的传统经典文本那里挖掘“故事”资源，寻找写作的灵感。如杨小青的短篇《陈家洛》，内中由陈家洛引发，串起了金庸武侠小说的一大串人物，最后由笑声结束。这与周星驰“大话西游”式的天马行空的拼贴有惊人的相似之处。同时高科技也被引入了文本，但它与晚清时期不少“新故事新编”中的“科幻”（如上述《新石头记》等作所述的上天、入地、下海底等有关描写）不同；后者带有某种科学启蒙的作用，而“新故事新编”则仅仅将高科技当作了串联故事的一种媒介而已。

当然，以上并非“新故事新编”的全部，也有少数作品不是这样或不完全是这样。它们的古今交错当然有拼贴的成分，但也比较注意衔接。更为主要的是，它不仅仅是单纯的技术操作，而是融入了作者自己的生存体验和感受，带有颇明显的个人化写作的意味。比如朱文颖取材南唐后主李煜囚禁生涯的《重瞳》。这个历史短篇的文本就像一张精致的网，在密集的古典意象里，多重对应了一些精神问题的探讨：卑弱与壮烈、屈辱与欢乐、现实与梦想、天上与人间，等等。在文中，“重瞳”不仅是一个历史细节，也是一种途径。借助它，李煜得以挣脱而去成为项羽，在卑弱的生命之外，游历了英雄的精神世界。又比如潘军的同名之作《重瞳——霸王自述》、商略的新作《子胥出奔》，也都不是以戏谑为主的叙事风格，但它们同样表达了人们一种共同的感受，那就是别无选择的历史使命与自由理想的冲突。这也是鲁迅在《铸剑》中曾经探讨过的。在《重瞳——霸王自述》中，项羽是一个血管里流着贵族血液且具有诗人气质的军人，一个对世界富有天真浪漫情怀的男人，一个厌倦了连年征战的性情中人。这些特征中矛盾的部分是作家着力刻画的内容。我们看到，项羽厌倦战争，而秦国已亡，天下大乱，他必须担负起家族的责任；他不愿意杀人，而在权力和人性之间，他又必须作出有悖于自己本性的选择；他想和心爱的女人去草原过幸福的游牧生活，但历史、家族赋予他的使命却永远是战争和杀戮。这一辈子，项羽只做过一件完全服从于自己个人意志的决定，那就是在乌江边像个真正军人那样优美地死去。“每个人对自我有其个人的概念，而这个概念却可悲地（或可笑地）同现实中的他并不相符”，米兰·昆德拉曾这样概括人的现代性悲剧。从这个意义上说，潘军笔下的项羽不是死去两千多年的古人，也不是史书上那个力拔山兮气盖世的霸王，而是我们中间的一个，他昨天才刚刚告别人间。重瞳就是中介，因为有重瞳，项羽亡灵的视界是无限的。这使他能够站在你我之间，用他一生的故事述说着我们共同的命运。

还要值得一提的是李冯的《孔子》。它写孔子师徒在诸侯割据、生灵涂炭的“可怕的混乱”时代，周游列国，试图去做“和平的使者”。但经过几年的迁徙、饥饿、放逐，终于意识到自己的壮举，实际上只不过是堂吉诃德式的疯狂可笑、毫无意义而又发人深省的一次济世旅行，它与那些无恶不作的流窜犯并没有什么差别。于是，在陈蔡边境，困窘潦倒而又百无聊赖的师徒引出了《诗经·小雅·何草不黄》中那个著名的诘问：“匪兕匪虎，率彼旷野。”为什么师徒们屡遭创伤，明知治国抱负无法伸展却还要像野牛猛虎那样在黑暗荒野中奔跑？为什么他们多次发出疑问后又迟迟不肯回故国，而宁愿在路上受饥挨饿？

作家在这里不住询问的命题是：人活着到底为了什么？一种表达？一个象征？还是一次精神漂泊？其实，作者的内心是有答案的：这就是欲使生命意义不朽，就必须上路，不断追寻，哪怕路上有种种的艰难；而只要有跋涉和追寻，惆怅和痛苦就无法避免。人因其自身内外的诸多局限不能完全得到他所想获得的，这是现代人包括当下中国民众在现代社会中体验到的最为根本的生存痛苦之一。李冯不但揭示了这一层，还向我们展现了对抗痛苦的办法：人既然已经在路上，那么无论是慢行还是奔跑抑或伤痕累累，只要还坚持寻找，就都会在心灵上得到启示，或有所启发和觉悟。凡是这些，说明他已程度不同地超越了乱语讲史、俗眼看世的后现代主义，自觉注入了知识分子的人文责任，古今交融也因此显得颇为真切和富有时代感。当然不必讳言，由于悲凉颓废之情过甚，也由于弃置了作为“故事新编”文体的重要艺术表征的反讽，使该作相互交融成趣的艺术特质难以得到有效开发，虽幻犹真的诗性之美不能得以充分舒展而多少显得有些沉闷压抑。如果说前面提到的那些作品随意性太强，造成虚妄、飘忽和单薄的话，那么像《孔子》这样的重现实生存感受体验的作品则又过于拘泥呆板，缺乏奇思遐想和非凡的才情。

总之，“新故事新编”作为一种独特的文体，尽管不可能在历史题材领域中占据主流地位，而只能是以“另类”或“边缘”的身份置身文坛。但无论如何，它的出现，丰富和充实了当下的历史题材小说，其逸出常规的思维方式和超验的艺术想象，对所有的历史题材包括其他题材的创作都有重要的参考价值。当然，它对传统文本和典籍一味解构和过于空壳化的叙事策略，也值得引起我们足够的警觉和重视。

第四节　《上海的早晨》:红色经典的价值及其历史评价

一

之所以选择《上海的早晨》作为个案分析，主要是基于以下考虑：它是十七年红色经典中的一部颇具个性的作品，但同时在“重评”的过程中它又没有受到应有的重视。其实，无论是从题材、主题，还是从形象、叙述上看，它都有其自身的价值，值得总结。

据有关资料介绍，《上海的早晨》是周而复根据新中国成立初期的社会生活和自己的亲身实践，贯彻中共中央意图创作而成的。上海解放初，周而复历任中共华东局统战部秘书长、中共上海市委统战部第一副部长和宣传部副部长等职，参加了“五反”运动、民主改革和过渡时期总路线的宣传工作，有机会经常接触民族资本家。作为一位有相当职位的官员作家，他十分赞同毛泽东在1949年的一个报告中对资本家既利用又改造的有关论述，并将它贯穿于《上海的早晨》的创作始终：“在革命胜利以后一个相当长的时期内，还需要尽可能地利用城乡私人资本主义的积极性，以利于国民经济的向前发展”；但另一方面，也“要从各方面，按照各地、各业和各个时期的具体情况，对于资本主义采取恰如其分的有伸缩性的限制政策”，① 工人阶级和资产阶级的矛盾是民主主义革命胜利后的国内基本矛盾。② 在这部煌煌四部头、总计近两百万字的长篇小说中，周而复“揭露了民族资产阶级的两面性，揭示了对民族资产阶级实现社会主义改造的必要性和可能性，形象地令人信服地说明了，中国民族资产阶级只有

---

① 毛泽东：《在中国共产党第七届中央委员会第二次全体会议上的报告》(1949年3月5日)，《毛泽东选集》第四卷，人民出版社1991年版，第1431、1433、1428页。

② 同上。

在共产党的领导下，接受社会主义改造，弃旧图新，为人民服务，走社会主义道路，才有光明的前途，其他的道路是走不通的”①。无疑，这是一次主旨明晰的宏大叙事的尝试。

新中国成立之初，中共中央在利用资本主义经济的同时不断地限制、压缩民族资本主义工商业的生存空间，最终以赎买的方式对其实施社会主义改造。这自然会遭到以追求剩余价值为目的的资本家的抵抗。在《上海的早晨》中，汤阿英、余静、杨健等人与徐义德、朱延年、马慕韩等民族资本家之间的矛盾不是一般的矛盾，而是社会主义改造与反改造的严峻斗争。在这场斗争中，新生的红色政权依靠工人阶级，分化瓦解了资本家的攻守同盟。它不仅牢牢掌握了改造的领导权，而且在精神思想上也占据绝对的优势。全书通篇而下，分两个层面进行叙述：一是描写刚刚接管上海的新政权对资本家的利用、限制和斗争，另一是表现对他们的团结、帮助和教育，使其脱胎换骨，重新做人。在第四部中，小说主人公沪江纱厂总经理徐义德在历经抵抗、怀疑和反复后，最终在一定程度上认同了改造者的逻辑，认为自己是剥削起家而非勤俭创业；他那原本不学无术进而偷盗犯罪的儿子徐守仁也在新政权的教育下走上正路，展示了革命意识形态对资本家及其后代的巨大影响。

改造资产阶级是和改造城市联系在一起的。“上海这座作为半殖民地中国资产阶级现代性缩影的城市”②，其灯红酒绿富有魅惑力的夜晚如何与朝气蓬勃的共和国“早晨”这一新的起点接轨？周而复将该书题名为“上海的早晨”，表达了他将上海纳入社会主义文化构想的高度自信和自觉，寄寓着他对整个民族命运、国家设计的现代想象。按照毛泽东的文化理论，民族资产阶级属于广义的人民的一部分③。因此，中共对民族资产阶级及其城市不是采取简单批判或打倒的政策（苏联对民族资产阶级采取

① 参看二十二所院校编写组编写的《中国当代文学史》，转引自赵文敏编《周而复研究文集》，文化艺术出版社 2002 年版，第 312 页。

② 张旭东：《上海怀旧——王安忆与现代性的寓言》，见《批评的踪迹——文化理论与文化批评（1985—2002）》，生活·读书·新知三联书店 2003 年版，第 299—300 页。

③ 同上。

的是没收的政策），而是纳入社会主义文化想象的体制中进行和平赎买和改造。的确，作为曾是城市主宰的一个特殊群体，民族资产阶级能否成为建设新中国的一个元素，这对以农村包围城市、用暴力手段夺取政权的革命胜利者来说，无疑是一个新的课题。早在进城之前，毛泽东就明确告诫："应当预先防止将农村中斗争地主富农、消灭封建势力的办法错误地应用于城市。"[①] 对资产阶级进行和平改造，无形就超越了"工人阶级决定论"思想。当然，毛泽东也指出：在新的"劳资关系中，应当依靠工人阶级，而不是依靠资产阶级，资产阶级是不能依靠的"[②]。毛泽东把重点放在城市，并不是让城市成为主角，而是为了改造城市，使之成为无产阶级的大本营。在接管上海的工作中，"按其进程大体分成接收，管理，改造三大步骤（或称三个阶段）"。而改造阶段的特点是"政务、军事系统的各个部门，均按照老解放区的军政制度，进行全盘的彻底改造"[③]。可见，"按照老解放区的军政制度"、"老解放区"的价值观念来改造城市，是改造最终的目标。"只有将城市的生产恢复和发展起来了，将消费的城市变成生产的城市了，人民政权才能巩固起来"[④]。如此这般，就不能不使以世界性、物质性、消费性为特征的上海在解放之后的城市形象，面临极大的尴尬。

与毛泽东本人的国家工业化愿望密切相关的是国有化运动的势不可挡。《上海的早晨》书写的是新中国成立初期上海进行社会主义改造这段新旧并存的特定历史。随着"三反"、"五反"运动、民主改革、公私合营进程的逐步深入，50年代前中期都市的面貌、功能发生了相应变化。另一方面，这种改造与被改造的关系，因超越了左翼文学习见的剥削/被剥

① 毛泽东：《论人民民主专政》（1949年6月30日）："人民是什么？在中国，在现阶段，是工人阶级，农民阶级，城市小资产阶级和民族资产阶级。"见《毛泽东选集》第4卷，人民出版社1991年版，第1475页。

② 毛泽东：《关于工商业政策》（1948年2月27日），《毛泽东选集》第4卷，人民出版社1991年版，第1285页。

③ 毛泽东：《关于土地改革和财经工作》（1949年12月4日），《毛泽东文集》第6卷，人民出版社1999年版，第25—26页。

④ 中共上海市委党史研究室编：《接管上海》（下卷），中国广播电视出版社1993年版，第15、10页。

削模式，而显得不同寻常和富有意味。实际上，它已涉及以前被遮蔽了的工人阶级改造身份和管理身份错位的问题。周而复在揭示改造主题时正视城市新主人的历史局限性。在他笔下，无论是思想先进的工人，还是领导者，他们都无法挑起管理现代企业的重任。正是注意到城和人之间这种复杂的状态，《上海的早晨》方能为我们展现新中国成立初期上海的真实图景。

当然，周而复对城市的态度并非如左翼文学那般恐惧或排拒，即使在城市空间被政治意识形态渗透所剩不多的情况下，他依然没有完全遮蔽城市生活富有诱惑力的欲望形态。大世界、七重天等娱乐场及舞女的炫目多姿透过革命者的视角获得更为淋漓尽致的展现。作者并不回避改造方自身的问题以及由此加剧的改造的难度。史料显示，解放初上海有些党员干部不习惯城市生活，要求调离；有些享乐腐化，闹等级待遇。革命者对城市紧张、疏离或被同化的两极尴尬，映现了他们以惯常的二元对立思维方式应对城市多元文化形态，尤其是应对物欲挑战的主体性缺乏的焦虑。

作为革命队伍内部被城市欲望俘获的反面典型，张科长发挥着有力的警示作用。革命者如果不能成功地远离诱惑，就有被资本家拉下水的危险。坦白后的张科长不再出入大上海，也就难以判断他是否获得对被资本家腐蚀的免疫力。无产阶级所要求的大公无私品质使他不敢面对哪怕是正当的个人欲望，一旦压抑机制失效，后果就不堪设想。由此，我们看到，在改造城市的过程中，原来雄赳赳进入上海的革命者成为焦虑的主体，他们小心翼翼地与城市保持距离，对资本家心存顾虑，担心与之打交道会丧失立场或被怀疑审查。他们不敢深入城市的内心，那是比严刑拷打更难直面并经受的考验。因为这个缘故，也就造成了小说有关改造主题的自我矛盾和抵牾：一方面，它按照当时的理念批判并改造资产阶级及其所在的现代都市上海，从而受到了包括周恩来、陈毅、李维汉和杨尚昆等中央负责同志在内的主流意识形态的高度重视①；另一方面，处于被批判和改造位置的资产阶级及现代都市的生活方式、价值观念虽然遭受强迫性的打压，但却又在字里行间隐秘地生长出来，构成对作者最初写作意图的背离。那

① 参考周而复《往事回首录》(二)，中国工人出版社 2004 年版，第 250 页。

些显性文本与隐性文本复杂交叠、构成张力的地方，恰恰是周而复作为文人和现代知识分子精神思想的悄然显形之处。这说明对民族资产阶级的改造虽然重要且具有相当的合理性，但由于它已逸出纯政治意识形态的疆域，而涉及现代性方面的内容（现代都市下的现代人的生存状态和精神状态），因此，其改造本身及其过程充溢着某种二律背反的因素。这是《上海的早晨》不同于同样写改造的《创业史》（对“地富反坏”的改造）等农村题材作品的独特的地方。“上海昔日的繁华象征着某种真正的神秘，它不能被历史和革命的官方大叙事所阐释”①。于是，当作者以批判的眼光进入对徐义德等资本家和赖以生存的上海风情描述时，被批判否定的东西竟呈现如此顽强的生命力。这大概是作者没有想到的，也是这部政治化色彩甚浓的鸿篇巨制与“新感觉派”以及张爱玲、苏青等“海派”作家潜在对接，并且是最出彩儿之处。

上海曾经的开放意识、海派作家的写作经验以及周而复的感性体验（周而复不仅在上海解放初担任过统战部的领导，而且还在上海度过大学时光，亲历20世纪30年代“十里洋场”的旖旎生活），为作者上述的宏大叙事提供了相当丰富的资源，使之在袪除日常世俗的同时又对之表现一定程度的流连，呈现了第三世界国家在获得独立的特定历史阶段对物质、资本的复杂感受。从这个意义上可以说，在整个百年上海的文化现代性进程中，周而复扮演了一个上连茅盾等左翼叙事、下接王安忆等先锋叙事的中间角色，起着承前启后的过渡作用。

二

上海是中国民族资本主义工商业最集中的城市，也是无产阶级力量最强大的地方。他们彼此的矛盾关系，不仅演绎了全书的改造主题，同时也成为作者塑造城市新人形象的前提和基础。这旦所说的新人，首先当然是指杨健、余静、汤阿英等先进的城市无产者。白于负有改造资本家及上海这座香艳的城市的任务，在特定的历史阶段，这些人几乎是没有私欲的。

① 李欧梵：《上海，作为“香港”的“她者”》，《读书》1999年第1期。

工人领导杨健、余静一出场就不同凡响。工人汤阿英的成长过程在作者不断的修改中被抹平了，甚至本该出彩的爱情描写，由于发生在工人及其领导之间，也显得平淡。杨健和余静的结合讲究先后次序，强调忠贞的道德观。至于汤阿英，她没去上海前遭地主强暴近两个月不敢告诉父母的情节在 1962 年及之后的版本中被删除了。另一个工人管秀芬同时被两个男人追求，这种一女两男的模式某种程度上已经超越了传统的农耕文化，融进现代城市的特征，却依然和市民精神无缘。管秀芬是工人当中最爱漂亮的，但工人的身份使她的描写不能不受到限制。最起码就不能穿旗袍，不能有出格举动，否则就有损新中国工人形象。

有意思的是，尽管作者按照当时流行的理念书写政治学意义上的工人形象，但可能是生活的逻辑在起作用吧，他笔下的工人还是程度不同地隐含了市民的成分。其中一个突出表现，就是他们与资本家的斗争是以生活水平的悬殊作为参照。如诉苦会上秦妈妈的发言，她最具煽情效力和激发工人斗争意志的是拿工人阶级苦难生活与资本家作对比。① 换句话说，工人的生活表面上只有阶级斗争，斗争的号召力却来自对改善劳动、生活条件的期许。巧珠奶奶住在漏雨的草棚棚里时，最希望的是什么时候能有一张吃饭的桌子。当家里添置了一条花布床单、一张小方桌、一只木制衣箱，并且墙泥笆不再漏风，还被刷了白粉，她乐滋滋地听着秦妈妈的惊叹和赞美。后来部分工人有组织地搬进工人新村，虽然他们对先前自然形成的棚户区关系有所留恋，地位的提升没有农民有主动争取的体验，但也沉浸于居住条件改善的巨大喜悦中。即使是后来成为工会副主席的汤阿英，她在全市公私合营大会上穿着崭新的紫红对襟棉袄和蓝色咔叽布西式女裤，头发新烫成波浪式，这身类似资产阶级女性的打扮在叙事上显得突兀，却由此透露出城市文化的影响力。青年工人中陶阿毛最接近市民形态。在他明里拉拢工人、暗地里为资方帮忙的过程中，表现出对于物质、金钱、美食、性的直接的热情；在他追求管秀芬若即若离、以退为进的策略中，显示出了他的心计和世俗性。

---

① 参看周而复《上海的早晨》（第二部），人民文学出版社 1979 年新 1 版，第 227—228 页。

苏北行署卫生处张科长是从乡村来城市办事的有待改造的革命知识分子形象。掩卷挥之不去的是他在上海招待所悄悄试穿新衣新鞋，在大世界照哈哈镜，在七重天和舞女跳舞的镜头。他对上海“温柔乡”从不适应到被诱惑的故事写出了现代都市生活所激起的人性欲求，并表达了作家的另外一种文化忧思：改造和被改造是双向的，工农干部在进入城市以后有可能被城市同化。改造者反被被改造者改造了，这充满了历史的荒诞感。妙在作者写出了这种欲望的合理性。在拒绝福佑药房经理送的衣服和鞋之前，张科长悄悄试穿过，发现合适还很诧异。这不能不使我们想起张爱玲的《沉香屑·第一炉香》中的葛薇龙，他们从拒绝到融入的过程惊人相似。

资本家是另一类特殊的城市新人。由于所处的被改造的位置以及与旧上海千丝万缕的联系，他们与工人的冲突属于敏感区，以致两者之间局限于阶级营垒对立的单一关系。作者主要展开的是资本家内部冲突和改造运动对他们生活、思想的冲击，从中展现了资本家及时行乐的生活方式、见利忘义的价值观念、实用主义的伦理道德以及现代都市欲望的诱惑力。

徐义德代表了资本家中大多数的中间派。他在解放前夕设立了三道防线；解放后，为了对付工人和获取经济情报，他派陶阿毛混进工会并让梅佐贤贿赂驻厂税务员。“五反”开始后，他采取以退为进的策略，以没有资金为由企图停薪停伙停工。“五反”过关后，他又迟迟不补交税款，而抛出增加工人工资的“升工”办法，不露声色地将工会置于工人的对立面。最后，才不得已地加入公私合营。小说初稿叙述在全市公私合营以后，徐义德兴奋回家的高潮中结束。作者后来补写徐义德想到企业不再完全属于自己，情不自禁地发出“我们该休息了”的感叹，流露出惋惜、痛心、无奈的心情。在这里，昔日城市里的旧主人和今日城市里的农裔新主人之间，似乎格格不入。就此而论，周而复的《上海的早晨》与王安忆的《流逝》颇为相似。不同的只是，在王安忆那里，资产阶级即使被打倒却依然保持精神上的超然和优势；而周而复所写的资本家，代表的是一个阶级哀伤地退出历史舞台。在男女关系上，徐义德与《子夜》中的赵伯韬也有很大的差异，他不是见女色而颠倒的人，倒更像在事业上有巨大野心的吴荪甫，他的痛苦更多表现在物质资产问题上。他的大太太徒有名媒正娶的名分，二太太为他生了儿子，他真正有点喜欢的是三太太，但这位三太太为了填补空虚无聊和冯永祥调情，徐义德怕得罪这位工商界的红人只好假装不知，徐义德自己在外面和江菊霞调情只是为了事业的发展。即使调戏弟妹马丽琳，也不过是他生活的一个点缀。同样以资产阶级为描写对象，《上海的早晨》几乎没有具体的情欲描写或色情场面，更缺乏《子夜》中吴少奶奶珍藏雷参谋的书和枯萎的白玫瑰一类的细节。周而复无非想说明资产阶级没有爱情，只有赤裸裸的金钱关系。

朱延年与徐义德相似的地方在于，物欲大于情欲。在对物质的占有欲上，朱延年较徐义德有过之而无不及。他图钱财和发妻结婚，后要流氓手段离婚。他贿赂诱骗张科长，以假药应付在朝鲜前线的志愿军。为了“五反”过关，让继任老婆勾引“五反”积极分子。事情败露后拒不交代而被判处死刑。另外，与农村题材小说中没有“好地主”不同，周而复塑造了“红色小开”马慕韩这一进步资本家形象，不过，对其思想性格的发掘不够深入。相比之下，倒是“帮闲”冯永祥以消息灵通、风流倜傥而独具个性，颇引人注目。

考察《上海的早晨》中的新人和城市的关系，不同于之前的“新感觉派”或茅盾常常通过摩登女人这一欲望和被消费对象作为现代上海的符号；也不同于之后的王安忆往往通过想象旧上海女性在新中国的境遇表达上海市民社会的民间立场，以及卫慧、棉棉等通过“身体写作”的“新新人类”表征上海的商业化和享乐化。至于同期的一些创作，如熊佛西的《上海滩的春天》在表现资产阶级所经历的特殊道路时，其转变过于迅速、彻底。柯灵的《不夜城》涉及资产阶级改造运动与其家庭关系的互动。羽山、徐昌霖的《东风化雨》侧重描写资本家在旧上海的挣扎求存和对新城市的打量迷惘。吕兴臣的通讯《南京路上好八连》与沈西蒙、吕兴臣等的话剧《霓虹灯下的哨兵》取材相同。前者，战士们被高楼大厦、戏院商店、电车霓虹灯吸引的高兴劲儿与指导员的沉重心情恰成鲜明对比，他们以勤俭克己的作风保持了革命传统；后者则发展了由《我们夫妇之间》受批判事件表现出来的进入城市的革命者对于城市及资产阶级生活方式的深刻疑惧。而艾明之、胡万春等一批上海作家，热衷于反映工厂变革新气象，往往带有通讯报道的特征。周而复同步书写的“上海”，不单是官方意识形态的革命场所，旧上海的历史记忆复活于一种情调，一种气息，一种挥之不去的场景，一种真实具体的存在，同生活其中的人发生关系。从苏北第一次来上海的张科长，无法隐藏内心深处的新鲜、好奇、喜悦感，在他飘飘欲仙的时候，也就不知不觉地放松了对这个“迷人的地方”的警惕。面对上海，无产阶级要么堕落，要么排拒，要么在改造城市的过程中不知不觉地受城市文化潜移默化的影响，如工人穿着上的日益整洁得体。而资本家就与“上海”的精神有一种天然的契合，尽管他们被强行纳入社会主义文化改造的宏大叙事之中，我们却依然能感受到都市生活泛意识形态化的牵强和被悬置的感性欲望。

三

20 世纪 90 年代兴起的对二三十年代灯红酒绿、浮华奢靡的老上海的怀旧热，与上海当年作为远东第一大城市的辉煌历史有关。“1930 年，上海已成为拥有 300 万人口的大城市，经济实力位列世界第四，成为举世闻名的‘东方巴黎’”①。“到 1942 年，上海经过了早期的人口膨胀和物质扩张后，无可争议地崛起成为中国贸易、金融、生产、消费和娱乐中心，并成为远东最重要的都市”②。上海流光溢彩的往昔形象随着解放大军的汹涌而至，来不及被完全置换，“不但留下了难以计数的花岗石银行大楼和花园洋房，还留下了它们所培养的生活方式和日常趣味”。

革命者进入繁华旖旎的上海，面临着克服农村生活习惯、加强城市生活常识教育的问题，不能说他们对城市没有疑虑和恐惧：“在上海你随便进入人家，就可能被人弄死。所以，我们进城后越小心越好。”③ 在这种心态支配下，难免出现两种极端，正如周而复在《上海的早晨》中所写

---

① 王文英：《时光为何倒流?》，见《上海酒吧》，汇苏人民出版社 2001 年版，第 63 页。

② 王晓明：《从“淮海路”到“梅家桥”——从王安忆小说创作的转变谈起》，《文学评论》2002 年第 3 期。

③ 中共上海市委党史研究室编：《接管上海》（下卷），中国广播电视出版社 1993 年版，第 15、10 页。

的：一是如苏北来的张科长沉沦都市；一是正统的无产阶级与“霓虹灯”隔离。无产阶级活动的空间封闭单一，基本上被局限在工厂所在的城乡交界带。工人被固定在单调的流水线上，除了和资本家有些接触，远离市声。当工人代表参加在中苏友好大厦（原哈同花园旧址）召开的全市公私合营大会，被着力描写的红日东升、红旗展的景象很难体现所处的繁华地段特征。管秀芬去江宁路的美琪看过电影，作者没有点明位于江宁路和北京西路交界处的美琪影院距离南京西路很近，但从一开始就对她没什么好感，一直不让她入党。小说描写沪江纱厂工会办公室内是高低不平的泥土地，徐义德后来坐三轮车去厂里，沿途有田野、住房、工厂，可以想见工厂位置之偏。中共长宁区委会会址虽是遗留下来的老式英国洋房，会客室内“两张弹簧已经松了的破沙发，紫红色的沙发套子已经破了，特别是扶手那儿破的厉害，露出黄嫩嫩的草”。以中共的简朴，是不会自己购置沙发的，而洋房的前主人留下来的沙发“破的厉害”，不能不让人联想到初占城市的胜利者出“洋相”的一些史料，如他们把红地毯剪成打地铺的垫子、剥掉头等火车座位上的漆皮等。在无产阶级活动的场所，多的是自然景致而非都市特征描写；有新房、学校和公共汽车的工人新村自然成了唯一与工人有关的“奇妙的新兴城市”。

对无产阶级的空间叙述不仅表现在革命者生活在远离繁华市区的地方，还表现在会议空间的话语化、家族空间的阶级化和娱乐空间的狭窄化。一、会议空间的话语化。大多通过工会主持的中共会议，如向工人阶级传达精神，表现为话语的言说；如斗争资产阶级，表现为话语的暴力；若是诉苦会，表现为话语的煽情；而由双方共同召开的工作会议或互助互评会议，则表现为无产阶级话语的优势。“余大妈摸着余静的头，喜悦地说：‘你们这般孩子讲话动作都像是在开会。’”余大妈的话虽是“喜悦”地说出的，却道破了实情：无产阶级工作生活、举手投足都像在开会。会议本该是各种观点聚焦、矛盾争锋、利益纠结的场所，无产阶级却由于不允许私利存在而使通过会议空间展现的形象趋于单薄。二、家族空间的阶级化。工人阶级横向的家族关系不被展开，他们在城市里没有血缘意义上的亲戚。城市底层平民以血缘关系为基础的个人情感已被革命大家庭的阶级关系粗暴替代。正如王安忆在《纪实与虚构》中表达的，革命同志关系不能让人摆脱无根的漂泊感，她不得不上溯母亲的家族来寻找精神依托。在《富萍》中，富萍可以凭借亲戚关系“从‘淮海路’到‘梅家桥’”自由出入，尽管她没有能力实现个人物质欲望，但这并不代表她不可以用眼睛观看和用心灵去感受生活的原生态。三、娱乐空间的狭窄化。工人少有个人欲望，他们的娱乐活动被公共化了。作者对此经常以概述的方式一笔带过，偶尔细描也难精彩，如工会俱乐部里人们围观谭招娣扭秧歌的场景，让人觉得缺少色彩和味道；作者不像在欣赏，更像在做技术说明。总之，无产阶级缺少私人化的活动空间，很难展现个性。当作品不能体现“这一个”，某种意义上也就不能体现“这一类”。作为城市新人的工人形象塑造的难度可想而知。一方面，无产阶级的身份规定了他们和“十里洋场”之间的距离，作者不得不把他们从整个都市里面剥离出来；另一方面，作为城市新人，他们如果和上海这座现代都市的情调、和市民没有一点关系，势必成为抽象的概念。由于政治原因，上海这座城市的个性，其生活方式和精神方式，在正面人物身上，只有不易察觉的零星火花；在所谓落后的老市民和反面人物身上，也只有部分的寄植。作者用这种方式呈现了工人和市民之间的对接。

这正是新中国成立初期上海最真实的两面：革命与浮华并峙。表面上资产阶级被批判；然而旧上海的生活情趣仍然顽强地从宏大叙事中显露身影。只要留意一下就会发现，《上海的早晨》中“南京路”成为繁华旧梦的隐喻，小说中绝大多数高档消费场所和标志性景观都位于南京路附近，如大世界、永安公司七重天、五层楼、老大房、荣康酒家、百乐门、美琪、新雅粤菜馆、华懋大厦、水上饭店、莫有财厨房、二十四层的国际饭店以及电车、外滩等。小说中难得有一段两个出身纯正的工人在中山公园初次约会的抒情描写：“从黄浦江边吹过来的微风，掠过树梢，吹拂过水面，平静的水池漾开涟漪，圆圆的月亮和圆圆的灯光仿佛在水中喝醉了酒，摇晃着。映在水池两边的树的倒影，也轻轻摆动。公园里各色各样的花朵，徐徐吐露着芳香，给微风一吹，四散开来。”这里的“微风”被说成是从相距甚远的“黄浦江”吹过来的。与《霓虹灯下的哨兵》一样，南京路向来被视为资产阶级“香风”的发源地。由此，也就不难理解作者为何舍近求远，让“微风”来自黄浦江而非吴淞江[①]，他在潜意识里实际上是把所谓情调和南京路一带的奢华联系在一起。正如萨特所说：当我欣赏一处风景的时候，我很明白不是我创造出这处风景来的；但是我也知道，如果没有我，树木、绿叶、土地、芳草之间在我眼前建立起来的关系就完全不能存在[②]。“正是在想象力的作用中，原先对于物质事物的那种经验印象，已经不自觉地沿着超验的方向意象化了”[③]。以南京路为代表的繁华意象又常常被置于霓虹灯的夜景中，更添光彩。即使是白天，作者也喜欢渲染一种夜的氛围。夜，一旦和上海联系在一起，寂静黑暗的底色就被涂上繁华喧嚣的醉生梦死，令人想起 20 世纪三四十年代周璇的《夜上海》：“夜上海，夜上海，你是一个不夜城；华灯起，乐声响，歌舞升平。酒不醉人人自醉，胡天胡地跎蹉了青春……”奢华夜景恰恰是周而复捕捉到的上海最迷人的一面。浮华旧梦，寥寥几笔如白先勇的小说，无论是借此表达改造主题还是抒发今昔之感，它都成为最鲜明的印象笼罩全篇。

周而复以南京路附近象征上海的繁华，并非意指当时的淮海路赶不上南京路。他没有写淮海路地区的华懋公寓，而虚构了南京东路的华懋大厦；也没有像陈丹燕在《慢船去中国》中用很大篇幅描写红房子西餐馆（当时叫喜乐意），对此他只字未提，只是对这条曾是法租界、以各种高级消费商场和花园洋房而闻名的大马路一笔带过；而进入对这条路上或附近的“徐公馆”[④] 和“星二聚餐会”等家居生活、内部设施的详尽描绘，恰恰透露出这一带的主要特征：自法国人以来的热衷享受的优雅和精致。作者借此突出的是上海与繁华并置的世俗的特征。

相对于工人狭仄单一的生活空间，资本家的生活空间则是自由开阔

① ［法］保罗·萨特：《萨特文学论文集》，安徽文艺出版社 1998 年版，第 105 页。

② 徐岱：《基础诗学——后形而上学艺术原理》，浙江大学出版社 2005 年版，第 63 页。

③ 依据《上海的早晨》第四部，人民文学出版社 1980 年 12 月北京第 1 版，判断“徐公馆”位于淮海中路，第 31、252 页。

④ 参考《上海的早晨》第二部，作家出版社 1962 年 12 月北京第 1 版，可知“星二聚餐会”会址在思南路，而思南路较短，又与淮海中路相交，第 112、132 页。

的，这使资产阶级将“南京路”的浮华和“淮海路”的精致融于一身。对资产阶级的空间叙述还体现在他们会议空间的生活化、家族空间的血缘化、娱乐空间的多元化。一、会议空间的生活化。无论是场所布置还是聚餐会一类的形式都呈现出某种家居形态。“星二聚餐会”的会址原来是一幢相当宽大的花园洋房住宅，里面专门有餐厅、客房，布置得相当生活化。被解散后，他们又在新雅粤菜馆、徐公馆和莫有财厨房聚会过，后来成立了棉纺同业公会联谊会，阅览室、文娱室、浴室、休息室设备齐全，雇有厨子。他们开会一般边吃边谈，放松的形式提供了一种聚会的空间；而内心的较量同时使会议成为小说的情节展开方式。由于同属一个阵营，他们每次聚会都有集中的议题，为了共同的利益抱成团；同时，又通过拉拢、算计、借他人之口等实现个人利益最大化。作为资本家个人生活的世俗、个性的精明得以充分凸显，让读者不觉得在开会。二、家族空间的血缘化。作者以朱延年和徐家的关系展开都市内部的血缘关系，徐义德和三房太太之间则借用了中国传统文化资源中围绕财产的一男几女模式，又在和情人的关系中超出了传统的伦理道德。三、娱乐空间的多元化。新中国成立后，一些娱乐场所被逐步取缔。作品中资本家的活动场所从舞厅、聚餐会到联谊会的变化并非实质性的，其家属的娱乐场所电影院、书场等也贯穿始终。她们喜欢听说书、评弹、越剧、京剧，欣赏的是《西厢记》、《白蛇传》而非《白毛女》。她们的文娱活动不受解放区文艺传统的影响而呈现出丰富性特征。

由于自20世纪30年代以来对上海的感性体验，作为现代知识分子的周而复很容易与资产阶级的审美情趣产生认同。从某种意义上，萧也牧《我们夫妇之间》中的李克就是周而复的投影。这里之所以如此，并非是因为这些知识分子出身的革命干部重新回到城市后变坏了，而是在于他们身上原有的资产阶级生活方式和情调又从长期被革命压抑的沉潜状态中苏醒。虽然周而复是个革命者，但革命更多以理念形式进入创作，所以他和革命有些“隔”。他用革命的眼光打量这座城市，要表达的本是对革命的想象和诉求。但由于缺乏内化和有效的艺术转换，所以，都市的另一面——感性和风情在被批判否定的形态下依然是那样的“蛊惑人心”。革命与浮华的双重变奏主要通过对都市空间的叙述来实现，而都市空间不仅仅是人物活动的舞台或背景，还包括由此建构的观念与生活。苏北张科长跨进上海七重天舞厅的第一步就预示了他腐化堕落的命运。“如果这儿是机关内部，他早跳的浑身大汗了”。虽然在机关舞厅跳舞缺少点情调，让人联想到锻炼身体，但却不用担心来自情调本身的危险性。周而复对此类场所的批判立场是很明显的。而到具体的场景刻画，舞厅是如此曼妙迷人、大世界是如此神奇美好，人物是如此沉迷其中，完全没有“新感觉派”作家笔下物质文明同时带来的罪恶以及人物颓废、绝望的悲感体验。由于政治、历史的强力介入，《上海的早晨》指向改造“胜利”的结局和宏大的创作意图，主要是凭借对城市景观、世俗生活的描绘提供的可读性来完成的。由此，周而复对摩登上海的批判和沉迷的双重姿态也就不难理解。批判，是主流意识形态赋予他神圣的理性使命；沉迷，是上海自身魅力激发他潜在的感性体验。今天重读这部作品，真正打动我们的似乎是后者而非前者。周而复在革命意识形态中心话语规范下的“暧昧”的上海历史的书写，由此也呈现出它的特殊意义。

（本节与郭传梅合撰）

第九章

生态文学：作为一种新的文学形态

第一节　迟到的生态文学

新世纪的当代文学已日益明显地置身于全球化、技术化和市场化的生存环境之中。这种新的环境给文学带来发展机遇的同时也对它提出了严峻的挑战，致使整个文坛相当程度地出现了精神、审美下滑的趋势。因此，如何顺应时代发展，为文学审美活动构设一个良性的文化生态环境，就自然成为当下迫切而重要的课题。这也是呈现在当代文学研究工作者面前的亮点和难点。而恰恰在这方面，以强调系统平衡、协调共生为核心的生态学为我们提供了很好的参照，它启发我们用生态平衡的眼光来拓展文学的研究思路。实践表明，文学生态学的研究是一个极具前沿性、交叉性和现实性的课题，已引起越来越多有识之士的关注。文化生态与文学之间的确也具有某种互动性，文学生态的失衡一直是制约文学良性发展的一个重要因素。

从一定意义上说，20 世纪 90 年代的那场人文精神讨论，在不经意之中已涉及了文化生态系统失衡问题。只是由于多种原因，未能将人文与生态联系起来，思维与视野基本停留在知性化的空间而未能深入。尤其是近些年来，随着人们生态意识的增强，随着贾平凹的《怀念狼》、姜戎的《狼图腾》、郭雪波的《大漠狼孩》、《银狐》、雪漠的《狼祸》、阿来的《空山》、杨志军的《藏獒》、陈应松的《豹子最后的舞蹈》、《松鸦为什么鸣叫》、杜光辉的《哦，我的可可西里》、刘庆邦的《喜鹊的悲剧》、张炜的《鱼的故事》、叶广芩的《狗熊淑娟》、《老虎大福》、甫谰涛的《紫山岚峡谷》、沈石溪的《刀疤豺母》、金曾豪的《绝谷猞猁》、饶远的《水妈妈的美梦》、李子玉的《鲤鱼宝贝》等一批生态文学作品的出现，有关这方面的研究在中国陆续兴起，并取得了一定的实绩：在海南、武汉、北京、西安、苏州、南宁、青岛等地相继召开了多次生态批评的学术研讨会；《光明日报》、《文艺报》、《外国文学评论》、《文艺理论研究》、《文艺理论与批评》、《外国文学》、《小说评论》等报刊连续发表探讨生态文学的评论研究文章；《新华文摘》、中国人民大学复印资料和互联网上纷纷转载这些文章；一批生态文艺学、生态美学的专著，如鲁枢元的《生态文艺学》、徐恒醇的《生态美学》、曾永成的《文艺生态学引论》、曾繁仁的《生态存在论美学论稿》、姜澄清的《艺术生态论纲》和“文艺生态探索丛书”接连出版。与此同步的是，国外的生态批评也已初具规模，从事者已达数万之众，正为国内的研究作了一个很好的背景。

当然，它也由此对迄今以降的传统意义上的文学写作提出了挑战，带来了许多新的问题。而这些问题，其中有的超出了惯常的文学范畴而与生态学纠缠在一起，事实上已对正在行进之中的生态文学乃至整个当代文学产生了不可小觑的影响和制约作用。因此有必要引起重视。

本章试图在这方面进行探索和尝试。我们之所以这样做，首先是基于文学的生态与自然科学的生态具有某种同一性或同构性——文学作为审美化的人学，可以而且必须从人的生态去审视并反求诸己，只有这样才能从人类生命存在和人性生成的根本把握文学的生命意蕴和人学内涵。同时，也是立足 20 世纪八九十年代以来中国文学生态诸因素表现日益充分，特别是表现人与自然生态环境关系的一批文学作品的客观事实。现实的生活和艺术实践使我们愈来愈强烈地感受到文学研究者的责任，文学再也不能忽视自然的存在了。

笔者的意图是想努力超越目前学界基本停留在“生态文艺学”或“生

态美学"理论创建的初始阶段，理论联系实际，将它内化细化到当代文学研究领域，在更加开放开阔的思维视野中观照把握新世纪文学，为现实和未来的中国文学提供一个可持续发展、具有良性再生功能的文化生态环境；摆脱以往人文与科学二元对立的思维模式，为当下文学创作和研究寻找新的突破点，提供一种新的视角、方法和途径；呼吁全社会关心"人—自然—社会"的系统整体协调，共同营造和促进文学生态环境的平衡，以实现对个人主义为本位的现代性文学观的新的超越。

要探讨生态文学，首先有必要对其概念作一个大体的界定。因为现阶段生态文学创作和研究中存在的种种问题及不足，细究起来，应该说是与原初给予的"生态文学"的概念不无密切有关。何为生态文学？目前歧义很多，可以依据的文献也十分有限。美国哈佛大学劳伦斯·布伊尔认为"环境取向的作品"包含了以下四个特征："第一，非人为的环境不是仅仅作为提供背景框架的手段来展现，而是作为显示人类与自然之密切关系的对象来表现。第二，人类的利益不被当作唯一合理的利益。第三，人类对这种环境的责任是文本的主要伦理取向之一。第四，文本中对环境的描写必须是一种独特的感受过程，而不只是给定的、不变的模式。"[①] 虽然布伊尔并未使用"生态文学"这个词，但他所谓的"环境取向的文学"大致可以看做生态文学。

国内学者王诺通过对欧美各种相关术语的鉴别，给"生态文学"下了这样一个定义："生态文学是以生态整体主义为思想基础、以生态系统整体利益为最高价值的考察和表现自然与人关系和探寻生态危机之社会根源的文学。生态责任、文明批判、生态理想和生态预警是其突出特点。"并进而将生态文学的主要特征概括为以下四点（其中前三点是核心特征）：一、生态文学是以生态系统的整体利益为最高价值的文学，而不是以人类中心主义为理论基础、以人类的利益为价值判断之终极尺度的文学；二、生态文学是考察和表现自然与人的关系的文学，生态责任是生态文学的突出特点；三、生态文学是探寻生态危机的社会根源的文学，文明批判是许多生态文学作品的突出特征；四、生态文学在很大程度上可以被看成是表

① 参阅王诺《欧美生态文学》，北京大学出版社 2003 年版，第 7 页。

达人类与自然万物和谐相处的理想，预测人类未来的文学，生态理想和生态预警是许多生态文学作品的突出特点。①

从布伊尔、王诺所给出的概念和特征来看，他们所指的“生态文学”，其重点是在“生态”而不在“文学”，“文学”只是充当“生态”的修辞。它主要是借助文学这一载体来表达人与自然的生态关系，揭示人在这一关系中所应承担的生态责任，甚至借助文学这一有力的形式来达到对生态危机的预言和警示作用；至于文学本身包括艺术原则、审美规律和叙事技巧等，它是不大或很少考虑的。与之相对应的，“生态文学研究”自然也就成为对文学所蕴涵的生态思想的一种研究——这是典型的主题学的研究而不是文体学的研究。作为一种跨学科的研究，生态文学研究的跨学科性，主要体现在这种研究与生态学、生态哲学、生态伦理学、生态政治学、生态经济学、生态社会学的思想观点的结合上。它的研究与上述各学科相似或一样，目的是为了增进读者的生态意识：“促使读者重新认识他们现在所处的生存状态，重新认识他们正在被驱使着走向的但却无论如何也不会达到的未来生存状态”，“促使他们关怀这个物质世界……认识这个应当被珍惜但却被蹂躏和滥用的、处于危险的地方。”② 这也可以解释为什么迄今为止的“生态文学”大多观赏性不强，生态价值远高于艺术价值，“生态文学研究”也变成了与文学关系不大的“生态思想研究”。显然，这与上述有关“生态文学”的概念定义有关，也与人们赋予生态文学超强乃至沉重的非文学的社会使命有关。

生态文学是建立在“生态学”的基础之上（“生态学”是在1866年由德国科学家恩斯特·赫克尔提出的关于“研究生物与其他外部世界的关系的科学”）。它虽早在古希腊时代和中国先秦时期的诸子散文中就已存在，但这种生态意蕴只是先知者的一种生态直觉感悟，并没有形成一种自觉和系统的生态思想，当然也就不具备学理上的“原点”意义。真正意义上的生态文学是源于现代的资本主义——因为只有资本主义特别是由资本主义发展到帝国主义才具有这种资本和技术能力造成全球性的生态危机；而从

① 参阅王诺《欧美生态文学》，北京大学出版社2003年版，第7—11页。

② 同上书，第11—12页。

文学史的角度讲，具体则产生于20世纪60年代（代表作如美国女记者瑞狄·卡森1962年创作的长篇报告文学《寂静的春天》）。此前的其他任何一种社会形态都不可能给这个星球带来如此严重的生态危机，它也没有现代生态学应具有的反对“人类中心思想”，把世界看做是由“人—自然—社会”组成的整体系统的观点。

正是从这个意义上，我们更赞赏美国的大卫·格里芬、大卫·伯姆等人倡导的“建设性后现代主义”，而不大认同法国的福柯、德里达、拉康的“解构性后现代主义”。因为它对现代性的批判不是要解构现代性，而是要超越现代性，并试图通过对现代前提和传统观念的修正来构建一种后现代世界观，从根本上改变人的生存状态。这些建设性的后现代理论家们把这种创造性的后现代文化说成是一种“生态时代的精神”①，认为它既是一种方法论，也是一种价值观和自然观，它从人与人、人与自然以及整个宇宙之间关系这三个向度，“为生态运动所倡导的持久的见解提供了哲学和意识形态方面的根据”②。而正是从扭转并改善人类日益恶化的生存状态这一时代课题出发，生态文学不仅应运而生，而且走到社会文化的前沿，这就有必要引起我们的足够重视。

事实告诉我们，中国作为一个现代化还没有完成的发展中的国家，尽管从经济形态看，的确谈不上后现代，但从现代性的负面影响以及精神文化的角度看，中国已经有了浓厚的后现代思想文化。因此，我们也不妨将“后现代”主要定位于对现代性的一种反思与超越。从这样的角度，中国同样存在市场拜物、工具理性盛行和生态恶化等严重问题，对现代性的反思与超越同样必要。这就是中国后现代文化产生的基础，同时它也成为生态文学创作和研究的背景③。国内有学者认为，生态文学及其研究由于在本性上是对西方主流文化意识形态的批判，其目的在于矫正西方现代文化造成的灾难性倾斜，因而在这一领域所谓的“话语权”显然在朝着有

① ［美］大卫·格里芬：《后现代精神》，中央编译出版社1998年版，第81页。

② 同上。

③ 参阅曾繁仁《生态美学：后现代语境下崭新的生态存在论美学观》，《陕西师范大学学报》2002年第3期。

利于东方、有利于弱势群体的方向转移；中国当代文学及研究长期受西方话语钳制而形成的“失语状态”有可能因此打破[①]。这样的推论从拓宽中国文学的角度来讲当然不无道理，但它却带有明显的人为夸饰的成分；更为主要的，这是一种社会学、文化学的判断，而不是作为文学之一的生态文学的判断，它还没有把生态文学这种艺术样式所固有的内在局限性考虑进来。只看到它的“感性的、现实的、整体的、批判的，同时又是富有责任的、理想化的特质”[②]的一面，而没有看到它的非文学的、诸多偏颇极端的另一面。

第二节 “非人类中心主义”及相关的关键词解读

生态文学作为一种新的文学形态及其批评，它的出现虽然只有短短的几十年时间，但由于有生态哲学或生态世界观的支撑，如今已日益明显地呈现出自己观照现实和世界的特质。要认识和理解生态文学及其理论基点，进入这一领域展开批评，首先有必要引进如下几个关键词进行解读。因为生态文学创作，从某种意义上讲就是基于这样几个关键词的一种写作。它不仅在价值观、自然观方面与生态学之间具有深刻的同构关系，而且它的成败得失也都可从生态学的“原点”那里找到解释。

1. 生态意识。生态意识虽早在古希腊和中国先秦的诸子散文中就已存在，但它只是先知者的一种生态直觉感悟，并没有形成一种自觉和系统的生态思想。真正意义上的生态意识是源于现代的资本主义——因为只有资本主义才具有这种资本和技术能力造成全球性的生态危机，它是人类迫于愈演愈烈的地球生态灾难、人类生态危机而提出的一种自觉的绿色自救行为。而从文学史的角度讲，具体则产生于20世纪60年代（代表作如美

① 周玉宁：《朝着马克思主义实践观与生态美学相结合的目标——关于中国“生态文艺学”学科建设的答问》，《文艺报》2002年7月23日。

② 同上。

国女记者瑞狄·卡森1962年创作的长篇报告文学《寂静的春天》)。此前的其他任何一种社会形态都不可能给这个星球带来如此严重的生态危机，它也没有现代生态学应具的以整体绿色为最高追求的自觉意识（生态学词根Oikos的本义是房子和家，生命的家本来就是绿色)。中国作为一个现代化还没有完成的发展中的国家，尽管从经济形态上看明显落后于西方，但从现代化的负面影响以及精神文化的角度而言，中国同样存在市场拜物、工具理性盛行和生态恶化等严重问题。所以，自20世纪90年代中期徐刚的《伐木者，醒来》以及此后结集出版的六卷本《守望家园》、陈桂棣《淮河的警告》、易正的《中国抉择》等一批报告文学以迄于今，生态意识在文坛日益觉醒。许多作家不仅在创作中有意加大了自然元素及其人与自然的协调，而且自觉地“用道德的观念看待山、水、草木和一切生物”[①]，把土地、植物和动物的融合看成是自然万物“持久的生命共同体”[②]，将“‘哲学走向荒野’当是人类生存智慧的趣向”[③]。这就为生态文学的兴起奠定了很好的基础。大量事实表明，经过这些年的努力，生态意识已为愈来愈多的作家所认同和接受。相信在诸多合力的共同作用下，它在不久的将来将逐渐进入主流的视野，并以更大的范围和幅度影响于文坛。

2. 生态场。也可称生态系统，最早由英国生态学家坦斯勒提出。他在1935年出版的《植物生态学导论》中指出：“我们所谓的生态系统，包括整个生物群落及其所在的环境物理化学因素（气候土壤因素等)。它是一个自然系统的整体。”不同于将生物与非生物割离开来的生物群落的观念，生态场主张把整个自然都纳入一个大系统中，研究整个自然系统内所有现象和所有能量的流动及与生物特别是与人的互动关系及其规律[④]。一个生态场，就是以一定生命形式为中心的一种整体关联，它蕴涵着明显的系统论的思想；彼此之间是平等的，任何一方的缺失都会导致整体的失

---

① 李青松：《我说徐刚》，http：//www. wetland gov. cn/slwx/zpxx. aspxlid

② 李青松：《东北林区：告别了伐木时代》，http：//www. wetland. gov. cn/slwx/zpxx. aspxlid

③ 张平：《生存智慧》，《社会科学论坛》2003年第3期。

④ 参阅王诺《欧美生态文学》，北京大学出版社2003年版，第40页。

衡。文学作为一种特殊的意识形态，也有个生态场的问题，大致包括自然生态、社会生态、文化生态三个方面；其中自然生态是一切生态问题的原发点，而社会生态、文化生态包括显性的文艺政策、文化体制，也包括隐性的精神气候、文学思潮，是它的有机延伸与深化。它们彼此构成相互区别、相互联系又互为环境的生态场，共同影响和作用着文学的生成及发展。以往的写作，我们往往强调作家个人的主观能动性和主观意志作用，而不大注重它与社会、文化特别是与自然之间的优化组合和协调，因此思维视野和艺术空间比较狭隘单调。而近些年创作的《怀念狼》、《狼图腾》以及《愿地球无恙》（王英琦）、《走出文明的盲区》（从维熙）、《圣华金的小狐》（张炜）等，尽管存在这样那样的问题，但由于较好地展现了其所在的立体复杂的生态场并注意内在的自然、社会、文化之间的沟通，所以呈现出了特别强的“场”的效应，既整体系统而又相互关联的新特点。

3. 生态位。生态位的原意，是指“合适的处所”和“相称的职责”①。具体又可分为“资源生态位”和“功能生态位”两个方面。前者即指生物体所依赖和利用的生活资源在广度和深度上所占据的生存空间，后者指的是其在整个生态系统的结构中所处的特定地位。当然，生态位并不是恒定静止的，而是一个富有生命律动的动态概念和可供表现的广阔的生存空间，其意相当于潘光旦所说的“位育”。用这样的观点看待当下的生态文学，不仅有助于从整体上确立它所描写的自然万物在生态系统中的特殊的生态位，而且能帮助我们超越人类狭隘的伦理道德，从更高也更开放开阔的视野来认识不同自然物种特别是与人类抢夺资源的食肉动物在生态系统结构中也有各自的生态位。就拿大家比较憎恶的狼来说吧，它对人类及其豢养的家畜构成威胁，在一定意义上可以说是人类的天敌；但从整个生态系统角度来看，它却有着为其他物种无法取代的生态位，并从中发挥自己的生态功能，成为人类不可或缺的朋友。《狼图腾》、《怀念狼》、《大漠狼孩》、《狼祸》等为数不少的一批“狼文化”作品，也正是据此对被视为凶残阴险化身的狼及狼性作了翻案式的处理。当然狼性不同于人性，如果为

① 参见安树青主编《生态学词典》，东北林业大学出版社 1994 年版。

了完成自己虚幻的文化乌托邦构建，将强权和蛮勇视为文明进步的动力，把“动物界和丛林中信奉的真理”当成了人类社会的真理（俄罗斯生态文学作家乌斯宾斯基语），那就会造成思想认知上的不应有的错位。《狼图腾》之所以遭人批评，其中的一个重要原因即此。这也提醒我们，文学对生态的借鉴必须有一份理性的清醒和睿智，如果超越了自己的阈限，不适当地将“资源生态位”和“功能生态位”混为一谈，那就会给生态文学的思想价值带来意想不到的损害。

4. 主体间性。现代的主体性理论特别是现代主义的主体性理论，往往强调主体的独立性和绝对性，实际上是一种现代激进的个人主义。在它看来，人与人的关系是敌对的关系，即所谓的“他人是地狱”。因而人在“此在”的现实状况是“被抛弃的”，他充满了孤独和焦虑。这种将他人看成是地狱、处处孤独与焦虑的人，肯定也是对自然与社会持敌对或敌视的态度。生态学抛弃了现代文化哲学中主体无限膨胀的理论，主张通过倡导主体间性来消除人我之间的对立。所谓的主体间性，是指人与人互为主体，而不是以一方为主另一方为次（对象）的关系。具体到文学创作和研究，就是关心和尊重他人乃至非人类的自然的主体性和自立性，而不是将其视为他者或弱者。现代意义上的文学主体性，也只有从人与他人、人与自然万物的平等关系的基础上才能确立。落实到创作论层面，往往借助于一个自然中间物，如一头狼（如《狼图腾》），一头豹（如《豹子最后的舞蹈》），一只狐（如《银狐》），一条狗（如《藏獒》）来实施了人我之间的互为主体。这些自然中间物与人类同处在一个生物链上，它们也构成了作品主体间性表达的叙事焦点和中心枢纽。通过它，作家不仅有效地打破了长期以来被文学界奉为圭臬的主体一元论或片面强调文学封闭自足的现代新批评，从更大的时空范围来确立文学主体的位置，而且为构建人与他人的平等关系以及自然、社会、文化的共存与互补的良性生态秩序，提供了切实的艺术保障。

5. 非人类中心主义。这是生态文学最核心的关键词，也是它有别于其他一般文学的精神本质之所在。所谓非人类中心主义是针对人类中心主义而言的，它要求人类这个地球上的理性动物必须跳出狭隘的人类中心主义而进行自我约束，担当建构和维护生态家园的重任。而人类中心主义，顾名思义就是以人类的利益为尺度来解释和处理整个世界，即是说，在人与自然关系上主张唯有人具有内在价值，而非人类存在物只具有对人的工具价值的观点。人类中心主义早在古希腊（如“人是万物的尺度”）和中世纪文化（以《创世纪》为代表的犹太—基督教传统）中就有深厚的渊源，但其系统化和全面推广则是在现代完成的，迄今已支配了人类意识和行为达数千年之久。人类中心主义虽较之以“神”或“上帝”为中心是一个进步，但由于自身固有的重大缺陷所致，同时也为人类埋下了难以根除的致命隐患。因而，理所当然地受到了生态学家的猛烈抨击。在他们看来，要消除生态危机，人类首先要改变以人类为中心的文明形态，建立以“生态人类为中心”或曰“生态整体主义”的新的文明形式。在人与自然关系问题上自觉实行从征服者、统治者向公民、朋友的转换。中国素来崇尚人与自然的和谐观，新中国成立后一度“人定胜天”的主观臆断和新时期以来掠夺式的经济发展的惨痛教训，也促使人们对人类中心主义重新进行思考，并已波及文学和文化层面，取得了一定的成就。不必讳言，非人类中心主义是有局限的，不少观点甚至是可以质疑的：如只认肯自然万物具有独立于人类的内在价值、内在精神，而看不到人类与之进行物质能量交换并进而进行能动改造和实践的合理性、合法性；只看到现代化和现代科技对生态环境带来的严重破坏，而看不到它同时也给社会的前进发展起到了巨大的推动作用，有的甚至主张抛弃科技，回到原始时代去，造成了生态情感的迷失。但它提出的人与自然万物和谐相处的思想主张，无疑是值得推崇的。这一主张能付诸实践，对人类对地球生态都将是极大的福音。而对于文学生态来讲，整体的和谐与协调更是需要人为的积极创设。当然，文学作为一种精神活动的人学，它与自然生态不同，是不能依靠限制或排斥人来解决自身的生态平衡问题。但如果对人学不加规约，为了强调突出人，像怀特所说的那样，用专制的“统治者的态度对待自然”，那就会导致狭隘的人道主义，使整个文学生态失衡乃至畸化。因此，同样有必要在创作和研究中借鉴生态学的合理因素，对人类中心主义进行批判和扬弃。

以上是我们从生态文学中归纳和提炼出来的几个关键词。需要指出，这些关键词内含的思想，也许很难称得上是时尚，但彼此整合在一起，却产生了系统整体的效应。生态文学创作和研究从根本上讲，就是一种系统思维的产物，这是我们解读这些关键词需要注意的；而这些关键词，只有进行系统整体的观照，才能彰显出自身固有的价值。从这个意义上，生态文学研究与20世纪80年代中期的新方法论有某种相似或一致之处，甚至可以说是新方法论的有机延伸与发展。所不同的是，新方法论致力向自然科学寻求借鉴，停留在批评的思维和方法本身，是一场方法论的革命；而生态文学研究则超越了自然科学、人文科学的范围，进入了更为广阔的自然、社会、文化的大系统，从本质上讲是一场思想革命，是一种意识形态的批评。它不仅是对文学的反思，同时也是对文明的反思，在层次和境界上大大超出了方法论，已明显嵌入了全球化的思维观念。与当下盛行的文化批评，也形成了一种"共生互补"的关系：说"共生"，是因为它们都属于超文学超文本的文化批评，其优长短缺都与文化批评有关；说"互补"，是因为文化批评毕竟还是以人为中心，是一种传统的人学批评，而生态文学研究则是以包括人在内的整体生态为中心，或者说以人类与自然整个生态系统为中心，是一种新型的生态批评。它反映体现了当下文学批评和研究这样一种新的发展走向：这就是由于事实的教训和西方文化思想的影响，人们开始对以往备受推崇的现代性文学观着手进行调整，认识到这种超拔于现实之外的精神化了的人，虽然安顿了痛苦的灵魂，但因没有协调好人与环境之间的生态平衡，包括物质上的、物质与精神之间的和精神领域内的平衡，并没有成为真正自由的人；他们在重建生态平衡的同时也造成了新的生态失衡，引发了人与存在及本质的对抗。为什么后期的海德格尔和里尔克，把眼光返回到"大地"，落到"物"和"物的物性"上，很重要的原因就在于此。

有人说，"20世纪中国文学存有这样的悖论：对'人'的强调使它获得对'非人文学'的超越；但过于强调'人'的重要性及其力量，又限制了它的广大视野、深刻性和正确性。……从而导致对天地自然之道的忽略甚至无知，也导致了人的欲望的无限膨胀"①。这种反思无疑透露出深刻的生态感悟，它也从一个方面向我们表明：自然生态和天地之道对文学来

① 王兆胜：《文学·人生·天地自然》，《中华读书报》2002年7月3日。

讲，不仅是一种终极性的存在，而且对当代文学突破以往的限度和盲点都具有本源性的意义。

第三节　值得重视的几个理论和实践问题

尽管在绿色思潮的推动下，文学研究中的生态化现象日趋明显，并且这种生态观念的引进的确大大丰富和拓宽了原有的研究格局，给当下多少显得有些沉闷的学界注入了一股新的活力。但生态文学研究不是万能的，我们没有必要夸大其词，对它作不切实际的太高的评价，给予过于理想化的太大的期待。事实上，无论是从价值论还是就方法论来看，生态文学研究至今仍颇存歧义，实践中暴露出来的种种理论上的不完善也是显而易见的，有的甚至逻辑前提都似可探讨。包括前面提到的关键词，也包括已出的几种有关生态文艺学的专著及论文，都程度不同地存在这样的问题：它们往往不是停留在抽象的伦理学或泛伦理学层面下不来，就是具体解读时捉襟见肘，理论与文本难以对接；其所归纳和提炼的几条也大同小异，并且多以“一方面如何，另一方面又如何”这样一种貌似全面辩证，实则缺乏应有明晰度和说服力的阐释方式展示。

上述现象的产生，情况当然十分复杂。这里有的也许是生态学理论上的缺陷所致，有的也许是生态文学研究自身实践的不足造成的，抑或是两者兼而有之。凡此种种，都需要作认真细致的辨识和清理。但是，从近年生态文学的创作和研究实际来看，我认为有必要就以下三个问题进行反思。

（一）在讲生态整体系统时要正视其内部构成各因子或要素之间的差异，不能把矛盾斗争与和谐协调绝对对立起来。

因为按照生态学的原理，也是基于对文学的审美考虑，生态文学是不能排斥题材对象中的矛盾斗争性的因素，将自己的创作定位于花好月圆、歌舞升平；恰恰相反，而是以承认矛盾为前提，认识到必要的斗争不仅是协调和解决矛盾冲突的有效手段，同时也是推动和促进社会文化发展的重要的内驱力。中国古代贤哲面对复杂的环境伦理冲突，往往退回内心、试图通过个体自我人格情操的自洁来代替对社会和自然环境的改善，这种做法在今天不值得提倡。它也不可能达到与社会及自然生态之间的互动，搞得不好，甚至可能姑息纵容了践踏社会自然生态的恶行。实践表明：人与自然万物的矛盾是绝对的，像过去那样一味斗争当然不可取，那样只会激化矛盾，导致人与自然及人与人之间的更加对立；但为了所谓的和谐而置矛盾于不顾，那也有悖于生活和艺术的辩证法。关键是寻找一种协调和化解矛盾的思路和途径。或者用新矛盾理论的观点来讲，是寻找到一种合作性的矛盾关系。如果这样，那么此说的矛盾不但不会造成彼此之间的对立，反而有助于呈现富有张力的艺术个性和魅力，使文本内的各种矛盾元素既“互容共存”又“互竞共生”。而“互竞共生”，从某种意义说，则是比“互容共存”更进一步的生态关联。中国当下许多生态文学作家如徐刚、哲夫、陈桂棣、曲格平、阿来、郭雪波、贾平凹也都重视矛盾的揭示，他们不仅在《长江传》、《淮河的生态报告》、《淮河的警告》、《困境与选择》等报告文学中围绕江河山川、珍稀动植物保护问题，用客观写实的笔法向我们大容量地展现了其间存在的尖锐斗争，读后让人感到触目惊心而又忧焚不已；就是在进行《天火》、《大漠狼孩》、《怀念狼》等充满神秘虚幻色彩的小说创作时，也引进了篇幅不少的有关人与自然、人与社会、人与人冲突的描写，矛盾激化激烈得可以，有时甚至到了你死我活、不可调和的程度。如《怀念狼》，最后人狼矛盾无法化解，人只好身不由己地将狼打死。但正因此，它倒给作品平添了不少深邃、荒诞和杂色，使之具有现代小说的某种品格。中外大量创作实践也告知我们，绝对纯粹的和谐与绝对纯粹的冲突一样，都是对生活和艺术不应有的一种粗糙和简单，是不可能获取丰沛的思想内涵和恒久的艺术生命力的。

说到这里，似乎有必要对中西文化现状略述一二。这也是目前生态文学创作和研究无法回避的一个问题。依据生态主义特别是人文生态主义的精神，在今天全球“文化中心主义”式微和时代社会发生深刻嬗变的情况下，中西不同文化体系之间“和而不同”，它们彼此“共生互补”是有利于世界文学的发展，也有益于双方的文化资源之共享。这原本是互惠互利的好事。令人遗憾的是，由于历史和现实的原因，当下包括中国在内的第三世界国家并没有取得与西方同等的生态权（包括自然生态权，也包括社会生态权和文化生态权）。某些西方国家，一方面讲生态，另一方面又不愿承担生态责任，表现出了极端的“生态自私”和“生态虚伪”。更为严重的是，他们凭借发达的经济、科技、传媒对第三世界国家进行文化倾销和文化殖民，有的甚至还用文学文化的特殊形式进行舆论误导。前些年出版的《妖魔化背后的中国》（新华出版社 1996 年版），在这方面就为我们提供了许多触目惊心的材料。可惜这一点却很少被人提起。弥漫我们文坛学界并占主流的，似乎是对西学的一片仰慕和崇拜，很难听到真正批判的声音。即使有，主要也是针对某些具体问题。正是基于此，我们认为有必要在文化发展战略上提出中外文学尤其是中西文学的生态平衡问题。中国文学在加大力度，大胆从西方文学文化那里“拿来”的同时，也要勇于向他们“拿去”中国文学文化，并根据“和而不同”的精神原则与之进行必要的批判和抵制。韩国近年在这方面，为我们提供了很好的经验。当然这样说绝不意味着可以拒绝借鉴，重返原来的中西二元对立的老路；而是说生态文学研究不能回避或脱离彼时文化殖民一直“在场”，国际生态不公正现象还相当严重地存在这样一个客观事实和客观环境，有自己的精神坚守和底线原则。文学文化生态的平衡取决于价值生态的平衡。而价值生态的平衡，绝不是不同文化体系的无原则和谐共处（这不可能，也做不到），它应该建立在一定的生态正义和公理的基础之上。只有这样，中国文学文化才能充分发挥自己的东方智慧和能量，并通过与西方文学文化的能动对话，不仅为自身的良性健康的发展，也为世界文学文化的整体生态平衡作出属于文化大国的独特贡献。

（二）在讲生态的主客互为关系时，要正视人的主体的能动实践作用特别是沟通协调主客关系的作用，不能将主体间性简单等同于非主体性或无主体性。

人不同于其他物种，他毕竟是大地万物的终极主体，担负着维护和优化自然生态并与之相应的社会生态、文化生态的责任。而生态学的一个基本原则，就是讲崇生、惜生、护生、优生即所谓的创生意识，所以理应超越一般物种的被动式生存的进化逻辑，有一个既适应又主动改造和主体理性预设的问题。恩格斯正是在此意义上，反对把生物界的规律简单地搬到人类社会中来[①]。这也是马克思主义人文生态观有别于现代西方非人类中心主义的重要所在和最具价值的内容，它体现了深刻的辩证法思想。不仅对我们今天生态文学研究具有方法论的指导意义，而且也有本体论的启迪。众所周知，生态文学从根本上讲是对现代性的反思，这种反思不是要解构现代性，“而是要超越现代性，并试图通过对现代前提和传统观念的修正，来构建一种后现代世界观”[②]。既然是“构建”，当然就不能不讲主体能动作用问题，并对它提出“有所为”的要求，即主体在与客体进行平等对话的同时要有适度的超越和融合。这也就是现代解释学大师伽达默尔所说的“视阈融合”，它完全符合生态学所要求的由内向外、从个人话语向自然社会文化复合话语转换，并主动介入和能动作用于整个大系统的属性特点。主体间性作为生态学的一个关键词，显然也具有这样的内涵。它一方面突破了主体性理论固有的人类中心主义的单向思路，另一方面也承续其中能动进取、敢于超越的精神内核。这里所说的能动超越不同于主体性的能动超越，它们的根本区别在于：主体性的能动超越是建立在主客对立的基础之上，并且往往是片面的，不可能解决彼此之间的紧张关系；而主体间性的能动超越则建立在主客和谐共存、融合为交互主体的基础之上，强调主体对客体包括对自然、社会以及他人的平等对话、交流、沟通，并将它当作现实的一种本真存在来追求。

文学作为人学和高于现实的理想生存场域，按照上述生态学思想审视，更要突出强调作家主体的能动超越作用。以往文学对主客关系的思考，往往只注重它的认识论的意义；而生态文学则更关注主客关系的实践内涵与人类普遍的价值论意义，强调作家主体面对存在论层面发生的深刻变化，以及所引发的文化忧思和所采取的积极主动的介入姿态。它一般表现在以下两个方面：首先是针对当下市场拜物主义、工具理性盛行等现代化的负面因素，实施必要的文化批判。通过批判，明辨是非，剔劣存优，有效地改造现有的生态环境和结构，实现对现代化的超越，同时也体现人文知识分子的一种文化责任。这一点，在张炜、姜戎、郭雪波、阿来、史

① ［德］恩格斯：《自然辩证法》，人民出版社 1971 年版，第 282—285 页。

② 余谋昌：《生态哲学》，陕西人民教育出版社 2000 年版，第 39 页。

铁生、张承志、刘庆邦、叶广芩、贾平凹、杨志军等的小说，昌耀、杨牧、周涛、章德益等的西部诗歌，徐刚、哲夫、陈桂棣、曲格平、易正等的报告文学中，都有明显的体现。其次是借重从中央到地方出台的如评奖、课题立项和经费资助等一系列的政策措施，在尊重作家艺术个性的基础上提倡和鼓励他们积极从事健康向上特别是对当前具有重大现实意义的一类题材的文学创作，以此来改变当下日趋世俗化、私人化、戏说化、泡沫化的文学生态，推动促成生态文学和文学生态朝着良性有序的方向发展。传统的文学社会学过分强调文学的外部社会因素，忽略了作家主体的作用，也忽略了文学的内部因素与审美内涵；现代新批评又片面强调文学是封闭的自足体，排斥对作家主体与外部社会原因的追索。而生态文学借用生态学的思维理念，有效地解决文学的创作主体与生产环境、外部研究与内部研究的互动关系以及平衡协调问题，因而较好地避免了上述两种批评的缺陷。从另外的角度讲，这也可视作是它对文化批评的一种超越：同样是超文本或泛文本的批评研究，文化批评往往在主客对立的意义上展开理性思辨，故它更多看到批评对象身上存在的问题和与己相斥的一面，造成文本内部的紧张关系；而生态文学研究则是在整体协调的意义上展开的理性思辨，所以在揭示问题的同时也容易发现批评对象身上蕴涵的积极的因素，并纳入整体系统中进行对话，相对显得比较宽容。现在有一个倾向，似乎讲生态就是讲主观对客观的认同，讲人对自然、社会、群体、他人的认同，回到传统的“天人合一”的思路上来；而不能讲尤其是不能过多地讲人的主体自我，仿佛讲了，就是反现代性。这又走到了另一极端，将生态文学研究简单化、庸俗化，它实际上把主客和物我和谐（“天人合一”）看成是一种无矛盾的和谐关系。换言之，它是站在经验主义和自然顺天论的立场上来反思和批判现代性，幻想非历史、非现实地重返无矛盾的前现代的生存状态。要想真正调适主客之间的矛盾，实现文学生态的良性的、可持续发展，问题不在简单地维护原有的生存条件，追求所谓的无矛盾状态，而是在于创造和建设更人性的生存环境，用积极的态度压解矛盾，不断推进事物的发展。

（三）在讲对生态学借鉴时，要注意它毕竟属于自然科学的范畴，在目的、功能、手段上与文学有着根本的区别，因此有必要引进一个中介环节进行转换。这也是文学领域的所有跨学科研究特别是跨自然科学研究必须要解决的一个问题。

这里所说的中介，从研究方法上讲，具体就要经过哲学抽象化和艺术特殊化这样两个环节。生态学的研究方法应用到文学中来，首先要把其所蕴涵的具有普遍意义的原则、思路、观点提升到哲学思维的高度，使之成为具有普遍指导意义的哲学方法，然后才能用来指导生态文学的研究。不经过哲学抽象化的消化吸收，直接从生态学那里引进的研究，往往是要失败的。事实上，生态学因为源于自然生物循环进化，有些原则如物质循环代谢规律等，是不大适合文学的，对人类的存在发展特别是精神的存在发展也不具有普遍意义。恩格斯为什么不赞成将达尔文的进化论思想简单搬到人类社会中来，认为这样做是“很容易的”，但也不免过于天真[①]，道理也就在于自然界与人类社会的异质同构性，它们彼此的交流沟通不是随意可成，而是只有通过哲学中介才能实现。当然，生态文学不是哲学，哲学可以指导生态文学研究，但不能解决具体的生态文学问题，更不能替代生态文学研究本身。所以，还须从一般的哲学中介进入审美中介。这里所谓的审美中介，就作家的创生主体来说，就是情即主体情感，通过情感这样一个内在的中介，来融涵和统摄主体与客体、作家与读者之间的关系，寄托自己的忧生意识和创生思维。就文本的结构主体来说，就是人以及上文提到的狼豹等自然中间物即艺术形象，通过形象这样一个显在的具体中介，将人类对生态的形上的哲学思考或曰哲学话语转换成形象生动、充满艺术感性魅力的文学话语。生态文学说到底，是用审美的方式与生态进行对话，并将它转换为文学与生态学结合的一种特殊的艺术形态。生态文学之于生态学，自然有个恪守基本原则和规范的问题，不能像一般文学那样作倏忽意兴的创造，但它毕竟是文学而不是生态学，需要凭借情感和形象凸显自我的功能价值。生态文学与生态学也只是保持“异质同构”而不是“同质同构”的关系。就是说，它对生态学的引进，虽然在关系、形态方面与生态学呈现某种“同构”的相通或一致；但在目的、功能、手段上则有着“异质”的根本区别，就其实质而言，仍然属于文学功能圈的范围，

① ［德］恩格斯：《自然辩证法》，人民出版社1971年版，第73页。

不能违背艺术创造的基本规律。对于生态文学来说，它的主要价值不在写了什么样的生态而是怎样写生态，即怎样根据自己对现实生态的切身体验和感受，通过写情和写人的审美中介，将其纳入富有意味的创作机制中给予美的造型。真正的生态文学，它的所有有关的生态的思维理念都被充分地情感化、形象化了的，因而它的生态叙事既是生态的，更是审美的，具备了文学作为人学应有的情感和美感、温暖和魅力。不仅是生态文学，一切跨学科的文学如历史文学、报告文学、科幻文学，都有一个审美中介转换的问题。这也是当下文学研究在向自然科学寻求借鉴需要正视的一个问题。

20多年前，也就是1985年，以系统论、控制论、信息论为主的“新方法论”之所以雷声大、雨点小，成果不丰，在热了一阵之后很快消失，在一定程度上造成概念术语的大爆炸，其中重要原因之一就是忽略了审美中介的环节，将自然科学的研究方法不加转换地搬到文学研究领域。生态文学研究与新方法论批评原本就是二而一的，它们都从自然科学那里寻找理论资源，一定程度上可以视为是科学主义的思潮。因此，在进行生态文学研究时，没有理由不将新方法论作为一个重要的参照。撇开新方法论及其与自己在事实上的关联不谈，置其经验教训于不顾，对于生态文学来说，无论如何是不明智的。遗憾的是，迄今为止，人们对此没有引起足够的重视，更没有很好加以总结清理，作为自己研究的起点；相反，而是惊人地重复了昔日新方法论曾经有过的不加转换的生搬硬套。偌大的学界，似乎找不到有关这方面的文章。人们更多关注的是文本的生态内涵，而不是它凭借审美中介对生态的富有意味的转换。这样，就有意无意地在生态文学研究中取消了审美评价，将其置换成一种生态学或准生态学的批评话语，对当下过分生态化而不是文学化的生态文学起到推波助澜的作用。为什么目前中国生态文学除贾平凹的《怀念狼》外，绝大多数作品写得比较概念呆板，缺乏文学应有的形象性、生动性，与上述的批评导向不无有关。基于此，我们在引进生态学原理、规则之时有必要强化文学的元素。真正的生态文学，不仅关注人与自然、人与社会、人与人、人与自我之间关系的和谐，对它们作合历史合目的的善的评判；而且将其纳入艺术创造机制中，把善予以审美对象化。它的内涵远远大于生态，绝不是所谓的和谐可以涵盖得了的。

生态文学是基于生态学的一种写作。它的出现，不仅拓展了文学的叙事空间，而且诚如有学者所说，由于它在本性和目的上是对西方主流意识形态及其现代文化的批判，因而在这方面进行创作和研究是有利于“话语权”由西向东（中）的转移①。但与此同时，我们也应该看到：生态文学创作和研究的对象，在相当程度上毕竟是针对非人类世界。因此，较之一般文学，情况要显得更为复杂，在说什么、怎样说特别是与传统人文资源（这种资源的主体是人学，即以人为本位的人道主义或人性论）对接等问题上面临不少的尴尬和困窘：一方面，作家从事生态文学的创作热情渐趋高涨，并陆续写出了不少作品；另一方面，批评研究虽开始浮出水面并引起广泛的注意，但从总体来看尚基本停留在比较形上抽象的生态美学层次，许多应该探讨的深层次的问题也都付之阙如或被忽略回避了。看来，如何构建一个更能诗性地包容文学与生态、人类与非人类的独特的形态理论，使之真正发挥和体现绿色批评的功能价值，还需要有一个过程。我们渴望有更多的理论批评家们投身于此，倾其心智，共同为这项极具开创性、挑战性和诱惑性的“绿色想象工程”做出属于自己的贡献。

第四节　需要进一步拓宽的研究领域

文学与生态的关系是多方面的，它可作多维立体的研究，“生态文学研究”只是其中的一种。除此之外，它还可进行“文学生态研究”。它们彼此相辅相成，将文学与生态关系诠释的更全面、深入和细致。而后者，从本质上讲是一种泛文学或泛文化的研究。它的研究对象，有些也许是生态文学或准生态文学，但更多的则是非生态文学，即通常惯见的以人为中心的文学。这样的研究，较之狭义的生态文学研究（即把生态文学视为一种独特的文体或文类的研究）可能显得有些泛化，但却从一个独到的角度

① 参见周玉宁《朝着马克思主义实践观与生态美学相结合的目标——关于中国“生态文艺学”学科建设的答问》，《文艺报》2002 年 7 月 23 日。

对当代文学或文化现象作了概括和透视，并因此不仅赋予当代文学新的内涵，而且也为其分析研究提供新的参照和评价标准：一些原来看似重要甚至值得大书特书的文学现象和作家作品，随着思维观念和方法视角的嬗变，也许显得不那么重要；一些当时被视为"支流"或"逆流"的文学现象和文学作品，按照生态学的观点审思，则有新的认识和评价。这就导致了文学史的重组以及由此而来的内部组成与结构的自我调整。如对"三红一创"等十七年的革命现实主义，以往人们在评价时，往往更多的是从马克思主义文艺理论原典寻求依据。但用生态思维看问题，就会认识到它之所以在相当长的一个历史阶段内大量出现，归根结底，还是当时新中国所处的政治化的生态系统孕育的文化需要。它既有深刻的生态根源，同时也显示出了现实主义生态位的特殊性和重要性。从这样的思维去看十七年的革命现实主义，就不会把它定于一尊，也不会将其过分贬抑。其他如新时期的"伤痕文学"、"反思文学"、"改革文学"，以及后来的"先锋文学"、"大众文学"、"主流意识形态文学"等，也均可纳入当代整体的生态系统中进行价值定位。而这，恐怕是一般的文学文化现象研究所没有或者忽略了的，它也可以说是对我们上述所说的狭义的"生态文学"的一个补充吧。

正是基于这样的认识和理解，也是立足当下中国文坛的客观现实，笔者在几年前曾组织一些青年学者以《生态视野中的跨世纪文学研究》的课题研究项目形式，从以下五个方面对当下文学生态与生态文学作了较为全面的探讨：

1. 创作主体。文学生态系统包括内源性和外源性两部分。创作主体在这里主要指的是作为人文知识分子的作家，他们是内源生态的主体部分。具体论述依次如下：作家在文化生态中的定位及与其他文化各构成要素之间的协调；作家的精神品格；作家的话语方式及创造力、想象力问题。

2. 政府协调。是指作为最高权力话语的政府对文学的宏观调控，它是外源性文学生态系统中极具影响力的部分。具体涉及：宏观协调的原则和手段；文联、作协等中介系统的特殊功能；相关的保护机制和政策的制定实施等。

3. 媒体影响。大众传媒对文学生态的影响已成不争的事实。它也由此给文学生产和发展带来了喜忧参半的一系列问题。这里重点探讨：在跨世纪的特定语境中传媒角色功能的嬗变；它在政治与消费化之间左右摇摆的特点；媒体中的网络文学及与文化生态的互动关系等。

4. 批评功能。这部分将考察批评与良性文化生态之间的关系。主要包括：批评的学院化、商业操作化现状的描述；批评的批判性与兼容性的评析；批评对内外生态的协调及其独立的理性言说等问题。

5. 读者市场。这是影响跨世纪文学生态的一个重要因素。我们重点思考的是：商业化时代下读者市场的异变；读者市场的反馈以及对文学生态环境的能动作用；面对文学"入市"，我们如何处理市场规律与艺术原则的关系等。

需要指出，上述五个方面，其实也就是五个既相对独立又相互关联的小系统或曰子系统。它们彼此的结构关系，可用这样的主体性图式表示：

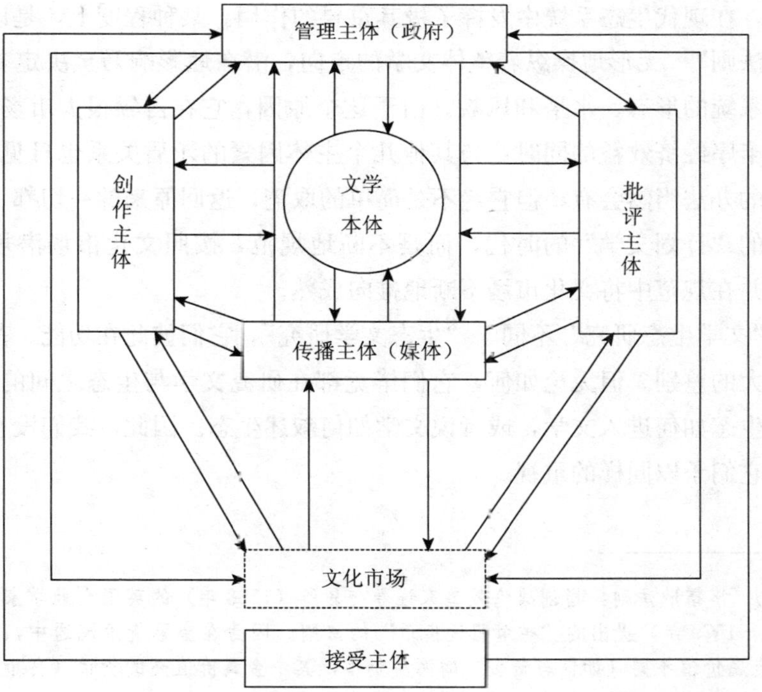

从这个图式中，我们可知文学生态系统中的各个主体因素，它们各自都有独立意志和自觉的能动性，但又各自受着自身生态环境的制约，彼此形成或协调，或冲突，或磨合的复杂关系，并由这些关系决定着生态系统的最终效应。其次，从这个图式中我们还可知作为管理主体的政府，在整个生态系统中具有至高无上的特殊地位，他不仅协调自身与文学本体、创作主体、批评主体、传播主体和接受主体的矛盾关系，同时还通过各种途径对他们进行导向性的把握。至于其他的诸主体，他们尽管各有不同的需要和能力，但却必须接受管理主体的政府的政治领导；在此前提下确立自己的生态位。现在问题较多的似乎是传播主体和批评主体，前者，主要是媚俗和文化素养不高的问题；后者，突出的则是理性缺失和自我丧失的问题，有的甚至成为附身于管理者、传播者的“托儿”或应声虫。因此，如何切实地维护传播和批评这两个主体的生态地位及其功能，已显得刻不容缓了。最后，从这个图式中我们还可知在传播主体与接受主体之间，存在着一个“魔力”无限的隐性的“文化市场”。它取代了原来大一统的政治中心，在现代生态系统中发挥了极其重要的作用。某种程度上，是以“格雷欣法则”① 无形地操纵着整体文学的走向，潜在地影响乃至决定着整个生态系统的形态、水平和风貌。由于这个原因，它在占领很大市场份额、获取丰厚经济效益的同时，与其他几个主体因素的矛盾关系也日见突出。解决的办法当然会有，但它绝不是简单的取消，返回原来的一切都“包下来”的“计划文学”的时代，而是不断地规范，按照文化市场潜规则办事，并在规范中将文化市场不断地推向成熟。

“文学生态研究”不同于“生态文学研究”，它们彼此在功能、范畴上有很大的差别。但无论如何，它们毕竟都在研究文学与生态之间的关系，探讨生态如何进入文学，或者说文学如何叙述生态。因此，我们没有理由不对它们予以同样的重视。

---

① 格雷欣法则：指创建伦敦皇家证券交易所（1568 年）的英国金融学家格雷欣（1519—1579 年）提出的“劣币驱逐良币”的法则。因为在金融货币流通中，币值相同但金属价值不同（如铜与黄金）的两种货币，其中金属价值高的货币（良币）会被价值低的货币（劣币）挤出流通领域。

第十章

生态文学中的狼文化现象

第一节　生态学原理与人狼关系的重新定位

人类生存命运状态总是与大千世界所有生命种类联系在一起。20世纪90年代以来，面对日渐严峻的环境问题，也是受西方生态文化影响，中国文坛涌动起探寻人与自然万物关系的生态文学热潮，动物形象大量出现，并以不同于传统文学中的“非人类中心主义”的崭新书写成为生态观念的代言者。特别是一直作为丑恶、残忍、狡诈和恐怖著称的狼形象更是成为急切表达生态环境的忧思和关怀全体生命种类的典型，在短短几年之间，集束式地推出了王凤麟的《野狼出没的山谷》、沈石溪的《残狼灰满》、雪漠的《猎原》、郭雪波的《狼孩》、刺血的《狼群》、贾平凹的《怀念狼》和姜戎的《狼图腾》等一大批与狼相关的作品，以及像《狼》、《狼的故事》、《狼道》、《狼魂》、《哭狼》、《像狼一样地思考》等写狼崇狼的出版物。其中有的还产生了广泛的影响，如《怀念狼》进入了第六届茅盾文学奖的入围作品，《狼图腾》问世后立即发行逾一万册，而且其版权以高价为西方出版集团购买，以及翻译为法、韩、日、英等多种文字。文坛刮起的“狼风”尽管有夸饰的成分，但它的出现，的确对人们既定的价值观念产生了强烈冲击，预示着文学在生态观念的影响下将产生结构性的变化，从观念、思维到文体都开始对传统的人学写作内涵进行调整。因此，有必要引起足够的重视。

这里选择《怀念狼》和《狼图腾》这两部有代表性的长篇小说，从生态学角度进行分析，并对中国当代生态文学的合理性、必然性和存在问题及未来发展发表一些不成熟的意见。

在当代生态文学中，《怀念狼》、《狼图腾》也许不是最早写狼的小说，并且其对狼性解读的生态观念不少地方存在含混庞杂甚至自相矛盾之处，远未臻于理想的境地。但是从思潮演变的角度考察，不得不指出，它们的产生和出现，不仅是对被正史放逐的乡野文化的挖掘修订，也是对以往以政治为本位和近期以人性为本位的文学思潮的双重超越。它从一个独到的角度向我们揭示狼作为人类生存的威胁者和资源竞争者，依照生态学原理，具有自身独特的生态位和存在的合法性理由：一方面，人狼为敌，相互威胁对方的生存；另一方面，人又离不开狼，没有了狼，人也就失去了生机和活力。于是，在生态学的视野下，传统的人与狼的关系便被赋予了人与自然关系的时代新内涵，它（他）们彼此的关系自然也就成了文学创作的一个崭新的意义之源。这表明随着时代的演进，作家不再把思维视野局限于民族、时代和地域上，而是以更为开阔的胸怀和更为深层的忧虑来思考人类整体共同的生存境遇，即“如何诗意栖居”的问题。这应该看做是文学与时俱进的一个表现吧。

贾平凹的《怀念狼》在这点上是很具自觉意识的。在这部苦著三年，历经四次修改的长篇小说中，他用怪诞无羁的笔法，向我们叙述发生在商州的人狼残酷斗争以及狼灭人衰的悲剧故事。小说开篇，作家写道，商州南部的狼曾经是那样猖狂肆虐，竟毁灭了一座三县合一的老县城，给人留下了许多残忍而难忘的民间记忆和宗族传奇。然而，狼灾的结果同时也给狼的生存带来灾难。捕狼队的红火和捕狼英雄的彰显，意味着人与狼之间的对立到了无法调和的地步。随着狼的数目的锐减，州行署颁布了关于保护野生动物、禁止捕杀狼的条例，各种流言散布在乡间野里，人心惶惶。生态环境保护委员会的成员、原捕狼队队长傅山偕同“我”这个省城记者和原捕狼队队员“烂头”到老县城普查商州野狼。旅途中，“我们”不断遭遇人狼冲突的怪事惨事，傅山打死了剩余的15只狼，商州的狼群终于全部灭绝；但原先矫健骁勇的傅山也由此"发了胖，长得像个大熊猫了。……嘴里的牙长出来，开始不大穿裤子，用一个竹筒套了自己的生殖器……再后来，就慢慢地是人狼了"。其他的人也都患上类似或瘫痪，或四肢变细变软，或萎靡不振甚至具有狼的习性和特征的怪病。

从狼的仇敌变为狼的保护者，又从狼的保护者成为打狼的猎人，作家通过主人公傅山与狼之间恩怨情仇的经历，极富意味地昭示我们，狼无论是作为构成地球生态环境的自然实在物，还是作为人类文化生存环境中的象征物，它对人的生存包括人的体质的健康和心智的健全，都具有极其重要的意义：狼的存在不仅是人的能力和价值的确证，是自然（商州）生命的参照；同时，难以被人类驯化的狼，也是防止人生命力萎缩和人性委顿的可能力量。因此，狼是值得"怀念"的，"怀念狼是怀念勃发的生命，怀念着世界的平衡"①。这种怀念体现了贾平凹作为一个古典情结浓重的平民型的作家，对现代文明条件下人类生存的深深忧虑与恐惧，也即对自然与生命的敬畏。正如他自己在《怀念狼》访谈录中所说："不知为什么，近几年来我对世界越来越感到恐惧。连我自己都弄不明白我恐惧什么了。……经常早上睁眼的第一个念头就是担心这个世界出事，马上打开电视看看新闻，总怕报导我们国家有什么天灾人祸。"②"四十岁以后，我对这个世界越来越感到恐惧，我也弄不明白是因为年龄所致还是阅读了太多的战争、灾荒和高科技成果的新闻报道。"③

其实，岂止是贾平凹，在都市文明向乡村社会扩展、人类日益张狂地役使自然万物及其他生命种类的过程中，整个当代文学内部也不断地传达出当代人类似的忧患和恐慌。从莫言、张承志、张炜到韩少功、李锐、刘震云，从80年代中期众所周知的寻根文学到90年代渐趋热火的环境警示小说乃至充满野性力量的拟动物小说，都从各自的角度表现了人类回归绿色生命之家的忧患和祈盼。贾平凹不同的是，忧患和祈盼表现得更强烈也

---

① 廖增湖：《平凹访谈录——关于〈怀念狼〉》，《当代作家评论》2000年第4期。

② 同上。

③ 同上。

更深切，并且融入了鲜明的现代生态思想。这也是他从 80 年代的《好了歌》、《厦屋婆悼文》、《天狗》、《商州世事》、《古堡》、《浮躁》，到 90 年代的《废都》、《白夜》、《土门》、《高老庄》一以贯之的忧患意识和悲感精神的有机延伸和合乎逻辑发展的必然结果。这说明贾平凹是敏感的，他不再局限于商州自然生态和乡土原生态的变迁，而是更深切地痛思和沉潜到与所有生命存在相联系的大地之脉的大忧思，他的忧患意识也在感时应势地进行调整和拓展。

如果说《怀念狼》是通过文明人与自然人参照的角度来考察狼文化的话，那么《狼图腾》则是通过农耕民族与游牧民族对立的角度来探讨狼文化。因此，它较之《怀念狼》及其他一般的生态文学，自然具有直逼以儒家文化为本位、汉族为正宗的自身民族弱点的批判精神。这对大多数读者尤其是汉族读者来说，无疑是奇异陌生也是极具刺激性的。就这个意义上，将这部建立在 11 年草原生活基础之上创作而成的煌煌 50 万余言的长篇巨著说成是“一部因狼而起的关于游牧民族生存哲学重新认识的奇书”（周涛），“在当代中国文学的整体格局中，是一个灿烂奇异的存在”（孟繁华），是颇有道理的。这里所说的“奇”或“奇异”，主要就奇在以全新的角度解读草原狼之对草原生态环境的特殊功能，将人狼的生存置放在原生态的自然之中，从民族精神整合即文化图腾原点上重新诠释生命价值。到蒙古插队的北京知青陈阵刚到草原就遭遇到壮观的狼群，狼口余生后对草原狼产生敬畏和痴迷，开始跟着草原人的智慧代表毕利格老人近距离地接触了神秘的草原狼。他亲眼目睹了草原狼猎杀黄羊的战役、狼群攻击蒙古马队的惨状，也亲历了蒙古人带着狗群大规模围猎捕狼的经过。怀着对草原狼的浓厚兴趣，他掏狼窝后收养了一只小狼。通过与小狼的朝夕相处，陈阵深切地认识到狼及其狼性对维护草原“大命”的不可替代的作用，也开始由衷地理解和接受草原牧民杀狼护狼崇狼的复杂情感。

陈阵上述的思想（从某种意义上说其实也就是作家姜戎的思想），从传统的人伦或人学的观点来看，或许有些“大逆不道”，但却暗合现代的生态理念。它启迪我们人类作为具备完善思维能力的生命种群，不应只是索取而应对自然万物及其所有的生命种类承担不可推卸的责任和义务。作家竭力挖掘草原狼的竞争意识和积极进取的“狼性精神”，这正是对中原农耕民族的保守观念和麻木懦弱的“羊性性格”的揭示和批判。中华民族是一个包括草原游牧民族在内的多民族组成的大家庭。由于复杂的历史原因，在长期的正统的文化史中，草原民族却一直备受压抑和遮蔽。《狼图腾》大胆和可贵之处就在于打破这种传统定见，从中华民族内部生态和谐和文化生成的角度对游牧民族进行认同，肯定其“狼图腾”对汉民族“龙图腾”的改造和更新功能。用作家自己或小说中的陈阵的话来说，就是在游牧民族那里寻找和发掘防止中华民族退化的“救命性”的“输血”功能：“我认为，中国儒家正统思想和史家文化里有一个最可恶的东西，就是全盘抹杀游牧民族对中华民族和文明的救命性贡献……根据中国历史五千年发展的事实，中华文明之所以能够坚持到近代，是不能离开游牧民族长期不断输血的。”[①] 也正因此，作家不仅赋予狼以全新的生态功能，而且将其扩容提升并使之获得了精神上的支撑。于是，狼这个可怕的“猛兽”就不期而然地成了理想生态环境的构建者和草原文化的启蒙者。

尽管《怀念狼》特别是《狼图腾》的狼文化写作承载了沉重的意义，但有必要指出，文化场域毕竟不同于自然生态系统。当作家将狼由自然生态位转化为文化生态位时，狼形象的能指与实指之间的固有关系实际上发生了变异：狼毕竟是狼，对它来说，强者为刀俎、弱者为鱼肉从来就是天经地义的，吃了就吃了，谁都没有罪；而人类作为文明社会的高级智者，诚如俄罗斯作家乌斯宾斯亚在《土地的威力》中所说，是不能将“过多的幼稚的狼的贪婪带进了人类的生活”，不能把“动物界和丛林中信奉的真理”当作真理。[②] 否则，就容易走向弱肉强食的狼道主义，将整个相辅相成、具有生态意义的人狼关系简单化也极端化了。而恰恰在这个问题上，《狼图腾》是有明显缺陷的。它不仅对狼及狼性性格作了过度阐释，赋予此一生态位太多的意义内涵，好像整个生态系统全靠狼一个物种来维系平衡，狼的价值高于一切，其他物种是无关紧要的；更主要的是把狼的自然属性夸饰为具有永恒和普遍意义的精神源泉，以为找到了对中华民族进行

① 姜戎：《理性探掘——关于狼图腾的讲座与对话》，见《狼图腾》，长江文艺出版社 2004 年版，第 398 页。

② 《俄国民粹派小说特写选》上卷，外国文学出版社 1987 年版，第 195 页。

输血换种的“良方”，“就可以弄清几千年来世界上为什么只有中华文明从未中断，也可以知道中国未来能否腾飞的奥秘究竟在何处”[①]。这就有意无意模糊了狼道与兽道、狼的生存法则与人的存在原则之间的界限，造成了不应有的认知错位。特别是离开形象的有关议论包括后记《理性探掘—关于狼图腾的讲座与对话》，这种偏颇就表现得更加突出，正如有些学者所批评的不仅缺乏学理依据，而且客观上宣扬了“一种不择手段、胜王败寇的市侩性生存哲学”[②]，甚至在价值上带有某种“反人性、反文明”的道德倾向，“它把强权和蛮勇当作文明进步的动力，但却忘却真正意义上的人类文明进步，必须符合人道原则，是有着可靠的价值指向和健全的道义尺度的”[③]。

相比之下，贾平凹的《怀念狼》中的人狼关系把握处理就比较冷静客观，他在描写狼的生态位及与人的意义关系时，并没有像《狼图腾》那样为了完成自己虚幻的文化乌托邦建构，赋予狼以如此伟大的精神和高贵的品质。作家正视狼对人道生态意义及其在现代文明社会遭遇的深刻悲剧，他不断地“怀念狼”，又不断地对怀念本身进行质疑，以致造成了文本不应有的含混散乱。但这恰恰从一个侧面体现了作家最本真最诚挚的普世主义情怀，它也是作为“第二自然生态”的生态文学对自然生态理论的一个富于意味的超越吧。顺便一提，贾平凹上述的生态思想在人民文学出版社2005年出版的《藏獒》中得到了回应。该书通过忠贞勇猛、具有牺牲精神的藏獒——也就是藏族牧民用来专门保护羊群的猎犬的书写，从一个独到的角度对不加辨析地过分崇拜狼性的热潮进行反拨，这对我们如何正确处理人与自然万物关系，构建真正文明进步、和谐健全的现代生态文学应该是很有裨益的。

---

① 姜戎：《理性探掘——关于狼图腾的讲座与对话》，见《狼图腾》，长江文艺出版社2004年版，第396页。

② 黄发有：《文学健忘症——消费时代的文学生态》，《南方文坛》2005年第6期。

③ 李建军：《是珍珠，还是豌豆——评〈狼图腾〉》，《文艺争鸣》2005年第2期。

第二节　狼性形象塑造与内外两个空间的拓展

文学中的狼文化现象是建立在狼形象塑造的基础之上，狼形象塑造的成功与否直接关系到整体作品的生命价值。因此，如何集中笔力倾心塑造人狼关系中处在特定生态位的狼的形象，就成为作家创作的一个新课题，这也是我们评论和把握《怀念狼》、《狼图腾》的一个重要依据，是这两部长篇小说的精神主载体。

狼是什么？“狼，哺乳纲，犬科。……栖息山地、平原和森林间。性凶暴；平时单独或雌雄同栖，冬季往往集合成群，袭击各种野生和家养的禽、畜，是畜牧业的主要害兽之一。有时也伤害人类。”[①] 当然，这是生物学给出的狼的定义，文学中的狼作为审美物化的对象，融入了人类对狼的文化想象，它需要而且应该对狼作出价值评判。中外古今文学作品的狼形象都是按照这种艺术规则书写的，并逐渐形成了一个相对独立而恒定的形象谱系。这种形象谱系就大的而言，可分为两类：一类是儿童文学作品中的拟人化的狼形象，如格林童话中的《狼与七只小羊》、《狼和狐狸》和著名儿童话剧《大灰狼》等；另一类是成人文学中的具有象征意义的狼的形象，如杰克·伦敦的《野性的呼唤》、成语故事《亡羊补牢》、《聊斋志异》中的《狼》等，甚至鲁迅在《狂人日记》中都把“吃人的狼”视为封建文化凶残的象征体。这两种类型的狼尽管在形态上不尽一致，但都被纳入到否定性的形象体系中进行描摹。因此，是集凶残、丑恶、自私、贪婪、愚笨于一身的抽象特征的反面典型。它不仅是人类的公敌，而且还被高度类型化、定型化了。从艺术渊源上看，它与我们文化记忆中的“狼外婆”、“东郭先生与狼”、“狼与羊”等故事密切相关，甚至可以说是这些文化记忆在文学中的直观投射。“每一个原始意象中都有着人类精神和人类命运的一块碎片，都有着在我们祖先的历史中重复了无数次的欢乐和悲哀

① 《辞海·狼辞条》，上海辞书出版社1980年版。

的残余。"[1] 荣格斯言，无意从文化人类学的角度证实了人类集体记忆与狼的形象原型间的深层关联。

作为生态文学，《怀念狼》和《狼图腾》与此前文学中的狼的形象大相径庭。由于借鉴运用了生态学的思想，也由于受艺术创新的驱动，作家不仅把狼纳入到肯定性的形象体系中进行把握，而且从"自然—社会—文化"的整体系统中确认其存在的价值。这样，被传统视为假恶丑的狼就富有意味地成为大有益于人类的正面或准正面形象的化身，从而使其整体形象从内涵到外观都产生了前所未有的根本的变化。当然，这是就总体而论，落实到具体的文本创作，这种新型的狼形象的塑造分别又通过内外两个维度进行的。

首先，就形象书写的外部空间来看，主要围绕"人—狼"关系展开。在这里，尽管至高无上的现代人褫夺了狼的基本生存空间，将狼推至种群存亡的危急境地；然而狼作为具有自足性格的自然界的生命种群，并不屈就于人的强力和蛮横，而是面对超强的、异化了的人类，充分展现了自身令人敬畏的智慧、尊严和"狼格"。《怀念狼》就是据此，将为保留野性而宁愿灭种的野狼与逐渐丧失自然适应能力而退化的大熊猫进行对照，写出了狼对尊严的执著，甚至描写狼勇敢地选择自杀来表达对人类生命力委顿的现代社会的抗争。《狼图腾》更是把狼置放于人的欲望无限膨胀的内蒙古额仑草原，描摹它们在牧民大规模围猎过程中损失惨重，但却表现得坚忍不屈、英勇无畏；宁愿摧毁洞穴埋葬自己，也不愿被人捕获；被越野吉普车追赶，直至累死也巍然不倒……也正因为草原狼有如此傲然的"风骨"，它才深深吸引和震撼了陈阵。

当然，就小说的实际情况来看，人狼关系的外部描写更多是通过人与人的关系来展开。这里人与人发生的矛盾冲突，一切皆由狼（保狼护狼）而引发的，如《怀念狼》结尾"我"与"村人"之间的激烈冲突，《狼图腾》中以包顺贵为代表的灭狼派与乌力吉、毕利格、陈阵等护狼派之间进行的充满政治色彩的斗争（包顺贵认为打狼灭狼"这可是个政治性问题"），以及在特定历史条件下的前胜后败。这就不仅将人与人以及人与狼

---

① 冯川：《神话人格——荣格》，长江文艺出版社1996年版，第95页。

之间的矛盾关系很好地扭结在一起，揭示了狼生存的严酷环境，而且在狼身上融入了浓重的人学、社会学内涵。显然，此处看似在写人实则在写狼，狼也因此被作家赋予了与人平等的地位；它不但具有自己独特而精彩的生命形式，有类似人性的善心，有时甚至比人更通人性。《怀念狼》描写老狼知恩图报，诚心哀悼为它们治病的红岩寺老道，相反，人则竟然把自己的孩子推向飞驰的汽车去诈钱，竟然在《二泉映月》的音乐中吃活宰生牛而无动于衷。《狼图腾》也都有类似的情节和场面。这些都表明作家在写狼性时就是在写人性，在书写狼的形象时已自觉不自觉地融入了对现代文明和国民性的反思批判。所有这一切，都是以往的儿童文学和动物文学所没有也不可能有的。这也可以说是现阶段生态文学中的狼及其他动物形象的一个新的特质吧。

与形象书写的外部空间互为表里而又不尽相同的是内部结构，它紧契“狼—狼”关系进行。对此，这两部作品根据自己的立意和对生态的理解，也都作了具体的实践和探索。《怀念狼》描写十五只狼之间不仅有各自的形貌禀性，而且也有类似人类社会的长幼老少。《狼图腾》则进一步深入狼的世界向我们展示，在这个动物王国的内部同样存在着利益分配、生死原则、道德规范和情感关系。为了打赢战役，它们在头狼的统领下分工合作，所向披靡，表现了严密的组织纪律和自我牺牲精神。内部各成员之间特别是母狼与小狼之间也存在深情和关爱。所有这些，让人读来欷歔不已，它显然参照并移植了人类的生存体验和社会排序，有意无意地将狼与狼之间关系拟人化了，赋予狼的形象以丰富立体、温煦细腻的人学的内涵。当然，不必讳言，与上述的外部空间相比，这里毕竟嫌弱，因此不能不给狼的形象的清晰度和完整性带来一定的影响。《怀念狼》在这方面是有一定的代表性的，因而作家笔下描写的狼无论是作为群像还是作为个体，都显得零散不完整。这可能与创造主体有“隔”于“狼—狼”关系的艺术描写不无关系。另外，一味地将狼的内部世界人性化，而忽略或不讲其兽性的另一面，这不仅有违生活和文化的真实，而且也极易造成狼形象书写的单维和单薄。而这样一种动物形象塑造的“高大全”倾向，在《狼图腾》中似乎表现得更明显，它在很大程度上又与作家的“主题先行”的先验的创作思路联系在一起。

说到《狼图腾》的动物形象塑造，我们不能不提及该作品的小狼这个形象，它也许是这部小说唯一的一个没有上述概念化、极致化之弊而又别具创意和深度的独特存在，是全书最精彩的片断。作为一条被陈阵从“狼窝”掏来豢养的另类动物，小狼较之其他野狼，受人呵护，生活条件不薄，从某种意义上应该说是幸运的。但令人意想不到的是，小狼在接受人类尽心地豢养和呵护的同时，实际上却注定了自身的生存生命价值的丧失，而不可避免地导致最后的悲剧命运：它不仅只能在陈阵给定的狭小的、非“人”非“狼”的空间生活，整日与小狗为伍；而且日益失去了与生俱来的自然本性，变得狼不狼、狗不狗，再也无法回归日夜思念的狼群。作家用饱含感情的笔触，细致地描绘了小狼被人豢养的异化过程。随着小狼生理的逐渐成熟，它的“狼性”一次次地发作，但又一次次地被人类“友善”实则残忍地给予强行窒扼，包括被钳断了在草原赖以生存的四根狼牙。特别是在一次遭遇狼群的彻夜呼唤，有望“返回残酷而自由的草原”时，它的这种“狼性”性格及其悲剧特征就表现得更突出，也更发人深省。此时，也许出于本能，小狼开始异常兴奋，并无师自通地模仿一声比一声悠长的“嗷……嗷……”的狼嗥予以回应，把前来试探的狼群给搞懵了。但在这一过程中，由于不断受到狗叫的干扰以及“几个月来与狗们的朝夕相处，使它很难摆脱狗叫声的强行灌输，找回自己的原声”。结果，可怜的小狼不是发出“慌慌，哗哗”的不狼不狗的怪声，就是“嗥出长句更加混乱不堪，更加不可理喻”，从而使自己丧失了最后一次重返狼群、重获自由的机会，被留在人类，被留在永远的寂寞和孤独中，并最终为了维护独立不倚的“狼格”而悲壮地死去。

这样的描写，细致入微又入木三分，它不仅赋予小狼形象鲜活的灵性和血肉，而且从中融涵了对人与狼（动物）关系的基于生态学又高于生态学的新思考，表明作家对狼作为与人平等的对象或审美对象的高度尊重。在这里，彷徨于人狼世界的小狼形象的精神空间虽然被悬置，但却由此跨越了“人类中心主义”，获得了与文学作品中的人物形象同等的主体位置，突凸显了自我的尊严、气质和性格等形象魅力。难怪陈阵把他一生的挚爱都给了这匹小狼，在最后不得不依照狼的规则亲手将它打死，让它的灵魂长留在腾格里。像这样具有原创意义的、迪人警醒的动物形象塑造，在当代生态文学中似未有之。就其艺术描写的实际成就而言，我们认为它不妨可与苏联作家格·弗拉基莫夫的小说《忠心耿耿的鲁斯兰》中的警犬鲁斯兰、当代葡萄牙作家米格尔·托尔加的小说《懒猫马戈》中的懒猫马戈等动物主人公媲美。小狼形象的成功，缝合了人类与其他所有生命种类之间的罅隙，这不能不说是作家对当代生态文学的一个贡献。

第三节　生态真实与作家的艺术创造力问题

生态观念进入文学，扩大了文学创作的领域，也丰富了文学创作的题材，它完全契合价值和审美多样化的时代要求。但由于生态观念本质上是伦理学的观念（是一种“大地伦理”的观念而不是“人学伦理”的观念），它具有生态学固有的强烈的现实忧患、参与和警示意识，这就很容易导致生态文学的非文学倾向，使其创作和研究只关注生态危机的事实揭露和生态价值理念的传达，而放松忽略了作为文学作品的审美价值以及作家在叙述生态时所显现出来的艺术转换的能力。对生态文学来说，这绝非无足轻重，而是关系到现实生存和未来发展的大事，它涉及对生态文学的定位和作家的艺术资质。

站在这样的层次角度审视《怀念狼》和《狼图腾》，我们便不难发现这两部风格迥异的作品在将生态审美对象化方面共同所作的努力。特别是《怀念狼》，在几乎没有完整故事情节贯穿的叙述框架中，作家凭借自己敏锐的艺术感悟和丰富的创作经验，无论写狼叙人，还是展示商州的世态人情，都显得灵动飘逸又混沌鲜活。尤其是人狼“互变”的惯有魔幻手法的运用，更使这部篇幅不足20万字的小长篇不仅具有多重的主旨内涵，而且在总体上呈现似真犹幻、似实犹虚，既具象又抽象，既现实又浪漫的特殊艺术美感。在这里，既有外国魔幻现实主义、流浪汉小说的笔意，又有中国传统笔记小品、寻根文学的余韵，充分体现了作家具体写实、整体写虚，即所谓的“以实写虚、体无证有”的艺术追求①。

《狼图腾》与之相比，审美转换能力要弱些，且其中有关狼崇拜的文化宏论有明显冗繁和偏颇之嫌。但撇开这些不论，就文学文本来看，却不得不承认其中“聚集了大量原创因素，属于不可多得的具有史诗品格的宏大叙事”②。此所谓的原创因素，从某种意义上说，其实也是神奇惨烈的草原给予的，是作家从自身切实的生命体验出发，对草原特有的草根性即从人与大千世界所有的生命种类既相互对立又相互依存的原生态资源的深入发掘和不加修饰的逼真还原。最典型的是几十次惊心动魄、惨绝人寰的人狼战争，以及能在几天几夜里把几千匹马从肉体到灵魂彻底瓦解的蚊灾场面的描写，再加上中间有大量的有关草原自然生态景观的穿插和刚健雄浑、苍凉悠长的排浪式的语言的运用。如此这般，使作品从里到外凸显来自原始的苍穹之气和狞厉之美。它让我们在读惯了太多的软、甜、腻的所谓的日常叙事后，不能不感到眼前一亮，怦然心动。这大概是这部小说赢得读者青睐的重要艺术原因之一，是它不同于 20 世纪 80 年代中期以来的为数不少的一般生态文学，特别是许多环境启示录和各种相对枯燥沉闷的生态报告文学的根本区别。从这个角度来说，《狼图腾》可称得上沉甸甸分量而又具有独特艺术品格的生态文学文本。它与《怀念狼》的出现，标志着中国生态文学在经历了一个阶段的发展后，已开始呈现由“文学生态化”向“生态文学化”转换的趋向。

当然，这也仅仅是一种标志，它并不表明这两部作品成就了多大的艺术价值，更无意于说其已臻成熟和近于完美。事实上，在说什么和怎样说生态问题上，《怀念狼》、《狼图腾》都存在着明显的不足，远未达到美国著名生态文学作家卡森的《在海风下》、《寂静的春天》等名篇这样的层次和境界；而且文本所存在的问题，包括审美机制、形象书写，也包括结构类型、叙述方式，都具有很大的普遍性，它相当真实地反映了当下中国生态文学的生存状况和精神状态，为我们进一步研究和思考提供非常有益的

① 贾平凹：《怀念狼·后记》，作家出版社 2000 年版。

② 雷达：《〈狼图腾〉折射当代中国文学缺失灵魂》，《光明日报》2005 年 8 月 12 日。

参考。那么，现实和未来的生态文学到底如何处理生态与文学、生命本体与运用人类独有的话语表达方式之间的关系，提升自身的审美品格？参照《怀念狼》、《狼图腾》的创作，我们认为在现阶段特别需要把握和处理如下两个关系问题：

第一，是人性之情与兽性之理的关系。这也是生态文学尊重包括动物在内的所有生命种类的必然结果，是生态文学作家在创作时无法回避的一个新的课题。而尊重人类之外的所有动物的生命，就不能像传统的童话寓言和动物小说那样采用惯见的真善美的艺术机制予以过滤和纯化。相反，应该将其返回到动物世界残酷生存竞争的环境中，给予直面淋漓的展现。这关涉到生态文学对残酷血腥承受的人性标准与动物的生存竞争之间的关系，关涉到动物野性描写的限度，关涉到优雅和野蛮的界限。一句话，关涉到艺术真善美原则与动物世界伦理观念如何对称的问题。

《狼图腾》在这方面描写是最大胆也是最充裕的，小说通篇而下，作家不仅安排和穿插了大量的狼群对黄羊群的屠杀、狼群对马群的厮杀的血腥场面，而且在叙述过程中还直接运用动物世界的“丛林法则”，对狼群的这种血腥残杀予以认同。如作品开头那场狼对羊的大围战，就用相当赞赏的文字描写狼群如何以其卓越智慧耐心和组织性、纪律性，轻而易举地解除了黄羊的武装；而疲于逃命的黄羊呢，由于吃草太多，“挺着大肚子，踏着厚雪，又是爬坡，黄羊群真是惨到了极点。这是一场真正的屠杀，也是智慧对愚蠢和大意的惩罚。……狼群对几只跑得撑破肚皮，不咬自伤的倒地黄羊，连看也不看，而是直接冲向扎堆的黄羊群。大狼扑倒几只大羊，咬断咽喉，几股红色焰火状的血液喷血，射向空中，洒向草地。寒冷的空气中顿时充满黄羊血的浓膻腥气”。类似的惨景和场面在小说中比比皆是，几乎构成了作家叙事的枢机所在。是的，从所有生命种类平等的生态观点来看，这一切似乎都很正常合理，并且这段充满浓膻腥气的文字的确也给我们带来了前所未有的血脉贲张的阅读感受。但是从人性的、审美的角度观照，则又不能不看到其中隐含的某种暴力美学的倾向，它在强烈冲击我们阅读经验和刺激我们感官的同时，也将生态文学有意无意地简单化粗鄙化了。而这种潜在的阅读后果，往往容易被忽略，故有必要在此作特别的强调。众所周知，文学的审美表达是为了净化人的心灵，启迪人的理智。因此，面对野蛮和粗砾的原生态现象，我们需要把握必要的道德尺度和艺术底线。生态文学也不例外。尽管它在兽性动物性问题上有自己独到的审视角度和更大的阐释空间，但它也不能违反这一基本原则。毕竟生态文学是写给人看的，而不是写给动物看的；绝对的“非人类中心主义”做不到，也无此必要。事实上，现今包括《怀念狼》在内的不少优秀或较优秀的生态文学对动物身上的原始兽性以及彼此之间的血腥暴力，也都是相当节制，相当谨慎的。在文学审美的王国里，用兽性的裸裎来代替人性的揭示，无论如何都是不可取的，它也必然导致读者的恶心和反感。

第二，是生态真实与艺术创造的关系。这也是摆在每个生态文学作家面前的一个相当棘手的难题，它的成功与否将直接关系到生态文学的生存质量和艺术命运。毫无疑问，作为一种新的文学形态或话语方式，生态文学不同于一般文学，它可以而且应该表达新的生态观念，揭示现实生活存在的严酷的生态事实，以此来获取自身的生存发展权利，凸显自我的文体属性和审美钙质，这也是作家现实使命感和文化责任感的一大表现。但与此同时，我们必须看到，生态文学毕竟是文学而不是生态学，它对生态的描写和处理虽然在关系、形态方面与社会学、伦理学呈现某种“同构”的相通或一致；但在功能、形式、手法上则有着“异质”的根本区别，就其实质而言，仍属于文学功能圈的范围。因此，不能不讲艺术创造和审美规律。

以此来考量贾平凹和姜戎这两部作品，我们内心涌起一股既喜又忧、喜忧参半的复杂心情。所谓喜者，主要是看到在当下狼文化大潮中，它们超出同类或同题材作品一味客观写实、暴露问题的写作思路，抓住人狼关系这样涉及终极关怀而又富有哲理诗性的话题，用传奇或浪漫、灵性或知性等极具个性化话语进行叙述，表现了难能可贵的艺术才情和资质。而所谓忧者，主要是感到它们还缺乏明确的文的自觉，艺术想象性、创造力还不够恣肆饱满、飞扬灵动：《怀念狼》故事情节过于简单，叙述话语过于玄虚；《狼图腾》重史轻诗，夹进了太多的议论，严重地干扰或打断了小说的叙事进程。因而，它们在超越同类或同题材作品的同时，也沾上了它们重质轻文的缺憾。它们的艺术探索，冥冥之中似乎都受到当下正在盛行的狼文化和整体成就并不高的生态文学的规约，甚至连同问题和不足，也与它们具有某种同构的关系。

正是从这个意义上，我们认为有必要强调生态文学的艺术想象性和创造力问题，强调作家在言说生态时应有的超越意识、文体意识、叙事意识，不能将生态文学文本看成是现实生态母本的简单照搬和自然模拟。也就是说，在生态真实与艺术创造的关系问题上，不能顾此失彼，一味只讲所谓的客观性而不讲作家主体的融入和能动的创造作用，将原始态的生态真实与“第二自然”的生态文学真实简单地等同起来。生态文学作为一种新型的文学，说到底，是用审美方式与生态进行对话，并将它转换为文学与生态学结合的一种特殊的艺术形态。生态文学之于生态学，自然有个恪守基本原则和规范问题，不能像一般文学那样可以作倏忽意兴的创造，但它毕竟是文学而不是生态学，需要凭借情感和形象凸显自我的功能价值。生态文学的价值，主要不是看它写了什么样的生态而是怎样写生态，即是否根据自己对生态的理解和感受，通过写情和写人的审美中介，将其纳入富有意味的审美机制中加以表现，将原始的生态如同溶于水一样被艺术审美机制所化解，从而创造出一种独特的“艺术双合金”。真正的生态文学，它的所有有关的生态的思维理念都被充分地情感化、形象化了，因而它的生态叙事既是生态的，更是审美的，具备了文学作为人学应有的情感和美感，温暖和魅力。

如果说上述说法是有道理的话，我们就不大赞同现在比较流行的有关生态文学的概念定义：“生态文学是以生态整体主义为思想基础、以生态系统整体立意为最高价值的考察和表现自然与人关系和探寻生态危机之社会根源的文学。”[①] 因为在这里，它看重的是“生态”而不是“文学”，“文学”只是充当“生态”的修辞，而没有被提到本体的高度加以重视。这也从一个方面反映出人们对生态文学的认识还停留在比较初始朴拙的阶段，而远未达到文的独立的自觉。为什么迄今为止的生态文学作品大多写得比较概念呆板，缺乏文学应有的形象性、生动性，我们以为都可从中找到解释。

诚然，我们指出生态文学创作存在的问题和不足并非自暴自弃，推导

---

① 王诺：《欧美生态文学》，北京大学出版社 2003 年版，第 7 页。

某种悲观的结论，相反，而是对未来充满希望的一种表现。毕竟在生态文学这块陌生奇异的崭新领地，我们已有近20年左右的耕耘历史，除了这股潮涌的狼文化之外，我们还有如徐刚的《伐木者，醒来!》、《守望家园》、陈桂棣的《淮河的警告》、岳非丘的《只有一条江》、蒋子龙的《水中的黄昏》、高行健的《野人》、李存葆的《大河遗梦》、张炜的《融入野地》、李松涛的《黄之河》、杨文丰的《海觞》、哲夫的《淮河生态报告》、《长江生态报告》、杨志军的《藏獒》等一批作品。在台港和海外方面，则有余光中的《控诉一支烟囱》、龙应台的《中国人，你为什么不生气》等作。相信经过一个阶段的实践、反思之后，在现有基础上会有新的整合和提高。从文学史角度看，凡新生的文体特别是新的交叉学科，如传记文学、历史文学、报告文学、科幻文学等，由于一时还不能完全割断与非文学本体的关系，自我的功能价值和文学属性尚欠明晰，开始往往都有这么一个过程。所以，出现重生态而轻文学也在所难免。我们现在需要做的，是如何积极推进这种文的现代化的进程，尽量少走弯路，真正将“生态文学”推向“生态文学”。实践证明，生态文学是一个极具前沿性、交叉性、现实性的课题，它已引起了愈来愈多的有识之士的广泛关注，正蕴积着一种新的浪潮的涌动。只要把握得当，睿智地处理好生态与文学之间的关系，相信必有其良好的发展前景。

（本章与陈力君合撰）

附：穿越国界和人兽的一种探索

——以《旷野的呼唤》、《断头台》和《怀念狼》为个案的比较分析

以狼为表现对象的作品，中外古今不乏其例。无论是卡皮托利山上神庙中的母狼雕像，还是古埃及墓室守护胡狼神阿奴比斯，抑或是《伊索寓言》中的狼和《中山狼传》的传说，都使我们惊讶于它们彼此的某种精

神联系。本来，人与狼之间有一种原始的亲密关系，但自人从自然中凸显出来以后，这种关系就出现了根本的变化。特别是20世纪以降，随着人与自然关系日趋紧张，文学中的狼文化写作不仅数量剧增，而且更被赋予了前所未有的自我反思的精神内涵。正是在这个意义上，美国作家杰克·伦敦的《旷野的呼唤》、苏联作家艾特玛托夫的《断头台》和中国当代作家贾平凹的《怀念狼》这三部主要以狼为审美载体的小说，为我们提供了很好的穿越国界和人兽、反思人与自然协调关系的比较文本。

一

从杰克·伦敦于1898年由阿拉斯加淘金回来写《旷野的呼唤》，到1985、2001年艾特玛托夫和贾平凹创作《断头台》、《怀念狼》，在整个20世纪百年间，世界发生了巨大变化：随着新技术革命的崛起和后工业社会的来临，人类在不断征服自然和获取物质满足的同时，环境污染、江河断流、全球变暖、物种迅减、生态失衡、资源匮乏、土地沙化、臭氧层空洞、沙尘暴、白色垃圾等一连串新的社会问题接踵而来。更为严重的是，社会自然生态破坏也殃及人类的精神文化生态。由人的无边欲望导致的拜金主义、极端利己主义弥漫整个社会，吸毒贩毒、猎杀动物等各种犯罪活动日益猖獗，各种社会丑恶沉渣泛起，传统的伦理道德失范。正像福伊尔利希特在《异化：从过去到未来》一文中所指出的，新技术革命下的工业文明在推动社会迅猛发展的同时，也使人们在精神上逐渐走向孤立无依的境地，“惶惑不知所措，忧虑焦急，社会的沉沦和个人精神的颓废，悲观绝望，丧失个性，没有根基，冷漠无情，社会失控，寂寞孤独，分化，无能为力，没有意义，轻生厌世，丧失信仰和社会准则”[1]。面对这样严峻的生存环境，人类不得不重新思考自己的定位以及有关生存与发展的问题。

作为作家，杰克·伦敦、艾特玛托夫、贾平凹虽没有直接向读者展示

① ［美］福伊尔利希特：《异化：从过去到未来》，见陆梅林、程代熙编选《异化问题》（下），文化艺术出版社1986年版，第30页。

利用科技“杀鸡取卵”式地开发自然资源的严重后果，但透过形象生动的狼文化写作，他们不约而同地从自己所处的时代和国度对社会自然生态以及精神文化生态遭受破坏作出了充满忧虑的评价。《旷野的呼唤》写得较早，且它的主旨主要似乎是宣扬“物竞天择，适者生存”的个人奋斗精神，但通过狼狗巴克从人类文明社会返回到原始狼群过程的匠心独具的描写，杰克·伦敦让我们看到在资本主义发展初期的美国，到处充满了尔虞我诈、弱肉强食。人并不比动物高明，因为动物凭本能的驱使而生活，而人则有一套所谓的法律和文明规则，这些都是虚伪骗人的东西。就拿巴克亲历的几个拉雪橇主人和淘金者来说吧，他们不仅对为之卖命的狗毫无怜悯之心，动辄棍棒相加，巴克在一次就被他们打得遍体鳞伤，奄奄一息，幸被人所救而免于一死；而且彼此之间还经常翻脸斗殴，毫无人性和信誉可言。为此，巴克在恩主约翰·宋顿死后，便对这个人类社会无所留恋。况且一个时期以来，它总听到旷野中的狼的呼声，呼唤它回到它们中间去。最终，它恢复了狼的本性，从此进入森林与狼为伍，过着原始的动物生活。

显然，巴克由狼狗变成了真正的狼，它的富有生命活力的回归，饱含着对资本主义工业化带来的自然社会环境和文化精神环境的恶化的批判。一方面，人类在自己的围剿下，森林、草地和田园逐渐减少甚至消失。另一方面，远离和失去了土地与森林的人却开始面对另一种异化——都市的异化，这里有比自然界中狼更多的诱惑、贪婪与羞耻。杰克·伦敦发出的这种“旷野的呼唤”，可称得上是现代艺术的先声。这种声音我们不但能从叔本华、尼采等西方哲学家那里听到，更能从20世纪的一些具有反叛精神的作家那里听到。于是，当草原荒野上的狼越来越少的时候，城市中的狼及其变异便开始频繁出现在作家笔下。杰克·伦敦不同的是，以人性和生存为哲学尺度，对这个被异化了的文明世界作了深刻而绝望的描写和把握。他警示我们在弱肉强食的社会制度和文化环境里，人必须像狼一样，才能生存下去。在这里，也许已埋下他后来自甘毁灭的种子。

如果说杰克·伦敦的《旷野的呼唤》主要揭示的是20世纪初西方自然和人文生态遭受严重破坏的客观事实，那么艾特玛托夫和贾平凹的《断头台》、《怀念狼》则集中反映了20世纪末苏联和中国在经历将近一个世纪之后出现的更加触目惊心的相似现实。当然，不同的时代，不同的文化，不同的国情，也使他们的精神指向不仅迥异于杰克·伦敦的《旷野的呼唤》，而且彼此在内容、方向和立意上也显得很不相同。也许与30多年前勃列日涅夫统治的时代有关，也许是与俄罗斯深厚博大的人道主义传统有关，在艾特玛托夫这部带有史诗品格的长篇小说《断头台》中，我们更多看到作者对苏联存在的社会丑恶和精神堕落作了笔裹毫霜的深入揭示，他的超越个人、民族和国界限制而上升为对全人类命运关注的炽热的普世情怀。这种揭示和情怀，突出体现在如下相互关联又互为统一的三个悲剧之中：母狼阿克巴拉及其家族的悲剧，它们作为生命系统中的一个环节和象征，其生存和繁衍本是大自然赋予的权利，然而人类的残暴和贪婪却无情地剥夺了这一切，使它们在历经灾难后走向毁灭；新宗教人物阿夫季拯恶劝善的悲剧，这个从神学院出来的耶稣基督信徒因反对贩卖毒品和大规模屠杀羚羊，最终被丧心病狂的刽子手吊死在盐木上，结束了他充满苦难的短短一生；农场先进工作者波士顿及其家庭的悲剧，由于有人掏了狼窝并引发了跟踪而来的狼的报复，致使他在愤怒和绝望之下打死了狼和肇事者，也误杀了自己的孩子，最后别无选择地投身于伊塞克湖那湛蓝的湖水。围绕三个悲剧，作者将批判的锋芒引向人的精神灵魂深处和苏联彼时僵化的政治体制。他用犀利的笔触向我们揭示：在一个讲求功利实用而又科技发达的现代社会，金钱的魔力（也包括政治的魔杖）是怎样将格里尚、坎达洛夫、巴扎尔拜等一个个体格健全的人，异化为毫无人性的兽的。苏俄生态文学不同于欧美生态文学，从叶赛宁、普里什文、巴乌斯托夫到斯基列昂诺夫、阿斯塔菲耶夫、拉斯普京，它们有关“人与自然”的描写，流贯着为一般西方生态文学所没有的强烈的伦理道德感、文化忧患意识以及政治反思的成分。因此作品读来别有一种深沉宏阔、动人情怀的艺术力量。

同样是反映世纪末自然的、人文的生态的失衡，贾平凹的《怀念狼》批判和反思的触角更多似乎指向一般的社会文化层。尽管作品也涉及一些带有“政治寓言”性质的内容，如昔日打狼队的红火，今日州府的主动护狼等，但这一切只是点到为止；作为生态叙事，它的重心显然落在对经济发展带来的精神物化的深刻忧患上。这种忧患在作者此前的《废都》、《白夜》、《土门》、《高老庄》中也都曾存在，但那主要是针对现代城乡的，思维视野相对比较狭隘。而《怀念狼》则将它由原有的地域文化的反思和现实关怀，推进到对整个人类生存危机特别是精神物化的理性审视的高度。在这部高度简约而多少有些晦涩的小长篇中，通过省城记者“我”回乡和乡民的一段护狼的特殊经历，贾平凹向我们揭示人类社会在超逸狭隘的阶级论或政治意识形态决定论之后所面临的精神“救赎”的问题：社会转型及其经济、思想的巨变，虽然使人们在一夜之间获得了某种解放，但同时也给他们带来了意想不到的人性迷狂和失落。在这里，居然有这样的父亲，为了讹取一点钱财，竟将亲生女儿推着去撞车；为了满足奢侈的口味，人可以凶残虚伪到一边听《二泉映月》，一边从活牛身上现取器官部件烹食。相反，狼却通人性，对为之疗伤的老道知恩图报，并用狼乳喂养被它们抢来的小孩。贾平凹不同于艾特玛托夫，他主要不是从宗教的、政治的角度，而是从人性的、人伦的角度探寻现实生态环境的畸变。因此，他的批判和思考虽没有艾特玛托夫那样大气、深邃、凝重，但却显得轻盈、鲜活、灵动；有关现实生态环境的揭示也由艾氏的吸毒、暴力、犯罪的书写，转向了见利忘义的国民劣根性的批判。在某种程度上，这也是贾平凹对自己 80 年代前后所构建的商州“乌托邦”世界的一种反思和解构。它告诉我们，尽管“在人类文明进程中，人类借助科技确立了征服自然、改造自然的主体地位，人的生存和发展优先有历史的合理性。当人与其他自然生命系统发生冲突的时候，人有维护自身生命的权利。但是就生命本身来说，并没有优劣高下之分。不能以人的生存和发展必须以毁灭其他生命作为先验的绝对前提。在环境伦理学看来，人的生存的基本需要虽然优于动物的基本需要，但是动物的基本需要优于人类的非基本需要”①。因此，愈是在科技发达和经济发展的今天，我们愈是要敬畏自然，关爱包括狼在内的其他一切生命，力戒人类中心主义功利性欲望的极端扩张。

当然，无论是杰克·伦敦、艾特玛托夫、贾平凹怎样批判和揭示 20 世纪日趋严峻的生态现实，他们毕竟只是提出问题而不是解决问题。

---

① 吴尚华：《贾平凹〈怀念狼〉的生态批评解读》，《安徽师范大学学报》2006 年第 2 期。

可能是与生态理论的复杂性乃至自我矛盾有关，也可能是与作家所承担的批判的角色功能有关，他们在如此这般描写的同时并没有给予未来的生态以美好的前景；相反，基于对生活和艺术的深刻理解，显得执著而又相当无奈。杰克·伦敦笔下的巴克不愿做“文明”的狗而宁愿回归原始的狼群中生活、做一只自由自在的狼，实则反映了作者对改善恶劣生态环境的深刻失望——甚至杰克·伦敦的最后自杀，一定意义上也与此不无关系。艾特玛托夫让阿夫季和波士顿两个理想人物最后双双以悲剧结束，一个被杀，一个自杀，这里显然也蕴涵对生态前景比较悲观的含义。贾平凹稍好些，他的基于“天人合一说”的有关人狼关系特别是红岩寺老道与老狼关系的处理，表达了作者作为第三世界的一个知识分子对人与同类及异类之间“大和谐”的热切期盼，他不希望看到这片古老的热土全然不见人伦的温馨、人际的协调，即所谓的经济发展而精神下滑的荒原现象。但同样的，我们不要忘了，他在“怀念狼”的同时也用较多篇幅描写大熊猫基地人工保护大熊猫的悲剧，包括最初为了保护仅剩的十五头狼，但最后竟事与愿违地将“护狼”变成了对狼的彻底捕杀。这里的“荒诞”，无疑也包含了作者对生态前景的一种深刻隐忧和质疑。这也是生态文学不同于生态学的独到之处，是文学批判精神和审美超越之在生态文学创作中的具体运用。

二

狼文化写作的一个重要使命就是写狼，塑造狼的形象。因而在论述了《旷野的呼唤》、《断头台》、《怀念狼》的写作背景和文化取向以后，接下来便可顺理成章地对其狼的形象展开探讨了。

说到狼，也许我们条件反射地想到了“狼心狗肺”、“狼子野心”、“狼狈为奸”、“白眼狼”等一类字眼或耳熟能详的不少成语典故，并有意无意地将它恶魔化、观念化了。其实，在中国上古典籍中，狼最早是正面的勇猛力量和美好事物的象征。而在西方神话中，狼则是受到崇拜和尊重的动物，在“人类原始神话传说中，狼在很多情况下都曾经扮演过‘文化英雄’的角色”[①]。只是到了后来，由于种种原因它才慢慢演化成被排斥的凶狠残暴的对象，并积淀为一种超稳定的心理和思维定式。而杰克·伦敦、艾特玛托夫、贾平凹则不然，综观他们的这三部作品，无论是桀骜不驯的巴克，既凶猛又温情的阿克巴拉和塔什柴纳尔，还是十五只形态不一而禀性相近的商州狼们，它们都被当作强悍与朴素生命力的代表，被纳入到肯定性的形象体系中进行把握。在这里，一方面，狼的形象具有独立性和独立存在的价值，它们与人类一样，有自由自在生活的权利，有自己的行为准则和性格心理，并不是人类的简单的“他者”。这与以前小说所塑造的大量的工具型动物形象，即只赋予狼以动物的外形外观特征而不赋予动物内在的性格心理是大相径庭的。也就是说，作为动物形象的狼不再是人的形象的简单工具和附庸，而是具有本体论的意义和价值，它体现了20世纪人类之与自然万物和谐相处的新理念，这无疑是对“人类中心主义”的批判和超越。另一方面，它们又并非是简单或纯粹的动物性的狼，而是被作者有意无意地扩容了，赋予了大于狼的文化蕴涵，狼性之中包含着人性特别是包含着为现代文明和人性所欠缺的原始野性等精神内涵。从这个意义上，它们又可以说是狼而非狼，在其形象上明显嵌入了人类的思想情感，包括人类的理想与困惑、希望与忧虑。

让我们先来看看把狼当作独立生命体存在的这方面描写吧。应该说，这三部小说都有与众不同的独到之处。而在这其中，落墨最多也是写得最为紧凑集中的恐当数《旷野的呼唤》中的巴克了。这个形象前后嬗变是惊人的。当它被视为朋友的人出卖，由养尊处优、无所作为的家养犬，“突然之间，被人从文明的中心抓了出来，扔进了原始的混沌之中”，饱受狗贩子们的无情皮鞭。于是，“命运多舛的新生活”不仅练就了它强健的体魄和强悍的生命力，而且也逐渐复活了它适合残酷生存需要的原始本能和坚韧性格。它在面对人、自然、狗群三方面挑战所表现的机智、果敢、冷酷、狡猾、凶狠，令人敬佩和动容，也使人感到惊悚和恐惧。当然，它也由此赢得了自己的尊严与荣耀，并逐渐恢复失去了很久的原始狼性。这一点，小说第三节有关巴克为“争夺支配权”而与史皮兹展开的生死大战描

① 殷国明：《狼文学：从文学到传奇》，《中国比较文学》2002年第4期。

写具有相当的代表性：开始之时，它是如何忍耐，甚至表现得不无胆怯；而当冲突一俟不可避免地到来时，它不仅一下子进入了渴望嗜血的“狂醉”状态，变得异常的凶暴，而且还用它“头等的狡猾”在众多的拉雪橇狗之中发动了一场叛乱，最后将史皮兹在孤立无援中活活咬死。“它知道没有中间路线。它必须支配人，或者被人支配；仁慈是一个弱点。在原始生活中慈悲是不存在的。它被误解为恐惧，而这种误解导致死亡。屠杀或者被人屠杀，吃人或者被人吃掉，这是规律；而从‘岁月’的远古时代传下来的这道命令，它是服从的”。这是巴克也是杰克·伦敦的逻辑。也正是通过这样触目惊心的笔触，作者才为我们毕肖酷似地活画出了一个极具原始野性魅力的酷狼形象。

《断头台》、《怀念狼》与此有些不同，它们在表现狼的原始野性时，似乎更多发掘的是狼与人类相知相通的另一面，即所谓的狼性人性化或曰“狼通人性”。因此，其所描写的狼的形象较之杰克·伦敦笔下的巴克显得更富有温情，也更有艺术韵味和立体感。《断头台》在这方面尤甚。而《怀念狼》呢，可能是文字过于简约和空灵，加上笔力不够集中，故狼性人性化的描写和处理相对就平些，形象塑造也显得比较单薄。当然不可否认，这两部作品也都写到狼作为动物所固有的野性兽性本能。

尤其是《断头台》中的母狼阿克巴拉，小说开篇，作者就向我们直面呈现了它追杀莫云库梅草原羚羊的血腥场面。但那是阿克巴拉们为生存而争斗，无可非议。至于后来它对牧民家畜带有报复性的疯狂袭击，也都是为人类的贪婪、逼迫和激怒所致。所有这些，在作品中均有一定的描写，而不因“怀念狼”的需要刻意加以忽略或回避。但是，从形象创新的角度看，我们以为写得最可称道的还是阿克巴拉的母爱，它的富有人性和丰富的情感：怀孕的喜悦，对美好未来的憧憬，失子的悲痛。特别是在失去最后一窝狼崽时，它的这种浓浓的母爱就更加淋漓尽致地得以宣泄。它不仅哀痛地嗥叫，“那嚎声像墓地上女人的哭丧”，“声音里蕴涵着一只饱经苦难的野兽不可遏制的悲痛和忧伤”，而且“痛苦得昏头昏脑”，“咬自己，啃泥土，随后拖长声音哀号起来……蓝眼睛里像雨点般落下了浑浊的泪水”。此情此景，动人心弦。最具意味的是小说结尾，母狼阿克巴拉对波士顿不满两岁的儿子肯杰什的态度。当它来到了肯杰什的身边，不懂事的孩子向它的脑袋伸出手去，想摸摸善良的狗，小说写道："阿克巴拉那颗悲痛万分的心竟颤抖了。它走到小孩身边，舔了一下他的脸颊。小孩因为它的亲热而感到高兴，轻声笑了起来，搂住了母狼的脖子。这时，阿克巴拉完全瘫软了，在他脚边躺下，开始和他玩耍——母狼希望孩童吮吸它的奶头，但小孩没这样做，而是骑到了它的身上。……母狼向他倾注着在心中的柔情，吸着他身上的那股孩子气味。它心里想，要是让人的孩子住到悬崖下它的窝里去的话，那该是多幸福。为了不弄伤孩子的小脖子，母狼小心翼翼地叨住了小孩上衣的领子，猛一使劲把他甩到自己的脖颈上——狼从羊群中拖走小羊羔就是用的这种方法。"显然在作者笔下，母狼成了母爱的化身，这种爱超越了人兽界限而直指生命本身。从这层意义上说，《断头台》中的母狼形象不仅仅是一种对狼的态度的变化抑或是一种标新立异的袒护，而是在对人与自然整体关系的体认的基础上产生的一种超越人类世俗利益观念的情感状态。也正是从这层意义上说，母爱哲学就是生命哲学，母爱颂歌就是生命颂歌。艾特玛托夫所塑造的阿克巴拉形象，的确内涵丰沛，迪人深省。

行文及此，我们实际已触涉到狼性的原始本能的现代转换问题。这也是所有以动物为主要描写对象的生态文学无法回避的一个问题。众所周知，"狼不同于龙，作为一个文化符号，狼代表着野性的力量和母爱的温情。它不是英雄，但它用奶和血作力的传递，它为英雄塑造生命"。"凶残的噬血本能和温存的母性，是自然对人类最初的馈赠"[①]。所以在表现狼的"温情""温存"的同时描写其杀戮噬血就显得自然、合理和必要。问题是文学不是动物学，一味对狼作生物学意义上的还原也没多大意思。关键是要找到合规律合目的的理想契入点和观照角度，并按时代的精神需求对其作增损贬抑的、富有个性化的处理。《旷野的呼唤》是上述三部小说中狼的原始本能描写最多也是最为用力的一部。全书通篇所写，其实就是巴克这条苏格兰牧羊犬后代在环境发生逆转的恶性情况下，逐步恢复了来自旷野的原始本能：它不仅"像狼一样长嗥"，而且"像狼一样凭本能，也凭头脑战斗"，最终成为寒冷北极圈中声名远播的新的一代领导犬。杰

① 张青运：《西方文学中"狼"的意象》，《外国文学研究》1996年第12期。

克·伦敦这样的描写，不但大大强化和突出了巴克的独异性格，而且使之成为自然界和人类社会的强悍而鲜活生命力的艺术象征。而这，恰恰是当时的“文明”社会所欠缺的。这不正是反映了他对过于脆弱、软弱、优雅、规范的现代人性的疑虑，反映了他对健康、顽强的人的生存处境的向往吗？有人说，杰克·伦敦笔下的狼体现了西方文学中的“硬汉子”形象，这颇精辟，它从一个角度道出了杰克·伦敦的狼形象之所以广受中外读者喜爱的原因之所在。

就对狼的野蛮原始本能的挖掘而言，《怀念狼》与《旷野的呼唤》有某种相似或一致之处，它们都强化突出狼的强悍的自然生命力。不同的是，贾平凹不像上述杰克·伦敦那样主要通过狼本身的描写具体体现出来，而在更多情况下是凭借人的现实感受特别是人狼对立互动的关系呈现出来。如小说开头有关在城市里生活了三代以上的男人，将不再长出胡须的“病相报告”，有关昔日猎狼英雄在无狼可猎情况下，所得的各种奇怪病变等。在这里，一方面人与狼为敌，另一方面，人又离不开狼。狼作为生态环境中野性十足的食肉动物，它的消失与毁灭不仅意味着人与自然关系的失衡，而且必然导致人的身体尤其是精神的萎缩。因此，没有了狼，人也就没有了意义；“怀念狼也就是怀念勃发的生命、怀念英雄气概、怀念世界的平衡”[①]。借用沈从文、莫言等不少现当代作家的话来说，就是防止文明时代人类整体或民族的“种的退化”。贾平凹对“原始生命力的丧失，形成了柔弱的中国国民性”[②] 怀有深深的忧虑与恐惧。但他对狼的原始本能之于现代文明的意义，主要是通过现代人性的不应有“雌化”这样一种反相否定的方式呈现出来的。至于狼本身的原始野性，文本层面展示是不多的。作者似乎无意于此，他的充满寓意和象征的笔法也使他颇难对狼的野蛮原始本能展开具体切实的描写，这多少影响了狼形象书写的明晰度。然而，它所采用的人狼互动的现实观照法，却为当下生态文学如何在同一时空领域中塑造人与动物这样的双重主体、寻找蕴藏在形象背后的彼此艺术和哲理层面的共同点，提供了一种新的思路和有益的启迪。

---

① 廖增湖：《贾平凹访谈录》，《当代作家评论》2000 年第 4 期。

② 钱理群：《心灵的探寻》，上海文艺出版社 1987 年版，第 261—262 页。

对于生态文学来说，写狼及其原始野性固然重要，但它毕竟是指向人的，也只有在与人的既对立又依存的关系中才能彰显其审美价值。现代动物学、现代行为学研究也证明，人类的暴力行为和动物出自同一渊源，人类和动物一样存在着原始本能，有时甚至被动物本能所支配。但人类在理性的驱使下，永远高于动物，并迟早会实践爱人、爱动物的最完美的戒律。从这个意义上，我们也许没有必要将贾平凹狼形象书写的不足看得太重，而应将它与写人联系起来进行整体综合考察。无论怎么说，对狼及狼性的思考，实际上反映了作者对人及人性的思考。这一点，我们在评价和把握包括狼在内的任何动物形象时，是不应疏忘的。

三

以上所说的狼文化指向和狼形象塑造，都是就文学而言的，它理所当然地属于文学功能圈的范畴。因此，我们的比较分析，最终则不能不返回到文学本体，即生态文学作为文学所应具的审美性、超越性和创造性上来。古今中外写狼的多焉，没有文学性的作品是留不下来的。生态文学不是生态学的普及读物，当它用生态学的有关“非人类中心主义”、“大地伦理”、“生态位”、“生态场”等理论主张写狼时，实际上是将纯动物学意义上的狼转换成富有意味的文学范畴的狼，对作家的审美超越和创造能力提出了要求。一部生态文学成功与否以及成功的水平、程度如何，重要的也在这里见出分野。

按照这样一种思路来审视《旷野的呼唤》、《断头台》和《怀念狼》，我们当然不能说它们获得了怎样高的文学成就。但是就总体而言，却不得不承认它们普遍具有很强的文学自觉性，在对狼及狼性进行转换时是很注意文学形式、艺术技巧和审美价值的，注意与自己的艺术个性和国家民族文化特质的对接。《旷野的呼唤》就是这样一部作品，它以新颖的题材、生动的情节向我们讲述了发生在冰天雪地的北方有关文明狼“回归”森林的奇异故事。这里也许没有细致入微的心理刻画，没有太多宗教与哲学的冥思，有的只是富有寓意的行动、场面和细节，充满原始、冷酷、野蛮、远离文明的大自然的野性。因此它显得粗犷、遒劲而富有神秘的色彩。有些描写，如狼狗巴克为夺取领导狗的位置而血战史皮兹等场面，令人毛骨悚然，不寒而栗。它既写实，又抒情，同时还夹叙夹议，故而具有较强的艺术魅力和视觉冲击力。再加上叙述之中，有意安排穿插吉尔吉斯独特的风俗民情、神话传说和浓郁的民族特色，更使作品平添了神奇、怪异的艺术美感。需要指出，杰克·伦敦一生对狼痴爱之极，他不仅自称为狼，而且花重金为自己建造了“狼厦”，并在巴克身上倾注了自己的理想与寄托。小说通篇而下，随处可见诸如此类深情赞美的文字：“它被生命的奔腾，存在的浪潮，分享着浑身肌肉关节和筋腱十分健全那种乐趣支配着，这种充分享受的乐趣产生于一种难于说明的东西，它是死亡之外的一切，它是炽热和狂暴的，表现在欢乐地飞驰在繁星下，表现在静止不动的死物表面。”透过这些饱蘸感情而又富有力度的描写，我们宛如看见一条栩栩如生的巴克站在面前，呼之欲出，力透纸背。

如果说《旷野的呼唤》存在着因中篇小说篇幅的限制和单线叙事而造成的些许单薄的话，那么这种情况在《断头台》中就不复存在了。这不仅因为它是长篇小说文体，更主要的是在于作者突破传统的结构模式，运用上述所谓的融三大悲剧于一体的“综合性整体艺术”，从狼、阿夫季和波士顿三个不同的时空方位表现了人与人、人与神、人与自然的冲突。而这三个不同的时空方位，从结构和内容的完整性上看都独立成章，各自表现一个主题；但彼此又以狼为中介相互依存，将思想共同指向对人类生存隐忧的这个点上，具有内在的逻辑一致性。史诗构架和多线索、多层次的复合网络式结构大大增加了作品的容量，不仅极大拓宽了作者笔下人狼书写的时空，而且也让读者在凝固了的书本里思接千载、视通万里。在这方面，小说第二部分用洋洋近四万字描写“圣者”阿夫季回到一千九百多年前的耶路撒冷与耶稣“神会”，堪称经典。这不仅是超时空，而且也是超经验，其人神对话本身又颇具哲理性和论辩性；尽管这之中有些宗教教义的论争不乏臃繁和道德说教之嫌。当然，这样说并不意味着作者只重外部宏观的重大事件和宏大场面，他也同样注意微观的生活细部和内在的心理世界。他笔下的悲剧主角阿夫季、波士顿和母狼阿克巴拉，在叙述过程中都引进了不少有关这方面的感人文字。如阿夫季、波士顿在危厄之际和阿克巴拉的心灵对话，特别是阿克巴拉在失去两头小狼之后所做的一个梦以及梦醒后对着月亮里的狼之女神比尤里—阿娜的哭诉，都让我们具体而微地体会到社会自然文化生态失衡带给人和万物的灾难及痛苦，即所谓的“走向断头台而经受十字架的痛苦”。

至于《怀念狼》，它在写狼时所表现的审美自觉似乎更明确也更具个性的色彩。这就是贾平凹在该书“后记”中所说：自己十年前就“试图以实写虚，即把一种意识以实景写出来”，此后的创作便“热衷于意象，总想使小说有多义性，或者说使现实生活进入诗意，或者说如火对于焰，如珠对于宝气的形而下与形而上的结合”。所以，作者“直接将情节处理成意象”，而且这种探索体现出“独特于西方人的思维和美学”。小说中有关白狼的传说、老道士的超凡脱尘、金香玉的故事、狼精事变等描写，其内蕴与形式的深意也正在于传达阴阳和谐、天人合一、心物合一、体无思有的东方思维方式和美学特征，它使全书有关人狼描写笼罩上了一层神秘主义的色彩。而这种思维方式和美学特征，正给当下人类思想和艺术面临的种种困惑以某种启示。当然，在虚实关系问题上作者有时也未能很好地把握“度”，艺术描写过于尚虚崇幻求怪；加之缺少一个贯穿到底的、强有力的故事情节，都在一定程度上降低和削弱了作品的审美价值，使之多少显得有点飘忽。

换一个角度，从纵向文学发展史的角度考察，上述作品所体现的文学观特别是生态文学观，不仅打上三位作者各自独特的个人印记，同时还不期而然地呈现了明显的阶段性特征。《旷野的呼唤》创作于生态环境开始恶化，而人们又渴望崇尚自我的西方资本主义疯狂掠夺与发展时期，所以，限于当时特定的历史环境，也是受达尔文、斯宾塞、尼采、马克思思想的影响，使其生态文学呈现十分矛盾复杂的情势：一方面，他笔锋凌厉地鞭挞了现代美国社会的尔虞我诈、弱肉强食，赞肯了那种充分张扬自我、残酷竞争、野蛮进取、胜者为王的文明生存法则，甚至笔调都带有某种冷酷和暴戾之气；另一方面，又流露出对人道主义的强烈呼唤，渴望用爱来改变资本竞争对人性异化的状况，不少描写充满了温情和挚爱。不同于传统创作，其文本之中融入了颇浓的生态的观念，但这一切毕竟是初步的，也是粗糙的，甚至有不少自相矛盾的成分，它呈现出了典型的20世纪初生态文学雏形阶段的特征。从文学渊源上看，是美国人历来喜欢的浪漫冒险和自然生态主义相结合的产物，大体属于浪漫主义文学的范畴。《断头台》与之相比，又有明显的进展。它让我们看到了生态文学在经历了半个多世纪后呈现出来的时代新质，这就是波士顿用血的代价换来的对人与自然关系的新的认识："这个世界……曾经是天，是地，是山，是母狼阿克巴拉，是一切有生之物的伟大母亲……是他最后的骨肉——他亲手枪杀的小宝贝肯杰什……"

波士顿的这种认知，也即是艾特玛托夫的生态文学观。它与杰克·伦敦倡扬的"适者生存"生态文学观已有很大的不同。某种意义上，我们甚至可以说是他调整并改造了杰克·伦敦的这样一种比较原始的生态文学观，融入了俄罗斯所特有的、深沉博大的人道主义思想和宗教情怀，不妨可称之为"人文生态整体主义"。它用生动感人的三个悲剧故事告诉我们：这个世界是个系统的整体，灭绝了其中的任何一个物种，哪怕是野狼，也必然会给包括人类在内的其他生物带来灾难。因此，我们必须要善待狼，爱狼也就是爱人。也只有站在整体利益的高度，才能正确认识狼的价值。而这种讲整体、讲兼爱，就是生态文学核心的价值观之一的"大地伦理"在新的历史条件下的一种嬗变，它同时也是一种大雅和大美，是杰克·伦敦以及西方一般的生态文学作者所欠缺的。

到了《怀念狼》，其生态文学思想在原有基础上又增加了一些新的元素：它不仅继续揭示人狼对立、倡扬"人文生态整体主义"，而且还进一步对此表现了强烈迫切的修复、重建的意向。小说将"护狼"这一叙事主线放在政府支持、媒体参与的大背景下展开，表明整个社会的生态意识自上而下出现了某种觉醒，是带有相当普遍的时代性的。更富意味的是，通过红岩寺老道士与狼之间的亲和关系等故事情节和场面，来表达对人与世间万物平等相处的生态伦理的诗意向往。有时甚至不避概念化之嫌，借新闻记者"我"之口直白地道出对修复、重建生态现实的想法。这是以往所没有的。它也从一个侧面向我们显示出了世纪之交生态文学的新的发展态势，这就是随着认识深化和不断实践，生态文学已逐步进入到既正视破坏更关心建设并以建设来审视破坏的新阶段。这也是东方式的天人合一的思维理念和现实的文化国情对中国作家的期待和要求。

不妨这样说吧，上述《旷野的呼唤》、《断头台》、《怀念狼》三部作品，一定意义上构成了20世纪生态文学发展链上具有代表性的三个点或曰三个环节。它们让我们具体切实地感受到这个极具前沿性、交叉性、现实性的新型的文学形态是如何呼应时代文化精神，由小至大、由浅入深、由不自觉到自觉的逐步发展起来，并以自己独特的功能价值和艺术魅力为文学作出为其他文体所无法取代的特殊贡献。因此我们没有理由不予以足够的关注和重视。尽管到目前为止，生态文学还是初步的，存在的问题也不少，但我们相信在中外广大作家的共同努力下，它必有其美好的发展前景。

（本文与张莉合撰）

后　记

迄今为止，我的学术研究，主要集中在历史文学（尤其是历史小说）和现当代文学两个领域。前者，大体撰写了六本著作；后者，则有 2001 年出版的《转型时期的中国当代文学思潮》（2004 年作了修订，并推出修订版），以及自己主编的两套当代文学史，本书也归属于此。这也是我十年来文学研究的重心，它构成了笔者教学之余的主要生命和精神活动。

书名为《中国现当代文学史与生态场》，顾名思义，是探讨现当代文学史写作与有关的生态场域、生态境遇。这是各自独立又互为关联的两个话题。当然，这只是姑妄言之的一种命名，一种说法，其实我这里所谈的，并不局限于此。当下现当代文学研究领域的诸如海外汉学、诺贝尔文学奖、学科现状、文献史料学、文化领导权、“二个中心”、“三分天下”、经典解读、中介系统、“非人类中心主义”、艺术创造力等问题，都牵扯到了；同时还涉及政治、经济、哲学、历史、教育、伦理、道德等方方面面。文学生态场是很复杂的，现当代文学处于三千年来之未有的大剧变、大转型的语境中，加之社会的、体制的等原因，就更是如此，它显得格外丰富和驳杂。文学是对生活的审美反映，它源于生活又高于生活，因此不管文学史编写、学科建设还是文化领导权、经典重构等问题，都不可能不受彼时生态场的影响与制约。

我的学术研究起步于文学批评，早些年曾写过一些文学评论文章，还出版过一本评论集。嗣后，搞过一段时间的历史文学理论研究。近十年来，则主要从事现当代文学思潮、文学史和学科方面的研究；当然在这期间，有感于生态现实和文坛现状，也为了完成课题项目的需要，曾撰写过几篇有关生态文学方面的文章。在我看来，文学批评与文学研究是相辅相成的，必要的文学批评，甚至是文学研究不可或缺的基本功。但文学批评若无文学研究的支撑，也容易随意性和平面化。因此，我认为有必要强调批评的研究化与研究的批评化。至少在我的学术经历中，我对此是比较注意的。故到了后来的文学史和学科研究阶段，尽管不断地走向宏观乃至抽象，但我仍不惮于微观和感性，并尽可能将两者融合在一起；有时还腾出一定时间从事文学评论的写作。亦史亦论，史论结合，宏观与中观、微观兼顾，文本与超文本贯通，这是我所追求的。

本书写作也体现了我的这一理念。所不同的是，由于研究对象和内容的调整，与以前的《转型时期的中国当代文学思潮》相比，其整体构架和思维视野可能更开阔些，与教育学以及我所从事的职业——现代大学教育的关系更为密切。须知，所谓的文学史和学科，它原本就来自现代大学或现代大学的衍生物。现当代文学与现当代教育特别是现代大学教育，本来就是一对宁馨儿。我们今天对其作合二为一的研究，这不仅是对历史的还原，而且也完全合乎研究的本意。因此，我腾出一半篇幅（上编），联系自己的实践对此专门进行了跨学科式的探讨，以将原有的宏观研究再拓展一步。

本书不少章节曾在《文艺研究》、《中国现代文学研究丛刊》、《外国文学研究》、《浙江大学学报》上发表，其中有的曾被人大复印资料等转载。借此机会，我要对上述杂志的编辑表示感谢。由我负责指导的有些研究生，在读研期间曾参与了相关章节的撰写（具体参撰者在相关章节后面署名）。如今他们大多已毕业。回忆往事，良多感慨，思念之情油然而生。我也对这一段曾经有过的愉快切磋和合作充满了温馨的回忆，并衷心地祝愿他们在各自的工作岗位上有更大的作为。责编郭晓鸿女士为本书的出版付出了辛勤的劳动，她的认真、务实、体贴、细致的作风给我留下难忘的印象。我也借此致以诚挚的谢忱。

吴秀明

2008年12月15日

于浙江大学中文系